全译搜神记五种

原　著：[晋]干　宝　等
主　编：柳　罡
副主编：宋海江
编　委：连少军　白春平
　　　　张卫军　韩秀英

华夏出版社

前 言

《搜神记》，是东晋人干宝编撰的一部著名文言小说，它在中国文学史甚至文化史上，都具有非常重要的地位和历史意义。

干宝（？—336？）是东晋文学家、史学家、经学家。晋元帝时，他担任著作佐郎，奉命领修国史，后因其天赋异禀、卓尔不群，经王导举荐为司徒右长史，再升散骑常侍。干宝精史、通文、好易学，著述颇丰，著有《春秋左氏义外传》《周易注》《周官注》《五气变化论》《论妖怪》《晋纪》《春秋序论》等等。在时代文化的浸淫中，干宝立志"发明神道之不诬"（即证明鬼神是实有的），遂"撰集古今神祇灵异人物变化，名为《搜神记》"。

干宝在《搜神记》中记载了大量优秀的民间故事和神话传说，从神仙皇帝、古今贤达，到县令小吏、兵将士官，再到和尚道士、贩夫走卒，直至妖精鬼怪、狗鼠蛇狐、草木虫鱼、枕头饭勺，以及星象地震、气候瘟疫等等，搜罗万象，无所不含。作品视野开阔、内容丰盈，思想鲜活、艺术特色明显，既表现了人们的生活，又反映了古代先民的社会观念和思想意识，具有深刻的社会历史认知价值。书中尽管含有一些方术迷信的内容，但对于今天的读者来说，文化上的基本鉴别力，足以化解一千七百年前的原生态文明中的复杂元素。

在所有关于中国小说史的著述中，都会出现干宝和《搜神记》的名字。从学术上讲，《搜神记》是中国古代小说的发轫之作。大多数学者都有共识：中国小说的滥觞，是以《搜神记》为代表的志怪小说和以南北朝时期刘义庆（403—444）编撰的《世说新语》为代表的志人小说。

尽管在魏晋以前已有了"小说"一词，《庄子·外物篇》有言："饰小说以干县令，其于大达亦远矣。"这里的"小说"是指记载了浅薄、琐屑的日常生活景致的文字，它与明达大道的政治术理很不相谐，也就不入"正道"的法眼；东汉桓谭在《新论》中说"小说家合残丛小语，近取譬论，以作短书，治身理家，有可观之辞"；班固《汉书·艺文志》中谈及所列的九流十家之末的"小说家"之作时，也说其"盖出于稗官，街谈巷语、道听途说者之所造也"，均不是我们今天所说的"小说"概念。正如鲁迅先生在《中国小说的历史变迁》中所说，只是到了晋代，"小说"上承远古神话、先秦寓言、史传文学、野史杂记中的若干小说因素（情节、对话、人物性格等），发展到了志怪与志人小说的高度，成为与我们今天的"小说"内涵和外延大致神肖形似的样貌。这样的创作，尽管当时的"作者"们未必是有意为之，但这种下意识的雏形期，正是今日之小说悠远的源头。

在这样的背景下，《搜神记》的地位和光芒便是不言而喻的了。

《搜神记》在《晋书》本传、《隋书》和《旧唐书》的《经籍志》，直到欧阳永叔所修的《新唐书·艺文志》中，都是著录为"三十卷"，可见《搜神记》的原本在北宋尚存。到了南宋时期，在晁公武、陈振孙这样的藏书大家的著述中，已经没有了有关三十卷原本的记载。《宋史·艺文志》称"干宝搜神总记十卷"，《四库全书总目提要》称二十卷。可见，原初的三十卷本大概就是在两宋之交前后散佚的。今存的二十卷本，是明人胡应麟从《法苑珠林》《太平御览》等典籍中辑录而成的，万历中，胡震亨将其辑刻，收入《秘册汇函》。明末毛晋又将其收入《津逮秘书》（第十一集）。本次白话翻译依据的底本，就是毛本，并参照了汪绍楹的校注本，由柳罡、宋海江先生完成白话翻译。

　　《搜神记》在中国小说史上的地位是明确的，它不仅仅直接引出了另一部志怪小说大作《搜神后记》，更是以杰出的艺术实践与艺术成就，对自晋以降的文言小说创作（唐人传奇、宋元明话本、拟话本等），均产生了直接或间接的积极影响。纵观有清一代鼎足而三的文言小说《聊斋志异》《子不语》和《阅微草堂笔记》，不难看出《搜神记》留下的鲜明烙印。蒲松龄坦言自己"才非干宝，雅爱《搜神》"，即是明证。在属于通俗文艺的戏曲中，关汉卿的《窦娥冤》之于干宝的《东海孝妇》，黄梅戏《天仙配》之于干宝的《董永》，以及鲁迅的《铸剑》之于干宝的《干将莫邪》等，《搜神记》的影响同样明显，就更不用说已经作为通俗故事在田间地头、星空树下传诵的那些经典篇章了。

　　此外，在明万历年间，出现了《搜神记》的《稗海》八卷本，亦题为"晋干宝撰"，后实证乃会稽人商维睿所为。商维睿，字初阳，作有《商氏稗海》《古今评录》。此书盖据北魏昙永《搜神论》残卷增补而成。另，1899年，在敦煌石室藏书中发现了《搜神记》的残卷，一卷，三十五则，题"句道兴撰"。后世称之为"句道兴本"。作者及成书年代，均无可考。

　　上述两种，作为《搜神记》的"同道"，一并收在本书中，依据的是汪绍楹的《搜神后记》校注本,由连少军先生和白春平女士完成白话翻译。

《搜神后记》十卷,又题《续搜神记》。《隋书·经籍志》著录为陶潜(渊明)撰。《四库全书》明言:书中有陶渊明身后事,显系六朝人伪托。鲁迅在《中国小说史略》中亦说:"陶潜旷达,未必拳拳于鬼神,盖为伪托也。"即便伪托已是定论,但无疑也印证了《搜神记》在当时产生了巨大的社会影响;此书托名家之名行世,也是对《搜神记》广布的时代盛况的别样记载和反射,当然,也可以理解为撰者以这种方式向《搜神记》致敬。

无名氏编撰《搜神后记》,同样是笔记体的记录形式,其内容与《搜神记》大致相似,也多是述说鬼神灵异、精怪变幻的故事,有谈奉道修仙的,孜孜以求,心神贯通(比如《穴中人世》《袁相根硕》),也有描绘山川风物、世态人情的,赋予丰盈的人情美(比如《贞女峡》《舒姑娘》),也有讲人神、人鬼情爱故事的,绚丽多姿,浪漫迷幻(比如《白水素女》《徐玄方女》)。《搜神后记》的篇幅一般较《搜神记》长些,情节更完整,民间传说的色彩更浓了。在艺术表现上,比如人物性格、细节描写、精到简洁等多个方面,并不明显逊于《搜神记》;在几个与《搜神记》的同题篇目中,其叙述方式、文字详略等方面,未必落下风。《搜神后记》中的某些篇章(比如《丁令威》《阿香雷车》)经常被各种作品提及、引用,其中的《李仲文女》被汤显祖作成了传世名剧《牡丹亭》。

在当代,许多关乎中国小说史的著作中,都把《搜神后记》列在《搜神记》后面,有的会专设章节,并列为参考书,可见,《搜神后记》同样是我国古代志怪小说中出色的重要作品。

《搜神后记》的流传情况也与《搜神记》相似,今本也是经后人补辑而成。它在后世的《秘册汇函》《津逮秘书》等丛书中均是十卷,而在《说郛》《五朝小说》等中则变成了节录本。我们选用的底本,是汪绍楹的《搜神后记》校注本,收录了一百一十七条故事，并附佚文六条。这是当今最完备的版本了。本书中的译文，由张卫军先生、韩秀英女士完成。

《搜神秘览》，宋人章炳文撰。章炳文，字叔虎，徽宗年间开封人。生平不详（书中《自序》落款"政和癸巳"，即1113年）。据福建九日山中勒石记事载，章炳文曾任泉州提举市舶。有材料显示，章炳文著有《壑源茶录》一卷，这与其祖为福建浦城人氏之说相通：《搜神秘览》首篇《杨文公》中提及的"予叔祖郇公"，乃章得象（978—1048），字希言，建州（今福建建瓯市古名）浦城人，北宋真宗咸平年间进士。景祐五年，仁宗拜同中书门下平章事、集贤殿大学士，后兼枢密使。庆历五年出判陈州、河南府。庆历八年卒，追赠太尉兼侍中。

《搜神秘览》三卷，七十六篇。书承续《搜神记》遗风，搜罗逸闻故事，文笔甚佳，多记北宋年间事。书中记述神鬼报应、前定宿命等故事，寄寓了作者明确的劝惩旨意，其中不乏优秀篇章（如《燕华仙》《杨柔姬》等），在北宋笔记小说中颇为出色。在《化蛇》中，记述的女人化蛇的故事，已经与"雷峰庵"联系着了，这与南宋"造传说"热之后逐渐定型的《白蛇传》故事，应该有逻辑关系。后世为《白蛇传》故事探源的文章，多是列举与此事类似的记载，未能阐释故事形成的流变脉络。这便更显出了《搜神秘览》的可贵。

《搜神秘览》所存版本不多，《说郛》《龙威秘书》等收有本书，但仅仅保存了《段化》《王旻》两条。完整版有南宋临安尹家书铺刻本，现存日本福井氏崇兰馆。商务印书馆曾据此影印，编入《续古逸丛书》。

此书匿世原因多多，难于追寻。或许是孤陋寡闻，未尝见到《搜神秘览》任何形式的注释与译本。若此，高苏先生为此书做的全文白话翻译，当为《搜神秘览》的现代汉语版首译。对于书中的诗歌，也做了翻译，毕竟原诗中一些并不通俗的元素妨碍读者领会诗意，故所译尽可能直译，当然加入了必要的修饰，主要做好押韵兼顾对仗，这是今天的读者对"古体诗"比较容易注意到也比较直观的元素，至于诗之平仄格律等，就只好放松照应了。翻译中的欠妥处，恭请方家指正。因《搜神秘览》在市上尚不多见，特将全文附于书中，以飨读者。

是为《全译搜神记五种》的基本面貌。

本书由柳罡先生组织、统稿、审订。

把我国优秀的古典文学名著以现代白话文的方式，奉献给广大的读者，在当今生活节奏加快，人们对祖国传统文化的向心力日渐增强的时候，是非常有意义的。一是可以为不同文化程度的读者扫除研读障碍，或可为一些读者提供个译文的参考；二是能够为以泛读、略知为目的的读者节约时间、免除辛劳。以往的无数事实已经证明，这样的道路是通畅、宽广的，对广大读者是有益、有利的。

愿不同的朋友都能够通过这部集合了《搜神记》多种版本的白话作品集，获得各自的精神收益，这是我们辛劳的目的，也是我们乐于辛劳的源泉。

编　者
2017 年 6 月 16 日

总 目 录

全译《搜神记》 …………………………………… 1

全译《稗海》本《搜神记》 ……………………… 211

全译句道兴本《搜神记》 ………………………… 263

全译《搜神后记》 ………………………………… 301

全译《搜神秘览》 ………………………………… 367

全译《搜神记》

[晋] 干 宝 / 撰
柳 罡 宋海江 / 译

目 录

卷 一

1 神 农 …………………… 11
2 赤松子 …………………… 11
3 赤将子舆 ………………… 11
4 宁封子 …………………… 11
5 偓佺采药 ………………… 12
6 彭祖仙室 ………………… 12
7 师 门 …………………… 12
8 葛由乘木羊入蜀 ………… 12
9 崔文子学仙 ……………… 13
10 冠 先 …………………… 13
11 琴 高 …………………… 13
12 陶安公 …………………… 14
13 焦山老君 ………………… 14
14 鲁少千 …………………… 14
15 淮南八公作歌 …………… 14
16 刘 根 …………………… 15
17 汉王乔 …………………… 15
18 蓟子训之遁 ……………… 16
19 汉阴生乞市 ……………… 16
20 平常生 …………………… 16
21 左 慈 …………………… 17
22 于 吉 …………………… 18
23 介琰变化隐形 …………… 19

24 徐 光 …………………… 19
25 葛玄请雨 ………………… 20
26 吴猛行术 ………………… 20
27 园 客 …………………… 21
28 董永和织女 ……………… 21
29 钩弋夫人之死 …………… 22
30 杜兰香 …………………… 22
31 弦超与神女 ……………… 23

卷 二

1 寿光侯劾鬼 ……………… 25
2 樊 英 …………………… 25
3 徐登与赵昞 ……………… 26
4 赵 昞 …………………… 26
5 徐赵清俭 ………………… 26
6 陈节访神 ………………… 26
7 边 洪 …………………… 27
8 鞠道龙说黄公事 ………… 27
9 谢糺作脍 ………………… 27
10 天竺胡人 ………………… 27
11 虎鳄惩罪人 ……………… 28
12 贾佩兰 …………………… 28
13 李少翁致神 ……………… 29
14 营陵道人 ………………… 29
15 孙休试觋 ………………… 30

16	女巫识朱主 …… 30		6	河伯招婿 …… 47
17	夏侯弘 …… 31		7	华山使 …… 48
			8	投二女于河 …… 48
			9	建康小吏 …… 49

卷 三

1	孔子遗瓮 …… 32		10	书 刀 …… 49
2	段 医 …… 32		11	神灵借箸 …… 49
3	臧仲英家的怪物 …… 33		12	驴 鼠 …… 50
4	乔 玄 …… 33		13	青洪君婢 …… 50
5	管辂卜卦 …… 34		14	黄石公祠 …… 51
6	颜超延命 …… 35		15	成夫人好乐舞 …… 51
7	矛与箭 …… 36		16	神鸟降临 …… 51
8	管辂筮郭恩躄疾 …… 36		17	糜 竺 …… 52
9	淳于智杀鼠 …… 37		18	阴子方祀灶神 …… 52
10	马鞭之福 …… 37		19	张成见蚕神 …… 52
11	狐狸预祸 …… 38		20	戴侯祠 …… 53
12	敲打猕猴 …… 38		21	刘纪为神 …… 53
13	撒豆成兵 …… 38			
14	奇猿活马 …… 39			**卷 五**
15	郭璞筮病 …… 39		1	蒋子文求祠 …… 54
16	招牛驱魔 …… 39		2	刘赤父之荐 …… 54
17	清明宝训 …… 40		3	蒋山庙戏婚 …… 55
18	遗言守宅 …… 41		4	蒋子文与望子 …… 55
19	韩友驱魅 …… 41		5	蒋侯神助 …… 56
20	寻犬脱难 …… 42		6	丁 姑 …… 57
21	华佗治疮 …… 42		7	赵公明参佐 …… 58
22	蒜醋驱病 …… 43		8	周式违约 …… 59
			9	张助砍李树 …… 60

卷 四

			10	新 井 …… 60
1	风伯和雨师 …… 44			
2	张宽之"七" …… 44			**卷 六**
3	美女与德政 …… 44		1	妖 怪 …… 61
4	胡母班 …… 45		2	山 徙 …… 61
5	冯夷溺死 …… 46		3	龟毛兔角 …… 62

4	马化狐	62	37	木生人状	71
5	人化蜮	62	38	马出角	72
6	地陷地长	63	39	燕生雀	72
7	一妇四十子	63	40	三足驹	72
8	人产龙	63	41	枯树再生	72
9	彭生为豕祸	63	42	儿啼腹中	73
10	蛇斗	64	43	西王母传书	73
11	龙斗	64	44	男子化女	73
12	蛇绕柱	64	45	女死复生	73
13	马祸	64	46	畸形儿	74
14	女子化男	64	47	三足乌	74
15	五足牛	65	48	德阳殿大蛇	74
16	十二金人	65	49	天降肉雨	75
17	龙见井中	65	50	梁冀妻	75
18	马生角	65	51	牛生怪鸡	75
19	狗生角	66	52	赤厄三七	75
20	人生角	66	53	衣裾长短	76
21	异类相交	66	54	夫妇相食	76
22	黑白乌斗	66	55	寺壁黄人	77
23	牛足出背	67	56	木不曲直	77
24	赵郭蛇	67	57	雌鸡欲化	77
25	黄鼠舞端门	68	58	双头单胸	78
26	巨石自立	68	59	梁伯夏之后	78
27	虫叶成文	68	60	草作人状	78
28	狗冠出宫门	68	61	两头一身儿	78
29	雌鸡化雄	69	62	怀陵雀	79
30	范延寿	69	63	嘉会挽歌	79
31	天上下草	69	64	京师谣言	79
32	废社复兴	70	65	桓氏复生	79
33	鼠巢树上	70	66	男人变女人	80
34	犬祸	70	67	荆州童谣	80
35	鸢焚巢	71	68	树出血	80
36	天降鱼	71	69	鹰生燕巢中	81

70	妖　马	81		24	贱人入禁	89
71	魏室之怪	81		25	牛言吉凶	89
72	谯周书柱	81		26	败屦聚道	90
73	孙权死征	82		27	戟锋之光	90
74	稗草怪事	82		28	婢生怪子	90
75	大石自立	82		29	人生异物	90
76	破冢复活	82		30	狗作人言	91
77	孙休服制	82		31	妖人之征	91
				32	茱萸纠缠	91

卷　七

				33	豕生人两头	91
1	裂石之图	83		34	生笺单衣	92
2	西晋服妖	83		35	无颜帊	92
3	翟器翟食	84		36	任乔妻	92
4	蝘蜓化鼠	84		37	淳于伯冤死	93
5	二龙现武库井中	84		38	牛生双头犊	93
6	双足虎	84		39	凌上之兆	93
7	死牛头	85		40	两头八足牛	93
8	男女之屐	85		41	双头驹	94
9	撷子髻	85		42	大兴初女子	94
10	晋世宁舞	85		43	武昌火	94
11	胡既三制	86		44	绛囊缚髻	95
12	折杨柳歌	86		45	枯木生花	95
13	辽东马	86		46	长柄羽扇	95
14	妇人兵饰	86		47	武昌大蛇入神祠	96
15	铜钟流泪	87				
16	一身二体	87				

卷　八

17	女化男而未尽	87		1	舜得玉历	97
18	大蛇入祠	87		2	汤祷雨	97
19	血流百步	87		3	吕望钓于渭阳	97
20	天诛贾后之兆	88		4	武　王	97
21	乌头杖	88		5	孔子夜梦	98
22	贵游裸身	88		6	孔子受黄玉	98
23	浮石登岸	88		7	陈仓祠	98

8	邢史子臣说天道	99
9	星外来客	99
10	戴洋	100

卷 九

1	神光照社	101
2	冯绲	101
3	张颢得金印	101
4	张氏钩	102
5	避雨老太	102
6	野王奇遇	103
7	贾谊作赋	103
8	狗啮群鹅	103
9	公孙渊数怪	103
10	忠犬衔衣	104
11	人头作声	104
12	贾充	104
13	厕中见怪	105
14	饭变虫	106

卷 十

1	梦中登天	107
2	孙坚夫人	107
3	梁上三穗	107
4	张车子	108
5	梦入蚁穴	108
6	火洗单衫	108
7	蜥蜴落腹	109
8	武威楼	109
9	灵帝梦桓帝	109
10	吕石梦	109
11	郭伯猷之死	110
12	徐泰梦	110

卷十一

1	射石为虎	111
2	魏更嬴	111
3	古冶子杀鼋	111
4	三王墓	112
5	贾雍失头	113
6	史良失恋	113
7	苌弘化碧	114
8	浇酒消患	114
9	曝身祈雨	114
10	何敞不仕	115
11	蝗惧徐栩	115
12	白虎墓	115
13	葛祚消灾	116
14	交感万里	116
15	周畅行仁孝	116
16	王祥至孝	117
17	卧冰求鱼	117
18	吮疮卧冰	117
19	母自复明	118
20	蟒蛇胆	118
21	埋儿得金	118
22	至孝得粟	119
23	行善种玉	119
24	孝母避灾	120
25	为母温席	120
26	柏为涕枯	120
27	白鸠郎	121
28	东海孝妇	121
29	投水寻父	122
30	乐羊子妻	122
31	瘟疫流行	123

32	韩凭夫妇	123
33	饮水有妊	124
34	望夫冈	124
35	邓妻再嫁	125
36	杀夫案	125
37	范巨卿张元伯	126

卷十二

1	五行的变化	127
2	贡羊	128
3	掘地得犬	129
4	傒囊	129
5	池阳小人	130
6	雷神落地	130
7	落头民	130
8	貙虎化人	131
9	猳国马化	132
10	刀劳鬼	132
11	越祝之祖	133
12	鲛人珠泪	133
13	大青小青	133
14	山都	134
15	蜮之含沙射人	134
16	禁水河怪	134
17	张小小	134
18	犬蛊	135
19	廖姓蛇蛊	135

卷十三

1	神明之泉	136
2	二华之山	136
3	霍山四镬	136
4	樊山火	137
5	孔窦	137
6	塞洞降雨	137
7	龟化城	137
8	城陷为湖	137
9	马邑城	138
10	劫灰	138
11	居宅得寿	138
12	余腹	139
13	蛏越	139
14	青蚨	139
15	蜾蠃	139
16	木蠹为蝶	140
17	猬	140
18	《典论》刊石	140
19	阴燧阳燧	140
20	焦尾琴	141
21	柯亭笛	141

卷十四

1	同体男女	142
2	盘瓠	142
3	夫馀王	143
4	鹄苍衔卵	144
5	谷乌菟子文	144
6	狸乳齐顷公	144
7	袁韧脱险	145
8	生子与蛇	145
9	金龙池	145
10	羽衣人	146
11	嫁马之诺	146
12	嫦娥奔月	147
13	舌埵山草	147
14	兰岩山鹤	147

15	羽衣女	148
16	黄母变鼋	148
17	宋母化鳖	148
18	宣母变鳖	149
19	老翁作怪	149

卷十五

1	倩女还魂	151
2	河间男女	152
3	文合娶妻	152
4	李娥奇事	153
5	史姁神行	155
6	贺瑀取剑	155
7	戴洋复生	156
8	死后大叫	156
9	蒋氏	156
10	颜畿生死	157
11	羊祜先知	158
12	汉宫人冢	158
13	卅年活妇	158
14	杜锡婢女	159
15	面色如故	159
16	公侯之冢	159
17	栾书冢	160

卷十六

1	颛顼子为鬼	161
2	挽歌	161
3	阮瞻与鬼	161
4	辩生嫁祸	162
5	死后求职	162
6	孤竹君灵	163
7	衔须伏剑	163

8	文颖迁棺	164
9	鬼神诉冤	165
10	官妓大船	166
11	夏侯恺回家	166
12	显姨墨点	166
13	弓弩射鬼	167
14	连遇二鬼	167
15	巨伯杀孙	167
16	索酒三汉	168
17	酒喷木马	168
18	宋定伯卖鬼	168
19	紫玉韩重	169
20	秦王之婿	171
21	珠袍姻缘	172
22	崔墓奇历	173
23	西门亭鬼魅	175
24	钟繇杀美	175

卷十七

1	鬼魅诳人	177
2	范丹	177
3	门上金钗	178
4	鬼欲骗奸	178
5	盗梁上膏	179
6	给鬼道歉	179
7	顿丘鬼魅	180
8	度朔君	181
9	竹中长人	182
10	釜中白头公	182
11	小儿与鸟	183
12	南康甘子	183
13	蛇入人脑	183

卷十八

1 灶下呼声 …………… 184
2 细　腰 ……………… 184
3 怒牛祠梓树 ………… 185
4 树神黄祖 …………… 185
5 张辽砍树 …………… 186
6 树中怪物 …………… 187
7 船　飞 ……………… 187
8 老　狸 ……………… 187
9 张华擒狐魅 ………… 187
10 吴兴老狸 …………… 189
11 断尾巴狐狸 ………… 189
12 刘伯祖狸神 ………… 190
13 山魅阿紫 …………… 191
14 宋大贤杀鬼 ………… 191
15 郅伯夷击狐 ………… 191
16 白发书生 …………… 192
17 谢　鲲 ……………… 192
18 金铃美女 …………… 193
19 高山君 ……………… 193
20 狗之合 ……………… 193
21 狗醉现形 …………… 194
22 白衣吏 ……………… 194
23 见怪不怪 …………… 194
24 雨中妇人 …………… 195
25 不应鼠语 …………… 195
26 亭楼三怪 …………… 196
27 汤　应 ……………… 196

卷十九

1 李寄斩蛇 …………… 198
2 司徒府蛇怪 ………… 199
3 两蛇翁 ……………… 199
4 鼍　妇 ……………… 199
5 丹阳道士 …………… 200
6 孔子议鲲鱼 ………… 200
7 鼠　妇 ……………… 201
8 酒醉千日 …………… 202
9 陈仲举相命 ………… 202

卷二十

1 病龙降雨 …………… 204
2 为虎接生 …………… 204
3 衔珠报恩 …………… 204
4 黄衣童子 …………… 205
5 隋侯珠 ……………… 205
6 孔愉升迁 …………… 205
7 石龟目赤 …………… 206
8 救蚁得报 …………… 206
9 义犬救主 …………… 207
10 义犬绝食 …………… 208
11 庞祖得命 …………… 208
12 猿母断肠 …………… 209
13 虞荡毙命 …………… 209
14 三年报仇 …………… 209
15 陷　湖 ……………… 210
16 建业妇人 …………… 210

卷 一

1 神 农

神农氏用赤色的神鞭鞭打各种草木,便全都知道它们有毒无毒、或寒或温的药性和药味所主治的疾病。他又播种各种庄稼,所以,天下的人都称他为神农。

2 赤松子

赤松子是神农氏时候的司雨之神。他服用了长生不死之药——冰玉散,并教神农氏服用。他能入火而不会焚烧。到昆仑山,他是西王母石室中的常客。他随着风雨上天入地。炎帝神农氏的小女儿追随他,也得道成仙,同他一起升天。到了高辛氏的时候,他又担任雨师,漫游人间。如今掌管祈雨的巫师都尊奉他为祖师。

3 赤将子舆

赤将子舆,是黄帝时候的人。他不吃五谷,而吃各种草木的花。尧帝时候他做木工。他能够随着风雨升腾起落。他时常在集市上卖系箭的生丝绳"缴",人们也称他"缴父"。

4 宁封子

宁封子,是黄帝时候的人。历代都传说他是黄帝的陶正(掌管制造陶器的官)。有一个神异的人来拜访宁封子,帮他掌管火候,这个神异之人能在五彩缤纷的烟火中进出。时间一长,他就把这本领教给封子。封子堆起了柴火自焚,随着烟火上下浮动。人们仔细查看那灰烬,还有他的骨头在里面。大家把它埋葬在宁地北边的山中,所以人们叫他宁封子。

5 偓佺采药

偓佺,是槐山的采药老汉。他喜欢吃松树的果实,身体上长着七寸长的毛,双眼变成了方形,能飞也似的奔走,追赶那奔跑着的马。他曾以松子赠送给尧,尧没时间服用。这种松树,都是大松(简松),当时吃过他选的松子树所结松子的人,都活到三百岁了。

6 彭祖仙室

彭祖,是商朝的大夫,姓钱,名铿。是颛顼帝的玄孙,陆终氏的第三个儿子。他经历了夏朝而到商末,号称七百岁。他常常食用桂芝这种仙草。历阳有彭祖的仙室。前世人说,在仙室里向神祷告祈求风雨,没有不立刻应验的。常常有两只虎守在彭祖祠左右,每当祭祀完毕,地上就会出现两只虎的脚印。

7 师 门

师门是啸父的徒弟,善于使火。他吃桃花,替夏王孔甲养龙。孔甲不能修养自己的心志,把师门杀了埋在野外。一天,有风雨前来迎他上天,山上的树木都燃烧起来。孔甲到那里去祭祀祈祷,还没回家就死了。

8 葛由乘木羊入蜀

周代的葛由,是当时蜀地羌族人。周成王时,他喜欢把木头雕刻成羊售卖。有一天,他骑了木羊进入蜀地,蜀地王侯贵族追他,便一起上了绥山。绥山上面多桃树,位于峨眉山西南,高得没有个尽头。跟随他去的人不再回来了,都得了仙道。所以乡间的谚语说:"得到绥山上的一只蟠桃,即使不能成仙,也可以让你成为英豪。"山下几十个地方都为他建起了祠庙。

9 崔文子学仙

崔文子是泰山人。他跟随王子乔学仙道。王子乔变为白霓,带着仙药来给崔文子。崔文子见了白霓,感到惊奇,拿起戈来投向白霓,射中了它,于是它带的药掉了下来。崔文子俯下身去看,原来是王子乔的鞋子。他把鞋子放在屋子里,用破筐子盖住。一会儿,鞋子变成大鸟。他打开筐子来看,大鸟绕几个圈子飞走了。

10 冠 先

冠先是宋国人。以钓鱼为职业。在睢水边居住了百来年。他所钓得的鱼儿,有的放了,有的卖了,有的自己吃了。他很讲究衣着,经常戴着帽子,系着衣带。他喜欢种薜荔,吃它的花果。宋景公向他请教仙道法术,他不肯告知,宋景公就把他杀了。几十年后,他蹲在宋国城门上,弹着琴,像这样几十天以后才离去。宋国人家家都恭谨地祭祀他。

11 琴 高

琴高是战国时赵国人,善弹琴,任宋康王的舍人。他修行涓子和彭祖的神仙之术,漫游在冀州、涿州一带二百多年。后来避开人世投入涿水中,取得龙子。他和他的弟子们约定,说:"你们明日都洁身净心,清洁斋戒,守候在涿水旁,设神祠以待祭祀。"第二天,他果然乘着红鲤鱼游出水面,来到祠中坐下。这时有上万人看到了。他停留了一个月,便又离开回到水里去了。

12　陶安公

陶安公是六安的铸冶师。他多次用火冶炼熔铸金属。有天早晨，火往上四散燃烧，紫色火焰直冲天际。陶安公趴在铸冶炉下哀求。不一会儿，一只朱雀飞来落在铸冶炉上，说："安公安公，铸冶炉，与天通。七月七日，用红龙迎接你上天宫。"到了那天，陶安公骑着红龙从东南方离去。城里几万人，预先做了准备，祭祀路神，为陶安公送行。陶安公一一向他们辞别。

13　焦山老君

有一个人进入焦山，学道七年，太上老君拿一把木头做的钻子给他，叫他去钻穿一块磐石，这磐石有五尺厚。太上老君说："这块石头钻穿，就能得道成仙。"这个人一直钻了四十年，磐石钻穿了，他终于得到了炼丹成仙的法诀。

14　鲁少千

鲁少千，是山阳县人。汉文帝曾经隐瞒身份穿了平民百姓的服装携带了黄金去拜访他，想向他求教道术。少千撑着黄金拐杖，拿着象牙扇子，走出家门来迎接他。

15　淮南八公作歌

淮南王刘安喜好道术，聘请了厨师采迎候宾客。正月上旬的辛日，有八位老人（《小学绀珠》所载淮南八公为：左吴、李尚、苏飞、田由、毛披、雷被、晋昌、伍被）登门求见。看门人报告了淮南王，淮南王让看门人自己想办法去试试他们的本事。这看门人就对八公说："我们的王爷向往长生不老，各位老先生似乎没有驻颜之术，所以我没敢把你们求见的消息报告给我们的王爷。"老人们知道不会被接见了，就变成了八个小孩，个个灿若桃花。淮南王就接见了他们，礼节十分隆重，还配备了音乐，招待这八位老人。淮南王拿过琴来边弹边唱道："光明的上天，照耀四海啊；知道我喜爱道术，让老人下凡来啊。老人们将和我一起，身上长出羽毛啊，腾空登上青云，把梁甫山踩在脚下啊。观望日月星辰，与北斗相遇啊；乘风驾云，使唤神女啊。"今天所谓的《淮南操》，就是这首歌。

16 刘 根

刘根，字君安，是京兆长安人。汉成帝时，到嵩山去学道，遇见一个神异的人，教给他秘诀，于是他成了仙人，能召使鬼来。颍川太守史祈以为他是妖怪，便派人把他招来，想要杀掉他。刘根到了太守府，史祈对他说："你能让人看见鬼，你就让鬼显现出形来，不然就杀了你。"刘根说："这很容易。请借您面前的笔砚来画符。"于是他拿着符，敲打着桌子，一会儿，忽然看见五六个鬼，捆绑着两个囚犯来到史祈面前。史祈仔细一看，竟是自己父母。他父母向刘根叩头说："我小儿无理，应该万死。"父母又呵斥史祈说："你作为子孙不能光宗耀祖，为什么得罪神仙，竟连累父母双亲到如此地步！"史祈又惊恐又悲哀，哭泣起来，叩头向刘根请罪。刘根默默地忽然离开，不知到哪里去了。

17 汉王乔

汉明帝的时候，尚书郎河东王乔在叶县当县令。王乔通法术，每月初一，常常从县里到朝廷来。汉明帝奇怪他来得频繁，却又不见他有什么车马，就密令太史候查看他有什么异常。

太史报告说，王乔来的时候，总有两只野鸭从东南方向飞来。于是就埋伏着等候，一看见野鸭，就张开罗网去捕捉，结果只扑到一双鞋。汉明帝叫宫中专门掌管制造器物的尚方令来辨认,原来是四年时赐给尚书郎的鞋。

18　蓟子训之遁

蓟子训,不知是从什么地方来的。东汉时,他到洛阳,拜见了几十个大官,每次拜见时都拿一杯酒、一片干肉款待他们,并说:"我远道而来,没有什么东西,只能用它来表示一点小小的心意。"宴席上几百个人,吃吃喝喝整天没个完,离开后都看见有白云升起,从早晨直到傍晚都这样。当时有个百岁老人说:"我小时候,看见蓟子训在会稽集市上卖药,面色也像这样。"蓟子训不喜欢住在洛阳,就悄悄溜走了。正始年间(240—249),有人在长安东面的霸城,看见他与一位老人一起在抚摸铜人,并对老人说:"当时看见铸造这铜人,到现在已快五百年了。"这看见的人向他喊道:"蓟先生等一等。"他们一边走一边答应着,看上去好像在慢吞吞地走,但奔跑着的马也追不上。

19　汉阴生乞市

汉代有一个叫阴生的人,是长安渭桥下行乞的小孩。他经常到集市乞讨。集市上有人讨厌、憎恨他,拿粪洒在他身上。一会儿,他又在集市上乞讨,衣服上却不见有粪污了。县吏知道了这件事,把他拘捕起来,关进监牢,戴上脚镣手铐。但是他马上又会回到集市上继续乞讨。县吏又拘捕他,想把他杀死,他却逃走了。拿粪洒他的人家,房屋无缘无故倒塌,死了十多人。长安城里流传着歌谣,歌词说:"见到乞丐,给他美酒,以免遭到房屋倒塌的灾祸。"

20　平常生

谷城乡的平常生,不知是什么地方人。他多次死后又活了过来。

当时的人未曾引起重视。后来，谷城洪水泛滥，造成的危害不止一种。平常生就在缺门山上大声呼喊："平常生在这里。"又命令："雨回去吧，洪水必须在五天退尽。"洪水退尽了，人们就上山要为他修建神祠，但所看到的只是他的衣服、手杖和皮带。几十年以后，他又在华阴县做看守城门的差役。

21 左 慈

左慈，字元放，庐江人，年轻时就很神通，曾经参加曹操的宴会。当时曹操笑着环顾诸位宾客说："今日盛会，山珍海味都有，所缺少的，是吴淞江鲈鱼做的鱼片。"元放说："这很好办。"于是他要了个铜盘，装上水，用竹竿当鱼饵在盘中钓鱼。一会儿，引出一条鲈鱼来。曹公高兴地拍手，在座的都很惊讶。曹公说："一条鱼不够招待在座宾客，有两条最好。"元放便又放钩上，一会儿，又钓出一条鱼，有三尺长，新鲜可爱。曹公便让厨师当着众人把鱼做成鱼脍，一一赐给在座的各位宾客。曹公说："现在已经得了鱼，但遗憾没有蜀地的生姜。"元放说："也可以得到。"曹公担心他在近处买，又说："我前几天派人到蜀地去买锦，你可令人告诉我的使者，让使者多买二端。"

人离开后一会儿就回来了，拿来了生姜，又说："在蜀锦集市上见到了您的使者，已传令让他多买二端蜀锦。"一年后，曹公的使者回来，果然多买了二端蜀锦。曹公问使者，使者说："去年某月某日，在集市上见到一人，把您的命令传达给我。"后来曹公到近郊去，随从官员百余人。元放拿着一坛子酒，一片肉干，亲自给各位官员倒酒。官员没有不酒足饭饱的。曹公很奇怪，派人询查其中的原因。询查卖酒的酒家，都说昨天丢了酒和干肉。曹公大怒，暗想杀死元放。元放又到曹公那里做客，曹公想拘捕他，元放躲到墙壁中，突然不见了。曹公于是悬赏捉拿他，有人在集市上看见他，想要捕他，可集市上的人都变得和元放一样形状，不知谁是元放。后来有人在阳城山上遇见元放，于是又追逐他，他便跑进羊群里。曹公知道抓不到他,就让人对着羊群说:"曹公不想杀你,只是想试试阁下法术罢了,现在已经应验,只想和你相见。"忽然有一只公羊,屈着前面两膝,像人那样站立着说:"窘迫成这个样子。"人们马上说:"这只羊就是元放。"争着去捉这只羊。可数百只羊突然都变成了公羊,并且都弯曲着前面两膝,像人那样站立着说:"窘迫成这个样子。"于是就不知该捕哪只羊了。老子说:"我所以有很多忧虑,就是因为我有形体,等我没有形体了,我还有什么可忧虑的呢!"像老子这样的人,可以说是能做到无形体的了,难道精神还不远大吗?

22 于 吉

孙策准备渡江袭击许昌,同于吉一起行军。当时天气十分干旱,所到之处酷热得甚是烤人。孙策督催将士,让他们快些牵拉战船前进。有一次,孙策一早就亲自前去督催,看到将士大都在于吉那里。孙策为此大为愤怒,说:"我的号令不如于吉吗,你们先去迎合依附他?"于是派人拘捕于吉。把于吉抓来了,孙策责骂他说:"天气干旱久不下雨,道路阻塞难以行走,不能按预定的时间过江,因此我才亲自早起督催。而你不与我同忧共愁,安然坐在船中,装神弄鬼,涣散我的军心。必须把你除掉。"令人把于吉捆绑起来放在地上,让太阳暴晒,叫他祈天下雨。如果能感动上天,到中午就下雨的话,可以原谅赦免他;如果不能,就杀了他。转眼间云气上升弥漫,低小的天空浓云四合。等到中午,大雨忽然倾盆而下,河溪山沟大水横溢。将士们很高兴,都认为于吉必会被赦免,都前去祝贺慰问他。孙策见此情景,就把于吉杀了。将士们对于吉深表哀痛惋惜,把他的尸体收藏起来。天黑,忽然又涌起云翳将尸体加以覆盖。第二天早晨前去查看,尸体不知去了哪里。

孙策杀死于吉后,每当一人独处时,都好像看见于吉在他的左右,心里就更加厌恶,有很失态的表现。后来他患疮疾,经治疗刚刚愈合,拿起镜子照自己的容颜,看见于吉也出现在镜子里,回看身后又一无所有。这样反复了多次。孙策摔掉镜子大叫起来,创口全部崩裂,不一会儿就死了。(于吉,琅琊人,是个道士。)

23　介琰变化隐形

介琰,不知道是什么地方人。居住在建安方山之中。跟随他的师傅白羊公杜必学习玄一、无为道术,能够变化、隐身。他曾经到东海去,途中在秣陵暂停,和吴国君主孙权有来往。孙权留介琰住下来,于是为他修建了宫庙。一天之内,多次派人去问候他的日常生活。介琰有时变成儿童,有时变成老头子,什么也不吃喝,也不接受赠送或赐给的财物。孙权想学介琰的法术,介琰认为他宫中有很多妃嫔,不宜学道,好几个月都没有教他。孙权生气了,命令把介琰绑起来,让甲士拿弓箭射他。箭射过去,绑的绳子还在,却不知介琰到哪儿去了。

24　徐　光

吴国有个叫徐光的人,曾在街市里巷表演法术。他向摊贩要瓜吃,那卖瓜的不给,他便拿了些瓜子,用拐杖掘地把它种上。一会儿瓜子发芽,枝蔓延伸,开花结瓜,就摘下来吃,又送给围观看的人。卖瓜的回头看看自己要卖的瓜,都没有了。徐光说到的水灾旱情,都有应验。有一次他经过大将军孙綝的门前,提起衣服急匆匆地跑过去,鄙夷地向两边吐唾沫并用脚践踏着。有人问他这样做的原因,他回答说:"那里流血的腥气,实在让人不能忍受。"孙綝听见了这话,十分憎恨,就把他杀了。砍去他的头,却没见血。到后来孙綝废除幼帝孙亮,改立孙休为景帝,将要拜谒皇陵让景帝登基,刚上车,忽然有大风摇荡着孙綝的车子,车子被大风刮翻了。孙綝只见徐光在松树上,指手画脚地讥笑他。孙綝问随从人员看见徐光没有,大家都说没看见。不久景帝就把孙綝杀了。

25　葛玄请雨

葛玄,字孝先,曾跟随左元放学习《九丹金液仙经》。他曾与客人面对面吃饭,谈到变化的事情,客人说:"等吃完饭,先生作一个变化来玩玩。"葛玄说:"您为什么不想马上看一下呢?"就喷出嘴里的饭,那饭粒全都变成了大胡蜂,一共有几百只,都聚集在客人身上,也不刺人。过了些时候,葛玄就张开嘴巴,胡蜂都飞了进去。葛玄咀嚼着,仍然是原来的米饭。他又指挥蛤蟆以及各种爬虫燕雀之类让它们跳舞,这些动物跳起舞来就像人一样合乎节奏。他冬天为客人置办新鲜的瓜果飞枣子,夏天给客人们献上寒冰白雪。他曾用几十个钱币,让人乱丢在井里,然后他拿了一只容器在井上面呼唤它们,这些钱币就一个一个地从井里飞出来了。他为客人置办酒宴,没有人送杯子,杯子会自己来到客人的面前,如果没喝完,杯子就不会离去。

有一次,他和吴主孙权坐在楼上,看见人们在做求雨的泥人。孙权说:"百姓盼望下雨,但做些泥人难道就可以得到吗?"葛玄说:"雨水倒是容易搞到的。"就写了道符箓放在土地庙里,顷刻之间,天阴地暗,大雨瓢泼,积水流淌。孙权说:"水里有鱼吗?"葛玄又写了一道符箓扔进水中。一会儿,水里就有大鱼几百条。孙权就派人抓了这些鱼来烧了吃。

26　吴猛行术

吴猛是濮阳人,在吴国做官,为西安县令,于是就把家安置到分宁县。他性情恭顺,遇到神人丁仪,传给他神仙方术,又得到了秘法神符,对道术也很精通。曾经遇见大风,吴猛写了神符,把它扔到屋顶上,飞来一只青鸟把符衔去,大风立刻就停止了。有人问其中的原因,吴猛说:"南湖上有船,遇到了大风,有道士求救。"核实情况,果然与说的一样。西安令干庆,已经死了三天了,吴猛说:"他的寿数还没尽,应该向上天诉说。"于是他卧在尸体旁。几天后,吴猛和西安令一同起来了。后来,吴猛带领弟子回豫章,江水又大又急,人无法渡过。吴猛就用手中的白羽毛扇子划向江水,截断了江流,出现了陆地,人们慢慢地走了过去。人过去之后,江水又恢复了原来的样子。围观的人都很惊讶。吴猛曾经驻守浔阳,当时周参军家突然狂风骤起,吴猛立刻写了神符扔到屋顶上,一会儿,风就停止了。

27　园　客

园客是济阴人,容貌很英俊,同乡人有好些都想把女儿嫁给他,他一直不娶。他种过一种五色香草,服食它的籽实达几十年。一次,忽然有一头五色神蛾停在香草上,园客把神蛾捉住,用布垫在它下面,它就产下了蚕卵。

到春天孵蚕的季节,有个神女夜里到来,帮助园客养蚕,也用香草喂蚕,收到一百二十只像瓮那么大的蚕茧。每只茧,要缫六七天才能把丝缫尽。蚕茧缫完后,神女和园客一起仙去,没有人知道他们到了哪里。

28　董永和织女

汉朝的董永,是千乘县人。小时候就死了母亲,和父亲一起生活。他尽力种田,用窄小的车子让父亲坐在里面伴随着自己。父亲死了,没有钱埋葬,他就把自己卖给人家当奴仆,用得到的钱来办理丧事。买主知道他贤能孝顺,就给了他一万个钱,叫他回家去守丧。董永守完了三年孝,想要回到买主那里去干劳役,在路上碰到一个女子,对他说:"我愿意做您的妻子。"就和董永一起到买主家去了。主人对董永说:"我已经把钱奉送给您啦。"董永说:"承蒙您的恩德,我父亲死了才得到安葬。我虽然是个卑微的人,也一定要尽心竭力来报答您的大恩。"主人说:"这女人会干什么呢?"董永说："会纺织。"主人说："您一定要这样来报答我的话，就只要让您妻子给我织一百匹双丝细绢。"于是，董永的妻子为主人家纺织，十天就织完了。这女子出门后对董永说："我是天上的织女。只是因为您极其孝顺，天帝才命令我来帮您偿还欠债的。"说完，就腾空而去，不知到了什么地方。

29　钩弋夫人之死

起初，钩弋夫人犯下罪过，被责令赐死。出殡以后，尸体不发臭，反而有香气飘到十多里远的地方。于是把她埋葬在云陵。汉武帝哀痛地悼念她。又怀疑她不是普通的人，就掘墓开棺来察看。棺里是空的，没有尸体，只留下一双鞋子。还有一种说法是，汉昭帝即位后，重新安葬钩弋夫人，棺里是空的，没有尸体，仅仅留有丝织的鞋子在那里。

30　杜兰香

汉代有个杜兰香，自称是南康人。晋愍帝建兴四年春天，她多次前往张传的住处。那时张传十七岁。看见她的车子在门外，婢女代她通报说："我母亲所以要生下我，是指派我来这里许配您的，我岂能不恭谨地从命！"张传先前改名张硕。张硕把杜兰香叫上前来一看，约莫十六七岁，讲述的事情却是久远得不能再久远的了，她有两个婢女：大的叫萱支，小的叫松支。送她们前来的是华贵的钿车、神异的青牛，车上吃的喝的一应俱全。杜兰香作诗说："我母居住在灵山，常常漫游云霄间。羽仪簇拥多侍女，不出仙境绝尘凡。风云驾车送我来，人世污浊岂再言。与我相依有福分，对我猜疑有祸端。"

到那年八月的一天早晨，杜兰香又来了。她作诗说："在银河逍遥自在乐无边，一眨眼从九嶷山来到此间。你在这飘忽混沌的人世上往返顾盼，何不渡过弱水去得道成仙。"她拿出三个薯蓣块，大得像鸡蛋,说:"吃了它,可以使你不怕风波,免除寒温之病。"张硕吃了两个,想留下一个。杜兰香不同意,叫张硕吃光它。她说:"本来是给您做妻子的,感情深厚亲密。只是因为年庚不一样,这是一点小的抵触。太岁星卯时在东方出现的时候,我会回来寻找您的。"杜兰香从天上降临的时候,张硕问:"向神祷告祭祀一番怎么样?"杜兰香说:"消魔自会治愈疾病,滥加祭祀没有好处。"杜兰香把药叫作消魔。

31　弦超与神女

　　三国曹魏时济北郡从事掾弦超,字义起。在魏齐王嘉平年间的一个夜晚,他独自一人睡觉,梦中有一个神女来陪伴他。神女自称是天上的玉女,东郡人,姓成公,字叫知琼,很小就失去了父母,天帝可怜她的孤苦,下令让她到人间出嫁,跟随自己的丈夫。在梦中,弦超精神爽朗,感觉清晰,他欣赏神女的美貌,绝不是一般人所能比的。他睡醒后,忧郁思念,知琼的形象时而显现、时而消失,好几个晚上都是如此。一天早上,知琼显形来到弦超处,她驾着华美的篷车,八个婢女跟从着,穿着绫罗锦绣的华丽衣服,姿容体态,举止风度就像仙女一样。她自己说她有七十岁,看上去就像十五六岁的少女。车上有壶、植、青白琉璃的器皿五具,饮食很奇异。她准备好了食物和美酒,与弦超一起饮食。她对弦超说:"我是天上的玉女,被责令下嫁到人间,所以来陪伴您的。想不到您很有德行,前世的缘分应运而生,咱们应该做夫妻。即使不能有益处,也不会对您有损害。那样,你往来就可驾着轻车,乘着肥马,饮食更少不了佳肴美味,精美的丝织品也将取之不尽。而我虽是神人,不能为您生儿子,但也没有妒忌的习性,不会妨害您的婚姻大事的。"于是二人结为夫妇。知琼赠诗给弦超,其中说:"我在渤海蓬莱仙境飘游,云板石磬发出动人的乐声。灵芝草不需雨水的滋润,最高的德行要等待时机而相遇。神仙哪里是凭空感应,是顺应天意来帮助您。接纳我五族共享荣耀,违背我必将招致灾祸。"这是诗的大概意思。

全诗有二百多字，不能全部记录下来。同时知琼还注释了《周易》共七卷，有卦辞，有象辞，用象辞作归类。所以，其中的文字，既有义理，又可以占卜吉凶，就好像扬雄的《太玄》、薛氏的《中经》。弦超全能理解其中的意义，用它来占卜吉凶。他们做夫妻有七八年，弦超的父母为他娶了妻子以后，他与知琼隔天在一起宴饮，隔夜在一起睡觉。晚上来，早上离开，来去迅速，就如飞的一般。只有弦超能看见她，别人看不见。即使住在幽暗无人的房子里，也能听到她的声音。常见她的踪迹，却不见她的形体。后来，有人觉得很奇怪，就问弦超，弦超泄露了这件事，玉女于是要求离开。她说："我本是神人，虽然和您结交，但不愿让人知道，而您性情疏漏，我的身份已经暴露，不能再和您往来了。多年的交往，恩义颇重，一旦分别，怎能不感到悲痛！情况使我们不得不如此，我们各自珍重吧！"说完又招呼侍女，备酒饮食，又打开箱子，取出丝织的裙衫两件留给弦超，又赠给弦超一首诗，与弦超握手告别，泪水涟涟，悲凄地登上车子，飞一样地离去了。弦超忧郁感伤多日，疲乏困顿已经难以支持了。知琼离开后五年，弦超奉州郡差使去洛阳，来到济北鱼山下的田间小路上，向西走，远远望去，弯道头有一辆车马，很像知琼，弦超驱车过去，果然是知琼。于是两人揭开帷幕相见，悲喜交加。催赶着骖马，拉着车绳，一起来到洛阳，又结为夫妻，恢复原来的爱情。到晋武帝太康年间，他们仍健在，只是不能天天往来。每到三月三日、五月五日、七月七日、九月九日、每月初一、十五，知琼就降临人间，过一夜再离开。张茂先为她作了一篇《神女赋》。

卷 二

1 寿光侯劾鬼

寿光侯,是汉章帝时候的人。据说他能整治各种妖魔鬼怪,让它们自己绑缚自己而现出原形。他的乡里有一妇人被鬼魅伤害,寿光侯为她治疗,最终见到一条几丈长的大蛇,死在门外,妇人安康了。有一棵有精气的大树,人站在树下就死,鸟飞过大树也会落下来。寿光侯惩治它,正值盛夏,大树枝枯叶落,有一条长七八丈的大蛇死后挂在树上。汉章帝听说了这件事,就询问寿光侯。寿光侯回答说:"有这事儿。"章帝说:"我的宫殿里有妖怪,每到后半夜,常有许多人,穿着大红衣服,披散着头发,拿着火把,一个跟一个。怎么能除去它们呢?"寿光侯说:"这只是小怪,消除它很容易。"章帝让三个人假装鬼魅,寿光侯施行法术,三个人顿时仆倒在地没气了。章帝吃惊地说:"并没有鬼魅,是我想试试你的法术呀!"寿光侯便解除了法术。

还有一个说法:汉武帝时,宫殿里有妖怪,常常看见它们穿着大红衣服、披散着头发,一个跟着一个,拿着火烛在跑。汉武帝对刘凭说:"你能除掉这些妖怪吗?"刘凭说:"能。"于是把符箓投过去,那些鬼就都倒在地上。武帝说:"我只是来试试你的法术。"刘凭解除了法术,他们才苏醒过来。

2 樊 英

樊英隐居在壶山。有一次,他见暴风从西南方刮起,就对跟随自己学习道术的人说:"成都街市火势很猛。"他含了一口水,向西南方喷去。又叫人记下当时的日期。后来,有个从蜀地来的人说:"那天发生大火,有一片云从东方飘来,不一会儿下起了大雨,火就灭了。"

3 徐登与赵昺

闽中郡有个叫徐登的,原本是女人,后来变成了男人。他和东阳郡的赵昺,都擅长道术。时逢兵乱,他们相逢在一条小溪边,互相炫耀自己的本事。徐登先施法术,他让溪水不流淌。赵昺随后施法术,他让杨柳发出新芽。两人相视而笑。徐登年纪稍长,赵昺把他当作老师对待。后来徐登死了,赵昺来到章安城里,老百姓都不了解他。于是,赵昺升上茅屋顶,用大鼎生火做饭。屋主人惊奇地问是怎么回事。赵昺笑而不答,茅屋也没有损坏。

4 赵 昺

赵昺曾到河边要渡河,艄公不同意。赵昺就张挂起车上的帷幔和顶盖,然后坐在里边,长吼一声呼来一阵风,他就御风横渡过去了。百姓都钦佩他,跟从他的人有很多。章安县令恨他妖言惑众,就把他抓来杀了。百姓给他在永康县建了一个祠堂,至今蚊虫也飞不进去。

5 徐赵清俭

徐登和赵昺,崇尚清廉俭朴,他们用东流水代酒祭神,把桑树皮削下来当作祭神的干肉。

6 陈节访神

陈节拜访各路神仙,东海神送给他一件青色的丝织短袄。

7　边　洪

宣城边洪任广阳领校。因母亲去世，回到老家。韩友来看他时，天色已晚，韩友一进去就出来对随从的人说："快点儿打理一下，我今晚就要离开这儿。"随从的人说："今天天都黑了，几十里荒山野路，为什么着急走呢？"韩友说："这里血流一地了，哪能再住？"边洪苦苦留他也留不住。

这一夜，边洪突然发起疯来，绞死了两个儿子，杀了妻子，又砍伤了父亲的两个婢妾，自己不知所踪。

几天后，人们在宅前树林中发现他，已经上吊死了。

8　鞠道龙说黄公事

鞠道龙善于变魔术。他曾说："从前有个东海郡人黄公，善于变魔术，能制服毒蛇，驾驭老虎。他常常佩带铜刀。等到他衰老了，喝酒总是喝过头。秦末，在东海郡出现了一只白虎，皇帝下诏派黄公用铜刀去镇压它。但黄公的魔术已经失效了，自己反而被老虎咬死了。"

9　谢糺作脍

谢糺有一次招待客人，用朱丹画符投进井里。很快就有一对鲤鱼跳出来。他马上叫人做成鱼脍，在座的客人每人都吃到了。

10　天竺胡人

西晋永嘉年间（307—312），有个印度人渡水来到江南。这个人会许多种魔术，能够截断舌头再把它接起来，能够从口里吐出火焰。他在什么地方表演，人们就到什么地方围聚观看。在表演断舌复续之前，他先把舌头伸出来让大家看。大家都看清楚以后，他才用刀截断舌头，鲜血直流，把地面都染红了。马上，他就把截下的一半舌头放进器皿里，让人们传看，再看他的口中截剩的那一半舌头还在。绕场一周传看完了。他回到场子中心，从器皿中取出断舌含到嘴里连接它。坐了一会儿，大家看见他的舌头已经完好无损地跟原来一模一样了，完全看不出它曾经被截断过。

他还可以表演连接断物，先拿出一匹绢布，跟另一个人各拉绢布的一头使它展开，然后对折，从中间裁成两段。接着他把两段的断头合在一起，大家一看那绢布又连接成了没有断痕的一匹，跟原来一模一样。当时人们大都怀疑剪布是假的，暗中试验他，是真的把绢布剪断了。

他的吐火是这样表演的，先把一种药物放在器皿里，再拿一片火石引燃药物，使它和黍糖熔合一体，然后就对着黍糖药块反复吹气。只一会儿，他张开嘴，满口喷出火焰。随后他就用这火焰引燃木柴做饭，可见确实是真正的火。他又把书纸和绳线之类东西投进这火里，大家眼睁睁看着这些东西全都烧起来，最终化成灰烬。可他拨开灰烬，从中拿出来，高高举起，还是原来那东西。

11　虎鳄惩罪人

扶南国王范寻在山上养虎。有人犯罪，他就丢到山上喂虎，虎不吃的，就释放他。所以山名叫大虫山，也叫大灵山。又养了十条鳄鱼，如果有犯罪的人，就投给鳄鱼，鳄鱼不吃的，就赦免他。无罪的人鳄鱼都不吃，所以又叫鳄鱼池。他曾把水煮沸，将金指环投到沸水中，然后用手伸到沸水中。一般的人，手不会烫烂；有罪的人，手伸到沸水中马上就溃烂。

12　贾佩兰

贾佩兰是汉朝戚夫人的侍女，后来离开皇宫嫁给扶风人段儒做妻子。她说在宫里的时候，曾经用弦管乐器伴奏歌舞，大家竞相穿上华丽美艳的衣服，共度好时光。每逢十月十五日下元节，大家一起进灵女庙，拿猪肉、黍酒祭祀神灵。伴随吹笛击筑的乐声，唱《上灵之曲》，互相挽起手臂，用脚踏地打节拍，唱《赤凤皇来》曲。这是当时的巫俗。到七夕节时，大家来到百子池，唱《于阗曲》。唱完后，就拿彩色丝线互相扎马络头形状的发式，把它叫相连绶。八月四日，走出闺房北门，到竹林下面赛围棋。获胜的全年都有福气，失败的全年都会患病，只有拿丝线向北极星祈求长命，疾病才能免除。九月，佩戴茱萸，吃蓬饵糕，喝菊花酒，传说这样可以使人延年长寿。菊花开放的时候，把叶子、枝茎一齐采集回来，掺拌在黍米里酿制，到第二年重阳节，才可启封饮用，所以，把它叫作菊花酒。正月第一个辰日那天，到池边用水洗手洗脸，吃蓬饵糕，这样就可免除灾邪。三月第一个巳日那天，到河溪边上就地唱歌跳舞。就像这样度过了一年。

13　李少翁致神

汉武帝宠爱李夫人。李夫人死后，武帝经常思念她。方士齐人李少翁自称能招徕她的魂灵。于是，便在晚上扎起幕帐，在里面点亮灯烛，让武帝在另一个篷帐里，远远地望着。武帝看见一个像李夫人的美女在幕帐里，环绕幕帐坐下或行走，却不能挨近看。武帝更加感到悲伤，为此写诗："是她不是她呢？站在那里，远远望去，轻盈飘忽，苗条轻柔。为什么慢慢地走，来得这么晚？"命令乐府懂音乐的乐工配上曲子弹唱这首诗。

14　营陵道人

汉代北海郡营陵县有一个道士，能让活人与死人相见。和他同郡的一个人，妻子已死了好几年，听说后就来见他，说："希望你能让我见一下死了的妻子，真能这样，我就是死了，也没有什么遗憾的了。"这道士说:"您可以去见她。如果听到鼓声,就要立即出来,别再滞留。"接着告诉他相见的办法。

这人见到了妻子,和妻子谈话。两人那悲戚、喜悦以及恩爱之情就像妻子生前一样。过了好久,他听见鼓声,真是恨得要命,但不能再待下去了。他出门的时候,他的衣襟被卡在门缝里,他拽断衣襟就走。

一年多以后,这人死了。人们把他和妻子合葬,刨开他妻子坟墓时,发现他妻子的棺材盖下,有他那被拽断的衣襟。

15 孙休试觋

吴国景帝孙休身患小恙,想请男巫来看病。大臣们找到了一个人,想先试试他,就杀了只鹅埋在养禽兽的苑囿中,在它上面盖起了小屋,放置了床和小矮桌,把妇女的鞋子衣服等放在上面,让这男巫来看,并告诉他说:"如果你能说出这坟墓中女鬼的形状,就给你丰厚的赏赐,而且也就相信你了。"这男巫却整天不吭声。

景帝催问得急,他才说:"实在没见到有什么鬼,只看见一只白头鹅立在坟上。我之所以不马上说,是因为疑心这鬼怪变化成这模样来捉弄我们。但当我探测它的真正形状时,它却不再有什么变动。我实在不知道这是什么原因,只好大胆地把它如实向皇上汇报了。"

16 女巫识朱主

东吴孙峻杀了朱主,把她埋在石子冈。吴末帝即位后,想要改葬朱主,但许多坟墓并列排设,不能辨识出哪个是朱主墓。而当时的宫人还记得朱主死时穿的衣服。末帝命两个女巫分住不同之处,等候朱主显灵。又让察战监视她们,不许她们接近。

过了一段时间,两个人一同禀报:"见到一个女人,三十多岁,头上有青色锦绣的束头,身上穿着紫白色的夹衣,红色丝绸鞋子。她从石子冈上上山,到半山冈,把手放在膝上,长长地叹息。停留片刻后，又到了一座坟墓上停下来，徘徊了多时，忽然不见了。"两人的话，不约而同。于是，在她们所指的地方掘开坟墓，棺里的衣服果然和她们说的一样。

17　夏侯弘

夏侯弘自称见到过鬼，还和鬼说了话。镇西将军谢尚的马忽然死了，他十分忧愁烦恼，便对夏侯弘说："你如能叫这匹马复活，你才真是见鬼了。"就走了，过了好久，夏侯弘回来，说："庙神喜欢你的马，就把它牵去了。它会活过来的。"

谢尚对着死马坐着。不一会儿，马忽然从门外走回来，到马尸旁便没了踪影，死马即刻就能起来行走了。

谢尚又问夏侯弘说："我没有儿子，这是对我的惩罚吗？"夏侯弘过了好一阵子，没能告诉他什么，只说："刚才见到的是个小鬼，搞不清其中的缘由。"后来，夏侯弘忽然遇到一个鬼，乘着新车，有十几个随从，穿着青丝袍。他上前拉住牛鼻。车中人对他说："你为什么拦我？"夏侯弘说："有点事儿要问你。镇西将军谢尚没有儿子。他是个风流倜傥的人，声望很好，不能叫他绝了后啊。"车中人似乎有些感动，说："你说的，正是我的儿子。他年少时，与家中的丫鬟私通，向她发誓不再结婚，结果违背了约定。如今这丫鬟死了，在天帝那儿告了他。就为这个，他才没有儿子。"夏侯弘把这些话一五一十地告诉了谢尚。谢尚说："确实，我年轻时有过这事。"

夏侯弘在江陵见到一个大鬼，提着矛戟，有几个小鬼随从。夏侯弘害怕，躲到路边避开他。大鬼走过去以后，夏侯弘捉到一个小鬼，问："大鬼手里拿的是什么东西？"小鬼说："是矛戟，用来杀人。只要刺中心腹，全都很快就死去。"夏侯弘问："医这病有方子么？"小鬼说："用乌鸡敷贴就好。"夏侯弘说："你们要到哪儿去？"小鬼说："去荆州和扬州。"那时，江陵多日流行心腹病，得了此病没有不死的。夏侯弘就教人杀了乌鸡敷贴，十有八九都能治好。如今，人们治疗突发性的急病，还用乌鸡敷贴，就是源自夏侯弘。

卷 三

1 孔子遗瓮

汉明帝永平年间,有一会稽人叫钟离意,字子阿,是鲁国的宰相。他到任后,自己拿出一万三千文钱,交给户曹孔䜣,让他去修孔夫子的车。自己亲自到孔庙去,擦拭孔庙里的桌椅席子、孔子的佩剑和鞋子。有个名叫张伯的在堂下除草,从土里发现七枚玉璧,张伯藏了一枚在怀里,把其余六枚交给钟离意。钟离意让主簿把玉璧放在桌子上。

孔子讲学的堂下床头悬挂着一只坛子,钟离意把孔䜣招来,问他:"这是什么坛子?"孔䜣回答说:"是孔夫子的坛子。背面有丹书,人们都不敢打开。"钟离意说:"孔夫子,是圣人,他留下这个坛子,就是用来指示后来的贤者。"便把坛子打开,白绢上写着:"后世整理我的书籍的,是董仲舒。修理我的车子、擦拭我的鞋子、打开我的坛子的,是会稽人钟离意。玉璧共有七枚,张伯私藏了一枚。"钟离意马上招来张伯询问:"玉璧有七枚,你为什么藏起一枚?"张伯连连叩头,交出了那一枚玉璧。

2 段 医

段医,字元章,是广汉郡新都县人。他研习《易经》,通晓占侯之术。有一个弟子,在段医门下学习了好几年,自认为已经通晓主要的方术了,就向段医辞别返乡。段医给他调制了药膏,并用竹筒写了一封信,一同封在竹筒里。临别时,段医告诉弟子说:"若遇到紧急的事情,就打开它看。"

那个弟子到了葭萌,跟小吏争着渡江。渡口的小吏打破了那个弟子随从的头。那弟子打开竹筒,看到了段医的信。信上说:"到了葭萌,会和小吏有争斗。如果头被打破,就用这药膏为他敷上、包扎。"那个弟子按照信中的话做了,受伤的随从即刻痊愈。

3 臧仲英家的怪物

右扶风人臧仲英,任侍御史。家里仆人做饭摆上桌子,有不干净的泥土掉到里面弄脏了它。食物要煮熟的时候,煮食物的锅不知道到哪里去了。兵器弓箭会自己移动。衣笼里起火,衣物都烧光了,衣笼却完好如初。一天早上,妻子女儿和女仆的镜子都不见了。几天以后,镜子从前房到了院子里,有一个人的声音说:"还你们镜子。"臧仲英三四岁的孙女,失踪了,到处找不到,两三天以后,才发现她在茅房的粪堆里哭呢。像这样的事屡见不鲜。

汝南人许季山,善于卜卦。他卜这件事说:"你家里有一条怪物老青狗,内庭里有个侍者叫益喜,这是他俩共同作怪。要想灭除怪事,就杀掉这条狗,打发益喜走。"臧仲英照此办理,鬼怪再没有出现了。后来臧仲英迁职太尉长史,升职为鲁相。

4 乔 玄

太尉乔玄,字公祖,是梁国人。刚当上司徒长史,五月底的一个夜里,他睡在大门边,半夜以后,看见东墙雪白,就像开了门一样明亮。他叫过身边的人来问,却都说没看见。他就起床自己去看,用手抚摸这墙壁,墙壁还是像原来那样。他回到床上,又看见东墙雪白,他心里非常恐惧。

他的朋友应劭去看望他,他便把这事告诉了应劭。应劭说:"我有个同乡叫董彦兴,是许季山的外孙。他研修深奥幽隐,精通神妙变化,就算是精通《春秋》的眭弘和精通《易经》的京房,也不能胜过他。但他天性拘谨,不好意思去占卜。近来他正好来看望他的老师王叔茂,我去把他接来吧!"一会儿,董彦兴就和王畅一起来了。乔玄礼节备至谦恭礼让,准备了丰盛的酒宴,走下座位给董彦兴斟酒。董彦兴自己先说:"我一个乡下秀才,没有超人之才,您礼节隆重,我实在有点受之有愧。如果我略能为您干一点什么事,我愿意为您效劳。"乔玄反复推让,然后就听从了他。董彦兴说:"您一定碰上了怪事,是墙上的白光像开了门一样明亮吧,但没什么危害。六月上旬,晨鸡啼鸣时,听见南边的人家在哭,就吉利了。到秋季,您将调到北面的郡府,那郡府的名称中有'金'字。您的职务直到将军、三公。"乔玄说:"我确实碰到了这样的怪事,现在连抢救灭族的灾难都来不及,哪还敢有这些想法呢?这只是在宽我的心罢了。"

到六月初九,天还没亮,太尉杨秉突然死了。七月初七,乔玄被任命为巨鹿太守,巨鹿名称中正巧有"金"(钜)。后来,乔玄果然做了度辽将军,历任太尉、司徒、司空等三公要职。

5 管辂卜卦

管辂,字公明,是平原县人。他精通《周易》,擅长卜筮。安平太守东莱人王基,字伯舆,家里屡次发怪事,就让管辂用蓍草给他占个卜。卦象成后,管辂说:"根据您的卦象,一定有个下贱的女人生个男孩,那男孩一落地就会跑,跑进灶中就死了。还有,你床上肯定有一条大蛇叼了毛笔。大家都去看,一会儿它就溜走了。还有,乌鸦飞到你家里,与燕子搏斗,燕子死了,乌鸦便飞走了。一共有这三种卦象。"

王基惊讶地说:"您深入研究事物的微妙意蕴,竟达到了这种地步!希望您能再预测一下这些卦象的吉凶。"管辂说:"没有什么其他的灾祸了,只是你住的房子太旧了,里面的魑魅魍魉等精怪一起作祟罢了。那孩子生下来就跑,不是他自己能跑,而是火精宋无忌的妖术把他拉进灶中。那叼笔的大蛇,是您原来的文书。那与燕子搏斗的乌鸦,是您原来的侍从。神圣的正道,不是妖精能够加害的。各种事物的变化,不是道术所能阻止得了的。经久历远的精怪,必然具有一定的气数。现在的卦象中,只看见它们做的事,没看见这些事情的严重后果，所以，这些都是虚假的花招，而不是妖怪危害的预兆，也就没什么可忧虑的了。过去，殷高宗的宝鼎不是野鸡啼叫的地方，太戊帝的石阶也不是桑树生长的地方。然而，野鸡在那宝鼎上一叫，武丁就当上了高宗；桑树和谷树突然长在朝廷上，太戊帝便兴盛了。您怎么知道您这三件怪事不是吉兆呢？请您安心修养高德，将它发扬光大，不要因为这些精怪的干扰而玷污连累了天皇真人（道教所信奉的神）。"

后来，王基始终没碰上什么其他不幸，升迁为安南督军。

后来，管辂的同乡刘太原问管辂："您过去与王太守谈论精怪的时候，说：'原来的文书变成了大蛇，原来的侍从变成了乌鸦。'他们本来都是人，为什么让自己变成卑贱的东西呢？这是您在卦象里看见的呢？还是出自您的想象？"管辂说："如果不是依据本性与自然之道，凭什么不顾卦象而胡思乱想瞎说一通呢？各种事物没有恒常不变的形态；人变为其他的东西，没有固定的模式。有的是由大变小，有的东西是由小变大，这本没有什么好坏之分，都循着自然的规律。因此，夏代的鲧是天子禹的父亲，赵王如意是汉高祖刘邦之子，可是，到头来鲧变成了熊似的黄色野兽，如意变成了青狗，他们也是从极其尊贵的地位，变成了普通的动物。更何况蛇与地支中的巳相配，乌鸦又是太阳的精灵！它们实在是腾蛇星宿的神形，是太阳的遗影。那文书、侍从这种人，以他们卑微的身躯变成了蛇、乌鸦，也已经超过了他们原有的地位了呀！"

6 颜超延命

管辂到平原去，看见颜超的形貌有短命的征兆。颜超的父亲来乞求管辂想办法延长颜超的性命。管辂对颜超说："你回去备上一壶清酒，一斤鹿肉干。在卯日那天，让颜超到割完麦子的田地之南的大桑树下，有两个人在那里下棋。你只管去斟酒，摆上肉干，他们喝光了，你马上再斟，直到他们尽兴为止。他们要是问你，你只管拜揖，不要说话。定会有人救你。"

颜超依照管辂的话来到割完麦子的地里，果然见有二人在下围棋。颜超在他们面前摆上了酒肉。这两人贪恋下棋，只管吃肉饮酒，并不回头看是谁给的。喝过几巡酒，北边坐着的那人忽然发现颜超在旁边，呵斥他说："你为什么在这里？"颜超只是叩头而拜。南边坐的那个人说："咱们刚才吃喝的酒肉，就是他送的，你怎么能这样无情呢？"北边坐的人说："公文已经写好了。"南边坐的人说："借给我公文看看。"他见公文上写的颜超的寿命仅有十九年，便拿笔把"九"挑到前面，对颜超说："我救你活到九十岁。"颜超拜谢后返回来。

管辂对颜超说："他尽力帮助了你，很高兴你能增寿。北边坐的人是北斗，南边坐的人是南斗。南斗掌管人的生，北斗掌管人的死。凡是人受了胎，都要先经南斗再到北斗。所以人的所有祈求，都要朝向北斗。"

7　矛与箭

信都县县令家里，妇女们轮流生病。主人非常担忧，请管辂来占筮。管辂说："你家北堂西头有两个男的死了，一个拿着长矛，一个持弓箭，头在墙内，脚在墙外。持矛的负责刺头，所以会头痛，抬不起来；持弓箭的负责射胸腹，所以心痛，不能饮食。两个鬼白天浮游，夜里来害人致病，让你全家惊恐。"

县令在家里掘地八尺，果然发现两具棺材，一具棺材中有矛，一具棺材中有角弓和箭。箭年代久了，木柄都朽烂了，只有铁和角还完好。县令就把骸骨迁移到离城二十里处埋葬。此后，家里人就不再有什么疾病。

8　管辂筮郭恩躄疾

利漕口有个叫郭恩的人，字义博。他兄弟仨都得了瘸腿的毛病。郭恩就请管辂用蓍草算卦，看看得上这毛病是怎么回事。管辂说：

"卦象显示，您亲人的坟墓中有个女鬼，不是您的伯母，就是您的叔母。从前闹饥荒的时候，有一个送给她几升米的人，被她推到了井里，她还得意扬扬个不停，又推了一块大石头下去，把这个人的头都砸破了。现在这受了冤枉的孤魂十分悲痛，已经向老天申诉，所以你们都得了这恶病。"

9　淳于智杀鼠

淳于智，字叔平，是济北郡卢县人。性格深沉，讲义气，少年时是读书人，能够用《周易》占卜，擅长诅咒的道术。

高平人刘柔晚上睡觉时，老鼠咬伤他左手的中指，他很烦恼，就拿这件事去问淳于智。淳于智给他占卜，说："老鼠本来想咬死你，但没有办到。我会替你想办法把老鼠杀死。"于是，他在刘柔手腕横纹后面三寸的地方，用朱砂写一个"田"字，大约一寸二分见方。他让刘柔晚上睡觉把手露在被子外面。果然，第二天早上，就有一只大老鼠死在了手的旁边。

10　马鞭之福

上党人鲍瑗，生活贫困，家中不是死人就是有人害病。淳于智为他卜卦，说："您的住宅不吉利，因而使您困苦。您家东北有一棵大桑树。现在您去街市吧，进了街市门数十步，定有一个卖马鞭的人，您把马鞭买回来，挂在这棵桑树上。三年后，您会突然得到一笔钱。"鲍瑗听了淳于智的建议，去到街市上，果然买到了一根马鞭，把它在桑树上挂了三年。这天，鲍瑗家疏浚水井，从井下得钱数十万，还有两万余件铜器、铁器。

从此，鲍瑗家财充盈，原先患病的人也都安好无恙。

11 狐狸预祸

谯郡人夏侯藻,他母亲病得很重,正准备去请淳于智占卜,忽然有一只狐狸,对着门向他叫唤。夏侯藻非常害怕,赶忙跑到淳于智那里。淳于智说:"这个灾祸来得很急,你赶快回去,在狐狸叫的地方手抚胸口大声哭。家里的人会奇怪,大人孩子都会出来。只要有一人不出来,你就不要停止哭泣。这样灾祸就可以免了。"

夏侯藻返回家,按淳于智说的去做,果然家人都出来了,连母亲也带病出来了。当一家人都站在门外的时候,他家的五间堂屋"轰"的一声全垮塌了。

12 敲打猕猴

护军张劭的母亲病重。淳于智为其占卦,让张劭出门向西,去买一只猕猴,拴在母亲的臂膀上,再让人敲打它,使它经常出声,三天之后,把它放走。张劭照办了。

那只猕猴一出门,就被狗咬死了。张劭母亲的病很快就好了。

13 撒豆成兵

郭璞字景纯,他来到庐江郡,劝太守胡孟康赶紧渡江回到南方去,胡孟康没有听从他的劝告。郭璞收拾行装,打算离开庐江,他喜欢主人家的婢女,没有办法得到,便找来三斗小豆子,绕主人的住宅四处撒下。主人早晨起来,看见有几千个穿红衣服的人包围他家,走近看就不见了。他心里很硌硬,就请郭璞卜卦。

郭璞说:"你家不宜收养这个婢女,应该到东南面二十里卖掉她,可不要太争价钱。这样,妖怪就可以除掉了。"郭璞悄悄派人去用很低的价格买下这个婢女。郭璞给主人家在井里投一道符,几千个红衣人一个个自己跳到井里去了。主人十分高兴。

郭璞带着这个婢女离开了庐江。几十天以后庐江就沦陷了。

14　奇猿活马

赵固的坐骑忽然死了,他非常哀怜它,就去请郭璞。郭璞说:"你可以派几十个人拿了竹竿,向东走三十里地,遇到山上的树,就拼命打它。这时,会有一个怪物出来,你们要赶快把它逮回家。"

赵固就按照郭璞的话去做了,果然遇到一个怪物,像猿,就把它带回家来了。这怪物一进门,看见死马,就飞奔到死马头边,对着死马的鼻子吹气吸气。一会儿,马就能站起来了,精神抖擞,高声吼叫,很快就吃喝如常,那怪物也不再看见了。

赵固感念郭璞的奇才,便给了他很多报酬。

15　郭璞筮病

扬州别驾从事史顾球的姐姐,十岁的时候曾生过一次病。到五十多岁的时候,她让郭璞用蓍草给她算卦,得到的卦名是"大过"之"升"。郭璞诵读那卦辞道:"'大过',这卦名含义不佳,坟墓上的枯杨不开花。龙车惊动了路人,身缠重病不离妖邪。缘由是杀了神蛇,不是你的错误而是你亡父的过失。我只能按这卦辞告诉你,也没有其他办法。"

顾球就探究自己家里的事,原来他的父亲曾砍伐一棵大树,发现一条大蛇,就把它打死了,后来女儿便得了病。女儿生病后,有一群鸟有几千只,在屋上盘旋,人们都觉得奇怪,但不知道是因为什么。有个乡下的农民经过他家,抬头一看,望见一条龙拉着车,五光十色,闪烁耀眼,车子非常大,过了一会儿才消失了。

16　招牛驱魔

义兴郡人方叔保得了伤寒,快要死了,请郭璞为他占卜。卦象不吉利，郭璞让他家人找一头白牛来制伏魔。可是，找不到白牛，只有羊子元家有一头白牛，人家不肯借他。郭璞为他作法招牛。

当天就有一头大白牛从西面来，径直往叔保家里走。这牛走到方叔保面前时，他马上惊惶起来，一下子病就好了。

17　清明宝训

西川费孝先，善于算命，举世知名。有个大善人叫王曼，因做买卖到成都，求他卜一卦。费孝先说："叫你留，你别留。叫你洗，你别洗。一石谷舂得三斗米。遇到清明的就活，遇到昏暗的就死。"再三警诫他，叫他背出这几句话就够了。王曼记住了。

王曼动身后，半路上下大雨，他只好在一间屋下避雨，行路人挤得满满的。王曼心想："'叫你留，你别留。'莫不是就指这个吧？"就冒雨走了出去。不多久，房子就倒塌了，只有他幸免于难。

王曼的妻子已经与邻居私通了，他俩人想结终身之好，只等王曼回来就合伙杀了他。王曼到家以后，妻子和那人相约："今天晚上新洗头的，是我丈夫。"黄昏时分，她就打了一盆热水，叫王曼洗头，重新换上头巾。王曼警悟道："'叫你洗，你别洗。'莫不是就指这个吧？"就坚决不洗。妻子恼了，没多想，就自己洗了头。到了夜半，她被杀了。

王曼醒来，发现妻子死了，惊呼起来。邻里都来观看，都弄不懂怎么回事。官府就把王曼抓起来拷打审讯，最终案子定下来是他杀妻。他完全说不清楚。郡太守省察他的案情，王曼哭着说："死只好死了。但是费孝先的话，到底不灵验。"小吏把这话报告给郡太守，郡太守下令不能执法行刑。他把王曼传来问道："你的邻居是谁？"王曼说："他叫康七。"郡太守就派人把他抓来，说："杀你妻子的，一定是这个人。"问下来果然不错。郡太守对僚佐说："一石谷舂得三斗米，不是糠七吗？"这案子平反昭雪了。

这便是"遇到清明的就活"的例证。

18 遗言守宅

隗炤,是汝阴郡鸿寿亭的老百姓,善于用《易经》占卜。他临死时在一块板上面写了一段话,交给他妻子,说:"我死后,会有严重的灾荒。尽管这样,你千万不能把住房卖了。到五年后的春天,会有皇上委派的使者来到这鸿寿亭停宿,他姓龚。这人以前欠我钱,你就用这块板去讨债,千万别违背了我的话啊!"

他死后,家中果然越发贫困,他妻子几次想卖掉房产,但每次回想起丈夫的话,就打消了卖房的念头。

到了那预定的日期,果然有一个龚使者到亭中停宿,他妻子就把这块板给了龚使者向他讨债。龚使者拿着这块板沉吟了好一阵子,说:"我从来不欠人家的钱,你怎么能这样呢?"隗炤的妻子说:"我丈夫临死的时候,亲手写了这块板,他盼咐我这样做的,我没有半句胡说。"龚使者恍然大悟,便叫人拿蓍草为此事占了个卦。

卦占好后,他拍着手赞叹说:"好啊,隗炤!你隐踪内秀,真是个明辨通达、洞察吉凶的高人啊!"他就告诉隗炤的妻子说:"我不欠你丈夫钱。他本来就有黄金,因为他知道死后你们会遭到短时间的贫困,所以他藏起黄金,等太平的日子来了后再说。他之所以不告诉妻儿,是怕黄金用光了而贫穷无尽头。他知道我精通《易经》,所以写了这块板来寄托他的心意。五百斤黄金,他用青色的瓷瓶装着,上面用铜盘盖着,埋在堂屋东头,离墙一丈,深九尺。"

隗炤的妻子回去挖掘,果然得到了黄金,一切都与龚使者占卜时所说的一样。

19 韩友驱魅

韩友字景先,是庐江郡舒县人,长于占卜,也能施行京房用符咒制胜的法术。刘世则的女儿,被鬼魅害病好几年了,巫医给她治疗、祷告,又去挖掘旧城荒冢,捕到狐狸、野猫几十只,他女儿的病还是不好。韩友被刘世则请去占卜。

韩友叫刘世则做一只布袋,等女孩发病时,张开布袋,严密地捂在窗户上。韩友关上门发功,像在驱赶什么东西。一会儿,看到布袋胀得很大,终于胀破了。女孩病仍然很厉害。韩友又让重新做两只皮袋,重叠张开,像上次那样发功驱赶,口袋又胀满了。韩友马上捆紧袋口,把它挂在树上。二十来天后,袋子渐渐瘪了下去。打开一看,里面有二斤狐狸毛。女孩的病便好了。

20 寻犬脱难

会稽人严卿擅长占卜。他的同乡魏序准备出门向东去。他担心荒年间路上强盗多,请严卿为他占卦。严卿告诉他:"您千万不能出门往东边去,否则会遇上突然的灾祸而不是被抢劫。"魏序不相信,严卿说:"您既然一定要去,那给您一个消除灾祸的办法。您可以到西城外一个寡居的老太太家中讨一只白色的公狗,拴在船头。"魏序只找到一只毛色不纯的狗,没有纯白色的。严卿说:"毛色不纯的狗也就凑合了。可是毛色不纯,毕竟还是有些遗憾,还会残留一些小的祸害,但它只能危害到六畜,此外不必担忧了。"

魏序走到半路,狗忽然急促地叫,就像有人打它似的。等到魏序去看,狗已经死了,吐了一斗多黑血。那天晚上,魏序村上好几只白鹅无缘无故死掉了,而魏序家里安然无恙。

21 华佗治疮

沛国人华佗,字元化,一名旉。琅琊郡人刘勋任河内太守,他的女儿,二十多岁,左腿膝关节里生疮,痒而不痛。疮好了,过几十天又复发了,如此反复已经有七八年了。

刘勋接华佗来诊视,华佗说:"这个好治。"让刘勋准备一只稻糠色的黄毛狗,两匹好马,用绳索套在狗脖子上,让马牵着狗跑,马跑累了就再换一匹。一直跑了三十多里,狗也跑不动了。华佗再让人步行拖着狗走，两者加起来一共走了五十里。于是，华佗就拿药给刘女喝，刘女吃药后就安睡了，不省人事。华佗就用大刀把狗腹部靠近后腿处砍开，把创口对着刘女疮口，距离疮口二三寸的地方不动。一会儿，有像蛇一样的东西从疮口出来。华佗又用铁锥横穿蛇的头，蛇在皮肉里蠕动了很久，一会儿就不动了。华佗把它扯出来，有三尺左右长，真是一条全蛇，只是有眼睛，却无瞳子，身上的鳞片是逆生的。华佗又用药膏敷在刘女疮口上，七天就好了。

22　蒜醋驱病

有一次，华佗在路上遇见一个人，咽喉有毛病，想吃东西却咽不下去。家里人用车载着他，正要到医生那里去看病。

华佗听到病人的呻吟声，就停车去看，告诉他说："我刚才来的路边，卖饼的店家有蒜泥、大醋。你到那里买三升喝下去，病自然会好。"

病人就照华佗说的那样做了，马上吐出了一条蛇来。

卷 四

1 风伯和雨师

风伯和雨师都是星宿。风伯是箕宿，雨师是毕宿。郑玄说司中、司命是文昌宫的第五、第四星。雨师还叫屏翳，又叫号屏，又称玄冥。

2 张宽之"七"

蜀郡人张宽，字叔文，汉武帝时任侍中。跟随汉武帝到甘泉宫去做祭祀。车队途经渭河桥，看见一个女子在渭河洗澡，乳房长七尺。皇上认为她这种形象很奇怪，派人去问。她说："皇上后边第七辆车上的官员，知道我从哪里来。"

当时，张宽就在第七辆车上。他回答说："这是主管祭祀的天上星宿。如果斋戒不洁净，它就会现出女人的形体。"

3 美女与德政

周文王任命太公望做灌坛令。一年之内，风调雨顺。文王梦见一个妇人，长得很美丽，挡在路上啼哭。问她为什么哭，她说："我是泰山神的女儿，嫁给东海神做妻子。现在要回娘家去，因为灌坛令有政德，挡住了路使我不能回去。因为我一动必定有狂风暴雨，狂风暴雨是会损坏灌坛令的政德的。"

文王梦醒，召太公望来询问这件事。这一天，果然狂风暴雨从太公望的灌坛邑外侧经过。于是，文王拜太公望为大司马。

4 胡母班

胡母班字季友,是泰山郡人。有一次他走到泰山脚下,在树林里忽然碰上一个红衣骑士。那骑士招呼胡母班说:"泰山府君(招收魂魄的神)召见你。"胡母班惊呆了,正在迟疑不知如何回答的时候,又有一个骑士出来,也是呼唤他。于是,胡母班就跟着他们走了,才走几十步,骑士就请胡母班暂时闭上眼睛。

一会儿,胡母班就看见宫殿房屋,仪仗威严。胡母班就进府拜见了泰山府君。泰山府君让人给他端上饭菜,对胡母班说:"我想见您,无非是想请您捎封信给我女婿罢了。"胡母班问:"您女儿在哪里?"泰山府君说:"我女儿是黄河河神的妻子。"胡母班说:"我马上就可以送信过去,不知道怎么走才能到她那里?"泰山府君回答说:"您一到黄河的中央,就敲着船板呼唤奴婢,自会有取信的人出来。"

胡母班告辞了泰山府君出来,那红衣骑士又让他闭上眼睛。一会儿,他们又来到原来的路上。胡母班就向西去了,像泰山府君所说的那样船到黄河中流呼唤奴婢。一会儿,果然有一个婢女出来,拿了信就又潜到水中去了。一会儿,她又冒出水面,说:"河神想见您一下。"这婢女也请他闭上眼睛。胡母班就拜见了河神。

河神大摆酒宴,言语间十分热情。临走时,河神对胡母班说:"感谢您老远给我送来信,我也没有东西奉送给您。"就命令身边的侍从:"把我的青丝鞋拿来。"把这鞋赠送给了胡母班。胡母班出来,闭上眼睛,一下子又回到了船上。

胡母班在长安过了一年才回家去。走到泰山附近,不敢偷偷地经过,就敲着树干,自报姓名:"我从长安回来,要报告一下消息。"一会儿,先前的那个骑士出来,带着胡母班照老方法进到宫殿去了。

胡母班就向泰山府君报告送信的经过。府君表示感谢,说:"我会用其他方式报答您。"胡母班说完,便如厕去了。忽然,他看见父亲戴着刑具在做犯人的劳役,一起干活的有几百人。胡母班上前拜见父亲，流着泪问："大人为什么落到这个地步？"他父亲说："我死后很不幸，被惩罚三年，现在已经两年了，苦得不能再待下去了。知道你现在被府君所赏识，你可以替我诉说一下，求他免除我这劳役，我只是想当一个土地神。"

胡母班就依照父亲所言，向府君乞求恩典。府君说："活人和死人属于不同的世界，不可以互相接近。我不是不肯帮忙。"胡母班苦苦哀求，府君才答应了他的请求。胡母班告辞出来，回家去了。

过了一年有余，胡母班的儿子一个一个都死了。胡母班很恐惧，又来到泰山，敲树求见。先前的骑士迎接他去见府君。胡母班就自己先开口了："我过去说话粗疏，等到我回家后，我的儿子都快死光了。现在恐怕祸事还没完，马上来禀告，希望得到您的怜悯和拯救。"府君拍手大笑说："这就是我过去对你说的'活人和死人属于不同的世界，不可以互相接近'啊。"就传令召见胡母班的父亲。

一会儿，胡母班的父亲来到厅堂上，府君就问他："过去你请求回到家乡去当个土地神，本当为家族造福，可是你的孙儿快死光了，这是为什么呢？"胡母班的父亲回答说："我离开家乡很久了，十分高兴能回家，又碰上吃的喝的十分丰富，实在想念孙儿们，就召见了他们。"府君便撤换了胡母班的父亲。他父亲痛哭流涕地出去了。胡母班就回家去了。

后来，胡母班又有了儿子，都平安无事。

5　冯夷溺死

宋朝时候，弘农郡的冯夷，在华阴县潼乡河堤边上住。他在八月上旬的庚日横渡黄河时被淹死了，天帝安排他当河伯。另外，《五行书》也说："河伯死在庚辰日。这一天不可以开船远行，否则就会船沉人亡。"

6 河伯招婿

　　吴郡余杭县南边有一个上湖，湖中央筑着堤坝。有一个人骑马去看戏，带着三四个人到岑村喝酒，有点醉了，傍晚才回家。当时天气炎热，他便下马到湖中堤岸上，枕着石头睡觉了。不料，那马挣断了缰绳往回跑，跟随的人都去追马，直到天黑也没回来。这人一觉醒来，天已经黑了，不见人也不见马。

　　这时，只见一个女子走来，有十六七岁，对他说："小女子有礼了。天色已晚，这里是很可怕的，你有什么打算吗？"这人问女子："你姓什么？我们怎么会在此相见？"这时又有一少年，十三四岁，聪明伶俐，坐着新车，车后跟随着二十个人，到了这人面前，招呼他上车，并对他说："我家大人想与你相见。"于是驱车返回。一路上灯火通明，城市房屋都在眼前。

　　进了城，来到官府，有一面旗，旗上题写着"河伯"。一会儿，一个人走出来，有三十岁左右，面色如同画的一样，后面跟随着许多侍从。见到这人很是欣喜，下令摆上酒肉招待客人。他说："我有一女儿，很聪明，想许给您做妻子。"这个人知道他是河神，不敢拒绝。

　　河神就下令置办婚事，马上为新郎准备婚礼。下面人禀报已经准备好了，河神便拿出了丝布衣服和夹袄，绢裙、纱衫和纱裤，鞋屦之类送给新郎，都是精品。又送给新郎十个小吏，几十个仆人。妻子有十八九岁，相貌妩媚动人。随后他们便举行了婚礼。

　　婚后三天，设宴举行拜门礼。第四天，河伯说："礼节有限，打发他离开吧！"妻子便以金瓯、麝香囊作为信物，哭泣着与丈夫告别。又送给丈夫十万钱，三卷药方，对丈夫说："用这个可以布施积德。"又说："十年后会去接你。"

　　这个人回家以后，不肯再结婚。他告别了亲人，出家做了道士。得到的三卷药方是：一卷脉经，一卷汤方，一卷丸方。他周游各地为人治病，都很灵验。后来母亲年老、哥哥去世，他才还俗结了婚，做了官。

7　华山使

秦王政三十六年（公元前211），使者郑容从关东回来，要进函谷关。向西到达华阴时，望见白车白马从华山上下来，郑容认为不是凡人，就在道上停下来等待。白车白马驶近了。车上人问郑容："你到哪儿去？"郑容说："到咸阳。"车上人说："我是华山使者，托你把一封信送到镐池君那里去。你到咸阳，路过镐池时会见到一棵大梓树，树下有一块彩色石头。你只要拿这石头敲梓树，就会有人出来，你就把信给他。"郑容照他所说，用石头敲梓树，果然有人来取信。

第二年，秦始皇就死了。

8　投二女于河

张璞，字公直，不知道是什么地方的人。他任吴郡太守的时候，被征召回朝，路过庐山。他的儿女游览祠堂，婢女指着那泥菩萨和他女儿开玩笑说："让它和你配夫妻。"那天夜里，张璞的妻子梦见庐山神送上聘礼说："我的儿子不成器，感谢您肯低就，选择了我儿子做女婿。我奉上这些东西来表示我一点小小的心意。"

张璞的妻子醒来后，感到这事很奇怪。那婢女便说出了开玩笑的事情。妻子很害怕，催促张璞赶快出发。谁知道船刚行到江心就不能再前行了。全船的人都十分惊惧，就一起向江中扔东西，但是船还是不动。

这时，有人说："把女孩扔到江中，船就能前进了。"大家也都附和着说："山神的用意已经很明白了。因为舍不得一个女儿而让一家都遭殃，这怎么行呢？"张璞说："我不忍心眼睁睁地看着女儿被扔进江中。"他就登上船的顶楼去了，让妻子把女儿沉到江中去。张妻便用张璞已故兄长的孤女代替了自己的女儿，把席子放在水面上，让女孩坐在上面，这样，船才开走了。张璞从顶楼下来，看见自己的女儿还在船上,生气地说:"我还有什么面子活在世上!"就又把自己的女儿扔进水里。

等他们渡到对岸的时候,远远望见两个女孩已经站在岸上。有个小吏站在岸边,对张璞说:"我是庐山神的主簿。庐山神向您拜谢道歉。他知道鬼神不能和您女儿婚配,非常钦佩您的道义,所以把两个女孩全送回来了。"后来,张璞问女儿,女儿说:"我当时只看见漂亮的房屋和官吏士兵,没觉得自己是在水中。"

9　建康小吏

建康有一个小官吏叫曹著,被庐山使君请去,还把女儿婉许配给他。曹著心神不安,多次请求退婚。婉两眼泪汪汪,写了一首诗道别,并赠给曹著彩丝金缕的裤子衣服。

10　书　刀

宫亭湖边有座孤石庙。当年,有一位客商到都城去,从那座庙前经过。庙前有两个女子,对他说:"请为我们买两双丝鞋。等你回来时,自会重重报答。"

客商到了都城,买下上好的丝鞋,一并装在箱子里边。自己买的书刀也放在箱中。回来以后,他把箱子和香放在庙中,就离开了,忘了取出自己的书刀。

船行至河的中间,忽然有一条鲤鱼跳入船内。他破开鱼肚,从里面得到了书刀。

11　神灵借簪

南州有一人派官吏向孙权进献犀角簪,船经过宫亭庙,他进庙去祈祷神灵。神灵忽然发话说:"需要你的犀角簪。"官吏惊恐害怕,不敢回答。一会儿,犀角簪已经摆在供桌前面了。神灵又发话说:

"等你到石头城,再把它还给你。"官吏不得已只好就此上路了。

他自己料想丢失了犀角簪必定是死罪了。等他到了石头城,忽然有一条大鲤鱼,有三尺长,跳到他的船上。他剖开鱼腹,得到了犀角簪。

12　驴　鼠

郭璞过江,宣城太守殷佑推举他做参军。当时,有一个怪物,个头儿有水牛那样大,灰色,短腿,脚的形状类似大象,胸前和尾巴都是白色的,力气大但很迟钝。

来到宣城城下。大家对此都觉得惊奇。殷佑派人设伏捉它,又请让郭璞占卦,卜到"遁"之"蛊"卦,卦中显示这个怪物叫"驴鼠"。占卦刚刚完毕,埋伏的人用戟刺它。刺进一尺多深。

郡中属官到庙中求神请求杀死它。庙中巫师告诉他:"神灵不喜欢。这是郑亭庐山君的使者,要到荆山去,临时经过我们这里,不必触动它。"殷佑便命人放了它。此后,再也没有人看到过它。

13　青洪君婢

庐陵人欧明,跟随商人做生意,路过彭泽湖。他每次都拿船上装载的东西,投一点到湖里,说:"就算是一点儿礼物吧。"这样做好几年。后来有一次他又经过彭泽湖,忽然看见湖中间有一条大路,路上尽显世上风尘。有几个官吏,乘着车来迎候欧明,说:"是青洪君派来邀请你的。"

一会儿,车就到达了,只见那里有官府房舍,门口有官员役卒。欧明很害怕。一个官吏说:"没有什么可怕的。青洪君感激你始终有礼,因此邀请你来。一定会有厚礼重谢你。你不要拿礼物,说只要如愿就行了。"欧明见了青洪君,就说要"如愿"。青洪君让如愿随欧明一起去。如愿,是青洪君的婢女。

欧明带她回来,有什么愿望都会实现,几年以后,他大富起来。

14　黄石公祠

益州的西面，云南的东面，有一座神庙。在山崖上凿了洞穴，作为供奉神灵的宝殿，宝殿下有个得道成仙的人敬奉祭祀庙中的神灵，他自称黄公，并说是这庙的神主，是张良拜师的黄石公的灵魂，喜欢清静素洁，不主张宰杀牲畜来祭祀。

来祈祷的人们，只要拿一百张纸、两支笔、一块墨，放在石洞中，再走上前去向黄石公请求，就能先听见石洞里有声音，一会儿，里边就问来人有什么要求。等祈祷的人说完，他就一一说明吉凶，但看不见他的形体。直到今天还是这样。

15　成夫人好乐舞

永嘉年间（307—312），在兖州有个神仙出现，自称是樊道基。有个妇女，号称成夫人。成夫人喜欢音乐，会弹箜篌，她听见别人奏乐歌唱，马上就能翩翩起舞。

16　神鸟降临

沛国人戴文谋，隐居在阳城山中。有一次在客堂吃饭的时候，忽然听到有神人呼唤他，说："我是天帝的使者，想降到人间依附您，可以吗？"戴文谋听了非常诧异。神人又说："您怀疑我吗？"戴文谋跪下来说："我家境贫穷，实在不值得你降临。"随后便打扫房屋，设置神位，早晚小心地祭奉食物。

后来，他和妻子在屋里悄悄地说这件事，妻子说："这恐怕是妖魅来依附吧！"戴文谋说："我也怀疑是这样。"等到祭祀供奉食物时，神又说话了，他说："我来依附你，正想给你带来益处，想不到你背后瞎猜疑议论。"戴文谋正在道歉时，忽然听见堂上有像很多人呼唤的声音。戴文谋出来一看，只见一只五彩大鸟，后面跟随着几十只白鸠,一起飞进了东北方向的云端里,就不见了。

17 麋竺

麋竺字子仲,是东海朐邑的人。祖上世代经商,家里非常富裕,资产总有个百万千万的。有一回,他从洛阳回来,离家还有几十里时,看见路边有个漂亮的新媳妇,请求搭乘麋竺的车。走了二十多里地,那新媳妇道谢下车,对麋竺说:"我是天使,要去烧东海麋竺家。为了感谢你同意我搭便车,才把这秘密告诉你。"

麋竺就低声求情赦免。新媳妇说:"不烧是不可能的。这样吧,你可以赶快回去,我慢慢儿走。中午火一定要烧起来。"

麋竺就急忙赶回家,把所有财物搬到了室外。中午,大火就烧了起来。

18 阴子方祀灶神

汉宣帝的时候,南阳郡有个叫阴子方的,为人极其孝顺,他积聚恩德,乐善好施,喜欢祭灶。

腊日那天做早饭的时候,灶神现出了原形,阴子方虔诚地向灶神拜了两次,请求能受到灶神的福佑。他家里有条黄羊,就用它来祭灶。

打这以后,他暴富了,成为大富豪,拥有耕田七百多顷,车马仆人,可以和国君相比。阴子方曾经说:"我的子孙一定会兴旺的。"到第三代阴识的时候,阴家就已繁荣了。家里共有四个人被封侯,做州郡一级长官的有几十个。后来,他的子孙常常在腊日祭灶,献上黄羊作祭品。

19 张成见蚕神

吴县人张成,晚上起来,忽然看见一个妇人站在住宅的南边角落。她挥手朝张成打招呼，说："这里是你家的蚕房，我就是这里的神。到明年正月十五时，你最好煮一点米粥，把米糕糊在上面。"

从此以后，张成家年年养很多桑蚕。如今，做年糕米粥的风俗就是这样来的。

20　戴侯祠

豫章郡的戴家有个女子，久病不愈。一次，她看见一块小石头，形状好像木偶人。女子对它说："你有人形，莫非是神？如果你能把我的老病根除，我会重重报答你。"那天夜里，她梦见有人告诉她："我会保佑你。"自那以后，戴女病渐渐好了。

于是，戴家人给木偶人在山下立了一座祠庙。戴家便留在这里做巫师。后人把这座祠庙称为戴侯祠。

21　刘圯为神

汉代阳羡县县令刘圯，曾经说："我死后一定会成仙。"一天晚上，他喝醉了酒，并没什么病就死了。风雨大作之后，他的灵柩就不见了，晚上就听到荆山上有成千上万人的喊叫声，人们都跑去看个究竟。人们发现棺材已经变成了刘圯的坟茔。于是，人们就把荆山改为君山，还为此立了祠庙祭祀他。

卷　五

1　蒋子文求祠

蒋子文是广陵人。喜欢酒喜欢美女,轻佻放纵没节制。他常常说自己骨格清奇,死后可以成仙。

汉末时任秣陵县尉,他追逐贼寇到钟山下,贼寇打伤了他的头,解下绶带把他绑起来。很快他就死了。到吴先主孙权即位时,子文原来的下属在路上碰见了他,只见他骑着白马,拿着白羽扇,有侍从跟随,就像活着一样。认得他的人都吓得乱跑,蒋子文追上,对那人说:"我要做这里的土地神,赐福给你这里的百姓。你可以向百姓宣告,为我立一座祠庙,否则,将有大祸临头。"

这年夏天,瘟疫流行,老百姓很恐慌,都私下里偷偷地祭拜他。蒋子文又降旨给巫祝说:"我将开始大大保佑孙氏,应该为我立祠庙。不然,我会让小虫飞进人们的耳朵里而成灾害。"一会儿,小虫子就像尘虻一样,真的就飞进人的耳朵,人就死了,医生也不能治。百姓们更加恐慌。吴主不相信这些。蒋子文又传旨给巫祝说:"如果再不祭祀我,就会有火灾了。"这一年,火灾不断发生,一天就有几十处,还殃及了王宫。人们都说鬼如果有了归宿,就不会为害众生了,应该给它抚慰。

于是,吴主让使者封蒋子文为中都侯,封子文的二弟蒋子绪为长水校尉,都给加印绶,又为他们立了祠庙,并把钟山改名为"蒋山"。现在建康东北方的蒋山就是。

从那以后,灾害止息了,百姓们便更隆重地祭祀蒋子文了。

2　刘赤父之荐

刘赤父梦见蒋侯召唤他做主簿。限定的日期很急促,刘赤父就到庙中去请求宽宥,苦苦陈说道:"我的母亲年迈,子女幼弱,这事儿过于急切了。请求蒋侯免去我这个差使。会稽人魏过,多才多艺,很会侍奉神灵,请允许我举荐魏过代替自己。"说完就叩头,都流出血来了。庙祝说:"只是让你来做主簿,魏过算什么?值得举荐吗?"赤父一再请求,始终没有被允许。不久,刘赤父就死了。

3　蒋山庙戏婚

咸宁年间,太常卿韩伯的儿子韩某、会稽内史王蕴的儿子王某、光禄大夫刘耽的儿子刘某,一起去游蒋山庙。庙里有几座妇女神像,样子端庄富丽。他们三人喝醉了,各指一座女神像开玩笑,说是和自己成亲。就在那天晚上,三人都梦见蒋侯派人来传达旨意,说:"我家的女儿都其貌不扬,承蒙你们看中。就定在某一天,都来迎接你们。"他们三人的梦境记得非常清楚,便互相询问,果然每个人的梦,内容完全相同。

他们很害怕,便准备了牛、羊、猪,前往蒋山庙道歉,哀求饶恕。那天晚上,他们又都梦见蒋侯亲自降临自己家里,说:"你们既然已经眷顾,实际上是贪恋马上见面的。限期将到,岂能更改?"过了不久,他们三人都死了。

4　蒋子文与望子

会稽郡鄮县东边的乡里有个女子姓吴,字望子,十六岁,容姿秀丽可爱。她乡里有个祈神还愿的人来请她,她就去了。

沿着河堤走到半路,看见一个贵族老爷,仪表堂堂。这老爷坐在船上,有十个小吏服侍他,都穿戴得十分整齐。这老爷让人问望子:"想到什么地方?"望子回答了。老爷说:"我正要去他那里,你到船上来咱们同去。"望子推辞说不敢。船忽然不见了。望子拜过神座,只见刚才那船上的老爷,端正地坐着,原来就是蒋子文。他问望子:"怎么来得这么慢?"说着送给她两只橘子。

此后，蒋子文屡次现出原形来见她，两人的感情就十分深厚了。望子心里想要什么，那东西便会从空中掉下来。望子想吃鲤鱼，一对新鲜鲤鱼便顺着她的愿望来了。望子的佳声美誉，流传到乡里县里，她非常灵验，全县的人都供奉她。过了三年，望子有了异心。神仙就和她断了往来。

5　蒋侯神助

陈郡人谢玉担任琅琊郡内史的时候，有一次他在京城逗留。那地方老虎横行，吃了很多人。

一天，黄昏时候，有一个人用小船载着年轻的妻子，把大刀插在船上，来到巡逻哨所。巡逻的将官出来告诉他说："这里荒草很多，您带着家眷旅行，实在是太轻率、太危险了。你可以在巡逻哨所过夜。"他们聊了几句后，巡逻的将官就回去了。他和妻子刚上岸，妻子便被老虎叼走了。丈夫拔刀大喊，追了上去。因为他过去曾供奉过蒋侯，所以就呼唤着蒋子文的名字求他帮助。

他追了大约十里，忽然有个黑衣服人给他引路。他紧跟着黑衣人大概又走了二十里，便看见一棵大树。再向前走，一会儿便来到一个洞穴口。洞穴里的小老虎听见脚步声，以为是它们的母亲回来了，就都跑了出来。那人把它们都杀了，接着又拔刀藏在树旁。过了好一阵子，那母老虎到了，把那女人扔在地上，倒拖着拉进洞中。那人扑上去把老虎拦腰斩杀了。

老虎死了，他的妻子活了下来，到天亮时能讲话了。他问妻子，妻子回答说："老虎刚抓住我，便把我背在背上。等到了这儿才又把我放下来。我的手和脚没什么伤害，只是被草木刮伤了一点。"那人就扶着妻子回到船上。次日晚上，他梦见有个人对他说："蒋侯派我帮助你，你知道不知道？"他回到家里，就杀了猪祭祀蒋子文。

6 丁 姑

淮南全椒县有一个姓丁的媳妇,本来是丹阳丁氏的女儿。十六岁时,嫁到全椒县谢家。她的婆婆凶悍严厉,让她干活且有定额。如果没完成规定的数量,就杖打她,这让她忍无可忍。九月九日那天,她上吊死了。她的神灵借巫祝之口说:"考虑到做人家的媳妇,每天劳作不得休息,让她们免去苦役,九月九日这一天不得干活。"在老百姓中流传。

某一天,丁妇显形,穿着淡青色的衣服,打着黑伞,一奴婢跟随着,来到牛渚津,寻找渡船。这时,有两个男子,驾着一条船在捕鱼,她就呼唤他们,请求带她过江。那两个男子嬉笑着,一齐调戏她说:"给我当媳妇,就带你渡江。"丁妇说:"以为你们是好人,谁知你们什么也不懂。你要是人,就让你掉到泥里浸死。是鬼,让你掉到水里淹死。"说完,丁妇就隐形到草丛中了。

一会儿,有一个老人驾着船,载着芦苇过来了,丁妇又向他请求乘船渡江。老人说:"船上没有篷,怎么能让你露天渡江呢?恐怕不合适吧?"丁妇说:"没关系。"于是,老人卸下半船芦苇,把她安置在船上,送她到南岸。丁妇临下船,对老翁说:"我是鬼神,不是人,自己可以过江,可我希望百姓们知道我的事。老人家情谊深厚,卸下芦苇载我渡江,让我感动,我一定会感谢你的。如果你很快就返回去,一定能看见什么,也会得到什么。"老人说:"我恐怕对您照顾不周到,怎么能接受您的谢意呢。"

老人回到了西岸,看见两位男子淹死在水里。向前又走了几里路,见有很多鱼,在水塘边跳跃,又被风吹到岸上。老翁便丢弃了芦苇,装了一船鱼回家了。

丁妇回到丹阳,江南人都称她为丁姑。以后,九月九日这天,人们不用做事,都把它当作休息日。至今,那里的人们仍然祭祀丁姑。

7　赵公明参佐

散骑侍郎汝南王司马祐,病危之际与母亲辞别。刚说完,听说有客人来了,说是某郡某里某某人,曾经做过别驾。司马祐过去也听说过他的姓名。

不一会儿,这人忽然来到司马祐面前,说:"我与你都是读书人,有缘分,又是同州老乡,情谊真挚。今年国家要有大事,会有三个将军,分头征集人员。我们有十几个人,是赵公明的参佐。看到你家高门大屋,所以仓促来此相投。跟你合得来,可以无话不说的。"司马祐知道他是鬼神,说:"我不幸病重,命在旦夕。就把我的性命托付给你吧。"这人说:"人生有死,是必然的事。死的人与活着时的贵贱无关。我如今受命领兵三千,请你做文书的工作。这样重要的位置,你不该推辞。"司马祐说:"老母年岁高了,我又没有兄弟,一旦死去,就没有人供养母亲了。"说完,抽泣起来,无法自制。这个人伤感地说:"你官位做到常伯,家里却没有余财。刚才听得你与令堂大人辞别,言语哀苦。看来你是国内出众的清廉高士,怎么能让你死呢。我要帮助你。"说着起身而去,说:"明天再来。"

第二天,这人又来了。司马祐说:"你答应让我活下去,这个善德会实现吗?"回答说:"上天老子已经答应了,不会骗你。"司马祐看到他的随从有几百人,都两尺来高,黑色的军服,上面用红油做了标记。司马祐家里击鼓祈祷。那些鬼听见鼓声,都应着节拍起舞,挥动衣袖,飒飒有声。司马祐要准备酒食,这人谢绝说:"不需要。"便起身要走,对司马祐说:"病患在人体中就像火一样,要用水来解。"就拿了一杯水,揭开被子浇下去,说:"为你留下十几支红笔,在草垫下,可以给人簪着它,进门出门避邪恶,想啥做啥没灾祸。"接着又说:"王甲李乙,我都给了他们。"说着,握着司马祐的手,告别而去。

司马祐安静地睡着了,夜间忽然醒来,呼唤身边的人,叫他们揭开被子,说:"神用水浇我,我将受到大的浸润。"被子揭开之后,果然不错，在上被之下、下被之上，有像荷叶上的露珠一样的水滴，被子却一点也没湿。把这些水滴收拢来，大约有三升七合。自此，司马祐的病三分好了两分，几天以后，病完全消失了。

凡是这人说到要录用的人，一个个都死了。只有王文英半年后才死。这人说给过红笔的王甲李乙，都经历了疾病和兵乱，却都没发生意外。

在这事之前，有一本妖书说："上帝派了三个将军，其中有赵公明、钟士季，各自督领几万个鬼，下到凡间取人。"书上也没说这事发生在哪里。司马祐的病好了以后，见到这本书，感到与所说的赵公明相合。

8　周式违约

汉代下邳县的周式到东海郡去，在路上碰到个小吏，拿着一卷书，请求搭船。船走了十多里，小吏对周式说："我先要去拜访一个人，这书就留下寄存在您的船里，您千万别打开看。"小吏走了以后，周式翻阅那书，见是死人的名录，所列条目中有周式的名字。

一会儿，这小吏就回来了，周式却还在看书。这小吏生气地说："我已经嘱咐你别看书，你却把我的话置若罔闻。"周式连忙向他磕头求饶，磕得血都流出来了。过了很久，这小吏说："我虽然感激您让我搭船到这儿，但这书上您的名字却没办法除去。今天您离开我以后，赶快回家去，三年别出门就可以渡过难关了。千万别说您看见了我的书。"

周式回家后一直闭门不出，已经两年多了，家里的人都感到很奇怪。有一天，他的邻居忽然死去，他父亲对他不出门很恼火，就让他去邻家吊丧。不得已，周式答应去。

哪知刚出家门，就看到那小吏。那小吏说："我叫你三年别出门，你今天却出门了，我知道了却也没什么办法。我如果向上级谎报说没看见你，就会遭到鞭打。今天看见你了，我很无奈了。到第三天的中午，要来捉你的。"周式回家，痛哭流涕地把这事儿告诉了家里人。他父亲坚决不相信,他母亲日日夜夜守着他。

到第三天中午,果然看见有人来捉周式,周式就死了。

9　张助砍李树

南顿县人张助,在田里种庄稼,看见一枚李子核,想拿它扔掉。他一回头,看见一棵被虫蛀空的桑树里面有泥土,就把李子核种到那土里,拿喝剩下的水浇灌它。后来,有人看见桑树中长出了李树,就互相转告这件稀奇事。

有一个人患眼痛病,在这棵李树下休息,说:"李树神君保佑我的眼病痊愈吧,我拿一头猪来谢你。"眼睛痛,本来就是小病,后来也就慢慢好了。

俗话说,一只狗朝着影子乱叫,其他的狗也会跟着叫。一时间,快要瞎的人又看见东西了这件事,传遍远近四里八乡,都轰动了,声势很大。这棵李树下常有成百上千的车马来祭祀,酒肉多得不得了。

间隔一年多,张助出远门回来,看见这种场面,吃惊地说:"这哪是什么神树呀?不过是我偶然种的李树罢了。"他把那桑树中的李树砍掉了。

10　新　井

王莽摄政时,刘京进言说:"齐郡临淄县亭长辛当,多次梦见有人对他说:'我是天使,代皇帝会成为真皇帝。如果不相信我,这亭中就会出现一口新井。'亭长起来去亭中查看,那儿果然出现了一口新井,足有百尺深。"

卷 六

1 妖 怪

　　妖怪，是精气依附于物体形成的。精气充斥在物体内，物体外部就会发生变化。物体的形神气质，是物体内外的表现。它依于金、木、水、火、土，通达于貌、言、视、听、思。即使生灭增减，变化万端，它在善恶吉凶方面的征兆，都可以经由精气的依附之物来表露出来。

2 山 徙

　　夏桀时，厉山消失。秦始皇时，蓬莱、方丈、瀛洲三座仙山消失。周显王三十二年，宋国大邱的神社消失。汉昭帝末年，陈留、昌邑的神社消失。京房《易传》说："山悄悄地自己移走，天下将要发生战乱，社稷将要覆亡。"
　　从前，会稽郡山阴县琅琊山中有一座怪山，世代传说本是琅琊郡东武县海中的山。当时，天色已晚，刮风下雨，一片昏暗，第二天早晨，就看见武山在那里了。百姓觉得奇怪，就给它取名叫"怪山"。当时东武县这座山，也是在一夜之间自行消失的。认得它的形态的人，就知道它是从哪里移来的。如今怪山下有一个东武里，大概就是记载这座山是从什么地方移来的，把它作为里名。另外，交州有一座山移到了青州。大凡山的迁徙，都是非常诡异的现象。这两座山消失移走的事，不知发生在哪个朝代。
　　《尚书·金縢》说："山的迁移，是因为君主不使用有道之士，贤能的人不被推举，或是君王不能支配官吏的俸禄，赏罚不能由君王决定，公卿大臣结党营私，不能禁止。这些就会成为改朝换代的表征。"

有人说:"善于谈天道的人,一定要从人事上得到验证;善于谈人事的人,一定要从天道中找到依据。所以,天有四季,日月顺移,寒暑更替。周而复始,运行不息,和谐而成雨,奋发而成风,分散而成露,迷乱而成雾,凝结而成霜雪,伸张而成虹霓。这是天道正常的规律。人有四肢五脏,一醒一睡,呼吸吐纳,精气往返;流动而成为气血循环,表露于外而成为面色,由内向外发出而成为声音,这也是人事正常的规律。如果四季不能按规律运转,寒暑颠倒,那么金、木、水、火、土五星的运行就会有偏差,星辰就会错乱运行,日月就会昏暗亏蚀,妖星就会流飞,这是天地危险的征兆;严寒酷暑不合时令,这是天地的淤热积塞;土地生出巨石屹立着,这是天地的瘤疣;山崩地陷,这是天地的痈疽;狂风暴雨,这是天地的深咳大喘;雨水不降,河沟干涸,这是天地的憔悴焦枯。"

3 龟毛兔角

商纣王的时候,有一只大龟身上长出毛来,有一只兔子头上长出了犄角。这是战争将要发生的征兆。

4 马化狐

周宣王三十三年(公元前795年)周幽王出生。这一年,有一匹马变成了狐狸。

5 人化蜮

晋献公二年(公元前675年),周惠王居住在郑国。郑国人到了周惠王藏玉的府库中拿了很多玉。这些玉,后来有很多变成了蜮,含沙射人。

6 地陷地长

周隐王二年四月,齐国一个地方的地面突然爆起一片,长一丈多,高一尺五寸。京房《易妖》上说:"地四季猛然涨起,占卦的预测是,春夏多有吉利,秋冬多有凶险。"历阳郡城,一个晚上沦陷地下,成为水乡泽国,就是现在的麻湖。不知是什么时候发生的。《运斗枢》上说:"城郭沦陷,是阴吞食了阳,天下将有杀伐之事发生。"

7 一妇四十子

周哀王八年的时候,郑国有一个妇女,生了四十个孩子,成活二十个,死了二十个。

周哀王九年,晋国有一头猪生下一个人。

三国吴赤乌七年(244),有个妇女一胎生了三个孩子。

8 人产龙

周烈王六年(公元前370),林碧阳君的侍女生下了两条龙。

9 彭生为豕祸

鲁庄公八年(公元前686),齐襄公在贝丘打猎时,遇见一头猪,随从说:"这是公子彭生的化身。"襄公大怒,用箭射猪。猪像人一样站立起来吼叫。襄公非常害怕,慌乱中从车上摔了下来,摔伤脚,鞋也丢了。刘向认为这是猪生祸。

10 蛇 斗

鲁庄公时，郑国国都内的蛇跟国都外的蛇在南门缠斗，国都内的蛇被咬死。刘向认为这是蛇作孽。京房《易传》说："这是在确立嫡长子承位时有犹豫，那不祥之兆就是蛇在国都的城门中争斗。"

11 龙 斗

鲁昭公十九年（公元前523），有龙在郑国门外的洧水里相斗。刘向认为这是龙生灾。京房《易传》说："民心不安，它的不祥之兆就是龙斗。"

12 蛇绕柱

鲁定公元年（公元前509），有九条蛇缠绕在柱子上。占卜的结果是：没有为九世宗建庙做祭祀。鲁定公便建立了炀宫。

13 马 祸

秦孝公二十一年（公元前341），有匹马生下了一个人。秦昭王二十年（公元前287），有一匹公马生下马驹就死了。刘向认为都是马生祸。京房《易传》说："诸侯僭用天子的威仪，它的妖兆是公马生驹。无视天子，诸侯竞相攻伐，它的妖兆是马生人。"

14 女子化男

魏襄王十三年（公元前306），有个女人变成了男人，给他配个妻子，他妻子便生下了孩子。京房写的《易传》说："女人变成男人，这叫作阴气昌盛，卑贱的人要做君王了；男人变成女人，这叫作阴气胜过阳气,那灾祸就是国家灭亡。"另一种说法是:"男人变成女人,是因为宫刑太多没有节制;女人变成男人,掌天下的就是女人了。"

15　五足牛

秦惠文王五年(公元前333)的时候,惠文王到朐衍巡视,有人向他进献了一头有五只蹄子的牛。当时秦国大量征用民间的人力财力,天下的人都痛恨它。京房写的《易传》说:"大兴劳役,抢占农时,就会有牛生五只蹄子的怪事发生。"

16　十二金人

秦嬴政二十六年(公元前221),有巨人出现,身长五丈,脚上的鞋子有六尺长,穿着外族的衣服,一共有十二人,出现在临洮县。于是秦嬴政就命人铸了十二个铜人,像巨人一样。

17　龙见井中

汉惠帝二年(公元前193),正月癸酉日白天,有两条龙出现在兰陵县廷东里温陵的井中,到乙亥日的夜里才离去。京房《易传》上说:"有德之人受害,就会有妖龙出现在井里。"又说:"施行刑罚太残暴,黑龙就会从井中出来。"

18　马生角

汉文帝十二年(公元前168),吴国有马长出了犄角,长在耳朵的前面,向上竖起。右边的角三寸长,左边的角长两寸,宽窄都是两寸。刘向认为马不应该长角,就如同吴国不应该兴兵犯上。这是吴国要叛乱的迹象。京房《易传》说:"臣下要取代君主,政事不顺，那怪异的事情是马长角。这是贤能的人不称意的表征。"又说："天子亲自征伐，马就长角。"

19　狗生角

汉文帝后元五年（公元前159）六月，齐国雍城门外有一只狗长出角来。京房《易传》说："执政者失误，下属打算陷害他，其妖兆是狗生角。"

20　人生角

汉景帝元年（公元前156）九月，胶东国下密县有个七十多岁的人，头上长出角来，角上还有毛。京房《易传》说："冢宰专政，那不祥之兆就是人头上长角。"《五行志》认为人不应长角，就像诸侯不能发兵进犯京城一样。从这以后，就发生了吴楚七国的叛乱。

到晋武帝泰始元年（265），元城有一个七十多岁的人，头上长了角，这大概是赵王司马伦篡逆反叛的征兆。

21　异类相交

汉景帝三年（公元前154），邯郸郡有一只狗与猪交配。当时赵王昏愦，和六国一同谋反，还勾结匈奴做外援。《五行志》认为，狗是战争失去民心的卦象，猪是北方匈奴的卦象。倒行逆施的话迷幻了主上的耳朵，结果就会发生异类相交的怪事，这种混乱就是残害生灵。京房《易传》说："夫妇生活失道，其征兆是狗与猪交配，这就是违反了道德。国家就有战争发生。"

22　黑白乌斗

汉景帝三年（公元前154）十一月，有成群的白颈乌鸦和黑乌鸦在楚国吕县争斗。白颈乌鸦难敌对手，落在泗水中淹死的有好几千只。刘向以为这近似于白黑分明的征兆。当时楚王刘戊暴逆无道，用刑罚侮辱申公，跟吴王刘濞勾结谋反。乌鸦成群争斗，是军队作战的象征。白颈乌鸦小，说明小的要失败。坠落到水中，表明要死在水乡。当时，楚王刘戊发兵响应吴王谋反，跟汉军大战，兵败逃走，逃到丹徒，被越人斩杀。这就是白颈乌鸦坠落在泗水中的应验。京房《易传》说："背叛亲人，那不祥之兆就是白颈乌鸦和黑乌鸦在自己的封国里争斗。"

后来，燕王刘旦谋反的时候，也有一只乌鸦与一只喜鹊在燕国王宫中的池塘上空争斗，乌鸦坠落在池塘中死了。《五行志》认为楚国、燕国都是汉朝皇帝的同宗骨肉屏藩重臣，但他们图谋叛逆，都有乌鹊斗死的征兆。他们的行为与上天显示的预兆相合，这是天人感应的明确表现。燕王叛乱的阴谋还没有公开发动。败露之后，他自己在王宫自杀，所以，是一只黑色的乌鸦死了；楚王对下寡恩，发兵叛乱，军队在战场上大败，所以成群的白颈乌鸦死了。天道竟会如此精微，明察秋毫。京房《易传》说："专擅征战劫杀，那不祥之兆就是乌鹊争斗。"

23　牛足出背

汉景帝中元六年（公元前144）的一天，梁孝王到北山打猎，有人献上一头牛，牛蹄子从牛背向上伸出。刘向认为是牛生祸。对内思想愚蒙混乱，对外大兴土木超过规制，所以会生牛祸。牛蹄子从背上伸出来，是下犯上的表征。

24　赵郭蛇

汉武帝太始四年（公元前93年）七月，赵国有一条蛇从城外钻了进来，与城内的蛇在孝文帝庙下搏斗，城内的蛇死了。第二年的秋天，发生了卫太子的事情，这事是赵国人江充引起的。

25　黄鼠舞端门

汉昭帝元凤元年（公元前80）九月，燕国有一只黄鼠叼着自己的尾巴，在王宫南面的正门内跳舞。燕王刘旦去看它，黄鼠跳舞如故。燕王派官吏用酒肉祭奉它，黄鼠便跳个不停，跳了一天一夜就死了。当时，燕王正策划叛乱，这是他即将死亡的象征。京房《易传》说："诛杀不顾情面，就会发生老鼠在门内跳舞的怪事。"

26　巨石自立

汉昭帝元凤三年（公元前78）的正月，泰山芜莱山南，人声喧闹好像有几千人。人们跑到那里看，见一块巨石兀自耸立在那里。石头高一丈五尺，周长有四十八围，深入地下八尺，有三块小石做支脚。巨石立起来后，有几千只白乌鸦聚集在它旁边。这是后来汉宣帝中兴的吉兆啊。

27　虫叶成文

汉昭帝时，上林苑里，折断倒地的大柳树，有一天忽然立了起来，还生出了枝叶。有虫啃食柳叶，在叶上形成了文字，是"公孙病已立"。

28　狗冠出宫门

汉昭帝的时候，昌邑王刘贺看见一条大白狗戴着祭祀宗庙时乐人所戴的方山冠，却没有尾巴。到后来汉灵帝熹平年间（172—178），宫署中时兴给狗戴帽子、佩带印绶，将此作为娱乐。当时，有一条狗突然跑出宫门，奔进司空衙门。看见这情景的人，没有不惊奇的。京房《易传》说："国君品行不端，臣下必会篡权。那怪异的事情是狗戴了帽子跑出宫门。"

29　雌鸡化雄

汉宣帝黄龙元年（公元前49），未央宫马厩中有一只雌鸡变为雄鸡。羽毛变换了却不打鸣，鸡足后有尖骨。

汉元帝初元元年（公元前48），丞相府史家的一只雌鸡孵蛋，渐渐变为雄鸡，长出鸡冠，足后有尖骨，打鸣，体形健壮。到永光年间（公元前43—前39），有人献上一只生有角的雄鸡。《五行志》认为这是外戚王莽篡权的应兆。京房《易传》说："贤人处于不得志的时代，忧伤时世，或是平庸的人居于高位，其妖兆为鸡生角。"又说："妇人专政，国家不安宁；多雌鸡打鸣，注定不兴旺。"

30　范延寿

宣帝当政的时候（公元前73—前49），燕、岱之间的地方，有三个男人同娶了一个女人，生了四个孩子。后来，打算分家时，老婆孩子无法均分，只好对簿公堂。廷尉范延寿断这官司说："这不是人类做的事，应当按照禽兽处置，孩子随母不随父。建议杀掉三个男子，把孩子断给母亲。"宣帝叹息说："事情为什么一定要按照古代的做法呢？像你说的这样，看上去合乎道理，但却压抑了人情。"范延寿大概只看到人世间的事情，也懂得据理用律，却不懂得分析妖事对未来的预兆。

31　天上下草

汉元帝永光二年（公元前42）八月，天像下雨一样下了草来，而且草叶互相绞缠，像弹丸那样大。到了平帝元始三年（3）正月，天又下起草来，形状和永光年间的一样。京房《易传》上说："国君对臣下吝啬俸禄，信誉丧失，贤人离去，其征兆是天上下草。"

32　废社复兴

汉元帝建昭五年（公元前34），兖州刺史浩赏禁止百姓私自建立社庙。山阳郡橐县茅乡的社庙中有一棵大槐树，官吏伐断了它。那天夜里，槐树又在原来的地方直立起来。谈论这件事的人说："大凡枯断的树木又重新挺立，都是荒废了的事物又要兴盛起来的征兆。这是后世汉家要振兴的应兆。"

33　鼠巢树上

汉成帝建始四年（公元前29）九月，长安城南有老鼠叼着稻穗、麦秆和柏树叶，爬上百姓墓地的柏树及榆树上面造窝，大多发生在桐柏那个地方。窝里没有小老鼠，都有几升老鼠屎。当时的大臣认为可能要有水灾。老鼠是偷东西的小动物，晚上出动白天躲藏。如今反倒是白天离开鼠穴而爬上树去，似乎是卑贱者将要居于显贵地位的预兆。桐柏，是卫子夫陵园的所在。那以后，果真赵飞燕就从卑贱的地位登上最尊贵的地位，与卫子夫是同样的类型。赵飞燕最终没有子女而为害宫闱。第二年，说是有老鹰自焚鸟巢而杀死小鹰的事，可作为征兆。京房《易传》说："臣下把俸禄作为私有，妄自侵占，其妖兆为鼠在树上做窝。"

34　犬　祸

汉成帝河平元年（公元前28），长安的男子石良、刘舍住在一起。有个人一样的怪物在他们的房间里，两人打它，它便变成了狗，跑出去了。后来，有几个穿着盔甲拿了弓箭的人到石良家。石良、刘舍与他们搏斗，来人有的死、有的伤，都是狗。从二月一直斗到六月才完。这种情况按照《洪范》的说法，都是犬祸，是不顺从惹的灾祸。

35　鸢焚巢

汉成帝河平元年（公元前28）二月庚子日，泰山的山桑谷有老鹰焚烧自己的巢。孙通等听见山里老鹰喜鹊群鸟的声音，便去观看。只见鸟巢燃烧着，又都掉到水池里去了，有三只小鹰被烧死。那有鸟巢的树干有四围粗，鸟巢离地面足有五丈五尺。《易经》说："就像鸟被烧掉了巢，旅客先前快乐得哈哈笑，家园被毁后便大哭号啕。"后来，终于酿成了改朝换代的灾祸。

36　天降鱼

汉成帝鸿嘉四年（公元前17）秋天，信都县像下雨一样下了很多鱼，都不到五寸长。到了永始元年（公元前16）春天，北海出现了大鱼，长六丈，高一丈，有四条。哀帝建平三年（公元前4），东莱郡平度县也出现了大鱼，有八丈长，一丈一尺高，共七条，但都死了。

汉灵帝熹平二年（173），东莱海出现两条大鱼，有八九丈长，二丈多高。京房《易传》上说："海里多次出现大鱼，是奸佞之人得到任用，贤能者被疏远。"

37　木生人状

汉成帝永始元年（公元前16）二月，河南街邮有一棵槁树，生出的树枝好像人头，眉毛、眼睛、胡须都有，只是没有头发。到汉哀帝建平三年（公元前4）十月，汝南郡西平县遂阳乡有棵大树倒了，生出树枝像人的形状，身体青黄色，脸面白色，头上有髭发，逐渐长大，长六寸一分。京房《易传》说："帝王德行渐弱，下人起而伐之，就有树木生成人的形状。"这以后，果真发生了王莽篡位的事。

38 马出角

汉成帝绥和二年（公元前7）二月，大马圈里的马长出角来，长在左耳的前面，周长和长度各二寸。此时，王莽已出任大司马，他篡位代汉的念头，就是从这时开始的。

39 燕生雀

汉成帝绥和二年（公元前7）三月，天水郡平襄县有燕子生下麻雀，喂养长大后，都飞走了。京房《易传》说："贼臣在国家执政，其灾殃为燕子生麻雀，诸侯受到削弱。"又说："生的不是自己的同类，预兆子孙不能继承帝位。"

40 三足驹

汉哀帝建平三年（公元前4），定襄郡有一匹公马产下马驹，三只脚，能够随马群饮食。《五行志》认为：马，是国家军用的牲畜；长了三只脚，是不能胜任的象征。

41 枯树再生

汉哀帝建平三年（公元前4），零陵郡有一棵树倒在地上，树围一丈六尺，长十丈七尺。人们砍下它的根，有九尺多长，都枯干了。三月，这棵树又自己站立在原处。京房《易传》曰："丢弃正当的而实行淫乱，其征兆就是树断了又自己接上。后妃一旦独擅专权，就有树倒地又立起，折断的枯树又重新生长的现象。"

42　儿啼腹中

汉哀帝建平四年（公元前3）四月，山阳郡方与县女子田无啬生了孩子。孩子在出生前两月，就在母亲腹中啼哭。女子生下孩子后，也不哺养，把孩子埋到田间小路边。三天后，有人从那里路过，听到孩子的啼哭声，母亲这才挖开坟墓收养了孩子。

43　西王母传书

汉哀帝建平四年（公元前3）夏天，京城百姓在乡里街道上聚会，设置帷帐、赌具游戏，唱歌跳舞，祭祀西王母。有人散布文书说："西王母告示百姓，随身携带这个文书的人就不死。如果不相信，可以去看门的转轴下面，会有白头发为证。"到秋天，才停止这一活动。

44　男子化女

汉哀帝建平年间（公元前6—前3），豫章郡有个男人变成女人，嫁了人，还生了孩子。长安人陈凤说："男人变成女人，将要失去继承人时又有了后嗣，这是自保的象征。"另一种说法是："嫁人生子，这暗示着将再过一代才断绝世袭。"果然，后来汉哀帝崩，汉平帝死后不久，王莽篡夺了帝位。

45　女死复生

汉平帝元始元年（1）二月，朔方郡广牧县女子赵春病死了，入棺七天后，她又在棺材外出现了。她说见到了死去的公公，对她说："你才二十七岁，不该死。"朔方郡的谭姓太守把这件事报了上去。有人说："极盛的阴气转变为阳气，地位低下的人居上位，怪异的事情就是死而复生。"那以后，果真有了王莽篡汉的事。

46　畸形儿

汉平帝元始元年（1）六月，长安有个妇女生了个儿子，俩头俩脖子，两张脸相对着。四只手臂长在一个胸脯上，都朝前面伸着，屁股上长着眼睛，有两寸多长。京房《易传》上说："'背井离乡的孤独之人，遇见猪伏在路上。'其征兆是人长两个头。国君的臣子们侵夺别人的功绩，其兆头也是这样。人如果像六畜那样，眼睛长在身下，就预示着国君要失位，政权要变换。出现征兆，是上天谴责国家失去正道。两个脖子，表示臣下不一条心；手多，是暗示所任用的多是邪佞之人；脚少，是喻指臣下不能胜任其职务，或者是国君不能任用臣下。凡是身体的下部器官长在上部，是预示下臣不恭敬君主；上部器官生在下部，表明上主是轻慢不自重；生下的不是自己的同类，表明是放任淫乱；人生下来就很大，是国君过于急于求成，人生下来就能说话，表明是喜好虚荣。这些征兆依此类推，如果不能改正，就会有灾祸。"

47　三足乌

汉章帝元和元年（84），代郡高柳有一只乌鸦生下小乌鸦，三只脚，像鸡一样大，全身是红颜色的，头上长出个一寸多长的角。

48　德阳殿大蛇

汉桓帝即位（147），在德阳殿上出现一条大蛇。洛阳市令淳于翼说："蛇身上有鳞片，象征铠甲兵器。出现于皇宫内，是皇后当大官的亲人将遭受军队诛杀的象征。"因此，他就弃官而去。到延熹二年（159），汉桓帝诛灭了梁皇后的哥哥大将军梁冀，惩办了他的家小，在京城中动用了兵力。

49　天降肉雨

汉桓帝建和三年（149）秋七月，北地郡廉县天上像下雨一样下起肉来，好像是羊排，有的足有人的手臂那么大。当时是梁太后摄政，其兄梁冀独揽政权，他擅自诛杀了太尉李固和杜乔，天下人都认为这两人是冤枉的。后来，梁氏家族被灭族。

50　梁冀妻

汉桓帝元嘉年间（151—152），京城的妇女时兴愁眉、啼妆、堕马髻、折腰步、龋齿笑。愁眉，就是把眉毛描得又细又弯。啼妆，就是把眼睛下边的脂粉薄薄地擦去一层，像刚哭过似的。堕马髻，就是把发髻梳向一边。折腰步，就是脚好像支撑不住下体一样。龋齿笑，就是在笑的时候做出像是牙疼一样的表情。这些都是大将军梁冀的妻子孙寿装扮的样子。起初，在京城中盛行，后来，全国各地的妇人都争相仿效。上天似乎是在通过这些动作警示天下，说："军队将去逮捕梁氏一族，妇女们忧愁，皱眉啼哭；官吏、狱卒去拉拽她们，迫使她们弯下腰脊，使发髻歪斜；虽然勉强谈笑，但也只是强颜欢笑罢了。"果真，到了延熹二年（159），梁冀全族被杀了。

51　牛生怪鸡

汉桓帝延熹五年（162），临沅县有一头牛生了只小鸡，鸡长着两个头、四只脚。

52　赤厄三七

汉灵帝总是喜欢在西园中游戏，让后宫宫女扮成旅店主人，他自己穿上商人的衣服，来到旅店中，宫女摆下酒饭，他就和宫女们一起吃喝,以此嬉戏取乐。这是天子将要失去君位、降身为隶役的征兆。后来,果真天下大乱。

古书上这样记载:"赤厄三七"。三七,就是经过二百一十年,会有外戚篡位,以及赤眉者做出灾祸。篡位者、盗贼的行为都不会长久,到三六就是极限,会有飞龙之秀,兴复祖宗的事业。又经历三七,会再有黄首者做出的灾祸,天下就大乱了。从高祖创立帝业,到平帝末年,正好二百一十年。王莽篡位,因为他是外戚。十八年之后,山东盗贼樊子都等造反,他们确实用赤色染了自己的眉毛,所以天下人把他们称为"赤眉"。很快,光武帝起兵复汉,他的名讳叫秀。

到灵帝中平元年(184),张角等起兵造反,设置了三十六方,信徒达数十万,全都是黄巾裹头,所以天下人把他们称为"黄巾军"。如今的道袍,还是从那时兴起的。黄巾军最初是从邺城起事,到真定会合,蛊惑百姓说:"苍天已死,黄天当立。岁在甲子,天下大吉。"从邺城起事,表明开始了他们的大业;在真定聚合,象征天下必得安定。百姓们向他们跪拜,奔向他们,信奉他们创立的太平道教,荆州、扬州尤其厉害。百姓们抛家舍财、背井离乡追随他们,死的人不计其数。张角等人开始从二月起兵,到那年冬十二月就完全破灭了。自从光武中兴,到黄巾起事,不满二百一十年。此后,天下大乱,汉朝灭亡,正好应验了"三七"的运数。

53 衣裾长短

汉灵帝建宁年间(168—171),男子喜欢穿长款衣服,而下服很短。而女子喜欢穿长裙子,上衣很短。这种态势是阳无下而阴无上,上下失衡,社稷便不会太平。后来,终于天下大乱。

54 夫妇相食

汉灵帝建宁三年(170)春天,河内郡发生了妻子吃丈夫的事,河南郡则有丈夫吃妻子。夫妻，是阴阳相配的事物中，最具有深情的，现在反而互相惨食。阴阳相侵，难道只是日月的错误吗？汉灵帝死了，天下大乱，君主有妄乱诛杀的残暴，臣下有强夺弑君的叛逆，起兵斗杀，骨肉成为仇敌，百姓的灾难到了极点。所以，怪事会作为预警率先发生。遗憾的是，当时没有辛有、屠黍那样的高人出来解说这预兆、推测那灾祸啊。

55　寺壁黄人

汉灵帝熹平二年（173）六月，洛阳的老百姓谣传说："虎贲寺的东墙上有黄人，容貌胡须眉毛都长得很端正。"去看的人有几万，连官府中的人也都出去看，道路为之堵塞。至中平元年（184）二月，张角兄弟在冀州起兵，自称"黄天"。他们分兵三十六方，各地蜂起响应，将军元帅星罗棋布，各地官吏也都望风披靡，归附他们。后来，他们因为疲惫困厄，才被制伏了。

56　木不曲直

汉灵帝熹平三年（174），右校官署分支作坊中，有两棵楍树，都有四尺左右高。其中有一棵，很短时间内暴长成一丈多高，一围粗，看上去像个胡人，头、眼睛、鬓角、胡须、头发都有。熹平五年（176）十月壬午日，皇宫正殿旁有几棵六七围粗的槐树，破土而起，卧倒于地，根朝上而枝朝下。汉灵帝中平年间（184—189），长安城西北六七里处，一棵中空树，有人的面貌，长有鬓发。《洪范》中说，这是树木失去了它的本性而为灾难的现象。

57　雌鸡欲化

汉灵帝光和元年（178），南宫侍中寺里，有一只雌鸡要化为雄鸡，全身羽毛都已经像雄鸡的了，只是鸡冠还没改变。

58 双头单胸

汉灵帝光和二年（179），洛阳上西门外有个女人生了个孩子，两个头、两对肩膀一同长在胸膛上，都向前。那女人认为不吉利，所以，孩子一落地就把他抛弃了。从此之后，朝廷昏乱，政权落到了权贵手中。君主与臣下混乱无序，这是两个头的应兆。后来董卓毒杀何太后，把不孝的罪名加在汉少帝身上，不仅废除放逐了他，最终还把他毒杀了。汉朝建立以来，灾祸没有超过这次的了。

59 梁伯夏之后

汉灵帝光和四年（181），在南宫的中黄门官署里，出现了一个男子，高九尺，穿着白衣。中黄门解步大声喝问道："你是什么人？穿着白衣服乱闯皇宫！"那人回答说："我是梁伯夏的后人，是上天派来做天子的。"解步准备上前去抓他，他忽然就不见了。

60 草作人状

汉灵帝光和七年（184），陈留郡济阳县、长垣县，济阴郡，东郡，冤句县、离狐县交界的地方，路边的草，全都长成了人的形状，拿着弓箭等兵器，有的长成了牛、马、龙、蛇、鸟、兽的形状，白的黑的，都像那些鸟兽本来的颜色，羽毛、头、眼、足、翅膀全都有，不只是相似，而且非常相像。按照过去的说法："这是草芥要兴妖作怪。"果真，这一年就有"黄巾军"起事，汉朝就逐渐衰亡了。

61 两头一身儿

汉灵帝中平元年（184），六月壬申日，住在洛阳西门外的刘仓的妻子生下个男孩，两个头一个身子。到了汉献帝建安年间（196—

220），有妇女生儿子，也是两个头一个身子。

62　怀陵雀

汉灵帝中平三年（186）八月中，怀陵上有一万多只麻雀，先是极力悲鸣，后来又乱斗，互相残杀，咬断了头，挂在树枝和荆棘丛中。到中平六年（189），灵帝崩。陵，是高大的象征；雀，就是爵。上天这样警诫说："那些有爵位俸禄、地位高贵的人们，他们必会自相残杀，直至灭亡。"

63　嘉会挽歌

汉朝时，京城宴客婚庆喜事，都要使用名为"魁纍"的乐曲。饮酒尽兴之后，接着唱"挽歌"。魁纍，是丧家的哀乐。挽歌，是抬棺者在下葬时一起合唱的哀歌。上天借此示诫说："国家很快会陷入困境，那些幸福的贵人都要死亡。"从汉灵帝死亡以后，京城毁灭，每户人家都有兼尸虫互相咬食。魁纍继而挽歌，这不是它在显现效应吗？

64　京师谣言

汉灵帝末年，京城流传的歌谣说："侯不是侯，王不是王，千乘万骑上北邙。"到中平六年（189），史侯少帝刘辩登上了皇位。后来的汉献帝此时还没有爵号，被中常侍段珪等劫持。公卿百官，都跟在他的后面，到了黄河边上，方才返回。

65　桓氏复生

汉献帝初平年间（190—193），长沙有个姓桓的人死了，已经入棺一个多月后，他母亲听见棺材中有声音，便打开棺材，这人就活了。占卜的人说:"极盛的阴气转变为阳气,就预示地位低下的人占据上位。"后来,曹操便由一个普通的军士起家立业。

66 男人变女人

汉献帝建安七年(202),越嶲郡有一个男子变为女人。当时周群上奏说:"汉哀帝时也有这样的怪变,这是预告将有改朝换代的事发生。"到建安二十五年(220),汉献帝被废,封为山阳公。

67 荆州童谣

汉献帝建安初年,荆州流传着这样的童谣:"八九年间世道开始衰败,至十三年就没有故人留下了。"说从光武帝中兴以来,荆州独能保全;刘表任州官时,百姓生活颇丰裕快乐。到建安九年(204),注定要开始衰败。歌谣中的"开始衰败",是指刘表的妻子在这一年死去,多名将领也都或死或零落四散了。"至十三年就没有故人留下了",是指刘表要死了,他的事业也就败亡了。

当时,华容县有个女子,忽然哭叫道:"要有大丧了呀!"话说得没头没脑,县里认为是妖言,把她抓起来关在狱中。一个多月后,这个女子忽然在狱中哭道:"刘荆州今天死了!"华容县离荆州几百里,县令立刻派马吏到州里去核验,果然刘表死了。县令就把这女子放了出来。她又继续歌吟道:"想不到李立成了贵人。"后来没有多久,曹操平了荆州,任用涿郡李立(字建贤)做了荆州刺史。

68 树出血

建安二十五年(220)正月,魏武帝曹操在洛阳兴造建始殿,砍伐濯龙园里的树木,那树木竟然流出血来。又挖移梨树,那梨树的根被碰伤了也流出血来。曹操很硌硬这件事,导致卧病不起,当月就死了。这一年是魏文帝黄初元年。

69　鹰生燕巢中

魏文帝黄初元年（220），未央宫中的鹊巢中有一只小鹰出生，鹰嘴和脚爪都是红色的。到魏明帝青龙年间（233—236），明帝修建凌云阁。刚造好，就有喜鹊在上面做窝。明帝向高堂隆询问这件事。高堂隆回答说："《诗经》说：'鹊做好了窝，鸠却住了进来。'如今兴建宫室多鹊来做窝，这是宫室未建成，自身不能居住的表征。"

70　妖　马

三国魏齐王曹芳嘉平（249—253）初年，白马河出现妖马，夜晚来到宫中马厩边嘶吼，群马都应声嘶鸣。第二天，人们见到它的蹄印像斛一般大，走了有好几里，又回到了河里。

71　魏室之怪

魏明帝景初元年（237），卫国李盖家的燕子生下一只很大的雏鸟，身体像鹰，嘴巴像燕。高堂隆说："这是魏国的怪事，应该提防朝廷的掌军之臣。"后来，司马懿诛杀了辅国重臣曹爽，得以专权，最终立晋代魏。

72　谯周书柱

三国蜀后主刘禅景耀五年（262），皇宫中一棵大树无缘无故自己断折。谯周对此深感忧虑，没法向后主交代，就在柱子上写道："众而大，期之会。具而授，若何复。""曹"字有"众"的意思，"魏"有"大"的意思。这是说曹魏很强盛，它会一统天下。具备了条件却交付给别人（这是指刘后主经营蜀国），怎么能有所建树？蜀灭亡后，人们都认为谯周的话得到了验证。

73 孙权死征

东吴孙权太元元年（251）八月朔日，刮大风，江海里的水涌起溢出，平地上有八尺深的水。大风拔起山上的树足有两千棵，石碑略有摇动。吴城的两扇大门被风吹翻。第二年，孙权死了。

74 稗草怪事

吴国孙亮五凤元年（254）六月，交陆郡有稗草变成稻子。从前三苗族在逃亡之前，五谷变了种。这些都是发生在草类上的怪事。后来，孙亮就被废除了。

75 大石自立

吴国孙亮五凤二年（255）五月，阳羡县离里山的大石头自己耸立起来。这是孙皓继承颓靡的国祚、恢复帝位的征兆。

76 破冢复活

吴孙休永安四年（261），安吴的百姓陈焦，死了七天后又复活了，自己掏开坟墓爬了出来。这是乌程侯孙皓继承败落的家业，得到帝位的预兆。

77 孙休服制

孙休在位的后期，衣服的款式上长下短。上衣把领叠起来，占了十分之五六，而下身的裳只占十分之一二。这是上面富裕奢侈，下面节俭窘迫，上有余、下不足的象征。

卷 七

1 裂石之图

起初，汉元帝、汉成帝年间（公元前48—前8），有先见之明的人就说："魏年号有'和'字时，在西面三千多里的地方，会有石头裂开。裂开的石头是五马形，上有文字显示：'大讨曹'。"

等到魏国刚刚兴起时，张掖的柳谷县果然有一块裂开的石头。它在建安年间（196—219）始作，到黄初年间（220—226）形成，太和年间（227—233）文字具备。石头有五十六尺长，七八尺高。青色的质地，白色的纹理，上面有清晰的龙、马、麟、鹿、凤凰、仙人等形象。这一件事，是魏晋交替兴起的征兆。

到了晋泰始三年（267），张掖太守焦胜上奏说："用留郡本地的玄石图勘校这块石头上的纹路，发现文字略有不同，现在一一绘成图呈上。"查验上面的纹路，有五匹马的形象：其中有个人戴着武官的头巾，拿着戟骑在马上；还有一个像马的形状但还没完全形成。图上的文字有"金"，有"中"，有"大司马"，有"王"，有"大吉"，有"正"，有"开寿"；还有的字排成一行，显示是"金当取之"。

2 西晋服妖

晋武帝泰始（265—274）初年，人们穿的上衣简单朴素，下衣讲究豪华，因此，人们穿衣服都习惯于在腰身处将上衣掩在下衣里。这是君主衰弱、臣民放纵的象征啊。到了元康（291—299）末年，妇人们把背心穿在交领衫的外面，这就是内超出外了。乘坐车辆的人，随便地推崇轻便小巧的车子，又频繁改变车的造型，把去掉青皮的薄竹片作为最好的装饰材料，这大概是古代丧车的样子吧。这都是晋朝将有灾祸的不祥之兆啊。

3 翟器翟食

胡床、貊槃,是翟族的用具,羌煮、貊炙是翟族的食品。从晋武帝泰始年间(265—274)以来,中原地区都流行这些东西。贵族富人,必定储藏这些用具,喜庆筵席招待贵宾,都把这些食物器具摆设出来。这是西戎、北翟侵犯中原的先兆。

4 蟛蜞化鼠

晋太康四年(283),会稽郡的蟛蜞和蟹,都变成了老鼠。数量众多的老鼠漫山遍野,疯狂地吃水稻,造成了灾害。它们刚变成老鼠的时候,有毛有肉而没有骨头,它们还不能走过田埂。几天以后,便都变成了母鼠。

5 二龙现武库井中

晋太康五年(284)正月,在武库的井里有两条龙出现。武库,是储藏帝王威仪之器,房屋幽深隐蔽,不是龙待的地方。此后七年,藩王互相残害,生"八王之乱"。又过了二十八年,果然有两个胡人窃取了帝位,他们的字里都有"龙"字(石勒字世龙,石虎字季龙)。

6 双足虎

晋武帝太康六年(285),南阳郡捕获一只两只脚的老虎。老虎是阴间的精灵而在阳世居住,是金兽。南阳,是火的名称。金精进入火里就失去了它的形状,是王室混乱的妖兆。太康七年(286)十一月丙辰那天,一只四角兽出现在河间郡。上天这样告诫人们说:

"角，是军队的象征；四，是四方的象征。将有战争在四方兴起。"后来，河间王联合四方的军队，作为叛乱凭借的力量。

7　死牛头

太康九年（288），幽州塞北有死牛头说话。当时，晋武帝疾病缠身，总是挂念身后事，但他不能用平正公允之心来托付。死牛头说话，是和晋武帝思维混乱相对应的。

8　男女之屐

起初制作的木屐，妇女的是圆头的，男人的是方头的。大概是有意从款型上区别男女。到晋太康年间（280—289），妇女都穿方头木屐，和男人没有差别。这是贾皇后专权的征兆。

9　撷子髻

晋朝时，妇女结扎头发，已经扎好了，还要用丝带紧紧扎住发圈，起名叫"撷子髻"。开始是在宫里兴起，后来民间也都流行仿效起来。到晋朝末年，便发生了晋怀帝、晋愍帝的事件。

10　晋世宁舞

太康年间（280—289），天下流行"晋世宁舞"。这个舞，要求表演者按压着手拿着杯子盘子并将它翻来倒去。歌词唱道："晋世宁，舞杯盘。"把杯盘翻来倒去是很危险的。杯子盘子是盛酒的器皿。舞蹈的名字叫"晋世宁"，是说当时的人们只是在吃喝之中苟且偷生，他们的智力想不到很远的人与事，就像只关注手中的器皿一样。

11 胡既三制

太康年间（280—289），国中用毛毡做头巾和腰带、裤口。于是百姓们都互相戏谑说："中国一定被胡人所占领。"毡子，是胡地生产的，而国中的人都用来做头巾、腰带、裤口，胡人已经控制了人身的三处地方，中国怎能不败呢？

12 折杨柳歌

晋太康（280—289）末年，京城洛阳的人们爱唱《折杨柳》曲。这支歌曲开始有描写战争苦难的歌词，最后以叙述擒敌斩杀作结束。到后来，杨骏被诛杀，杨太后幽禁而死，是《折杨柳》歌曲的兆应。

13 辽东马

晋武帝太熙元年（290），辽东郡有马长角的怪象发生，长在两只耳朵下面，三寸长。武帝去世，朝廷便兵乱大作了。

14 妇人兵饰

晋惠帝元康年间（291—299），妇女的饰品有仿照五种兵器形状而制成的，又用金、银、象牙、飞兽角、玳瑁之类，做成斧、钺、戈、戟的饰物，把它当作簪子。男女之间的区别，是国家的大事，所以，穿的吃的男女都不同。如今妇女以兵器作为饰品，这极其反常。此后，便发生了贾后荒淫暴政的事情。

15　铜钟流泪

晋惠帝元康三年（293）闰二月，太极殿前的六座铜钟都流出了眼泪，一直流了五刻才停止。此前，贾皇后在金墉城杀了杨太后，她作恶无悔，所以，铜钟流泪了，好像很伤心。

16　一身二体

晋惠帝的时候，洛阳有个人一身兼具男女二体，既能与男子性交，也能与女子性交，乃本性好淫。天下刀兵不绝，就是由男女气乱而产生反常怪事引起的。

17　女化男而未尽

晋惠帝元康年间（291—299），安丰郡有个姑娘叫周世宁，她在八岁的时候，逐渐变成男人。到十七八岁，她的身体、性情都完成了转化，但她身上的女性器官变化并完全化除，而男性器官却没有完全长好，结果，虽然娶了妻子但没有子女。

18　大蛇入祠

晋惠帝元康五年（295）三月，临淄出现了一条大蛇，十来丈长。它背着两条小蛇，爬进城北门，从街市来到汉阳城的景王祠里，后来就不见了。

19　血流百步

晋惠帝元康五年（295）三月，吕县有个地方流血了，从东到西有一百多步。从那以后八年，封云率兵攻打徐州，杀伤几万人。

20 天诛贾后之兆

晋惠帝元康七年（297），霹雳击破了城南高禖祠中的坛石。高禖，是皇宫中求子的祠庙。贾皇后妒忌，要杀死怀帝、愍帝，所以，激怒了上天。这是贾皇后将要遭到诛杀的征兆。

21 乌头杖

晋惠帝元康年间（291—299），天下开始互相仿效制作乌头杖，用来支撑臂膀。从那以后，逐渐地在杖的末端增加平底金属套，走路停留时竖立起来支撑身体。等到晋怀帝、愍帝的时代，王室多难，京都衰败。晋元帝凭借藩臣的地位，在东方建立恩德，维持天下，这是乌杖支撑胳膊的兆应。

22 贵游裸身

晋惠帝元康年间（291—299），在贵族子弟中流行披散头发，赤裸身体，聚在一起饮酒，互相玩弄婢女和妾。不参加的会伤和气，反对的遭到讥笑，所以，迎合世俗的人以不参与其事为耻。这是胡人狄人入侵中原的征兆，那以后便有二胡的作乱。

23 浮石登岸

晋惠帝太安元年（302），丹阳郡湖熟县夏架湖有块大石头，漂浮了二百步就登上了湖岸。百姓非常惊异，纷纷传言说："石头来了！"不久，张昌的部将石冰攻进了建邺。

24　贱人入禁

太安元年（302）四月，有个人从云龙门进宫来到大殿前，朝北拜了再拜说："我应该任中书监。"朝廷马上就把他逮住杀了。

宫廷是尊严秘密的地方，如今下贱的人竟能闯进去而守门人没发觉，这是宫廷将空虚、下贱的人将超越皇上的凶兆。后来，晋惠帝迁徙到长安，皇宫果然空虚了。

25　牛言吉凶

晋惠帝太安年中（302—303），江夏郡功曹张骋所乘的牛忽然开口说话，道："天下将要大乱，我实在太累了，还乘我到什么地方去啊？"张骋和随从的几个人都很惊恐，便欺骗牛说："让你回去，你不要再说话了。"于是半路就返回去了。到家了，还没等卸下车驾，牛又说道："怎么回来这么早？"张骋更加害怕，不敢提起这件事。

安陆县有一个人擅长占卜，张骋就去找他。占卜的人说："这是凶兆，不是你一家的灾祸，而是天下将要有战争，一郡之内，都要败亡了！"张骋回家，那牛又像人一样站起来行走。百姓们都围拢观看。

这年秋天，张昌率领农民造反，先攻占了江夏，汉朝国祚复兴，有凤凰的吉兆，圣人出世等来迷惑百姓。参加造反的人都戴上红色头巾，用来显示火德的吉祥。百姓动荡不安，都参加了起义军，张骋兄弟们都担任将军都尉，不久，起义军就失败了。于是，全郡破败凋零，死伤的人超过半数，张骋的家也被灭族了。

京房《易妖》上说："牛能说话，事情就像它说的一样，可以预言吉凶。"

26　败屦聚道

晋惠帝元康、太安年间（291—303），在江淮一带，有些破草鞋聚集在道路上，多达四五十双。有人把它们散开，扔到林间草丛中，第二天去看，它们又都聚集在路上了。有人说，看见是野猫叼着把它们聚在一起的。当时人们说：草鞋是一种卑贱的东西，是劳作役使的时候穿的，象征下民。破草鞋，是下民疲敝的象征。道路，是地上的纹理，四方靠着它勾连，王命通过它上传下达。如今破草鞋聚集在道路上，象征下民疲患，将要相聚作乱，断绝道路，塞阻王命。

27　戟锋之光

晋惠帝永兴元年（304），成都王司马颖攻占长沙，又带兵返回邺城，内城外都排列了军阵。这天夜里，兵器的锋刃上都有火光，远看像挂着的蜡烛，走近看却什么也没有了。后来，司马颖终于失败被杀。

28　婢生怪子

晋怀帝永嘉元年（307），吴郡吴县人万详的婢女生下一个怪胎，鸟的头，两只脚是马蹄，一只手，皮肤上没有汗毛，长着一条黄色的尾巴，有碗那么粗。

29　人生异物

晋怀帝永嘉五年（311），抱罕县令严根的婢女生下一条龙、一个女婴、一只鹅。京房《易传》上说："人生下其他动物，是人所没见过的，这都是天下要有兵乱的兆头。"当时，晋怀帝继承惠帝位之后,天下大乱,不久就被俘到平阳,被作乱的胡人所杀害。

30　狗作人言

永嘉五年(311),吴郡嘉兴县张林家里,有一只狗忽然学人说话,它说:"天下的人都要饿死。"果然,后来有两个胡族闹叛乱,全国陷入饥荒。

31　妖人之征

永嘉五年(311)十一月,有鼴鼠出现在延陵。郭璞卜卦,遇到"临"卦变"益"卦。他说:"这是郡东边的一个县,有妖人想要行使皇帝的权力,不久他就会自己死去。"

32　茱萸纠缠

永嘉六年(312)正月,无锡县忽然有四棵茱萸树枝丫缠结生长,形状像连理枝一样。此前,郭璞占卜延陵堰鼠,遇"临"卦变"益"卦,他说:"以后会有妖树生长,好像祥瑞却又不是,是辛辣有毒的树木。如果有这样的树,方圆几百里之内必定有作乱的人,不久会自败。"直到这时,有这样的怪树长成了。此后,吴兴的徐馥造反,杀死了郡太守袁琇。

33　豕生人两头

永嘉年间(307—312),寿春城内有猪生下一个人,两个头,没活下来。周馥曾取来观看。有见识的人说:"猪,是北方的牲畜,是胡、狄异族的象征。两头,是目无皇上。生下来就死,是不成功。"这是上天在警示说:"轻率的专门利己的图谋,会自己招致灭亡。"果然,叛军不久就被晋元帝打败了。

34　生笺单衣

永嘉年间（307—312），在士大夫中时兴穿生丝细布做的单衣。有见识的人感到很诧异，说："这是古代做丧服的布，是诸侯为天子服丧时用的啊。现在无缘无故却流行起来，恐怕是不祥之兆吧！"后来怀帝、愍帝相继而亡了。

35　无颜帢

过去，在魏武帝曹操军中，无故开始缝制白色的帽子。这是白色丧服，凶丧的象征。起初，为了和后面相区别，在帽子前面缝一块布，称它为"颜帢"，并且在民间流行。到了永嘉年间（307—312），渐渐地去掉了缝在帽前的那块布，称它为"无颜帢"。

妇女束头发，越来越松散，发髻不能高耸，头发披散在前额上，只露出眼睛。无颜，是头发覆盖前额，是惭愧的样子。头发松散，是说天下失去了礼仪，人们放纵自己的性情达到了极点，造成莫大的耻辱。那以后两年中，发生了永嘉之乱，国家分裂，百姓苦痛，活着的人也感到愧疚。

36　任乔妻

晋愍帝建兴四年（316），长安陷落，元帝即帝位，四海归心。那一年十月二十二日，新蔡县县吏任乔的妻子胡氏，二十五岁，生下两个女婴，面对面，心腹部连体，腰以上，脐以下，各自分开。这是天下没有统一的妖兆。当时内史吕会上书说："据《瑞应图》说：'树连根同体，称之为连理；谷异株同穗，称之为嘉禾。'草木之类，尚且视为祥瑞，如今两人同心，是天降下灵象，所以《易经》说：'二人同心，其利断金。'喜庆显现在陕东之地，是四海同心的好兆头。臣子不胜欣喜欢跃，谨把连体婴儿画图呈上。"当时有识之士都嘲笑他。

君子说:"明白事理是难的。以臧文仲那样的大才,尚且祭祀海鸟,做了无知的事,记载在《国语》上,警示千载。所以身为读书人,不能不学习。古人有话说:'树没有枝丫称之为病木,人不学习称之为睁眼瞎。'人如果受到蒙蔽,就是说明他知识有漏洞。能不努力吗?"

37 淳于伯冤死

东晋元帝建武元年(317)六月,扬州大旱。十二月,河东郡地震。上一年十二月,曾经斩杀了督运令史淳于伯,他的血向上涌,喷上柱子两丈三尺,接着又向下流淌了四尺五寸。淳于伯冤屈而死,所以,大地就连旱三年。如果滥用刑罚,各种阴气就不安附,那么阳气就压过它了。连旱三年的惩罚,也就是那冤气的报应。

38 牛生双头犊

晋元帝建武元年(317)七月,晋陵县城东门有一头牛生下牛犊,一个牛身两个牛头。京房《易传》说:"牛生犊,两头一身,天下将分。"

39 凌上之兆

晋元帝大兴元年(318)四月,西平一带发生地震,水涌出地面。十二月,庐陵、豫章、武昌、西陵等地发生地震,水涌出地面,山陵崩塌。这是王敦凌驾于皇上的兆应。

40 两头八足牛

晋元帝大兴元年(318)三月,武昌太守王谅家的牛生犊,两个头八只脚,两条尾巴一个肚子。那母牛自己生不下来,十多个人用绳子拉了出来,牛犊死了,母牛活着。三年后,皇家园林中也有牛生犊,是一只脚三条尾巴,生下来就死了。

41　双头驹

晋元帝大兴二年(319),丹阳郡官吏濮阳演家的马生下一马驹,两个头,从颈项前后分开,生下来就死了。这是国家政权掌握在权豪手中,将有两人之争的象征。后来,王敦凌驾于皇帝之上。

42　大兴初女子

晋元帝大兴(318—321)初年,有一个妇女的阴部长在腹部,在肚脐下面。她从中原地区来到江东,一向淫荡却不会生育。还有一个妇女,阴部在头上,她住在扬州,也是个荡妇。京房《易妖》说:"人生子女,阴部在头上,就会天下大乱;如果在腹部,就会发生战乱;如果在背上,国主就会没有后嗣。"

43　武昌火

大兴年间(318—321),王敦坐镇武昌时,武昌发生了火灾。大火燃烧起来,王敦发动很多人去救火。可是救了这儿救不了那儿,大火此起彼伏,四面八方几十个地方都烧起来了,烧了几天也没熄灭。这就是过去所谓"泛滥的灾祸胡乱地发生,即使兴师动众也无法挽救"的情况吧。这是臣下做了君主做的事,阳气太盛失去了节制造成的。这时的王敦,确实有凌驾于皇上、无视君主的想法,所以就有灾祸发生了。

44　绛囊缚髻

大兴年间（318—321），士兵用红布袋束住发髻。有见识的人说："发髻在头上为乾，象征君道。口袋为坤，象征臣道。现在用红布袋束住发髻，这是臣下犯上的征兆。"当时做衣服的，上边的衣带做得很短，才到达胳肢窝，戴帽子的，又用帽带缚住脖子。这是下面胁迫、上面逼仄的象征。当时做裤子的，直接用整幅宽的布做，裤腿到裤脚尺寸不削减，这是下边无约束的象征。不久，王敦策划叛乱，又攻打京城，便是这奇装异服的应验啊。

45　枯木生花

晋元帝大兴四年（321），王敦在武昌，侍从门卒所持的仪仗剑戟生出了花，像莲花一样，五六天就枯萎了。有人说："《易·大过》上讲过'枯干的杨树生花，怎么能长久呢？'，如今反常的花开在枯木上，又在将帅居住的地方，这是说随从的强大，富贵荣耀的鼎盛，都像这反常开放的花一样，不能长久。"后来，王敦终于因为抗命反叛，被处以戮尸之刑。

46　长柄羽扇

过去做羽扇柄的，把木头刻成鸟翅骨的形状，排列十根羽毛，取一个全数。当初王敦南征，才开始改为长柄，下面的柄可以握住，把扇骨的数目减少，用八根。有见识的人责怪说："羽扇，这名字有羽翼的意思。创造出用长柄，是要执掌权柄，来控制羽翼。把十根改为八根，是要拿不完备的夺取完备的。这恐怕是王敦擅权，控制朝廷的权柄，又想以无德之身，来夺取本不是他该有的位置啊。"

47　武昌大蛇入神祠

晋明帝太宁（323—326）初年，武昌有条大蛇，曾经栖息在老神庙的树洞中，经常探出头来，接受来此祭祀的人给予的食物。京房《易传》说："蛇在城中出现，不出三年，就会有大的战乱，社稷会有大的忧患。"果然，不久就有了王敦的叛乱。

卷 八

1 舜得玉历

虞舜在历山耕作,在河边的岩石山得到玉历符谶。舜知道上天授命给自己,便不断地体察天道义理。舜长得高眉阔口,手里握着褒。宋均解释说:"握褒,手中有'褒'字,比喻从事辛勤劳作,受到嘉奖和表彰,一定能登上大位。"

2 汤祷雨

商汤推翻夏朝以后,天下大旱七年。洛河已经干涸。商汤就亲自在桑林祷告神灵,并且剪掉自己的头发及指甲,代替自己当作祭祀的供品,向上帝祈求降福。于是,苍天降雨,天下都得到了滋润。

3 吕望钓于渭阳

吕望在渭水北岸钓鱼。周文王到郊野游猎前曾占了个卜,言说:"今天将猎得一只兽,不是龙不是螭,不是熊不是罴,是个该做帝王太师的人。"果然,周文王在渭水的北岸得到了姜太公吕望。周文王与他谈话,谈得非常高兴,就用自己的车载着他一起回来了。

4 武 王

周武王讨伐商纣王,来到黄河边上,雨下得很大,雷声轰鸣,天昏地暗,黄河水波涛翻滚。大家都很害怕,周武王说:"我在此,天下有谁敢来冒犯我!"风波马上平息了。

5 孔子夜梦

鲁哀公十四年（公元前481）的一个晚上，孔子梦见三公重地，在沛县的丰邑境内，有红色的天地之气升起，便叫了颜回、子夏一起去观看。他们赶着车来到楚国西北面的范氏街，看见有个割草的小孩在打麒麟，把那麒麟左侧的前脚都打伤了，还拿了一捆柴草把它盖上。孔子说："孩子过来。你姓什么？"这小孩说："我姓赤松，名时乔，字受纪。"孔子说："你看见了什么东西？"小孩说："我看见的东西是一只动物，像獐，长着羊头，头上有角，角的末端有肉。刚从这儿向西跑去。"孔子说："天下已经有了主人了，这主人是赤帝子汉刘邦，陈涉和项羽只是辅佐。金、木、水、火、土五星进入井宿，跟着岁星。"

小孩打开柴草下的麒麟，给孔子看。孔子有礼地小步快跑过去。麒麟面对孔子，遮蔽着它的耳朵，吐出三卷图。图宽三寸，长八寸，每卷有二十四个字。那文字是说："赤帝子刘氏要兴起，周朝要灭亡。红色的天地之气上升，火德荣耀兴盛。孔子拟订了天命，那皇帝是刘姓。"

6 孔子受黄玉

孔子修订《春秋》，创制《孝经》之后，开始斋戒。他向北辰星跪拜，一一向天禀告。于是，天空云气浓盛聚结，白雾翻腾接近地面，一条红色的彩练从天上飞下，化作一块黄玉，有三尺长，上面刻着文字。孔子跪着接受黄玉并阅读上面的文字，说："宝文出现，刘季掌握。卯金刀，在轸星的北面。字禾子，天下归顺。"

7 陈仓祠

秦穆公的时候，有个陈仓人刨地时得到一个动物，似羊不是羊，似猪不是猪,就牵着它献给穆公。路上,他遇见两个童子,童子说:"这东西名叫媪,常在地底下吃死人的脑子。如果要想杀死它,用柏树枝插在它头上就行了。"媪说道:"那两个童子名叫陈宝,得到雄的可以做王,得到雌的也可以称霸。"

陈仓人就丢下媪,去追两个童子。童子化作野鸡,飞进了树林中。陈仓人报告了秦穆公,穆公发兵大举围猎,结果得到一只雌的。雌野鸡又变化成一块石头。秦穆公就派人把石头放在汧水、渭水之间。到文公时,为它建立了陈宝庙。

那只雄的飞到南阳,如今南阳郡的雉县就是那地方。秦国想宣扬它的瑞应,所以给县这样命名。每当陈仓庙祭祀时,有赤光长十几丈,从雉县飞来,进入陈仓庙中,发出雄鸡啼鸣一般的声音。以后,汉光武帝果然就是在南阳起事的。

8　邢史子臣说天道

宋国大夫邢史子臣精通天象。周敬王三十七年(公元前483),宋景公问他说:"天象有什么吉凶的征兆?"邢史子臣回答说:"过五十年,五月丁亥日,我将死去。我死了以后五年的五月丁卯日,吴国将灭亡。吴国灭亡后五年,您将寿终。您逝世以后四百年,邾氏将统治天下。"后来发生的事情都像他说的那样。他所说的"邾氏将统治天下",是指魏王的兴起。邾氏,姓曹,魏王也姓曹,都是邾的后裔。不过,他说的年数是不对的。不知道是邢史子臣算错了呢,还是年代长久了,注解的人在传授过程中造成了错误。

9　星外来客

吴国因为是刚刚建立的国家,信用还没有树立起来,在戍边的将领,都要把妻子儿女作为人质,留在都城,这叫作"保质"。这些留作人质的少年儿童,经常在一起娱乐游戏的,每天有十多个。

吴景帝孙休永安二年(259)三月,有一个奇异的小孩,身高四尺，年纪有六七岁，穿青色衣服，忽然来到这儿，和这些孩子们一同嬉戏。那些孩子里没有一个认识他的，都问他："你是谁家的小孩，今天忽然来这里玩？"那个小孩回答说："我看见你们在一起玩得高兴，就来了。"仔细打量这个小孩，眼睛有光芒，像火光闪亮一样向外放射。那些儿童害怕这个小孩，又再去问他。小孩就回答说："你们是害怕我吗？我不是人类，而是火星。我有话告诉你们：天下将归于司马氏。"那些孩子都大吃一惊，有的跑去告诉家里的大人。大人急忙赶去看那小孩。小孩说："我抛下你们走啦！"他耸身往上一跳，立即就不在原地了。人们仰起头看他，像拖着一匹洁白柔软的素练升上天去。大人来到的，还赶上看见了。素练飘飘荡荡逐渐升高，一会儿就不见了。

当时，吴国政局严峻紧张，没有人敢把这件事说出来。过后四年，蜀国灭亡，又过了两年，魏国被废除，又过了十五年，吴国被征服，这就是天下归于司马氏。

10 戴 洋

都水使者马武举荐戴洋做都水令史。戴洋请假回家。在他就要动身去洛阳老家时，梦见有个神人对他说："洛阳要陷落，大家都南渡，五年后，扬州会有天子出现。"戴洋相信了这些话，他就没有回洛阳。后来的事情，果真应验了他梦中所见的。

卷 九

1 神光照社

后汉中兴（光武帝25—57在位）初年，汝南郡有一个姓应的妇女，生了四个孩子后寡居。一天，她看到有神奇的光笼罩着土地神像。妇人见到这神光后，就去问卜卦的人。卜卦的人说："这是上天显示吉祥。你的子孙要发达了吧？"于是，妇人探到了黄金。此后，她的子孙后代都是跻身仕途与学习六艺的，而且都有才华出众的名声。到了汉末大才子应场时，已经是七辈官职显赫了。

2 冯绲

车骑将军冯绲，是巴郡人，字鸿卿。当初任议郎时，他打开装印绶的盒子，发现里面有两条红色的蛇，大约二尺长，它们分别向南北两个方向爬行。冯绲大为惊恐。许季山的孙子许宪，字宁方，曾学得先辈的法术。冯绲请许宪占卜。许宪说："这是吉祥的预兆。三年以后，您就会成为戍边将领，在东北四五千里的地方做官，官衔上有'东'字作名。"五年以后，冯绲跟随大将军南征。过了不久，他便被封为尚书郎、辽东太守、南征将军。

3 张颢得金印

常山人张颢，任梁州相。有一天刚下过雨，有一只鸟像是山鹊，飞到街市上来，忽然坠落地上。人们争着去捡它，它变成一块圆石头。张颢用铁锥砸开石头，里面有一颗金印，印文是"忠孝侯印"。张颢把金印奉呈皇上，收藏在朝廷秘府中。后来，议郎汝南人樊衡夷上奏说："尧舜时代曾有这一官衔。如今苍天降下这枚金印，皇上应该重新设置这一官衔。"后来,张颢官职做到太尉。

4 张氏钩

京兆长安县,有个姓张的人,独自住着一个房间。有只斑鸠从外面飞进来,落在他的床上。张氏祈祷说:"斑鸠,你来了!你如果给我带来灾祸,就飞到天花板上,如果给我带来幸福,就飞进我的怀里。"斑鸠就飞进了他的怀里。他用手去摸那只斑鸠,却不知那斑鸠到哪里去了,反倒摸到了一只金钩,于是就把它当作宝贝。此后,张氏的子孙渐渐富裕,财产增加了上万倍。

蜀国有个商人来到长安,听到这件事后,就重金贿赂张家的婢女,那婢女就偷了这金钩给了这商人。张家失去了金钩后,家业渐渐衰败。而蜀国的商人也屡遭贫困,那金钩并没有给他带来什么好处。有人告诉他说:"发不发财是上天的旨意,不可以用人力求取。"于是,他就把金钩又还给了张家,张家又兴旺了。所以,函谷关西边的人经常传诵"张氏传金钩"的故事。

5 避雨老太

汉征和三年(公元前90)三月,天上下起了大雨。何比干待在家里,中午的时候,他梦见显赫的宾客车马挤满了家门。醒来后他把梦告诉给妻子,话还没有说完,就看见门口站着个老婆婆,有八十多岁,头发全白了,来何比干家请求避雨。雨下得很大,但她的衣服却一点也没淋湿。

雨停以后,何比干送老婆婆到门口,她就对何比干说:"您私下里给人好处,所以我今天送给您一些符策,来拓展您子孙的前程。"说着她就从怀中拿出符策,形状像竹简,长九寸,一共有九百九十根,她把这些符策给了何比干,说:"您子孙佩官印绶带的,会像这符策上的数儿一样。"

6 野王奇遇

魏舒,字阳元,任城郡樊县人。他小时候成了孤儿,曾经到野王县去,住宿的主人家妻子晚上生孩子,一会儿就听到车马的声音。有人问:"男的?女的?"回答说:"男的。"又有人说:"记下来,十五岁时因兵器而死。"又问:"睡觉的那人是谁?"回答说:"魏公。"

十五年后,魏舒又到那主人家,问当年生的儿子在哪里。主人说:"砍桑树枝被斧头误伤而死了。"魏舒知道自己会官至三公了。

7 贾谊作赋

贾谊任长沙王的太傅,四月庚子日,有一只猫头鹰飞到他的房间里,停在他坐的地方,好久才飞走。贾谊翻书占卜,书上说:"野鸟入室,主人将去。"贾谊很忌讳,所以作了一篇《鹏鸟赋》,把生死、祸福视同寻常,以此表达超越生死、坚守志向之心。

8 狗啮群鹅

王莽代皇帝处理政务。东郡太守翟义料到他会夺权篡汉,便策划起兵讨伐。他的哥哥翟宣是个教授,他的学生坐满了课堂。一群鹅和几十只雁都在院子中。有条狗从门外冲进来,把它们都咬死了。

翟宣慌忙去救鹅雁,但都已经被狗咬断了脖子。狗跑出了门后,不知道它去了什么地方,翟宣很讨厌这件事。过了几天,王莽诛灭了他的三族。

9 公孙渊数怪

魏大将军太傅司马懿平定了辽东公孙渊,斩杀公孙渊父子。先前，公孙渊家中屡次出现怪事。一条狗穿戴帽子头巾红衣服，爬上房顶。忽然有一个小孩被蒸死在甑子里。襄平县北面集市生出肉团来，长宽各有几尺，有头有眼有嘴巴，没有手脚却会摇动。占卜的人说："有人形却不成人，有身体却没有声音，这个国家将要败亡。"

10　忠犬衔衣

东吴诸葛恪征伐淮南回来，在朝见皇帝的前一天晚上，精神恍惚不安，整夜不眠。一早穿好衣服准备出去，狗衔着他的衣服，诸葛恪说："狗不让我走啊。"出了门又回家坐着，过了一会儿又站起来，狗又衔着他的衣服，诸葛恪让随员把狗赶走。

他入朝后，果然被杀。他的妻子在家，对婢女说："你怎么有血腥味？"婢女说："没有啊。"又过了一会儿，血腥味更浓了。又问婢女说："你眼睛瞪得那么大，怎么跟平时不一样？"婢女一下子跳起来，头碰到房梁上，捋起袖子，伸出胳膊，咬牙切齿地说："大人竟被孙峻杀死了。"全家大小都知道诸葛恪被杀了。不一会儿，抄斩官兵就到门前了。

11　人头作声

东吴守将邓喜，杀猪祭祀神灵，把猪收拾干净后高高挂起。忽然，他看见一颗人头去吃猪肉。邓喜拉开弓箭射去，正中人头。那人头发出"咋咋"的声音，环绕房屋响了三天。后来，有人向朝廷禀报邓喜谋反。后来，邓喜满门被诛。

12　贾　充

贾充讨伐东吴时，曾经在项城屯兵。一天，军营中突然不见了贾充的踪迹。

贾充部下的都督周勤，当时正睡午觉，梦见有一百多人来捕捉贾充，并把他带到一条路上。周勤惊醒过来，听说贾充失踪，就出门去寻找。忽然，他看见梦中所看到的那条路，便沿这条路寻找，果然看见了贾充。只见贾充走到一座官府里去，那里侍卫很多，府公面向南坐着，声色俱厉地对贾充说："未来打扰我家事的人，一定是你和荀勖。你既迷惑我的儿子，又扰乱我的孙子。我曾经让任恺贬退你，你不肯去，接着又让庾纯责骂你，你仍不悔改。如今东吴荡平在即，你仍上表奏闻朝廷杀掉力主灭吴的张华。你竟昏昧至此。如果你不谨慎悔改，早晚会遭诛杀的。"贾充叩头直到流出血来。

府公说："你之所以能够延长寿命，能享受地位和待遇，是你当年守卫相府有功啊。你最终会使你的后代死于钟架之间，你的大女儿将死于金酒，你的小女儿将死于枯木。荀勖也和你一样，但他先辈的功德稍大些，所以会死在你的后面。几代人之后，国家的主人也要更替。"说完后就让贾充回去。

贾充忽然回到军营，面色憔悴，糊涂错乱，过了一天才恢复过来。到后来，贾充的外孙韩谧死在钟下，大女儿贾后服金屑酒而死，小女儿贾午被大杖拷打，死在狱中。这些人的结局都跟府公所说的一样。

13　厕中见怪

庾亮字文康，是鄢陵人，镇守荆州。他上茅房时，忽然看见里面有一个怪物，样子像驱瘟避邪的神像那么可怕，两只眼睛都是红的，身上闪着光，慢慢地从泥土中冒出来。庾亮就捋衣出臂，挥拳打它，随着拳头的击打声，怪物就缩进地下去了。

后来，庾亮生病卧床。术士戴洋说："这是从前苏峻作乱时候的事，您在白石的祠庙里祈神赐福，许愿用牛报祭，却一直没有还愿，所以，被这个鬼怪惩罚，没法解救了。"第二年，庾亮果然死了。

14 饭变虫

东阳郡人刘宠,字道和,住在湖熟县。每天夜里,门前的空地上总有几升血,不知道是从什么地方来的。像这样的事发生了三四次。

后来,刘宠任折冲将军,被派往北方打仗。快要出发的时候,烧的饭都变成了虫。他家里的人蒸饭做干粮,也都变成了虫子,而且,灶火越猛,那虫长得就越壮。刘宠到北方去打仗的军队,在坛丘吃了败仗,刘宠也被徐龛杀掉了。

卷 十

1 梦中登天

东汉和帝的邓皇后,曾经梦见自己登上梯子摸到了天,天体平坦广阔而又清澈光滑,有的地方像钟乳石的形状,她便仰头吸吮它。后来,她让占卜的人解梦,卜者说:"尧帝梦见自己平步登天,商汤梦见自己上天并舐天。这些梦是成为帝王的前兆啊,吉利是不可说了。"

2 孙坚夫人

孙坚的夫人吴氏,怀孕时梦见月亮进入怀里,随后生下孙策。到了怀孙权的时候,又梦见太阳进入怀里。她把这件事告诉了孙坚,说:"我过去怀孙策的时候,曾经梦见月亮进入怀里;现在又梦到太阳,这是怎么回事?"孙坚说:"太阳和月亮,是阴阳二气的精华,是极尊贵的象征。我们的子孙要兴旺发达了吧?"

3 梁上三穗

汉代蔡茂,字子礼,是河内怀邑人。早先在广汉时,他梦见自己坐在一间大屋子里,屋梁上有三支穗。蔡茂去拿它,得到它们中间的那一支穗,随后又丢失了。他拿这个梦去询问主簿郭贺。郭贺说:"大屋子,是官府的象征;屋梁上有禾苗,是表示大臣的最高俸禄;取得正中一穗,这是将任中台的征兆。从字来看,'禾'字'失'字合起来是'秩'字,即使有'失'字,还是组成表示俸禄官职意思的'秩'字。皇帝有未尽职的地方,您去弥补它。"一个月后,蔡茂得到皇帝的任命。

4 张车子

周揽喷这个人安贫乐道。有一次,他夫妻二人晚上耕种,累坏了便倒在地里睡着了。梦见天帝路过,见到了他们,怜惜他们,就命令小吏给他们些钱财。司命神查阅了一下簿籍,说:"这人的命相贫穷,按规定不能超过这些了。只有张车子应该赐给成千上万的钱,可张车子还没有生下来。请把这钱先借给周揽喷吧。"天帝说:"好。"天亮醒来,周揽喷把这梦告诉给妻子。从此,夫妻两人齐心合力,日夜经营家业,做什么事总有收益,财产积累到成千上万。

前些时候,有个姓张的女人,曾经在周家做用人,和别人私通怀孕了。该生孩子了,就被打发出了周家,她在车棚里生了个儿子。主人去看望她,哀怜她孤苦寒酸,就做了粥给她吃,问她:"怎么给你儿子起个名字?"张妇说:"在车棚里生了他,我梦见天帝告诉我,这孩子的名字叫车子。"周揽喷才恍然大悟,说:"我过去梦见自己从天帝那里借钱,司命神说拿该给张车子的钱借给我,这张车子一定是这个孩子了。我借用的钱要归还给他了。"从此,周家的收入日渐减少。张车子长大后,比当初的周家还富裕。

5 梦入蚁穴

夏阳县的卢汾,字士济,梦见自己进入蚂蚁洞中,看见厅堂三间,十分高大敞亮,他就在它的匾额上题写了"审雨堂"三个字。

6 火洗单衫

东吴选曹令史刘卓,病得很重。一天,他梦见有个人送给他一件越地产的布做的白色单衫,对他说:"你穿上这单衫,脏了用火一烧就干净了。"刘卓醒来,果然有一件单衫在身边。穿脏了就用火来洗它。

7 蜥蜴落腹

淮南郡书佐刘雅,梦见一条青色蜥蜴,从屋顶直落到他的肚子里了。他从此便得了腹痛病。

8 武威楼

东汉的张奂任武威太守。他的妻子梦见自己佩戴着张奂的印绶,登楼悲歌。醒来后,她把梦告诉了张奂,张奂让人占卜。占卜的人说:"您的夫人将要生个儿子,而且以后他会统辖这个郡,生命也会在这楼上了结。"后来,张奂的妻子生了个儿子张猛。

建安年间(196—220),张猛果然任武威太守,他杀了刺史邯郸商,被州里的军队紧紧围困,他耻于被活捉,便登上这座楼自焚了。

9 灵帝梦桓帝

汉灵帝梦见汉桓帝曾发怒说:"宋皇后有什么罪过?你却听信邪佞小人的话,致使她丧命!渤海王刘悝已被贬谪,又遭诛杀。如今宋皇后和刘悝各自向天帝申诉,天帝非常愤怒,认为你有罪难赦。"梦境特别清楚。汉灵帝醒来以后感到害怕,不久便驾崩。

10 吕石梦

三国时期,吴国嘉兴县的徐伯始生病了,请道士吕石来安放神座。吕石有两个弟子戴本和王思,住在海盐县,徐伯始去迎接他们来帮助吕石。吕石白天睡午觉,梦见自己登天来到北斗门下,看见外面有三匹备好鞍子的马,说:"明天应当用一匹马接吕石,一匹马接戴本,一匹马接王思。"吕石梦醒后,对戴本、王思说:"要是这样的话,我们的死期到了。你们应该赶快回家,和家里人诀别。"

他们没有把神座安放好就仓促离开了。徐伯始感到奇怪而想挽留他们。三人说:"恐旧来不及与家里人相见了。"只隔了一天,三个人同时死去了。

11 郭伯猷之死

会稽人谢奉和永嘉太守郭伯猷一向交好。有一天,谢奉忽然梦见郭伯猷和别人在钱塘江上因赌博而争执,被水神责罚,掉在水中淹死了,自己为郭伯猷操办丧事。等谢奉醒来后,马上来到郭伯猷的住处,和他一起下围棋。

过了好久,谢奉说:"您知道我的来意吗?"便把梦中事告诉了郭伯猷。郭伯猷听了,脸上现出惆怅的样子,他说:"我昨天也梦见与人争钱,和您做的梦是一样的,没想到这梦如此清晰鲜明。"一会儿,郭伯猷去上茅房,便倒在地上死了。

谢奉为他操办丧事及各种事项,一切都和梦里的情形相同。

12 徐泰梦

嘉兴县人徐泰,小时候死了父母,叔父徐隗抚养了他。徐隗对徐泰比亲生的孩子还要好。后来,徐隗生病了,徐泰侍候得非常周到殷勤。

夜里三更时,徐泰梦见两个人乘船拿着箱子,来到他的床头上,打开箱子取出簿籍说:"你叔父快要死了。"徐泰随即在梦中叩头祈求。过了好大一会儿,那两个人说:"你们县里有和你叔父同名同姓的人吗?"徐泰想了想,对那两个人说:"有一个人叫张隗,不姓徐。"那两个人说:"也可勉强凑合。我们感念你能侍奉叔父,为了你应该让他活着。"说完话,这两个人就再也没出现。

徐泰醒后,叔父的病也好了。

卷十一

1 射石为虎

楚国熊渠子夜晚走路时,遇见一块横躺着的大石头,以为是老虎,便拉弓箭射它,箭头深深射进石头里,箭的羽毛纷纷落下。他下马去看,才知道是石头。他便又射了一次,箭折断了而石头上却没留下任何痕迹。

汉代有一位李广,任右北平太守,曾把石头当作老虎而张弓放箭,也和熊渠子一样。

刘向说:"心诚到了极点,金石也能被打开,何况对于人呢?唱歌而没人附和,行动而没人跟随,此中一定有不齐心的人。不走下座位恭待客就能匡正天下的人是没有的,都是要有良好的道德修养。"

2 魏更嬴

楚王在园林中游猎时,看到了一只白猿。楚王便命令射手去射白猿。射手连发数箭,都被白猿接在手中。白猿笑了。楚王便又命令善射的由基去射。由基才把弓箭拿起,白猿便抱着树木哭号起来。

六国时期,魏国有名的射手更嬴对魏王说:"我只需虚拉一下弓弦,就能让天上的鸟儿落下来。"魏王惊奇地问他:"难道你的射技能达到这么高的水平?"更嬴回答道:"能。"过了一会儿,听见雁从东边飞来,更嬴虚拉了一下弓弦,飞雁果真就坠落下来了。

3 古冶子杀鼋

齐景公渡黄河,他马车左边的骖马被一只大鼋咬着,沉进河里去了。大家都惊慌害怕。这时候，古冶子拔出宝剑去追赶大鼋，他斜着追了五里，又逆水追了三里，来到砥柱山下。古冶子杀死它之后才知道是只大鼋。他左手提着鼋头，右手挟着骖马，像燕子、天鹅一样飞跃出水面来。他仰天大吼一声，河水被震得倒流了三百步，观看的人都以为他是河伯呢。

4 三王墓

楚国的干将、莫邪夫妇给楚王打造宝剑，三年才造成。楚王很生气，想杀掉他们。宝剑有雌雄两把。干将的妻子怀孕马上就要分娩了，干将对妻子说："我们给楚王铸宝剑，三年才造成。楚王生气了，我去进献宝剑时他必定会杀我。你如果生的是男孩，等他长大后，就告诉他：'出门望南山，可以看见那长在石头上的松树，宝剑就在它的背面。'"干将就带着雌剑去见楚王。

楚王非常生气，叫人仔细查看那宝剑。看剑的人说："宝剑该有两把，一把雄一把雌。现在雌剑拿来了，雄剑没拿来。"楚王生气了，就杀了干将。

莫邪生下来的儿子名字叫赤，等到长大后，他就问母亲："我父亲在什么地方？"母亲说："你父亲给楚王造剑，三年才造成。楚王生气了，把他杀了。他离家时嘱咐我：'告诉儿子：出门望南山，可以看见那长在石头上的松树，宝剑就在它的背面。'"于是赤便出门向南望去，看不见有什么山，只看见堂前有个松木柱，立在石基上。他就用斧子劈开了松木柱的背面，得到了宝剑。赤日日夜夜都想要向楚王报仇。

楚王梦见一个男孩，两眉之间有一尺宽，向他说："要报仇。"楚王就悬赏千金缉拿他。赤听到这消息，就逃走了。他进山后一边走一边悲歌。有个侠客碰见了他，对他说："您年纪轻轻，为什么哭得这么悲伤呢？"赤说："我是干将、莫邪的儿子。楚王杀了我的父亲，我要向他报仇！"侠客说："听说楚王悬赏千金索要你的人头。把您的头和剑拿来，我为您向他报仇！"赤说："这是我的福分。"

就自刎而死，两手捧着头和剑交给侠客，尸体却直挺挺地站着。侠客说："我不会辜负您的。"于是，赤的尸体才倒下去。

侠客拿着赤的头去见楚王，楚王非常高兴。侠客说："这就是那个年轻壮士的头颅，应该放在汤锅中煮它。"楚王照他的话做了。这头煮了三天三夜也没煮烂。这头还从沸水中跳出来，瞪着眼睛，十分愤怒。侠客说："这孩子的头煮不烂，请大王亲自到锅边看着它，这头一定会煮烂了。"楚王便走到锅边看孩子的头，侠客就挥剑向楚王砍去，楚王的头随即落入那沸水中。侠客也砍下了自己的头，头也落进那沸水中。

三个头都煮烂了，无法辨认。大臣们只好把锅里的汤和肉分成三份埋葬了，所以统称为"三王墓"。今天这墓在汝南郡北宜春县境内。

5　贾雍失头

汉武帝时，苍梧郡人贾雍任豫章郡太守，他掌握神奇的法术。有一次，他离开豫章郡去讨伐强盗，被强盗杀了，丢了脑袋，却又上马回了营，军营中的人都跑来看他。贾雍在胸膛中说话道："战斗失利，我被强盗杀伤。你们看我有头的好呢？还是没有头的好？"他的部下哭着说："有头的好。"贾雍说："不对，没有头也好。"说完，他就死了。

6　史良失恋

渤海郡太守史良和一女子相好，女子许诺嫁给他但又没嫁。史良很气愤，杀了那女子，砍下她的头带回家，扔到炉灶里，说："我要用火烧了你。"女子头说："大人啊，我跟你相好，哪里想到你会这样！"后来，史良梦见女子对他说："还你的东西。"醒来后，他见到了以前赠送给那女子的香缨金钗之类的东西。

7 苌弘化碧

周灵王的时候,苌弘被杀。蜀地的人就把他的血藏起来。过了三年,血变成了青白色的玉石。

8 浇酒消患

汉武帝到东部去巡游,还没有出函谷关,便有一个怪物挡住了去路。那怪物身长几丈,形状像牛,青色的眼睛,闪亮的眸子,四只脚插入泥土中,虽在动却没有移动位置。官吏们又惊又怕。东方朔进言用酒浇它。给它浇了几十斛酒,那怪物就消失了。汉武帝问东方朔这是什么缘故。东方朔回答说:"这怪物的名字叫患,是忧愁的冤气聚积而成的。这里一定是秦国的监狱所在地。不是监狱所在地,便是犯人服劳役所聚居的地方。酒能用来忘记忧愁,所以能把它消除。"汉武帝说:"啊!见多识广的才子,竟达到了这种地步!"

9 曝身祈雨

东汉有个谅辅,字汉儒,是广汉郡新都县人。他年轻时当职佐吏,为官清廉。后来任从事,大小事情都治办妥当,郡县的人都钦佩敬重他。

当时夏天干旱,太守在庭院中让太阳曝晒自己来祈雨,但是没有下雨。谅辅以五官掾的身份出去祷告山川,他发誓说:"我谅辅身为郡守的得力属官,不能劝谏上司接纳忠言,不能推荐贤才屏退坏人,不能调和百姓,致使天地隔绝不通,万物干枯,万民仰首望雨,无处投告,罪过全在我谅辅一人。如今郡太守自省自责,在庭院中曝晒自己来祈雨,让我谅辅来向天地山川谢罪,为百姓祈福,诚心诚意恳切真挚,尚未感通神明。我现在发誓,如果到了中午还不下雨,请让我用自己的身体来抵罪。"于是他堆积木柴,准备在那里自焚。

到了中午,山上的云气变黑,响起雷声,下起大雨来,一郡之地都得到湿润。时人称赞谅辅是最诚恳的人。

10 何敞不仕

何敞,是吴郡人。年轻时喜欢道术,隐居在乡间。当地因为大旱,百姓困苦,禾苗枯焦,郡太守庆洪派遣户曹掾去拜谒何敞,奉上印章、绶带,请他出任无锡县县令。何敞没有接受。曹掾告退后,何敞叹息道:"郡县境内发生灾害,我怎能身怀道术而不施展呢?"于是,他就奔到县里,用道术把天上的金星请到屋里,等到蝗虫及其幼虫消除灭绝以后,他就悄悄地离去了。

后来,地方上长官举荐他为方正、博士,他都不去就职。最终老死在家中。

11 蝗惧徐栩

后汉徐栩,字敬卿,是吴郡由拳县人。年轻时当过狱吏,执法审慎公正。任小黄县县令时,邻县出现蝗灾,田野没剩下一根活草,蝗虫飞过小黄县境,飞走而不停留。刺史巡行考察行政,责备徐栩不治理蝗灾。徐栩弃官回家了,蝗虫随即返回小黄县。

刺史向徐栩道歉,请他返回复职。蝗虫就立刻飞走了。

12 白虎墓

王业,字子香。汉和帝在位年间(89—105),他担任荆州刺史。每次出外巡视时,总要洗浴斋戒,忌荤吃素,非常虔诚地向天地祈祷,求天地启发他的愚昧之心,不要让他冤枉了老百姓。在他任职的七年中,荆州一带仁爱之风盛行乡里,地方上的暴虐与邪恶停止了活动,山林中也没有了伤害人畜的豺狼。后来,他死于湘江,有两只白虎低头拖尾地日夜守护在旁。他被安葬以后,那两只白虎才越过州界，忽然不知去向了。老百姓一起为他在墓前立下碑石，叫作"湘江白虎墓"。

13　葛祚消灾

三国吴时，葛祚任衡阳郡太守。郡境内有一只大木筏横在江上，会兴妖作怪。老百姓为它修建祠庙，旅行的人去祠庙祷告祭祀，木筏就沉没水底，不然的话木筏就浮上来，行船就会被它破坏。葛祚将要离任的时候，就准备了许多斧头，要为老百姓去掉这个累赘。他们第二天要到江上去，当天夜里听见江中人声喧闹，到江上去看，木筏竟然自己移走，沿江漂流了好几里，停在江湾中。

从此，人们航行在江中不再担忧行船翻覆沉没。衡阳郡的老百姓为葛祚立碑，上面刻字："端正德行祈祷消灾，奇筏异木因此移走。"

14　交感万里

曾参跟随孔子游历，在楚国时心有所感，就辞别了孔子回家询问母亲。母亲说："我思念你咬了自己的手指。"孔子说："曾参的孝心，使他的精神能够心神交感至万里之外。"

15　周畅行仁孝

周畅的性情仁爱慈善。他年轻时就已极其孝顺，当时他一个人和母亲居住，每次出门，母亲想叫他来，常常咬一下她自己的手，周畅就会感觉到手痛，便马上回来了。身为治中从事的官吏不相信这种事，等周畅在田间干活的时候，让他母亲咬手，而周畅真的马上回来了。元初二年（115），周畅任河南尹，那年夏天大旱，人们祈雨很久都没有应验。周畅把洛阳城附近一万多流民的死尸骸骨收聚起来埋葬了，给他们建造了公墓，天上便降下了及时雨。

16　王祥至孝

　　王祥，字休征，是琅琊人。他生性孝顺，小时候母亲就去世了，继母朱氏对他不好，常说他坏话。他就此失去了父爱，常常被派去打扫牛棚。只要父母生病了，他总是日夜侍候着。

　　有一次，继母想吃鲜鱼，当时正值天寒冰冻，王祥脱下衣服，要剖开冰去捉鱼，冰忽然自己解冻，一对鲤鱼从水里跳上冰面，王祥拿着鱼回家了。继母又想吃烤黄雀，又有几十只黄雀飞进王祥的帐子里，再供给继母吃。

　　乡亲们都惊叹，说是王祥的孝心感动了上天，所以才会这样。

17　卧冰求鱼

　　王延天性至孝。有一次，继母卜氏在寒冬腊月里想吃鲜鱼，叫王延去捕捉，没有捉到，继母就用木棍把他打得鲜血直流。

　　王延找鱼到汾河边，他敲着河面厚厚的冰哭起来。忽然有一条鱼，长有五尺，跳到冰面上，王延就拿回去孝敬继母。卜氏吃了好几天也没吃完。她于是心有所悟，此后，对待王延就像对待亲生的孩子一样了。

18　吮疮卧冰

　　楚僚很早就失去了母亲，他侍奉后母极其孝顺。后母生了毒疮，容貌日益憔悴，楚僚便慢慢地吮吸毒疮，毒血便被吸出来了，到晚上，后母便能安然入睡了。她梦见一个小孩对她说："如果能抓到鲤鱼吃了，你的病就好了，而且还可能长寿。否则，你不久就会死去。"后母醒来后告诉了楚僚。

　　当时正值十二月，冰封地冻，楚僚仰望着上天悲泣，脱了衣服走到冰上躺下，用他的体温化冰。这时来了一个小孩，他敲击楚僚躺卧的地方，冰忽然自己裂开了，一对鲤鱼从冰下跳出来。楚僚便抓了回家奉献给后母。后母吃了，病就痊愈了，一直活到一百三十三岁。这大概是楚僚极端的孝心感动了天神，应验才会如此。这与王祥、王延的事情是一样的。

19　母目复明

盛彦，字翁子，是广陵郡人。他母亲王氏，因生病而双目失明。盛彦亲自侍候她。母亲吃东西，盛彦必定亲自喂她。他母亲生病已经很久了，以致对婢女也多次鞭打。婢女愤恨她，听说盛彦暂时外出，就拿金龟子的幼虫烧烤给她吃。盛彦的母亲吃了觉得味道不错，但怀疑是怪东西，悄悄藏起一点给盛彦看。盛彦看见是虫子，抱着母亲痛哭，哭得死去活来。她母亲的眼睛一下子就复明，从此，母亲的病就好了。

20　蟒蛇胆

颜含，字宏都，他的二嫂樊氏因病双目失明了。医生开的药方里必配一枚蟒蛇胆。他到处寻找也没找到。颜含愁苦了好长时间。一个白天，他一个人独自坐着，忽然有个穿青色衣服的小孩子，有十三四岁，把一个青色口袋送给他。他打开一看，原来是蟒蛇胆。这个小孩子很快就走出门去，变成一只青鸟飞走了。颜含得到了蟒蛇胆，配成药，二嫂的病很快就好了。

21　埋儿得金

郭巨，是隆虑县人，又说是河内郡温县人。他们兄弟三个，早年死了父亲。葬礼结束，两个弟弟要求分家。当时家有资财两千万，两个弟弟各取一千万。郭巨自己与母亲住在一起，夫妻俩给人干活，来供养母亲。

过了一段时间，妻子生下一个男孩。郭巨考虑抚养儿子妨碍侍奉母亲，这是一；老人得到食物，总喜欢分点给孙子，也就减少了她自己的食物，这是二。于是，他就到野外去挖坑，想把儿子埋掉。他挖到一块石盖，石盖下面竟然有一釜黄金，里面有一封用丹砂写成的文书，上面写着："孝子郭巨，黄金一釜，专赐赏你。"从此，郭巨孝顺的名声传遍天下。

22　至孝得粟

新兴人刘殷，字长盛，七岁时死了父亲，他悲哀得超过了丧礼规定。在三年的服丧中，没人见过他的笑容。他奉养服侍曾祖母王氏。曾在一天夜晚梦见有人告诉他："西边篱笆下有粮食。"他醒后就到那里去挖，果然挖到了五十钟谷子。

钟上还有铭文，写着："这够七年食用的一百石粮食，是赏赐给孝子刘殷的。"从此，就吃这些粮食，吃了七年才吃完。

王氏死后，刘殷夫妇大哀伤身，几乎丢了性命。王氏的灵柩停放待葬时，西边邻家失火了，风大火猛。他们夫妇俩不停地拍着棺材号啕大哭，大火便慢慢熄灭了。后来，有两只白色的鸠鸟飞来，把巢筑在刘家庭院的树上。

23　行善种玉

杨伯雍，是洛阳县人。本来以做中间人介绍买卖为职业，生性至孝。父母归天后，埋葬在无终山，他就在那里盖房居住墓侧守孝。无终山高八十里，山上没有水，杨伯雍从山下挑水上山，在坡头上准备茶水免费供应，往来的行人都得到水喝。

过了三年，有一个行人在他那里喝水，给他一斗石子，叫他把石子种到高山上平整有石头的地方，说："玉会从里面长出来。"杨伯雍还没有娶妻，他又告诉杨伯雍说："你以后会娶到好媳妇。"

有一户姓徐的人家，是右北平郡的名门望族，他家女儿很有德行,当时许多人去提亲,徐家都没答应。杨伯雍就试着去徐家求亲,徐家笑他,认为他狂妄,戏弄他说:"你拿得出一对白璧来,就答应你。"杨伯雍到他所种的玉田里,取得白璧五双,拿来做聘礼。徐家大吃一惊,就把女儿嫁给了杨伯雍。皇帝听说这件事感到惊异,就任命杨伯雍为大夫。于是在杨伯雍种玉的地方,四角竖立大石柱,每根高一丈,中间那一顷地,取名叫"玉田"。

24 孝母避灾

衡农,字剽卿,东平国人。他从小就失去了母亲,侍奉继母非常孝顺。有一次,他在别人的房间过夜,正好碰上打雷刮风,他多次梦见老虎咬他的脚。他马上叫妻子一起到院子中去,磕了三个头。这房子忽然崩塌,压死的人有三十多个,只有衡农夫妻两人幸免于难。

25 为母温席

罗威,字德仁。他八岁时死了父亲,侍奉母亲非常孝顺。母亲已经七十岁了,天气寒冷的时候,他常常用自己的身体把凉的被褥温暖,然后再请母亲来睡。

26 柏为涕枯

王裒,字伟元,是城阳郡营陵县人。父亲王仪,被晋文帝杀了。王裒就住在父亲的坟墓旁,日夜到墓前拜跪,攀扶着柏树悲泣号哭。眼泪流到树上,树也因他的悲伤而枯萎了。

他母亲怕雷声。母亲死后,每当打雷时,他就来到母亲墓前说:"妈别怕,儿子在这儿。"

27　白鸠郎

郑弘调任临淮郡太守。郡中有个人叫徐宪,在丧礼期间为父亲致哀,引来白鸠在他门边筑巢。郑弘就推举他为郡中的"孝廉",朝廷称他为"白鸠郎"。

28　东海孝妇

西汉时,东海郡有一个孝顺的媳妇,赡养婆婆非常恭敬。婆婆说:"媳妇赡养我很辛苦。我已经老了,哪能因顾惜自己的风烛残年而长久地拖累年轻人呢。"便上吊死了。婆婆的女儿到官府告状说:"这媳妇杀了我的母亲。"官府就把这媳妇抓了起来,拷打审讯。

这孝顺的媳妇忍受不了痛苦,便自己捏造了罪状承认了罪名。当时,于公定国当管理监狱的小吏,他说:"这媳妇赡养婆婆十多年,孝顺的名声很响,一定不会杀死婆婆的。"太守不听他的。于公与太守争辩,但没被理会,他就抱着那媳妇的供词,在官衙哭了一场走了。

从那以后,东海郡遭遇大旱,三年不下雨。接任的太守来了,于公禀报说:"那个孝顺媳妇不应死,前任太守冤杀了她,这才造成大旱之祸。"太守立刻亲自去祭奠那孝妇的坟墓,接着还给她的坟墓立了碑,用以表彰她的孝顺。

天上很快就下起雨来了,这一年便获得了大丰收。

老人们传话这孝顺的媳妇名字叫周青。周青临刑的时候,车子上插着十丈高的竹竿,用来悬挂五种颜色的长幅旛旗。她对着众人发誓说:"我周青如果有罪,甘心被杀,我的鲜血顺流而下;我周青如果死得冤枉,鲜血会倒流向上。"过了一会儿行刑完毕,她的鲜血呈青黄色,沿着旗杆蹿上了顶端,又沿着旗帜流了下来。

29　投水寻父

犍为郡有个人叫叔先泥和,他的女儿名叫叔先雄。东汉顺帝永建三年(128),叔先泥和任县功曹。县令赵祉派他去送公文并进见巴郡太守。他于十月乘船出发,在城边急流中落水死亡,尸体也没找到。叔先雄悲痛号啕大哭,不想活下去了,她告诉弟弟叔先贤和弟媳,叫他们尽力寻找父亲的尸体,说:"如果找不到,我要自沉水中去寻找。"

当时叔先雄有二十七岁,有儿子名叫贡,五岁,另一个叫贳,三岁。她就各做了一个绣花香囊,装着金珠环,预先系在两个儿子脖子上。她哀哭的声音,一直没有停止过,同族的人私下都很担忧。

到了十二月十五日,父亲的尸体还是找不到。叔先雄乘坐小船,来到父亲落水的地方,哭告了几声,竟然真的跳到水里,随后没入水底。她在弟弟的梦里现身告诉他说:"到二十一日,我会和父亲一起浮出水面。"到那一天,跟梦中说的一样,她和父亲互相扶持,一起浮出水面。

县令写文书上报此事,郡太守肃登转报尚书,尚书便派户曹掾为叔先雄立碑,画上她的像,让大家知道她极其孝顺。

30　乐羊子妻

河南郡乐羊子的妻子,不知道她是谁家的女儿。她自己辛勤劳作、侍奉婆婆。有一次,邻居家的鸡误入她家园子中,婆婆就把鸡偷偷杀了吃。乐羊子妻不吃,对着鸡肉哭泣。婆婆感觉到奇怪,就问她什么原因。她回答道:"我真伤心,我们家贫穷得要吃人家的鸡肉。"婆婆听后,终于把鸡肉扔掉了。

后来,有盗贼想要抢劫乐家财物,先把她婆婆抓住。她听说后,就拿上刀,跑了过来。强盗对她说:"放下你手中的刀,服从我就可保全你的生命;不服从我,就杀掉你婆婆!"乐羊子妻听后,不禁仰天长叹,就自刎而死了。盗贼也没有杀她的婆婆。

太守听闻这件事,就捕杀了盗贼,赏赐给乐羊子妻若干丝织品,又依照礼仪,安葬了她。

31　瘟疫流行

庾衮,字叔褒。晋武帝咸宁年中(275—280),瘟疫流行,他的两个哥哥都染病死了,二哥庾毗又病得很重。瘟疫流行正厉害,他父母和几个弟弟,都离家出外居住,庾衮独自留下来没有离开。父亲和兄弟们都强迫他走,他说:"我生性不怕病。"于是,他亲自服侍二哥,日夜不眠;还经常在灵柩旁祭奠,不住地哭悼死去的两个哥哥。

就这样过了百十多天,瘟疫消退了,家人才返回来。二哥庾毗的病也痊愈了,庾衮安然无恙。

32　韩凭夫妇

宋康王的舍人韩凭,娶了何家的女儿做妻子。何氏长得很漂亮,被宋康王抢去霸占了。韩凭非常愤怒,宋康王就把他关起来,判他有罪,罚他去筑城,充当苦力。何氏给韩凭写了一封密信,隐晦地写道:"其雨淫淫,河大水深,日出当心。"

不久,这封书信落到了宋康王手中,宋康王把密信拿给他的随从人员传阅,大家都不理解其中的意思。大臣苏贺说道:"'其雨淫淫',是说愁思就像梅雨似的连绵不断;'河大水深',是说路被隔阻,不得来往;'日出当心',是说殉情,就像日东月西似的不得相见,决心去死了。"不久,韩凭就自杀了。

何氏也在暗中把自己的衣服弄腐朽。有一天,宋康王携带何氏登上高台游览。何氏就要跳台自杀,宋康王的侍从上前拉扯,只是何氏的衣服早已腐朽,经不住拉拽,何氏就从台上跳了下去摔死了。何氏死前,在衣带上留下有遗书:"宋康王你希望我安稳地活着,而我却希望顺利地死去。请求你把我的尸骨与韩凭合葬在一处。"宋康王大怒,没有理睬何氏的请求,派村里的人把何氏埋了。让何氏的墓与韩凭的墓相对而不相连。宋康王说:"你们夫妇二人,恩恩爱爱,没有终结。假若你们能自行合冢一处,我就不阻拦了。"

就在一夜之间,有大梓树从两墓的顶端生出,不到十天,树干就有一抱粗,两棵树弯曲着树身缠绕交合在一起,树根在地下相连,枝干在空中交错。又有两只鸳鸯,一雌、一雄,常常栖居在树枝上,不分早晚聚在一起,脖颈相交,悲声啼鸣,叫声令人动情。宋国的人哀怜他们,也就把这两株树称为"相思树"。"相思"这个名字,就是从这里开始的。南方人说这对鸳鸯鸟,就是韩凭夫妇的神灵幻化的。

现睢阳有韩凭城。有关他们的传说、歌谣,仍在流传。

33　饮水有妊

汉朝末年,零阳郡太守史满的女儿,喜欢上了官府中的一个书佐,就暗中指使婢女取来书佐洗手留下的水,把水喝了,之后,便有了身孕。后来,生下个孩子。到了孩子能行走的时候,太守叫人把孩子抱出来,让他找他的父亲。孩子伏地爬行后径直走到书佐怀里,书佐推开孩子,孩子向前跌倒在地,化成了水。

太守再三追问根源,完全了解了情况,就把女儿嫁给了书佐。

34　望夫冈

鄱阳县西有座望夫冈。先前县里有个叫陈明的,和梅氏联姻尚未成婚,梅氏便被妖怪骗走了。陈明找人占卜,卜者说:"你朝西北方向走五十里去找她。"

陈明按他的吩咐去了,看见一个大洞,深不见底。他用绳子把自己悬吊下去,就找到了梅氏,他便叫梅氏先出去。但陈明带来的邻居秦文,在洞外用绳子把梅氏拉上来后,却不再把陈明拉上来了。陈明的妻子便发誓坚守节操,并登上了山顶盼望未婚夫。人们便把这山冈叫作"望夫冈"。

35　邓妻再嫁

东汉时南康人邓元义，父亲叫邓伯考，任尚书仆射。邓元义回到家乡探亲后，妻子便被留下来侍奉婆婆，她对婆婆十分恭敬。但婆婆却讨厌她，把她关在空房间里，并且限制她的饮食。她虽然疲惫瘦弱，一天比一天厉害，但始终没有怨言。

当时，邓伯考感到奇怪，就去打听这事。邓元义的儿子邓朗，当时才几岁，对邓伯考说："妈妈没生病，只是饿得太苦了。"邓伯考流着眼泪说："哪里料到这亲婆婆，反而会造这样的孽！"便把媳妇休了让她回娘家去。她便改嫁给应华仲做妻子。

应华仲就要上任做大匠主管土木工程，妻子便乘着上朝的车子出了门。邓元义在路边看见她，对人说："这是我原来的妻子。不是她有过错，而是我母亲待她实在太残忍了。本应互相尊重才是。"

邓元义的儿子邓朗，当时已做了郎官，母亲给他写信，他从不回信，母亲给他衣裳，他总是拿来烧掉。他母亲也不把这些事放在心上。母亲总想看看儿子，就到亲家李氏的家里，叫人用别的理由请邓朗来。邓朗来看见母亲，恭敬地拜了两次，流泪抽泣，便起身出门去了。母亲追上去对他说："我差一点死了。我是被你家遗弃的，我有什么罪过，你怎能如此来对待我呢？"

此后，母子二人便断绝了往来。

36　杀夫案

严遵任扬州刺史，巡察部属时，听见路旁有女子的哭声，声音并不哀伤。严遵问她谁在哭。那女人回答说："丈夫被火烧死了。"严遵命令差吏把尸体抬来，他和尸体说完话，对差吏说："死人自己说他不是被烧死的。"于是拘捕了那女人，派人看守尸体，说："这里定有冤屈。"

差吏禀报说："有苍蝇聚集在死者头上。"严遵叫人拨开头发，见一根铁钉穿透了头颅。经拷问，原来是那女子淫乱杀了丈夫。

37 范巨卿张元伯

汉代的范式，字巨卿，是山阳郡金乡人，另有一个名字汜。他与汝南郡的张劭是朋友，张劭字元伯，两个人一起在太学读过书。后来张元伯回乡了，范式对他说："两年以后我也要还乡，要到你家里拜见令堂大人，看看你的孩子。"就共同约定了日期。

日期快要到了，张元伯把这件事告诉了母亲，请她准备好酒饭等候。母亲说："一别两年，千里之外说好的话，你干吗这么认真？"张元伯说："范巨卿是个守信的人，不会爽约。"母亲说："如果是这样，我该为你们酿酒。"到约好的日子，范巨卿果然来了。登堂拜见以后，一起宴饮，尽欢而别。

后来，张元伯病得很重，同乡郅君章、殷子征早晚去探问他。他临终的时候，叹息着说："遗憾的是，我不曾见到我的死友。"殷子征说："我与君章对你尽了心了，我们还不是死友，你还要谁呢？"张元伯说："你们二位，是我的生友；山阳郡的范巨卿，才是我的死友。"不久，张元伯就死了。

范式在家里，忽然梦见张元伯戴着黑色的冕，垂着缨带，拖着鞋子叫道："巨卿，我在某天死了，要在某天下葬，永远回到黄泉去了。你没忘记我，能来得及看我吗？"范式恍恍惚惚醒过来，悲叹着流下了眼泪，便穿上了为朋友奔丧所穿的丧服，按照梦中张元伯所说的下葬日期，快马奔向汝南。

未及范巨卿到达，张家已经发丧了。可是灵柩到了墓穴处，即将落葬时，棺木却拉不动了。张母抚摸着棺木说："元伯，你难道还在等谁吗？"就把棺木停了下来。过了一会儿，只见一辆白车由白马拉着奔过来，车上人号啕大哭。张母远远望见，说："这一定是范巨卿了。"马车到了以后，范式叩头吊丧说："走吧，元伯！死生是两条道，你我从此永别了。"参加葬礼的有一千多人，全都为之挥泪。范式拉扯引柩入穴的绳索，棺木这才向前移动了。葬礼完毕以后，范式留在墓边上，修好了坟，种好了树，然后才离开。

卷十二

1 五行的变化

　　天有金、木、水、火、土五行之气，万物由此生成。木气纯净就成仁爱，火气纯净就生礼仪，金气纯净就生道义，水气纯净就生智慧，土气纯净就成聪睿，五气皆纯，圣贤之德具备。木气混浊就生虚弱，火气混浊就生淫乱，金气混浊就生暴虐，水气混浊就生贪婪、土气混浊就生愚昧。五气皆浊，百姓就成下流的人。中原地带多生圣人，这是因为中和之气融合；边远地区多生怪物，是因为怪异之气生发。如果禀受什么元气，就会具有什么形体；有了什么形体，就具有什么本性。所以吃谷物的聪明而有文采，吃草的力大而愚钝；吃桑叶的吐丝而成蛾虫，吃肉的勇猛而剽悍，吃土的没有心思而不呼吸，吃元气的圣明而且长寿，什么都不吃的不生不死而成为神物。壮硕的动物没有雄性，蜂类动物没有雌性。没有雄性的与其他类交配，没有雌性的靠其他动物生育。蚕类的虫子，先产卵后交配；兼爱类的野兽，自身具有两性。寄生依附于高树，女萝托身于茯苓。树木长在土里，浮萍漂在水中。鸟翅扇动空气飞翔，兽足践踏着土地行走，虫子蛰伏在土里冬眠，鱼类潜藏在深渊生长。

　　来源于天的依附天，来源于地的依附地，来源于时令的依附旁物，这是各自依从自己的同类。千岁的野鸡，入海里就成为大海蚌；百年的麻雀，入海就成为蛤蜊；千岁的龟鼋，能与人交谈；千岁的狐狸，能变成美女；千岁的蛇，身体断了又能接上；百年的老鼠，能占卜吉凶。这都是气数已经达到了极致。春分的时候，鹰变成斑鸠；秋分的时候，斑鸠变为鹰；这是时令的变化。所以，腐烂的草变为萤火虫，腐朽的芦苇变成蟋蟀，稻子变成蛩虫，麦子变成蝴蝶，生出羽毛翅膀，长出眼睛，有心智存在，这是从无知变有知而元气变化了。鹤变成獐，蛇变成鳖，蟋蟀变成虾，都是不失它们的血气而形体发生变化。像这样一类的事物，多得数不过来。

根据变化的需要而行动，是顺从自然规律；如果违背了它的规律，就会变成妖祸。所以，身体的下部长在上边，身体的上部长在下边，是元气的逆反；人生出兽，兽生出人，是元气的错乱；男人变为女人，女人变为男人，也是元气的紊乱。

鲁国的牛哀得了病，七天变成虎，身体发生变化，长出了爪牙，他哥哥开门进屋，牛哀扑上去把哥哥吃掉了。当他是人的时候，并不知道自己会变成虎；当他变成虎以后，也不知道自己曾经是人。所以，晋武帝太康年间（280—289），陈留人阮瑀被毒蛇咬伤，忍受不了疼痛，常常嗅着疮伤，不久，两条小蛇长在鼻子里。晋惠帝元康年间（291—299），历阳人纪元载，吃了得道的神龟，不久就得了腹痛病。医生用药治疗，他排出好几升龟子，有铜钱大小，头、足、甲都有，纹路、色彩、角质齐全，只是都中了药性，全是死的。

夫妻不是化育的元气，鼻子不是胎孕的场所，嘴不是排泄的渠道。由此看来，万物的生死，及其变化，不靠通神思维，即使从它们本身去探究，又怎么能知道它们从哪里来的呢？然而，朽烂的草变为萤火虫，是由于它已腐烂；麦子变为蝴蝶，是由于它潮湿发霉。万物的变化都有其缘由。农夫为了制止麦子的变化，用菊灰去沤它；圣人治理万物的变化，用道去帮助。难道不是这样吗？

2 贲 羊

季桓子在挖掘水井时，挖出一只缶，缶中有羊，就去问孔子："我在挖井时，挖到一只狗，这是什么原因？"孔子说："据我所知，那是羊。我听说，山林中的精怪是夔和蜩炳，水中的精怪是龙和罔象；土中的精怪是贲羊。"《夏鼎志》上说："罔象，如同三岁的小孩，红眼睛，黑皮肤，大耳朵，长胳膊，红爪子。用绳索把它捆起来，就可以吃它了。"王子说过："木精叫游光，金精叫清明。"

3 掘地得犬

晋惠帝元康年间（291—299），吴郡娄县人怀瑶家里，忽然听见地下有隐隐约约的狗叫声。找到那个发出狗叫声的地方，见那里有一个小洞，像蚯蚓的洞穴那样大。怀瑶用木棍插进小洞，一直探到地下几尺，感觉里面有东西，就挖开看。在里边发现有小狗，雌雄各一只，眼睛还没有睁开，体形比平常的狗大。喂给它东西它就吃。左右邻居都来看。地方长老说："这狗叫犀犬。得到它的会使家里富裕昌盛。最好把它养起来。"因为小狗眼睛还不能睁开，怀瑶把它们放回洞里，用石磨盖在上面。过了一天，打开石磨来看，到处都没有洞穴，再也找不到它们在哪儿了。怀瑶家多年也没有什么祸事。

到东晋元帝大兴年间（318—321），吴郡太守张懋听见书房床下有狗叫声。他到处寻找却没有找到。很快，地面裂开，裂开处发现有两只小狗。他取出小狗来饲养，都死掉了。后来，张懋被吴兴叛军沈充杀死。《尸子》说："地下有狗，名叫地狼；地下有人，名叫无伤。"《夏鼎志》说："挖掘地下得到狗，名叫贾；挖掘地下得到猪，名叫邪；挖掘地下得到人，名叫聚。聚，就是无伤。这是事物的自然存在，不要说是鬼神而对它感到奇怪。只是贾和地狼，名称不同，它们实际上是一种东西。"《淮南万毕》说："千年的羊肝，变成地神；蟾蜍得到菇菌，最终变成鹌鹑。"这都是因为元气变化互相感应而形成的。

4 傒囊

吴郡人诸葛恪任丹阳太守时，有一次他出去打猎，看见两座山之间，有像小孩一样的东西，伸出手来想拉人。诸葛恪就让它把手伸出来，他便拉着它的手使它离开了原来的地方。那东西一离开原来的地方就死了。事情过后，部下问诸葛恪这是什么缘故，因为大家认为他像神一样能通达事理。诸葛恪说："这事在《白泽图》里有记载，说：'两座山之间，那精怪像个孩，看见人就伸出手来想拉人，它的名字叫作'傒囊'。拉着它离开原来的地方，它就死了。'不要认为我神通广大而感到奇怪，各位只是没有见到这记载罢了。"

5　池阳小人

王莽建国四年（12），池阳县出现小人的影子，长一尺多，有的乘车，有的步行，手里拿着各种东西，东西的大小也都与小人相配，这些小人影子出现了三天才消失。王莽十分反感这件事。从此以后，强盗一天比一天闹得厉害，王莽最后竟被强盗们杀死了。

《管子》说："干涸的湖泽经过几百年，山谷没有移位、水源没有断绝的，这里面就会生出水怪庆忌。庆忌这种怪物，他们的形状像人，身长四寸，穿着黄色的衣服，戴着黄色的帽子，打着黄色的篷盖，乘坐着小马拉的车，喜欢飞快地奔驰。呼喊他的名字，可以让他在千里以外当天赶回来。"这样说来，那池阳县的小人影子，或许就是庆忌吗？《管子》又说："干涸的河，水中的小水怪，会生出蚳，它长着一个头两个身体，形状像蛇，身长八尺。拿它的名字呼唤它，可以让它抓鱼鳖。"

6　雷神落地

晋代扶风郡人杨道和，夏天在田里干活时遇到下雨，便到桑树下躲雨，雷神下来击打他，杨道和用锄头与雷神搏斗，打断了雷神的大腿，于是雷神栽到了地上，不能回到天上去了。雷神的嘴唇像朱丹一样红，眼睛像镜子一样亮，毛角有三寸多长，形状像六畜，头又像猕猴。

7　落头民

秦朝的时候，南方有一种落头民，他们的头会飞。这个种族的部族里有祭祀活动，号称"虫落"，所以就用它做了种族的名称。

吴国的时候，将军朱桓得到一个婢女，每天夜里躺下后，头就飞走了，有时从狗洞、有时从天窗出入，用耳朵做翅膀。天快亮的时候再回来，常常这样，旁人都觉得怪。半夜用灯光照了看她，只有身子，没有头。她的身体微微有点凉，只有一点儿气息。就用被子把她的身子盖住了。到天亮，头回来了，有被子阻碍着，没法安到身子上，两三次掉在地上，那头就发出叹息的声音，显得很发愁，而身体的气息也很短促，就像快要死了的样子。人们就把被子掀去，头重新起来，附到颈项上。过了一会儿，才平静下来。

朱桓认为太怪了，害怕而不敢留下她，就放她走了。后来明白了怎么回事，才知道这是天性。当时出征南方的将军，也往往得到这种族的人。也有人曾经趁头飞走的时候，用铜盘盖在颈项上，头没法安进去，就死了。

8　貙虎化人

长江和汉水流域，有一种貙人。他们的祖先，是廪君的后代，他们能变成老虎。长沙郡所属的蛮人聚居的东高口的居民，曾经做了木栅栏来捕捉老虎。栅栏的机关被弹开了，第二天，人们便一起去打老虎，却看见一个亭长，包着红头巾，戴着大帽子，在木栅栏里坐着。人们就问："您怎么到这里面来了。"亭长十分恼火地说："昨天我忽然被县里召见，夜里躲雨，就误跑到这里面来了。请你们赶快放我出去！"人们又问："您被召见，不是应该有文书吗？"亭长就从怀里掏出召见他的文书，于是人们就把他放了出来。一会儿再仔细看看，他却变成了老虎，跑上山去了。

有人说："貙虎变成人，喜欢穿紫色的葛布衣，他的脚没有脚跟。老虎脚上有五个指头的，都是貙。"

9 猳国马化

蜀地西南方的高山上,有一种怪物,与猴相类似,七尺长,能像人一样站着走路。它善于奔跑追逐人,名叫"猳国",又叫"马化",有人说是"玃猿"。它窥伺走在路上的妇女,有长得漂亮的,就偷取带走,不会被人发现。如果有其他行人经过她的旁边,它都是用长绳去拉她,所以还是免不了被带走。这种怪物能够识别男女的气味,因此只偷取女人,不要男人。如果偷取人家女儿,就带回去做妻子。那些不生子女的,终身不能回来。过了十年以后,偷去的女人形体都和它们相似了,精神也被迷惑了,不再想回来。如果生了子女的,就送她抱着孩子回家。生下的孩子都跟人的形体一样。不收养孩子的,做母亲的就会死掉,所以她们害怕死去,没有谁敢不收养孩子。孩子长大,与人没有不同,都用"杨"做姓氏。因此如今蜀地西南有很多姓杨的人,大概都是猳国马化的子孙。

10 刀劳鬼

临川郡境内有许多山,山上有妖怪。妖怪出来时,常常伴随有大风大雨,它的声音,跟猛兽吼叫一样,还能喷出毒汁射人。那被它射中的地方,一会儿就肿胀起来,剧毒。伤处有雌雄之分,雄的来势急,雌的来势慢。急的,不过半天;慢的,可隔一夜。那身旁的人常常来救助被射者,救助得稍迟点,被射者就会死去。这妖怪的俗名叫"刀劳鬼"。

所以,与道佛无涉的外书说:"鬼和神,都是被人验证了的祸、福生成与转化。"《老子》上说:"过去有得到道的,天得到'道'便清明;地得到'道'便安宁;神得到'道'便灵验;谷得到'道'便充盈;侯王得到'道'便做了天下的首领。"这样,天地鬼神与我们共同生存。"元气"之别,使禀性不同;地域之别,让形貌有异同。不可能二者兼有。活的,掌管阳间。死去的,掌管阴间,禀性有了依托，各自安居乐业。极阴的地方，是会有妖怪的。

11　越祝之祖

越地的深山中有一种鸟，像鸠鸟那么大，青色羽毛，名叫"冶鸟"。它钻到大树里面做巢，巢有五六升的器皿那么大，出口直径有好几寸，周围用土垩粉饰，红白相间，形状像箭靶子一样。伐木的人看见这种树，立刻避开它离去。有时夜里天黑看不见鸟，鸟也知道人们看不见它，就鸣叫着："咄，咄，上去。"第二天人们就必须赶快往上去伐木。它叫："咄、咄，下去。"第二天就应该赶快往下去伐木。如果它不叫人离开，只是说笑不停，人就要停止伐木了。如果有污秽不洁和它让停止伐木的人，就有老虎来通宵看守，人不离开，老虎就要伤害他。这种鸟白天看它的形状，就是鸟；夜里听它的叫声，也是鸟；时常有喜欢作乐的，就变作人形，有三尺高，到山涧中去找螃蟹，在火上烧烤，人们不能去侵扰它们。越人说这种鸟是越祝的始祖。

12　鲛人珠泪

南海郡外的汪洋大海中，有一种鲛人。居住在水中，像鱼似的。他们没有放弃织布和绩麻的手艺。他们在哭泣时，眼睛中会流出珍珠来。

13　大青小青

庐江郡皖县、枞阳县两县境内，有大青、小青隐居在山野之中。有时听见哭声，哭声此起彼伏，好像人数多达几十人，有男有女，有大人有孩子，像是刚刚死了人。附近居住的人惊慌害怕，赶紧跑去看却往往没有看见人。但是在发出哭声的地方必定有尸体。哭声如果多，就是大户人家死了人，哭的人如果少，就是小户人家死了人。

14 山 都

庐江郡的大山之中，有一种野兽山都，长得像人，但赤身裸体，看见人就跑。它们也有男女的分别，有四五丈高，能互相呼唤，常常活动在黑暗之中，就像魑魅怪物那样。

15 蜮之含沙射人

汉朝中平年间（184—189），有一种怪物生活在长江之中，它的名字叫"蜮"，又叫"短狐"，能含沙射人。被它射中的人，就会全身抽筋，头痛发烧，严重的会死亡。长江边上的人用方术治它，就在它的肉中找到了沙石。这就是《诗经》所载"你是鬼或是蜮，实在难于知晓"中的"蜮"啊。现在民间把它称为"溪毒"。

古代的儒者认为男女在同一条河川中洗澡，淫乱的女子占了上风，那淫乱的元气就会产生这种怪物。

16 禁水河怪

汉代永昌郡不韦县有一条河叫"禁水"，水中有毒气。人们只有在十一月、十二月才可勉强渡河。如果在正月到十月渡河，人就会得病，甚至会死。这条河的水气中有怪物，看不见它的形状，它所发出的声音，就如同在击打什么东西。击中树木，树木就折断了；击中人，人就被杀死，当地人习惯叫它为"鬼弹"。所以，郡中有犯罪的人，就把他们送到禁水旁，十天之内都会死掉。

17 张小小

我的外妻之夫蒋士，生病便血。医生认为他中了蛊毒，就偷偷用蘘荷根撒在他的睡席下，不让他知道。蒋士就疯疯癫癫地说："去除我蛊毒的，是张小小。"就呼喊小小，病就消失了。

现在治蛊毒，多用蘘荷根，往往有效验。蘘荷也叫嘉草。

18　犬　蛊

鄱阳郡的赵寿养有一种狗蛊。当时陈岑去拜访赵寿，忽然有大黄狗六七群，出门咬陈岑。后来，我的大嫂回家和赵寿的妻子吃饭，吐血吐得差点死去，于是就把桔梗削成碎渣饮服了，这才痊愈了。

蛊是一种怪物，像鬼，它形的变化，种类混杂而又特别，有的成了狗或猪，有的成了虫、蛇，那些养了蛊的人都不知道养的蛊是什么形状。他们把这些蛊放到百姓中去，中蛊的人便都会死去。

19　廖姓蛇蛊

荥阳郡有一户人家，姓廖，几代人畜养毒蛊，靠这办法致富。后来他家娶了一个媳妇，但没有把养了蛊的事告诉她。有一次家里的人都外出了，只有这个媳妇看家。媳妇忽然在屋里看见一口大缸，她试着打开缸盖，看见里面有一条大蛇。媳妇便烧了开水，灌进缸里烫死了大蛇。等到家里的人回来，媳妇把这事告诉他们，全家人都惊奇哀叹。不久，他们一家人得了大病，都死光了。

卷十三

1　神明之泉

泰山的东面,有一口澧泉,它的形状像井,本身是石头的。想取泉水饮用的人,都要心志纯净,跪着去舀水,那么泉水就飞一样涌出,多少足够受用。如果有人行为不端,那么泉水就停止流淌。大概是神明在探视检查人的心志吧。

2　二华之山

太华山和少华山,原本就是一座山。面朝黄河,黄河流经此处时只得绕道。河神巨灵,用手劈开山的上半部,用脚踩开山的下半部,把一座山从中间分成了两座山,利于黄河流动。

今天,我们在华岳上看巨灵遗留的手迹,手指与手掌的形状还都在。巨灵的足迹,留在首阳山下,时到如今也还存在。所以,张衡写《西京赋》时,说的"河神巨灵,猛悍有力;高山指掌,远方足迹;劈开二华,黄河畅流",就是指的这桩事。

3　霍山四镬

汉武帝把南岳的祭祀迁到庐江灊县的霍山上面,山上没有水。庙里有四只镬,可以盛四十斛水。到祭祀的时候,镬自己会装满水,足够祭祀用,祭祀结束镬就空了。尘土树叶都不会弄脏它。

前后祭祀了五十年,每年祭祀四次。后来只祭祀三次,有一只镬自己损毁了。

4 樊山火

樊口的东边有樊山。如果天旱,只要用火烧山,就会下大雨。如今往往还是如此灵验。

5 孔窦

空桑这地方,现在名叫孔窦,在鲁国南山的洞穴中。洞外有两块石头,好像房屋的大柱耸立着,高几丈。鲁国人常在那儿弹唱祭祀。那洞中没有水,但每当祭祀的时候,人们只要洒水扫地来祷告,就有清澈的泉水从石缝中间流出来,足够用来备办祭祀的事情了。等到祭祀完毕,泉水也就不流了。这种应验直到现在还存在着。

6 塞洞降雨

湘东新平县一个洞穴里有黑土,大旱的年月,人们就一起堵塞水路来淹塞这个洞穴。洞穴被淹,大雨就很快降下来了。

7 龟化城

秦惠文王二十七年(公元前311),派张仪修筑成都城,屡次坍塌。忽然江里浮现出一只大龟,到东子城东南角上就死在那里。张仪就问巫师,巫师说:"在龟死的地方筑城。"就筑成了。所以这城叫作龟化城。

8 城陷为湖

由拳县,是秦朝时的长水县。秦始皇的时候,有童谣说:"城门有血,城会塌陷成湖泊。"有个老妇人听见了这歌谣后,天天去探看。看门的将官要拘捕她,她就讲了自己天天来探看的原因。后来,这看门的将官用狗血涂在城门上,这老妇人看见血便跑着离开了。很快就有洪水涌来要淹没这县城,主簿派一个叫干的到县衙内报告县令。县令说:"你为什么忽然变成了鱼?"干说:"您也变成了鱼。"于是这县城就沦陷成了湖泊。

9 马邑城

秦朝时候,在武周要塞里面筑城来防备胡人。很多次都是城将要筑好时崩塌了。有一匹马奔跑,反复围绕着一个圈子打转。当地父老觉得奇怪,就依照马奔跑的线路去筑城,筑好的城不再崩塌了。于是把这城叫作"马邑"。它的故城如今在朔州。

10 劫 灰

汉武帝开凿昆明池时,掘地极深,尽是黑灰,却不见土。满朝上下都不明白是怎么回事。汉武帝就问东方朔,东方朔说:"我很愚笨,还真搞不懂它。可以问问西域人吧。"汉武帝认为连东方朔都不知道,也就不必再问其他人了。

到了后汉明帝时(58—75),有个西域道人来到洛阳。这时,有人想起东方朔当初讲过的话,就试着用汉武帝时黑灰的事来问他。道人说:"经书上说:'天地从形成到毁灭这个过程将要结束时,就会有劫火焚烧起来。'黑灰就是劫火焚烧后留下来的灰烬。"

人们听了这番话后,才知道东方朔当时的回答是有含义的。

11 居宅得寿

临沅县有一户姓廖的人家,世代长寿。后来,廖家移居到了别处,子孙后代的寿命就减少了。别人住在他家原来的房子里,又世代长寿。这才知道是这房屋造成的,但不知是什么原因。

人们发现井水是红色的，很疑惑，就挖掘井的四周，发现了古人埋下的丹砂几十斛。丹砂的汁液渗入井里，饮了井水就能长寿。

12 余 腹

江东一带，有一种鱼叫作"余腹"。那是从前吴王阖闾在江中航行时，把吃剩的鱼肉扔到江中，全部变成鱼。现在，鱼类里有种叫作"吴王脍余"的鱼，有几寸长，大点的像筷子，还有肉丝的形状。

13 蟛 越

蟛越，是一种螃蟹。它曾经托梦给人，自称为"长卿"。现在临海人多用"长卿"这个名字称呼它。

14 青 蚨

南方有一种虫，名叫蠵蝸，又叫蝍蠋，也叫青蚨。形状像蝉而稍微比蝉大一些。它的味道辛辣鲜美，可以吃。它生下来的幼虫一定是依附在草叶上，大小像小蚕。谁去捉它的幼虫，那母虫就会马上飞来，不管它距此多远。即使是偷偷捉去了它的幼虫，母虫也一定知道那幼虫的下落。

用母虫血涂八十一枚铜钱，用小虫血涂八十一枚铜钱，购买东西的时候，或者用涂了母虫血的钱，或者用涂了小虫血的钱，花出去的钱都会再飞回来，这样便可轮流使用而用之不竭。《淮南万毕术》记载了它能使钱返回的神力，便把它叫作"青蚨"。

15 蜾 蠃

土蜂名叫蜾蠃，现在的人称为蛐蟟，属于细腰蜂一类。作为一种生物，它只有雄性而没有雌性，不交配不生育。它常常拿天牛的幼虫或蝗的幼虫来养育,这些幼虫经过它的养育,就都变成了蜾蠃自己的幼虫。也有人把这些幼虫叫作"螟蛉"。《诗经》说:"螟蛉有了幼虫,蜾蠃带着它去抚养。"便是这种说法。

16　木蠹为蝶

木器被蛀蚀生了虫子,虫子生出羽翅就变成蝴蝶。

17　猬

猬身上有刺,所以不要让它过分活动。

18　《典论》刊石

昆仑山上的大丘,是大地的头。这是天帝设在下界的都城,所以它的外围用深深的弱水来隔绝,又用火焰山包围着。那火焰山上有鸟兽草木,都在火焰之中繁殖生长,所以那里出产一种火浣布,它不是用这火焰山上的草木外皮纤维织成,就是用那山上的鸟兽之毛织成。汉朝的时候,西域曾经贡献过这种布,但绝迹很久了。

到曹魏初年,人们疑心这种布是不存在的。魏文帝认为火的性质严酷猛烈,不含有生命的元气,在他写的《典论》一书中明确说这是不可能有的事,来杜绝那些聪明人的传言。到魏明帝即位,下诏书给三公说:"谢世的父皇过去写的《典论》,都是不朽的格言。它被刻在太庙门外及太学的石碑上,和石经并列,以便永远昭示后代。"在这时,西域派人献上了用火浣布做的袈裟,于是就凿除了石碑中有关述说,而天下的人都把这事当作笑柄。

19　阴燧阳燧

金的性质是一定的。在五月丙午那一天中午用它铸造器皿,就成阳燧；在十一月壬子半夜用它铸造器皿，就成阴燧（意思是说丙午那天白天铸成阳燧，可以取火；壬子那天晚上铸成阴燧，可以取水）。

20 焦尾琴

汉灵帝时（168—189），陈留郡人蔡邕，由于多次向皇帝上书进言，违逆了皇帝的意思，又加上得宠的宦官厌恶他，因此，他担心难免遇害，就流亡四方，远远地躲到吴会一带。

当他到达吴郡时，有个吴人用桐木烧火煮饭，蔡邕听到木料在火中燃烧的爆裂声，就说："这是好材料啊。"就请求那人把未燃尽的桐木送给他。他将这桐木削制成琴，果然音色很美。只是琴尾处有已被烧焦的痕迹，便把它叫作"焦尾琴"。

21 柯亭笛

蔡邕曾经到柯亭去，这里用竹子作椽子。蔡邕抬头仰视竹椽，说："好竹子啊。"取下来做成笛子，吹出来的声音嘹亮悦耳。又有说蔡邕告诉吴人说："我以前曾经到过会稽高迁亭，看见亭子东间第十六根竹椽子可以用来做笛子。"把竹子取来做成笛，果然能吹出美妙的乐声。

卷十四

1 同体男女

从前，高阳氏时，有龙凤胎的男女结为夫妻。帝颛顼把他们流放到崆峒山的荒野，他们两人拥抱着死去。神鸟叼来不会枯死的草来覆盖他们，七年以后，他们生下了一对连体的男女婴儿，他们两颗头，四只手四只脚。这就是蒙双氏。

2 盘 瓠

高辛氏时候，有一位老妇人居住在王宫里。她得耳病很久了，医生给他掏耳朵，挑出了一只金虫，大小就像蚕茧似的。老妇人离开后，就把金虫放在瓠里，并用盘子把它盖起来。不一会儿，金虫就变成一只狗，身上有五色花纹，故取名叫"盘瓠"，把它饲养起来。

当时，戎族的吴将军，势力很大，屡次侵犯边境，高辛王派将军带兵去讨伐，却不能捕俘敌首而得到胜利，便招募天下英豪，凡能取得戎族吴将军头颅的人，奖励黄金一千斤，赐给食邑一万户，还把小女儿许他为妻。后来，盘瓠衔来一颗人头，走进王宫，国王仔细地辨认，就是戎族吴将军的头。怎么办呢？大臣们都说："盘瓠是只狗，不能给它官做，又不能给它娶妻。它虽然有功，可是无法给它赏赐啊。"小女儿听了这番议论，告诉国王道："大王既然把我许给天下的英豪了，盘瓠现在衔着敌酋头颅到了，为国家除了一大祸害，这是天命让这样的，是狗的智力能达到的吗？为王的人，看重言论；称霸的人，看重信用。不要因顾及我这微贱的身体，而违背你已经向天下公布了的协约，那对国家是祸害啊。"国王听了她的话，有些害怕，就顺从了她。他让小女儿跟盘瓠一块走了。

盘瓠带上小女儿上了南山。这里草木茂盛，人烟稀少。于是，小女儿就脱去了日常的衣服，换成奴仆的装束，穿上干活的衣服，跟着盘瓠进入山谷，住在一个石屋里面。国王怜惜她，派人去探视，总是刮风下雨，山动云暗，派去的人员到不了那里。

大概过了三年，她生下六男六女。盘瓠死后，这些儿女就各自婚配、结为夫妻。他们用树皮纺织，用草籽染色，喜好五色彩衣，缝制时都在后背下留有尾巴的形状。后来，这些儿女的母亲回到了都城，把这些告诉了高辛王。高辛王派遣使者去南山里迎接这些儿女们。这次，天再也没有下雨。

这些儿女们，衣服斑斓，话儿难懂，饮食时喜欢蹲着，喜欢山野，厌恶都城。国王顺从他们的心意，把名山大水赏赐给了他们，称呼他们为"蛮夷"。蛮夷，外表痴呆，内心狡黠；安于本土，看重旧业。由于天命授予了他们特异的气质，那么就要按异常的典章来对待。他们种田和经商，没有关防、凭证、租税之类的东西；他们设有城邑君长，都赐授给官印和系印的丝带；他们的帽子用獭皮制作，表示他们的饮食与交往跟水有关。

现在的梁、汉、巴、蜀、武陵、长沙、庐江等郡的"蛮夷"就是这样的。他们用在饭食中掺入鱼肉，叩击着食具呼唤，来祭祀盘瓠。这个风俗一直延续到今天。所以人们说："穿着短裙，露出大腿，这是盘瓠子孙。"

3 夫馀王

槁离国国王的侍婢怀孕，国王要杀死她。侍婢说："有一团气像鸡蛋，从天上降到我身上，所以我有了身孕。"后来她生下孩子，国王派人把婴儿扔到猪圈里，猪用嘴向婴儿哈气；国王派人又把他扔到马厩里，马又向婴儿哈气，这样，孩子没有冻死。国王疑心孩子是上天的儿子，就命令他的母亲收养他，取名"东明"。

东明长大后，国王常常叫他去放马。东明善于射箭，国王担心他夺取自己的国家，想杀死他。东明逃跑，往南来到掩施水边，他用弓击水,水里的鱼鳖就游到一起浮上来架成桥。东明渡过河,鱼鳖又散开,追兵不能渡过河。于是,东明在夫馀建都称王。

4 鹄苍衔卵

古代徐国的一个宫女,怀孕后却生下一个卵,她认为不吉利,就把它扔在河边。有条狗名叫"鹄苍",把这卵叼了回去,就生了个儿子,就是徐国太子。后来鹄苍快死的时候,长出了角和九条尾巴,它其实是条黄龙。

人们把它安葬在徐国的乡间。现在,那里还保留着这狗的坟。

5 谷乌菟子文

斗伯比的父亲死得早,他跟着母亲回到䢵国,住在外公外婆的家里。后来他长大了,便与䢵国公主私通,生了子文。那䢵国君后觉得女儿没有出嫁就生儿子是很丢脸的事,就把子文丢在山里。

䢵国君游猎时看见老虎给一个小孩喂奶,回家后就和君后讲了。君后说:"这是我女儿与斗伯比私通而生下的小孩。我觉得很丢脸,就把孩子送到了山中。"䢵国君把孩子接了回来抚养,并把自己的女儿正式嫁给了斗伯比。因而,楚国人称呼子文作谷乌菟(楚国人把喂奶叫作谷,把老虎叫作乌菟),他做官一直做到楚国的令尹。

6 狸乳齐顷公

齐惠公的妾萧同叔子,侍奉惠公而有了身孕。她因为自己出身微贱而不敢说出来。她拿来柴草铺在野地里生了顷公,又不敢抚养他。野猫为他哺乳,鹞鸟展开翅膀庇护他,有人看见了,就把他收养了,并给他取名为"无野",这就是齐顷公。

7　袁韧脱险

袁韧是羌族的酋长,被秦国抓去做了奴隶,后来逃走了。秦国人追得他很急,他就躲在山洞中。秦国人在洞外用火焚烧,烟气里有个像老虎的东西为他做了遮蔽,所以他得以不死。各部落的羌人把他当作神,推他做了酋长。后来他的种族人丁兴旺。

8　生子和蛇

东汉时,定襄太守窦奉的妻子生下儿子窦武,同时生下了一条蛇,窦奉就把蛇奉归田野。等到窦武长大后,在国内享有才俊的名声。他母亲死后将要下葬,还没有把棺材下到墓穴时,宾客们都聚集在一起,忽然有条大蛇从树林的草丛中爬出来,径直来到棺材底下,盘在地上不停地低头抬头,用头敲击那棺材,鲜血眼泪一起流出来,样子看上去十分哀痛,过了一会儿它就走了。

当时的人知道,这是窦家的吉兆。

9　金龙池

晋怀帝永嘉年间(307—313),有个韩姓老妇人在野外看见一只很大的蛋,就带了回来孵化它,得到一个婴儿,取名字叫"撅儿"。撅儿刚四岁的时候,刘渊修筑平阳城不成,招募能够筑城的人。撅儿去应募。他变成一条蛇,叫韩老太太跟在它的后面撒上灰线做标志。他对韩老太太说:"依照灰线筑城,城就可以筑成了。"结果确实像他说的一样。

刘渊很奇怪这件事,就派人把撅儿扔进山洞里。蛇尾露出洞外几寸,派去的人把它斩断,忽然有一股泉水从洞中涌出,汇集成一个水池,于是取名"金龙池"。

10 羽衣人

晋元帝永昌年间（322），暨阳县人任谷，在田间劳作后累了，就在树下休息。忽然有一个穿着羽毛衣服的人来到他身边，强奸了他。一会儿，不知道这个人到哪儿去了。任谷怀孕了，过了几个月，将要分娩时，那个穿着羽毛衣服的人又来了，用刀把他的阴部穿破，生出了一条小蛇，这个人便离开了。任谷便成了一个被阉割的人。他自己到皇宫里去陈说，此后，他也就被留在宫里了。

11 嫁马之诺

以前传说，远古时期，有一家父亲到远方出征，家里没有别人，只有一个女儿，一匹公马，女儿饲养这匹马。她独自居住孤独忧伤，思念父亲，就开玩笑和马说："你能为我把父亲接回来，我就嫁给你。"马听了这话，就挣断了马缰绳离开了家，径直来到父亲驻扎的地方。父亲看见马又惊又喜，拉过马来就骑上它。马朝着它来的那个方向，悲泣地叫着不停。父亲说："这马无故这样嘶叫，难道是我家有什么事情吗？"便赶快骑马回家。

这马虽然是牲畜，但和主人却有特殊的感情，所以主人优厚地给它加草料饲养它，但马却不肯吃草料。而每次看见女儿出出进进，就或喜或怒地腾跳狂击。这样不止一两次。父亲很奇怪，就悄悄问女儿。女儿就把开玩笑的事告诉了父亲，认为一定是这个缘故。父亲听了以后说："不要说出去，恐怕污辱了家里的名声。你暂且不要出去了。"父亲用弓箭射死了马，把马皮晒在庭院中。

父亲外出了，女儿和邻居姑娘在晒马皮的地方玩耍，她用脚踢着马皮说："你这个畜生，还想娶人做媳妇？遭到这样屠杀剥皮，这不是自讨苦吃吗？"话还未说完，马皮一下子起来，卷起女儿就走了。邻居姑娘很害怕，不敢上前救她，跑去告诉她父亲。父亲回来，到处寻找女儿，女儿已失去踪影了。

后来过了很多天，在一棵大树枝条中间找到了女儿和马皮，他们已经完全变成了蚕，正在树上吐丝做茧。那蚕丝纹理厚大，不同于一般的蚕丝。邻居妇人把他们拿回家饲养，收到的蚕丝增加好几倍。于是人们把那树取名叫"桑"。桑，是丧失的意思。从此以后百姓们争着种桑树，现在用来养蚕的就是桑树。叫它桑蚕，就是因为它是古蚕遗留下来的。

根据《天官》记载，辰是马星。《蚕书》上说："月亮位在大火星时，就养育蚕种。"这时蚕与马同一气韵。《周礼·马质》上对原文"禁原蚕者"做的注释说："同样的事物不能两两同时增大。禁止饲养原蚕，是因为它会损伤马。"汉代的礼仪，皇后亲自采桑，祭祀蚕神叫"菀窳妇人、寓氏公主"。公主，是对女儿的尊称；菀窳妇人，是最先教民养蚕的人。所以，如今世上有人说蚕是女儿，这是古代流传下来的说法。

12　嫦娥奔月

羿向西王母求来了不死药，嫦娥偷吃了药，要奔往月宫。临行前，找有黄占卜凶吉。有黄占卜后说："吉利。轻盈飞飘出嫁妹，孤身独自向西方。若遇天昏地苍茫，莫惊莫恐莫慌张，日后必定要兴旺。"于是，嫦娥便飞身投月，这就是月中蟾蜍。

13　舌墟山草

舌墟山上，天帝的女儿死了，变成一种怪草，它的叶子繁盛茂密，它的花是黄色的，它的果实像菟丝子。因此服食这种怪草的人，总是讨人喜欢。

14　兰岩山鹤

荥阳县南边一百多里，有座兰岩山，峻峭巍峨，高达千丈。那山上曾经有一对鹤,白色的羽毛洁净明亮,它们或飞翔,或栖息,日日夜夜形影不离。人们相传说:"从前有一对夫妻,隐居在这座山中几百年,后来变成了一对白鹤,在这座山上来往不断。忽然有一天,一只鹤被人杀害了,剩下的一只鹤,常年哀叫。直到现在那鹤唳的哀声还在山谷回荡,没有谁能知道它究竟叫了多少年。"

15 羽衣女

豫章郡新喻县有个男子,见田间有六七个女子都穿着羽毛做成的衣服。他不知道她们是鸟,就悄悄爬到跟前去,拿了其中一个女子脱下来的羽毛衣服,把它收藏了。随即走近那几只变成女子的鸟。那些鸟各自飞了,只有一只鸟不能飞走。这男子就娶了她作妻子,后来生了三个女儿。她让女儿去问父亲,才知道那衣服藏在稻草垛下,她找到衣服,穿上就飞跑了。后来,她又回来迎接三个女儿,女儿们也都随母亲飞走了。

16 黄母变鼋

汉灵帝时(168—189),江夏一姓黄人家的母亲,到盘水里洗浴,很久不起来,变成了一只鼋。婢女惊恐地跑回去告诉家人。等家里人来时,鼋已经潜入了深渊。

从那以后,鼋常常出现。黄母当初洗浴时插在头上的一支银钗,还在鼋的头上。此后黄家几代人不敢吃鼋肉。

17 宋母化鳖

魏文帝黄初年间(220—226),清河郡宋士宗的母亲夏天在浴室里洗澡,打发家里大人小孩都出去,独自在里面好久。家里人不知她是什么意思,从墙壁的隙缝里窥探她,看不见她人影,只见浴盆里有一只大鳖。就打开门,大人小孩都进去,那鳖也没有什么反应宋母原先簪着的一根银钗，还在鳖头上。家里人在一起守着它哭泣，无可奈何。那鳖有意要离开，但让它走的话就永远见不着了。

守了它好几天，逐渐变得松懈下来了，那鳖就自己走到门外，爬得非常快，追它不上，就下了水。过了几天，忽然又回来了，在屋子里到处爬来爬去，好像以前宋母那样，可也没说什么就走了。

世人说，宋士宗应该举行丧礼，穿孝服。可是宋士宗却认为母亲形体虽然变了，生命还是继续着，一直也没办丧事。

这件事与江夏郡黄母变鼋的事相似。

18　宣母变鳖

吴国末帝孙皓宝鼎元年（266）六月廿九日，丹阳郡人宣骞的母亲已经八十岁了，也因为洗澡而变成了鳖。她的情况和黄母一样。宣骞兄弟四人关上门守卫着她，还在厅堂上挖了个大坑，把水倒在里面。这只鳖爬进坑中玩耍，在那一两天时间里，常常伸着脖子向外探望。等到门稍微开了一点，它便像车轮似的滚出门去，纵身一跳，跳进了深水潭再也没有回来。

19　老翁作怪

汉献帝建安年间（196—220），东郡一户老百姓家出现怪物。无缘无故坛坛罐罐自己打开，发出砰砰的响声，好像有人在击打。进食的木盘放在面前，忽然就不见了。鸡生蛋，马上就丢失了。像这样好几年，那家的人很厌烦，做了很多好吃的食物，用东西盖起来，放在一间屋子里，悄悄躲在屋里窥视情况。果然怪物又再来，发出声音像先前一样。

那家人听到后便关门闭户，在屋子四周转着寻找，什么也没有看到。他就在暗中用木杖到处敲打，打了很久，在屋子角落里有东西被打中了，便听到呻吟的声音说："哼，哼，该死。"开门借着光亮看，发现有个老头子，大约一百岁，言语完全不能相通，面貌形状类似野兽。家里人对他盘问一番,才在几里路外找到他的家,他家的人说:"不见他已经十多年了。"见到他又悲又喜。

过后一年多,又找不到他了。听说陈留郡境内又有像这样的怪事出现,当时人们都认为就是这个老头子。

卷十五

1 倩女还魂

秦始皇时,有个叫王道平的,是长安人。他少年时,与同村人唐叔偕的女儿(小名父喻,容貌姿色很美)发誓结为夫妇。不久,王道平被征召去打仗,流落到南方,九年没有回来。父母见女儿长大了,就把她许配给刘祥做妻子。女儿很看重与王道平立下的誓言,不肯改变主意。父母逼迫,她难以逃脱,只好嫁给刘祥。

过了三年,她心绪恶劣,闷闷不乐,不断思念道平,心中怨恨很深,忧郁而死。死后三年,道平返回家,就问邻居这个女孩现在哪里。邻人说:"这女孩心意在你身上,被父母逼迫,嫁给刘祥。现在已经死了。"道平问:"她的墓在哪儿?"邻居人领道平来到墓地。

道平悲痛号哭,不断呼唤女孩的名字,他绕着坟墓痛哭,不能控制自己。道平边哭边说:"我和你对天发誓,终身相守。哪里料到官事牵累纠缠,使咱们分离,让你父亲把你许给刘祥;我们既不能实现当初的夙愿,又生死诀别。如果你有神灵,让我见见你平生的容颜。如果没有神灵,咱们就从此永别了。"说完,又悲号痛泣。

很快,那个女孩的魂灵从坟墓中出来,问道平:"你从什么地方来?咱们长久分开。我和你发誓结为夫妇,以定终身之好。父母强迫,把我许配给刘祥已经三年了,我日夜思念你,郁结怨恨而死,使咱们阻隔在阴间。但是想念你不忘旧情,又一再寻求安慰,我的身体还没损伤,可以重新活过来,结为夫妇。你快点打开坟墓棺材,让我出来就可以活。"道平听从了她的话,就打开墓门,抚摸着,看那女孩果然活了。女孩就整理好衣服跟随道平回家了。

她丈夫刘祥,听说这件事又吃惊又奇怪,到州县官府去申诉。官府检查法律断案,找不到有关的条文,就记录案情给皇上。皇上把女孩断给道平做妻子。

他们活了一百三十多岁。这是他们的精诚感动了天地,才得此报偿。

2　河间男女

晋惠帝时(290—306),河间郡内有一对男女青年相互爱恋,约定婚姻。不久,男子从军,多年没有回来。女方家里就让女儿废弃前约嫁给别人。女儿不同意,父母强行逼迫,不得已就嫁了别人。嫁过去不久就病死了。那个从军的男子戍边回来,问女子在什么地方。她家里一一告诉了他。他就到她的墓前去哭祭了一番,倾诉对她的思念和哀伤。他伤心得抑制不住自己的情感,就掘开坟墓打开棺材。女子立即苏醒,活了过来。他就把她背回家中,休养了几天,女子的身体就恢复得跟原来一样了。

女子后嫁的丈夫,听到了这桩事情,就去索要他的妻子。戍边回来的男子不给,说:"你的妻子已经死了,天底下难道听说过死人可以复活的事吗?她是老天爷赐给我的,不是你的妻子。"于是双方就去打官司。郡里和县里判决不了,就上交给廷尉去审断。秘书郎王导向皇帝奏道:"由于极其精诚的心感动了天地,所以死去的人才又活了过来。这不是一般常见的事情,所以不能依照常用的法规来断理。请把女方断还给掘墓开棺的男子。"皇帝采纳了他的意见。

3　文合娶妻

汉献帝建安年间(169—220),南阳人贾偶,字文合,得病死了。当时有一个鬼吏带他到泰山,司命查阅生死簿,对鬼吏说:"应当招另一郡的文合,为何错招这个人?赶快打发他回去。"

这时,天已黑,贾文合便到城外树下休息。看见一个年轻女子独自赶路,文合问道:"你像是大户人家的姑娘,为什么会徒步赶路?姓名是什么?"女子说:"我是三河人氏,父亲现在任弋阳县令,昨天被招来,今天却被放回去。遇到天晚,担心招致瓜田李下的嫌疑。看你的样子，必定是个贤士，因此停留下来，依靠在你旁边。"文合说："我喜欢你的心意，希望今天晚上就和你结为夫妇。"女子说："听姑嫂们说，女人的美德是纯贞专一，宝贵的是洁身自爱。"文合再三向她求爱，她始终不动摇意志，到天亮各自离去。

文合死亡已经两天，停丧将要殓尸，看他的脸上有血色，摸心窝有一点温暖，过一会儿他苏醒过来。

后来，文合想验证这件事，便到弋阳县，书写名帖去拜见县令，于是问道："您女儿果真是死后又再苏醒的吗？"并一一述说他所见女子的姿态模样衣着颜色，以及他们互相谈话的前后言语。县令进内室去询问女儿，女儿说的与文合说的完全相同。县令非常惊讶，痛快地把女儿许配给文合。

4　李娥奇事

汉献帝建安四年（199）二月，武陵郡充县的妇女李娥，六十岁时生病死后，埋在城外已经十四天。李娥的隔壁邻居中有个叫蔡仲的，知道李娥很富裕，认为她的棺材中一定有金银珠宝作陪葬，就偷偷地挖开坟墓，盗取金银珠宝。

他用斧子去劈那棺材时，才劈了几下，便听见李娥在棺材中说道："蔡仲，你可要保住我的头！"蔡仲惊慌失措，便连忙逃跑了。正好被县衙的官吏看见，就把他逮捕审讯。按照法律，蔡仲应该被处死示众。

李娥的儿子听说母亲活了，就来把母亲接出棺材，搀着李娥回家去了。武陵太守听说李娥死而复生，便召见了李娥，向她询问事情的经过情形。

李娥回答说："听说我是被那掌管生死的判官误招去的，所以一到那儿就被放出来了。经过西门外，正巧碰见表兄刘伯文，我们惊讶地互相问候，痛哭流涕，十分悲伤。我对他说：'伯文，我那天被误招到这里，今天才得放回。但我既不认路，又不能只身赶路，你能为我找个伴来吗？而且，我被招来，在这里已经十多天了，身体又被家里的人埋葬了,应该从哪里走才能让自己走出坟墓回家去呢?'伯文说:'我得为你问一下。'他就马上派了个守门的士兵去向阴间主管尸身的官员问道:'判官那一天误召了武陵郡的妇女李娥,今天她被放回。李娥在这里已许多天了,尸身肯定被入棺埋葬了,应该怎么办才能出得棺材?还有,这妇女体质虚弱,难以独自行走,是否应该有个伴呢?她是我的表妹,希望您行个方便让她能平安回去。'那主管尸体的官员回答说:'现在武陵郡西方有个男子叫李黑,也被放回,可以让他做伴。同时再叫李黑去拜访李娥的隔壁邻居蔡仲,让蔡仲来挖开坟墓助李娥出棺。'这样我就可以出来了。与伯文告别时,伯文说:'我写封信,请你把它捎给我的儿子刘佗。'我就和李黑一起回来了。事情的经过情形就是这样。"

太守听了一席话,感慨地叹息说:"天下的事情真不可理解啊!"他就向朝廷上表陈情,认为:"蔡仲虽然挖了坟,却是鬼神让他干的,他即使想不挖,那情势也使他不得不这样。所以,对他应该加以宽容饶恕。"皇帝的诏书答复说可以。太守想验证一下李娥的话是否真实,就派遣骑兵到武陵郡西去查询李黑,果然找到了他,而李娥的话与李黑说的话也是吻合的。

李娥把刘伯文的信送给了刘佗。刘佗认得那信纸,这是父亲故亡时陪葬箱中的公文纸。纸上写着的文字还在,但信却不可理解。于是,就请有通鬼神符的费长房来读信。信中写的是:"告诉佗儿:我要跟着泰山府君出外巡视,该在八月八日中午时分,在武陵城南护城河边稍作停留,你这时候一定得去。"

到了那约定的日期,刘佗带了全家老小在城南等父亲。一会儿刘伯文果然来了。只听见人马喧闹的声音来到护城河,接着便听见有人喊着:"刘佗,你来!你收到我让李娥捎给你的信了吗?"刘佗说:"已经收到了,所以我才来这里。"伯文依次呼唤着全家老小,这样一直待了很久,真是悲恸欲绝。他说:"死和生是两个世界,不能经常得到你们的消息。我死后,儿孙们竟长得这么大了。"

过了很久,他又对刘佗说:"明年春天会有大病流行,给你这一丸药,涂在家门上,就可以避开明年的怪病了。"说罢他忽然走了,刘佗始终没能看见他的身形。

到第二年春天，武陵郡果然大病流行，白天都可以见到鬼，只有刘伯文的家，鬼不敢去打扰。费长房仔细查看了那药丸后说："这是驱疫避邪之神方相的脑子啊。"

5　史姁神行

汉代陈留郡考城县人氏史姁，字威明。他年轻的时候曾患重病，临死前，他对母亲说："我死后会再活过来。你埋我的时候，请拿一根竹竿竖在我的坟上，如果竹竿折断了，就把我挖出来。"等他死了，母亲就埋葬了他，按照他的吩咐插上一根竹竿。

七天后去看，竹竿果然折断了。母亲就把他挖了出来，他已经活了，跑到井边洗了个澡，便恢复得像过去一样。

后来，史姁搭邻居的船到下邳县去卖锄，没有按时卖完，却说要回家。人们不相信他，说："哪有千里迢迢而来，一会儿又要回家的呢？"他却回答说："我住一夜便回来。"他让大家给家里写信要他带来回信，以此作为验证。他过了一夜便回来了，果然带来了回信。

考城县的县令江夏郡鄳县人贾和的姐姐病在家乡，他急着想知道姐姐的情况，便请史姁前去看望她，考城县到鄳县的路程有三千里，他只过了两夜就回来向县令汇报了情况。

6　贺瑀取剑

会稽人贺瑀，字彦琚，曾经病得不省人事，只有胸口还温热，死了三天复活了。他说："有鬼吏带我上天，拜见了官府。进入一间密室，室内有一层层的架子。上层放着印，中层放着剑，让我随意取一件。我个子矮够不着上层，就拿剑出来了。门吏问我拿了什么。我说：'拿到了剑'。门吏说：'遗憾没有拿印，那样的话，你可以指挥百神。拿剑，只能驱使土地神。'"

贺瑀病痊愈了,果然有个鬼来拜谒他,自称是土地神公。

7　戴洋复生

戴洋字国流,是吴兴郡长城县人。十二岁的时候,他生病死去,过了五天又复活,说:"死的时候,天帝叫我做酒藏吏,交给我符箓,还给我属吏、旗帜,要上蓬莱、昆仑、积石、太室、庐、衡等山。后来就打发我回来了。"

从此,戴洋就精通了占卜术。他知道吴国即将灭亡,就推托有病,不出来做官,回到家乡去。他走到濑乡时,经过老子庙,发现都是当年死的时候看过的地方,只是没有见到当年的那些东西。

他就问庙里的看守人应凤:"二十多年前,曾经有人骑马朝东走,经过老君庙而没下马,没到桥就落马而死吗?"应凤说:"有的。"接着戴洋又问了一些事,应凤的回答大都与他问的相符。

8　死后大叫

吴国临海郡松阳县人柳荣,跟着吴国相张悌来到扬州。柳荣病死在船中已两天了,但士兵都已经上岸,没有人去埋葬他。他忽然大叫道:"有人捆绑军师!有人捆绑军师!"这喊声十分激越响亮,随后他就活过来了。

别人问他到底是怎么回事。柳荣说:"我登上天界来到北斗门边,突然看见有人捆绑张悌,心中大吃一惊,不觉大叫道:'为什么绑缚军师!'那门边的人对我很生气,大声斥责我,赶我走。我就十分恐惧,而嘴巴里那残余的喊声便不觉扩散出来了。"

那一天,张悌阵亡了。晋元帝时(317—322),柳荣还活着。

9　蒋　氏

吴国富阳县人马势的妻子,姓蒋。同村人有要病死的,蒋氏就会恍恍惚惚地熟睡一天，梦中看见病人死亡，然后醒觉过来，醒觉后就一一述说梦中所见，人们不相信她的话。她告诉别人说："某人得病，我要去结果他。他暴怒且强悍难以被我杀死，他没有马上死去。我进到他家里，物架上有白米饭，好几种鱼类菜肴。我刚刚到灶边游戏，婢女就无缘无故地欺负我，我打她的背脊，让婢女当时闷气死去，好久才苏醒过来。"

蒋氏的哥哥生病，有穿乌衣的人下令结果他。蒋氏向乌衣人乞求，始终没有动手。蒋氏醒过来对她哥哥说："你会活的。"

10　颜畿生死

晋武帝咸宁二年（276）十二月，琅琊郡人颜畿，字世都，生了病，就到医师张瑳家去求治，死在了张家。死尸殓入棺材已经好久了。颜家人来接丧，可是，招魂幡缠在树枝上解不开来。人们都为此感到悲伤。引丧的人忽然跌倒在地，称听到颜畿说："我的寿命还没有尽，本不该死，只是药吃得太多了，伤了我的五脏。现在我要复活，请不要葬我。"颜畿的父亲抚摸着棺材，祝告道："如果你命不该绝，那就复生，这岂不是咱们亲生骨肉的愿望吗？现在只是要回家去，不埋葬你的。"招魂幡也就从树枝上解开了。

棺柩抬回到了家里，颜畿的妻子说梦见丈夫说："我会活过来，赶快把棺材打开！"她便把此事告诉了家里人。晚上，颜畿的母亲和家里的人，又梦见颜畿诉说他要复活的事，就马上要打开棺材，而他的父亲却不肯听。颜畿的弟弟颜含，当时还年轻，情绪激昂地说道："反常的事情，自古以来就有。现在，哥哥显灵到这种地步，开棺怕悲痛与不开棺的悲痛相比，哪一个更大一些？"

父母亲听从了他的意见，就一起打开棺材，果然看到颜畿有复活的迹象。颜畿用手抠棺材板，把指甲都刮伤了，只是气息非常微弱，是死是活还分不清楚。大家赶忙熬稀汤滴入他的口中，他能咽下去，家里人就把他从棺材里抬了出来。

护理了好几个月，颜畿的饮食逐渐多了些，能睁眼睛看周围，也能活动活动手脚,只是不能与人们说话。他不能说话,需要什么吃喝时,就托梦告诉家里人。

就这样过了十多年,家里人精心护理他,都很疲惫,别的事情也都顾不上操办了。颜含就辞去了外边的事务,全身心侍候他,所以在州里很有名。不过,颜畿后来身体愈加衰弱,最终还是死了。

11 羊祜先知

羊祜五岁时,让乳母去拿他玩的金环。乳母说:"你原来没有这个东西呀。"羊祜就到邻居李家东墙边的桑树枝丫里拿到了金环。李家主人惊讶地说:"这是我死去的儿子丢的,你怎么拿去了呢?"乳母把事情都告诉了他们。李家人听了悲伤。

当时的人都觉得这件事很奇怪。

12 汉宫人冢

汉代末年,关中大乱,有人挖开前代汉朝宫女的坟墓,宫女还活着。从墓里出来,身体恢复得跟旧时一样。魏文帝的郭皇后喜欢她,就留她在宫内,时常在身边。问这宫女汉时宫内的事,她都说得清清楚楚,很有头绪。

后来,郭皇后死了,这宫女过度地哭泣悲伤,也死了。

13 卅年活妇

三国魏时,太原郡有人挖掘坟墓破开棺材,发现棺材中有一个活着的妇人。把她扶出来和她说话,确实是活人。送她到京城,问她事情的原本经过,她并不知道。

看她坟墓的树,约有三十年。不知这妇人是三十年来一直在地下活着呢?还是一时忽然活过来,偶然与掘坟墓的人相遇呢?

14　杜锡婢女

晋代的杜锡，字世嘏，家里的人把他下葬时，他的婢女耽误了没能跑出坟墓。过了十多年，杜锡的妻子死了，家里的人掘开坟墓合葬，发现那婢女还活着。那婢女说："最初的时候，好像是闭住了眼睛，过了一会儿就渐渐地醒了。"问她这事过了多久，她说也就是过了一两夜吧。

当初这婢女被误埋时，有十五六岁。等到掘开坟墓时，她的姿色还像过去那样。又活了十五六年，她出嫁了，还生了儿子。

15　面色如故

汉桓帝的冯贵妃病死了。汉灵帝时（168—189），有几个贼挖开了她的坟，她已埋葬七十多年，但面色还是像过去那样，只是肌肤稍微冷一些。这几个贼便一起轮奸她，直到他们互相争夺残杀，这事才被发觉。后来，窦太后一家被诛灭，想用冯贵妃作为祔祭宗庙。下邳县陈公达建议说："我认为冯贵妃虽然是桓帝宠爱的妻子，但她的尸体被玷污了，不宜再与皇帝一起享受祭祀。"于是，就用窦太后来作祔祭。

16　公侯之冢

三国吴景帝孙休时（258—264），戍边将士们在广陵郡发掘坟墓，拆下棺材板来修筑城墙，坟墓损坏的很多。他们曾挖掘了一座大坟墓，墓内有层层叠叠的楼阁，门扇都有转轴，可以开闭，四周有巡行警戒的道路，可以通车，它的高度可以容人在里面骑马，还铸有十几个铜人，高五尺，都戴着大帽子，穿着大红衣服，手里拿着剑，侍卫在灵位两旁。铜人背后石壁上都刻着字，有的称殿中将军，有的称侍郎、常侍，好像是公侯的坟墓。

破开墓中的棺材，棺中有人，头发已经斑白，衣帽色彩鲜明，面貌如同活人。棺中有一尺来厚的云母，尸体用三十枚白玉璧垫着。士兵们一齐抬出尸体，把他靠在坟墓壁上。有一块玉，一尺多长，形状像冬瓜，从死人怀里掉出来，落在地上。尸体的两耳和鼻孔里，都塞着黄金，有枣子那么大。

17　栾书冢

汉朝的广川王喜欢掘墓。一次，打开了栾书的坟墓，里面的棺材随葬品全都朽烂了。只有一只白狐狸，见了人惊慌地窜走了。手下人追它，没追到，只用戟刺伤了白狐的左后爪。

这一晚上，广川王梦见一个老人，眉毛、胡子全都白了，来对他说："你为什么伤我左脚？"就用手杖敲打广川王的左脚。

广川王醒来，觉得左脚肿痛，就生了疮，到死也没治好。

卷十六

1 颛顼子为鬼

从前,颛顼氏有三个儿子,死后都变成了疫鬼。一个住在江水,是疟疾鬼;一个居住在若水,是魍魉鬼;一个居住在人家的房屋里,常常惊吓小孩,是小鬼。于是,帝王在正月里命令方相氏,带领举行击鼓跳舞的仪式来驱逐疫鬼。

2 挽 歌

挽歌,是治丧人家的哀乐,是送葬牵引棺绳的人们唱和的歌曲。挽歌的歌辞有《薤露》《蒿里》两章,是汉代(注:应为"战国时期")田横的门客所作的。田横自杀以后,他的门客非常伤感,于是就放声悲歌。歌中说,人就如同薤叶上的露水珠,容易消失。还说,人在死后,他的精魂回到了蒿里。所以才有这么两章歌辞。

3 阮瞻与鬼

阮瞻字千里,向来主张无鬼,众人没有谁能驳倒他。他常常自认为这套理论足以分辨阴阳死生之事。有一天,忽然有个客人通报姓名来拜访阮瞻,两人寒暄一番,便谈论起名理之学。客人很有辩才,阮瞻对他说了很久有关鬼神的事,反复辩论非常激烈。

客人终于理屈,就变了脸色说:"有鬼神,是古今圣贤的共识,你怎么偏说没有?告诉你,我就是个鬼。"马上,客人变成怪模样,一会儿就消失了。阮瞻说不出话来,神色非常沮丧。一年多以后,他就病死了。

4 辩生嫁祸

吴兴郡的施续,是寻阳郡的大将,善言辩。他有个学生,也很有辩才,曾经持无鬼论。一天,有个黑衣白领的客人,来和他一起谈论,自然谈到鬼神的事。太阳偏西了,那客人理屈词穷了,就说:"您话很会说,但理由却不充分。我就是鬼,你凭什么说没有呢?"这学生问:"你这鬼为什么而来?"那鬼回答说:"我受到委派来抓您,时间最后只能拖到明天吃饭的时候。"这学生苦苦哀求。鬼便问道:"有没有长得像您的人?"学生说:"施续手下有个都督,和我长得很像。"便带着鬼一起去了,和都督面对面坐着。

鬼拿出一把铁凿子,有一尺多长,把它放在都督的头上,便举起锤子打这铁凿。都督说:"我头上感到稍微有点疼。"一会儿,疼痛加剧。一顿饭的工夫,都督就死了。

5 死后求职

蒋济,字子通,楚国平阿县人。他在魏国做官,任领军将军。他妻子梦见死去的儿子哭着对她说:"死生两重天。我生前是将相的子孙,现在在阴间却只是个泰山县的差役,劳累困顿,苦不堪言。现在太庙西边的歌者孙阿,被任命为泰山县令。希望母亲替我去告诉当昌陵亭侯的父亲,让他去嘱托孙阿,让孙阿把我调到快乐的地方。"说完,母亲忽然惊醒了。

第二天,他母亲把这梦告诉了蒋济。蒋济说:"梦都是虚玄的,不值得大惊小怪。"到了晚上,母亲又梦见儿子说:"我来迎接新任的县令孙阿,在太庙里歇息。趁现在还没出发之际,暂时可以回来一下。新任的县令明天中午要出发了,到出发的时候事情繁多,我就不能再回来了,只能和您就此永别了。父亲脾气倔强,很难使他醒悟,所以我独自向母亲您诉说。希望您再去开导开导父亲,为何如此惜时而不去孙阿那里尝试一下呢?"他描述了孙阿的形貌,他描述得非常详尽。天亮后,母亲又劝导蒋济:"虽然说梦里的事情不值得大惊小怪,可这个梦为什么会这样巧合?你又为什么这样吝啬时间不肯去孙阿那里验证一下呢?"蒋济就派人到太庙去打听查询孙阿,果然找到了他,验看他的长相,都和儿子说的一样。蒋济痛哭流涕地说:"我差一点耽误了儿子啊!"

于是蒋济就召见了孙阿,详细地说了这件事情。孙阿并不怕自己将要死去,只为自己能做泰山县令而感到高兴,他怕蒋济的话不确实,便说:"如果正像将军所说的那样,实在是我的愿望啊。不知道贵公子想得到什么官职?"蒋济说:"随便把什么阴间的美差给他就行了。"孙阿说:"我这就按您的吩咐去办。"蒋济优厚地奖赏了他,就打发孙阿回去了。

蒋济想快一点知道这事的结果,便从他的领军将军府门直到太庙边,每十步安置一个人,以便传递消息。辰时传言说孙阿心口疼,巳时传言说孙阿的心痛加剧,午时传言说孙阿死了。

蒋济说:"我虽然伤心我儿子的不幸,但也为他死后还有知觉而感到高兴。"过了一个多月,儿子又来托梦了,他告诉母亲说:"我已经调任录事参军了。"

6　孤竹君灵

汉代令支县有一座孤竹城,是古代孤竹君的国都。汉灵帝光和元年(178),辽西郡有个人发现辽水里有一具漂浮的棺材,他把它弄上岸,想劈开它。棺中有人说:"我是伯夷的弟弟,孤竹君。海水毁坏了我的棺椁,因此才在水上漂流。你砍我干什么?"那人害怕了,不敢劈棺材了。人们还为他立了祠庙祭祀他。官吏百姓们有想打开棺木探看的,都会无病而死。

7　衔须伏剑

温序字公次,是太原郡祁县人,任护军校尉。他巡察到陇西,被隗嚣部下将领劫持了,他们想要温序投降。温序大怒,用符节打死了人。贼将们奔过来要杀他,苟宇阻止道:"义士死得要有气节。"就给他一把剑,叫他自杀。温序拿了剑,把胡须叼在口中,叹息道:"别让泥土弄脏了胡须。"就自杀了。汉光武帝很怜惜他,把他的尸骸运到洛阳城旁埋葬,为他修了一座坟。

温序的长子名寿,任邹平侯相,梦见父亲告诉他:"我客居在外太久,想念故乡了。"温寿就辞了官,上书请求把父亲的骸骨迁归故乡埋葬,光武帝允许了。

8　文颖迁棺

汉代南阳郡人文颖,字叔长,建安年间(196—220)任甘陵府丞。有一次,他路过边界停下来过夜。三更时分,梦见一个人跪在面前说:"过去我的父亲把我埋葬在这里,但是河水流过来涌进了我的坟墓,我的棺材被淹了,有一半老泡在水里,而我也无法给自己取暖。听见您来到这儿,所以来依靠您。想委屈您明天暂时再停留片刻,希望您把棺材搬迁到地高干燥之处。"这个鬼还揭开衣裳给文颖看,的确都湿了。

文颖感到很凄凉,醒过来后,就把这梦告诉了身边的人。那人说:"梦都是虚幻的,哪里值得您大惊小怪的?"文颖就又睡了。

他一睡着便又梦见了这个鬼,对文颖说:"我把我的困苦告诉了您,怎么不哀怜我呢?"文颖在梦中问他:"您是谁?"鬼说:"我本来是赵国人。现在归汪芒国的神管辖。"文颖说:"您的棺材现在在什么地方?"鬼回答说:"很近,就在您帐篷北边十几步,河边枯杨树下面,就是我的棺材。天就要亮了,我不能再和您相会了,您可一定要把这事放在心上。"文颖回答说:"好的。"一下子就又醒了。

天亮以后该出发了,文颖说:"虽然说梦里的事不值得大惊小怪,但这个梦为什么会这样清楚明晰呢?"他身边的人说:"你为什么要吝啬这一点点时间,不去验证一下呢?"文颖便立即起身,率领了十几个人,带着他们顺着河流向上走,果然发现有一棵干枯的杨树，便说："就是这个地方了。"于是挖掘杨树底下，没有多少工夫，果然发现了棺材。棺材已腐烂得很厉害，有一半浸在水中。

文颖对身边的人说："昨晚我把这件事告诉了你们，你们都说梦是虚幻的。对于社会上流传的东西，是不能不去做验证的啊。"于是就为这个鬼迁移了棺材，埋葬好了才离去。

9　鬼神诉冤

汉朝九江人何敞任交州刺史，巡行来到苍梧郡高要县，晚上在鹄奔亭留宿。还没到半夜，有一个女子从楼下走出来，呼喊说："我姓苏，名娥，字始珠，原来居住在广信县，是修里人。小时候没了父母，又没有兄弟，嫁给同县的施家。命不好，丈夫死去，留下了各种丝织品一百二十匹，还有一个婢女，叫致富。我孤苦穷困，身体瘦弱，不能独自谋生，想到邻县去卖丝织品。向同县的男人王伯租一辆牛车，租金一万两千文，载上我和丝织品，叫致富赶车。就在前年四月十日，来到这个亭外面。这时，天色已晚，路上没有行人，我们不敢再继续赶路，便停下住宿。致富突然肚子疼痛，我到亭长家去讨点儿水和火种。亭长龚寿拿着刀剑，来到车边，问我说：'夫人从哪儿来？车上装的是什么？丈夫在哪儿？为什么独自出门？'我说：'为什么要问这些？'龚寿抓住我的手臂说：'年轻人喜欢漂亮的女人，是希望能得到欢愉。'我害怕，不肯依从。龚寿马上操刀刺我的胁下，一刀就把我刺死了。他又刺致富，也死了。龚寿在楼下挖坑，把我们一起埋了，我埋在下面，婢女在上面。他拿去财物，杀死牛，烧掉车，车釭和牛骨藏在亭东的空井里。我含冤而死，痛苦可以感动上天，但无处申诉，所以只好自己来向使君您诉说。"

何敞说："我打算挖出你的尸体，可拿什么作验证呢？"女子说："我上下穿的是白衣，青丝鞋，还没有腐烂。希望麻烦您寻访我的家乡，把我的尸骨和丈夫葬在一起。"

到楼下挖掘，果然是鬼说的那样。何敞便急驰回府衙，派遣役吏捕捉到龚寿，拷问，他一一供认服罪。下文到广信县查问，情况与苏娥说的符合。龚寿的父母兄弟,全部逮捕入狱。

何敞上报龚寿一案的表文上说:"通常法律规定杀人不至于灭族,然而龚寿是犯罪首恶,罪行隐藏多年,国法自然不能容忍。让鬼神申诉冤屈,这是千载难有的事。请求全部处死他们,以谢鬼神,支助阴间对恶人的惩罚。"朝廷批复同意了何敞的意见。

10　官妓大船

濡须口有只大船,船沉没在水中,水小的时候,船便露出来。老人们说:"这是曹公的船。"曾经有个渔夫,晚上歇宿在大船旁边,把渔船系在大船上,只听见竽笛琴弦演奏的乐音,闻到浓郁的香气。渔夫刚刚睡着,就梦见有人来驱赶他道:"别靠近官妓。"

相传说,曹公载着官妓的大船,就沉在此处。至今还在呢。

11　夏侯恺回家

夏侯恺字万仁,因得重病而死。他的同族人的儿子苟奴,平素常常见到鬼。他看见夏侯恺多次回来,想要骑走马,还惦念着妻子。说那夏侯恺戴着平上帻,穿着单衣,进屋坐在生前坐的靠西墙的大床上,见人就要茶喝。

12　显姨墨点

诸仲务有一个女儿叫显姨,嫁给米元宗做妻子,分娩时死在了家里。按当地风俗,因难产而死的妇女,要在脸上点个墨点儿。她母亲不忍这样做,诸仲务就偷偷地自己去点了,没有人看到。

米元宗当始新县县丞时,梦见他妻子来到床上。他清清楚楚地看到她那经过化妆了的面孔上有个黑点。

13　弓弩射鬼

晋代新蔡王的儿子司马昭,有一辆平犊车放在厅事上,晚上,这辆车平白无缘无故自行进入斋室中,碰到墙壁后又自行退了出来。后来,又多次听见呼喊冲杀的声音,从四面传来。

司马昭便聚集兵众,设置弓箭等打仗的装备,朝着发出声音的地方一齐放箭。有鬼随着弓箭声中了数箭,都栽进土里。

14　连遇二鬼

吴国赤乌三年(240),句章县百姓杨度到余姚去。他在夜里赶路,有一个拿着琵琶的少年请求搭车同行,杨度就让他上了车。那少年弹琵琶弹了几十首曲子,弹完后,就吐出舌头瞪着眼睛来吓唬杨度,然后就走了。

又走了大约二十里,杨度又看见一个老人,自称姓王名戒。杨度又让他搭车,还和他闲聊:"鬼善于弹琵琶,弹得很悲哀。"王戒说:"我也会弹。"原来他就是刚才那个鬼,又瞪眼吐舌的,杨度差点被吓死。

15　巨伯杀孙

琅琊郡人秦巨伯,六十岁了,曾经在夜里出去喝酒,路过蓬山庙的时候,忽然看见他的两个孙子来迎接他。其中一个搀扶着他才走了一百多步,便掐住他的脖子把他按倒在地,嘴里骂道:"老家伙你某天毒打了我,我今天要杀死你!"秦巨伯仔细想了想,某一天确实打过这个孙子。秦巨伯就装死,两个孙子便扔下秦巨伯走了。

秦巨伯回到家中,想要处罚两个孙子。两个孙子又惊讶又惋惜,向他磕头说:"当子孙的,哪会做这种事呢?大概是鬼魅作祟吧!求您再验证它一下。"秦巨伯有点醒悟了。

过了几天，他假装喝醉了酒，又来到这座庙前。果真又看见两个孙子来搀扶他。秦巨伯连忙把他们紧紧挟住，鬼动弹不得。到家中一看，是两个庙中的偶像。秦巨伯便点了火烤它们，它们的腹部、背部都被烤得枯焦裂开了。秦巨伯把它们提出去扔在了院子里。到夜里它们便都逃跑了。秦巨伯后悔自己没能把它们杀了。

一个多月后，秦巨伯又假装喝醉了酒在夜里外出，他怀里揣着刀离家，家里的人都不知道。夜深了，他还没有回来，他的孙子怕他又被那鬼魅纠缠，就一起去迎候他。秦巨伯竟然把他俩刺死了。

16　索酒三汉

汉建武元年（25），东莱郡有一个姓池的人，家里常常酿酒。一天他看见三个怪异的客人，一齐拿着面饭到他家来要酒喝，喝够了就扬长而去。一会儿，有人来，说看见三个鬼喝醉在树林里。

17　酒喷木马

吴国国主孙权杀了武卫兵钱小小。钱小小在大街上现形，去拜访租赁人吴永，请吴永送信到街南的庙里，借了两匹木马。钱小小把酒喷在木马上，那木马都变成了真马，马鞍、马嚼子齐全。

18　宋定伯卖鬼

南阳郡人宋定伯，年轻的时候，在一次夜里走路时碰上了鬼。宋定伯问他，鬼说："我是鬼。"鬼问宋定伯："你呢？你是谁？"宋定伯骗他说："我也是鬼。"鬼问："你要去哪儿？"宋定伯回答说："想到宛县的市场去。"鬼说："我也想到宛城的市场去。"

于是，宋定伯就和鬼同行了几里路。鬼说："步行太慢，我们可以轮流扛着走，怎么样？"宋定伯说："那太好了。"鬼就先扛着宋定伯走了几里。鬼说："您太沉了，恐怕不是鬼吧？"宋定伯说：

"我是新鬼,所以才沉。"接下来,宋定伯也扛起了鬼,鬼一点儿也没有什么重量。他们就如此反复轮流扛着走。宋定伯又说:"我是新鬼,不知道鬼害怕什么?"鬼回答说:"只是不喜欢人的唾沫。"他们还是一路同行。

路上碰到了河,宋定伯叫鬼先过,仔细听着那鬼渡河,一点声音也没有。宋定伯自己渡河时,水声嘈杂。鬼又说:"你渡河为什么有声音?"宋定伯说:"是我刚死,蹚水过河还不熟练的缘故吧。请你不要奇怪。"

快要到宛城的市场了,宋定伯便把鬼扛在肩上,紧紧地捏住他。鬼被捏得大声叫嚷,声音哇啦啦的,请求宋定伯把他放下来。宋定伯不再听他的,一直把他扛到宛城市场上,才把他扔在地上,鬼此时变成了一只羊。宋定伯就把这只羊卖了,恐怕它再生变化,对它唾了些口水,得到了一千五百文钱就走了。

当时,石崇说过这样的话:"定伯卖鬼,得钱千五。"

19　紫玉韩重

春秋时吴王夫差的小女儿,名叫紫玉,年纪十八岁,才学和容貌都很出色。少年韩重,年纪十九岁,有道术。紫玉喜欢他,私下和他书信来往,答应做他的妻子。

韩重到齐鲁地方去求学,临走,嘱托父母为他去求婚。吴王大怒,不允许女儿嫁给韩重。紫玉气息郁结而死,埋葬在闾门外面。

三年后韩重回来,向父母询问这件事。父母说:"吴王大怒,紫玉抑郁而死,已经埋葬了。"韩重哀痛哭泣,准备牲畜缯帛等祭品到紫玉墓前凭吊。

紫玉的灵魂从坟墓中走出来,与韩重相见,流着泪对他说:"那时你走以后,你父母亲向父王求婚,原以为一定能够实现愿望,想不到分别以后遭到这样的命运,有什么办法呢?"紫玉左右顾盼,悲哀地唱着歌:

　　南山有乌鹊,北山张罗网,

乌鹊已高飞，罗网怎奈何！
心意随君去，流言比人多，
悲郁成疾患，黄泉泪婆娑。
时运命不济，冤屈永伴我。
鸟中之王者，人称美凤凰，
雄凤忽飞去，雌凰三年伤。
众鸟殷勤至，绝难配成双。
长年绝膏沐，逢君放春光。
身远情相近，魂灵不相忘。

紫玉唱完歌，抽泣流泪，邀请韩重和她回到坟墓里去。韩重说："死生是不同的世界，恐怕这样会招来灾祸，不敢受纳你的邀请。"紫玉说："死生是不同的世界，我也是知道的。不过从今一分别，永远不会再重逢了。你担心我是鬼会害你吗？我想奉上自己一片诚心，难道你不相信吗？"韩重被她的话感动，便送她回坟墓里去。

紫玉设宴招待韩重，留他一起住了三天三夜，和他完成了夫妻的礼仪。韩重临出坟墓时，紫玉拿出一颗直径一寸的明珠送给韩重，说："我既毁坏了名声，又断绝了希望，还有什么话可说呢！请随时保重身体。如果到我家去，请向父王致以敬意。"

韩重出了坟墓以后，就去拜见吴王，自己陈述这件事。吴王大怒说："我女儿已经死了，你小子却又捏造谎言，来玷污她的亡灵。这不过是掘墓盗宝，假托鬼神。"下令立即逮捕韩重。

韩重逃脱后，来到紫玉墓前诉说这件事。紫玉说："你不用担忧，我现在回家去告诉父王。"

吴王正在梳妆，忽然看见紫玉回来了，大吃一惊，悲喜交集，问道："你怎么又活了？"紫玉跪下说："从前，书生韩重的父母来求婚要娶我，父王没有允许。我名誉已毁，情义已断，以致自己死去。韩重从远方回来，听说我已经死了，特地带上祭品，到墓地吊唁。我感激他始终真情实意，就和他见了面，并把明珠送给他。他不是掘墓盗宝，父王不要追究他了。"

吴王夫人听说紫玉回来，过来抱住她。紫玉像一缕青烟消逝了。

20　秦王之婿

陇西郡的辛道度出外求学来到了雍州城外四五里处,看到一处大宅院,有一个穿着青衣的女子在门口。辛道度就到门口去,求她给点饭食。这个女子便进去,报告给主人秦女,秦女就让把客人请进来。

辛道度快步来到阁房内,秦女坐在西边床上。辛道度通报姓名,问安以后,主人让他坐在东边床上。马上给他安排了饭食。饭后,秦女告诉辛道度说:"我是秦闵王的女儿,许聘给曹国,不幸未嫁就死了。算起来死了已经二十三年,独自住在这个院子里。今天您来到了这里,我愿意和您结为夫妻。"

过了三夜三天,秦女自语道:"您是活人,我是死鬼。与您前世有缘,但这次相会只能三宿,不可久居,不然会有祸害临头。然而这两夜,缠绵爱悦的情意尚未有尽,现在就要分手了。赠您什么信物作为纪念呢?"秦女就让婢女将床后的盒子取来打开,从盒子里取出一枚金枕,交给辛道度作为信物。分手时,两人都哭了。秦女让青衣女子送辛道度出门。

辛道度往前走了还没有几步,院落房屋不见了,只有一座大坟墓。辛道度慌忙走了出来,看到那枚金枕还在怀中,没什么变化。

不久,辛道度来到秦国,把金枕拿到市场上去出售。恰巧碰上秦皇妃去东方游玩经过此处,目睹辛道度在出卖金枕,心中生疑,就要过来审看,并问辛道度金枕是从哪儿得来的。辛道度就原原本本地告诉了她。

秦皇妃听后,悲伤哭泣得不能控制。然而,还是有些怀疑,便派人挖开坟墓,打开棺材查看,原来陪葬的物件全都在,唯独不见金枕。又解开衣服查看,房事痕迹非常明显,秦皇妃这才相信了。她感叹道:"我女儿真是大圣人,已经死了二十三年,还能与活人交往,辛道度是我真正的女婿呀。"于是就封辛道度为驸马都尉,赐给他黄金、丝绸、车、马,让他回本国去了。

由此开始,后来人们就把帝王的女婿称为"驸马"。现在皇帝的女婿,也称"驸马"了。

21　珠袍姻缘

汉代有一人叫谈生,四十岁,没有妻子,常常为《诗经》所感动而奋发读书。一天半夜,有一个女子十五六岁,容貌服饰,天下没有谁能比得上的。来找谈生,和他做夫妻。她对谈生说:"我和常人不一样,千万不要用火光照我。三年以后,才可以照我。"

她和谈生结为夫妻后,生下一个儿子,已经两岁了,谈生忍不住,夜里等妻子睡着以后,偷偷地拿烛火照她看。她的腰以上,长的肉和人一样,腰以下,就只有枯骨。妻子醒来,对他说:"你辜负了我。我已经快要活了,你为什么不能再忍一年而竟然现在就照我?"谈生连忙道歉。妻子痛哭流泪不止,说:"我和你的情义虽已断绝了,但我挂念儿子,像你这样贫穷怎么能自己养活儿子。你现在随我去一下,我送你一样东西。"

谈生随着她走了,来到一座华丽的殿堂,屋内器物不同一般。妻子拿一件珠袍给谈生,说:"靠这个你可以维持生活了。"她又撕下一块谈生的衣裙留下来,就和谈生分开了。

后来,谈生拿着珠袍到市上去卖,被睢阳王家的人买去,得到一千万钱。睢阳王认识这件珠袍,他说:"这是我女儿的袍子。怎么能在市上呢?一定是盗墓所得。"于是他把谈生捉来拷问。谈生将实情告诉了睢阳王,睢阳王仍不相信,就亲自去看女儿的坟墓。

坟墓完好如初。挖开来看,棺盖下果然找到了谈生的衣裙。把谈生的儿子找来看,正像自己的女儿。睢阳王这才相信是真的,便招来谈生,把珠袍重新赐给他,认他为女婿,并上表奏请朝廷封他儿子为郎中。

22　崔墓奇历

卢充,范阳人。他家以西三十里的地方,有崔少府的墓地。卢充那年二十岁,在冬至的前一天,离开家到西边去打猎游玩。看见一只獐子,张弓射箭,射中了。獐子倒在地上又爬起逃跑了,卢充就追赶它,不知不觉跑了很远。忽然看到路北一里左右的地方,有一处高门大院,四面瓦屋,好像是官府宅第,找不见逃去的獐子了。大门里有个卫兵大声呼唱道:"客人请上前。"卢充问道:"这是谁的府宅?"卫兵答道:"少府的府宅。"卢充说:"我的衣服脏了,怎么能见少府。"当即就有一人提着一包新衣服,说:"府君把这送给郎君了。"卢充就穿好,进去拜见少府,通报了姓名。

酒菜行过几遍以后,少府对卢充说:"令尊大人不嫌崔门门第低微,近来得到他的书信,为您向小女求婚。所以今天迎接你到来。"便将书信给卢充看。卢充的父亲去世时,卢充虽说年纪尚小,但也已能辨识父亲的手迹。他看完信就抽泣起来,也就不再推辞了。少府便向里面传话:"卢郎已经来到,可让女儿装扮整齐。"又对卢充说:"您可到东廊房去。"

到了黄昏时分,里边传出话来:"女儿装扮完毕。"卢充到了东廊房,女郎已经下了车,立在席位前面,两人拜堂,举行婚礼。

婚后三天,宴请宾客。三天已过,崔少府对卢充说:"您可以回家了。我女儿已经有了身孕的征兆,倘若生下男孩,就把他送还给你,不要猜疑;生下女孩,就留下自己抚养。"说完,便吩咐外边收拾车辆送客。卢充也就辞别出来。崔少府送到中门,拉着卢充的手,流着眼泪。

卢充出门,看见一辆牛车驾着青牛,又看见自己原来穿的衣服和弓箭,仍放在门外。一会儿,崔少府又传话叫某人,提来一包袄衣服,对卢充说道:"姻缘刚刚开始,离别是非常惆怅。现在再赠你一套衣服,被褥自配停当。"卢充上车后,车快得像闪电一样离去了。

很快,卢充回到家中,家里人见到他,悲喜交集。一问,才知道崔少府是死过的人,进了他的坟墓,回忆起来,感到懊丧而惋叹。

卢充与女郎别后四年,三月三日这天,卢充到水边游玩,忽然看见河里有两辆牛车,时沉时浮。一会儿,牛车靠近岸边,和卢充一同坐在水边的人,都看到了。卢充走过去,打开牛车后门,看见崔氏女郎与三岁的男孩一同坐在车内。卢充见了他们非常欢喜,就想拉拉他们的手。女郎举手指着后边的车子说:"府君要见你。"卢充这才拜见崔少府,前去问好。

女郎抱起儿子,交给卢充,又给了一只金碗,还赠诗道:

姿彩光明赛灵芝,奇彩绮丽漫旖旎。
华艳绝妙一时显,殊娇异美显神奇。
含苞嫩蕊尚未开,盛夏逢霜却披离。
光彩荣耀一朝灭,后路崎岖永难及。
孰料阴阳运有转,贤人忽降凤来仪。
相会时短别离速,皆是神灵布离迷,
赠我亲人何所有?金碗可映我儿颐。
千般恩爱从此去,肝肠寸断魂飞离。

卢充接过了儿子、金碗和赠诗,忽然不见了那两辆牛车。卢充就带着儿子回来,周围的人都说是鬼魅,都远远地向他吐口水。儿子的模样依旧不变。有人问儿子:"谁是你的父亲?"儿子就径直扑到卢充的怀抱内。众人当初感到怪异和厌烦,传看了赠诗后,都感慨生死的玄妙是相通的。

后来,卢充乘车到市场上去卖金碗。他把售价抬得很高,不打算很快卖掉,希望找到识货的人。有一个老年婢女认识这只金碗,回到家中禀告主母说:"我在市场上看见一个人坐着牛车,出售崔氏女郎棺材中的金碗。"这家主母就是崔氏女郎的亲姨妈。她就让儿子去查看,果然跟老年婢女所说的一样。于是他就上了牛车,报过姓名,对卢充说:"从前,我姨妈嫁给崔少府,生了一个女儿,还没出嫁就死了。家母很哀痛,就赠她一只金碗,放在棺材里。请你说说得到这只金碗的原委吧。"卢充就把得碗的经过全说了。

主母的儿子听了，也为此悲伤哭泣起来。他带着碗回到家中，告诉了母亲。母亲马上让他去卢充家，把孩子接来看看。亲戚们全都来了聚在一起。看那孩子，既有崔氏女郎的容颜，又带有卢充的相貌。孩子和金碗，全部得到了验证。姨妈说道："我的外甥女是三月底出生的。她父亲说：'春天温暖，愿她美好强壮。就取字为温休吧。'"温休，就是阴间的婚姻。预兆早就显示了。

卢充的儿子成就很大，担任过两千石官俸的郡太守。卢家的子孙做官为宦，世代相承到如今。卢家有个后人叫卢植，字子干，是天下有名望的人。

23　西门亭鬼魅

后汉时，汝南郡汝阳县西门亭有鬼魅出没。旅客在那里留宿，总是有人死亡。其中受害严重的人，都会掉光头发失去精髓。打探这事的原因，人们说，先前就常有怪物。

后来，郡侍奉掾宜禄县人郑奇来到这里，距离亭六七里路时，有一个长得端正的妇人要求搭车，郑奇起初觉得为难，后来还是同意她搭车了。进了亭，直奔楼下。亭卒说："楼不能上去。"郑奇说："我不害怕。"当时天色已晚，郑奇便上楼去，和那个妇人睡觉。次日，天没亮时郑奇就出发了。亭卒上楼去打扫，看见一个死了的妇人，大吃一惊，跑去报告亭长。亭长击鼓召集各里庐吏，一起来察看这个妇人。原来是亭西北八里处吴家的妇人，刚刚死了。晚上要装殓时，灯熄灭，等到再点灯来，妇人不见了。吴家就把妇人的尸身带回家去了。

郑奇出发走了几里，肚子痛起来，走到南顿县利阳亭，疼痛加剧而亡。此后，这楼便再也没人敢上去住。

24　钟繇杀美

颍川郡的钟繇，字元常，曾经几个月不上朝，他的意念情致与平时不同。有人问他这是怎么回事,他说:"常常有一个美女前来,她漂亮得非同一般。"问他的人说:"这一定是鬼,你可以杀它。"

后来,那美女又来了,却不走到跟前,止步于门外。钟繇问她:"为什么这样"?那女人说:"您有杀我的念头。"钟繇说:"我没有这种想法。"便殷勤地喊她,她这才进了屋。钟繇心里很恨她,又有点不忍心,但还是砍了她一刀,砍伤了她的大腿。这女人马上出了门,用新棉花擦拭伤口,鲜血滴满了她走过的路。

第二天,钟繇派人按照这血迹去找她,来到一座大坟里,棺材中有一个漂亮的女人,身形相貌就像活人一样,穿着白色的丝绸衫,红色的绣花背心,被砍伤了左大腿,她正用背心中的棉絮擦拭伤口上的鲜血。

卷十七

1 鬼魅诳人

陈国人张汉直,到南阳去,跟随京兆尹延叔坚学习《春秋左氏传》。他离家几个月后,鬼找到他妹妹,假托他的话说:"我病死了,尸体丢在路上,常有饥寒之苦。我编的两三双草鞋,挂在屋后的楮树上;傅子方送给我的五百钱,放在房子北墙下,都忘取了。又买了李幼的一头牛,契据在书箱子里。"他妹妹回家寻找这些东西,都和鬼说的一样。他妻子还不知有这些情况。他妹妹刚从丈夫家回来,并不知道家里的这些事情。家人很悲伤,都认为他真的死了。

父母兄弟,都穿上丧服来南阳接丧,离学舍几里路的时候,遇见张汉直和十几个学生相随在一起。汉直回头看见家人,很奇怪他们这样子。家人看见汉直,以为他是鬼,怅惘地站了半天。汉直便跪拜在父亲面前,述说了事情经过,一家人悲喜交加。

凡是听到看到的,像这样奇异的事不止这一件,大家这才知道都是鬼魅在作怪。

2 范 丹

汉代陈留郡外黄县人范丹,字史云。年轻时做尉从佐使,奉命谒见督邮。范丹有志气,怨恨自己只是个跑腿打杂的小卒子,便在陈留郡的大泽中,杀了他骑乘的马,扔了帽子和头巾,假装成碰上了强盗。有个神灵降到他家,说:"我是史云。被强盗杀死了。快到陈留郡大泽中取我的衣服。"家里人去取了他的一块头巾。

范丹于是去了南郡,又转入三辅,跟随贤士英杰学习。十三年后才回去,家里人都不再认得他了。陈留郡的人敬仰他的志向品行,他死以后,被称为"贞节先生"。

3　门上金钗

吴地人费季,客居楚地很久了。当时路上常有强盗,他妻子时时为他担忧。费季与同伴旅游,至庐山下住宿,互相询问离家多少时间了。费季说:"我离家已经好几年了。临走与妻子道别,向她讨取她的金钗带走,只是想看一看她的心意,会不会给我。我得了她的金钗,就把它放在门头的横木上。到动身时,忘了告诉她。这金钗自然还会在门头上。"

那一天晚上,他妻子梦见费季说:"我路上遇到强盗,已经死了两年。如果不相信我的话,我告诉你,我离家时拿了你的金钗,当时并没有带着上路,留在门头的横木上。你可以到那里去取。"他妻子醒来,在门头上摸得金钗,家里便给他办了丧事。

此后一年多,费季平安回到家里。

4　鬼欲骗奸

余姚县的虞定国,长得仪表堂堂。同县的苏家姑娘也很漂亮。虞定国曾经见过她一眼,便爱上了她。后来,苏家看见虞定国前来,主人就留他过夜。半夜时分,虞定国对苏老爷说:"令爱长得太漂亮了,我心里十分钦佩仰慕她。今晚是否能叫她出来一下呢?"主人因为虞定国是当地的高贵人物,便叫女儿出来陪伴侍候他。这样往来多次后,有一天,虞定国告诉苏老爷说:"我没有什么来报答您。如果有什么官府中的公差,我就替您承担吧。"主人听了很高兴。

在这以后,有个差役叫苏家主人去服役,主人就去找虞定国。虞定国十分惊讶,说:"我和你根本没有面谈过,你怎么会这样?这里面一定有鬼。"苏家主人就详细地把那事情说了。虞定国说:"我难道会乞求人家的父亲同意去奸淫他的女儿吗?如果你再看到鬼现身你府上,就该把这个鬼杀了。"后来苏老爷果然捉到了那个鬼。

5　盗梁上膏

淮南内史朱诞，字永长，在吴国末帝孙皓掌国时（264—280），任建安太守。朱诞侍从的妻子患有鬼病，这侍从却怀疑她有奸情。后来，侍从外出，便偷偷地在墙上打了个洞监视她。正好看见妻子在织布机上织布，但她的眼睛却远望桑树，和树上的人说说笑笑。侍从抬头看那树上，只见一个年轻人，有十四五岁，穿着青色衣服，戴着青色头巾。侍从把他当作了奸夫，便拉弓射他。那人却变成了一只蝉，大小像竹箕，伸展着翅膀飞走了。妻子也随着那射箭声惊讶地说：“呀！有人射你。”侍从觉得这事很奇怪。

后来又过了很长一段时间，侍从看见两个小孩在路上交谈。有一个说："为什么老是看不见你？"其中一个就是树上的小孩，他回答说："上次倒霉，被人射了，伤口拖了很长时间。"那小孩又问："现在怎么样了？"这小孩说："全靠了朱太守梁上的膏药，我把它拿来敷在伤口上，这才痊愈了。"

侍从回到衙中，对朱诞说："有人偷了您的膏药，您发现了吗？"朱诞说："我的膏药早就放到了梁上，别人哪能偷得着呢？"侍从说："不一定这样吧。您还是去看看它。"朱诞根本不相信。

回家后，他试探着去看看，那膏药还是像过去那样原封没动。朱诞便说："你小子胡说八道，膏药明明还是像原来那样。"侍从说；"打开试试看。"朱诞一打开，只见那膏药早就丢了一半。看得出是用手刮的，上面还有脚爪的痕迹。朱诞因而非常惊讶，就详细地问侍从。侍从便把这事情的前后经过详细地告诉了朱诞。

6　给鬼道歉

三国吴时，嘉兴县人倪彦思，居住在县西埏里。一天，他忽然发现鬼魅进入了他家，和人谈话，像人一样吃喝，只是看不见形体。彦思的奴婢里有人偷偷地骂主人的，鬼魅说："现在就把话告诉主人。"彦思惩治了那个奴婢,再也没有人敢骂了。

彦思有一个小妾,鬼魅跟着追求她,彦思便请道士来驱鬼。酒菜摆好了以后,鬼魅便拿厕所里的草粪,洒在酒菜上。道士猛烈击鼓,召请各路神仙。鬼魅就拿来便壶,在神座上吹出号角的声音。一会儿,道士忽然觉得背上发凉,吃惊地站起来解开衣服,发现有个便壶,道士最终作罢离开了。

彦思夜里在被窝里和妻子悄悄说话,一起为这个鬼魅发愁。鬼魅就在屋梁上对彦思说:"你和妇人谈论我,我今天要砍断你的屋梁。"说完屋梁就发出隆隆的响声。彦思担心屋梁断了,点起烛火来照看,鬼魅就马上吹灭了烛火。砍屋梁的声音越来越响。彦思害怕房屋真的倒塌了,让一家大小都离开了屋子。他又拿来烛火,看到房梁还是原来的样子。鬼魅大笑,问彦思:"你还说不说我了?"

郡中典农校尉听了这事,说:"这个神怪正是狐狸精呀。"鬼魅随后去对典农校尉说:"你拿了官府的好几百斛稻谷,藏在某个地方。你为官贪腐卑鄙,竟敢来议论我。今天我要到官府告你,带人去取你所盗窃的稻谷。"典农校尉吓得忙向鬼魅道歉。从那以后,再没有人敢议论鬼魅了。三年以后鬼魅离开了倪彦思家,不知到哪里去了。

7 顿丘鬼魅

魏文帝黄初年间(220—226),顿丘县有个人骑马赶夜路,看见路当中有个怪物,兔子般大小,两只眼睛像镜子一样闪闪发光,在马前跳来跳去,阻挡了去路。这人受了惊吓掉下马来,怪物便就地抓住了他。这人一下子惊魂出窍,昏了过去,好久才苏醒过来。他醒来时,那怪物已不见了,不知去了哪里。

这人就重新上马,向前走了几里,遇到一个人,互相问讯已毕,他说:"刚才发生了如此这般的事,如今有你做伴,真是好极了。"遇到的这个人说:"我独自行路,得到你做伴,也很高兴。你骑马快,就在前面走,我在后面跟着。"两个人便一起走。后面的人说:"刚才的怪物什么样子,把你吓成这个样?"这人回答说:"那怪物身体像兔子，两只眼睛像镜子一样闪闪发光，样子十分可怕。"后面的人说："你回头看看我。"这人回头一看，还是那个怪物，怪物便一下子跳上了马，这人就掉下马去，吓昏过去。

这人的家里人奇怪马独自回来，就一路去找他。在路边发现了他。他过了一夜才苏醒过来，说了以上的情形。

8　度朔君

袁绍，字本初，他人在冀州，而在河东郡却有他的神灵出现，号称度朔君，百姓一起为他建立了庙宇。庙里有个主簿，来此祭祀的人很多。

陈留郡的蔡庸当了清河太守，前来拜访这庙宇。他有个儿子名叫蔡道，已经死了三十年。度朔君给蔡庸置办了酒席，说："贵公子早就来了，他想见见您。"一会儿，蔡道就来了。

度朔君自己说他的先辈过去曾在兖州做事。有一个男子姓苏，母亲病了，他就到庙里来祈祷。主簿说："您碰上了天上的神君，他要留您一下。"忽然听见西北方有鼓声，接着度朔君就到了。一会儿，有一个客人进来，穿着黑色的单衣，头上插着五彩缤纷的羽毛，有几寸长。这客人走后，又来了一个人，穿着白色的单衣，戴着高帽子，帽子像鱼头，对度朔君说："过去一起到庐山吃李子，想起来还没有多久，却已经三千年了。时间过得真快，令人惆怅。"

这人走了后，度朔君对男士说："刚才来的这个是南海王。"苏先生是读书人，度朔君精通五经，特别熟悉《礼记》，所以与苏先生谈论起礼仪来，苏先生不如他。苏先生求度朔君治好他母亲的疾病，度朔君说："您住宅的东面有座旧桥，有人把它搞坏了。这座桥上的神，您母亲曾经冒犯过他。您如果能够修好桥，我就派人去治您母亲的病。"

曹操讨伐袁谭，派人到庙里来换一千匹绸缎，度朔君不同意。曹操就派张郃来捣毁庙宇。离庙还有一百里左右，度朔君便派兵几万，同路赶来。张郃离庙宇还有二里地，便有云雾笼罩了张郃的部队，他们不知道这庙宇在哪里。度朔君对主簿说："曹操的气势很盛,应该避过他。"后来,苏家的隔壁邻居家有神灵降临,神灵辨认出是度朔君的声音,便说:"过去我移居到匈奴去了,和你们久别了三年。"那男子就派人向曹操报告:"我想修葺一下旧庙,但那块土地已经衰败不适合居住了,我想让度朔君寄居在你那边。"曹操说:"很好。"便修筑了城北的楼房让度朔君住在里面。

过了几天,曹操去打猎,猎得一个怪物,像麂一样大,大脚,颜色白得像雪,皮毛柔软滑爽得可爱,曹操用这皮毛摩擦面孔,真是舒服得没法形容。那天夜里,曹操听见楼上有人哭着说:"小孩出行还不回来。"曹操拍着手说:"这家伙说这种话,真该他衰败了。"

次日早晨,他就带来了几百只狗,包围了这座楼。狗发现了气味,便里里外外冲击搏斗,只见有一个怪物,大小像驴子,自己跳到楼下,狗们就扑上去把它咬死了,庙里的神灵从此就消失了。

9 竹中长人

临川郡人陈臣家很富裕。汉安帝永初元年(107),陈臣在屋中坐看他宅里有一片筋竹林,大白天的忽然看见一个人,一丈多高,面貌似神像那样凶狠可怕,从竹林中出来。他径直走来,告诉陈臣说:"我在家里多年,你不知道有我。现在我向你告辞离去,要让你知道我。"他离开一个月左右时间,陈家发生大火灾,奴仆婢女当场被烧死。一年之内,陈臣家境便很贫寒了。

10 釜中白头公

东莱郡有户人家,姓陈,全家有一百多口人。早晨做饭,锅里的水总也烧不开,揭起甑子来看时,忽然有一个白头公公,从锅里出来。他便去找巫师占卜。卜辞说:"这是个大怪物,会灭你全家。你马上回去,大量制作器械。器械做成后,把它放在门内的墙壁下面,紧闭大门,全家守在家里。有车马仪仗来敲门时,千万不要答应。"

于是,他回到家里,聚集人力砍伐得一百多件器械,放在门内屋子下面。果然有人来了,呼唤开门。无人答应。主帅大怒,命令翻门进入。随从人员窥视门内,见有大大小小的器械一百多件。出门回去报告这种情况。主帅非常惊恐,对左右的人说:"教你们快来,你们不快来,结果没抓到一个人去抵挡,怎能免除罪过呢?从这里北走八十里友右,有一个一百零三口的人家,抓来抵挡吧。"

十天后,那一家人全都死光了。据说那家也姓陈。

11　小儿与鸟

晋惠帝永康元年(300),京师捕得一只奇特的鸟,没人知道鸟的名字。赵王司马伦让人把鸟拿出去,在城里四处转悠,询问人们。当天,宫廷西边有一个小孩看见鸟,便自言自语说:"服留鸟。"拿鸟的人回去报告司马伦。

司马伦叫他再去找小孩,又看见了那孩子,就把他带进宫里,用密笼关起鸟,又把小孩关在屋中。第二天去看,孩子和鸟都不见了。

12　南康甘子

南康郡南边东望山,有三个人进入山中,看见山顶上有果树。各种果树都有种植,行列整整齐齐,像人排的队列。甘子正好成熟,三个人一块儿吃了个饱,又将两颗揣在怀中,想拿出去让人看。听到空中有人说:"赶快放下两颗甘子,就听任你们离去。"

13　蛇入人脑

秦瞻住在曲阿县彭皇野,忽然有一个怪物像蛇一样钻进他的脑袋里。蛇来时,先闻闻气味,便从鼻子里钻进去,盘在他的头脑中。他觉得头乱哄哄的,只听见蛇在脑中吃东西的唼唼声,几天以后蛇才出去。不久又再来,即便他拿手巾蒙住鼻子和嘴巴,也会被蛇钻进去。多年来,秦瞻没生过别的病,只是感觉头很沉。

卷十八

1 灶下呼声

魏明帝景初年间（237—239），咸阳县吏王臣家有怪物，无故会听到拍手互相招呼的声音，查看还看不见什么东西。他母亲晚上做事累了，靠在枕头上休息，一会儿，又听见炉灶下有招呼声说："文约，为什么不来？"头下的枕头回答说："我被枕住了，不能过去。你过来和我一起吃饭吧。"

到第二天，一看枕头下面，原来是饭铲儿。立即把它们放在一起烧掉了，怪物也就没有了。

2 细　腰

魏郡人张奋，家里原来非常富裕，忽然衰败下来，财产散失，便把宅子卖给程应。程应搬进去居住，全家人都生病了，又转卖给邻居何文。

何文首先独自带上大刀，傍晚走进北堂，爬上屋梁。到三更将尽，忽然有一个人，身高一丈多，戴着高帽，穿着黄衣，上堂来呼唤道："细腰。"细腰答应了，他问："屋子里怎么有活人气味啊？"细腰答道："没有活人。"黄衣人便离开了。

一会儿，又出现了一个戴高帽穿青衣的人；接着又出现了一个戴高帽、穿白衣的人。来堂中跟细腰问答，和前边一样。

到天快亮时，何文从屋梁上下到堂中，照老方法呼唤细腰，问道："穿黄衣的是谁？"答道："是黄金，在堂屋西边的墙壁下。""穿青衣的是谁？"答道："是青钱。在堂屋前边井旁五步远的地方。""穿白衣的是谁？"答道："是白银。在墙壁东北角的柱子下边。""那你是谁？"答道："我，是木杵。现在在灶台下。"

天亮以后，何文依次挖掘，得到黄金、白银五百斤，青钱千万贯。又把木杵找来烧了。从此，他暴富了，住宅也清静安宁了。

3 怒牛祠梓树

春秋时，在秦国武都郡故道这地方有一座怒牛祠，祠里长着一棵梓树。秦文公二十七年（公元前739），派人去砍伐这棵树，一砍就刮起大风下起大雨。树被砍的口子随砍随合，砍了一天也没把这树砍倒。秦文公便增派士卒，手拿斧子砍树的达到四十个，还是砍不断。

士卒疲倦回去休息，其中有一个士卒脚受伤，不能行走，躺在树下。他听见鬼对树神说："忙于应战劳累了吧？"那树神说："哪里谈得上劳累？"鬼又说："秦公必定不会罢休，你怎么办？"树神回答说："秦公对我又能怎么样？"鬼又说："秦公如果叫三百人披头散发，用红色丝绢缠绕树干，穿上赤褐色衣服，边撒灰边砍你，你能不疲于应付吗？"树神沉默了。

第二天，伤脚的士兵把所听见的话报告秦文公。秦文公便命令士卒都穿上赤褐色衣服，一边砍树，一边朝砍开的口子撒上灰。树被砍断了，树中有一头青牛出来，跑进丰水中。

后来，青牛又从丰水中出来作怪，秦文公派骑兵追打它，却没能取胜。有一个骑兵跌落地上又爬上战马，发髻脱落后头发散开。青牛害怕他，便逃入水中再不敢出来。所以，秦国从此在骑兵中设置了旄头骑士。

4 树神黄祖

庐江郡龙舒县陆亭河边，有一棵大树，高几十丈，常常有几千只黄鸟在这树上做窝。当时已很长时间没下雨了，老人们在一起议论道："那大树曾经有黄气升腾，或许有神灵，我们可以向它求雨。"他们就带着酒和干肉去求雨了。

陆亭乡中有个寡妇叫李宪,一天夜里,她起床后忽然在房间里看见有个妇女,穿着绣花衣,自称说:"我是树神黄祖,能兴云落雨。因为你本性纯洁,我来帮助你谋生。明天早晨父老乡亲都要来求雨,我已向上帝请求过了,明天中午就会下大雨。"到了次日中午,果然下雨了。

人们就给她建造了祠堂。这树神对李宪说:"各位父老乡亲都在这里。我的住地靠近河流,应该给大家献上一些鲤鱼尝尝。"说罢,就有几十条鲤鱼飞落聚集在祠堂下,在座的人没有一个不惊奇。

像这样过了一年多,树神对李宪说:"将要发生大规模的战争,现在我得告别你走了。"她留给了李宪一个玉环,说:"你拿着这东西,可以躲灾避难。"后来刘表、袁术攻战不休,龙舒县的老百姓都到外地逃难去了,只有李宪所在的村子没遭受战乱。

5 张辽砍树

魏国桂阳太守江夏郡人张辽,字叔高,离开鄢陵县,隐居在家中买了田地。田中有棵大树十多围,枝叶很茂盛,遮住了阳光,几亩地绝收。张辽就派门客去砍掉它。斧子砍了几下,就有六七斗红色的浆汁流了出来。门客惊恐万状,回来报告了张辽。张辽十分生气地说:"树老了,树浆就红了,有什么可大惊小怪的!"便自己穿好衣服去了。门客再砍那棵树,竟然有许多鲜血流出来。张辽就让门客先砍树枝,枝上有一个空地方,只见那里有一个白头老人,大约四五尺高,突然跳出来,直奔张辽,张辽用刀抵挡他。往来搏斗,一共砍掉了四五个老人,都死了。旁边的人都吓得趴在地上,而张辽的神情却仍和悦如常。慢慢地仔细看那些死去的白头老人,既不是人,也不是野兽。大家砍掉了那棵树。这就是所说的"木石的妖怪,夔、魍魉"之类的东西吗?这一年,张辽被提拔为司空辟侍御史、兖州刺史。他以秩禄二千石的高贵地位,探望家乡,祭祀祖先,白天穿着绣花衣,荣耀非凡。乡里全然没有任何妖怪了。

6 树中怪物

吴国先主孙权在位的时候,陆敬叔任建安太守,派人砍伐一棵大樟树。没砍上几斧,树忽然流出血来。树断了,有一个人脸狗身子的怪物从树里跑出来。敬叔说:"它叫'彭侯'"。人们便捉住它,把它煮了吃,味道像狗肉。《白泽图》上说:"树的精怪叫'彭侯',形状像黑狗,没有尾巴,可以烹煮吃。"

7 船 飞

吴国的时候,有一棵梓树树干十分粗大,叶子有一丈多宽,下垂的枝条覆盖了几亩地。吴王伐树造了一只船,叫三十个童男童女拉纤。船自动飞下水中,童男童女都落水淹死了。到现在水中还时常听到歌声和拉船督促前进的号子声。

8 老 狸

董仲舒放下帷幕讲课,有个客人来拜访。董仲舒知道他并非普通的人。客人又说:"要下雨了。"董仲舒和他开玩笑说:"住在巢里的知道刮风,住在洞里的知道下雨。您不是狐狸,就是鼹鼠。"客人就变成了一只老狐狸。

9 张华擒狐魅

张华,字茂先,晋惠帝时(291—305)任司空。当时,燕昭王坟墓前有一只毛色斑驳的狐狸,天长日久,能够变化。它变成一个书生,想去拜访张华。它问燕昭王墓前的华表说:"凭我的才能相貌,能不能去会见张司空呢?"华表说:"你能言善辩,没有什么不能做的,但是张华聪颖博学,你恐怕难于迷惑他。你去必定遭到侮辱，大概会一去不返。这不但要丧失你千年修炼的本体，也会让我深受祸害。"狐狸不听它的话，拿着名帖去拜见张华。

张华见少年人年轻英俊，肤白如玉，神态举止十分优雅，很看重他。便和他讨论文学篇章，分析关于名与实的各种说法，张华从来没有听到过他那样精辟的见解。接着他又评说前朝历史，探究诸子百家的精微，谈论老、庄学说的奥妙，揭示《诗经》中《风》《雅》篇的深意，总结古代圣贤之道，贯通天文地理人事，规诫各派儒学，评论各种礼法，张华全都无辞对答。张华暗自慨叹："天下哪有这样的少年？如果不是鬼魅，就是狐狸。"便打扫坐榻邀他留下，安排人加以防范。这个书生就说："您应当尊重贤士，容纳众人，嘉奖人才而同情能力差的人。怎么能忌恨别人有学问！墨子主张的兼爱，是这样的吗？"说完话，便要求告辞。张华已经派人在门口防守，书生不能出去。过了一会儿，他又对张华说："您门口设置兵士武器，定是对我有怀疑了。我担心天下的人将卷起舌头不说话，有智谋的士人望着你的门不敢走进。很为您惋惜啊。"张华不回答他，而派人防范得更加严密。

这时候，丰城县令雷焕，字孔章，是个知识广博的人，来拜访张华。张华把书生的事告诉他，雷焕说："如果怀疑他，怎么不召唤猎犬来试验他？"张华就叫人唤猎犬来试，那狐狸竟然没有害怕的神色。狐狸说："我才智天纵，你却认为是妖怪，用犬来试我，任凭试验千次万次，难道能够伤害我吗？"张华听了更加愤怒，说："这一定真是妖怪。听说鬼怪忌讳狗，但狗识别的只是几百年的怪物。千年的老精怪，狗不再能识别。只要用千年的枯木燃火照它，就会立刻显现原形。"雷焕说："千年的神木，从哪里能够得到呢？"张华说："世人传说燕昭王墓前的华表木，已经有了千年。"于是派人去砍伐华表。

派去的使者将要走到华表木那儿，忽然有一个穿青衣的小孩从空中降下来，问使者说："您来干什么呀？"使者说："张司空那儿有一个少年来拜访，多才善辩，怀疑他是妖怪，派我来取华表木去照他。"青衣小孩说："老狐狸不明智，不听从我的话，现在灾祸已经波及我,怎么能够逃掉呢!"于是放声哭泣,一下子不见了。

使者便砍伐了那华表木,木里流出血来。把华表木拿回来,燃烧它去照书生,书生现形为斑狐。张华说:"这两个东西不遇上我的话,千年之内都不能擒获。"便烹杀了狐狸。

10　吴兴老狸

晋朝时候,吴兴郡的一个人,有两个男孩。他俩在田间耕作时,曾经看见父亲来责骂、追打他们。儿子把这事告诉给母亲。母亲质问父亲,父亲大吃一惊,知道那是鬼怪,便让儿子砍杀它。鬼怪便寂无声息,不再去田里了。父亲担心儿子被鬼怪迷惑,就去田里看。儿子认为是鬼,便把父亲杀掉埋了。这样,鬼便回来了,变作他父亲的模样,并对他家里人说:"两个儿子已经把妖怪杀了。"傍晚,儿子回来,共同庆贺。这事许多年都没有察觉。

后来,有一个法师来拜访他们家,对两个儿子说:"你们父亲有很重的邪气。"儿子将此话告诉给父亲,父亲大怒。儿子出来,把父亲发怒的事告诉了法师,让他赶快离去。法师便口念咒语走进室内,那父亲立即变成一只老狐狸,钻到床下。人们抓住它,把它杀了。两个儿子这时才知道,以前杀死的是他们生身父亲。全家重新治丧发葬。一个儿子自杀了,一个儿子气愤懊悔,也死了。

11　断尾巴狐狸

句容县麋村农民黄审,在田里耕种。有一个妇人到田里来,由土埂上走过,从东边刚刚下去又返回来。黄审起初以为是过路人,可是天天这样,黄审便觉得很奇怪。有一天,他问她说:"妇人每次都从哪里来?"妇人迟疑了一下,只笑不说话,然后就走开了。黄审愈发怀疑她,就准备了一把长镰刀。

等候她返回来时,黄审他不敢砍那妇人,只砍了跟随她的婢女。妇人变成了狐狸,逃走了。看那婢女,竟是狐狸的尾巴。黄审去追赶狐狸，没有追上。后来有人看见这条狐狸出入坑洞，就去挖掘，得到一条没有尾巴的狐狸。

12　刘伯祖狸神

博陵郡的刘伯祖任河东太守，他住室的天花板上有个神灵，会说话，常常招呼刘伯祖跟他聊天。每当京师有诏书文诰下达的消息时，就预先告诉给伯祖。伯祖问他吃些什么东西，他说想得到些羊肝。伯祖就买来羊肝，在面前切碎，肉块随着刀一切下就不见了，两副羊肝吃完了。忽然有一只老狐狸，迷迷糊糊出现在桌子前边。持刀的人想举刀砍它，伯祖呵止了他。狐狸爬上天花板，一会儿大笑道："刚才吃羊肝，吃醉了，显了形，与您相见，非常惭愧。"

后来，伯祖出任司隶前，神灵再次预告伯祖说："某月某日，诏书就要到了。"到时候，果然像他说的一样。等到伯祖进入司隶府，神灵跟随着到了府中的天花板上，总是谈起宫禁以内的事。伯祖非常害怕，对神灵说："现在我的职责是纠察百官。如果皇帝左右的显贵之人，听说神灵在我这里，你就是害了我。"神灵答道："确实像您所忧虑的，我该离开您了。"从此便再无踪影了。

13　山魅阿紫

东汉建安年间（196—219），沛国郡人陈羡任西海都尉。他的部下王灵孝无故逃跑了，陈羡把他抓回来后一直想杀死他。过不久，王灵孝又逃走了。陈羡长时间不见他回来，便拘禁他的妻子，他妻子将实情报告。陈羡说："这一定是鬼魅带去了，应当寻找他。"

于是，他率领步兵骑兵几十人，带着猎犬，在城外四处搜索寻找。果然看见王灵孝在一座空坟墓里。听到人和猎犬的声音，鬼怪就藏起来了。陈羡派人扶着王灵孝回来。王灵孝的样子很像狐狸，一点也不再跟人相交流，只是哭着呼喊"阿紫"。阿紫，是狐狸的名字。十多天后，王灵孝才渐渐醒悟过来。他说："狐狸开始来的时候,在屋角落鸡栖息的地方,变成漂亮的妇人模样,自称叫'阿紫',招引我去。像这样不止一次。忽然有一天,我就随她去了,她便做妻子,傍晚就和她一起回到她家。遇到狗我才醒过来。"说那时快乐无比。

道士说:"这就是山魅。"《名山记》说:"狐狸,是上古的淫妇变的。她名叫'阿紫',变成狐狸,所以狐狸精怪常自称'阿紫'。"

14　宋大贤杀鬼

南阳郡西郊有一座亭馆,人不能在里面留宿,只要在里面住宿,一定遭殃。城里人宋大贤,以正统的社会准则立身处世,他曾经在这亭楼上住宿,夜里坐着弹琴,也没准备好什么兵器。到半夜时分,忽然来了一个鬼,它爬上楼梯和宋大贤谈话,直瞪着眼睛,露着那长短不齐的牙齿,面貌狰狞可怕。宋大贤还是像原来那样弹着琴,鬼便走了。一会儿,鬼在街市上拿了一个死人头,回来对宋大贤说:"你是否可以稍微睡一下呢?"顺手把死人的头扔在宋大贤的跟前。宋大贤说:"很好!我晚上睡觉没有枕头,正想找这么个东西呢!"鬼又走了,过了很久才回来,对宋大贤说:"我们是否可以一起来赤手空拳搏斗一下呢?"宋大贤说:"好!"话还没有说完,鬼已经站在宋大贤的面前了,宋大贤便迎上去抓住它的腰。鬼只是急迫地连声说"死"。宋大贤就把它杀了。天亮以后去看,原来是只老狐狸。从此以后,这亭楼里再也没有妖怪了。

15　郅伯夷击狐

北部督邮西平郡人郅伯夷,年纪在三十岁左右,很有才智决断,是长沙太守郅君章的孙子。晡时前后,他来到一座亭馆,便命令开路的差役先进亭留宿。录事掾禀告说:"现在时间还早,可以赶到前面的亭馆去住。"郅伯夷说:"我现在想写公文。"于是就留下来了。

这亭馆的小吏非常恐惧,说他们应该离开这儿。郅伯夷却传令说:"督邮想到楼上观望,快一点去打扫!"一会儿,郗伯夷便上了楼。天还没有黑,楼梯下却点上了灯火。郗伯夷命令说:"我在思考道家学说,不宜见火,请把它灭掉!"亭吏知道一定会有突变的事故发生,到时候该用灯去照看,所以只是把灯暂且藏在壶中。

天色已经黑了,郗伯夷穿戴整齐后坐着,念诵《六甲》《孝经》和《易经》等,念完就睡了。过了一会儿,他又把头转到东边去睡,用大巾包在两脚上,再用头巾、帽子戴在它上面,并偷偷地拔出了宝剑,解开了衣带。夜深了,有个乌黑的东西四五尺长,逐渐升高,跑到楼上后,便扑向郗伯夷。郗伯夷拿起被子罩它,他两脚光光的,从头巾中挣脱出来,差一点被那精怪抓了去。他反复用剑和衣带打精怪的脚,并喊楼下的人把火拿上来。光照下一看,只见一只老狐狸浑身通红,身上一根毛也没有。于是便拿到楼下去把它烧死了。

第二天彻底清理这楼房,发现许多被狐狸精剪下来的人的发髻,足有一百多个。此后,这亭楼里的精怪就没有了。

16　白发书生

吴地有一名书生,满头白发,自称胡博士,给学生讲经学。这天,他忽然就不见了。九月初九那天,几个士人相邀登山游览,听见讲学的声音,某士人让仆童去寻找。找到了一座空坟,里面有一群狐狸排列着,看见人就都跑了,仅有一只老狐狸没有离开,他就是那个白发书生。

17　谢　鲲

陈郡谢鲲,生病辞去了职务,为避祸而迁居到豫章郡。他曾经路过一座空亭,在里面过夜。这个亭里以前经常发生妖魅杀人的事。下半夜四更天,有一个穿黄衣服的人,呼叫谢鲲的字说:"幼舆,你把门开开。"谢鲲处之泰然,毫无惧色,叫黄衣人把手臂从窗口伸进来。黄衣人把手腕伸了进来后,谢鲲抓住它,拼命朝里拉扯,结果那条手臂被拉断了,黄衣人逃走了。

第二天一看,拉断的手臂原来是一条鹿的前腿。谢鲲沿着血迹去找,抓到了那头鹿。从这以后,这座亭就不再有妖怪了。

18 金铃美女

晋朝有一个读书人,姓王,家在吴郡。有次他回家来到曲阿县,当时天色已晚,便把船拉上岸靠在土坝边上。看见土坝上有一个女子,年龄有十七八岁,就招呼她来过夜。到天亮时,他解下一个金铃绑在她的胳膊上,派人跟踪到她家里。哪知这家中根本没有女人,那人便随着铃声走近猪圈,只见一只母猪的前腿上系着一只金铃。

19 高山君

汉代时,齐地人梁文喜欢道教,他家里设置有神祠。修建了三四间房屋,神座上放有青色帐幔,神像经常罩在里面,一直这样过了十多年。后来因为祭祀之事去神祠,帐幔中忽然有人说起话来,自称是"高山君"。高山君很能吃东西,给人治病有灵验。梁文供奉侍候它很是恭敬。

过了几年,梁文被允许进入帐幔里。高山君喝醉了,梁文便请求瞻仰尊容。高山君对梁文说:"伸手过来。"梁文伸手过去,被允许摸他的下巴,摸到胡须很长。梁文渐渐把他的胡须绕在手上,猛地一拉,就听见他发出羊的叫声。在座的人都吃惊地站起来,帮助梁文把它拉拽出来,竟是袁术家的一只羊。这羊丢了七八年,一直不知道在什么地方。杀了这只羊,神怪便绝迹了。

20 狗之合

北平郡田琰,在母丧期间,常常住在守墓的草庐里。快一周年时,忽然在夜晚进入妻子的卧室。妻子暗暗地奇怪,说:"您在守丧期内,怎能这样啊?"田琰不听劝告只要同床。

后来,田琰临时回家一趟,不跟妻子说话,妻子奇怪他不说话,并拿以前的事来责备他。田琰知道是鬼魅作怪。到了晚上始终不睡觉,把丧服挂在庐舍上。一会儿,只见一条白狗,来衔走丧服,随即变成一个人,穿上丧服就进了家口。田琰随后追赶它,看见白狗要上妻子的床,便打死了它。妻子也因此事羞愧而死。

21　狗醉现形

司空来季德是南阳郡人,死后,殓棺停丧三年在家待葬时,有一天他忽然显形,坐在祭床上,容颜、服饰、声音,都是熟悉的那样。他对孙儿媳妇,依次教训告诫,做事有条理,鞭打奴婢时,惩治要和他们的过错相当等等。吃喝完了,便告辞离去。一家老小都不再悲哀。就这样过了好几年,家里越来越厌烦。后来,有一次他饮酒过多,醉后露出原形,原来是一条老狗。家里人一起动手把它打死了。家人去寻查这条狗,就是邻里卖酒家的狗。

22　白衣吏

山阳郡人王瑚,字孟琏,任东海郡兰陵县尉。半夜时,总有一位头戴黑巾、身穿白单衣的官吏,到县府来叩打官署侧门,门人开门来迎,他却忽然不见了。像这样有好几年。后来,人们窥察他时,看见一只老狗,黑头白身子好像那个人,到官署侧门时便变成了人。人们将此事报告给孟琏。孟琏杀了那只老狗,妖怪才绝迹了。

23　见怪不怪

桂阳太守李叔坚,曾担任从事。他家里有一条狗,能像人一样站立着行走,家里的人说该杀死它。李叔坚说:"犬马常用来比喻君子。狗见人站立行走,仿效人,有什么关系呢?"不久,狗戴着李叔坚的帽子跑，家里人非常吃惊。李叔坚说："它误碰帽子，帽带子挂在它头上罢了"。狗又在灶前积蓄火种，家里人更加惶惧不安。李叔坚说："儿子婢女都在田里干活，狗帮助积蓄火种保留，恰好可以不再麻烦乡邻，这有什么坏处？"

过了几天，狗突然自己死亡，李家始终没有丝毫灾异发生。

24 雨中妇人

吴郡无锡县的上湖有一条大堤。管堤的小吏叫丁初，每次下大雨，总是去巡视堤岸。这一年春天，刚下过大雨，他就出去巡视湖堤。傍晚的时候回家，他回头看见有一个妇女，全身上下都穿着青色的衣服，撑着青色的伞，在后边追着叫喊："丁长官等等我。"

丁初当时很迟疑，心里想留步等她，但又起疑："本来从没看见有人，现在忽然有个女人冒着阴雨天气赶路。恐怕是精怪啊。"丁初便加快了脚步，回头看看那女人，追他也追得很急。丁初便更急匆匆快步逃跑，走着走着和那女人的距离拉开了，回头看那女人，竟自己跳进湖中，扑通一声，浪花四溅，衣服和伞都飞散开来。仔细一看，原来是只青色的大水獭，那衣服和伞都是荷叶。这水獭曾变成人形，多次用美色迷惑年轻人。

25 不应鼠语

魏齐王曹芳正始年间（240—249），中山国人氏王周南任襄邑县县长。一天，忽然有只老鼠从洞中爬出来，在厅堂上对王周南说："周南，你在某月某日要死去。"王周南急忙赶上前去，没有搭腔，老鼠便回到洞中去了。后来，到了王周南要死的那一天，老鼠又出来了，还戴着帽子、头巾，穿着黑衣服，对王周南说："周南，你中午要死了。"王周南还是不搭腔。老鼠又进洞去了。一会儿它又出来，出来了又进洞，转了几个来回，讲了几次和前面相同的话。

这时正好到了中午，老鼠又说："周南，你老不搭腔，我还说什么啊?"说完,便倒在地上死了,它的衣帽也随即消失了。走近看它,和一般老鼠没有什么不同。

26　亭楼三怪

安阳县城南有一座亭楼,晚上不能住人,住人就被杀死。一个书生懂得术数,路过这里在亭楼住下。亭楼附近的百姓说:"这里不能留宿,此前在这里住宿的,没有活着的。"书生说:"我不怕,我自会消解。"于是他就住在客房里,端端正正地坐着读书,很晚才休息。

半夜以后,有一个人,穿着黑色单衣,走到门外,呼唤亭主,亭主答应。"你看见亭中有人吗?"亭主回答说:"刚才有一个书生,在这里读书。刚刚休息,好像还没睡。"那人轻轻地叹息着走了。过了一会儿,又有一人,戴着红色头巾,呼唤亭主,双方的问答与先前一样,那人又叹息着离开了。他们走了以后,亭楼寂静无声。

书生知道不会再来人了,就起身到刚才发出呼唤之声的地方,效仿着呼唤亭主。亭主也答应了。他也问:"亭中有人吗?"亭主回答如先前一样。他又问:"刚才那穿黑衣服的来人是谁?"亭主回答说:"是北屋的母猪。"他再问:"戴红头巾的来人是谁?"亭主回答说:"西屋的老公鸡。"书生问:"你是谁呢?"亭主回答说:"我是老蝎子。"于是书生便悄悄地读书直到天亮,不敢睡觉了。

天亮以后,亭楼附近的百姓来此观看,惊讶地叫道:"你怎么能独自活过来呢?"书生说:"赶快拿剑来,我和你们去捉鬼魅。"他便握着剑到昨夜应话的地方,果然捉到了老蝎子,有琵琶那么大,毒刺有好几尺长。从西屋找到了老公鸡,北屋抓到了老母猪。把它们三个都杀了,亭楼的危害就没有了,永远不再有灾祸了。

27　汤　应

吴国的时候,庐陵郡的都亭套房里面,常常有鬼魅出现,在里面过夜的人往往会死去。这以后出公差的官吏,没有人敢到亭里去留宿。

当时有个丹阳人叫汤应的,胆大有武艺,出差到庐陵,就留在都亭过夜。都亭的管理人员告诉他不能住,汤应不听。他把随从人员留在门外,只拿一把大刀,独自住在亭中。

到三更将尽,忽然听得有敲边门的声音。汤应远远地问:"是谁?"回答说:"我是郡吏,前来相见。"汤应叫他进来,说了几句话就走了。过了一会儿,又有敲边门的,汤应问:"是谁?"回答说:"我是太守,前来相见。"汤应又叫他进来,只见他身穿黑衣。黑衣人走了以后,汤应以为是人,一点也不疑心。

没多久,又有敲边门的,说:"郡吏和太守前来拜访。"汤应这才起了疑心想:"这半夜三更的,不是拜客的时间。况且郡吏和太守也不该一起来。"他心知是鬼魅,就手握大刀迎接他们。只见两个人衣服穿得都很华丽,一起进来。坐下以后,那自称太守的便与汤应交谈。谈到一半,那个郡吏忽然起身走到汤应背后,汤应回头看了一眼,用刀倒劈,劈中了。那太守离座奔出,汤应急忙追赶,到亭后墙下追到了,猛砍几刀,这才回屋躺下。

到天亮以后,汤应带着人沿着血迹去找寻,都抓到了。自称太守的,是一头老猪。自称郡吏的,是一只老野猫。从此以后,都亭的妖怪就绝迹了。

卷十九

1 李寄斩蛇

在东越国的闽中郡,有一座山,叫庸岭,山高几十里。山的西北石洞里,有一条大蛇,有七八丈长,十多围粗,当地百姓都害怕它。东冶都尉和属城长吏,因为总发生人被咬死的事件,便用牛羊祭祀它,免于受灾。它有时给人托梦,有时告诉巫祝让人知道,它要吃十二三岁的童女。都尉长官都为此而焦虑不安,可是瘟疫灾难没有停息。大家只好拿人家婢女生的孩子,还有犯罪人家的女儿去养它。到了八月初一祭祀的日子,把这些女孩送到蛇洞口。大蛇就出来,吞吃她们。一连几年都是这样,已经用了九个女孩。这一年又预先招募寻找,还没找到合适的女孩。

将乐县李诞家,有六个女孩,没有男孩。小女儿叫李寄,要去应募,父母不同意。李寄说:"父母没有福相,生了六个女孩,没有一个儿子,虽然有孩子也同没有一样。女儿既没有缇萦救父的本事,又不能供养父母,只是白白地浪费衣服和饮食,活着没有什么用处,不如早点死去。卖了我,多多少少可以换一点儿钱来供养父母,这不是很好吗?"父母疼爱女儿,始终不同意她去。

李寄自己偷偷走了,父母无法拦住她。李寄便请求得到一把好剑和一只能斗蛇的犬。

到了八月初一那天,李寄来到庙中祭座上。她怀里抱着剑,牵着犬。先把几石米做的糍团用蜂蜜和炒麦粉拌好,放在蛇洞口。蛇出来了。蛇头像谷仓那样粗,眼睛像两尺大镜子。蛇闻到糍团的香气,先去吞吃。李寄便放开犬,犬就去咬蛇。李寄在蛇身后连砍数剑。蛇因为伤口疼得厉害,便全身窜出来,爬到庭院就死了。

李寄走进蛇洞,看到九个女孩的头骨,她举着它们出来,叹息地说:"你们这些人胆小懦弱,被蛇吞吃,实在是悲哀呀!"随后,李寄迈着轻松的脚步走回家去。

越王听说了这件事，便娶李寄为王后，任命她的父亲为将乐县令，她的母亲和姐姐都获得了赏赐。

从此以后，东冶一带再也没有妖邪之类的怪物了。称赞李寄的歌谣至今仍然流传着。

2　司徒府蛇怪

晋武帝咸宁年间（275—279），魏舒任司徒。司徒府中有两条大蛇，长十多丈，藏在厅堂的房梁上。在那里已经待了好几年，人都不知道，只是奇怪府中多次丢失小孩子和鸡狗之类的动物。

后来，有一条蛇夜晚出来，经过房柱侧旁的时候，被刀割伤，无法爬上房梁，这才被人们发现。魏舒就派几百徒众来打蛇，围攻了好一阵子，才杀死了这两条蛇。察看大蛇藏匿的地方，屋宇之间塞满了骨骸。于是就拆毁了司徒府的房屋，另行建造。

3　两蛇翁

汉武帝时（公元前140—前87），张宽任扬州刺史。此前有两个老头争夺山地，到州里打地界官司，一连几年不能结案。张宽到任，两个老头又来打官司。张宽打量两个老头的样貌不是人，命令役卒拿着木棍矛戟把老头带进来，问："你们是什么妖怪？"两个老头转头就跑，张宽喝令追打，他们变成了两条蛇。

4　鼍 妇

荥阳县人张福，撑着船回家时停泊在野外的河边。夜里有一个女子，容貌很漂亮，独自划着小船来投靠张福，说："天黑了我怕老虎，所以不敢在夜里赶路。"张福说："你姓什么？怎么作出这样轻率的举动？你没有蓑笠还在雨中行船，请到我的船里躲躲雨吧。"于是两人互相嬉戏了一番,那女子便来到张福的船里睡觉,并把她乘坐的小船系在张福的船边。三更左右,雨停了,月光照来,张福细看那女子,竟是一条大鳄鱼,把头枕在胳膊上躺着。张福惊恐地爬起来,想捉住它,它急忙逃进水里。拴在张福船边上的那只小船,只是一截枯木,长一丈多。

5 丹阳道士

丹阳郡道士谢非,去石头城买炼丹的锅。回来时,天色已晚,来不及赶到家,看见山中有座庙宇坐落在溪水边,便到里面留宿。他大声喊道:"我是天帝的使者,要在这里住宿。"他还怕别人抢夺他的锅,心里一直惶惶不安。

二更时分,有人来到庙门叫道:"何铜。"何铜在里面答应了一声。外面的人说:"庙里有人的气味,是谁?"何铜说:"的确有一个人,他说自己是天帝的使者。"一会儿那人便回去了。过了片刻,又有人来叫何铜,就像刚才一样问何铜。何铜也像刚才那样回答,那人也叹息着走了。谢非受到惊扰后睡不着,就起了床,也叫了声何铜,然后问他:"刚才来的是谁?"何铜回答说:"是溪水边洞穴中的白鳄鱼。"谢非又问:"你是什么东西?"何铜回答说:"是庙北岩缝中的乌龟。"谢非都暗暗记在心里。

天亮后,他便告诉居住在附近的人们,说:"这庙里没有神灵,只是乌龟、鳄鱼之类,你们还白白花费酒食祭祀它们。赶快拿铁锹来,我们一起去除掉它们。"

大家也有点怀疑这庙里的神灵了,就一起去挖掘,把乌龟和鳄鱼都杀死了。然后捣毁了庙宇,祭祀,从此以后就安宁平静了。

6 孔子议鲩鱼

孔子周游被困在陈国,在旅舍中弹琴唱歌。夜里有一个人,有九尺多高,穿着黑色衣服戴着高高的帽子,大声呼呵,声音吵醒了周围的人。子贡进来,问:"什么人?"那人便提起子贡把他挟起来。子路把他引出去,在庭院里和他搏斗,斗了好一会儿,还没取胜。

孔子在一旁观察那人,发现那人甲衣和腮之间,时时像手掌一样张开。孔子说:"为什么不把手伸进他的甲衣和腮之间,抓住他用力向上拉?"子路捉住他,手伸进腮里,那人就倒在地上,竟是一条大鳀鱼,有九尺多长。

孔子说:"这个东西,为什么来这里呢?我听说:动物老了就会有各种精灵来附体,在人衰老颓丧之际会来到。这次它来,不正是我遇到困难断绝了粮食,跟从我的人得病了吗?六畜这些东西,以及龟、蛇、鱼、鳖、草、木之类,时间久了神都会来依傍,能变成妖怪,所以称之为'五酉'。五酉,东南西北中五方都有这种怪物。酉,是老的意思。动物老了就成妖怪了,杀了它就完事了,有什么可忧虑的呢?或许是天下还没有丧失礼乐教化,用这个东西来维系我的生命吧?否则,为什么它要到这里来呢?"他弹琴唱歌仍不停息。

子路烹食了鳀鱼,味道鲜美,病人吃了也壮实起来。第二天,他们就出发了。

7 鼠 妇

豫章郡有户人家,婢女在灶房劳作时,忽然有几寸长的小人到灶房的墙边来,婢女不小心踩了一脚,踩死了一个。一转眼,就有几百个小人,穿着吊孝的麻衣,抬着棺材来迎丧,一切办丧事的仪仗都齐备。

一行人出了东门,到园中一条翻扣着的船下。走近去看,都是一种俗称"鼠妇"的甲壳虫。婢女烧了开水去浇,都烫死了,那种小人也就绝迹了。

8 酒醉千日

狄希，是中山国人。他会酿造一种"千日酒"，喝了这酒会醉上千天。当时，州里有个姓刘的人，名玄石，喜欢喝酒，便去狄希那儿讨酒喝。狄希说："我的酒发酵了，但药性还没有稳定，不敢给您喝。"刘玄石说："就是还没有熟，姑且先给我一杯，可以吗？"狄希听了这话，不免给他喝了。他喝完后又要求说："妙啊！请再给我一杯。"狄希说："你暂且回去吧，请改日再来。就这一杯，已经可以让你睡上一千天了。"刘玄石只得告别，脸上的神情开始起变化了。

他到家以后，便醉得死了过去。家里人没有怀疑他的死，所以哭着把他埋葬了。

过了三年，狄希寻思道："刘玄石的酒一定醒了，应该去问候他。"不久他就去刘家，问道："玄石在家吗？"刘家的人都对这问话感到奇怪，便说："玄石死了以后，丧服都因三年满期而卸除了。"狄希惊讶地说："那酒美极了，以至让他醉睡一千天，今天理当醒了。"于是他就叫刘家的人去挖坟开棺看看。

只见坟上汗气冲天，狄希就叫人挖开坟。正好看见刘玄石睁开眼睛，张开嘴巴，拖长了声音在说："醉得我好痛快啊！"他便问狄希说："你搞了什么东西，让我喝了一杯就酩酊大醉，到今天才醒？太阳多高了？"

坟边的人都笑他，却不小心被他的酒气冲入鼻中，结果也都醉睡了三个月。

9 陈仲举相命

陈仲举贫贱时候，常在黄申家住宿。黄申的妻子刚刚生孩子，有人来敲他家的门，家里的人都不知道。很久，才听见屋里有人说："客房里有人，不能进去。"敲门的人告诉他说："现在要从后门进去。"那个人就进去了。

过一会儿回来，留下的人问他："是什么样的？名叫什么？应该给几岁？"去的人说："是男的，名叫'奴'。应该给十五岁。""以后将因何而死？"回答说："会因利器而亡。"

陈仲举告诉黄申家说："我会相面。这个儿子会因利器而亡。"他父母很震惊，连小刀都不让儿子拿在手里。到了十五岁，家中有一把凿子放在屋梁上，凿的柄露出来。黄奴以为是木棍，从下面用东西去钩它，凿子从梁上掉下来，正巧插进脑袋里，他当场就死了。

后来陈仲举任豫章太守，特意派官吏到黄申家去赠送东西，并且询问黄奴在哪里。黄家把情况告诉他，陈仲举听了，叹息道："这就是人们所说的命呀。"

卷二十

1　病龙降雨

晋代魏郡久旱不雨，农夫到龙洞里去求雨，天果真降下雨来，正要祭祀酬谢龙恩。孙登知道了，说："这是生病的龙下的雨，怎么能拯救庄稼呢？如果不信，请你闻闻雨的味道。"雨味果然腥臭。

龙当时背上长了大痈疽，听到孙登的话，变成一个老翁，请求为他治疗，说："如果病治好了，一定会报答你。"

不几天，果然下起了大雨。只见大石头中间裂开现出一口井，井水十分清澈。大概是龙凿穿了这口井来作为报答吧。

2　为虎接生

苏易，是庐陵郡的一个妇人，擅长接生。一天夜晚，她忽然被老虎掳走。走了六七里，来到一个大墓穴，老虎将苏易放在地上，自己就在一旁蹲守。

苏易看见有只母老虎要生仔，生不下来，趴在地上快要死去了，总是抬头看着她。苏易恍然大悟，于是便帮老虎接生。老虎生出来三个虎仔。接生完了，那只老虎驮起苏易将她送回了家。还多次把野味送到她家门里。

3　衔珠报恩

哙参这个人，奉养母亲非常孝顺。曾经有一只黑鹤，被射鸟的人射中，飞不动了，来投靠哙参。哙参收养它，治疗它的箭伤。鹤痊愈后，就放它走了。

后来，黑鹤夜里飞到哙参家门外，哙参拿着灯烛去看它，只见雌鹤雄鹤双双来到,双鹤各衔一颗明珠,用来报答哙参。

4 黄衣童子

汉朝的时候,弘农郡人杨宝,九岁时到华阴山北边,看见一只黄雀,被鸱鸮击伤,掉在树下,被蝼蛄蚂蚁等小动物围困了。杨宝看见了,十分怜悯它,就把它带回家,放在装头巾的小箱子里,用菊花喂它。

一百多天后,黄雀的羽毛长好了,它就早上飞出去傍晚飞回来。有一夜三更时分,杨宝读书还没有睡,忽然有一个穿着黄衣服的儿童向杨宝拜了两次说:"我是西王母的使者,出使到蓬莱仙岛去,不小心被鸱鸮击伤。您十分仁慈,救了我,我实在感激您的大恩大德。"他便拿出四只白色的玉环送给了杨宝,对杨宝说:"保佑您的子孙品德洁净,官至三公,就像这玉环那样既洁白又高贵。"

5 隋侯珠

隋县溠水旁边,有座断蛇丘。春秋时,隋侯出去游玩,在这儿看见一条大蛇,被砍成两段。隋侯怀疑这条蛇是神灵,就派人用药把它接上包好,蛇就能爬行了。因此人们把那个地方称作"断蛇丘"。

过了一年多,那蛇衔着明珠来报答隋侯。珠的直径超过一寸,洁白无瑕,夜里发光,就像月亮的照射,可以用来作室内照明。所以,人们把它称为"隋侯珠",也叫作"灵蛇珠",又叫作"明月珠"。断蛇丘的南边有隋国季梁大夫的水池。

6 孔愉升迁

孔愉,字敬康,会稽山阴人。晋元帝时(317—322),因征讨华轶有功封为侯。孔愉小时候,曾经路过余不亭,看见有人把乌龟装在笼子里在路上卖,孔愉便买下来,把乌龟放生到余不溪里。龟在溪中央,向后回头看他多次。

后来,孔愉因功被封为余不亭侯。铸印章时龟形印鼻总是向后回顾的样子,三次改铸都是原来的样子。印工把这事告诉了孔愉。孔愉才明白那是龟为了报答他,于是他就拿来印章佩带上。后来他官职连续升迁,一直做到尚书左仆射,死后追封为车骑将军。

7　石龟目赤

古巢城,有一天江水暴涨,后来,水又退到原来的河道。有一条大鱼,搁浅在港口,足有一万斤重,过了三天才死了。整个郡的人个个吃了鱼肉,只有一个老婆子没吃。

忽然有个老头来,对老婆子说:"那条大鱼,是我的儿子,不幸遭到这场灾祸。只有你不吃它的肉,我要重重地报答你。告诉你:如果东门石龟眼睛变红,这座城就要陷入地下了。"老婆子听了这话,就天天到东门去看石龟的眼睛。

有个小孩看见老婆子天天跑来,感到奇怪,就问她看石龟干什么。老婆子把实话告诉了他。那小孩有心想骗骗老婆子,就用朱砂涂在石龟的眼睛上。老婆子跑来了,看见石龟的眼睛变红了,马上出城。有个青衣童子迎接她说:"我是龙的儿子。"就引老婆子上了山,而古巢城就陷入地下,变成了一个湖。

8　救蚁得报

吴郡富阳县的董昭之,曾经乘船过钱塘江,在江中看见一只蚂蚁,附着在一根很短的芦苇上,跑到一头便又转身,再向另一头跑,十分惊慌忙乱。董昭之说:"这是怕死啊!"便想把蚂蚁捞起来放在船上。船中的人骂道:"这是咬人的毒虫,不可以让它活下去。我要踩死它!"董昭之心里很怜悯这只蚂蚁,便用绳子把那芦苇缚在船上。船到了岸边,蚂蚁才得爬出江。

那天夜里，董昭之梦见一个人穿着黑衣服，带着一百把人来致谢，说："我是蚂蚁中的大王，不小心掉进了江中，幸亏您救活了我。您以后如果碰上危难，就该告诉我。"

过了十多年，当时董昭之住地附近发生了抢劫，他被指控为抢劫案的首犯，被抓去关在余杭县的牢房里。董昭之忽然想起蚁王的托梦："蚁王说遇到危急要告诉它，但现在到哪儿去告诉它呢？"

正在寻思的时候，和他一起被囚禁的人问他犯了什么事，董昭之详细地把实情说了。那人说："你只要捉两三只蚂蚁放在手掌里，告诉它们就行了。"董昭之照他的话办了。夜里，果然梦见穿黑服的人说："您可以赶快投奔到余杭山中。天下已经乱了，大赦的命令，不久就会发布。"

这时，董昭之便醒了。蚂蚁已经把他的枷锁都咬光了，因而能逃出牢房，渡过钱塘江，投奔到余杭山。不久碰上大赦，他得到了赦免。

9　义犬救主

孙权时，有个李信纯，是襄阳纪南城人。家里养了一条狗，名叫"黑龙"，他特别喜欢吃，居家外出都带着它，吃喝的时候，都要分食物给它。

忽然有一天，他在城外喝酒大醉，来不及回到家，睡在野外草丛中。遇到太守郑瑕出城打猎，见田野的荒草很深，派人放火焚烧。

李信纯睡的地方，恰恰顺着风的方向。狗见火烧过来，便用嘴巴扯李信纯的衣服，李信纯也还是不动。他睡的地方旁边有一条小溪，相距三五十步远，狗立即奔往那里，跳进水里弄湿身子，又跑到主人睡的地方，来回用身上的水洒在周围，使主人得免于大难。狗来回运水困顿疲乏，最后，死在了主人身旁。

一会儿，李信纯醒过来，看见狗已经死了，全身的毛都是湿的，很惊讶这件事。他观察火燃烧的踪迹，明白了原委，因而不停地痛哭。

这件事传到太守那里，太守怜悯这条狗，说："狗的报恩超过了人！人不知报恩的话，怎么比得上狗呢？"随即命令准备棺材衣服把狗埋葬了。如今，纪南有一座"义犬冢"，高十多丈。

10　义犬绝食

晋元帝太兴年间（318—321），吴郡百姓华隆，养了一条跑得很快的狗，叫"的尾"，常常带在身边跟着自己。

华隆后来到江边割荻秆，被大蛇缠绕。那狗奋力咬蛇，蛇被咬死了。华隆僵卧在地上失去了知觉，狗在他身边徘徊、哭泣，跑回船上，又回到草中。华隆的同伴感到很奇怪，随着狗前去，见华隆气闷欲绝，就把他抬回家中。

狗为此不吃食，直到华隆苏醒过来，才开始吃食。华隆更加爱惜这条狗，像看待亲戚一样。

11　庞祖得命

庐陵太守太原人庞企，字子及。他自己说他的远祖不知道是哪一代，因事获罪被押在狱中，但这个远祖并没有犯所判的罪，只是不堪忍受严刑拷打，自己屈招供认。等到罪案将要上报时，有一只蝼蛄在他身边爬行，便对它说："如果你有神灵，能让我免死活过来，不是件好事吗？"远祖于是就投饭给蝼蛄吃。蝼蛄吃完了饭就离开了，过一会儿又回来，形体稍稍增大了，远祖常常觉得奇怪，便又给它饭吃。就这样来来去去，过了几十天，蝼蛄长到小猪那样大。

等到最终判决，要执行刑法时，蝼蛄在夜里把墙壁根挖出了大洞，又弄开了刑具，让远祖跟着它逃了出去。过了很久遇到大赦，远祖得以活命。

于是，庞氏家族世世代代在春夏秋冬四季都要在都城的大道上祭祀蝼蛄。后代渐渐怠慢，不再特意为蝼蛄准备食物，只是把祭祀祖庙所余的祭品拿来祭祀蝼蛄。至今仍然是这样。

12　猿母断肠

临川郡东兴县有一个人进山，捕到一只小猿仔，便把它带回家来了。母猿随后追到他家。这个人把小猿仔绑在院子里的树上，给母猿看。母猿便对着人拍打自己的脸，有哀求的样子，只是口里不能说出罢了。这个人不但没有释放小猿仔，反而把它打死了。母猿悲惨地呼叫，自己撞地而死。

这个人剖开母猿的肚子观看，只见它的肠子一寸一寸地断裂。不到半年，他家遭瘟疫，全家死绝了。

13　虞荡毙命

冯乘县人虞荡夜里去打猎，看见一只"四不像"，用箭射它。"四不像"便说："虞荡，你射死我啦！"第二天早晨，虞荡带着这只"四不像"回到家，马上就死了。

14　三年报仇

吴郡海盐县北乡亭中，有个读书人陈甲，原是下邳县人。晋元帝（317—322）时，他寄居在华亭，曾到亭东野外的大泽中去打猎，忽然看见一条大蛇，长六七丈，形状就像装一百斛（十斗为一斛）谷子的船，黑、黄、红、青、白几种色彩错杂斑斓，躺在山冈下。陈甲就把它射死了，但不敢说出来。

过了三年，他与乡里的人一起去打猎，来到原来发现蛇的地方，便告诉一起来的人，说："过去我在这里射死了一条大蛇。"那天夜里，他便梦见一个人，穿着黑色的衣服，戴着黑色的头巾，来到他的家里，责问他说："我过去醉酒的时候，你无故杀了我。我那时是醉了，不认识你的面孔，所以一直过了三年还不知道是你。今天你是找死来了。"那人马上惊醒了，第二天，他就因腹痛而死了。

15 陷 湖

邛都县内有一个老太太,家境贫穷,孤独无依,每到吃饭的时候,总是有一条小蛇,头上长着角,出现在床边,老太太心疼它就给它吃东西。后来这条小蛇渐渐长大,慢慢地有一丈多长了。邛都县令有一匹骏马,这条蛇竟吞食了它。县令因而暴怒,责令老太太交出大蛇。老太太说:"蛇在床下。"县令即令挖地,洞越挖越深,越挖越大,却什么也没有发现。县令又迁怒到老太太身上,把她杀了。这条蛇便把自己的灵魂感应到凡人的身上,对县令说:"你这发怒的县令,为什么杀死我的母亲?我要为母亲报仇!"

从此以后,每天夜里总是听到打雷刮风般的声音,过了四十天左右,百姓互相见面,都惊讶地说:"你的头上怎么突然顶着鱼?"

那天夜里,方圆四十里的土地,包括县城同时陷落,成了湖泊。当地人称之为"陷湖"。只有老太太的住宅平安无事,到现在还在。现在渔民捕鱼,总是把渔船靠着那老太太的住宅过夜。每次遇到风浪,他们总是把船停在老妇宅边,便安然无事。风静水清时,还能清楚地看见陷入湖中的城墙望楼。现在水浅的时候,当地的居民潜入水中,还捞到了一些旧木头,坚硬结实,乌黑发亮,像上了漆一样。一些喜欢新鲜事的人,还把它做成枕头互相赠送。

16 建业妇人

建业城中有一个妇人,背上长一个瘤子,像几斗的口袋那样大,里面有东西像茧那样细,又像栗子那样硬,而且很多,走起路来就有声响。妇人总在街上乞讨。她自己说:"我是个乡村的妇女。曾经和妯娌们分别养蚕,只有自己的蚕连年损耗。我就偷了嫂嫂的一袋茧子,烧掉了。很快,我背上就长了疮,慢慢地长成了这个瘤子。用衣服盖上它,就气短憋闷,经常露在外面就可以了。但像背一个口袋那样沉重。"

全译《稗海》本《搜神记》

[晋]干 宝/撰
连少军/译

目　录

卷　一

1　管　辂 …………… 215
2　赵子元 …………… 216
3　辛道度 …………… 217
4　扁　鹊 …………… 218
5　刘　安 …………… 219
6　医　缓 …………… 219
7　韦　英 …………… 220

卷　二

1　子珍复仇 ………… 221
2　孝直自辩 ………… 224
3　父喻重生 ………… 225

卷　三

1　杜伯射主 ………… 227
2　隋侯珠 …………… 227
3　千日奇酒 ………… 228
4　李信换头 ………… 229
5　盘瓠得赏 ………… 231
6　武王伐树 ………… 231

卷　四

1　妖　狐 …………… 233

2　老　犬 …………… 234
3　费长道 …………… 234
4　亡　儿 …………… 235
5　赵　朔 …………… 236
6　陈龙文对问 ……… 237
7　东方朔 …………… 238
8　孝　心 …………… 238

卷　五

1　冤　结 …………… 241
2　赵明甫 …………… 241
3　报　恩 …………… 243
4　楚　僚 …………… 244
5　义　犬 …………… 244

卷　六

1　道士驱邪 ………… 246
2　申生极孝 ………… 247
3　贪吝县令 ………… 248

卷　七

1　志　亥 …………… 252
2　哭张安儒 ………… 253
3　楚宾猎鸟 ………… 253
4　李　汾 …………… 255

卷 八

1 司勋医舌 …………… 257
2 可思逐踪 …………… 259
3 宗仁料事 …………… 260
4 阿七预言 …………… 261

卷 一

1 管 辂

管辂，字公明，精通各种法术，能够知道过去和将来的事情。五月的一天，他走到南阳平原，看见一个少年在田里割麦子。管辂对着少年感叹了一声就走了。少年问道："老伯有什么事，唉声叹气地过路呢？"管辂问："你姓什么？"回答说："我姓赵，叫赵颜。"管辂说："刚才也没别的事，只是见你年纪轻轻却活不到二十岁就早死了，所以叹气。"赵颜听了这话，急忙给管辂磕头，随即求问避免早死的办法。管辂说："老天决定人寿数的短长，不是我能救你的。"

赵颜听管辂这样说，就奔跑回去告诉父亲。父亲一听，就赶忙去追管辂，跑了将近十里地才追上了他。父子二人下马向管辂行礼。赵父对管辂说："刚才我的小儿子受您圣人的指点说'活不到二十岁就早死了'。圣人您无论如何要想办法延长他的寿命，我们总会报答您的。"管辂说："寿命的长短不由我管，我有什么办法呢？但是您这样诚恳地求我，我就试着想办法救救他吧。您暂且回家，寻来一樽清酒，一斤鹿肉干。我在卯日早点时一定到您家去，先试着请求一回，能不能救他。"

赵父回到家里，找来清酒鹿肉干，专心专意地等候着管辂。管辂果然按时来到赵家，对赵颜说："卯日你割麦子地南边的大桑树底下，有两个人下围棋，你只管带着酒和鹿肉干去，一边斟酒，一边把鹿肉干摆到他们面前，由他们自己佐餐，饮完了再斟，一直到把酒全部喝完为止。他们要问你话，你只给他们行礼，千万不要说话。肯定会有人救你。我在这儿专门等着你。"

赵颜就按管辂说的去了那儿，果然看见两个人在下围棋。他就前去十分恭敬谨慎地侍候他们。赵颜把鹿肉干放在他们面前，又给他们斟上了酒。那两个人只顾专心下棋，一边饮酒、一边吃着肉干，连看也不看赵颜一眼。

饮过几遍酒后,棋下完了,北边坐着的那个人抬起头来,忽然看见赵颜侍立在一旁,就十分恼怒地呵斥说:"为什么在这儿?"赵颜只是对他们行礼,并不回答。南边坐着的人对北边坐着的人说:"人要是吃了别人的一点东西,就会感到惭愧。刚才我们饮了他的酒,吃了他的肉干,岂能没有一点情义!"北边坐着的人说:"文书已经写好了,不能随便变更啊。"南边坐着的人说:"请把文书借给我看看。"看见文书上写着赵颜的寿命只有十九岁,就说:"这很容易,可以把它改一下。"就提笔把"九"字挑到"十"字上边去。赵颜一看很高兴。南边坐着的人对赵颜说:"我救你活到九十岁。"赵颜听后高兴得不得了,行礼致谢后回到家里。

见到管辂,管辂对赵颜说:"我很替您高兴,能够增加寿命。以后要记住:北边坐着的人是北斗,南边坐着的人是南斗。南斗管人的降生,北斗管人的死亡。凡是投胎转世,都要由南斗交予北斗。有什么请求。都要向北斗提出来。"赵颜的父亲准备了很多的绸绢和黄金来酬谢管辂,管辂什么也没有接受。

2 赵子元

晋愍帝的时候(313—317),零陵郡的太守赵子元出门去,看见一个女子,姿态容貌很美丽,年岁约计有十五。赵子元就到近前对她说:"你是谁家的孩子,就敢于自己一人走路,还没有做伴的?"女子说:"我是外乡人,寄住在城外,离开了父母,也没有伙伴,孤身前住。你为什么问这个?"赵子元不怀疑女子是鬼魂,又问道:"既然没有依靠,你还会做衣服不会?"女子对答:"会做衣服。"赵子元说:"可以给我做衣服,我给你钱。"女子说:"行。"便叫她进入住宅里,每做一件衣服,给钱一百文。这样经过三年,她往来家中,家里老少都怜悯她,有时做了衣服而多给钱酬劳她。

忽然有一天,她来告别辞行。赵子元怜惜她,给她金镯子一枚,金钗子一支,细绢两匹。女子接受了,行拜别礼辞别了太守说:"明天一定得回家乡，我不再来了。"赵太守就让家里人把她送出城外。她不道别就走了。没走几步，就忽然不见了。送她出城的赵家人对这事都感到很奇怪。

当时有人出城，就一同去寻踪求迹，约计有二百多步远的地方，看见有一座坟墓，访问附近邻居，说是一座女子坟。不到十天，坟中女子的父母发掘女子尸体在祖父坟地里安葬，掘开坟挖出棺木来改换盛殓，见有无数铜钱，同时还有一支金钗子、一枚金镯子、两匹细绢，很奇异这事。后来询问缘由，才知道是太守给她的。

至此，太守才知道做衣服的女子是鬼魂。在这种时候，鬼神的变幻，人们的认知是跟不上的。

3 辛道度

以前，陇西有个辛道度，游学四方，带的干粮吃光了。走到雍州城西北五里处时，看见一所宅院，厅堂楼阁，有一个穿青衣的女子站在门庭。道度又饥又饿，便走到门前，想讨点吃的就走，便对那女子说："我是陇西人，姓辛，名叫道度，游学四方；干粮吃光了。请大姐给主人通报一声，想求得一点饭食，不知是否愿意？"青衣女子进去禀告了秦女。秦女说："既然是远游四方，寻找高师求学的，这一定是个贤能的人。可以请他进来，我要和他谈谈。"青衣女子出来，带领道度进了庭院。道度快步走到闺阁门外，觉得这里住的不像是活人。

很快，已被秦女召见。秦女坐在西边的床上，道度通报了自己的姓名，并向她问好。问候已毕，秦女便让道度坐在东边的床上，立即端上了饭菜。道度吃完了饭，秦女对道度说："我是秦闵王的女儿，许聘给曹国，不幸还未出嫁就死了。到现在已经死了二十三年，独自一人住在这所宅院里。今天您来了，希望我们成为夫妻，您的心意如何？"道度说："您是国君的女儿，我哪里敢呢？"秦女就逼迫他结为夫妻。

一起住了三夜三天，秦女自己说道："您是活人，我是死鬼。和您在一起情意投合，可这会见只能三天，您不能久住在此，不然的话，会有灾祸。但是这几日的共处，也未能尽享夫妻恩爱。既然要分别了，拿什么作为信物向您表达我的思念呢？"便从床后取出一个小匣子打开，拿出一枚金枕给道度作为信物。道度是个贫穷的读书人，于是就很高兴地接受了金枕。

到分手时，他们洒泪告别，秦女就让青衣女子送道度出门外。道度还没走几步，回头一看，原先的厅堂楼阁都不见了，只有一座坟墓，荆棘丛生，松柏参天。道度当时十分害怕，慌忙从坟地里跑出，看看怀里的金枕，和原来没有两样。

道度到了秦国的国都，就把金枕拿到街上去卖。恰巧遇到秦王妃车驾出游，亲眼看见道度在卖金枕，觉得金枕很熟悉，就要来观看，对道度说："哪里得来的？"道度把全部经过如实告诉了她。

秦王妃听后，悲伤得不得了，然而还是半信半疑。于是派人掘开坟墓，打开棺材检验，当初陪葬的东西件件都在，唯独不见了金枕。解开衣服来看，好像刚刚交欢过一样。秦王妃这才相信道度说的是真的，感叹地说："我的女儿有超凡的德智，死了二十三年，还能与活人交往。辛道度真是我女儿的夫婿啊。"于是，就封道度为驸马都尉，并赏赐给他金银、丝绸、车马，让他回到家乡去了。从此以后，世人称女婿为"驸马"。后来，皇帝的女婿也称为驸马了。

4 扁 鹊

扁鹊很精通医术，他周游各地路过虢国时，遇上虢君的太子早夭，已经死了七天了。扁鹊听说了这件事，就要求进宫去吊唁。吊唁完毕，出了门。他知道虢太子还能活，对边上的人说："难道不要太子再活过来吗？"边上的人听了这话，跑去报告虢君，说："扁鹊出门，对我们说：'难道不要太子再活过来吗？'"虢君听了这话，连忙召扁鹊进宫，要他把太子救活。

扁鹊就施展出神妙的医术，终于医活了太子。虢君拿出金银布帛和彩绸送给扁鹊，扁鹊辞谢了没有接受。虢君说："全靠您神妙的医术,已经把太子救活了。我没有什么可以报答您,您为什么不收礼物呢?"扁鹊回答说:"太子本来就没有死,不是我的什么本领。"说完,作个揖,就走了。

5 刘 安

刘安,是河中人。少年时得了病,死后经过三天又活过来。他魂灵在阴间见到上天帝君,天帝命他作师匠,能通晓鬼神之说和鬼术,对未来的事都能预先知道。

在河间,有赵广一家,家中在槽上的马忽然变成人脸。赵广全家大为惊异,去问刘安。刘安说:"这是大坏事。你赶快回家去,到离房宅三里远的地方,披散着头发高声大叫,就可以免遭坏事。"赵广依照所说的,披散头发地去那里高声大叫。赵广家里老小,一时都走出家屋,惊恐地看赵广。屋里没人,房屋一时间就崩坏倒塌,全家才能免除祸患,没损伤一个人。

事后,赵广赠给刘安钱财和财物,又问:"这灾祸是怎么有的?"刘安说:"你正房堂屋西墙底下三尺深的地方,该有三个石柱子。现在灾祸已经过去了,千万不要发掘来看。如果看它,一定受大穷。假如不看,一定得到大富大贵。这是神龙。"

后来,赵广不听从,就发掘看石柱,要察验刘安说的真假。果然有一个怪物,红色,像屋柱那么大,出土后就到别处去了。以后,赵广变得很穷,正如刘安说的一样不差。

6 医 缓

从前,晋景公得了病,渐渐严重起来。没人能治。晋国和秦国有联姻结亲的旧谊,听说秦国有名医,派出使者去请。秦王就命令医生缓马上赶到晋国去。

医生缓将要到达晋国的时候,晋景公在夜里梦见两个鬼在相互说话。一个说:"秦国派医生缓来,我们逃到哪里去呢?如果留在这里，必然有杀身之祸，如果离开这里，也将会死。两条路走哪一条呢？"另一个鬼回答说："这事有什么可忧虑的呢？咱俩只要住在膏之下、肓之上，能把咱怎么样呢？"一个鬼又问："什么地方是膏肓，而能躲避这个灾难呢？"回答说："心下为膏，横膈膜之上为肓，这个地方针灸不能到，汤药的功效也到不了。"两个鬼相互庆贺，各自去住在那个地方。

十天工夫，医生缓到了，看了他的气色，切了他的脉，沉默了好久，叹息说："这病无法治了。这病在膏肓之中，药物功效到不了，针灸不能到。"晋景公听他这么一说，叹息说："这是个名医呵，今古少有。"就送给他百两金，让他回秦国去。

不过十天，晋景公就死了。

7 韦 英

后魏时，洛阳阜财里有座开善寺，原是长安人韦英的宅院。韦英年纪轻轻就死了，他的妻子梁氏不办理丧事就改嫁，接受河内人向子集为夫。虽说是改嫁，仍旧住在韦英的宅院。

韦英听说梁氏改嫁，白天回来，骑着马，带领几个仆人，来到庭院前边，呼叫道："阿梁，您忘了我啊！"向子集又惊又怕，拉开弓箭就射。韦英中箭倒地，立即变作桃木人。韦英骑的马，也化为茅草编的马。韦英带的几个仆人，也都变成蒲柳编成的假人。

梁氏十分惶惧，舍弃了宅院，改成开善寺。

卷 二

1 子珍复仇

王子珍,是太原郡人。父母对他珍惜爱护,感叹说:"我儿子立身行道而不曾问难解疑而得到知识,你可去定州边孝先先生那里学习立身建业。"边孝先,是陈留郡信义地方人,他广泛涉及研习古事,对别人疑问对答从无穷词之时。自孔子死后,只有边孝先这一个人,能够带学徒三年成器,都懂得服从老师,再没有能超过边孝先的人。故而,普天之下,都去到他那里跟着学习。子珍接受父亲差使,立即上路去那里。

走到定州境内,离定州城三百多里的地方,子珍在路旁树荫下休息。很快,有一个鬼,变成活人,随子珍来到,和他一同休息。子珍没怀疑他。他问子珍姓名,从何处来此,再往何处去。子珍说:"父母因我子珍缺少学问,打发我往定州边孝先先生那里去学习学问,其余没有别的事。我子珍,就是太原王的儿子。"鬼魂说:"我是渤海郡人,姓李名叫玄石。父母早死,兄弟分居,见我玄石缺少学问,打发去边先生那里求取学问。既然你我都是被差使去那里,便成为同学兄弟了。"子珍说:"你一定年纪大,请你让我以兄长对待你。"玄石说:"我敬听你的盼咐了。"于是两人同行。

到了定州人那里,他二人饮酒吃肉设席,在神前设誓结盟说:"不论死、活、富贵、贫贱,兄弟之情都如一不变。"立誓完毕,去边先生那里,一起行问安拜见礼。边先生问他们来这原因,他们就按实告诉。边先生便传授给他们经典书的学业。

至今已三年,玄石的才华学识超过了边先生。先生说:"玄石你难道是圣人吗?怎么你的聪明就超过我呢?我如今已年老无能,你有什么技能办法,希望能告诉给我。"玄石说:"我因前世有缘相会,得以侍奉先生,您传授的经业,我是不知道的。不过是用眼一看,就没有遗漏，也不是什么圣人。"只要子珍词意不明白，玄石就教给他。子珍尊敬他如同父亲，敬畏他如同老师。子珍的学业，因此得以成就。

后来，有一个做太子舍人的王仲祥经过这里，他也是太原人，与子珍是同族的宗亲。他拜见边先生，到晚上被接待留宿，王仲祥知道李玄石是鬼。到次日早上，和子珍拉手告别，说道："我和老弟你同出一本、枝叶相连，有事不能不说。老弟你现在的朋友李玄石，是个鬼，实际不是活人。"子珍说："玄石是最聪明人中的聪明人，经典书籍没有不博学多识的，边先生还对他推崇赞叹，他怎么就不是活人呢？"王仲祥说："我指的哪是说才能技艺。只是老弟你是活人，玄石是死鬼，生死差别悬殊，怎么能成为好友呢？老弟你若是不信，今夜睡觉时可用新鲜树叶铺在席子底下，让他睡在上面。老弟你和他分床睡，到早晨再去看，便知真假。老弟你睡的地方，那树叶还是在的，鬼睡的地方，那树叶就没了。"说完就离开了。子珍还是怀疑。到晚上，他按王仲祥所说的铺上树叶。天亮后去看，果然像王仲祥说的那样，因而才知道玄石是鬼。

第二天他就问玄石："别人说老兄是鬼类，我子珍听了这话，所以问问老兄。"玄石说："我真的是鬼呢。对老弟说的人，是王仲祥。老弟你如今既然知道了，就须说说缘由。以前因为阴间官署推举我做泰山府君那里的主簿官，任职多年。职务之事完成，该舍弃这个官署迁到更好的地方。冥司之主要选拔一人来充当职务。没选到合适的，那些人都不行。于是便叫我去，对我说：'我看你的才能器量，可以去担当这一职任。然而你学识少，不能都通晓。你且到人世间边孝先那里求取学业，学成了早回来，委派你作泰山主簿。'我恐世间人怕我，就变成活人，才与老弟你同师而学。不到一年，我学问已完成。我担任泰山主簿已经二年了。和老弟感情深，唯愿一起相伴。现在老弟你既然已经知道了，就当然难以长久相处了，应当立即分别。然而有一件事，应让老弟你知道。我前时患了背上疼痛，是因为老弟你父亲的仇人向阎罗王陈列罪状控诉，说你父亲杀死我活着的孙子，生吃我的兄弟，多次上诉状。主管人以宾客之情，不做判决。阎罗王看见这诉状，为其久悬不决而发怒，使我受笞杖一百的刑罚，因此我的背痛。阎王如今要追查你父亲，亲自审讯问案，把他列入死刑者簿册。老弟现在赶紧回家看望父亲，父亲假若还有气息，就该救活他。你只要用清酒、鹿脯，在郊外地方祭告我，三次叫我的名字，我就一定到。假若断了气，那就没法救了。老弟的学问已经完成，只需明白努力谋求立业进身的事即可。我会帮助老弟延长寿命，向上天帝君请求，给你官位荣耀，保佑你没有疾病。"子珍拜礼辞行，便立即分别。子珍便去辞别边先生而回家省亲。

　　子珍到家后，见父亲在床上，还有气，急快地用清酒、鹿脯和纸钱，在郊外告祭。叫了三声名字，就见玄石乘坐着白马拉的车，穿着红衣服，戴官帽、加车盖，前后骑马的随从几十人，另有侍婢二人执持节旄在前引路，都前呼后拥地来到了。玄石与子珍相见，一如从前的时候。玄石对子珍说道："老弟可以合上眼，去见你父亲。"子珍就闭上眼，很快，到了阎罗王那里，那大门坐南朝北安着。玄石告诉子珍说："原来想带领老弟见见你父亲，可是如今在牢狱里，形体面容毁伤难看，不能看他了。老弟父亲的仇人就要来到。穿白衣服光着脚，头上戴着紫色帽子，手拿着一卷文书的，那就是你父亲的仇人。这人在申时进衙门对证讯问，我让人给你拿弓箭，在这里，专一等候他。见他来，就射死他，你父亲一定活过来。不然的话，就难救活了。"说话之间，那仇人果然来到。玄石看着他说："是这人了，应当精准地射他。我须进衙门决断讼事，在这里别人会有怀疑。"玄石就进衙门办理公事去了。

　　没一会，那仇人直接来到公案前面陈述诉状，讼词中带着深仇大恨。子珍的箭射中了他的左眼，他丢下文卷跑开了。子珍立即检验文书来读看，都是说父亲的事。子珍哭着向玄石说了。玄石说："射着了什么地方？"子珍说："射着了左眼。"玄石说："没射着要紧地方。他眼睛不如从前，就更要来告状，控诉得更厉害了。但老弟你应回家去，寻找仇人杀掉他，你父亲一定病好。"子珍说："什么人呢？"玄石说："见到有像方才所射的，就杀死他。"

子珍当即和玄石告别，匆匆之中没想到问仇人姓名，回家想起玄石话，但已不能再见面了。子珍在愁闷不乐之中，七天没吃饭。

家人报知说丢失了一只白公鸡，七天也不知去哪里了。大伙一起寻找，便看见那白鸡在鸡架的墙上坐着，伤害了左眼。子珍看到，想这东西定是我父亲的仇敌。白衣服是鸡毛，紫帽子是鸡冠，光着脚是鸡爪，瞎了左眼是箭射中的。有这些，还向何处去寻找仇人！于是把它煮成鸡汤给父亲吃，父亲的病因此平复痊愈。

王子珍被任命为太原郡主的副官，汉景帝时拜领了皇帝赐给的刺史官，到一百三十八岁时才故去。这都是李玄石保佑他。因此说："养鸡别过三年，养狗别过六年，白鸡白狗，不能去吃。"因为对人是有害的。

2 孝直自辩

段孝直，汉景帝的时候（公元前156—前141）被推荐为孝廉，担任长安县令。他居官清正谨慎，好名声四处传扬。他骑的一匹骏马，每天能跑五百里路。雍州刺史梁纬，和皇帝是亲戚。他看见段孝直的马好，仗着皇亲的权势，常常去要这匹马。段孝直回答说："我死去的父亲所骑的马，我不忍心放弃它，不敢拿来送人，恳求使君照顾照顾我吧。"梁纬因此怀恨在心，秘密地罗织了段孝直贪赃的罪名，就将他关进监牢，不许他家里的人和他来往。

段孝直知道自己受了冤枉，免不了要受难，托人去告诉妻子说："刺史阴谋要夺我的马，私自捏造别人的诉讼，要想杀我，我是活不成了。可惜咱们这些孩子还小，不能为我报仇申冤。我被屈杀以后，你们各自保重，只要拿三百张纸、十支笔、五挺墨，放在我的坟墓里，我自己去申诉。"不过十天，段孝直被害死在监牢里。他家里的人收尸埋葬，就把纸笔放在他的坟墓里。

不过五十多天时间，正好汉景帝召集百官聚会，段孝直就在宫殿前呈上奏章，奏章上写道："天地虽然光明，却不能洞察无辜的老人；日月普照大地，必能顾及忍辱负冤之士。我早年忝居官场，得到为民办事谨慎的名声。不久又因为我为人固执,当上公务繁忙的长安令,稍能避免出小差错。不料,刺史梁纬生性放纵贪婪,依仗内戚的权势,为了想得到我亡父的骏马,使我蒙受杀戮。我上告皇天,皇天准许为我昭雪。我如果不把这件事向皇上报告,就无法昭雪这个冤案。为此,并将刺史梁纬违法乱纪的罪状二十一条,一一奏明,另纸报告皇上。恳求皇上明断,哀怜我的冤屈。"

景帝把上奏表章看完,忽然段孝直不见了,景帝很奇怪天地之间有这样奇异的事。于是,下诏把梁纬收入监狱审讯,结果事事不虚。直至把枉杀段孝直的事都上奏景帝。景帝下诏,把梁纬押往段孝直坟墓所在地杀死来祭祀他。还追赠段孝直为尚书郎,还保持他的长安县令。所以说:"别说鬼没身子,从前杜伯箭射过周宣王;别说鬼没形体,现在段孝直还诉讼活人。"说的就是这事。

3　父喻重生

秦始皇的时候,有一个人叫王道平,是长安人。小的时候,与同村人唐叔偕的女儿,信誓旦旦要结为夫妇。这个女孩,小名叫父喻,姿色容貌都很美。

不久,王道平被征兵去打仗,流落在南方,九年不曾回来。父喻的父母见女儿已长大成人,就许聘给刘祥做妻子。可是她与道平曾经海誓山盟,不肯改变初衷。后来在父母的一再逼迫之下,不得已嫁给刘祥。过了三年,她一直闷闷不乐,心中常常思念着王道平。积怨深久,终于抑郁而终。

死后三年,王道平回家了,便向同村的人打听:"那个女孩现在什么地方?"村里人说:"她一直思念着您,被父母强逼不过,嫁给了刘祥。如今已经死了。"道平问:"她的墓在哪里?"村里人就带他来到父喻的墓地。道平伤心地痛哭起来,并连喊许多遍女孩的名字,绕着坟墓徘徊,痛苦得不能自制。他祝祷说:"我与你对天起誓,要白头到老,谁料到我被官差缠身,致使我们长期分离,让你的父母把你嫁给了刘祥。既然不能实现当初的心愿,从此就生死两别了。然而你要是有灵圣，就让我再见你平生最后一面；要是没有神灵，从此就永别了。"说完，又难过地哭泣起来。

马上，父喻的魂灵从墓中走了出来，问王道平道："你从哪里来？我真情实意地等你已经很久了。原来和你发誓结为夫妇，以求终身有靠。只因父母强逼，才嫁给刘祥，已经三年了。我日日夜夜想着您，积郁成病，最终含恨而死，命归黄泉。但是看您不忘初衷，诚挚地求我相见以慰思念。我的身体还没有损坏，可以再活过来，还可与你结为夫妇。你赶快挖开墓穴，打开棺材，让我出来，我一定会活过来的。"道平一字不落地听完了她的话，就打开墓门，抚摸着她的身体。父喻果然活了过来。于是，她就装束整齐，跟着王道平回了家。

她丈夫刘祥听说了这件事又惊又奇，就到州县去上告，官员翻遍了律令条文，没有一条适合此案的，便把案情写成奏章上报君王。君王把父喻断给了王道平为妻。后来，她活到一百二十岁。这实在是感情的深厚和专一感动了天地而得到了如此的报应吧。

卷 三

1 杜伯射主

从前,周宣王喜欢听信别人的花言巧语。杜伯没有罪,宣王听了别人说他的坏话,要杀死他。杜伯说:"我没有罪而被杀害,如果死了以后有灵魂的话,我将要去上告,不出三年,一定要昭雪我的深冤。"宣王说:"你尽管力辩吧,我是堂堂一国之主,错杀三五个像你这样的人,怕什么呢?"就把他杀了。

过了三年多,宣王出外打猎,来到城外的高山湖泽之间,正想摆开阵势围猎,忽然看见杜伯穿着红色的官服,骑着白马,随从撑着华丽的伞盖,前前后后几百个鬼兵,挡住路走过来。杜伯弯弓搭箭射向周宣王。宣王害怕,无处躲避。文武百官都看见,箭正好射中了宣王的心。宣王马上就心痛,回到宫殿那天就死了。

所以,俗话说:"随便什么人都不可冤枉,滥杀无辜;否则,冤家必定会来报复的。"

2 隋侯珠

从前,隋侯出使进入齐国地方。路过一条大河的沙滩边,看见一条小蛇,大约三尺长,正在灼热的沙砾中挣扎,头上淌出了血。隋侯见了,很是可怜它,下了马,用马鞭子把蛇拨到河水中去,说道:"你如果是神龙的儿子,就应当拥戴、庇护我。"说完就走了。

他到了齐国,过了两个月才回去,重又经过这条路。忽然,有一个小孩子,手里拿着一颗明珠,拦在路中间,要把明珠送给他。隋侯说:"你是谁家的孩子?你告诉我。"小孩回答说:"往日全靠您救命,我非常感激您的恩德,且把这明珠敬献给您。"隋侯说:"小孩子的东西,难道可以接受的吗?"他看也不看,就走了。

到了夜里，他又梦见那小孩拿着明珠来送给他，说道："我就是那条蛇呀，早先全靠您救护了我，我又活了过来，今天我来报答您的恩德怎么却不被您接受。请您接受了吧，不要再猜疑了。"隋侯十分惊奇。

等到天亮，看见一颗明珠放在床头，隋侯就把明珠收了下来，感慨地说："受了伤的蛇还懂得知恩重报，而人却反倒不知道报恩吗？"隋侯回来以后，把这颗明珠进献给天子，详细讲述了这件事的缘由。隋侯因此终身享受俸禄了。

3 千日奇酒

狄希，是中山郡人。他能酿造千日酒，人要是喝了它，就能醉上一千天。

当时，州里有一个人名叫玄石，爱喝酒，想到狄希家去喝。第二天，就到狄希家请求给他喝千日酒，狄希说："我的酒正在发酵，不知好了没有，不敢让你喝。"玄石说："即使还未熟，暂且给我一杯怎么样？"狄希听他这话，不得已给他喝了一杯。玄石喝完了还要，说："真是好酒啊！请再给我一杯。"狄希说："你暂且回去吧，改日再来。只这一杯，就能睡上一千天了。"玄石便随即告别，脸上似乎有点不高兴的神色。一会儿回到家中，他就醉死过去了。家里人不认为他是喝醉了，以为他是死了，哭着把他埋葬了。

过了三年，狄希说："玄石定该酒醒了吧，应该到他家去看看。"狄希来到玄石家，问道："玄石在家不在？"家里人都觉得很奇怪，说："玄石早就死了，连三年的服丧期都满了。"狄希大吃一惊地说："好酒啊，竟让人醉眠了一千天。计算日期，今天他该醒了。"就叫家里人凿开坟墓，打开棺材看看。

家里人来到坟上一看，只见坟上的蒸汽冲天，随即就叫挖开坟墓，正见玄石睁开眼睛，张开嘴巴，拉长声音说："痛快啊！真是醉杀我了。"接着就问狄希："你酿制的什么东西啊，让我喝了一杯就大醉，直到今天才醒来。现在太阳有多高了？"墓地上的人都笑了。

不料，众人被玄石喷出的酒气冲进鼻孔，每人都醉卧了三个月。

人世间有这样奇异的事，能不记录下来吗？

4　李信换头

李信，是陈留那个地方的一个信义之士，很孝顺，能好好地赡养父母。

他三十八岁那年，忽然在夜里梦见判官派小鬼来把他带到阎罗王的殿前。阎罗王就命令交给判官，按照章程处分他。李信求告阎罗王说："我从小就失去了父亲，在户籍内居住。今天既然我的寿命完结了，我不敢违抗。可怜我的老母亲，从此无人服侍。恳求大王放我回去服侍她，等到老母亲寿终那一天，我和老母亲一起来。"

阎罗王一听这话，也很怜悯他，觉得像这样孝顺父母的人，完全可以让他多活几年。就召判官来查一查李信母亲的寿命，查出来是九十岁，还有二十九年呢，李信也是值得同情，可以放他回去的。

判官对阎罗王说："只是像李信这样的人，人世间到处都有。今天如果放了他，后来的人会举此为例的。请你将他交给我来定罪，罪的轻重则按照你的旨意来定。"阎罗王答应了判官的要求，仍然命令他去定罪。

判官怒气冲冲地对李信说："你无知无识，越级上诉，搅乱了我的章程。"就吩咐小鬼把李信捆起来放到汤锅里去煮。小鬼提起李信的手脚，将他抛进了汤锅。刚刚浸到沸水里，李信的身体和头就已经烂了。

阎罗王忽然想起了李信，说道："这人孝顺，人间少见，暂且放他回阳间去吧，这样来表彰他孝顺的德行。"不再召判官来商议这事，吩咐小鬼去喊李信。

判官听说阎罗王赞叹李信，知道一定是要放他回去了，就吩咐把李信从汤锅里拖出来。见李信的头脸糜烂了，判官又害怕又慌乱，担心阎罗王要发脾气，就拿来一个胡人的头给李信，说："现在阎罗王喊你出去，一定是要放你回家。如果看见你的容貌烂坏了，势必不放你回去的。现在暂且拿一个胡人的头装上,就可以回去了。你去拜见阎王的时候,应当低着头答对,不许疏忽大意。如果放你回家,我来给你另外找一个相貌端正的头装上。"李信一听要放回,喜出望外,作揖道谢着接受了胡人头。

李信既已来到阎罗王前,阎罗王就命令小鬼送他回阳间,不得再经过判官那里。小鬼行礼答应,不敢再回,也没有多余的时间在小鬼那里换头。忽然之间,李信竟活了。

李信一梦醒来,用手摸摸自己的头脸,都是胡人的。他悲伤地哭起来,心中懊恼,对他妻子说:"你听得出我的口音吗?"妻子回答说:"今天奇怪了,听你的口音,一句是你自己的,一句是胡人的,这是为什么?"李信说:"我夜里做了个很奇怪的梦。你如果天亮起床,可以拿被子来盖住我的头脸,不要给别人看见。如果要送饭,放在我床前,关上房门你就走,我自己会拿来吃的。"他的妻子照他说的去做,用被子盖住他的头脸。

到吃饭的时候,他妻子忽然想起他说的话,觉得怎么会有这种事?就掀开被子来看他,见一个胡人睡在被窝里。他妻子奔出房门,告诉婆婆说:"阿婆的儿子昨夜不知是什么缘故,竟变成了一个胡人,在媳妇的床上躺着呢。"她婆婆一听这话,心想怎么会有这种奇怪的事,就吩咐拿棒头来。她揭开被子看见这副模样,大吃一惊,就打了李信几十下。李信来不及分辨,已经被打破了头脸。

邻居们听说这事,都来询问其中的原因。李信这才讲清楚事情的始末。他母亲才知道是他的真儿子,母子抱头大哭。李信的妻子也痛哭起来。

乡社官吏把这事写成表状报告州府,州府把这事奏报皇帝。皇帝看了奏表,感叹说,自古至今没有听说过这种事。虽然是假的胡人头,李信的孝心已经感动了神灵,可以授李信做孝义大夫,仍旧赐给他五匹帛奉养母亲。

啊!神明都被他感动了,才有这样换头的事情。

5 盘瓠得赏

古代高辛氏为帝时,有个房王谋反作乱,大家都忧虑国家有灭亡危险。帝喾便召唤集合天下的人,说有能拿到房王首级的人,就赏赐给他金子一千,还分别赐赏给他美女。这些大臣认为房王兵强马壮,打不过更难于获得首级。

高辛帝有条狗,名字叫盘瓠,它的毛有五色,经常随着帝喾出出进进。有一天,这狗忽然丢失了,过了三天也不知它在哪儿。帝喾很奇怪这事。

那狗去投奔了房王。房王见了它很乐,对身边的近臣说道:"高辛氏他要灭亡了吗?这狗都舍弃了原主人投奔我,我必定兴盛的。"房王便大力铺张陈设宴饮聚会,为得狗而作乐。

那天夜里,房王喝了酒而睡卧,盘瓠咬掉房王的头而回来。高辛氏看见狗叼着房王头,大为高兴,多给肉粥喂它,它竟然不吃。过了一天,帝喾呼唤狗,它也不起来。帝喾说:"为什么不吃,叫又不来,莫不是恨怨我不给赏赐吗?现在就依照召集群臣的常例,按事量才,赏给你官职,行不行?"盘瓠听到帝喾这话,立即跳跃起来。帝喾便封盘瓠作会稽侯,赐它美女五人,给它的俸禄是会稽郡一千户人家的租税粮米。

后来,它生了三男六女九个孩子,那男孩在刚生下的时候,虽然形貌像人,可是还有狗尾巴。它的后代子孙兴旺繁多,成为那个被叫作"犬戎"的部族。西周的幽王是被犬戎所杀掉的。到如今,那些长期住在四周、如同藩屏的民族,都是盘瓠所孕育生长的后代。

6 武王伐树

从前,周武王时期,雍州城的南边有一棵大神树,约有十丈多高,枝叶繁茂,周围有一里,遮盖着下面的土地,附近的百姓都来敬奉它。逢到四季八节,牵着羊,担着酒,前来祭祀的人络绎不绝。

武王有次出城,看见许多人在敬奉献祭。武王说:"这位树神为什么要这样劳损我的百姓!"就让兵士把这棵大树围起来,正想砍伐它,顿时有神灵飞沙走石,雷电霹雳,树周围众多的武王兵士,也都逃的逃,跑的跑,无法接近这棵大树。

这时,有个士兵被沙石砸伤了脚,离开这棵大树有一百多步,爬在地下竟然不能走开。等到夜晚,有一个人,穿着红衣,骑着白马,来对树神说:"白天武王来砍伐你,你没受伤吧?"树神说:"我请雷公飞沙走石,打伤武王的兵士,兵士见了东逃西散,不敢再靠近我。我有这样的威力还怕什么。"红衣人十分生气地说:"我让武王的兵士,用牲畜的血涂在脸上,披散头发,穿上红衣,用红绳子把你捆上,周围撒上百圈白灰,然后用斧头来砍你,难道还不能损伤你吗?"树神沉默不语了。红衣人忽然策马离去。

到了天亮,这个兵士把红衣人说的办法告诉了乡里的百姓,并写成文状报告给武王。武王就照红衣人说的话准备好用器,然后拿斧头来砍伐这棵大树,也没见什么动静。在树要被砍倒的时候,从树中流出了血,变作一条青牛,向附近的丰水中跑去。所以说,百年大树成精变为青牛,后世人仿照这种办法,用白灰和红(原文下缺)

卷 四

1 妖 狐

　　燕惠王的坟墓上，有两只狐狸，已经有一千多岁了，神奇变化，无可比拟，世界上少有。它们听说晋朝司空张华博学多才，就变幻成为两个少年书生，才学和容貌都非常出众，骑着马出去了。

　　它们从燕惠王墓前经过的时候，华表神问道："你们要到哪里去？"狐狸说："我听说晋朝司空张华博学多才，今天想登门，和他论谈论谈。"木精华表神说："以张司空的才华你们是很难跟他相比的。如果去了，非但你们两个要丧身，我也要遭到牵累。"狐狸说："即使他见识广博，难道能胜得了我们？如果这样做了，回来也不会连累你的。"华表神说："这实在是'自寻烦恼'，怎么可以这样做呢？不听我的话，总有你们后悔的一天。"狐狸不搭理华表神，就走了。

　　于是它们拿了名帖去拜访张华。张华把这两个书生请到里面谈论，接连谈论了三天，书生还是没有服输。张华很怀疑它们，心想："这一定是妖怪。"就打扫床榻，请书生留下来，派人防备。

　　这时，雷孔章来拜访张华。张华把这两个书生的事对他说了，说道："这一定是妖怪。"雷孔章听到这话，忽然大笑起来，说道："张公是国家的栋梁，常常会为延揽人才而停止进餐，总是把贤能的人推荐录用，把没有贤能的人斥退掉。可你为什么要嫉妒有贤能的人，而不认为是自己学问不够，却说别人是妖怪呢？这样的话，是要被天下人笑话的呀。"张华格外加强防备，不让他们四处走动。雷孔章说："你如果怀疑它们，为什么不去找猎犬来试一试呢？"于是张华就吩咐牵猎犬来试了一试，那两个书生竟没有一点畏惧的神色。

　　狐狸说："我们的聪明才智是天生的，你却反以为我们是妖怪，用猎犬来试探我们。任凭你试一千遍，考虑一万次，能够加害我们吗?"张华一听,更加发怒了,说道:"这一定是真妖怪。"就说:"如果是百年的妖精,它见了猎犬就要暴露原形,如果是千年的妖精,用千年的神木点火一照,它就要暴露原形的。"雷孔章说:"千年神木怎么能得到呢?"张华说:"俗话说燕惠王坟墓前有个华表木,已经一千年了。"于是就派出骑快马的使者,到那里去拿华表木。

使者正要到华表木那里去,半空中有一个穿青衣的小孩子下来了,问使者说:"先生哪里来呀?"使者说:"张司空家中忽然来了两个少年,多才巧辩,怀疑它们是妖怪。所以派我来拿华表木去照它们。"那穿青衣的小孩子说:"老狐狸不聪明,不听我的话,今天这灾祸已经连累到我了,这还能逃得了吗?"于是放声哭泣,很快就不见了。

使者就砍倒这根华表木,木头里边竟流出了血。使者带了华表木回来,点火一照,那狐狸精就暴露了原形。张华就活活地把它们煮死了。

2 老　犬

汉朝时候,东华郡一个姓陈的司空死后过了一周年,忽然回到家里,在床上坐着,管教子孙,和过去平素没有两样。喝酒吃肉,闲谈说到阴间的事情,说得活灵活现,那些往来出没的鬼魄好像就在眼前漂游不定。他专能迷惑妇女。子孙向他恭敬,也和活着时没两样。忽然有一次回家来喝酒,醉后睡躺在床上。子孙们才敢到他近前去仔细偷看,看他原来是村子里卖酒那人家里的老狗。从这以后就没有了再来往的行踪影迹。

3 费长道

王莽篡夺汉平帝的帝位已经十八年了,才德行事不合天意人心,皇位不稳。忽然在南阳市中长了一个肉瘤,很硬,用刀砍针刺都进不去。下令用车把它送回宫中,放在殿前,就宣召荆房息来问道:"殿前生的这个怪物,是吉还是凶?"房息回答说:"我不认识。有个费长道,是个学识贯通古今的人,他一定认识。"王莽就派人去叫费长道,使者出发了好几天,房息对王莽说:"我要启奏陛下:费长道来,一定会说不认识。陛下只要说:'你既然不知道,为什么要在城东门外下马仰天长叹呢?'"

一会儿,费长道到了。王莽就问是什么东西,费长道回答说:"荆房息都曾说不认识,我哪里能知道呢?"王莽问:"你既然不知道,那为什么在东门外要下马仰天长叹呢?"费长道说:"我只是感叹荆将军把死罪推给了我。"王莽说:"你只要说实话不隐瞒,我不怪罪你。"费长道说:"既然陛下不怪罪,我哪敢不说?这东西一个名字叫肃,一个名字叫伏,里面有个铁做的契据,三尺六寸长,上面写道:'王家的政权要衰亡,刘家的江山要中兴。'"王莽说:"怎样才能见到这铁契据?"费长道说:"需要一个七岁女孩的尿来浇它,就能打开了。"王莽照费长道说的做了,果然如此。

以后汉光武帝中兴,这实在是个征兆啊。

4 亡 儿

从前太祖年纪七十岁,只养了一个儿子,他十三岁那年就早死了。太祖和他夫人日夜悲伤哭泣不止。夫人忽然一天夜里梦见死去的儿子回来,对母亲说道:"我如今被派遣在泰山地府使唤五百天,苦于没有短暂的休闲。如今泰山府君要周王来当泰山守护神,妈妈可以托请周王,把儿子我安置在闲逸之处,免得再有使唤差役。"说完,流泪告别。他母亲睡醒,悲痛得不能自已。太祖问她有什么事,她把做梦的事说了。太祖说:"做梦是因为心里想而成的,活着和死去道路相异,空空荡荡有什么能当凭据呢?"次日,他白天睡觉,又自己梦见死去的儿子说:"昨天与母亲商议请她告诉您,为什么却认为没有凭据呢?既然这么不相信,且看周王在三月十八日必定死去,如果不死,那就是假的。"太祖梦醒后相信了。第二天早晨,叫文王来到，对他说道："我昨天白日睡觉，梦见死去的儿子说：'被派到泰山地府服五百天的差使劳役，如今泰山府君要你做守护神。'现在，对梦中的事，想来想去，我也不相信。假如能像梦的那样，你就给方便，把儿子安置个清闲地方。"周王说："寿命长短的定数，怎能脱逃呢？我只是想到要告别清明太平的时代了。我已经明白了皇上的旨意，怎么敢违背命令。"眼泪不住地流，悲叹不停。太祖便赐给周王十匹丝绢，用以赎买死去的儿子。果然，周王在三月十八日死去。

过了十几天，太祖又梦见儿子，脸色平和喜悦，对父亲说道："承蒙父王托嘱，文王到任后提升儿子在泰山府做录事参军，不带官印作监察。派遣帝南人代我原来的差役。承受了父皇的恩情，怎么敢不向上回报。"太祖梦醒，欢喜而又悲伤，便派人去问帝南人死事的虚实。使者回来说："死过十五天了。"事情查验有实证，才明白鬼神之道术很明显，不能说鬼神是没有的。

5 赵 朔

豫章太守张华，擅长于用《易经》来占卜，而且精通刑律，他手下的官员和犯人都很怕他，不敢违犯法令。有被判处死刑的，临刑前也都放他们回去辞别父母，

当时有一个人犯了盗窃罪被判处死刑，刑期已定，放他回去辞别父母，限定日期回州里服刑。那个人一路大哭着，经过赵朔家。赵朔问他："为什么这样大哭呢？"回答说："我鬼迷心窍去当盗贼，违犯了刑律被判处死刑。昨日承蒙太守放我回来辞别父母，限期返回，要到州里去服刑，所以难过得哭泣。"赵朔说："那你为什么不逃跑呢？"回答说："太守精通《易》卦，前前后后逃跑的人都被抓回来了，因此不敢超过返回的期限。"赵朔说："你用不着哭，我让你活下去。只要按我的办法做，自然会免去一死。你到渡河边上走上三趟，找一个大竹筒，装上三尺深的水，放在肚子上，然后躺在黄沙中，过上三天，就可以回来，他就怎么也抓不到你了。"那个人

——照着赵朔的话去做了。

放归的期限到了,司法官员对这个盗贼超期不返回感到奇怪,就把他的名字上报了太守张华。

张华就用《易经》占卜,看了卦象后,判断说:"为什么那个犯人的肚子上会有三尺深的水,又仰面躺在黄沙中呢?他一定是投水死了,不用再去找他了。"这就叫作善于运用《易经》。那个人过了一年,就更名改姓,住在乡里。幸免一死之后,他就拿了许多的财礼酬谢赵朔,赵朔一点儿也没有接受。

6 陈龙文对问

从前,祖宗皇帝召唤征集各地优秀的士人,派司徒崔皓去对他们考试,从问答看他是否合格。崔皓看到雍州的秀士陈龙文能说会道,便感叹地对他说:"你姓陈,和陈恒相近还是相远?"陈龙文随声回答说:"我陈龙文和陈恒之间,正像您和崔杼之间的远近相像。"崔皓心里对他不满。

又一天,考策问时,他问陈龙文说:"鸱鸮为什么要吃掉它母亲?弱水河的水为什么要往西流?周武王为什么要讨伐纣王?"陈龙文都不给予回答,崔皓就让他落第考不中。

陈龙文向皇帝呈献奏章,说:"崔皓处在三台的高官重位,治理掌管一切事物,他不能用自己的风度感化教育下边的人,而把颠倒背反的事情来问我,并以我没有才能,歧视我而不让我考中及第。我请求皇帝陛下能到来,亲自考试看我善恶好坏。"奏章到,皇帝叫崔皓来查问他。崔皓说:"陈龙文没有才艺,怎么能够考中入选。"皇帝便亲自叫陈龙文来,问他考试题目。陈龙文回答说:"崔皓为什么不问我有关雏鸟反哺母鸟,而偏问我鸱鸮为什么吃它母亲?又为什么不问我一切江河东流归于大海,而偏问我弱水河水往西流?又为什么不问我伯夷、叔齐兄弟互相推让国君地位,而偏问我周武王讨伐殷纣王?崔皓所问的三条,都是悖逆的反事。我怕崔皓怀有二心,因此不回答。"皇帝叫崔皓来问他,证明都像陈龙文所说的一样,便授予陈龙文作最尊贵的大臣。

因此,常言说:"说话讲究些技巧,可以免掉责难。"说的就是这个。

7 东方朔

汉武帝要与南越国王联姻,就派东方朔渡海去寻找宝物,只给他一年的期限就要返回,可是东方朔过了两年才回来。

在他回来之前,汉武帝问左右的大臣:"东方朔去了这么久还不回来,现在天下还有谁最善占卦?"回答说:"有个孙宾,很精通《易经》,并能用蓍草占卦。"汉武帝便换上了平民的衣服,悄悄地走出宫来,跟随从带了两匹绢绸去占卦。到了孙宾家敲门,孙宾就出来请他们进去坐,当然没认出是汉武帝。

汉武帝占了一卦,卦成,孙宾知道来人是汉武帝,惶恐地站起来给汉武帝行礼。汉武帝说:"我来寻找一样东西,你不要说出去了。"孙宾说:"陛下不是占卦别的东西,而是占卦东方朔现在在哪里。东方朔再过七天一定回来,现在正在海中,面朝西方扬起海水长叹呢。回来后,请您问问他是不是这样。"

到了第七天,东方朔果然回来了。汉武帝说:"约好的一年,怎么两年才回来?"东方朔回答说:"我不敢延误行程,只是还没有探到宝物呀。"汉武帝又问:"七天以前,你在海中,面朝西,扬起海水大声叹息,是为什么呢?"东方朔回答说:"我不是叹息别的事,叹息的是孙宾没能认出天子来,竟然与皇帝对坐,因此才叹息。"

汉武帝听了,感到非常惊异。

8 孝 心

有这么一个传说。

五个郡的五个人,都有杰出的才能,却遇上了兵荒马乱的年月。一个是常山人,一个是安定人,两个是襄陵人,一个是博陵人,都是孤身出行到卫国去，一同到了一棵树荫下面。于是他们相互通问了姓名，各自诉说家乡离乱的悲惨情景，心头十分凄怆。因此，他们就相互说道："我们都没有骨肉亲人了，今日幸运能聚会，也是天意才这样的呀。我们结为兄弟，好吗？"大家都说："好的。"于是他们就结义做了兄弟。老大叫伯仲，老二叫文仲，老三叫季仲，老四叫叔仲，老五叫雅仲。

五兄弟结伴来到卫国市中，看见一个老婆婆，孤孤单单的在讨饭。五兄弟就收养了老人，恭敬地侍奉她就像侍奉亲生母亲那样，孝顺的心一点没有两样。

过了三年，他们的母亲得了疾病。五兄弟心里忧愁，睡不好，吃不好。老母亲说："我是并州太原人董世台的女儿，嫁给同郡张文贤为妻。张文贤是做北海太守的。因为遇上了兵荒马乱，文贤早已亡故，埋葬在太原的赤山脚下。那里有八个坟墓排成了一行，东头第一个坟就是文贤的墓。我死了以后，你们如果能将我送回家乡，葬在文贤墓的边上，我平生的愿望也就满足了。我在那兵荒马乱的日子里，有过一个儿子，姓张名遗，分手那年才七岁。他胸口有七个小窝儿，脚底板有一条贯通的纹路。他父亲死后，因为流浪，母子离散。你们要好好记住，将来有一天见到这样一个人，他就是我的儿子了。你们应该把我的经历告诉他。"说完，母亲就死了。

五兄弟护送老母亲的遗体到太原去。半路上，叔仲遭到意外，被朝歌县令逮捕，关进监狱。当时就有一个兄弟赶到郡里去见太守，向他讲了五兄弟抚养老母亲的经过情况，申述了老母临死要求与丈夫合葬的诉求。太守问道："你叫什么名字？"他一一回答了，还讲了老母的亲生儿子的样貌特征。

那太守听了这话，就捶胸顿足，号啕大哭起来，说道："这就是我的母亲呀！我因为幼小，兵荒马乱，母子离散直到今天了。"说着，又哭了起来。于是，太守就派人到朝歌县去迎接老母亲的灵柩，并且写了一份表章，上奏魏帝，陈说了自己流浪的情由，并且叙述了五兄弟孝顺老母亲的事迹。

魏帝称赞五兄弟的高尚品德，认为可以表彰他们，就任命五兄弟都做了太守：伯仲为河中太守，文仲为河东太守，叔仲为河南太守，季仲为河西太守，雅仲为河北太守，并且赠送了一大批财物，为张遗的老母亲举办丧事，追封老人为太原县大夫人，还提拔张遗当了魏府都护。

啊！孝顺父母的心感动了天地，福报就明显、实在了。高尚的品德是可以流传百世的。

卷　五

1　冤　结

从前，晋国公为了让年幼的君主能临朝执政而杀了赵同、赵括。他到晚年得病时，看见一个大而凶恶的鬼魂，披散着头发站在地上，环抱着胸膛跳跃，愤怒地看着晋国公，大声呵斥说："你杀死我的孙子，断绝了他们对我的祭祀，使我得不到宗庙供奉享受，这都是由你造成的，这不仁义的事多么狠啊！我已经申诉到天上的帝君了。今日这冤仇一定得洗刷，你还能逃到哪里去呢？"厉鬼便弄坏院落大门和住室门进入，像要抓晋国公的样子。

晋国公很害怕，躲在屋里。鬼弄坏屋门，刚要进来。晋公说："杀死你的子孙，又与我有什么干系呢？"鬼魂说："弄得我吃不上供奉，是因为你的缘由，怎么说与你没有干系？"晋公说："请允许给你设立祭祀祠庙有供奉，可以吗？"回答说："不可以，这事已经晚了。当然是请示了上天皇帝，等候你来证实。"说完就不见了。后来晋国公得了病，不满一个月就死了。可悲叹啊！结怨成仇的事，是不能做的。今天要做君子的人们，能够不谨慎吗？

2　赵明甫

赵明甫是天水人，名叫仁美，因通晓"三传"而登第，授任长江南岸太兴县县尉，多次因政绩突出而闻名，后来又升任蒲县县令。仁美一向深谙星相占卜，能够知道自己有什么样的官职、俸禄和寿命。他常对人说："我的官顶多做个县令，寿命也不过六十岁。现在我已经五十四岁了，离死也不远了。只是我有一个女儿，还没有合适的人嫁出去，这是最为要紧的事。"他便请人在自己管辖的县内，挑选一个有德行、有学业的人，好把女儿嫁出去，却一直没有物色到合适的人。一天,有一个算卦看相的人路过此地,就来拜访赵县令,说到县令的官禄寿命竟和赵仁美说的一样。赵县令说:"我自己也早知道了。只是我还有一个女儿没有嫁人,这事让我放心不下,别的也没什么挂心的事了。"

在还没有选定女婿的时候,他先给女儿找了个女仆。有一天,这个女仆打扫庭院时,忽然流起泪来了。赵县令说:"为什么哭呢?"女仆说:"我姓王,父亲曾经是这个县的县令。我就生在这个县里,因想到父母都已死去,所以不觉流下了眼泪。"赵县令问她父亲叫什么,回答说:"名叫德麟。"赵县令想起这个人,还是个亲戚,也显得十分难过。又说:"你怎么落到这种地步?"女仆说:"小时候遭遇兵乱,与父母散失,被人抢去卖了,以致沦落成这个样子。"

赵县令就对妻子说:"咱们的女儿不愁嫁不出去,我看把为女儿准备嫁妆的事暂放一下,先把这个姑娘嫁出去。"于是便对大家说:"我新近认了一个侄女,要先把她许聘给人。"不久,在县里挑选了一个各方面都不错的人,把侄女嫁给了他。而他的亲生女儿依然待字闺中。

忽然有一天,原先给赵县令相面的那个人又来拜访赵县令,看见赵县令大吃一惊地说:"前一阵看您的面相,算定您的寿命快要完了。如今看来,你的福禄寿命却无法说了。莫不是在政绩上做了什么特别的好事?要不是这样,就是昭雪了冤屈,才能得到如此的回报。"赵县令说:"我为官只是守法清廉罢了,并没做出什么使人起死回生的事。"相面人说:"这其中一定有道理,请再仔细地回想回想。"赵县令说:"我确实没有什么值得炫耀的政绩。"只是提了提先嫁女仆的事。相面人说:"仅此一事便可改变你的命运,还用到哪里去找呢!"于是便祝贺赵县令说:"您的官禄寿命长得不可预测啊!"

由此可知,积了阴德,为别人做好事,当世就会增寿添禄。后世人看到这种因果报应,怎能不动心呢?

3 报 恩

彭蠡湖旁边，有个乡村人叫李进勋，以贩卖彭蠡湖的鱼作职业。经常用大船满满地装载他的鱼在金陵和维扬集市贸易的地方贩卖，已有多年了。

一天早晨，他又去金陵卖鱼，夜间在三山江边停船歇宿。这天晚上，因为没有风，江水静而清，月光照耀像白天，李进勋就漫步走在江岸边，听见船内有千万人念诵佛经的声音。李进勋吃惊又奇怪，在岸边又看又听，那声音非常清亮。李进勋就登上船去看，原来是些船里的鱼。李进勋说："出于我粗俗浅陋的见识，买卖这些生灵之物，我死后轮回变成什么，不能预测了。"便把鱼全放进江水里。临放鱼时说道："你们鱼既然都与神灵相通，将来有一天我假如窘困潦倒，我希望给我方便赐给我恩惠。"

从此，他改了行业，去贩卖柴草，几年之间，大造箪筏，装载柴草在金陵卖。有一次还没有到金陵时，遇到大风，把箪筏吹的淹没了，一时之间，沉没在江里。只有李进勋落在江里不淹没，脚下像有什么踩着。一会儿被风吹动的几根竹竿，到了李进勋身旁。李进勋就扶着这竹竿而稍得到它的救助，还看见几百头大鱼，在李进勋脚下使他乘驾着，所有竹竿头都一起拖拉着走。这时到达岛屿陆地，才得到上岸。回头看那些鱼，都已各自散去。到夜里，李进勋不能渡江，就歇宿在水边小岛的陆地上。

要到深夜了，李进勋独坐愁苦，两眼泪水涌出洒落，叹息自己的艰难困顿不随顺，竟到现在这样子。忽然看见芦荻草丛的裂缝里，有光芒发亮。李进勋就用手去摸它，获得黄金二斤，便藏在怀里，愁闷也很有消减。一会儿看见一个人穿着白衣服，在江水波浪中站立，对李进勋说道："早上能够保存性命和获得黄金，乃是你在从前所放的那些鱼，现在都来报答你的恩情了。"说完就不见了。等到早晨，就有几十头鱼，又拖拉来一只小船，划子、桨都齐备。李进勋才能够到达江岸返回去了。

我常常看佛家的书,听说的众多的天下人得善报恩的事,和这有什么两样呢?

4 楚 僚

从前,楚僚非常孝顺,自己的亲生母亲早已去世,他恭敬地服侍继母,始终都没有一点儿闪失。

忽然,继母长了一个痈疽,形容日益憔悴,人都认不出来了。楚僚想请医师来针灸,又怕继母疼痛难忍,就用嘴在继母的痈疽上慢慢地吸吮。这个痈疽已经成熟,脓血从里边被吸出来,这一夜,继母稍稍能够睡得安稳些了。

梦中有一个小孩儿对继母说:"要是能找到鲤鱼来吃,病就会痊愈,还可以延长寿命。要是找不到鲤鱼,早晚就可能死的。"继母醒来把梦中的事告诉了楚僚。楚僚听了这话,悲伤懊丧却没办法,仰天长叹,说:"是我不孝顺,现在正是十二月结冰的季节,到哪里去找鲤鱼呢?"楚僚与继母抱头痛哭,说:"我无论怎样也不能失去母亲啊!"

楚僚行走坐卧都忧伤地哭泣,祈祷上天保佑,就脱掉衣服躺在冰上。这时,有一个小童子,把楚僚躺的地方的冰凿开,送给他一对鲤鱼。楚僚得到这对鲤鱼非常高兴,拿回家去做好了给继母吃,继母的病马上就痊愈了,一直活到一百三十三岁。

这大概是楚僚诚挚的孝心感动了天神,天神显示感应才会这样吧。

5 义 犬

三国时期,东吴孙权做皇帝时,有个李信纯,是襄阳郡纪城南的人。家里养了一只狗,外号叫"黑龙",李信纯是特别爱它,走到哪儿都带着它,吃喝时,都分给它吃。忽然有一天,李信纯在城里饮酒喝得大醉,还没回到家,就躺倒在草丛里。当时正遇上郡太守邓瑕出城打猎，见田野的草深，又不知道有人在草丛里喝醉了睡觉，就派人放火烧草。李信纯睡卧的地方，正巧顺风。那狗见到火来了，就用嘴拖拉李信纯的衣服，李信纯也不动弹。他躺的地方边上有一条小河，距离三五十步远，狗立即跑去，进入水里沾湿身子，再跑回到李信纯躺的地方，把他四周的草用身上的水沾湿。火到了湿的地方就熄灭了，使主人得以免去生死大难。狗来回运水劳累疲乏，最终死在主人旁边。

李信纯醒过来，见狗已经死去，浑身是湿毛，很惊奇这件事。他看了四周围，观察狗的行踪迹象，便恸哭起来。这事被郡太守知道了，太守哀怜它，说："狗的报恩，超过人。人不知道报恩，怎能比得上狗呢！"便叫手下给狗备办里外棺材和穿的衣服，铺盖的被褥，殓葬了它。如今纪南城还有这"义犬冢"，坟墓高达十多丈。

卷 六

1 道士驱邪

元嘉年间（424—453），有个道士叫徐启玄，隐居在终南山中，德高望重，人人都很敬佩他。他还精通法术，预知吉凶，前生往事，也都清清楚楚。

当时有个王大夫，生了一个女儿，到快要成年的时候，已长得容貌出众，世上少有了，王大夫非常疼爱她，起个名字叫"金英"。

有一天，徐启玄闲游来到这里，路过王大夫的宅门时，看见住宅房屋上有前世的集结仇云，怨气笼罩着整个宅院上空。徐启玄问："这是谁家的宅院？"守门人回答说："是御史王大夫的家宅。"徐启玄又问："王大夫在不在家？"回答说："在。"徐启玄说："能不能替我通报一声，就说终南山徐启玄有要紧事，想拜见王大夫。"守门人进去通报。

王大夫听了这话，就让请进厅堂，一会儿就出来接见徐启玄。徐启玄说："请不要奇怪我贸然打扰，只是有事要向你说清楚，不知可以不可以？"王大夫说："请直说好了。"徐启玄说："我刚才看见你的宅院上有前生的冤仇聚结，想要找机会来报复你。不知你知不知道？"王大夫回答说："不是高师您的指点，我哪能知道这样的事？我是凡人肉眼，又哪里能看得出这样的事呢？"徐启玄说："请让你家里大大小小的男女家仆都出来，让我一个一个地观察。"看完了男女家仆，徐启玄说："都不是。"又问道："家里还有什么人吗？"王大夫回答说："我还有一个女儿，小名叫金英。从小我就很疼爱她，她很怕羞见人。"徐启玄说："就是这个小女子，便是大夫你的冤家对头了。可让她出来。你可以找点什么借口，让夫人把她叫出来。"

夫人马上就去叫她。只见这个女子关紧了房门，对着墙壁坐着，叹息道："我这前生的冤结，正想找机会来报仇。没想到这无赖道士，竟看出了我的心事。"夫人听了这话，惊恐地跑来告诉大夫。

王大夫一听，也惶恐地不知该怎么办才好，就向徐启玄行礼说："这前生的冤家对头相遇，怎样能免此大难？"徐启玄说："这是件小事。"王大夫说："倘若受到尊师慈悲，特救我超脱此难，不知我该怎么报答您？"说完又接着行礼。徐启玄说："不要再多问了，要赶紧驱逐这精怪，给你把这女儿再变回来。"他要了一盆水、一口剑，左手端盆，右手持剑，跟随王大夫来到闺房，喝令开门。

金英说："是我的冤仇，干你什么事？"徐启玄说："道家把救苦救难视为功德，把济困扶危视为善事。何不快变，还多说什么！"说完就踏着北斗星象图，念着咒语，用水喷她，大声呵斥说："快现原形，不要再留在这里。"徐启玄念完咒语，就让王大夫备好棺材。一会儿棺材抬来，徐启玄开门一看，已变为一堆白骨。立即让人收殓了，装上灵车，并告诫说："送出城门，走十多里，看见一片大树林，就把它扔在那里，赶紧往回跑，不要再回头去看。"

家人按徐启玄说的，送出城门，约十来里路，果然有片大树林，就把棺材放在那里，急忙往回跑。他们一直跑到城门口，才回头去看，只见树林上空火焰冲天，树林全都化为灰烬了。王大夫与夫人惊惧哭泣着向徐启玄行礼致谢，又准备了许多珍宝财物来酬谢他，但徐启玄连看也不看就走了。

2　申生极孝

古时候，晋国太子姬申生仁义孝敬，而遭到后母骊姬的诬陷，被逼在新城自杀吊死。在他异母弟姬晋惠公夷吾恢复晋国后，便给申生加上"恭"的谥号，用太子去世的礼制仪式来改葬。

一个月后，太子申生从前的侍臣狐突经过本国时在途中遇到了太子申生。太子叫狐突上车，告诉狐突说："惠公姬夷吾不讲礼仪而张扬着先父的坏事，我已经向上天的帝君请命。我将把晋国给予秦国，秦国将为我立宗庙祭祀我。"狐突说："我听说神灵不接受不专为祭祀他的供品，人民不祭祀不是本宗族的先人。现在让秦国祭祀你,难道不是荒诞错误的吗?何况百姓有什么罪过要遭到丧乱死亡?宗族家庙又为什么不能得杀牲取血的祭祀?请您考虑。"太子申生说:"好的。等我再向上天帝君请命,七天后你可去新城西边巫师的家里见我。"狐突说:"是。"申生很快就不见了,一切如同从梦里醒过来。

狐突按约定日期去了,又遇到了申生。申生告诉他说:"上天帝君准许我惩罚有罪的夷吾了。夷吾他将死在韩原。"说完就消失了。此后,秦国攻打晋国,晋国果然在韩原地方战败而俘获了晋侯夷吾。可悲叹啊!姬申生作为人的儿子,孝行达到极点了,以至他死后还长存孝心。他被改葬、加封谥号,必然彰显出先父的失德。实际上,他并不是要张扬先父的糗事,从而使儿子由此得到才德美好的名声。

3 贪吝县令

从前,德化县有个张县令,家业分布在江淮之间,家中金银满箱,粮食满仓,多得数不清。他做官的任期满了以后,返回京都,随带的仆人和马匹都很壮健,行李十分丰足,常常先派人打前站去安顿食宿,山珍海味,必定带着走。

他们来到华阴,仆从们安置篷帐,摆好酒席,准备好了,杀的猪、烤的羊开始熟了。有一个穿黄布衫的人,靠着盘子坐了下来。仆人连连大声呵斥,他却神色自若,不加理睬。店里的老婆婆说道:"如今五坊里出来一帮打猎的人,在关内横行霸道。这人就是这一伙的吧,可不能跟这种人争吵的呀。"仆人正要找别人去责备他,张县令到了。仆人就把这件事禀告给主人。张县令说:"就让他在这儿吧,不要赶他了。"于是作了个揖,问那人:"从哪里来?"穿黄布衫的人不回答,只是"唔唔"地应诺着。张县令就催仆人快暖酒来。

酒送上来了,张县令用大金盘盛酒请他喝。黄衫人虽然没有道谢,却似乎有了些惭愧的神色。喝完了酒,黄衫人又看着桌上的烤羊肉,眼睛不曾离开一下。张县令亲手割了烤羊肉劝他吃。等到烤羊肉吃光了,黄衫人还是一副没有吃饱的样子。张县令又从大盒子里拿出十四五个饼来，请他吃。他总共喝了二升多酒。

酒喝得十分酣畅了，黄衫人对张县令说："四十年以前，我曾经在东店喝醉了一次，就一直到今天了。"张县令非常惊讶，就问起了他的姓名。他说："我不是人呀，而是阴间送关中生死簿的小吏。"张县令说："这生死簿可以让我看一看吗？"他说："偷看一下也没什么灾祸的。"于是，他打开草包，拿出一卷书轴，上面写着："泰山神送交金天府。"其中第三行写道："贪图钱财，喜欢杀人，前德化县令张某。"就是张县令的名字。

张县令看见自己的名字，就哭着求告那使者："寿命的长短是有限的，谁敢怕死呢？我的年龄正当壮年，没有作死的准备。我的家业浩大，还来不及去托付给后人，你可有什么办法，可以延缓我的死期？我的钱财，粗算也有几十万，都可以拿来酬谢您。"使者说："你请我吃这一餐饭的恩德，真是应该报答的。不过这么大的酬劳，对我又有什么用呢？现今有个仙官，叫作刘纲的，他被贬谪住在莲花峰下，只有你跪在地下爬着一直到那里去，请求他为你呈上一份奏章。除了这个办法以外，事情就难办，这是没有办法的事。我听说昨天金天王和南岳衡山神赌博，金天王输了，被逼着还钱，逼得很紧。你可以到南岳庙去，答应给他一大笔钱财，他就一定能在刘仙官处用力。即使你气力不足到不了那里，你也找到了去莲花峰下的路。不这样，就没有办法了。"

于是，张县令就直接去了。只见草木丛生，荆棘密布，河流山谷，险阻隔绝，没有一条路可以到那儿去。张县令于是带了牲畜祭品，赶到南岳庙去祭祀，又以一大笔钱财向金天王许愿。然后，他直接来到莲花峰下，转过山南，有一间茅草屋，见一个道士，靠着几案坐在那儿。那道士问张县令道："骨肉快要腐烂、神魂即将耗尽的人，怎么能来到这儿呢？"张县令说："漏快尽了，钟要鸣了，我的生命像朝露很快就要干了。听说仙官能够让灵魂重新回到枯骨里去，让新鲜的肌肉又长在腐朽的尸体上。您既然有爱人性命的好心，难道就没有上奏章的力量吗？"道士说："我不久前为汉朝一个有权势的大官上过一道奏章，结果就被贬谪，住在这莲花峰下。现在我还想得到什么,你想害得我成为荒山中的老人吗?"张县令哀戚地请求他,情辞十分恳切。刘仙官脸色却非常恼怒。

不一会,有个使者带了封书信来到,正是金天王的信。刘仙官看了书信之后,笑着说:"关节既然已经打通,就难以拒绝了。"就喊那使者回报说:"莫非又要违背上帝的谴责不成?"于是就打开玉制的书套,写了一道奏章,点起香来,一再叩拜,派那使者去呈送。

过了一会儿,上帝的天符就下来了,上面写了一个"彻"字。刘仙官又点起香来,一再叩拜,然后打开天符。天符上面写道:"张某违背祖宗的教训,窃取名誉地位;不顾礼法的规定,窃得高官厚禄,又卑鄙邪僻,搜刮钱财,奸猾欺诈,不讲信用。县官的职位,因此被他窃据;无数的财产,实在由此非法占有。现在按罪查实,是个等待受刑的残魂。你怎么又来奏章,请求延缓他的性命呢?只因为扶助危困,拯救溺水的人,是常理所提倡的;宽恕犯了过错的人,减轻对他们的处罚,是道教的一贯宗旨。现在就偏私这个百姓吧,也算是成全我对他的爱怜和宽容。如果他改正错误,就宽恕他重新做人。这个贪图活命的人,酌量让他再活五年,这份奏章不必记载他的罪过了。"

刘仙官看完了这道天符,就对张县令说:"大概人的寿命,大约几百岁罢了。喜怒哀乐,是劳心的根源;种种爱憎和嗜好,是危害本性的根源。有的人又喜欢夸张自己的能力,攻击别人的长处,颠倒了自己的良心,顷刻之间变化无常,使自己神魂颠倒,十分劳累,很难保全自然的祥和之气了。就像那清淡的泉水,被各种味道搅浑了,要想让泉水不败坏,怎么办得到呢?你好好地回去吧,不要毁坏我的教诲。"张县令感激万分,向刘仙官拜谢告别。刚要抬脚走路,已经不在这地方了。

于是,他再寻找原路回去,那路已经觉得稍微平坦一些了。走了十多里,看见穿黄布衫的使者走到他面前向他祝贺。张县令说:"我要报答您的。希望知道您的姓名。"黄衫人回答说:"我叫钟名,生前是宣城的脚夫,夜里死在华阴,就被阴间所察知。这送书信的差使,痛苦就和原先的脚夫一样。"张县令说:"有什么方法可以免去您这送信苦役呢?"黄衫人回答说:"只要您去还了金天王的愿,请他把我安置为守门人,我就可以饱餐那神盘里的各种食物了。这符令已经超过了半天,可不要再耽搁时间。"说罢,黄衫人同他挥手告别,走进村庄南面柏树林中三五步,就不见了。

于是,张县令就在华阴备好车辆,作东归的准备。还金天王的愿需要两千两银子,张县令就对他的仆人说:"这两千两银子可以供给我十天的费用呢。哪里有受福于上帝,却要把钱财交给泥塑木雕的人呢?"第二天一早,他就乘了车向东去了。

十多天以后,他到了偃师。这天晚上,住宿在县衙的客馆里,见那穿黄布衫的使者,手持公文,推门进来,大声训斥道:"你这个人怎么虚伪狂妄到这种地步!如今灾祸无处逃,罪孽不可避了。由于你偿还三峰的愿犹疑不决,使我报答你一顿饭的恩情也没有结果。我心中忧闷不乐,就像被毒虫咬了似的。"说完,就不见了。

不多久,张县令得了病,他就留下遗书给妻子儿女,遗书还没写满半张就死了。

可悲呵!贪图吝啬钱财而丢掉了性命,这是忘记了做人的道德,违背了自己的诺言。像这样的人还想延长自己的寿命?难道会实现吗?现在他死了是应当的,后来的人可以不谨慎吗?

卷 七

1 志亥

从前，有个和尚叫志亥，是河朔人。他精通五步罡，严格遵循僧人的清规戒律，不穿绸缎，只穿布衣。他云游四方，经过城镇时，从不住城中的寺庙，只住在城外的山野老林中。

有一次，他到了绛州城东十里处，夜晚住在坟地的树林中。这夜月明如昼，他看见一条野狐狸，在树林中把干枯无肉的死人头骨套在头上，便摇动它，摇落了的便扔掉。这样反复了三四次，终于再摇也没有掉下来，就拿草叶装束在身上，一会儿变为一个女子，眉清目秀，像画上的仙女一样美丽，世间没有能比得上的人，穿一身白衣，就摇摇晃晃地走到路边，还未站稳，忽然听到东北方向传来一阵马蹄声，这女子便假装哭起来，而且哭得哀伤令人不忍去听。

一会儿，有个人骑着马过来，见女子在悲泣，便下马问道："娘子怎么深更半夜一个人停在这里？你打算到哪里去？我愿意听你说一说。"这女子又装着掩面悲泣地说："我住在易州，前年父母把我许给北门的张氏为妻。我的丈夫不幸去年死去，家境落魄，穷困无所投靠。父母离我很远，哪里知道我这样孤苦伶仃。我思念父母十分心切，打算回到易州去。可是因为我不熟悉路径，所以才这样悲伤难过。你为什么要问这些呢？"这个出差的军吏说："刚才以为你悲哀其他事，我不敢说话。你要是回归故乡，这是不难办到的，我就在易州做事，昨天因为出差来到这里，现在就要返回易州去。娘子要是不嫌弃这鞍马粗陋，我愿立即把马借给你，那就请你上马赶路吧。"那女子便不再哭泣，拜谢道："要是能这样，您的大恩大德，我怎么能忘了呢！"说完，军吏就请那女子上马。

这时候，志亥从墓林中出来，对军吏说："这女子不是人，是妖狐变化而成的。"军吏说："和尚你不要胡说八道，冤枉这个女子。"

志亥说:"你要是不信,请稍等片刻,我给你把它变回原形。"军吏说:"是真的吗?"于是,志亥就系上印鉴,嘴里念着咒语,挥动禅杖铮铮有声,呵斥道:"还不快变原形!"那女子当即气绝倒地,化成老狐狸死去,鲜血横流,骷髅草叶还挂在身上。

军吏目睹了这一切,才相信这是真的,就向志亥一再地顶礼拜谢,感叹惊讶地离去。

2 哭张安儒

张安儒,是东洛人。他家很富,来往淮南郡买卖。在晋穆帝永和年间(345—356),从广乐城到达洛下,到了之后就患上脚肿病,打发人到陆浑,呼唤儿子叫他回来。儿子听到父亲得病,连夜奔走回到洛阳。不过十天,张安儒就死去了。家里男女大小都捶胸哀痛。

还没到入棺盛殓,忽然有一个女子,头上身上穿戴庄重的白绢丧服丧巾,遮着脸,从门外进来。仆人问她,她也不答话。她直接到尸体前,不去掉丧帽,就尽情悲哀哭泣,那声音凄凉哀怨,像被刀割那样哭声不止。家里男女老少和亲戚们,都吃惊发愣而想不出原因。

一会儿,她丢弃帽子,看她竟是个丑陋的胡人女子的鬼魂。亲戚都跑掉了。只见这女鬼就开了房门。一会儿,听见屋里面她和张安儒的尸体说笑,还饮酒吃菜唱歌作乐。一会儿吃喝完,又听见大声、小声说话,和互相打斗敲击的声音,很久才静下来。

到晚上,张安儒的儿子和亲戚、奴仆开门看里面,只见他的尸体和胡人女子都变成灰了。

3 楚宾猎鸟

李楚宾,是楚地人。性情刚直高傲;喜欢打猎,每次出猎,没有不大获而归的。

当时有个董元范,家住青山一带,母亲曾经得了一种奇怪的病,白天跟好人一样，安安静静的，可是一到晚上病就发作，背上好像用刀刺一般痛，又好像是用棍棒殴打一样，这种痛楚实在无法忍受。一年来，无论是吃药还是针灸，都不奏效。

当时正值永明年间，有一个善用《易经》占卜的人朱邯回河南，路过董元范家住宿，这一晚他一点儿也没睡。董元范的母亲到了三更一过，惨叫声就和被人拷打一样。到了天亮，问董元范："太夫人得了什么病如此痛楚？"董元范说："我母亲得这种病已经一年了，吃药针灸都不见好，也不知道是怎么得的这种病。"朱邯便给占了一卦，看了卦象，对董元范说："你今天白天该遇到一个人。到了未时正，你会看见有个人拿着弓箭走来。你必须整齐衣冠，在路旁恭敬地等候他。你见了他就致敬，再三地恳求他住在你这里。这样一定会治好你母亲的病痛，并且还能够查明她痛苦的根源。"说完，朱邯就告别走了。

董元范就照着朱邯的话，穿戴整齐，站在路旁恭候着。果然看见李楚宾携弓带箭地出来打猎。董元范一见，就立刻上前问寒问暖，又十分恳切地对李楚宾说："希望能到我家来住，请不要见外。"李楚宾说："我今天出来打猎，一个猎物还没打着，你何苦要留我呢？我看天色还早，不能就住下。"董元范就把母亲的病情叙述了一番，说："有一位算卦的先生指引我来见您，让我一定请您到家里来住，说这样我母亲的病一定会好的。"李楚宾只好跟他来到董家，宾主坐下，董元范准备了酒菜款待他。饭后就把李楚宾安排在东房住下。

这一夜，月明如昼，到了二更天气，李楚宾就出了房门去散步。忽然看见空中有一只大鸟飞来，奔向董母的房上，抬嘴便啄，忽然听见房内传来痛苦难忍的呼喊声。李楚宾心想："这只大鸟莫非是个妖魅？"就进入房中取出弓箭向大鸟射去。那大鸟连中数箭飞跑了，房屋里疼痛的呼喊声也就跟着停止了。

到了天亮，李楚宾向董元范说："我昨夜已经替你母亲除了病灾。"董元范问："是怎样除灭的？""我昨晚半夜出屋散步，忽然看见一只大鸟，浑身都是红色，两眼闪着金光，飞到堂屋上，用嘴就啄，于是就听见夫人痛苦的喊声。我就弯弓搭箭。那只中箭的鸟带着箭飞跑了,堂屋中的呼喊声也就停止了。"

董元范听说,惊喜不已,和李楚宾一起绕着宅院寻找,并没有看见什么大鸟。忽然看见舂米的木棒上有两只箭,射中的地方都有血流出来。董元范就用火焚烧了这根舂米棒,精怪才灭除了,母亲的病从此痊愈,康复得和过去一样。董元范拿了一捆绸绢送给李楚宾,李楚宾没有接受就告辞走了。

4 李 汾

李汾,是越州上虞县人。他性情喜爱山水,就居住在四明山的山下。有个平民百姓张老庄,他家很富,喜好养猪,成年的不宰杀而放纵它。

永和的末年,在中秋月圆时,李汾在庭院里月下漫步弹琴,自得其乐。忽然听见院外有人的赞叹的声音,又说又笑。李汾猜测不出缘故,问道:"是什么人夜间这么久了还到这山间居宅院落来?"有女子笑说:"只为喜好秀才你的美妙琴声。"李汾开门来看,见一个女子,端庄正派没有能比上的,只觉得嘴上佩挂的饰带高且是深黑色。李汾问:"娘子你莫非是神仙吗?"女子回答说:"不是的。我是这山中张家的女儿。今晚父母在东村做客,我偷着来拜见,希望不要责备我吧。"李汾喜悦,对这娘子说:"你不嫌弃这荒山野居,就请上台阶进屋。"

女子就上阶进屋煮茶,用说笑互相戏耍,李汾还说不过她。放下帷帐背离灯光,夫妻燕好事完,忽然就公鸡啼鸣报知天亮,女子起身告别。李汾贪爱恋情舍不得分别,就偷了女子一只青毡鞋子,藏在盛衣服的竹笼里。李汾模糊地睡着,女子抚摩着李汾悲伤哭泣,求取寻找鞋子:"愿你不要留下这鞋子,今晚再相约见面。假若收藏鞋子,我这女子必定会死,现在拜谢你,望你不留吧。"李汾竟然不给她而睡着,这女子大声哭着就走了。

李汾受惊而醒,不见了这女子,只见床前鲜血满地。李汾心里诧异这事,就打开衣笼,看她的鞋子已变成猪蹄甲,就惊骇不止。循着血迹下了山,直到张老庄家的猪圈里。那猪看见李汾来,怒目狂叫。一会儿李汾把前事一一告诉了张老庄。张公听到惊怪起来,就把猪烧煮了。李汾也就舍弃了他这山中的院落,另到别的城镇去了。

可悲叹啊,妖怪的事是显然的,迷惑人的办法也是明显的,借人的形体,像这样用美色迷惑人。因此,面对美丽的姿容,人们能不慎重吗?

卷 八

1 司勋医舌

汉明帝永平年间（58—75），有位任司勋官职的张员外，早年就很有名气，他词锋犀利，常以善辩胜过一般人，同辈们没有不怕他的，可是他的官运不佳，一直没有再荣升。他到了该辞官归家的年纪，有四个儿子，名望才德都很堂皇杰出，都有了比较显要的官职。

张司勋得了一种舌头肿大的病，舌头肿得从嘴里伸了出来，有斗那么大，张司勋只能闭上眼睛来喘气了，看样子，恐怕很快就会死的。他的儿子们焦虑地在一起商议道："看来这种病症，医书上没有记载，一般人也不认识，最好还是去请高僧道士，求他们用奇方异术来治一治，也许还会有救。"儿子们便换掉官服，分别到各个佛寺道观去，反复叙述父亲的症状，以求能找到会治的高手。

正巧，碰上一个老和尚。老和尚对他们说："郎君不知道因果报应吗？为什么不搀扶着员外到街市上人多的地方去，让大家都清清楚楚看到，向众人求救，还怕没有治得了这种病的人吗？"这几个儿子十分高兴地接受了他的指点，就徒步抬着父亲的坐轿沿街行走。

在东市上遇见一个老头，头发眉毛全都白了，可是脸面却像婴儿一样红润，看见张司勋的病，大吃一惊地说："我平生专治这种病症。今天有幸活到九十八岁，才遇上一例，真是太好了，愿意给以治疗。"儿子们听后高兴地哭泣着，给老头行礼致谢，跟在他后面。老头说："我看上了宣平东门的一所小宅院，因缺乏钱财而没有得到，郎君可替我立即买下来。那家也早就想卖掉了，同时也请你们为那所宅院准备好家具帷帐等着我。那所宅院不会超过三十万钱的。"儿子们马上就去寻找那所宅院，果然有，当时就买下来。

老头有个妻子菜要，生得天姿娴雅，容貌端庄，大约有十八九岁，黑色的头巾蒙着头，绛色的丝带束着腰，从不涂脂抹粉，却头发乌黑光亮，光彩照人。她和老头一同来到新买的宅院，约好明天早晨等张司勋。张司勋的几个儿子忙着整理房间，铺好床褥，挂好帷帐，准备好炊具，样样都安排得很精细，老头也非常欢喜。

儿子们一天亮就把张司勋抬来。张司勋刚一到，准备好盐醋等调料。老头吩咐道："诸位郎君最好还是站得远一点，耐心等候，不要上前来打扰。"老头就用手指慢慢捻动张司勋的痛舌，发现有一头小猪娃挂在舌根底下，就用金刀把小猪娃割下来，然后在深红色的药囊中拿出一些粉末状的药面，封在伤口上。舌中割下的那头小猪娃有五六斤重，老头就让他的妻子切成小块用火来烤，油脂向下滴，满屋都是香气。

这时，张司勋忽然睁开了眼睛，喉咙里咽着唾沫，疾病马上就好了。老头和他的妻子莱要就一同劝张司勋吃这些烤肉。一会儿工夫便把烤肉吃得精光。儿子们高兴得发狂似的，上前问候，张司勋说："我只记得初得这病时的情景，以后的事就不清楚了。刚才快醒过来时，闻到一股烤肉的香味；就感到很饿想吃东西，咽了口唾液就好了。我不知道是怎么回事。"说完还想吃饼子，吃了几个，就像没病的人一样。老头说："病已经好了，请几位郎君服侍司勋回家吧。"张司勋致谢说："这种病要不是老丈的神医妙手治疗，是绝不会好的。您的大恩大德，我是永远不会忘记的。"老头说："我平生的志趣就是医治这种病，这次有幸替你治疗，算是满足了我平生的愿望，有什么可道谢的呢？"

张司勋父子回到家以后，儿子们带了很多金钱、丝绸、奴仆、马匹，第二天一大早就来答谢老头，只见所有的门都锁着，家具、帷帐等东西一样也不少，全都放在原处，没有带走。只有老头和他的妻子不知去向。儿子们奔回家中把事情告诉了父亲。张司勋全家悲泣不已，烧香诚拜为老头祈祷，这才醒悟到是神仙来为他治病的。

有见识的人说："张司勋的病，恐怕是处罚他多言善辩之过的吧，而上天用这种病来警诫他。后世的人们说话时能不慎重吗？"

2 可思逐踪

在虞乡县有个打猎的人张可思,很重视致力于打猎,每次为追逐野兽进山去,经常十几天不回来。

一次,因为在雪里追踪鹿,到了很远的地方,忽然看见人的踪迹,踩的鞋印很新。张可思奇怪惊讶了很久,便辗转曲折地跟着踪迹,进入危险偏僻的路尽头。踪迹没了,到达了大松树下,连泥带雪抓枝爬树情形,一个个清清楚楚。张可思更加心怀惊异,便也沿着痕迹爬上了树。快到树顶,便有旁伸的大树枝,横架在山石上,看那个人已经过去了。张可思便跟着过。过去后就宽阔平坦敞亮,不像是在山里。

一会儿,张可思到了山洞旁边,又直走小路进了洞门,四周围是石头台阶,台阶下芦苇门帘里,有个大石头屋。屋里烟熏火燎,烧火做饭菜的味道很鲜美。张可思到前面,恰好遇见从外面进来的人背着一口袋盐,约有百来斤,放到厨房里,就洗裤子洗脚,便邀请张可思来靠近烤火。一会儿听见敲磬的声音,都说:"各位真人上堂来了。"又叫张可思上前行礼晋见。张可思就上去,见在左右的都是如金似玉的人,而身高一丈多,都穿着鹤氅,礼节仪式景象严肃美观,声音明亮流畅,都问张可思道:"为什么来到天上?"张可思就陈述了他的来因。便叫张可思坐在地上,问了许多人世间的事情。一会儿对张可思说道:"你可以记下我的短小文辞,传给后代,也可以使他们增加些寿命。那词说:'地朗天清多宁静,有人专门去钻营。为名为利奔波苦,喜怒哀愁心头萦。本想长寿却丧身,何不断欲守精灵。'"说完,对张可思说道:"你快回家,不要在这里滞留,会受到谴责的。"张可思听了这话,就立刻行礼告别。

那个背盐的人送张可思出来,他就找到旧路回家了。过了一些日子,张可思重又来这儿,道路途径都已不同,找不到了。

3 宗仁料事

晋永熙年间（290），任青州从事、检校尚书、兵部郎中职位的王宗仁，有一次外出到河北做客。当时任仆射的李公镇守河北，王宗仁和李公是表兄弟，因而李公招待得很周到。两人谈起鬼神的事，李公认为到底有没有地府幽灵还很难料定。王宗仁说："确实有的，这有什么可怀疑的呢！如果要证明有没有的话，我可以马上招来给你看。"李公就请他招来看。王宗仁说："你可以随意写一个死人的名字，不要给我看；你记住就行了，然后封好交给我，我马上就可替你招来。"李公先前曾跟随邺中大将、他的堂兄弟免学习阵法和射箭，当时免刚死，李公正感念不忘，就悄悄写了他的名字封好交给王宗仁。

王宗仁就让人备好香火，接着他迎风发出长而清越的声音，然后就把写着名字的纸片在香炉中点燃。过了好一会儿，宗仁吃惊地朝门口一望，急忙站起来，整衣行礼，说："您来了，立即为您通报。"就对李公说："不该随便乱召大将，应当赶快准备酒饭，多说敬仰的话来感谢他。"李公就照王宗仁说的那样，致敬了好一会儿。王宗仁说："幸好已经离去了。一定要见的话，不妨召唤低下的人，即使来了也无关紧要。"当时李公的家里刚死了一个女仆。李公就写上这个女仆的姓名交给王宗仁，说这回要见到。王宗仁又让人备好了香火，迎风呼啸，接着就把那名字在香炉中点燃。一会儿，笑着对李公说："像这样的老婢女，追求她又有什么爽快呢？"李公对此十分惊奇，就让王宗仁询问有关阴间的事。王宗仁说："这根本不能泄露，要是泄露了会大减我在阳世阴间两地的寿数。"过了一会儿，就打发那婢女离去了。

王宗仁曾对李公说："我有一天会做丞相的。只要石勒、刘聪当了皇帝，我就不是三台之位能比得上的。"这以后，王宗仁做了青州府的副职，主人死后，就被陇右公收为幕僚。不久，石勒、刘聪果僭称皇帝，王宗仁也当了左丞相。竟然和他说的一样。

4　阿七预言

在泾河北岸，有个住在郊野的人叫李德用。元嘉年间（424—453），有一年新年正月十五日的夜晚，有两个盗贼越过墙进来，都拿着锋利的刀，李德用不敢强抗，只能敷衍搪塞，屋里的各类衣服一件不剩被拿去了。李德用的一个儿子，名叫阿七，刚刚六岁，刚睡被惊醒，便喊叫"有贼"，被盗贼的箭射中，应声倒毙。李德用的草屋外面有两头驴，是紫色，也被抢去。

天亮，同村的人聚合，共同商量捕捉追赶贼盗的办法。一会儿阿七的魂灵登上房门而高声叫道："我死本是我的命数，哪里还用多加伤痛。所痛的只是永远告别了父亲家而已。"便恨怨哭泣了很久。同里的邻居五六十人，都为此流泪哭泣。阿七就说："别谋划把贼盗追回来，明年五月里，会自己来送死。"便叫李德用，贴近耳朵告诉了盗贼的姓名，还嘱咐父亲不要泄露出去。

不久，春天的耕作时节就来到了，李德用谋求生活的心情急切，顾不上留心这件事。麦收时节，李德用种有半顷麦子，正等待收获。一天早晨，有两头牛把麦苗践踏得凌乱不堪，李德用回来告诉同里的人，说："你放纵牛损害糟蹋我的麦苗，我已经把牛拴起来。牛主人赔偿欠钱来买我的麦苗。不这样，我就到官府上告了。"同里的人一同去看，都说："这不是左右邻居平素养的牛弄的。"不久有两个外地人来到说："是我的牛弄的，昨晚它们跑散了，没想到来这里。它们所损坏的麦苗，我们照价赔偿；但请把这牲口还给我吧。"同里的人都问他从前买牛的契约文书在哪儿。那两个人说他是用紫色驴交换得到的。

李德用就省悟了阿七所说的话，便问姓名，就都像阿七所说的一样，于是就把他们捆绑起来。说："你们去年冬天射死了我儿子，是偷盗我财物的人。"两个盗贼互相一看，就不再隐瞒，说："是天意，是命定，该死不能逃避掉。"就陈述那事的缘故说："我那时劫财杀人之后，就向北窜逃宁庆的乡下，认为事已过去很久，便买牛带回岐山。昨天牛到达村北二十里的地方,就光来来回回地转而不往前走,就只好等到黑夜再经过这里。睡下之后,梦见一个小孩儿有五六岁左右,光着身子乱舞动,扰乱得迷乱不清。这样,过了一夜才醒过来。到醒了之后发觉到,两头牛的缰绳、鼻绳都没断,就如同被解开放走一样,牛却逃跑了。"

全译句道兴本《搜神记》

[？]句道兴/撰
　白春平/译

目　录

行孝第一

1　樊寮 …………………… 267
2　张嵩 …………………… 268
3　冬生荙白 ……………… 268
4　名医连缀 ……………… 269
5　扁鹊辞赏 ……………… 270
6　南斗北斗 ……………… 270
7　病入膏肓 ……………… 272
8　刘安 …………………… 272
9　秦王驸马 ……………… 273
10　侯霍娶妻 …………… 274
11　侯光报恩 …………… 276
12　王景伯 ……………… 277
13　赵子元 ……………… 278
14　梁元皓、段子京 …… 279
15　段孝真 ……………… 281
16　王道凭 ……………… 282
17　刘寄 ………………… 283
18　杜伯 ………………… 284
19　刘义狄 ……………… 284
20　义犬冢 ……………… 285
21　李信 ………………… 286
22　王子珍 ……………… 287
23　田昆仑 ……………… 290
24　孙元觉 ……………… 294
25　郭巨 ………………… 295
26　丁兰 ………………… 295
27　董永 ………………… 296
28　郑袖 ………………… 296
29　孔嵩 ………………… 297
30　楚庄王 ……………… 297
31　一老人 ……………… 298
32　齐人 ………………… 298
33　楚惠王 ……………… 299
34　隋侯珠 ……………… 299
35　羊角哀 ……………… 300

行孝第一

1　樊　寮

　　从前，有个名叫樊寮的人，非常孝顺，母亲早就死了，他继续侍奉后母。后母身上生了个恶性肿块，内部郁结成了痈，痛苦得难以忍受，从早到晚都不能睡觉。樊寮忧愁烦闷，服侍后母连衣服都没脱过，一个多月下来，身体瘦弱，别人都不认识他了。

　　樊寮想叫医师来针灸，怕后母疼痛，就用嘴在后母的肿块上吮吸，病痛就稍微好了些。肿块处流出了几口脓血，他后母到了夜里就能够安稳地睡觉了。

　　夜里，樊寮梦见鬼来对后母说："这疮口上还要用鲤鱼来吮吸，以后就可以没有病痛，寿命能延长。如果没有鲤鱼吃，就该死了。"樊寮听到了这话，心里忧愁、害怕，仰面向着苍天叹息道："我的不孝，如今到了这个地步！十一月里冬天结冰的时候，怎么弄得到鲤鱼来吃呢？"就抱着后母的头，痛哭着告别。此后，他进进出出都边走边哭，悲伤地啼哭掉眼泪。

　　有一次，在河边，他仰面向苍天叹息说："老天爷如果可怜我，但愿鱼能受到感动，游出水面来。如果没有神灵相助，就完了。"樊寮就脱下衣服，覆盖在冰上，得不到鱼，就赤膊躺在冰上。苍天知道他非常孝顺，就在樊寮脊背底下的冰中，感化出一双鲤鱼来。

　　樊寮心里很高兴，拿着鲤鱼回去用鲤鱼吮吸后母的疮口，后母的痈就痊愈了。母亲的寿命得以延长，延年益寿，直到一百一十岁才死呢。

　　樊寮孝顺的品德，像松柏一样常青！

2 张　嵩

从前，有个叫张嵩的，是陇西郡人，有极孝敬的心。年龄才八岁时，母亲患病躺在床上，忽然想要吃堇菜。张嵩听到这话，赶忙走出去，往野地寻找堇菜，可是一点也没得到，于是就放声大哭说："可怜悯的父母，为生养我而辛勤劳苦，如今得了病，何时才能够痊愈？上天若是可怜我，愿你使堇菜滋生出来。"从早晨到午间，哭声不断。

上天被他极孝敬的心感动，在不该生堇菜的时节给他生出来。张嵩便拿了回家，侍奉母亲来吃。因为吃了堇菜，母亲的病痊愈了。

张嵩后来长大成人，母亲病死。他家有钱而地位高，但所需的棺椁坟墓，都是他亲手做成的，不劳动奴仆们出力。送殡下葬也不用车辆、牛马和别人出力，只有张嵩夫妇二人，亲身背上母亲的棺材，用自己的力气擎举在车上推着，叫妻子拉着去墓地。

送葬这天有急风暴雨，别的道路上泥浆没了膝盖，而他们送葬的这条路上，却洁净得不起尘土。张嵩埋葬完毕，在墓地三年都是亲自去背土来培坟，哭声不断，头发落光，哭声还不止。

上天知道他极孝敬，在墓地正北响起了打雷声，忽然有一条风卷云来到张嵩身边，裹挟着张嵩安放到坟东八十步的地方，然后才使迅雷打开坟墓，拿出坟里的棺材，棺材头上写道："张嵩极孝敬，孝心通达于神灵。今日因你孝敬之心极为真诚，放还你母亲再活而延长寿命，再得三十二年的岁数。责成你扶持母亲回家去侍奉。"

听到这故事的人，没有不为此事嗟吁感叹的，从古到今，没听说过这种事。皇帝便授予张嵩为金城郡太守的官职，随后升转为尚书左仆射。这故事出自《织终传》。

3　冬生茭白

从前，有个焦华，十分孝顺，长安人。汉朝末年时，任尚书左仆射。他的父亲身患重病，焦华非常孝顺，侍奉供养父母，连衣服、帽子都不脱掉，白天、晚上都忧心忡忡，只怕照顾不周。

他的父亲被疾病困扰，焦华回到家中对父亲说："我们兄弟二人想请教父亲，你的病如若不能痊愈，死后谁该事奉父亲呢？"父亲说："你身为长子，才能过人，不能断绝后嗣，你再不要多说。近来梦不好，料定我也活不了多久了。看见我精神比较好的时候，你们立即通知所有亲戚朋友，把在跟前的请来，我要与他们分别了。"焦华问父亲说："你生病以来都做了些什么噩梦呢？"父亲回答说："我梦见天上的人下来接我。他说：'你想继续活着，现在须吃一顿茭白，就能活过来。如果你吃不上茭白，不出十天，终究要死了。'现在十二月不是长茭白的时月，哪里有什么茭白可吃呢？所以，我知道我要死了。"焦华听了这话，气短悲哀，吃不下饭，喝不进水，声音阻塞，突然昏死了。

到了第十天，焦华才又复苏过来。大梦中听到神在呼唤他："你有一颗孝顺的心，感动了苍天，老天爷派我给你送两只茭白来，您赶快把这茭白拿去，给你父亲当药吃。"焦华在梦中拜谢以后，接受了赠茭白。梦醒后，就见手里果真有两只茭白，香气充满了整个屋子，随后送给他的父亲。父亲吃了这茭白，他的病很快就好了。

所以，人们说："深冬想茭白告诉焦华，父亲就吃上茭白了。"大凡世人必须要有善良的心，对孝顺的人，老天爷也会帮助他的。这个故事出自《史记》。

4 名医连缀

从前黄帝的时候，有个俞附，是个高明的医生，能够把死人救活，让被抬走的棺材再抬回来。俞附死了以后，又有高明的医生。

到了六国的时候，又有扁鹊。汉朝末年，良医华佗，能够打开肚皮，清洗五脏，劈开脑子，取出虫子，却被魏武帝杀死了。

5　扁鹊辞赏

从前,有个人叫扁鹊,是个医术高明的好医生。他周游天下,到虢国时,听说虢君的太子生病,已经死去八天了,扁鹊便要求进宫去看看这位太子。

看完后,他出来对宫里的人说:"太子虽然已经死了,尚可让他活过来。"虢君听了这些话,就召唤扁鹊进宫,救活太子。

太子终于复活了。虢君十分高兴,立即赏赐金银宝璧给扁鹊。扁鹊辞谢了虢君,没有接受赠物。虢君说:"如今你救活了我的儿子,赏赐给你点东西,不违背常理,你却不接受。为什么呢?"扁鹊说:"太子本来就没有死,并不是我有什么妙法能把他救活的。"他最终也没有接受虢君的赏赐,就离开了。

6　南斗北斗

从前,有个管辂,字公明,是个很好的人才。那时候正是六月中旬,他经过平原县,看见一个少年,大约才十八九岁,在路南割麦。管辂竟叹息了一声,走过去了。

那少年就问管辂:"你为什么叹息呀?"管辂反过来问少年:"你姓什么?叫什么名字?"少年回答说:"姓赵,名字叫颜子。"管辂说道:"刚才也没有别的事,只是可怜你好端端一个少年,明天午时将突然死去,所以才会叹息!"赵颜子问道:"老人家莫非是管辂?"回答说:"正是我。"赵颜子就向他叩头,追着他要他救命。管辂说:"你的命是老天爷决定的,不是我能救得了的。你暂且回去,应当马上告诉你的父母亲知道,不要让他们感到太突然了。"

赵颜子于是回家,马上告诉了父母亲。父母亲听了这话以后,随即骑上马去追赶管辂,跑了十里路追上了,就向管辂叩拜,询问请教他说:"我的孩儿明天午时将要死了,管圣人无论如何都要怜悯他,答应救他一命。"管辂说:"你且回家去,准备好一盒麋鹿肉干,一斗清酒。明天午时光景，我到你家来，才可以救他，也不知救不救得了。"赵颜子的父亲就回来，备办了酒和麋鹿肉干，等着管辂来。

到了第二天这个时候，管辂来了，对赵颜子说："你昨天割麦地南头的大桑树底下，有两个人正在赌博游戏。现在你带了酒肉到那个地方去，盒子里摆放好麋鹿肉干，到那地方斟好酒。他们自己会拿去吃的。如果他们问你，向你发火，你只管向他们叩拜，不要说话。其中有一个人会救你的。我在这里专门等着你的消息。"

赵颜子照着管辂说的话去做，立即带着酒肉到大桑树底下。他看见两个人在赌博游戏。在他们要休息的时候，赵颜子非常周到地去侍候他们，给他们斟酒。他们拿起酒就喝，专心赌博，也不细看是谁。等到酒快要喝完，赌博快要结束的时候，坐在北边的人抬起头来看见了赵颜子，忽然大怒，说道："你这个小子，我让你早点去，你为什么违了时辰？到了午时还不去，为什么还在这里为我斟酒呢？"赵颜子再三向他叩拜，不敢说一句话。

坐在南边的人对坐在北边的人说："凡是吃了人家一样食物，在人家面前就觉得难为情，吃了人家两样食物，就得为人家出力。今天我们喝了他的酒，吃了他的麋鹿肉干，怎么可以活活地要他这条命呢？"坐在北边的人说："生死簿上已经写定，怎么可以更改呢？"坐在南边的人说："暂且借你的生死簿来看看吧。……他的年龄才十九岁，这是容易改动的。"于是拿起笔来，把两个字颠倒，勾了一下，告诉赵颜子说："你应该活十九年就死的，今天放你活到九十岁寿终。"

从此以后，世上有在文书中颠倒字眼的，就画"乙"字来勾转，就是由此开始的。

赵颜子回到家中，见到了管辂。管辂才对赵颜子说："坐在北边的人是北斗，坐在南边的人是南斗。凡是人受胎出生，都要从南斗那儿经过。南斗见一个人诞生了，无限高兴。北斗专门管死人的事，见一个人死了，也非常欢喜。就是这么一回事。"

这个故事出于《异物志》。

7　病入膏肓

从前，齐景公夜里梦见病鬼变作两个童仆，然后就生病了，就派人请外国的医生秦缓来到齐国境内。景公夜里做梦，看见病鬼变作两个虫子，从自己的鼻子里爬出来，变成了两个男孩子，都穿着青衣服，站在景公的床前，相互说道："秦缓这个人，医术很高明，今天来到齐国境内，一定要杀死我们两个。咱们一块商定个逃避的办法吧。"其中一个男孩不愿意，说："上天派遣我们来挟制齐侯，怎么能够逃走呢？你住在膏肓的上面，我住在膏肓的下边，这个地方针灸不能到，药物不能至，是个禁用穴位，即使秦缓来到，能把我们怎么样！"这两个男孩子又变回两个虫子，从齐景公的口进入他的肠道。齐景公一梦醒来，就知道自己是必死无疑了。

不过十日，秦缓来到，就给齐景公诊脉，过了很久，对景公说："你的病治不好了。""为什么？""因为两个病鬼在膏肓的上边和下边，这是个禁用的穴位，针灸不能到，药物不能至，一定要死了。没有什么办法。"齐景公说："正像我做的梦。"就不再治疗了。后来就赠送给秦缓许多礼品，按照礼仪把秦缓送走了。

秦缓走后三天，齐景公就死了。这个故事出自《史记》。

8　刘　安

从前，有个叫刘安的，是河间郡人，少年时得病死去，经过七天又复活了。这是天帝下了令，他才得以回到人世间。刘安善于卜筮，给人家占卦卜课，尤其能知道未来的事。他占卜得很准，万不失一。

河间郡有一家，姓赵名广，马圈有一匹白马，忽然变成人脸。他家里很惊恐害怕，去问刘安先生。刘安说："这怪物很坏，你须急速回家，去离家宅三里的地方，披散开头发大声哭。"他家里大大小小的人听见哭声，全都吃惊害怕，一时间都走出去看。全家走出之后,四面的瓦房忽然倒塌下来。那不出去的,全家都死了。赵广事后向刘安说:"这是什么不平常的灾祸呢?"刘安说:"不是别的,是你家屋舍西头墙壁底下三尺深的地方,有三个石头龙,今天灾祸已经过去,千万不要发掘去看它,若是发掘出来看,必定叫人贫穷的。假若不发掘,今后能够得到富贵,因为这是神龙。"

但赵广没有照刘安的话做,便发掘了去看,有一个红东西大小像屋椽,飞快地钻出去上了天。那以后,赵广家极端贫困,常靠讨饭来活命。此事出自《地理志》。

9 秦王驸马

从前,有个叫辛道度的,是陇西人。他到外地去求学,来到雍州城西五里的地方,望见一个覆瓦的四合大院,红的墙壁,白的柱子,有一个穿青衣的女子在门外走着。辛道度的粮食吃光了,又饥又渴受不了,就到大院门口去讨吃的。他对那女子说:"我是陇西人辛道度,到外地来求学,粮食吃光了,希望娘子为我去向主人说一声,我要讨一餐饭吃。"

女子就进去告诉女主人,并把辛道度的话讲给女主人听。女主人说:"这个人既然是到远方来求学的,必定是个人才。对客人说请他进来吧,我要见见他。"那女子从屋里出来迎接辛道度,然而辛道度快步走进屋子,已经走到闺阁门外,他觉得这里住的不是活人,想要告辞退出去,又不敢回转,还是进去见女主人。

女主人和辛道度行过见面礼之后,就让辛道度坐在西边的床上,自己坐在东边的床上,然后就给他吃的喝的。女主人问辛道度:"我是秦文王的女儿,年纪轻轻就遭到了不幸,没有丈夫,一个人孤独地住着,在这棺材墓地中,至今已经度过二十三年了。如今与您相逢,希望我们成为夫妻,您的心意如何?"辛道度数次推辞,最后不得已按夫妇之礼结成了夫妻。

在一起住了三天,女郎对辛道度说:"您是活人,我是死鬼。我和您生死不是一条路,您该早些回去,不能在这儿久住。"辛道度说："再宿一夜，夫妻恩爱恩爱，今天为什么要分离呢？您给我什么信物作为纪念呢？"女郎就从后床上取过一只九子簏，打开来取出一个绣花枕头，价值千金，给辛道度作为信物。那九子簏里还有一个金枕。辛道度是个活人，贪图那金枕，就不肯要绣花枕，而只想要金枕。女郎说："金枕是我母亲赠送给我的东西，我舍不得给您。"辛道度再三向她讨金枕，女郎不能违拗，就把金枕给他作为信物。女郎还派了两个穿青衣的女子，送辛道度走出门外。

这时，屋舍忽然不见了，只见一座坟墓十分高大，四周松柏参天。辛道度又害怕又慌乱，冲出树林，来到墓地外面。一看，怀里的金枕还在，便拿着金枕到秦国的市场上去卖。

那天，正好秦文王的夫人乘车到市场上来观光，就看见了这金枕。秦文王夫人认识这金枕，就问辛道度："你从哪里得到它的呀？"辛道度据实回答了她。夫人悲伤地哭泣起来，哽咽着，抑制不住自己的感情。秦文王夫人派出使者去报告秦王。秦王不相信，就派兵士去掘开坟墓，打开棺材来检查。当初陪葬的东西，件件都在，只少了金枕。解开衣服来看，果然有夫妻同房的痕迹。秦王夫妇这才开始高兴起来，感慨地说："我的女儿有超凡的品德，才能和活人通婚。辛道度真是我的女婿呵！"就封辛道度为驸马都尉，慰劳、赏赐给他玉帛、车马、侍从，让他回到家乡去。

从此以后，后代人就学这个样，把皇帝的女婿叫作"驸马"，世世代代，流传不绝。这个故事出于史书记载。

10　侯霍娶妻

从前，有个叫侯霍的，是白马县人。他在地里料理庄稼时，听到有哭声，但看不见人影，这样经过了六十多天。秋天时，因行走在田间，露水湿难以进地，便从田地界埂上提起衣服进到地里，看见地埂边有一个死人头骨，一半在地埂上，一半在地里边，在眼眶里长出一棵庄稼，就要秀穗结实了。侯霍可怜他，拔掉庄稼，把头骨用土盖上，便成了小坟丘。这么一来，哭声便立即停了。

到八月时，侯霍在地里割庄稼，傍晚回家时，觉得有一个人跟在自己后边走，侯霍快走，那人也快走，侯霍慢走，那人也慢走。侯霍对此奇怪，问道："你是什么人，为什么跟着我来走？"回答说："我是死人鬼魂。"侯霍说："我是活人，你是死鬼，我和你道路相异家乡两样，为什么跟着我走？"鬼魂说："我蒙受过你锄庄稼时，所给的厚重恩情，没什么东西回报。知道你未娶妻子，所以，我在明年十一月一日，约定给你娶妻，你应当用活人礼节对待。"侯霍得到这话，就控制住自己不再吭声。

到了第二年的十一月一日，侯霍召集了亲戚朋友，杀牛造酒，只说是娶妻，根本不知道该去哪儿迎亲。父母兄弟亲戚朋友都奇怪这事，问他，他也不说原因底细，只见他在村子南边观望等候。

要到傍晚时，从西方来了黄尘土、风和云以及急雨，直到侯霍门前，云黑雾暗，互相看不见。侯霍便进屋里，见有个女子，年纪约有十八九岁了，还有床褥毡被，随身带来的财物嫁妆，说不清到底有多少。见侯霍进来，女郎对侯霍说道："你是什么人，进入我的屋子里？"侯对女郎说道："娘子你是什么人，进到我屋里？"女郎又对侯霍说道："我是辽西太守梁合龙的女儿，如今嫁给辽东太是是守毛伯达的儿子为媳妇。今天来迎娶我的车在门前，因为大风，我刚才出来看了风，就回家进屋里。这房不是你的房！"侯霍说："辽西离这里五千多里，女郎你为什么同我争房子？如果你不相信，请你出去看看。"女郎吃惊地站起来，出门看房，完全不是自己的屋宅。她便从床后边，拿过九子箧竹箱打开看，便见有一页玉版，版上有清楚明了的金字，说："上天给予的，应当和侯霍结婚为妻。"

因此以后，后人都来学，被当成迎亲通婚书而出现的书契，就是由此而起的。一个死人鬼魂尚且会报答恩情，何况是活着的人。这故事出自《史记》。

11　侯光报恩

从前有侯光、侯周兄弟二人，他们是堂兄弟，一起带了很多财物到远方去做生意。

侯光做生意赚了很多钱，侯周却亏损了。侯周就生出坏心，在郭欢的地边上杀死了堂兄，把尸体抛在树林中，就回家了。

侯光的父母亲问侯周："你这么早就来了，你的堂兄在哪里？"侯周回答说："堂兄要再过二十年，才能到来。"

郭欢在田里搭了棚子，到这地头干活，树林里的鸟鹊纷乱地叫着。郭欢很奇怪，到那里一看，就看见一个死人，心里很可怜他，马上回家，拿了锹锄来把他埋葬了，然后继续干活，直到完工。在这期间，每天家里人送饭来，郭欢就祭奠死者。过了九十多天，粟麦都收了，郭欢打算回家去了，就去告别死者，向死者祝告："我把你的尸体埋在这里，每天祭祀，已经三个月了，不知你叫什么名字。从今以后，不祭你了，你好自为之。"就这样和死者分别了。

第二年四月，郭欢在田里锄庄稼，有个人忽然站在他前头。郭欢问："你是什么人，却站在我的前头？"这人回答说："我是鬼。"郭欢说："我是活人，你是死鬼，我和你不同路不同乡，为什么到这里来呀？"鬼说："承蒙您前些时候待我恩情深厚，我没有东西来报恩。今天我家有丰盛的饮食，所以来迎接您，同时奉上报恩之物，这样就能实现我的愿望了。"郭欢疑惑不决，就跟着侯光一起去了。

有神鬼庇荫着，活人是看不见他们的。不一会儿，侯光带着郭欢到灵床请他上座。这祭盘里放着吃的喝的东西，侯光和郭欢就把食物吃了个精光。亲友们很惊奇，都说是神灵出现了。

不一会儿，侯周到堂兄家来察看虚实。侯光忽然看见了堂弟，对郭欢说："杀我的，就是这个人呀。我生前被他杀了，死了也怕他。"就害怕地跑了出去。郭欢没有神灵庇荫，马上现出身形来。他从灵床上站起来，向侯光的父母兄弟详细地讲了这件事的缘由。他们就把侯周扭送到县衙门去。一审问，侯周就承认了，被依法惩办。

侯光的父母送给郭欢钱物、车马和侍从,跟着他去取儿子的尸体回来埋葬。

所以说:侯光做了鬼,尚且能报恩,何况活人呢!这个故事出自《史记》的记载。

12　王景伯

从前有个叫王景伯的,是会稽郡人。他坐船去辽水做买卖。当时会稽郡太守刘惠明正当居官守孝期满,便带着死去女儿的尸体回来,和王景伯碰到一起。王景伯到夜间心里忧愁,又月明夜静,就拿琴来抚弄,琴声很悲哀。当时,刘太守那个死去的女儿听见琴声悲伤怨苦,尸体就起来听。她来在王景伯船舱外边,开始摆弄头钗和腕环。听见她的笑声,王景伯停下琴说:"好像有人声,为什么不进到船里边来呢?"这鬼女子说:"听到琴声很悲哀,所以来听,不敢进去。"王景伯说:"只管进来,还有什么可迟疑的。"女鬼就向前走进船里,并带着两个侍女,形体容貌正派大方,看上去像活人,使人迷乱。王景伯便给她座位,女鬼道过了寒暄。王景伯问道:"女郎为什么偏在夜间来到这里?"女鬼说:"听你独自弄琴的悲声,特意来看看。我也稍懂抚弄琴。"她便打发两个使女去拿她的铺毡盖被,并拿来酒肉,和王景伯一起吃喝。

吃喝完毕,王景伯还是抚琴,奏出几支曲子,就把琴给了鬼女。鬼女得到琴,就奏出哀叹的声音,很好听。二更天尽,也就可以表露缠绵之情,鬼女奏完把琴还给王景伯。王景伯便又给她弹奏,并作诗说:"长夜孤舟伴苦愁,哀怨忧恨叹不休。伊人通达情致好,星月绵绵欢情幽。"女郎说:"如果真是为得到我的恩情而愁苦,就会另有回报而得到。"便停下弹琴去点起烛火,打发两个侍女出了船舱。两人尽欢饮酒,和活人一样。

刚到四更天,那女郎就起来梳头,悲伤得流泪,也不说话。王景伯问她说:"女郎你是谁家的女子?姓什么叫什么?什么时候再来相见?"女子说:"我如今在黄泉地下的阴间,看不见近来的事,到现在已经七年。听到你独自弄琴的悲哀之声，特意来为你解除悲苦。现在一走，今后相会难有日期。"于是两人拉手分别，忽然就不见了。王景伯两眼流出眼泪，感慨叹息，回想她如花似的容貌，悲伤叹息得气结喉塞难以出声。很久才平复了叹息，便进船坐着。

渐渐天要亮了，刘惠明女儿尸体旁边丢失了衣裳和零杂东西。寻找搜求，就从王景伯的船上得到，要到官府衙门去理论解决。王景伯说："昨天夜里我孤独愁闷，夜深人静，在月下摆弄琴，忽然有个女郎带着两个使女，来此进了我的船，奏琴玩耍取乐，四更天告辞而去。她给我一具行帐，一对缕绳，一床锦被，留给我当信物。我给她一枚牙梳，一具白骨笼子，一对金钏，一对银指环。希望你们到女郎尸体旁边检查看看，如果没有这些东西，任凭你们去官府衙门理论解决。"

刘惠明听说女儿尸体已与王景伯依礼成为夫妇，便在此后与王景伯形影相随了。听到这事的人都说："真奇特啊！"

13 赵子元

秦朝的时候，韩陵太守赵子元去城郊游玩，遇见一个女子，容貌非常美丽，年纪大约十五六岁。太守远远地问道："哪里来的女子，独自游玩，没有同伴？"那女子回答说："我是从外地来的，寄住在城外，所以无人做伴。"赵太守不知道那女子是个鬼女，就问她道："你会不会缝制衣服？我们家里正要雇佣缝制衣服的人。"那女子说："我擅长缝制衣服呀。"于是，赵太守就带着那女子回到家中。随即拿出五彩布帛让她缝制衣服，还给了她五百文钱。

三年时间内，她每次来到太守家里，都受到太守的怜悯，常常付给她大大多于该得到的工钱。快要离去的时候，那女子再一次来到赵太守的家中，太守又赏赐给她一只金锭，两枚金钗，两匹丝绸。那女子再三跪拜，辞别太守说："小女子明天中午就要返回故乡去，不能来了。"赵太守派人把她送到大门外面，辞别而去了。

第二天，城外向南一百五十步的地方，竟然有了一个隆起坟墓，那女子的尸体就埋在里面。女子的父母回家途中，接取女子尸灵回家埋葬。在那座隆起的坟墓中，发掘出的棺材里存放着许多枚金钗，还有金锭和两匹丝绸。她的父母亲感到惊讶和奇怪。推测探究这其中的原因，是那女子受雇佣，赵太守给她的。这女子死后有这样不寻常的变化，想必不是开导教化的结果。这不大容易了解清楚。这个故事出自《晋传》。

14 梁元皓、段子京

　　从前在刘渊时期，梁元皓、段子京两个都是平阳郡人。他们从小互相友爱，对门居住，出来进去一起游玩，互相很恭敬尊重，成为情投意合的好朋友，决心不相舍弃。到后来长大，都是风神俊朗的英才，一同事奉刘渊。梁元皓做了尚书左丞相，段子京做了黄门侍郎。虽然在官职上有差别，但二人互相友爱，昼夜不相分开，天子以下的人全都知道。

　　此后，刘渊任命梁元皓做京州刺史，二人才分别，各自去了自己的任所。过了三年，梁元皓在京州死去，得了失声哑病而死的。然而梁元皓思念段子京，想对他嘱咐死后之事，现在因为哑，就没办法申述表白。

　　停尸过了十天，鬼魂显露了原身形象，不许送殡埋葬，要等待段子京。他妻子担惊害怕，不知道怎么办。梁元皓的鬼魂便去秦州，在梦里和段子京说："我因得病而死，来和你当面告别，如今才见到贤弟。向妻子留话，她不懂我的话，就要埋葬我。我还没和贤弟你告别，因此还停留在家。贤弟你该快去埋葬我。"

　　段子京在睡眠之中，忽然梦醒，起来坐着感叹说："梁元皓怎么就死了。平素相随的鬼魂和我诀别，估计这梦里的话，必定不会假的。"段子京马上起来，写了表章上奏去梁元皓处，骑驿站马奔跑，去到京州，一切像梦中所说。他不自主地放声大哭，哭死又苏醒过来。

　　临近傍晚时，段子京忧烦愁怨地叹息，忽然想起要出门去看一下,便看见梁元皓来到他面前,还像过去一样没差别。梁元皓说:"贤弟埋葬我,我死也甘心。我睡觉的床西头匣子里,有七卷子书,一枚弹琴用的玉指套,一枝紫檀木的如意杖,给贤弟作为信物。愿贤弟收下,如果想念我,你拿着它温习吧。"段子京说:"小弟我来得匆忙,身上更没有好东西,只好解下系靴的两条绦带,献给仁兄作为信物。"两人情深意厚,也要分别了。段子京还进去向梁元皓的妻子说了这事。梁元皓就把段子京奉送的绦带打成同心结,系在自己的两只脚上,家里人见了都说奇怪。送葬完毕,段子京便回到秦州。

此后过了一年,说是地下冥府太山主簿死去了,阎罗王选择了六十天没找到合适的人。梁元皓想到段子京,便到阎王面前,说秦州刺史段子京心智精明、能干勤恳,很有些事迹,可以充任主簿,阎王可以召唤来授职给他。阎王说:"他这人的寿命有多长?"便命令鬼差役检索账簿上记的段子京寿命,显示他该活到九十七岁,如今才三十二岁。阎王说:"虽然是好人,年龄寿命不该死,不可以使他中途早死而到这里供驱使。"梁元皓又启奏阎王说:"只为段子京从小与我亲密交往,情意如同鱼水相得而难分,假如不是好人,我怎么敢举荐。我梁元皓亲自去接来,请给我侍从,段子京必定会欢喜而来。"于是阎王就给梁元皓随从和精锐骑士,去秦州召段子京。梁元皓就变成活人,排出威严的仪仗队,骑马而去。许多见到他们的人,都躲避让路叫他们过去。

要到秦州时,先打发人去通报。段子京听见忽然惊愕起来:梁元皓已经死了,为什么能到这来?便出门去迎接,领进厅堂一起坐下。很久,供应饮酒吃喝完毕,州县的人和段子京家里人和儿子,都说来了好客人,不知道梁元皓是鬼魂。

吃喝完,两人相携进屋坐下,梁元皓就说:"阎王派我来叫贤弟去,要给你太山主簿官职,现在贤弟得去。"段子京心情不乐,忽然流泪说道:"我是大丈夫,做秦州刺史,是坊州的长官,反去做太山主簿,官位是不是低而又小?"梁元皓说:"不是的,活人的官职位低下,死人的官职位却高远得看不见。"梁元皓怕段子京不肯去,便站起拔刀，就要杀他，让他看见势不可违。段子京自知免不掉，就向他请假一年。梁元皓说："阎罗大王如今正停下选人而专等待贤弟，贤弟该去，更不能延迟。"段子京说："若是像仁兄所说的，怎敢违抗阎王之命。可不可以叫我与妻儿告别？"梁元皓说："贤弟既然说听从阎王之命，就暂且放你再住三天。第三天后的正午约定来接贤弟，贤弟该好好整理行装等候我。"于是二人道别。

别后，段子京就叫来亲戚眷属辞别，就张罗做棺材、盖尸被单、被褥和各种送葬的器物，事事都严加备办。内外各亲友和州县的官员全都奇怪，就问道："使君家里安然无事，治办丧葬器物，想干什么用？"段子京说："我和梁元皓是朋友，他已先死，现已奏到阎罗王那打发人来叫我，和他定下约期，不能错了时间。"段子京就用香汤洗浴、穿戴已毕，出门远看，正好见到梁元皓的马匹骑乘和仪仗队列来到。段子京就对妻子亲眷家属说："我现在就要死了。梁使君现在到门上来迎，我不能久住了，我们辞别吧。辞别完，拿衣衾覆盖在我脸上。"随后就死去了。

段子京死后一年，鬼魂才回到家里检验察看，住了三个月，又回去了。看见的人都说奇怪，才知道段子京做了太山主簿不是假的。因此俗语说：梁元皓命终又早死了段子京。福祸之有利于人，事有千头万绪，王子珍曾得鬼力相助，段子京得鬼祸。因此说：作为助力而类别不同，就如同这事一样。事出《妖言传》。

15 段孝真

从前有个段孝真，是京兆人。汉景帝的时候（公元前156—前141）举荐段孝真任长安县县令。他居官清正、勤谨，颂扬他的歌声传播得很远。他骑的那匹马跑得很快，一天能跑五百多里。

雍州刺史梁元纬和皇帝是亲戚，依仗着皇帝的权势，看见段孝真的马好，就向段孝真索要这匹马。段孝真说："这匹马已经老了，不中用了，况且它又是我父亲骑过的马，我不忍心抛弃它。所以，我不敢把它奉送给您。"他让梁元纬在客厅里坐着。

梁元纬非常气愤,就暗暗派人制造段孝真盗窃东西的罪名,把他送进监狱关起来,还不许家里人来看望。段孝真知道自己会被无辜害死,就偷偷让人去告诉他的儿子说:"刺史现在为了这匹马,要杀我。遗憾的是你们年纪幼小,不能上告官府。你们只要买上三百张上等好纸、五支笔、十挺墨,在埋葬我的时候放在我的头前。我自己去申诉。"刺史命令把段孝真用棍棒打死在监狱里。

过了一个多月,汉景帝召集群臣听理朝政的时候,段孝真带上奏章到了殿前,把梁元纬所做的事儿一一说了出来。段孝真变成了个活人的模样显身,说:"梁元纬贪婪污浊,枉杀了我。我现在抄录了梁元纬的罪状条目呈上,恳求皇上为我审理。"汉景帝收到奏章以后,段孝真忽然不见了。汉景帝感到惊讶,说:"天底下从来没有发生过这样的事情。"便捉拿梁元纬审问,果然件件都是事实。汉景帝知道段孝真被枉杀了,立即把梁元纬等罪犯押到段孝真的坟前杀了,还任命段孝真的儿子为长安县令。

不要说鬼神没有灵异之处,段孝真就感动了神明啊。这个故事出自《博物传》。

16 王道凭

从前秦始皇时,有个叫王道凭的,是九嶷县人。他少年时期,和同村里唐叔谐的女儿文榆姑娘青梅竹马,情投意合,后来结为夫妇。王道凭遭遇出征讨伐,流落在南蕃,九年都没有返回家乡了。文榆的父母亲见王道凭没有回来,想把女儿许配给刘元祥做妻子。文榆与王道凭情意深厚,不愿意再嫁给他人。因受到父母逼迫,就嫁给刘元祥做了妻子。过了三年,文榆因愁怨而死了。

死后三年,王道凭终于返回家乡,向村里人打听文榆还在不在,村里的人说:"文榆许配给刘元祥做妻子,早在三年前就死了。"王道凭访问到文榆埋的地方,到坟墓前去,多次呼唤文榆的名字,悲痛万分,泣不成声,很久才苏醒过来。他围着坟墓绕了许多圈,然后开言道:"本来我们是要白头到老,同生死,共患难,永远不分离的。我却由于公事缠身,和你长时间地分离,希望你能像过去那样,暂时来看看。如果你有神灵,让我看看你吧;如果你没有神灵,从现在起,你我就永别了。"

文榆随即显真身,跟活着的时候一样,询问日常生活:"原本我与你情深义重,由于父母逼迫,以为你再也不会回来了,就把我许配给刘元祥做了妻子,已过了三年。我日夜思念着你我之间的深情厚谊,就含着怨恨死去了。如今你已回来,我们就做夫妻吧。你赶快挖开坟墓,打开棺材,我一定会复活的。"王道凭道:"真像你说的,确实是感动了神灵,天下地上少有的事呀。人的诚实是立身的根本。"王道凭随即掘开坟墓,打开棺材。文榆马上起来装束打扮,跟着王道凭一块回家了。

文榆的丈夫刘元祥十分震惊,感到奇怪,大叹奇异。他到州府控告王道凭。州府、县府没有法律条文作依据断决这个案子,于是就奏闻秦始皇。秦始皇把文榆判给王道凭做了妻子。文榆活了一百一十岁才死去了。

17 刘 寄

从前有个叫刘寄的,是冯翊郡人。他拿一头牛,去瀛州市场卖掉,换得丝绢二十三匹。转回来往家走,到离城一百九十里的地方,投奔一个叫王僧的主人家里住宿。王僧兄弟三人就杀死刘寄,把尸体抛到东园枯井里埋了。

但刘寄的魂灵通神感应,当夜往家里托梦给哥哥说:"昨天往瀛州去卖牛,换得丝绢二十三匹。回家去州城,走到城南一百九十里的地方,投奔主人王僧家寄宿。主人杀了我,就埋在房屋东园子里的枯井中,他拿丝绢去了南头屋里放在柜子中藏起来。"哥哥梦醒后惊恐,为发生了这种事烦躁怨怒,又思虑想念,觉得弟弟如今被贼盗所杀害,夜来托梦里的话,必定该是真的。

随即,他找到了王僧家,从东园枯井里找到了弟弟尸体,南头从屋子柜子里找到了原来的丝绢二十三匹,一切都像魂梦里所说的。

哥哥抓住王僧送到州府去推究审问，思考探索鬼魂说的话，件件事都和实际不差，很有凭据。

像这样与神祇感应相通，才会一有行为就立时有兆应。故事出自《南妖异记》。

18　杜　伯

从前有个周宣王，听信别人的花言巧语，错杀了对他忠心耿耿的大臣杜伯。杜伯临死的时候，仰面向着苍天说道："我杜伯没有犯罪，周王偏听了别人的坏话，把我错杀了。我今天死了，无罪却被杀头，还能说些什么。如果我有机会再来到人世，经过三年，我一定要杀死周王。周王你不会不知道。"周宣王得知这个消息后，非常生气地说："我是个堂堂正正的一国之主，纵然错杀三五个人，能算什么罪过呢！"就把杜伯杀了。

三年以后，周宣王到城外去打猎，来到城南门外时，看见杜伯前后有鬼兵仪仗随从，全副武装，骑着红马，大红色的笼帽，火红明亮，手里握着弓箭，向宣王迎面射来。周宣王想后退却没有路了，文武百官都亲眼看见了这件事情。杜伯的箭正好射中宣王的心脏，宣王心中疼痛，就马上返回宫中。不到三天，周宣王就死了。

古书上说：只要是人，都不可错杀，否则会立即遭到报应。这个故事出自《太史》。

19　刘义狄

从前有个叫刘义狄的，是中山郡人。他长于酿造千日的酒，喝这酒的人会醉一千天。当时青州的刘玄石很能喝酒，特意来到刘义狄这里喝千日之酒。刘义狄对刘玄石说道："酒还没酿完，你不能够吃。"刘玄石再三乞求要拿来品尝。刘义狄亲自取了一盏给他品尝，他喝光了，还要。刘义狄知道已经能够醉了，告诉刘玄石说："现在你已经醉了，等醒了再来，我会和你一同喝。"刘玄石生气，就走了。

刘玄石到家后,马上醉死了。家里人不知道原委,便立即埋葬了他。

到第三年,刘义狄去刘玄石家打听刘玄石的情况。家里的人惊怪起来:刘玄石死后,到今天已有三年了,丧服都已期满脱掉,你怎么到如今才来找他?刘义狄叙述说:"我根据他喝酒的时间,计算起来他应该才醒,只要去发掘坟墓打开棺材,看他究竟死没死就知道了。"

家里人立即遵从刘义狄的话,掘开坟墓来看,刘玄石脸上流出白汗,睁开眼睛躺着,随后起来说道:"你们是什么人,来这里找我?喝酒醉了睡,今天才能醒过来。"来坟上看的人,受到醉人的酒气,也都三天不醒。凡是见到的人,都说多么奇特啊。

20　义犬冢

从前,在三国吴国开国皇帝孙权的时代(222—252),有个李纯,是襄阳纪南人。他养着一只狗,名字叫乌龙,李纯很喜爱它,无论走到哪里,都把它带在身边。

有一次,李纯在岳父家喝酒醉了,回家途中,就醉倒在路边田野的杂草中了。这时候,襄阳太守刘遐出外打猎,看见这块地方草木丛生,不知道李纯醉卧在草中,就派人放火烧草,驱赶狐兔。

这时,李纯的爱犬看到大火向主人逼来,用嘴咬住李纯的衣服向旁边拉,没能成功。就在距离李纯躺的地方正北六十多步处,有一条水沟,那狗就跳入水中,翻来覆去将自己的身体弄湿,回到李纯躺的那块草地,将李纯卧处周围的草弄湿。这样一来,大火烧到湿草边上就立即熄灭了,李纯得救了,那只狗却被烧死了。

刘太守和地方上的人们给那只狗制造棺材,修建坟墓,高达一千多尺,按照礼节把狗埋葬了。现在纪南有一座义犬冢,就是这样形成的呀。听到这件事的人都说,太奇异了,狗都能报答主人的恩德,何况人呢!

21 李 信

　　从前有个叫李信的,是陈留郡信义人。他为人敬爱孝顺,十分侍奉父母。三十八岁时,夜里梦见讨命鬼来捉拿他,把李信带去阎王面前,阎王决定交给有关衙署依法处理。

　　李信就依常规向阎王申诉说:"我李信和我老母亲偏又命苦,从小就失去了父亲的庇护的恩德,如今既然寿命完结,哪里敢有所违抗。但是我的母亲年老孤独,我如今来了地狱之后,更加没人照看侍奉。我希求大王发仁慈给恩德,请求延长寿命而晚死。"阎王问鬼吏李信母亲寿命该得多少。鬼吏说:"察看李信母亲生死簿记载的年龄寿命,该有九十岁,还剩二十七年没完。"阎王说:"好在还少二十七年,也可以怜悯放回他。"鬼吏又启奏说:"像李信这样的人,天下多得无限,如今若是放回他,恐怕得到这先例的人很多。"阎王听了这话,还是裁定以死处理。

　　鬼吏们对李信越级上诉生气,就割断他的头和手,抛弃到镬里去煮上。在这时,阎王差人叫李信,倒想放了李信回家去侍养老母亲。鬼吏说:"你的头、手已经进入大镬里煮坏,没有办法能拿到。暂且借给你别人的头、手,等见过阎王了,再来到这,给你好头、手拿了回去,切不要暗中逃走。现在因为事急逼迫,暂且给你胡人的头,让阎王先放你回家去侍养老母亲。"李信听说放回家,心里生出欢喜之情,便立即回家去了,忘了去鬼吏处拿好的头、手。

　　李信忽然梦醒,他的头、手都是胡人的,陷入烦恼。他对妻子说道:"你能识别出我说话的声音不?"妻子说:"说话声一如平常,有什么不同呢?"李信说:"我昨天夜里梦见了奇怪的事,你若是早起的时候,拿被盖上我的头脸。若是想送饭到床前,你送来就关上走去,我自己拿着吃。"他妻子就依照丈夫的话,拿起被盖上而后走出去。到送饭来,对她丈夫说道:"有什么奇怪的事?"忽然就揭开被看他,便见有一个胡人在床上躺着。媳妇惊慌害怕,去告诉婆母曰:"你家儿子昨夜弄什么变化奇怪的事,现在有一个婆罗门胡人,在我这新媳妇床上睡着。"婆母听到这话,就拿棍棒乱打李信的头脸,不听辩白解释。邻居街坊听到声音,问这事情根由。李信才说了事情的原委。家人这才知道是儿子,就悲伤地抱着哭起来。

汉朝皇帝听到这事,奇怪地询问后说:"从古到今,没听到过这种事,虽然是假托了胡人头,尽孝敬之道到达极点,才感应通于神灵。"便授给李信以孝义大夫的官职。灵魂做梦通神的威力,竟到这种地步,真奇特啊!

22　王子珍

从前有个王子珍,是太原人。他的父母亲非常喜爱他,叹息着说:"我们的儿子,一直未能很好地学习,就让他去定州博士边孝先生的门下学习吧。边孝先生是陈留郡一个诚实守信的人。边先生广才博学,通晓古今,问答时难不住他,自从孔老夫子去世以后,只有边先生一个人,带领着三千弟子,没有一个人不佩服他,天下的人,没有人能超过他的。所以,国内很多人,都去边先生那儿求学。"

王子珍行走到定州境内三十里处,停下来在路旁边的一棵槐树下休息。有一个鬼变作活人,也来到这棵树下休息。王子珍认为他是个活人,不知道他是个鬼,便问道:"您从什么地方来?"那鬼反过来问王子珍说:"年轻人,你从什么地方来呀?"王子珍回答说:"父母认为我学识浅薄,所以让我去定州边先生的门下求学,再也没有别的事情。"那鬼又问子珍说:"年轻人,你姓什么?叫什么?"王子珍说:"我姓王,叫子珍,是太原人。"那鬼说:"我是渤海人,姓李,名玄,我的父母早已去世,我和兄长居住在一起。兄长认为我不曾上学,让我去边先生门下求学。从今以后,我和你一块学习了。"王子珍看见李玄的年纪比自己大,就起身向李玄下拜,同李玄结拜为兄弟,并一同前往边先生家里,饮酒庆贺结为朋友,发誓不论是活着,还是死了,不论是高贵,还是低贱,永不分离。

李玄在求学的三年当中,才学超过了边先生。边先生问李玄:

"难道你是个圣人吗？为什么你的才能智慧竟跟其他人大不相同？先生我自认为自己才能超人，如今看来还不如弟子你呀。你还有什么本事？希望你讲一讲。"李玄再次跪拜边先生说："我和先生今生有缘分，得到先生教诲，我不知道为什么会这个样子。"

边先生就让李玄作为助理教授，教授各位弟子。弟子们都敬畏李玄，学到了许多知识，没有一个不效法他的。如果有不效法李玄的，马上就要惩罚。李玄还在自己的房间里，教王子珍理解文章的意思。如果王子珍不用功，李玄就立即惩处他。王子珍把李玄比作自己的老师，更不自作主张。王子珍的学识，由于李玄而获得了提升。

后来，有位太子舍人，名叫王仲祥，是太愿人，祖上和王子珍家是亲戚，也来到这所学堂，晚上三人同住一处。王仲祥发现李玄是个鬼。第二天在路上，同王子珍握手告别时，王仲祥告诉王子珍说："我和弟弟你本是亲戚，今天看见了不寻常的事情，不能不说给你听。弟弟你现在的那位朋友，是你没有遇到好人。"王子珍说："今天如果论李玄的学识，那他就是儒学中的佼佼者。至于他的容貌，那他是人世间很少有的美男子，还厌恶他什么呢？怎么说没有遇到好人？"王仲祥说："我所说的，不是指他的言行和容貌。弟弟你是个活人，而李玄是个死鬼。活人和死鬼是有区别的，怎么能够成为朋友呢？弟弟你如果不相信，今天夜里拿来一把新草，铺在床上，然后躺在上面，弟弟你和他分睡两头，早晨起床后，看看那些草。弟弟你躺过的草实在，鬼躺过的草虚泛。"

这样，王子珍就找了些草铺在床上，第二天起床后一看，果然和王仲祥说的一模一样，王子珍这才知道李玄是鬼。他对李玄说："外面有些传言，说兄长你是鬼，也不清楚这话是否真实？"李玄说："我是个鬼，昨天晚上王仲祥来了以后，发现我是个鬼。他告诉了你，你就知道了。还有什么人能知道我是鬼变来的？只是阎罗王看见我年纪轻轻，让我做个办事人员。阎罗王觉得我的知识不那么广博，因此派我到边先生的门下来求学。若果三年之内学成了，就任命我为太山主簿，如果没有学成，就辞退我做个普通人。承蒙边先生的教诲,不到一年时间,我的学问已成,我因此担任太山主簿已经两年了。仅仅因为弟弟你还没有回家,我留恋着我们之间的兄弟感情,因此我没有离去。弟弟如今已经知道我是个死鬼,这件事儿我看会传扬出去,便不能再同弟弟交往了,我应该返回去了。我前些日子患背痛病的时候,只因为状告弟弟父亲的那个人,说我袒护同伙,不予裁决。阎罗王也没询问事情的来龙去脉,只判决打我一百棍,所以我的脊背很疼痛。最近阎罗王亲自过问审判案件。弟弟的父亲如今已经现身,确实要被判入死簿了。弟弟必须赶快回家,你父亲若果还有一口气,只要把酒和鹿脯摆在十字路口上祭奠我,三次呼唤我的名字,我就马上来救你的父亲,他一定能够活过来。如果他已经咽了气,那就无法救活了。知道了又能怎么样呢!弟弟现在学问应该学成了。只要好好努力,注意品行修养,小心行事,我能够给弟弟你延长寿命,恳求上帝任命弟弟为太原郡太守、光州刺史。"王子珍便和李玄分别了。

回到家里,王子珍看见父亲尚有一口气,马上带着清酒和鹿脯,到十字路口去祭奠李玄,多次呼唤着李玄的名字。李玄随即就来到了。他骑着白马,穿着红衣,戴着笼帽,前呼后拥,随行人员不知其数,气势浩荡,非同一般。另外,还有两个穿着青衣的少年在前面开道,李玄和王子珍相会,仍然像同学时一样。李玄询问王子珍父亲的病情。子珍说:"父亲现在已经不会说话了,只是还有一口气。恳求兄长救救父亲的性命。"李玄马上告诉子珍说:"弟弟暂且闭上双眼,我带你去看看你的父亲。"子珍立即闭上了双眼。

不一会儿,李玄带着王子珍来到阎罗王王府大门前面,一块面朝北方站着。李玄又告诉王子珍说:"刚才想带你看看你父亲,他被关在监狱里,形体和容貌枯槁瘦弱,不能看他,即使看了也无用。今天有一个人穿着白裤子,光着脚,头戴紫色锦缎帽子,手中握着一卷文书,这是状告弟弟父亲的人。他马上来后衙,朝着我们来了。现在我给弟弟拿来弓和箭,在这里专门等他,远远看见他来的时候,就把他射死,这样你父亲的病就好了。如果不杀死他,你父亲的名字一记入死簿,最终也活不成了。"

话还没有说完的时候，那人就来了。李玄立即给王子珍指了指："这就是那个人，应该尽力射中他。我必须到衙前理事去，不能在这里停的时间太长了，否则别人会责备我的。"

李玄上衙走了以后，他说的那个人径直靠近王子珍的身边经过。子珍立即拉弓射击，就看到射中了左眼。那人失落了文书，捂着眼睛跑出去了。王子珍马上拾起文书来看，文书有两张纸，都写着他父亲的名字。李玄告诉王子珍说："阎罗王闻到活人的气味，弟弟必须早点离开这里，不能在这里待得太久。你射中了仇人哪儿？"王子珍回答说："我射中了他的左眼。"李玄说："不是什么要害部位，他的左眼痊愈后，依然会再来加害你父亲的。令尊如今能够有片刻的调养时间。弟弟你回到家里，查寻那仇人，杀死他，这样才能免去你父亲的灾难。"王子珍说："我确实不知道仇人是什么人呀？"李玄又告诉王子珍："只要是和弟弟有旧仇的人，就杀了。"

王子珍当时还想明确详细地询问仇人的姓名，李玄说："弟弟回到家中去思考吧。"子珍烦恼地和李玄分别，立即回到家中，也没有见到和他有旧仇的人。唯独失去了一只白公鸡，它不鸣叫已有七天了，不知在哪儿。东西找寻，在笼中找见了它。它左眼瞎了，躺在那里。王子珍说："我的仇人，就是这只白公鸡呀。左眼被射中，身穿白裤子的，是鸡身；光着脚的，是鸡爪；戴着紫色锦缎帽子的，是鸡头上的冠子呀。这就是我的仇人。"子珍便杀死了白公鸡，做成鸡汤，给父亲吃了。从此父亲的病好了。

王子珍做了太原郡太守。汉景帝时，任命王子珍为光州刺史，活到一百三十八岁才死了。天下得到死鬼帮助的人，没有谁能超过王子珍的。因此俗话说：白色的公鸡，不适宜饲养，如果饲养，就会伤害它的家长。白色的狗也不能养，养了会妨害它的主人。说的就是这件事情。这个故事出自《幽冥录》。

23　田昆仑

从前有个叫田昆仑的人，他家里很穷，还没有娶老婆。他家的田地当中,有一个水池子,池水很深很清。到了庄稼成熟的季节,昆仑向田里走去,就看见有三个美女在水池里洗澡。他想走近去看,远远看见离开百把步时,三个美女就变成了三只白鹤,两只飞到水池边的树枝上,栖在那里,一只还留在水池里洗澡。他就钻到草丛里,爬过去,要去看她们。那些美女原来是天女,其中两个大的抱着天衣飞上天空去了。那个小天女却在水池里不敢出来。

小天女就说了实话,对昆仑说:"我们天女一共三姐妹,今天出来暂且到水池里游戏,被你这个水池的主人看见了。两个姐姐当时收起天衣就飞走了,我偶然遇见了你,天衣被你收了去,我不能赤身露体走出水池。但愿你宽宏大量,还给我天衣,让我遮盖住身体,走出水池,和你结为夫妻。"

昆仑反复思量,如果给她天衣,怕她马上会飞走。昆仑对天女说:"娘子如果要讨还天衣,那是始终得不到的。还不如我脱下件衣衫来,暂且给你披上,好不好?"那天女起初不肯出池,只说等天色暗了再走。那天女伸长头颈,讨不到天衣,怕情况对自己不利,才对昆仑说:"也就听凭你脱件衣衫,拿来让我披着出水池,与你结为夫妻。"昆仑心里高兴,连忙把天衣卷了起来,立即把它隐藏好,这才脱下衣衫给天女,让她披了出池。天女对昆仑说:"你要是怕我逃走,可以马上抓住我。把天衣还给我吧,我就跟着你走。"昆仑死活不肯给她天衣,就和天女一起回家见母亲。

昆仑的母亲实在喜欢,立即摆起酒席,聚集那些亲戚们,嘱咐他们说,以后就叫她新娘子吧。新娘子虽然是天女,情感却和凡人相同,夫妻生活美满欢快。日月流逝,不久,她就生了一个儿子,容貌端正,取名叫田章。

后来,昆仑打点行装,出门到西方去,一去就没有回来。天女自从丈夫走了以后,抚养儿子到三岁,就对阿婆说:"媳妇本来是天女,当初来的时候,身材还小,阿爷给我做了天衣,乘风飞来。今天我要看看天衣不知是大是小,暂时借我看看吧,这样,我死也甘心了。"昆仑当初临走那天,再三叮嘱母亲说:"这是天女的衣服,一定要藏好,不能让新娘子看见。她要是见了天衣,一定会飞走的,那就再也见不着她了。"他母亲问田昆仑:"天衣往哪里藏,才算是稳妥了呢?"昆仑和他母亲一起商量,他的房子里里外外,没有牢靠的地方。只有在娘的床脚下挖个洞,把天衣放在洞里,天天就睡在它上面,难道还怕取走吗?就这样,隐藏好了天衣,昆仑就往西边去了。

昆仑走后,天女思念天衣,肝肠寸断,以至于心绪不好,每天都不快活,对阿婆说:"暂且把天衣借给我看看吧。"阿婆多次被天女用话纠缠,不好意思再拒绝她,就叫媳妇先到门外去待一会儿,等自己安排好了再进来。媳妇答应了一声,随即出去。阿婆就从床脚下取出天衣,交给媳妇看。她媳妇见了这天衣,心中悲伤,泪落如雨,无法形容,就想飞走离去,只为没有合适的机会,把天衣还给阿婆,吩咐阿婆藏好。

这以后不到十天,天女又对阿婆说:"再把天衣借给我暂时看看吧。"阿婆对媳妇说:"你好像要穿上天衣,抛下我飞走是不是?"媳妇说:"原先我是天女。如今跟婆婆的儿子结为夫妻,又生了个儿子,怎么会背离你们走呢?绝不会有这种事的。"

阿婆怕媳妇要飞走,就牢牢地守住了家里的堂门。那天女穿好了天衣,竟腾空从窗子里飞了出去。阿婆搥着胸脯,十分懊恼,急忙跑出门去看,只见天女已腾空而去。阿婆思念媳妇,哭声通天,泪下如雨,痛不欲生,心肠悲悲切切,整天不吃东西。

那天女在人间经过了五年多,天上才过了两天。天女脱身回到家中,被她两个阿姐骂了一通:"死丫头!你和他凡间俗人做夫妻!"天女因此悲伤哭泣,掉眼泪。她的父母和两个阿姐对小妹说:"你不必哭哭啼啼,明天我们姐妹三人一道,再到那里去游戏,一定能见到你儿子的。"

再说那田章,年方五岁,在家里啼哭,叫唤哥哥、娘娘,又跑到田野里悲伤地哭个不停。那个时候有个董仲,原来有贤惠的德行,知道田章是天女的儿子,又知道天女想到人间来,就对小孩说:"正当中午的时候,你就到水池边去看,有妇女穿着白练裙,她们三个人来,两个抬起头来看你,一个低着头假装不看你的,就是你的娘。"田章记住了董仲的话。

正当中午,田章看见水池里有三个天女,都穿着白练裙衫,在池边割菜,就走上前看她们。天女们老远看见孩子来了。两个阿姐对小妹说:"你的儿子来啦。"田章哭着唤道:"阿娘!"那小妹虽然觉得羞惭,不去看田章,怎奈他是自己养出来的,就悲伤地啼哭,掉眼泪。三个姐妹就取天衣,让小孩乘坐,带着他上天去了。

天公见田章来了,知道是外孙,心里怜悯,就教给他各种知识和本领。田章到天上四五天,情景好似在下界人间,学了十五年以上的学问了。天公对小孩说:"你把我的八卷文书拿去,你就能得一世的荣华富贵了。假如你到朝廷里去做官,说话办事都得小心谨慎才是。"小孩随即回到人间,凡是天下的事情,他都知道,天、地、人三才样样都晓得。

皇帝知道了,就召田章为宰相。后来,他在朝廷里因事触犯了皇帝,被发配流放到西部荒凉的地方。

后来,皇帝出外打猎,在野外射中一只鹤,交给厨师杀了做菜。厨师割破鹤的嗉囊,竟在里面得到一个小人,身长三寸二分,身上披甲,头上戴盔,开口辱骂不止。厨师把这事启奏皇上,皇帝当时立即召集文武百官和左右侍从,问这是什么东西。大家都说不认识。

皇帝又在野外游猎,得到一颗板齿,长三寸二分,带了回来,捣也捣不碎。又问文武百官,大家都说不认识。于是,皇帝下了诏书,颁布天下:谁能识得这两件东西,赏赐黄金千斤,封地万户,官职可以任凭挑选。没有一个人能够识得的。当时,文武百官在一起商议,都说只有田章一个人识得它们,别人都分不清的。

皇帝就派专使,骑上驿马出发,马上催田章回来。田章回到朝廷里。皇帝问他:"近来听说您很是聪明,知识广博,什么都知道。今天要问您:天下有大人吗?"田章回答说:"有。""有的话,他是谁呢?""从前有个秦故彦,是皇帝的儿子,应当是从前为鲁家打仗,被折落了一颗板齿,不知道在哪里。如果有人拾到了,呈给皇上验看,自然知道他的身材了。"皇帝又恳切地问他:"天下有小人吗?"田章回答说:"有。""有的话,他是谁呢?""从前有个李子敖,身长三寸二分,身披甲,头戴盔。在田野里,他被鸣叫的鹤吞吃了,他还在鹤的嗉囊里游戏呢。除非有一个人把那鹤捉了来,一查验就知道了。"皇帝称赞说好,又问:"天底下有大声吗?"田章回答道:"有。""有的话,那是什么呢?""雷声震动七百里,霹雳声传一百七十里,都是大声。""天下有小声吗?"田章回答道:"有。""有的话,那是什么呢?""三个人并排走路,一个人耳鸣,两个人听不见,这是小声。"又问:"天底下有大鸟吗?"田章回答道:"有。""有的话,那是什么呢?""大鹏从西王母那里飞起,一振翅膀就飞了一万九千里,然后才开始吃东西,这就是啊。"又问:"天底下有小鸟吗?"说:"有。""有的话,那是什么呢?""小鸟小不过鹪鹩了。这种鸟常在蚊子的角上生下它的七个子女,还嫌那里地广人稀呢。那蚊子也不知道自己头上有鸟。这是小鸟啊。"皇帝就封田章为仆射。从此以后,皇帝以及天下的百姓,才知道田章是天女的儿子。

24 孙元觉

史书记载说,孙元觉是陈留人。他年纪才十五岁,心地善良孝顺。

他的父亲不孝,元觉的祖父年纪老了,生病,身体渐渐瘦弱。元觉的父亲厌恶老人,就缚了一只大筐当轿子,要把老人抬进深山去扔掉。元觉痛哭着规劝父亲。父亲说:"祖父年纪老了,虽然还有点人的模样,却年老糊涂到这种地步。老而不死,是要变成精怪的。"就抬着老人,把他丢弃在深山里。元觉悲伤得号啕大哭,跟随祖父一起来到深山,苦苦地规劝他父亲。他父亲不答应。元觉便仰天大哭,把那只筐轿带回来了。

父亲对元觉说:"这是不吉利的东西呀,还有什么用处呢?"元觉说:"这是用熟了的东西,以后需要送父亲时,就不必另外再做了。"父亲一听这话,很是惊奇,说:"你是我的儿子,怎么可以丢弃我呢?"元觉说:"做父亲的教育儿子,就像河水往下流那般顺当。我既然接受了父亲的教诲,怎么敢违背呢?"

元觉的父亲就此悔悟了，马上回去把老父抬回来，真心诚意地孝顺、赡养老人，比平常日子里要好很多呢。

25 郭 巨

从前有个郭巨，字文气，是河内郡人。家里贫穷，奉养母亲极孝顺。郭巨有一个儿子，才两岁。郭巨对妻子说道："如今饥饿贫穷得这样，老母亲年纪老，供奉尽孝敬养还担心，怕不能平安生存。所有好吃的，经常省减下来给咱们儿子，母亲自己饥饿瘦弱，就是因为这个小儿子。儿子可以再生，母亲却难以再有。如今我和你杀死这孩子，来保存母亲性命。"

妻子听从丈夫的话，不敢有违抗。他妻子抱着儿子去到屋后园子树下，要致儿子死命。郭巨亲自掘地，想要埋儿子，对他妻子说道："儿子死了没有？"妻子不忍立即害死，就肯定说死了。郭巨挖地到一尺深，就得到一锅黄金，锅上的铭文说："是天赐给孝子的黄金。郭巨杀儿子而保存母亲性命，便赐给黄金一锅。官府不准夺取，私人不准拿。"郭巨见到黄金惊讶奇怪，便呼叫他妻子，妻子就抱着儿子去看。儿子才得平安存命没死，妻子就欢喜起来。

随即，郭巨把黄金送上县，县附公文送上州，州再送上台省。皇帝下令，黄金还给郭巨，供奉赡养他母亲，在郭巨家门立标榜，以昭彰他的孝顺行迹，永远流传。郭巨是后汉人。

26 丁 兰

从前有个丁兰，是河内人。早年死了父母双亲，他就用木头刻了个母亲，供养木刻母亲超过了生母在世之时。他的妻子说："木头刻制的母亲什么也不知道，现在还让我们辛苦操劳，日夜侍奉吗？"她见丈夫不在家中，就用火焚烧那木刻母亲。

丁兰当天夜里梦见死去的母亲对他说："你媳妇把我的脸烧得很疼。"丁兰再也睡不着了，心里害怕，赶紧跑回家来，到木刻母亲面前，见木刻母亲倒在地上，脸面被火烧伤了好几处。丁兰顿时放声大哭，追究询问其中不清楚的缘由。他的妻子犯了大忌讳，宁死不肯招供。这时，他妻子的脸上就生出疮来，形状像火烧过的一样，异常疼痛。后来，她哀求认错，脸上生出的疮才痊愈了。

27　董　永

从前，刘向作的《孝子图》上说：有个董永，是千乘郡人。年少时失去了母亲，只赡养着老父亲，家穷困难艰苦，一到农忙季节，就用小车把父亲推到地头树荫之下，自己给人当佣工干活，供奉赡养也不短少。他父亲死去时，没有什么东西送殡埋葬，便向一家主人以田地为抵押，借钱十万文。

董永对主人说道："以后没钱还你时，我一辈子为奴，给你做工出力来偿还。"他把父亲葬送完了，就要到放债主人家去。

在路上，董永遇到一个女子，愿意给他做妻子。董永说："我孤独、贫穷到这地步，自身还给别人做奴仆，恐怕委屈你娘子。"女子说："我不嫌恶你穷，心里对你是愿意的，不觉得羞耻。"董永就同她一起去到主人家。主人说："本说定一个人，现在两个人来，为什么呢？"主人问道："女子有什么技能？"女子说："我会织布。"主人说："给我织成绢子三百匹，我就放你们夫妻回家去。"女子织了十天，织成绢子三百匹。主人吃惊奇怪，就放他们夫妻回去了。

他们走到原来相见的地方，女子辞别董永说："我是天上神女，见你做孝顺事，天帝派我帮助你来偿还欠债，如今既已还完，我不能久住在这。"说完，就飞上天去了。董永是前汉人。

28　郑　袖

从前，楚王的夫人郑袖，年纪大了，不能和楚王同床生活，楚王就疏远她了。

宫廷里有一个美丽的妃子，楚王喜欢她非比寻常。郑袖心里怨恨,却不说出口来。她就私下对那妃子说:"楚王觉得你非常漂亮,只是嫌你的鼻子有点儿大。"

从此以后,那妃子见了楚王就遮住自己的鼻子。楚王私下问郑袖:"妃子近来看见我,总是遮住自己的鼻子,这是为什么呀?"郑袖回答道:"她说大王的身上有腥臭,所以她遮着鼻子。"楚王也不多想,就派人进后宫把那妃子的鼻子割掉了。这都是缺乏独立思考所造成的呀。

29　孔　嵩

史书记载说,孔嵩是山阳人。他和乡下人范巨卿结为好朋友。

两人一同赶路,在路上看见一段金子。他们互相谦让,都不拿,就走了。朝前走了一百来步,碰到一个锄地的农民,就对他说:"我们两人看见一段金子,相互谦让,没有拿。现在就送给你吧。"

那人到那里去看,只见一条死蛇在地上,随即用锄头把死蛇砍成两段,回来对孔嵩说:"这是一条死蛇嘛,怎么说是金子呢?"

他们两人再去看,又变成两段金子了。于是他们相互说:"是老天爷给我们这段金子呀!"两人各拿了一段,就结成了"段金之交"。

30　楚庄王

史书记载说,楚庄王设夜宴,和后宫美女以及群臣们在一起喝酒。蜡烛被风吹熄灭了,在新烛没有送到的这段时间里,有一个官员调戏了一个美女。美女立即报告楚庄王,说有一个官员无礼调戏自己。她就拉住他帽子上的带子,把它拉断了。

庄王就吩咐手下人,暂时不要蜡烛,不要把蜡烛交给人带进来。庄王就命令群臣都把帽带拉断,这才让蜡烛拿进来,就不知道是谁轻慢美女了。庄王说:"喝酒的人纵情欢乐,怎么能用郑重其事的礼节去责备他呢?"

几年以后,晋国的兵马来进攻楚国。有个楚国军人单枪匹马,不惜生命,在阵前左冲右突,晋军众多的兵马都逃窜得无路可走。这就使得晋军大败,楚军收兵回来。

楚庄王说:"在阵前拼着性命救我的是谁呀?"就把他唤来了。庄王问道:"你是什么人,能救助我的困难?"那官员说:"我就是从前拉断了帽带的人呀。因为被大王赦了罪,我时常想着要报答您的恩德呢。"庄王说:"好啊,好啊,不要报答了。"

31 一 老 人

从前,孔子到各国去游说,在路上遇见一个老人,他吟唱着行走。孔子问道:"你脸上带有饥饿神色,还有什么可乐的呢?"老人回答说:"我各种事都已经办完,为什么不乐呢?"孔子说:"什么叫各种事都已办完呢?"老人答复说:"黄金已经收藏了,五匹马都给套住了脚,卖不出去的货物已经卖光了。这就是办完了。"孔子说:"请解释这话。"老人答复说:"父母活着得到我的供养,死了得到我的埋葬,这叫作黄金已经收藏。儿子已经娶了媳妇,这叫作五匹马套住了脚。女儿都嫁出完毕,这叫作卖不出去的货卖光了。"孔子叹息地说:"好啊!好啊!这都是对的呢!"

32 齐 人

从前,周朝时有一个齐国人,空车到鲁国去。鲁国有一个人背着他父亲在讨饭,累得走不动路了。齐国人就用车子载着鲁国人父子俩,走了六十里路,才分道而去。

后来,那个齐人遭到祸事,关进牢狱吃苦。他妻子来送饭,对她丈夫说:"你从小到现在,难道就没有给别人恩德的地方吗?不见有一个人来解救你的危难。"她丈夫对妻子说:"你到鲁国的市场上去,放声大喊:'齐人空着车子,鲁人背着父亲。齐人如今遭难,鲁人又在哪里?'这样,就必定有人来救我的命了。"

他妻子就照丈夫的话去做,到鲁国的市场上去喊道:"齐人空着车子,鲁人背着父亲。齐人如今遭难,鲁人又在哪里?"喊声没有结束,就有一个人,不知道他的姓名,来向这妇人的耳朵里吐了一下,再没有话说,就回去了。

妻子到了晚上,又来送饭。丈夫问妻子道:"你在鲁国的市场上得到什么消息?"妻子对丈夫说:"只有一个人悄悄地来向我耳朵里吐了一下,就去了,再没有别的话,不知道他的姓名。"丈夫说:"出口入耳,必定是好事情,应该有一个人来救我了。"就到了这天夜里,有人来掘地,挖了个洞,直接从牢狱里救出了齐人。齐人就逃脱死祸了。

当时的人说:"齐人空车,鲁人负父。"说的就是这个故事。

33　楚惠王

从前有个楚惠王,和官员们在一起吃饭。腌菜里有一只水蛭,惠王想把水蛭挑出来,又怕因此要处分厨官,随即把水蛭裹在菜里吃了下去。

楚惠王原先害冷病,因为吃了水蛭,吐了一阵,病就好了。

34　隋侯珠

从前,隋侯国君出使,路过汉水时(以下原文缺)一出现,隋侯哀怜它,就从马上下来,把它放入水中游去了。隋侯到了齐国。

一个多月后,隋侯返国途中,看到一个小孩子,形态和容貌都很端正,他就把小孩子抱在手上问道:"你是哪里人?"小孩子回答道:"我是汉水的神龙。一时头破出血,正当危急时候,感谢您救我,性命突然保住了!我把这颗宝珠送给您,报答您的救命大恩!"隋侯说:"我当初看到您头上在流血,出于怜悯,才用木杖把你拨入水中,怎么能要你的宝珠啊。"小孩子(原文下缺)

35 羊角哀

羊角哀得到左伯桃神魂托梦说:"从前,你我恩义很重,如今,你死活要来救我。"羊角哀就立即带兵去伯桃坟上大战,敲打战鼓挥动剑器,大声喊叫,来为伯桃助战。羊角哀的友情在心头激荡不能自制,就拔剑自刎而死去,希望到黄泉之下的阴间去报答伯桃从前那合并衣粮给自己的恩情。楚王说:"朋友之重感情,达到自刎而死,真太奇特,真罕见哪!" (原文至此已完)

按:本篇录自人民文学出版社1957年版《敦煌变文集》。

全译《搜神后记》

[晋]陶 潜/撰
张卫军 韩秀英/译

目　　录

卷　一

1　丁令威 …………………… 307
2　仙馆玉浆 ………………… 308
3　莲花荷包 ………………… 308
4　韶舞 ……………………… 308
5　桃花源 …………………… 309
6　子骥失途 ………………… 310
7　穴中异境 ………………… 310
8　目岩 ……………………… 311
9　石室乐声 ………………… 311
10　贞女峡 ………………… 311
11　舒姑泉 ………………… 311

卷　二

1　吴猛纯孝 ………………… 312
2　赤符鲤鱼 ………………… 312
3　借鱼还刀 ………………… 312
4　鼠市 ……………………… 313
5　尼姑制恶 ………………… 313
6　周父知悔 ………………… 313
7　佛图澄 …………………… 314
8　胡道人咒术 ……………… 314
9　昙游驱蛊 ………………… 315
10　幸灵 …………………… 315

11　郭璞医马 ……………… 315
12　镜䴛 …………………… 316
13　郭璞预属 ……………… 316
14　杜不愆 ………………… 317

卷　三

1　程咸扬名 ………………… 318
2　流星堕瓮 ………………… 318
3　掘头船 …………………… 318
4　割罢再生 ………………… 319
5　钱之孽 …………………… 319
6　蜜蜂螫贼 ………………… 319
7　呵呼毙盗 ………………… 320
8　马溺化鳖 ………………… 320
9　蕨梗化蛇 ………………… 320
10　斛二瘕 ………………… 321
11　桓梅同梦 ……………… 321
12　华歆当公 ……………… 321
13　形魂离异 ……………… 322
14　寿之遭祸 ……………… 322
15　魂车木马 ……………… 323

卷　四

1　徐玄方女 ………………… 324
2　干宝父妾 ………………… 325

3	陈 良	325
4	金镯入土	326
5	郑茂复活	326
6	李仲文女	326
7	虎 符	327
8	化 鼋	328

卷 五

1	白水素女	329
2	清溪庙神	330
3	王导子悦	330
4	吴望子	331
5	木像弯弓	331
6	白头公	331
7	临贺太守	332
8	何参军女	332
9	灵 见	332

卷 六

1	陈阿登	334
2	张姑子	334
3	筝笛浦官船	335
4	崔少府	335
5	鲁子敬墓	335
6	承 俭	336
7	上虞人	337
8	韩 家	337
9	四人捉马	338
10	异物如鸟	338
11	腹中鬼	339
12	盛道儿	339
13	历阳神祠	340
14	鬼设网	340

15	懊恼歌	340
16	朱 弼	341
17	误中鬼脚	341
18	范启之妻	341
19	竺法师	342
20	白布裤鬼	342

卷 七

1	虹化丈夫	344
2	山 獠	344
3	平阳陨肉	345
4	阿鼠失魂	346
5	毛人之遇	346
6	朱衣吮露	346
7	双头之人	346
8	壁中一物	347
9	狗变形	347

卷 八

1	二人着乌衣	349
2	火变蝴蝶	349
3	诸葛长民	349
4	死人头	350
5	人头堕	350
6	髑髅百头	350
7	葱 缩	351
8	木板沉浮	351

卷 九

1	素衣女子	353
2	虎卜吉	353
3	熊 穴	353

4	镜中鹿	354
5	猴私宫妓	354
6	乌龙	354
7	杨生与义犬	355
8	蔡咏家狗	356
9	张平家狗	356
10	老黄狗	356
11	亭中犬	357
12	羊炙	357
13	古冢老狐	358
14	狐带香囊	358
15	放伯裘	358

卷 十

16	蛟子	361
17	蛟庇舍	361
18	虬塘	362
19	斫雷公	362
20	乌衣人	362
21	蛇衔卵	363
22	女嫁蛇	364
23	放龟	364

佚 文

1	钩鸰	365
2	龟倒悬	365
3	宗渊	365
4	熊无穴	366
5	黄赭	366
6	史宗	366

卷 一

1 丁令威

丁令威，本是辽东人，在灵虚山学道。后来，他变成一只鹤，飞回到辽东，停歇在城门的华表柱上。

当时有个年轻人，举起了弓箭想要射它。那鹤就飞了起来，在空中兜圈子，说道："有只鸟叫丁令威，离家千载今朝回。城郭依旧人心变，竟不学仙伴墓碑！"说罢，就高高地飞入了云霄。

而今，辽东那些姓丁的人说，他们的祖先当中有人成了仙，只是不知道他的名字了。

2 仙馆玉浆

在嵩山的北面有一个很大的洞穴，不知它到底有多深，老百姓一年四季常来游览。

西晋初年，曾经有一个人不小心掉进洞穴里边。和他来此同游的人，不希望他被摔死，便将食物投进洞穴里。那个掉进洞穴里的人得到了食物，为了探究这个洞穴，便向前走去。算来大约走了十多天，那人忽然看见了光明。还有一间草屋，屋里有两个人对面坐着下围棋。棋盘下面有一杯白色的饮料。那人说他又饥又渴，下棋的人便说："可以喝这杯饮料。"于是他便喝了下去，顿时感到气力增长了十倍。下棋的人说："你是否想留在这里？"掉进洞穴的人说不愿意。下棋的人说："从这里向西走，有一个天井，那里面有许多蛟龙。只要进入井中，自然就会走出洞穴。你如果饿了，就拿井里面的东西吃。"

那人依照下棋人的话，走了半年左右，竟然从蜀地走了出来。回到洛阳之后，去问张华。张华说："这是仙馆大夫。你所喝的，是玉浆;所吃的,是龙穴石髓。"

3 莲花荷包

会稽郡剡县的老百姓袁相和根硕两人,进山去打猎。翻过许多崇山峻岭,看见一群山羊,有六七头,就追赶它们。经过一座石桥,桥面非常狭窄,羊群从石桥上奔过去,他们也跟着过了桥。前面是悬崖峭壁,峭壁火红火红的,像墙壁一样矗立着,名叫"赤城"。山顶上有一股水流下来,也就有一匹布那么宽。剡县人把它叫作瀑布。顺着羊群走过的路,有个山洞像一扇门,开朗宽敞,他们就进去了。

进了门,里面十分平坦宽敞,草木都散发着清香。有一间小屋子,两个女子住在里面,年纪都只有十五六岁,容貌十分美丽,穿着青衣。一个叫莹珠,一个叫□□(原文失字)。两个少女见袁相、根硕来到,高兴地说:"早就盼着你们来啦。"就这样,他们各自结为夫妻。

有一次,两个少女忽然要出门去,说是她们的女伴中又有人招到了夫婿,要前往庆贺。她俩拖着鞋子走在悬崖峭壁上,发出了清朗响亮的声音。袁相、根硕两人想回家,偷偷地去寻回家的路。两个少女已经知道了,就把他们追了回来,对他俩说:"那你们就自己回去吧。"就送了一只小荷包给根硕他们,说:"千万不要打开呵。"于是,袁相和根硕就回来了。

后来,根硕外出,他家里的人打开那个小荷包来看。荷包像莲花似的,解开一层,又有一层,解了五层才解尽,里面有一只小青鸟,飞走了。根硕回家,知道了这件事,心里懊恼得不得了。后来,根硕在田里耕作,他家里人像往常那样给他送吃的去,见他站在田里一动不动,走近去一看,只剩下一个躯壳,像蝉蜕一样。

4 韶 舞

有个荥阳人姓何,他的名字忘记了,是个有名望的人。曾经请他做荆州别驾,他不肯应召出仕,隐居在民间,修养自己的品行。

他常常到庄户人家那儿去。别人收获庄稼,他在场上。忽然有一个人,一丈多高,穿着粗劣的单衣,戴着角巾,来拜访他。那人欣喜自得地举起他的两只手,一起舞蹈着过来,对姓何的说:"你曾经看见过'韶舞'吗?这就是'韶舞'。"一边舞一边走了。

姓何的立即去追赶那人,一直追到一座山里。山上有个洞,只能容一个人钻进去。那人叫他钻进山洞,他也就跟着那人进去了。山洞起初很狭窄,走到前面就显得宽阔豁朗起来。那人就不见了。

只见那里有良田几十顷,姓何的就留在那儿耕作,作为世代相传的产业。他的子孙至今还靠那些良田过日子。

5 桃花源

晋朝太元年间(376—395),有个武陵人靠捕鱼为职业。他沿着山溪划船,忘记了路程的远近。忽然遇到桃花林,沿着山溪两岸有几百步长。当中没有杂树,芳香的桃花分外鲜艳美丽,花瓣儿洒得满地都是。渔夫很诧异(渔夫姓黄,名字叫道真)。他又向前划,想要探寻桃花林的尽头。

桃花林的尽处,是溪水的源头,就看到一座山。山上有一个小洞,隐隐约约地好像透出点亮光来。渔夫就丢下小船上岸,从山洞里进去。山洞起初很狭窄,只能挤进一个人。又走了几十步,变得宽敞明亮起来。那里土地平坦宽广,房屋排列得整整齐齐,有肥沃的田地,幽美的池塘,桑树、竹林之类,田埂道路相通,鸡狗的叫声远近都听得见。男男女女的服装打扮,都和外面的人一样。老年人和小孩儿都生活得很愉快。

他们看到渔夫,十分惊奇,问他从哪里来。他都详详细细地回答了。就有人邀请他到家里去,为他准备了酒,杀了鸡,做饭请他吃。村里人听说有这么个人,都赶来打听消息。他们自己说:祖先为了躲避秦朝时候的兵乱,带着妻子儿女和同村人来到这块与外界隔绝的地方,不再出去,从此便和外界断了来往。他们问现今是什么朝代。他们居然不知道有汉朝,更不要说什么魏晋了。这个渔夫一件一件地详细说给他们听。他们对听到的事都表示惊奇叹息。其余的人又各自邀请他到自己的家里去,都拿出了酒菜来招待。他逗留了几天,要告辞离去。那里的人叮嘱他说:"可不要对外边的人说啊。"

渔夫出了山洞,找到了自己的小船,就沿着旧路,一处处都做上标志。到了府城,就去拜见太守,如此这般地做了报告。太守刘歆立即派人跟着他去,寻找原先做下的那些标志,竟再也找不到了。

6 子骥失途

南阳郡的刘驎之,字子骥,喜爱游山玩水。他曾经到南岳衡山去采药,深入山中,忘了返回。他看见有一条涧水,涧水的南面有两个圆形的石头谷仓,一仓封着,一仓张开。涧水又深又宽,无法过到对岸去。

他想回去,却迷了路,幸亏遇到一个进山伐木制弓的人,问清了道路,方才得以回家。有人说,石仓里面都是仙方灵药和各种杂物。刘驎之想再次进山去寻找,却再也找不到那个地方了。

7 穴中异境

长沙郡的醴陵县有一条小河,有两个人乘船去打柴时,看见岸下边的土洞穴里的水不断地流出来,还有新砍的木头片随着水流而下。在这样的深山里有了人的踪迹,就对此很觉奇异,便互相议论说:"可试着进到土洞里去看看是怎么回事。"其中一个人就用笠帽遮挡着自己,进了土洞。洞口刚刚容得下人。走了几十步,东边朝阳的门就明亮了,里边的一切和人间世界不一样。

8 目 岩

平乐县有一座大山,下临桂江,高峻的山岩间有两只眼睛,好像人的眼睛,非常大,眼珠子白黑分明,名叫"目岩"。

9 石室乐声

在始兴县机山的东面有两座山崖,它们相对如同屋脊上的鸱尾。还有石屋几十所。人从这里经过,都会听到有演奏各种乐器的声音。

10 贞女峡

中宿县有个贞女峡。峡西岸的水边有块石头,像人的形状,好像是个女子。所以叫作"贞女"。

当地的老年人相传:秦朝的时候有几个女子,在这一带摸螺蛳,遇到了大风雨,白天天色昏暗,其中一个女子就化成了这块石头。

11 舒姑泉

临城县南面四十里,有座盖山,走百来步路有一处舒姑泉。

从前有个舒家姑娘,和她父亲在这泉水边砍柴。姑娘靠近泉边坐下休息,父亲去拉她,竟不会动了。父亲就回去对家里的人说这件事。等到他们再回来,只见泉水清澈。姑娘的母亲说:"我的女儿喜欢音乐。"于是就弹起琴唱起歌来,只见泉水涌起,回旋流动,水中有一对红色的鲤鱼。

今天人们在泉边唱歌游戏,那泉水也会因此涌出来。

卷 二

1 吴猛纯孝

有一个舍人姓吴,名猛,字世云,身怀法术。同县的邹惠政为了迎接吴猛,夜晚在家里的中庭烧香。忽然有一只老虎跑了过来,抱起惠政的儿子,越过篱笆而去。吴猛对惠政说:"没有什么可担心的,孩子一会儿就回来了。"果然,老虎跑了几十步,忽然又调回头将孩子送了回来。邹惠政便决心学习法术,要当一个好道士。

吴猛的秉性极其孝顺,当他还是个小孩子的时候,在父母亲身旁睡觉,当时正值夏天,很多蚊虫在他身旁嗡嗡,但他始终不扇扇子。和他一起住宿的人发觉了,问他为什么。他回答说:"我是害怕蚊虫离开了我,去叮我的父母。"

他父母死了以后,他身穿丧服在墓旁的屋内守丧。这时,正逢蜀地的盗贼到处任意施暴,焚烧城屋,挖坟掘墓,百姓四散逃窜,而吴猛仍然住在父母的墓旁,高声痛哭,不肯离开。盗贼被他这种孝行感动了,就没有侵害他。

2 赤符鲤鱼

谢允从武当山学道回来,桓宣帝朝中书舍武班之内,有人说到左元放给曹操弄到鲈鱼的事。谢允就说:"这是能弄到的。"他要来大瓮盛上水,用红笔写了符扔在水里。立即便有两条鲤鱼在水里鼓胀起双鳍浮游。

3 借鱼还刀

钱塘县的杜子恭,有一种神秘的法术。他曾经向人借用切瓜刀,刀主要求他速还，子恭说："马上就会还你的。"不久，刀主乘船到了嘉兴，有一条鱼跳进了船舱里。刀主剖开鱼肚子，竟然得到了杜子恭还给他的切瓜刀。

4 鼠 市

北燕太兴年间（431—435），衡阳人区纯做了一个模型，叫作"鼠市"。四方形，每边长一丈多，开四扇门，门口有一个木头人。他放了四五只老鼠在里面，老鼠要想窜出门，木人就总是用手来阻挡它。

5 尼姑制恶

东晋的大司马桓温，字元子。晚年时，忽然有一位尼姑，不记得她的名字了，从远方来投靠桓温为施主。这位尼姑的本领和德行很不寻常，桓温非常有礼貌地接待了她，请她住在府第里面。

尼姑每次洗澡，都要很长时间。桓温对此感到不解，便去偷看她。只见尼姑赤裸着身体，举刀划开肚皮剜出五脏，割断身子和脑袋，肢解后切成肉块。桓温吓得退了回来。

等到尼姑从浴室出来的时候，身体的形状又变得和平时一模一样了。桓温用他实际所见的情景来问她，尼姑回答说："谁要欺凌君主，谁的形体就跟这个一样。"那时候桓温正在图谋王位，听了尼姑的这番话，便显出一副失意的样子。所以，桓温心怀敬畏，最后还是遵守着当臣子的礼节。尼姑后来告辞离去，也不知她去了什么地方。

6 周父知悔

在沛国有一个大家的男子，姓周。他一共生了三个儿子，年龄都将近二十岁了，可都是只能发声而不能说话。忽然有一个外地人从门前路过,因为讨水喝,听见了他儿子的声音,就问他说:"这是什么声音?"回答说:"是我的儿子,都不能说话。"外地人说:"你可以回屋里去反省过错,想想为什么会导致这样。"姓周的主人觉得客人的话很不一般,知道他不是个平常人。很久主人便出来说:"都不记得有什么罪过。"客人说:"你再想想幼年时候的事儿。"主人进屋里。

有一顿饭的工夫,出来告诉客人说:"记得我还是小孩子的时候,在木架上有燕子窝,里面有三个小燕子孩儿,它母亲从外面弄到食物喂养,三个孩儿都伸出嘴来接食物。长时间这样。试着用手指伸进窝里,小燕子也伸出嘴来接。因此就拿三个蒺藜,各个都给它们吃了。一会儿就都死了。燕子妈回来,看孩子没有了,就悲哀地叫着走了。从前有这事,如今实在后悔么么做。"客人听了这话,就变成道人的容貌,说:"你既然自己知道后悔,罪过现在就消除了!"说完,就听见他儿子说话周全正确。这个道人忽然就不见了。

7　佛图澄

天竺国人佛图澄,永嘉四年到洛阳。他善于高诵经咒,差神使鬼。他的肚子旁边有一个洞,平常用粗丝绵絮堵着。每当夜晚读书的时候,便拔掉棉絮,腹洞中射出光芒来,照亮了整个房子。

天亮以后,他来到流水边,从腹洞中拉出五脏六腑仔细洗涤,洗罢,又送回肚子里去。

8　胡道人咒术

在后赵时(319—350),赵天王都邑邺城有一个胡人道士,他懂得念诵口诀,使唤鬼神驱逐妖怪的法术。他骑驴载货作行商,在国外的深山里走路。脚下有悬崖绝壁的山涧,又深又远不见底。忽然有恶鬼,偷着牵走这道人的驴,下去进了这绝崖下的山涧。胡道人沿着他的行踪念动咒语,呼唤各个鬼头目。不一会儿,连驴带货一样不少地回到了胡道人手里。

9　昙游驱蛊

昙游道人,是位清苦的出家人。剡县有一家人养毒蛊害人,人如果吃了他家的食物,没有不吐血而死的。

昙游曾经去过他家。主人摆下饭菜,昙游照常例为施主念咒求愿。一会儿,只见一对蜈蚣,有一尺多长,就从盘子里跳出来跑掉了。昙游饱吃一顿回来了,平平安安,没出什么事情。

10　幸灵

高悝家里有鬼怪作乱,只听到大声呵斥的话,看到屋里屋外扔东西,而不见有人,或者器具物品一再自动着火。巫祝来镇压、抑制也不能灭绝。恰好遇到幸灵,便邀请他来。

幸灵到了门口,把门上符箓、索苇等驱邪除怪之物,就都拿下来烧掉。他只在屋里小坐了一会就走了。从那晚起,鬼怪就绝迹了。

11　郭璞医马

赵固常骑一匹深红大马出征作战,他对这匹马很爱护、器重。常拴在住所房前。有一天马忽然肚子发胀,不一会儿就死了。郭璞从北地路过此地,顺便去拜访赵固。门官告诉他:"赵将军有匹好马,非常爱惜。如今死了,心里很懊丧难过。"郭璞就对门官说:"你可进去通报,说我能救活这匹马。他一定会接见我。"门官听他这一说,又惊又喜,马上去报告赵固。赵固听了,高兴得跳起来,叫门官快去请他进来。

赵固见了郭璞,先寒暄了几句,便问:"先生您能救活我的马吗?"郭璞说:"我能救活。"赵固大喜,便问道:"用什么丹方妙术呢?"郭璞说:"只需要您的齐心的军士二三十人,都拿上竹竿。从这儿向东行三十里，有片丘陵树林，其中有个形似土地神庙的地方。让军士们用竹竿拨来搅去地拍打树木，这时候，就会有个东西出来，就赶快把它捉回来。能得到这个东西，马便会得救了。"于是在军士中选出猛勇士兵五十人前去。

果然像郭璞说的，找到那个大丛林，有个像猴而不是猴的东西跑了出来。士兵一同追赶，捉住了它，便抱着带了回来。这东西远远看见死马，便又跳又蹦想跑上去。郭璞教人把它放开。这个东西就很快跑到马的头部，在鼻子上又吹气又吸气。过了好大一会儿，马站立起来了，打着喷嚏鼓起劲迅速地跑了起来。这时，这个东西也不见了。

赵固给了郭璞很多钱，郭璞便得以过江左而去。

12　镜䍃

王文献曾叫郭璞占卜自己这一年的吉凶祸福。郭璞说："会有小的不吉利。可拿两个广州的大䍃，盛上水，放置在床帐的两个角边，这名叫'镜耗'，用它镇压不吉利。到某个时候，撤去䍃倒掉水。这样那灾祸就能消除。"到那天忘了这事。找丢失的铜镜，也不知它在什么地方。后来撤䍃倒水，才看见丢失的镜子就在䍃里面。䍃的口小，才几寸，镜子大有一尺多。王文献又叫郭璞说卜筮、镜䍃的事。郭璞说："撤䍃违误期限，因此出了这种妖邪。妖邪鬼怪所作的，没有别的缘故。"让他们去烧车辖，镜子立即就出来了。

13　郭璞预属

东晋初年，郭璞每每给自己算卦，知道自己将会被杀死。有一次，他曾路过建康栅塘，遇到一个小步急行的年轻人，显得很寒冷的样子。他便拉住他，脱下自己的丝布袍送给年轻人穿。这年轻人推辞着不要。郭璞说："你就穿上吧，以后你自然会明白的。"这人才接受了布袍离去。

郭璞临到被处死，行刑的正是此人。当时在一旁的人都向行刑的替郭璞请求嘱托。郭璞说："我很早就嘱托过他了。"此人听了长声叹息，悲痛得说不出话来。行刑完毕，此人才讲了昔日赠布袍的事。

14　杜不愆

高平县的郗超，字叫嘉宾，年纪二十多岁就得了重病。庐江的杜不愆，从小跟外祖父郭璞学习《易经》，对占卜之类很在行。

郗超让他占卜试试看。卜完卦，杜不愆说："按照卦象说来，你患的病不久就会痊愈。然而应该从东北方三十里的姓上官的家里，索取他所养的公鸡，放进笼子里拴住，放置在屋东的房檐底下。往后九天的刻漏到了午时，必定会有一只野母鸡飞了来，和公鸡交配。交配完，成双飞走。假若这样，不出二十天，病就都没了。这还是个好征兆，你的寿数会到八十岁，官位达到作臣子的最高一等。假若只是母鸡走而公鸡留下来，那这病一周年才会好；寿数也只有八十的一半，功名地位也没有了。"

郗超当时病得正重，很衰弱，正为早晚会死忧虑，便笑着回答说："假如保住八十的一半，就算是活多了；一年病好，够不上说久留。"但郗超还是不信他的话。有人劝说照杜不愆说的去索取公鸡，果然就得到了。到了景午日的期限那天，郗超卧在南屋的轩窗下面看鸡。到日晚，果然有母鸡飞进笼子，与公鸡交配后便走了。公鸡却留滞不动。

郗超叹息地说："管辂、郭璞的占卜神奇，怎么能高过他杜不愆！"郗超的病经过一年才好了起来；到四十岁，死在了中书郎的职位上。

卷 三

1 程咸扬名

程咸字延祚。他母亲刚怀他时,梦见一个老人投赠药给她,说:"服用这药,就会生下显贵的儿子。"到了晋武帝司马炎在位的时候,程咸历任各种职位直到侍中,其名望世人皆知。

2 流星堕瓮

袁真在豫州时,曾派纪陵给桓宣武送去三个妓女:阿薛、阿郭和阿马。过了些时日,这三个妓女半夜里走出庭,到月下赏玩观望,身边放置着一只有水的铜瓮。忽然看到一颗流星,从夜空径直坠落在瓮中。她们又惊又喜,一同前来观看,这颗流星忽然像个两寸大小的火珠,沉在水底,光灿灿的,非常明亮洁净。她们就说:"这是个吉祥的兆头,不知会应验在谁身上。"

于是阿薛、阿郭二人轮番用瓢杓来舀取,都没有得到。最后阿马来舀,正好舀入瓢中,她便把它喝了下去。一会儿,她好像觉得有了感应。不久,就怀孕生下桓玄。

后来,桓玄篡夺君位虽然没有成功,但有好几年,荣华富贵却达到极点。

3 掘头船

临淮公荀序,字叫休元。他母亲华夫人爱他超过平常。他十岁那年,从南方的临淮回北方,经过青草湖,当时船正在乘风扬帆行驶,荀序在船离开城塞后,忽然掉在水里。等到船把风帆落下来,已经走出几十里了。大水无边无岸,他母亲只能槌胸老远地看。不一会儿，看见一只"掘头船"，老渔翁用小桨划水飞奔而来，船载着荀序送回来，说："我送府君回来了。"

后来，荀序爵位到"常伯"，官位到长沙相，所以，就称"府君"了。

4　割罢再生

庐陵郡巴邱人文晁，世世代代以种田为业。常年经营几十顷田地，家境逐渐富裕起来。

晋太元初年，秋收已过，收割完毕，第二天一早他到田里去，见田禾又长满一地，金灿灿的和没收割过的一样。他马上又来收割，收获的粮食堆满了仓库。他从此成了大富户。

5　钱之孽

上虞人魏全，家在县城北边。忽然有一个人，穿着孝子服，戴着黑斗笠，用手巾盖着嘴，来到魏全家，说道："你有铜钱一千万枚，铜器具也值这么多。钱在你家大柳树底下，只要拿钱就会得到的。但这对于你家很不吉利。仆马上替你拿这钱。"随后就离开了。

此后，过了三十年，就没再见那人来。魏全家也不去索取这钱。

6　蜜蜂螫贼

南朝宋元嘉元年（424），建安郡的盗贼一百多人，攻进了郡城，抢夺百姓财产，抓走百姓的子女，并且闯进寺院，搜寻、掠夺财宝。

原先寺院里那些供奉神佛的金银器皿，封存在一间屋子里。盗贼们打破了门，忽然有几万只蜜蜂，从存放衣物的笼中飞了出来，扑过去叮咬那些盗贼。这伙盗贼都被叮咬得头身肿痛，眼睛都肿得睁不开。他们丢下先前掠夺来的财物和百姓的子女，狼狈地逃走了。

7　呵呼毙盗

蔡裔很有勇气,说话声音像打雷似的。曾经有两个小偷到他的房里去,蔡裔拍着床一喊,两个小偷都吓死了。

8　马溺化鳖

从前,有个人和他的奴仆同时得了腹内胀满的病,治也治不好。仆人死了以后,就剖开他的肚子看看,从腹中取出一只白鳖,红眼睛,明光闪亮的。就试着用几种毒药浇灌它,并给它口中也塞上药,但对它都没有什么损伤,只好把它拴在床脚上。

忽然有一位客人前来观看,他骑了一匹白马。一会儿马撒尿,尿水溅到鳖身上,鳖就显出非常惶惧害怕的样子,想要赶快跑开躲避马尿,由于它被拴着,跑不开,于是把头、脖子、足都缩回去藏起来。

病人观察到这情况,向他儿子说:"我的病或许有救了。"于是试着用白马尿浇在鳖身上,一时之间,鳖就化成了几升水。病人立即喝下一升多白马尿,他的病一下子痊愈了。

9　蕨梗化蛇

太尉郗鉴,字道徽,镇守丹徒。有一次外出打猎,当时是二月中旬,蕨菜刚在生长。有一个士兵,采了一根吃,立即觉着心里搅动想呕吐。从此回来,就成心腹疼痛病。经过半年左右,忽然大呕大吐,吐出一条红蛇,长一尺多,还活着呢。就把它挂在屋檐前面,它稍稍出了点汁水,渐渐干燥变小。过了一夜再看它,竟是一根蕨菜,还像从前所吃的一样。病随之也消除了。

10　斛二瘕

晋代桓温掌权时期，有个督将，由于患流行病后身体虚热，很能喝复茗茶，每次要饮一二斗才能足量。即使少一升一合，也觉得不满足。这又不止一天，长久如此，家中也贫困了。

后来，有个客人前来拜访他，正遇他又在饮这种茶，客人以前也听说过有这种病，就叫他再饮五升。后来，他大吐起来，竟吐出一个东西，如升子般大，有口，形体缩敛，皱皱巴巴的，像牛的肚子。客人就叫把这东西放到盆子里，给它浇上一斛二斗复茗茶，这东西全都吸光了，仅仅觉得稍胀了点。客人叫人再加上五升，当即全都从口中乱涌出来。

自从吐出这东西之后，督将的病也随即痊愈了。有人问客人："这是什么病？"答道："这病叫斛二瘕。"

11　桓梅同梦

桓哲字叫明期，居住在豫章的时候，梅元龙做这郡的太守。梅元龙先前就病了，桓哲去看望问候他。桓哲对梅元龙说："我昨天夜里忽然梦见我当差役，来迎接你当泰山府君。"梅元龙听这话突然一惊，说："我也梦见你当差役，穿着丧服，来接我。"经过几天，又都像以前做梦，还说："二十八日就授给官职。"到二十七日，桓哲忽然心中恶心肚子闷胀，向梅元龙索取"麝香丸"。梅元龙听说，就张罗做棺材。二十七日傍晚，桓哲就死了，二十八日梅元龙也死了。

12　华歆当公

平原郡华歆，字子鱼，做学生时，曾经睡在别人门外，主家女人当夜分娩。不长时间，两个差吏来到这家门前，一见面，就赶快回避，想退回去，却又商量道："可三公在这里啊。"一直犹豫了很久。一个差吏说:"生死簿上已经定了,有什么办法呢?"他们向前给华子鱼施了礼,就一块进屋去了。出来时,并行商议道:"应给予他几岁?"一个说:"应给予三岁。"天明后,华子鱼离开了。

为验证这个事情,等到孩子三岁时,华子鱼有意前去察看这孩子的情况。果然这孩子三岁上就已死了。他暗自欢喜,说:"我原本应当做到三公。"后来,子鱼果然做了太尉。

13　形魂离异

宋朝时有一个人,忘记了他的姓名。他和妻子一起睡觉,天亮,妻子起来出门到外边去了,随后丈夫也随着出门到外边去了。

妻子回屋,看见她丈夫还在被子里睡。一会儿,小奴仆从外面回来,说:"郎君要镜子。"妻子认为小奴仆说谎话,便指着床上的人告诉小奴仆。小奴仆说:"我刚才从郎君那里来。"

妻子急忙走去向丈夫陈说。丈夫听了很惊讶,便回家进屋,和妻子一起看那被子里的人,那人还正安闲地静睡,正是丈夫的身形,完全没有一点不吻合。夫妻想到这是丈夫的魂灵,没敢惊动他。夫妻俩用手慢慢地抚摸床,他就轻而慢地沉入席子而不见了。两口子惋惜惊异不止。

一会儿,丈夫忽然得了病,情绪理智谬误错乱,直到死也没好。

14　寿之遭祸

董寿之被杀,他家里还不知道。晚上,他妻子正坐着,忽然发现寿之坐在她的旁边,不住地叹气。妻子问:"黑夜间你怎么回得来呢?"寿之全都不理不答。

过了一会儿,寿之出门绕着鸡笼走着,笼中的鸡惊慌大叫起来。妻子怀疑有异常情况,就举着火出门察看,看到有几升鲜血洒在地上,而寿之却不知去哪儿了。她立即将这一情况告诉婆婆,知道发生了大的变故,全都放声号哭起来。

第二天一早，果然传来了寿之被杀的消息。

15　魂车木马

南朝刘宋朝年间，有个儒生远离家乡到外地求学。他的父母点火取亮在夜间做工，忽然看见儿子来到跟前，叹息着说："现在我只是魂灵了，不再是活人。"父母问他，儿子说："这个月初得了病，在今天某个时辰死了。现在正在琅琊郡任子成家里，明天就该盛殓入棺；我特来接父母去。"父母说："离这千数里，就算跌倒爬起再走，哪里跟得上你？"儿子说："门外有马车，只要坐上它，自然就会到了。"父母就跟着上了车，忽然迷惘像睡觉。

到了鸡叫时，就到了地方。看看所坐的车，只是死人魂灵用的车马。便和主人相见，对着儿子悲哀地哭号起来。问问儿子病死情况，和儿子说的一样。

卷 四

1 徐玄方女

　　晋朝的时候，东平人冯孝将担任广州太守。他的儿子名叫马子，年纪二十多岁，独自睡在马房里。夜里梦见一个女子，年纪十八九岁，对他说："我是前任太守北海人徐玄方的女儿，不幸早死。死去已经四年了，是被鬼所冤杀的。按照生死簿规定，我应当活到八十多岁呢！阎王让我再活过来，说是要依靠马子才能活命，又说我应该做你的妻子。你能答应我的请求，把我救活吗？"马子回答说："可以的。"她就跟马子约定一个日子出来见面。

　　到了约定的日子，马子床前的地上有头发，正和地面一样平。马子叫仆人扫去，头发却愈加清晰起来，马子才明白那是梦中见过的女子。就教手下的人都出去，那女子就渐渐地从地下露出额头，接着露出头脸；又接着是肩膀和头颈，整个身体顿时出来了。

　　马子就叫她坐在对面的榻上。她说的话，非常奇妙。她就和马子住在一起了。那女子常常告诫马子说："我还只是个虚幻的形象呢。"马子就问她什么时候能成为真人。她回答说："我变真人，要到我本来的身体复活的那天，时候还没到呢。"就到马房里去了。说话的声音，别人也都听到了。

　　那女子估计自己复活的日子将要来到，就详详细细地把救自己出来并加以护养的方法教给了马子，说完以后，就告辞离去。

　　马子照她的话去做，到了那天，将一只红公鸡、一盘黍米饭、一升清酒，祭奠在她的葬地前面。她的葬地离马房十多步路。祭奠完毕，掘出棺材，打开一看，那女子的身体、容貌都和活人一样。马子缓缓地把她抱出来，放在毡制的帐篷里。这时候，她只是胸口稍微有些暖，嘴巴里有了气息。马子教四个婢女守护着她，不住地用青羊的乳汁来滴入她的双眼。她的眼睛就渐渐睁开来，嘴里能咽些粥,接着又能开口说话了。二百天当中,能拄着手杖起来走动。一周年以后,她的脸色、肌肤、气力,都恢复得和平常人一样了。

于是,马家派人去给徐家报讯,徐家上上下下的人都来了。马家选了个吉日送聘礼,将他们二人配作夫妻。婚后,生了两个儿子、一个女儿:大儿子字元庆,永嘉初年做了秘书郎中;小儿子字敬度,做了太傅掾;女儿嫁给了济南的刘子彦,就是隐士刘延世的孙子。

2 干宝父妾

干宝字令升,他祖先是新蔡县人。他父亲干莹,有个宠爱的小妻子。干宝母亲很嫉妒。当干宝父亲埋葬时,母亲把小妻活着推进坟坑里。干宝兄弟年纪小,没有看到。

经过十年干宝母亲死了,打开父亲坟墓合葬,看见那个小妻趴在棺材上,穿的衣服和活着时一样。近前看身子还暖和,渐渐有了呼吸。用车拉回家,经过一天就苏醒过来。说干宝父亲常给她吃喝,和她睡卧接触,夫妻恩情如同活着时一样。家里的吉利和不吉利的事,她常常说到,考校起来全都灵验。

她康复几年之后才死去。干宝的哥哥曾病得断了气,身子几天都不凉。后来又醒过来,说他见到天地之间、世上的鬼神的事,他像睡梦醒过来,不知道自己死去过。

3 陈 良

晋朝太元年间(376—396),北地人陈良和沛国人刘舒关系亲密,又和同郡的李焉一块儿做买卖。后来,做买卖赚了大钱,李焉便杀死陈良,拿走了财物。

陈良死了十天左右,忽然又复活了,并且回到家来,他对家里人说,他死去的时候,曾在阴间见到早已死去的朋友刘舒,刘舒告诉陈良说:"去年春社日那天祭祀的时候,看见家中的人斗争,我实在气愤,就做了一只咒放在庭堂前面。您回家之后,能替我说说这件事吗?"陈良就去转告了刘舒家,那个怪物就再也没有了。

陈良又去官府状告李焉。李焉也受到了应有的惩罚。

4 金镯入土

襄阳人李除,得流行病死了。他的妻子守着尸体。到了半夜三更,他突然坐了起来,去夺取妻子手臂上的金镯子,很是急迫。他妻子连忙相帮着把金镯子脱下来。他手里拿着金镯子,又死去了。

他妻子就在一边观察着他的动静。到天亮的时候,他的心口转暖了,渐渐地复活过来。他活过来以后,对妻子说:"我被阴间一个官吏带走了,同伴很多。我看见有行贿以后被放还的,就答应给那官吏一只金镯子。官吏要我回来拿。我回来取了金镯子,就是要去给那官吏。他得了金镯子,就放了我,让我回来。我看见他拿着金镯子走的。"

几天以后,不料那金镯子还在李除妻子的衣服里。李除的妻子不敢再戴了,就一面祝告着,一面将金镯子埋进泥土里去。

5 郑茂复活

郑茂害病死了,已经殡殓完毕,还没有埋葬。忽然他的妻子以及家里的人梦见他说:"我不该死,偶尔烦闷气绝了。请打开棺材让我出来,并将车釭烧热后熨熨我的头顶。"家里人照着他说的办法做了后,郑茂就复活了。

6 李仲文女

晋朝时,武都太守李仲文的女儿在郡所死了,年纪十八岁,暂且殡葬在城北。

有个张世之来代替太守的职务。张世之的儿子字子长,年纪二十岁,跟着他住在官署中。子长在夜里梦见一个姑娘,年纪大约十七八岁，容貌不同寻常，自我介绍说："我是前任太守的女儿，不幸年纪轻轻就死了。凑巧应当在这个时候复活。我很喜爱你，所以来找你了。"这样的梦出现了五六夜。

忽然，有一天白天，她现形出来了。她的衣服散发出一股香气，是从来也没见过的。子长就和她做了夫妻，睡觉的时候，她的下衣都沾上了血污，就如同处女一般。

后来，李仲文派了个婢女到武都来看看女儿的墓，就顺便到张世之的夫人那儿，向她问候。那婢女走进宫署，看见她家姑娘的一只鞋子在子长的床底下。婢女拿起鞋子就啼哭起来，一面大声吵嚷，说是张家掘了她家的坟墓。

婢女把鞋子带了回去，给李仲文看。李仲文惊讶起来，派人去问张世之："您的儿子从哪里得到我死去女儿的鞋子呢？"张世之把儿子叫来追问。他儿子就把事情的经过全都说了出来。

李仲文和张世之都觉得这件事太奇怪了，就打开棺材来看个明白。只见李仲文亡女的身体已经生出了新肉，面容和姿态跟活着的时候一样，右脚上有鞋子，左脚上没有鞋子。从此之后她就死了，肉烂掉不能再活过来。

后来有一天晚上，那姑娘又来了，对子长说："夫妻之间感情深厚才可以称为和谐。如今一时失于检点，遗忘了一只鞋子，以致这件事败露出来，害得我再也不能复活。心头的千恨万怨，又有什么话可说呢！"说完，她哭泣着离别而去。

7 虎 符

曹魏的时候，寻阳县北山中的蛮人有一种法术，能使人变成老虎，而且皮毛颜色和爪牙，都像真老虎似的。

当地人周眕有一个奴仆，主人叫他进山去砍柴。这奴仆有妻子和妹妹，也和他一块儿去了。到了山中，他告诉二人说："你们暂且爬上大树，看看我的本事。"二人照他说的做了。

不久，他钻进草丛，转眼间，只见一只黄色斑纹的大老虎从草丛中出来，昂奋地腾跃吼叫，样子非常可怕。二人大吃一惊。过了许久，老虎才回到草丛中去了，不一会儿又还原为人。

这奴仆告诉二人说："回家后千万不要对别人说起这件事。"后来二人忍不住还是向同辈的人说了。

不久，周眕知道了，就拿烈酒给他喝，让这奴仆沉醉不醒。让人解开他的衣裳，展现他的身体，处处仔细察看，都没有什么异样的地方。只是从他的发髻里边搜到一张纸头，上面画了一只大老虎，旁边还写有符咒，周眕就偷偷地抄录下来。

奴仆酒醒以后，周眕把这奴仆叫来具，询问这件事。这奴仆见事情已经败露，便将这件事的头尾全讲了出来："以前我曾去北山中买粮食，那里的一位巫师告诉我，他有这种使人变虎的法术。于是我便花了三尺布、几升粳米、一只红公鸡、一升酒，从他那里学到了这一法术。"

8 化　鼋

魏朝清和郡宋士宗的母亲，在黄初年间（220—226）的夏天在浴室里洗浴，让家里子女都关上门。家里人在墙的洞孔里，暗中看见浴盆的水里有一个大鼋。于是开了门，一家大小都进去，见盆中的那东西，完全不能称为人，只是原先插戴的银钗还在头上。大家都守着哭，没有办法。这鼋爬到外边去，走得急快，人都追赶不上，它就进入水里。

过后几天，这鼋忽然回来，围着住宅房舍看，和往常一样，什么话没说就走了。当时的人说宋士宗应当举行丧礼，宋士宗认为母亲身体形状虽然变了，但存活的理由还在，就不治办丧事。这事和江夏郡姓黄的人的母亲的事儿相似。

卷 五

1　白水素女

晋安帝的时候，侯官人谢端，从小死去了父母，没有亲属，靠邻居来抚养。到了十七八岁，他为人谨慎，有礼貌，安分守己，不做越轨的事。他刚刚单独居住，还没有娶妻，邻居们都同情他，筹划着为他娶妻，没有成功。

谢端早起晚睡，努力耕作，不分昼夜。后来在城墙脚边拾到一只大田螺，像一只可以装三升水的壶。谢端以为是个稀奇的东西，就把它带回家，放在瓮里，养了十几天。

谢端每天早上到田里干活，回家的时候，看见他的家里有饭菜茶水，就像有人做好了似的。谢端以为是邻居帮的忙。一连几天都是这样，他就去感谢邻居。邻居说："我并就没有给你做饭，你为什么要来谢我呢？"谢端又以为邻居没有弄懂他的意思，谁知道以后好几次都这样。后来，他再去询问实情。邻居笑着说："你已经自己娶了个媳妇，秘密地藏在家里烧火做饭，怎么说是我为你做饭呢？"谢端沉默起来，心里怀疑，不知道其中的缘故。

后来，鸡叫谢端就出门，天明悄悄地回来，躲在篱笆外面偷看他家中的动静。只见一个少女，从瓮中出来，到灶头边去烧火。谢端就进门去，直接跑到瓮跟前去看那田螺，只看见一只空壳。谢端就到灶头边问她："姑娘从哪里来，帮助我做饭呀？"少女十分惊慌忙乱，想回到瓮里去，已经不能回去了，便回答道："我是天河里的白水素女。天帝可怜你从小是个孤儿，为人谨慎，有礼貌，安分守己，所以派我来暂且替你看家做饭。十年当中，使你富裕起来，娶上个妻子，我就要回去的。然而你却无故在外面偷看我。我的原形已经显现出来，不宜再留下，只好丢下你离去。虽然这样，从此以后你的生活自然会有所好转。但愿你勤于耕作，捕鱼砍柴，好好谋生计。留下这个壳给你,用来放米谷,你就常常可以不缺粮食。"谢端请求白水素女留下来,她最终也没有答应。这时,天上忽然风雨大作,白水素女很快地离去了。

谢端为白水素女立了个神座,逢年过节祭祀她。他的生活经常富足,但也不至于大富。于是,当地人将自己的女儿嫁给了他。后来,谢端做官一直做到了县令呢。

今天那里的素女祠,就是祭祀白水素女的。

2 清溪庙神

东晋太康年间,有个出家受戒修行的和尚竺昙遂,有二十来岁,长得白皙端正,流落在沙门之中。有次,他出远门从清溪庙前经过,就顺便进庙观看。晚上回去,梦见一个妇人来对他说:"您没有多长时间就要来作我们庙里的神了。"昙遂在梦中问她:"妇人您是谁呀?"妇人说:"我是清溪庙里的仙姑。"

这样,过了一个多月,昙遂就病倒了。临死前,他对在一起学道的年轻伙伴说:"我没有什么福分,也没有什么大罪过,死后要去做清溪庙神。诸位如果方便,请过去看看我。"

昙遂死后,那些年轻的学道之人就去拜访清溪庙。到了庙里,就听到昙遂的神灵在向他们致敬问候,神灵说:"很久没听到歌咏偈颂的声音了,很想再听一听。"昙遂生前的伙伴慧觊为他咏唱了偈颂,神灵还在跟着咏唱道:"朋友在岔路口作别,尚有凄怆之感,何况我们这样分离,形神永远分散。我只能在暗中长叹;这种心情,怎么言谈!"说完,便情不自禁地抽泣不止。那些过去一起学道的伙伴,也都为他流下了眼泪。

3 王导子悦

王导的儿子王悦作中书郎时,王导梦见有人以钱一百万来买王悦,王导暗中为儿子的病向神灵祝告求福,各种事都做过了。他旋即挖掘地，得钱一百万，心里很讨厌这事，一钱不留地都隐藏封闭起来。到王悦病重，王导忧虑重重，愁肠百结，多日不吃饭。忽然见到一个人，身形状貌很魁伟，披着甲拿着刀。王导问他是什么人，那人说："我，是蒋侯。你儿子病况不好，我想给他祈求以保全性命，特地才来的。你不要再忧愁。"王导便给他饮食，吃了有好几升。吃完，他突然变脸发怒告诉王导说："王悦中书性命到头，不可救了。"说完就不见了。王悦也随之死去。

4　吴望子

会稽郡鄞县东郊有一个女子姓吴，字望子，在路上见到一个高贵的人，俨然端坐在那里，这就是蒋侯的神像。她就投了两个橘子给他。以后他屡屡现形，二人的情感一天天地深厚了。

每当望子心里想要什么东西，她就会从空中得到。她曾想吃点肉，就有一双鲤鱼从空中降下来。

5　木像弯弓

孙恩造反时，吴兴郡也遭战乱。有一个男人忽然间冲撞进了蒋侯庙。刚进门，木雕的蒋侯神像就拉开弓用箭射他，他马上就死了。这事当时路过的人和看守寺庙的，都看见了。

6　白头公

东晋太元年间，乐安郡高衡作魏郡太守，守卫石头城。有一天，他孙子高雅之说，他在马棚中看到一位神灵从空中而降，自称白头公，手拄拐杖，光辉明亮，照彻屋宇。高雅之和这位神仙于当夜悄悄地起程外出，晚上到达京口，第二天早晨已经返了回来。后来，高雅之父子都被桓玄所杀。

7　临贺太守

晋穆帝永和年间，义兴县有个姓周的，离城出远门，骑着马，有两个侍从跟着一起走。他们还没赶到村庄，天就黑了。路边有一间用新鲜草叶盖的小屋，一个女子走出门来，年纪大约十六七岁，姿容端正，衣服鲜艳而整洁。她看见姓周的过来，就对他说："天色已经快黑了，离前面的村庄还远着呢。岂能到得了临贺？"姓周的就请求在这里住宿。那女子为他点起火来烧饭。

将近一更光景，听得外面有小孩子呼唤"阿香"的声音，那女子答应了。孩子当即说："上司唤你去推雷车。"女子就来向姓周的告辞，说："今夜有事，我要走了。"当夜就下了一场大雷雨。将近天亮的时候，女子回来了。

姓周的骑马上路，看昨夜住宿过的地方，只见一座新坟，坟前有马尿和一些喂马剩余的草料。姓周的非常惊讶，也很惋惜。五年后，他果然当了临贺太守。

8　何参军女

豫章郡人刘广，是个还没有结婚的年轻人。有一次，他去田间的屋舍，见到一位女子，她说："我是何参军的女儿，十四岁时便死了，后来西天王母娘娘抚养了我，让我回到人间与世人交好。"于是刘广便和她情意缠绵起来。

那天，从他的床席下找到一方手巾，里面还包着名贵的鸡舌香。他母亲把手巾拿来用火一烧，原来是一方光洁如新的火浣布。

9　灵　见

桓温大司马从南州回来后，去参拜简文皇帝的陵墓，左右的随从发觉他言语异常。他上了车，就告诉随从说："先皇帝以前就显现过神灵。"但他却不叙说先帝所说的话，因此众人也都不知道怎样显神灵。将要参拜时，只见他口中不停地说"为臣不敢"而已。他还问随从殷涓这人的形体容貌什么样。有人回答："殷涓这人胖又矮，皮色发黑很丑。"桓温说："刚才也看见他在先帝身旁，形貌就像你说的这样。"言语中流露出厌恶之意。后来，桓温得了疾病，不久就死了。

卷 六

1　陈阿登

汉朝时，会稽郡句章县有个人去东野，回来时天晚了，来不及到家。他看见路旁小屋有火光，便进去借宿。屋里有一个年轻女子，不想和丈夫一起睡，叫邻居家女子来给自己做伴，夜里她俩一起弹箜篌。这个句章人问那女子姓名，她不回答，弹拨着弦子唱道："接连不断而爬在葛上的藤茎，像一根小绳和一条大绳。要想知道我的姓名，我姓陈名阿登。"

天亮到了东外城外面，见有个卖吃食的老太太在集市里，这个句章人便去小坐，说起昨晚所见到的。老太太听到"阿登"，吃惊地说："这是我女儿，最近死的，就葬在城外。"

2　张姑子

汉朝时候，诸暨县有个小吏，名叫吴详，因害怕那繁重得令人疲困不堪的差役，决定要逃窜到深山里去。

他走到一条溪边，天快黑了，看见一个年轻女子走来，衣服很整洁。女子说："我一个人独自生活，也没有邻里，只有一个孤身老婆婆，住在相隔十几步远的地方。"吴详听完后很高兴，就马上跟着她走。

走了一里多路，就到了女子家，她家里非常贫穷简陋。女子为吴详准备了饭食。到一更将尽的时候，忽然听见一个老婆婆喊道："张姑子。"少女答应道："哎。"吴详问是谁，少女答道："就是刚才给你说过的那个孤身老婆婆。"两人一块儿睡下了。

到天亮鸡叫的时候，吴详要走了。两人情意缠绵，少女将自己的紫手巾赠给吴详，吴详也把自己的布手巾回赠给她。分别之后，吴详走到昨天和女子答话的地方，准备过溪。谁知昨夜溪中洪水暴涨，水深得无法渡过。他便转身朝女子家走去，却全不见昨夜住宿的地方，只看到一座坟墓。

3　筝笛浦官船

在庐江的筝笛浦，浦里有大舫，翻没在水中，有人说这是曹操的船。曾经有个捕鱼的人，夜间住在它的旁边，用这船拴着自己的船，只听见筝笛弦索节拍的响声，闻到很香的烟气。捕鱼人还梦见有人来驱赶他，说："不要靠近官府的船。"这渔人惊醒了，就把船转移到别处去。人们传说曹操运载歌女舞女的船曾经翻没在这里，到今天翻船还在呢。

4　崔少府

卢充出外去打猎，发现一只獐子，他立即射箭，一箭射中。跟着追赶，不觉追远了。忽然看见一座高门，像是官员的住宅。询问护卫，护卫答道："这是崔少府的府第。"

他进去见了崔少府，少府向卢充说道："你家大人求小女跟你婚配，因而来迎接你。"过了三天，婚事完毕，崔家用车送卢充回家。卢母问他外出的情况，他一一做了回答。

在与崔家分别四年后的三月三日，卢充去水边游戏，远远看见河边有一辆牛车，就前去打开车门。看见崔家女正同一个三岁小孩子坐在车上，情真意切如同初次相见一般。她抱起小孩子交还给卢充，还赠送他一只金碗，随即与他分手而去。

5　鲁子敬墓

王伯阳的家在京口，住宅东边有座大坟，相传说是鲁肃墓。王伯阳的妻子，是郗鉴哥哥的女儿，她死后，王伯阳平整这大坟来安葬她。

过后几年，王伯阳白天在厅堂办事，忽然见到一个地位显耀权势很大的人，乘坐平肩舆来到，跟随的侍从几百人，马都是金属笼头。这人径直到厅上坐下，对王伯阳说道："我是鲁子敬，安坟在这里二百多年。你为什么毁坏我的坟？"接着，便看着手下人说："为什么不动手？"手下人把王伯阳从坐床上牵扯下来，用刀环打击了几百下后就离去了。王伯阳当时气断而死。过了很长时间他又苏醒过来，被击打的地方都生了毒疮而溃烂，不久就死了。

另一说法是王伯阳死后，他儿子给他营造坟墓时，得到一具油漆棺椁，把坟迁移到南边高地上，夜里梦见鲁肃愤怒地说："应当杀掉你父亲。"随即又梦见王伯阳说："鲁肃和我争坟，我日夜不得安宁。"后来，在神位灵座下的褥子上发现了许多血，人都怀疑是鲁肃造成的。这坟墓如今在长广桥东面一里的地方。

6 承 俭

有个名叫承俭的，东莞县人，病死后被埋在县境内。过了十年，忽然有一夜给本县县令托梦说："死去的小民名叫承俭，今有人来劫我的坟，请英明的县大人赶快援救。"县令便传令衙门内外人等，整顿出发，组成百人队伍，快马加鞭前往承俭坟。

太阳本已升起，忽然大雾弥天，对面看不见人。只听得坟墓里一片吵扰的破棺声。有两个人还在坟上瞭望，雾气迷茫昏暗，看不到有人前去。

县令一到，一百来人就同声呐喊，随即抓到坟里面的三个人，坟上边的两个人逃跑了。好在棺材还没有被毁坏，县令就叫人修复了坟墓。

这一夜，县令又梦见承俭说："坟上那两个人虽然逃跑了，小民我却清楚地记得他俩：一个脸上有块青痣，像个藿香叶；一个前面门牙断了两颗。县大人只要按这个特征去寻找，就自能找到的。"

县令就依他说的，派人去追捕，终于把那两人都捕获了。

7 上虞人

荆州刺史殷仲堪,做官前当百姓时,在丹徒县,忽然梦见一个人,说自己是上虞县人,已经死了,棺椁浮在水上在江里漂流,明天就会漂到这里。还说:"您有救助别人的仁慈,怎么能眼看着我迁转呢?如果能把我放在高地干燥之处,那么您的恩德便也惠及我这死人枯骨了。"

天亮后,殷仲堪与一些人一起到江上去看,果然看见一具棺材,随水漂流下来,飘飘荡荡到了殷仲堪坐的地方。他叫人把棺木牵扯过来,见棺上所写的题额如同梦里一样,便把棺木转移到高岗上,并且用酒饭加以祭奠。这天夜里,又梦见这人来答谢恩情。

8 韩 冢

东晋升平年间,徐州刺史索逊乘船到晋陵去。适逢天黑了才开船,沿河行了几里路,有个人来求索逊让他搭船,说:"我家在韩家坟,我脚痛不能走路,搭你的船去吧。"四更的时候,船到韩家坟,这个人就走了。

索逊派手下人拉纤,过一个渡口,用力很不得劲,索逊就骂这个搭乘的人:"我载了你好几里路,你倒就这么走了,也不来为我拉拉纤。"索逊想打这人的手。这人就回来一起拉纤,好像没用什么力气就把船拉过了渡口。

事毕,这人就径直进入了许多坟墓之间。索逊怀疑他不是人,派人偷偷地去查看。这个人经过坟墓之间,就看不见了。不一会,重又出来,到一个坟墓边喊道:"载公。"有出来答应的。这人说:"我刚才乘别人的船来,没有和他们一起拉纤,他们就想打我。现在我要去报复,想暂时借用你的甘罗。"载公说:"不要弄坏我的甘罗。"这人说:"不必担心,我试试看么。"索逊听到这些,就回到船里去了。

不一会儿，岸上有个怪物来了，红红的，好像能装百斛粮食的大圆囤，长二丈左右，直接朝船上过来。索逊就大声喊道："你乘了我的船，不为我拉纤，难道不该打吗？刚才你借来载公的甘罗，现在要来打我。我今天就要打坏你的甘罗。"说罢，那怪物忽然就消失了，船这才朝前驶去。

9　四人捉马

晋朝时北汉的元熙年间（304—307），上党郡的冯述做宰相府的官吏，要在休假时回虎牢去。他忽然遇到四个人，各自拿着绳子和棍棒，来到冯述跟前。冯述鞭打马来躲避，马却不肯走。四个人各自抓住马的一只脚，转眼之间便带着他们来到河边上。他们问冯述："想要过河不？"冯述说："水多深不知道，既没有船，怎么能够过去？你们可真是想杀人。"四个人说："不是杀害你，而是会执持您去官府。"于是，四人又抓住马脚渡水向河北过河。冯述只听见波浪声，而不觉得有水。将近到河岸，四个人互相说道："这人不干净，怎么能送过河去呢？"当时，冯述因弟弟亡故而穿着丧服，他很怕这些鬼们一离开，他就会落水淹死，便鞭打马做出自己走的态势，竟然登上了河岸。冯述辞谢那四人说："既蒙受你们相助的恩德，哪里还敢再劳烦各位呢！"

10　异物如鸟

安丰侯王戎，字浚冲，琅琊郡临沂县人。有一次他去参加人家的丧葬入殓事。当时主人家棺木尚未置好，送殡的人都先进入厅堂等待，王戎在车里躺着休息。忽然看见空中有个怪物，像鸟，仔细一看，它却变大了，慢慢地来到跟前，却是一乘红色马车，有个人在里面，戴着头巾，穿着红衣，手中拿着一把斧头，落到地上，下了车，一直走人王戎的车里，转了转，端详了一番对王戎说："您神清眼亮，什么也瞒不住您。我也是有事才来跟从您。不过我应当向你进上一言：凡是人家入殓送葬，如果不是最切近的亲人，不可急急前去。万不得已非去不可时，可以乘坐青牛车，让长胡子的奴仆赶车，或者乘白马，这样就可以攘除灾殃。"接着，他又向王戎说道："您将来会位列三公。"说了好一会儿，主人家就要装棺入殓了，众位来客都进入里屋，这鬼也随着进去了。

进门以后，这鬼便手执斧头走在棺材壁上。这时，有一个亲属快步走向棺材，想与死人做最后告别。鬼就用斧子对准他额头猛打下去，此人随即倒在地上。左右的人把他扶了出去。这时，鬼站在棺材上看着王戎发笑。在场众人都看见此鬼手持斧子出门去了。

11　腹中鬼

李子豫，年纪很轻就擅长医术，当时的人都称他为神医。

许永做豫州刺史，驻守在历阳。他的弟弟得了病，心头和腹部疼痛了十多年，几乎就要死了。忽然，有一天夜里，听到屏风后面有个鬼，对病人肚子里的鬼说："为什么不赶快杀了他？不然的话，李子豫就要从这里经过，用红色的药丸来打你，你就会死啦。"肚子里的鬼回答道："我不怕他。"

待到天明，许永就派人去请李子豫，子豫果然来了。他还没进门，病人就听到自己肚子里有呻吟的声音。子豫进去看病，说："这是鬼病。"于是就从药箱中取出八毒赤丸子，给病人吞服。一会儿，病人肚子里发出咕噜噜的响声，就跟打雷击鼓一般，肚子泻了好几次，病就好了。

今天的"八毒丸方"就是这种药。

12　盛道儿

南朝刘宋元嘉十四年，广陵郡盛道儿去世了，他把唯一的女儿托给妻弟申翼之照看。三年服满后，翼之把他女儿嫁给北乡严齐息，严家很穷，门第又低，花了很多彩礼，才办成这门婚事。

有一天，忽然盛道儿在天空发怒说："我临终前把家事门户全托给你照料了。你为何昧着良心贪利忘义，把我女儿嫁给一个门第低下的穷苦人家？"

申翼之听见了，非常地惊惶愧惧。

13　历阳神祠

晋朝淮南郡的胡茂回，能看见鬼。他虽然不喜欢看见，但不能止住。后来他去扬州县，又回到历阳县。城东有所神庙，正遇上百姓扶持着巫祝来祭祀神。到了一小会儿，有一群鬼互相大声呵呼着："管事和尚来了！"并各自走散出庙去。胡茂回转头看，见到两个僧人过来进入庙里。那些鬼都三三两两地互相挤抱在一起，在庙旁边的草里窥望。看见僧人，都有害怕情状。一会儿，两个僧人走了之后，那些鬼才都回到庙里。

胡茂回由此便信仰神佛，精心诚意地恭敬地侍奉起来。

14　鬼设网

有一个放牛娃，在野外放牛，同伴有好几个人。他看见一个鬼藏在草丛之间，处处埋设了网，想用这来捉人。鬼设网的时候，后边的网还没摆设好，放牛娃就偷了他前面的网，仍然用网来捉鬼，竟把那鬼抓住了。

15　懊恼歌

庐江郡的杜谦在作诸暨县令的时候，县西的山下有一个鬼魂，身长三丈，穿着红布衣裤，在草丛里"拍张"玩耍。还脱下上衣扔在草上，唱《懊恼歌》，百姓们都看他。

16 朱弼

会稽人朱弼担任王国的郎中令,负责建造王侯的住宅,还没造成就死了。

他的同乡人谢子木代替他的职务,因为朱弼死了,他就在账簿上夸大了建造的费用,多余一百多万钱,他诬陷朱弼贪污了这笔钱,而实际上是他自己吞没了。

谢子木夜里睡觉,忽然听得有人在说朱弼的姓名。不一会儿,朱弼就到了谢子木的堂前,对他说:"你以为死去的人枯骨腐肉,就可以听凭你独断专行加以诬陷了,你最好在某天夜里,再照着账册核对一次。"说完,朱弼忽然不见了。

17 误中鬼脚

夏侯综做安西府参军时,经常看见鬼魂满道上乘车骑马,和人没区别。鬼魂曾经和人一起坐车走,忽然他拉着人说话,指着道路上的一个小孩儿说:"这孩子该当有一场大病。"不久,这孩子果真得病,将近要死。

孩子母亲听到这事,便询问夏侯综。夏侯综说:"没别的,这孩子以前在道路中间扔砖头,误打了一个鬼魂的脚。这鬼恼怒,便要教你孩子得病。你该拿酒饭送给鬼魂,孩子的病就好了。"母亲照夏侯综说的办了,孩子病好了。

18 范启之妻

顺阳郡范启的母亲已亡故归葬了。起先,他母亲的坟墓在顺阳,他前去察看。到了坟场,只见坟地零乱,杂草丛生,难以辨别,不知埋葬的都是何人。

袁彦仁当时任豫州刺史,范启去见他,他顺便说:"听说有一个人看见了鬼。"范启马上按他说的,让人去细细寻求那个人。那个人来了以后,说:"墓中有一个人的衣服颜色、形状跟你母亲一样。"

范启掘开墓穴,棺材全腐烂了,墓里面灰尘泥土有一尺多深,心里很怀疑。又试着叫人用脚拨开灰中的积土,希望能找到旧时的遗物,终于寻到一块砖碑,上面刻着"范坚之妻"四字,范启这才确信就是他母亲的坟墓。

19　竺法师

出家僧人竺法师,是会稽郡人,他和北中郎王坦之交往很亲密。常一起谈论生死、罪福、报应的事,都模糊不清难以明白,因此就一起约定,如果谁先死,就该回来告知对方。

此后经过一年,王坦之忽然在庙里见到竺法师来,说:"贫道在某月某日已经死亡,罪过福分都不虚假,应验之快像日照有阴影、击敲有响声一样。施主您只该勤苦修养道德,以便升登为天地神灵。先前曾和你约定,谁先死便回来报告,因此特来告诉。"话说完,忽然就不见了。王坦之不久也死去。

20　白布裤鬼

乐安人刘池苟,家住在夏口。忽然有一个鬼来住在他家。

起初因为天色昏暗,仿佛现出个形状像人,穿着白布裤子。从此以后,这鬼隔几天便来一趟,也不再隐蔽,并且不走了。那鬼喜欢偷东西吃,刘家也不以为祸患,但对这件事总有些顾忌,起初也不敢骂它。

有个叫吉翼子的,刚强勇敢,不相信鬼。他到刘家来对主人说:"你们家的鬼在哪里?唤它出来。如今我来为你骂它。"说罢,就听到屋梁上有声音。当时有许多客人在,大家都抬起头来看,只见乱纷纷地丢下一件东西来,正落在吉翼子的脸上。一看,原来是主人家妇女穿的贴身裤子,污秽还在呢。大家都哄笑起来,吉翼子很是羞惭，洗了脸，就走了。

　　有人对刘池苟说："这鬼偷东西吃，而且把东西都吃光，一定是有形状的怪物，可以用毒药来毒死它。"刘池苟就在别人家里煮野葛，取了二升汁水，悄悄带回家来。傍晚时，他们全家烧了粥来吃，剩下一瓦盆粥，他就把葛汁倒了进去，放在茶几上，用盆子盖上。

　　夜深人静以后，听得鬼从外面进来，打开盆来吃粥。吃完以后，摔破瓦盆就走了。不一会儿，鬼就在屋外墙边呕吐起来，他非常愤怒，用棒来打刘家的窗户。刘池苟早就有了防备，跟鬼对打起来。鬼也不敢进屋来，闹到四更。后来，鬼就失踪了。

卷 七

1 虹化丈夫

庐陵郡巴邱县，有个名叫陈济的人，在州里做官吏。妻子秦氏独自一人在家。常有一个男子汉，身高一丈多，仪态容貌端庄威武，穿一件紫红色的袍子，色彩鲜艳，明光显耀的，来陪伴秦氏。后来他们常常在山涧里约会。到睡眠的地方，却感觉不到有如通常人的交合痕迹。如此好几年。近邻的人看到他们去的地方常常有彩虹出现。秦氏到河边，那汉子用一只金瓶汲水，二人共饮。后来，秦氏怀上身孕，生下的孩子和一般人一样，只是身上肉墩墩的。

陈济逢假回来，秦氏怕他发现了，就把小孩装进瓮中藏起来。那个汉子把金瓶送给她，叫她把小孩子盖好，说道："孩子太小，还不能带他去。你也不必为他制作衣裳，我自有衣裳给他穿。"随即用一个紫红色囊袋把小孩裹起来，叫她在适当时间取出小孩哺乳。每当风雨昏暗之时，邻人就见彩虹降下庭来，化成男子汉。又过了不长一段时间，就带上儿子离去了，也是在风雨昏暗之时。人们看见有两道彩虹从她家里出去了。

过了几年，小孩还前来看望他母亲，后来秦氏到田里去，看见有两道彩虹下到山涧，心里很害怕。一会儿看见那男子汉，他说："是我，没什么可害怕的。"从此以后，就再也没有见到他了。

2 山獠

刘宋元嘉年间（424—453），富阳人姓王的，在偏僻的沟渠里做了个蟹籪。早上跑去一看，见有一段木头，长二尺多，在蟹籪里面，而蟹籪却裂开了。蟹逃了出去，一只也不剩。于是他就把籪修好，把那段木头拿出来扔到岸上。第二天他去看看，那木头又在籪里了，蟹籪被破坏的情况像上次一样。姓王的又修复了籪，拿出了木头。第三天早晨去看，看见的情景和上两次仍然一样。

　　姓王的怀疑这段木头是妖精，就拿来放在蟹笼里，把蟹笼的盖子缚紧，挑了回去。他说："到了家里，我就要用斧头砍了它，把它烧掉。"离家还有二三里的时候，听见笼子里有倅倅响动的声音。姓王的转过头去看，只见原先那段木头变成了一个怪物，人面猴身，一个身体一只脚。怪物对姓王的说："我很喜欢吃蟹，连日来实在是我到水里弄破了你的蟹籪，到籪里吃蟹的。很对不起你，希望你能原谅，开开笼子放我出来。我是山神，一定会保佑你，并且使得你的籪里能捉到大蟹。"姓王的说："你这样残暴，前后不止一次了，该当死罪。"这个怪物苦苦地恳求放了它。姓王的就转过头去不理它。

　　那怪物说："你的姓名叫什么，我想知道它。"一遍一遍问个不停，姓王的始终不回答它。离家愈来愈近了，怪物说："既然不放我，又不告诉我名字，我还有什么办法呢？只好等死了。"姓王的到了家，燃起火来焚烧它，以后就不再有声息了。

　　当地人说，这是山䮚，它知道了人的姓名，就能伤害这个人。所以它一次次地问姓王的，是想害人而使自己逃脱灾祸呵。

3　平阳陨肉

　　刘聪伪朝建元元年（315）正月，平阳地区发生地震，那儿的崇明观坍陷，化为水塘，池水血红一片，红光冲天，有一条赤龙急飞而去。

　　天上有流星从牵牛星奔出，进入紫微星垣，形似长龙，屈曲盘旋，光照大地，落在平阳以北十里处。一看，却是一大块肉，气味散布在平阳，肉长三十步，宽二十七步。肉旁曾经传出哭声，日夜不止。几天后，刘聪的妻子刘氏生了一条蛇、一只兽，跑到各处伤害人命，寻找它又寻找不到。不久，它们出现在陨肉旁边。随着刘氏一死，哭声也就断绝了。

4 阿鼠失魂

东晋时期,有谯郡人周子文,家住在晋陵郡。他年少时喜好用弓箭射取飞禽走兽,常常进山。这天,忽然山峰间有一个人,身长五六丈,手抓着弓箭,箭头二尺多宽,他像霜雪一样白,忽然出声呼叫说:"阿鼠。"(周子文的小名)。周子文不自觉地答应道:"喏。"这个人就拉满了弓箭对着周子文,周子文就魂飞魄散地趴在地上。

5 毛人之遇

东晋孝武帝的时候(373—396),宣城人秦精常常到武昌的山里去采茶。一次,他忽然遇见一个人,身长一丈多,全身长满了毛,从山的北边来。秦精见到它,非常害怕,自以为这次一定要死了。那毛人径直拉住秦精的手臂,把他带到山凹子里,进入一大丛茶树的地方,放下他就走了。秦精就采起茶来。不一会儿,毛人又来了,就从怀里拿出二十只橘子来,送给秦精。那橘子味道甜美,不同寻常。秦精觉得十分奇怪,背着茶叶回来了。

6 朱衣吮露

会稽郡的盛逸,曾在早晨起来,路上还没行人,看见门外柳树上有一个人,身长二尺,穿红衣服戴着礼帽,弯着身子用舌舔树叶上的露水。很久,忽然看见盛逸,神情大变,惊慌失措,随即隐匿看不见了。

7 双头之人

刘宋永初三年(422),南康郡公谢石家有个奴婢正行走间,碰到一只黑狗,它向婢女说:"看我的背后。"婢女一抬头,见有一个人,身高三尺,有两个头。婢女很害怕,转身就往回跑,那人和狗也跟在婢女身后。一到家中庭堂,全家人都吓得逃避了。婢女问狗道:"你来干什么?"狗说:"想乞讨些吃的。"于是婢女就给它弄了些食物。那人和狗一块儿吃着,吃完了饭,两头人出去了。婢女便对狗说:"那人已经走了。"狗说:"准到巳时还要再来的。"

过了很长一段时间,那人和狗才没有了,也不知去哪儿了。后来,谢家的人几乎都死光了。

8 壁中一物

南朝宋国的襄城公李颐,他父亲从不信妖异怪诞邪恶之事。有一所住宅,历来闹灾祸不能居住,住在这儿的人总是死。李颐父亲则买来住下。多年平安吉祥,子孙兴旺繁盛。他做了俸禄二千石的官,该迁家去赴官任,临去时,请了内外亲戚来聚会。

酒宴已开始,李颐父亲便说道:"天下究竟有什么吉祥灾祸没有?这屋宅历来说是不吉利有灾祸,从我住了它,多年平安吉利,也还能得到升官,鬼妖闹事在何处?从今以后,就变成吉利住宅。在这里住的人,心里就别有疑惑了。"说完到厕所去。一会儿,看见墙壁里有一个东西,像卷的席筒那么大,高五尺多,纯白色。他就回来,拿刀去砍它,中间砍断,变成两个人。再横砍它,又变成四个人。它们就夺了刀,反过来砍杀了李颐父亲。拿刀到席间座位上,砍杀他家子弟。凡是姓李的人必定杀死,只有异姓人没受伤害。

当时,李颐还年幼,还在怀抱之中。李家内室知道有祸乱,奶母把他抱出后门,躲藏在别人家。所以,李家只有他一人得命免死。李颐字景真,官位到湘东郡太守。

9 狗变形

刘宋时期,王仲文做河南郡主簿,住在缑氏县北。公务休息,便在傍晚去湖沼地走走,看见车子后面跟着一只白狗,仲文很喜欢它。想把它带上,忽然狗变成了人的形状,如同驱鬼引丧的方相,两眼红得如火,磨牙吐舌的,样子非常可憎凶恶。仲文十分害怕,就与仆人一同打它,打不过,他就逃走了。回去,他告诉给家中人,约集了十多个汉子,执着刀,举着火,赶来看,但已不知去向了。

过了一个多月,仲文忽然又看见了它。他同仆人一起向回跑,还没跑到家,就都倒在地上死了。

卷 八

1　二人着乌衣

王机当广州刺史时,有一天,去上厕所,忽然看见两个人身穿黑衣,与王机争斗起来。王机打了很长时间才把那两个人擒住了,却得到两个东西,如同黑鸭子。王机去询问鲍靓,鲍靓说:"这东西大不吉利。"王机就用火烧它,这东西却一直飞上天空去了。后来,不久王机也被诛戮而死了。

2　火变蝴蝶

东晋安帝义熙年间(405—418),乌伤县人葛辉夫,在妻子家过夜。三更以后,有两个人拿着火把到屋子台阶前面。葛辉夫怀疑是行凶作恶的人,就去打他们。当他用棍棒打下去时,那俩人都变成蝴蝶,飘飘地飞散了。有一只钻进葛辉夫胳肢窝底下,葛辉夫就倒在了地下,不一会儿就死了。

3　诸葛长民

诸葛长民富贵以后,常常一月之内总有十几个夜晚从睡眠中惊起翻腾跳跃,如同和人打架一般。毛修之曾和他睡在一起,看到这情景,非常惊异奇怪,问他这是什么缘故。诸葛长民回答说:"我刚看到一个东西,黑乎乎的,身上还有毛,脚看不分明,长得非常健壮,没人能制服得住。"

后来,诸葛长民倒了运。屋里柱子和橡头间,全部有蛇头探出。他叫人拿上刀子悬空去斫杀,但刀子一下去,蛇又都躲起来了。人一离去又都出来了。此外,家中捶衣的棒杵,彼此还对话,声音和人一样，但不知道说的是什么意思。在墙壁上还出现有巨大的手，有七八尺长，臂膀有几围粗。诸葛长民叫人用刀去砍，忽然又不见了。不长时间，诸葛长民就被依法处决了。

4　死人头

新野县人庾谨，母亲患病，他兄弟三人，都在侍候病。白天常烧火，忽然看见床帐带子自己卷起又自己伸开，像这样再三再四多次。不一会工夫，床前听到狗叫声异乎平常。全家一起去看，完全看不见狗，只见有一颗死人头在地上，头上还有血，两只眼还动，样子很叫人厌恶。家人都非常害怕，不敢把它拿出门，就在后园里深埋在地里。

第二天去看，那颗头已出来在土上头，两眼还是那样动，便把它又埋起来。到第三天它还是出来，就用砖头把它一起埋起来，此后，那头就不再出来了。过几天，庾谨的母亲就死了。

5　人头堕

王绥字彦猷，他家晚间从屋梁上无缘无故地竟有人头掉落到床上，而且鲜血淋漓涌流不止。

过了不久，他授职为荆州刺史，因与他父亲王愉密谋叛乱，和他弟弟王纳一同被诛戮死。

6　髑髅百头

西晋怀帝永嘉五年（311），张荣做高平郡的防守边境的主官。当时有匪盗曹嶷的祸乱造成人们流离失所。人们都筑起小堡垒来求得稳固地保全自己。

有一天，看见山中火起，飞灰火苗有十多丈高，树顶上也有火花，山谷都有响动。又听见人马铠甲声，说是贼寇曹嶷上来了，人们都惊惶恐惧，出入都加强经了严密的戒备。

官军要去攻打贼寇，将领便领骑兵到了山下，但没有贼人，只见散碎的火像太阳曝晒一样烤人，军士的战袍铠甲和战马颈项长毛都烧了。军队便退走了。次日去看，山中并无烧火之处。只看见有一百个死人头骨，散布在山中。

7 葱 缩

新野郡赵贞家园子里种着大葱，还没来得及收拔，忽然有一天，大葱全都缩进地里去了。后来，过了一年多，赵贞的兄弟们一个跟一个地四散分离了。

8 木板沉浮

三国时，吴国有个聂友，字文悌，是豫章郡新淦县人。他年少时贫穷而地位低下，常常爱好射箭打猎。一天夜里，遇见一只白鹿，他射中了它。第二天按踪迹寻找，血迹已无，可是不知白鹿在哪里。他感到饥饿疲乏，就躺在一棵梓树底下。仰脸看见有射的箭落在树枝上，细看它，乃是昨天射出的那支箭。他奇怪箭落树枝上，便回家携带粮食，率领着子弟们，拿着斧头来砍伐这树。树稍微有血，便截断砍成两半，拉着放进池塘里。这两块木板经常沉没，然而也有时漂出来。

聂友家会有吉庆事。每次想要迎接宾朋客人，时常乘坐这板渡水。一次忽然在渡水中途要沉没，客人很怕，聂友大声斥责木板，还是再漂出水。聂友做官任职很如意，官位到丹阳郡太守。在郡一年多，木板忽然随石头来到。管外事的小吏禀告说："水里的板和石头进来了。"聂友惊惶地说："木板一来，一定有意图。"就解除官职回家去。下到船里，就关上门窗，两木板夹持在两边，一天就到了豫章。自此之后，木板浮出水，就反而成了不幸的灾难的兆头，家里很坎坷不得志。

如今新淦县城北二十多里地方,叫作封溪,那里有聂友砍截、裂板梓树投水的处所。还有那棵梓树,如今还在。这树因聂友从前所砍截裁裂,树枝树叶都往下长。

卷 九

1 素衣女子

钱塘县有个人姓杜,以行船为业。当时下着大雪,日头已落,有一个穿白衣服的女子来到江岸上。姓杜的说:"为什么不进船来?"便对她戏弄勾搭。她上了船后,姓杜的就关闭船的门窗不再行船。后来女子变成白鹭鸶鸟,飞走了。姓杜的厌恶这事,就得病死去。

2 虎卜吉

丹阳郡人沈宗,在县城内,以占卜为业。义熙年间(405—418),左将军檀侯镇守姑孰城,爱好打猎,经常同虎搏斗。

有一天,忽然有个人,穿着皮裤,骑着马,后面还跟着一个人,也穿着皮裤,用纸包了十几个钱,走到沈宗面前来占卦,说:"请问,是向西去找食物好,还是向东去找食物好?"沈宗就为他占了一卦,成卦后,告他说:"向东去吉祥,向西去不吉利。"接着,这人就向沈宗求水喝,将口探进碗里,如同牛饮一般。离开后,向东走了百多步,跟从的人和马都变成了老虎。

从此以后,老虎的危害,比往常更厉害了。

3 熊 穴

东晋升平年间(357—361),有个人到山里去射鹿。忽然掉进了一个山洞里,那洞很深很深,里面有几头小熊。

不一会,有一头大熊来了,瞪着眼睛看这个人。这个人以为大熊一定会伤害自己。隔了好一会工夫,大熊拿出它藏着的果子,分给几头小熊。最后分出一份来,放在这个人的面前。这人太饿了,就冒着生命危险，把果子拿来吃了。不久，这人和熊就变得亲近和熟悉起来。母熊每天早晨出去，寻找果子等食物回来，总是要分一些给这人。他就依靠这些食物活了下来。

小熊后来长大了。母熊一一背着它们出山洞。小熊全都背出洞之后，这人自己料定要死在山洞里，不会有出路了。不一会，母熊又回到山洞里来，坐在这人的身边。这人明白了它的意思，就抱住了母熊的脚，于是母熊就跃出了山洞。这人竟没有发生别的什么事情。

4 镜中鹿

淮南郡有个姓陈的，正在田里种豆，忽然看见两个女子，长得很漂亮，穿着紫色绣花短上衣，青色裙子，天虽下雨，衣裳却不湿。

他家墙壁上，原先挂了一面铜镜，他从镜中看见有两只鹿，便带着刀去捕捉它们，得到鹿后，又把它们制成鹿脯。

5 猴私宫妓

东晋太元年间（376—396），丁零王翟昭在后宫养了一只猕猴，就放养在艺妓歌女舞女的房前。前后两屋的舞女，同时怀了孕，各自生了三个"孩子"，一出生就能蹦跳。翟昭方才知道是猕猴干的好事，便杀了猕猴和舞女所生的"孩子"。舞女都号啕大哭。翟昭问她们，回答说："开始是见到一个年轻人，穿着黄色丝帛单衣，戴着白纱帽子，很可爱，说说笑笑和人一样的啊。"

6 乌 龙

会稽郡句章县民张然，滞留在京都服役，一年多不得回家。家中留下年轻妻子，没有子女，只同一个奴仆照料门户。妻子就与奴仆私通上了。

张然在京都养了一条狗，很敏捷，起名"乌龙"，经常跟随在身边。后来张然得假回来，他女人与奴仆私下商量，想杀掉张然。

一天，张然和妻子做好饭食，一同坐下来吃饭，他妻子向张然说："我和您要长别了，您要多吃些。"张然还没顾上吃，奴仆就已拉弓搭箭站在门口，等待张然吃完了饭好下手。张然涕泪交流，吃不下饭，就把盘中肉和饭掷给狗，祝告说："我养你几年了，我今天就要死了，你能不能救我呢？"狗得到食物却不吃，只是瞪着眼睛舐着嘴唇，盯着奴仆。张然也觉察到了。

奴仆催张然快吃饭，张然下了决心，把膝盖一拍，大叫道："乌龙，快下手救我！"狗应声咬伤奴仆。奴仆丢了刀器倒在地上，狗咬住他的生殖器，张然于是取过刀来杀了奴仆，并把他女人交到县府，杀了。

7　杨生与义犬

东晋太和年间（366—370），广陵人杨生养了一只狗，十分喜爱它，进进出出都和狗在一起。后来，杨生喝醉了酒，走过一大片沼泽地，竟睡在草丛里，不能动弹了。

当时正是冬天，有人放火烧原野，风势很厉害。那狗在杨生身边跑来跑去，惊恐地叫着，杨生醉得很厉害，没有醒过来。前面有一水坑的水，狗就奔到水坑里去，回来，将身上的水抖洒在杨生四周的草上。这样来回好多次，踏着细碎的步子在杨生身边兜着圈子，草都被它沾湿了。野火烧到杨生的身边就烧不起来了。杨生酒醒了，才知道这件事。

后来，杨生有一次在夜里摸黑走路，掉进了一口空井。那狗在井边痛苦地哼叫着，直到天亮。有人经过这里，见这狗向着井里吼叫，很是奇怪，走过去看，发现了杨生。杨生说："你把我救出来吧，我会给你很多报酬的。"那人说："把这只狗送给我，我就把你救出来。"杨生说："这狗曾经把我从死里救活，不能送给你。除此以外，就没有什么舍不得的。"那人说："如果这样的话，我就无法救你出来了。"

那狗就伸出头来,眼睛盯着井下。杨生明白了它的意思,就对路过的人说:"把狗送给你吧。"那人就把杨生救了上来,用绳子系住那狗,带走了。

五天以后,狗在夜里跑回来了。

8 蔡咏家狗

东晋穆帝、哀帝时期(345—364),领军司马济阳人蔡咏家养了许多狗,夜间经常群起吠叫不止,人一去看,狗却都伏地卧下来。

后来,他派人晚间偷偷去看。那人见有一条狗穿着黄衣裳,戴着白纱帽,身长五六尺,众狗都对着它汪汪地叫。按行迹寻查,断定就是蔡咏家养的那条老黄狗,随即把它打死。众狗的吠叫声从此就终止了。

9 张平家狗

代郡人叫张平的,在前秦苻坚时当上了贼军的统帅,他还自己号称并州刺史。他养了一条狗,名叫"飞燕",形状好像小驴。有时它会夜间上了议事厅屋顶上走,行动声音和平常一样。

没过一年,张平军被鲜卑人驱逐,败后而走,降了前秦的苻坚。没过几时就死去了。

10 老黄狗

太叔地方有个姓王的,后娶了个庾姓女子,既年轻又美貌。姓王的年已六十,时常在外面住宿,妻子很不痛快。有一天傍晚,见王回家来,她亲切温顺超过平常多倍。白天坐在一起,共同吃饭。奴仆从外面进来,看了不觉大惊,连忙去报告王氏。王氏就急匆匆走进家门,伪王氏同时也走出来。

二人在中庭相见，都戴着白纱小帽，衣服和形体面貌都一模一样。真王氏首先举棍打伪王氏，伪王氏也还手回打真王氏，二人都喝令子弟出手助打。真王氏的儿子就猛冲上去，狠打了一通，发现打的原是一只黄狗，一鼓作气就把它打死了。

王氏当时是会稽郡府中一个辅佐官员，门上守卫人员说："经常看到有一个老黄狗自东面来。"王氏的妻子，觉得羞愧难当，抱病而死。

11　亭中犬

在林虑山下有一座亭子，经过这里的人若在此住宿，就得病死去。说是时常有十多个人，男女众多而杂乱，衣服或者白色或者是黄色，就在蒲草垫上赌博而互相戏耍。

当时有个叫郅伯夷的人，住宿在这个亭子，他点亮灯烛而坐在那里念诵佛经。到半夜，忽然有十多个人来到，和郅伯夷一起坐在蒲草垫上赌博。郅伯夷隐藏不露地用镜子照他们看，原是一群狗。于是，他拿着灯烛起来，假装失手，用灯烛烧它的衣服，发出燎毛的气味。郅伯夷用怀里藏的刀，抓住一条扎刺它。开始它还发出人的呼叫，随后死了变成狗。其余的狗都跑掉了。

12　羊　炙

顾需是吴郡的一个豪放名士，有次在升平亭送客。当时有个僧人在座，他是个世俗人中的和尚。主人要杀一只羊，羊挣断了绳索就跑，钻进这个和尚两膝之间，把头伸进他袈裟的下面躲起来。这个和尚没有能够救下它的性命，羊被拉去杀了。

宰了羊就烤肉，主人先割了一块肉给和尚吃。和尚刚把烤肉咽下喉去，就觉得烤肉在皮下行走，痛得实在受不了。连忙叫来医生用针扎治，下了几支针贯穿肉块，肉块还在摇摆跳动。只好割开皮肤把它取出来看看，原来就是一块切下的肉。和尚由此得病，呻唤如同羊叫，口吐白沫。这和尚回到寺院，不多时就死了。

13　古冢老狐

吴郡人顾旃，打猎到了一个山岗，忽然听见人说话的声音："咳！咳！今年衰败。"他便和众人去寻找。山岗顶上有一个陷坑，是古时候的坟墓，看见一只老狐狸蹲在坟坑里，它面前有一卷簿册文书，老狐狸对着这本文书掰着指头，正在计数着什么。

顾旃就放出猎狗咬死了老狐。拿簿册文书看，上面全是被奸污的女子的名字。已经被奸污了的人，就用红色在人名头上画上钩。上面记载的女子有一百多，顾旃女儿也正好在簿册人名里。

14　狐带香囊

襄阳郡人习凿齿，字彦威，当荆州主簿，跟随桓宣武（温）出外打猎。当时天正降大雪，在江陵县城西边，他看到草上雪中冒出白气。他在一旁等着观察，发现有个黄色东西，便张弓射去。那东西中箭即死。去拾来一看，却是一只老雄狐，脚上还带着绛红色绫绢作的香囊。

15　放伯裘

南朝宋的时候，在酒泉郡那地方，每每有太守上任，总是没过多久就死去。

后来，渤海人陈斐被任命到这个郡去当太守。他心中忧愁害怕，闷闷不乐，就去找一个卜卦的人，占卜这件事的吉凶。卜卦的人说："疏远诸侯，放掉伯裘。能懂此话，就无忧愁。"陈斐不明白这话的意思。卜卦的人回答说："先生到了那里，自然就会明白的。"

陈斐上任以后，知道府中侍从医官有张侯，值班医官有王侯，差役有史侯、董侯等人。陈斐心中明白过来了，说："这就是所说的诸侯了。"于是就疏远了他们。

等到睡觉了，他还在想"放掉伯裘"这句话的含义，不知道说的是什么。到了半夜之后，有一个东西来到陈斐的被子上。陈斐发觉了，用被子把它捂住，捉住了它。怪物就在被子里乱蹦乱跳，发出轰轰的响声。外边的人听到了，拿着灯烛进来，要把它杀死。这个鬼怪就说："我实在并没有恶意，只是想试一试府君罢了。假使能够赦免我的话，一定厚报府君的大恩。"陈斐说："你究竟是什么东西，竟敢突然来冒犯太守？"鬼怪说："我本是千年狐狸精呀，今天变成鬼怪，不久就要变成神仙的。现在正好触犯府君发脾气，以致我遭到很大的危险。我的字叫'伯裘'，如果府君有急难，只要呼喊我的字，就自然会得到解救的。"陈斐顿时高兴地说："这正是'放掉伯裘'的意思呵！"随即要放掉它。他稍稍掀开一下被子，忽然有一道亮光，颜色赤红，好像闪电一般，从窗户里出去了。

第二天夜里，有人敲门。陈斐问是谁，回答说："伯裘。"问："来干什么？"回答说："报告一件事。"问道："什么事？"回答道："北方地界上有强盗出动了。"陈斐按照它提供的线索去调查，证实了这件事。

从此以后，每当发生什么事变，伯裘都预先来报告陈斐。以后，陈斐管辖的区域内就不再有一丝一毫的坏事发生了。老百姓都称赞他是"英明的太守"。

过了一个多月，主簿李音和陈斐家的丫鬟私通。李音又害怕伯裘告发，就和那些仆从们商量，要杀害陈斐。趁着旁边没有人的时候，他和那伙人一起拿着棍棒直冲进去，想把陈斐打死。陈斐害怕得不得了，就叫了起来："伯裘来救我！"马上有一个东西好像抖动着一匹红布，发出"哗哗"的声响。那伙人吓得失魂落魄，趴在地上。陈斐就将他们一个个地捆绑起来。

一番拷问下来，他们都招认了，说道："陈斐还没有到任之前，李音就已经在害怕失去大权了，所以与受到排斥的仆从们一起密谋，要杀害陈斐。好在他的阴谋没有得逞。"陈斐随即把李音等人杀了。

伯裘就来向陈斐谢罪说："我没有来得及向您告发李音的阴谋，

就为府君所召唤。我虽然尽了些微薄的力量,依然为此而感到惭愧和惶恐。"

以后过了一个多月,伯裘来向陈斐告辞说:"从今以后,我要上天去了,不能再和府君来往啦。"说完就离开,再也没有见到它。

卷 十

16　蛟　子

长沙有个人,忘了他叫什么名字,他家住在江边。他家的一个女儿在小岛边洗衣服,忽然觉得身上有些异样,也没认为是什么病,后来就怀了孕。那女子生下了三个怪物,都像鲶鱼。女子因为是自己生下来的,非常爱怜它们,就放在洗澡盆的水里养着。

过了三个月,这些怪物长大了,原来是小蛟龙。它们各自有名字:大的叫"当洪",第二个叫"破阻",小的叫"扑岸"。一次,天下起暴雨,洪水泛滥,三条蛟龙一下子都跟着洪水腾飞去了,没人知道它们的踪迹。

以后,凡是天将要下雨,三条蛟龙就会来。那女子也知道它们会来,就常出门眺望。小蛟龙也抬头望着母亲,好久才离去。

几年以后,女子死了。三条小蛟龙都赶到她的坟墓前痛哭哀悼,经过几天才离去。听它们的哭声,就像狗叫似的。

17　蛟庇舍

安城郡平都县有个姓尹的人,住在郡治东边十里路的黄村,赁有房屋在那里。

元嘉二十三年(446)六月间,尹氏的儿子十三岁,在家看房子,看见一个人年纪大约有二十来岁,骑着白马,张着伞盖,这人和随从的四个人,都穿着黄色的衣裳,从东边过来。走到院门前,对尹氏的儿子说:"我们暂时来你这里休息一下。"于是进到院中正屋前的台阶下,在一张胡床上坐了下来,一个随从的人,手持伞盖遮着他。

尹氏的儿子看到他的衣服,都没有衣缝,那匹马身上有五色的斑纹，如鳞甲一样而没有长毛。

18 虬 塘

武昌的虬山有个龙住的洞穴，在那里住的人常常看见神虬飞行出入。干旱年向它祈祷，立即下雨。后来人们筑起堤坝在龙洞之下，把堤坝叫作"虬塘"。

19 斫雷公

吴兴人有个叫章苟的，五月间在田里耕作，把带的饭放在茭白丛里。到了晚上去拿饭，可饭却已经被吃光了。这样的事发生了不止一次。

后来，章苟守候在边上，看见一条大蛇在偷吃。章苟就用锄头去砸蛇，蛇快速逃窜了。

章苟追赶那蛇，到一处山坡，有一个山洞。蛇钻进了洞。章苟只听到啼哭的声音："砍伤我了！"另一个声音说："该怎么办呢？"又一个声音说："去告诉雷公，叫它用霹雳打死那奴才。"

只见，乌云密布，大雨倾盆，霹雳朝着章苟劈头打来。章苟就暴跳如雷，破口大骂道："天老爷！我家里贫穷，出力耕作，蛇来偷吃，罪应该在蛇身上。为什么反而用霹雳来打我呢？真是个毫无道理的雷公！雷公如果来了，我就要用锄头来刨开你的肚皮！"

不一会，云雨渐渐散开，霹雳转向蛇洞里打去，打死的蛇有几十条。

20 乌衣人

吴国末年，临海有个人进山去打猎，在那儿搭个棚住了下来。

夜里，有一个人，高一丈，穿着黄衣服，束一根白带子，径直走过来对猎人说："我有个仇人，约定了明日交战。你来帮助我吧，我一定好好地报答你。"猎人说："我可以帮助你的，说什么感谢的话呀！"那人说："明天吃早饭的时候，你可以到溪边来。我的对手从北面来，我从南面去迎战。束白带的是我，束黄带的是他。"猎人答应了他。

第二天，猎人出去，果然听见溪岸北边有声音，就像刮风下雨似的，四下的草木都倒伏了，朝南边看看也是这样。只见有两条大蛇，长十多丈，在溪水中间相遇，就相互盘绕在一起。白蛇的力气小，猎人就拉起弓搭上箭射黄蛇，黄蛇马上就死了。

将近黄昏的时候，又看见昨天那人来了，向猎人辞谢，说道："你就住在这里打一年的猎吧，明年要回去，当心不要再来，来了必定会惹祸的。"猎人说："好的。"他就继续留在这里打了一年猎，猎获的野兽很多，成了大富翁。

几年以后，猎人忽然想起先前猎获很多的好运道，竟忘掉了那人的告诫，又重新去那里打猎。他遇见先前那个束白带的人，对他说："我告诉过你不能再来的，我的话却不能被你采纳。我那仇敌的儿子已经大了，如今一定会来找你报仇的。这就不是我能控制的了。"

猎人听了这话，很害怕，就想逃走。只见三个穿黑衣的人，都有八尺来高，一起张开嘴巴向他咬来。猎人就死了。

21　蛇衔卵

元嘉年间（424—453），广州有三个人，一块儿进入山中伐木。忽然看见在一个石头巢穴中有三个蛋，每个都有一只升子那么大。他们拿了蛋来煮。水才热，就听见树林中传来了刮风下雨似的声音。

片刻，有一条蛇，足有十围粗，四五丈长，径直爬了过来，从汤中将蛋衔走了。这三个人，没有多久也都死了。

22　女嫁蛇

东晋孝武帝太元年间（367—395），有个官宦人家把女儿嫁在附近村庄，到嫁出时，丈夫家派人来迎娶，女儿家也是好好打发，还叫女儿的奶母陪送她。到丈夫家以后，门户楼阁重重叠叠，可以和王侯那样的高官显贵相比。走廊柱子底下有灯火，还有一个打扮齐整的使女在看守。后屋内室床上屏围帐子也很美观。

到夜里，女儿抱着奶母哭泣流泪，而嘴不能说话，奶母悄悄地用手在床帐里暗中摸她，摸到一条蛇，像是几抱粗的柱子，缠绕着那女儿，从脚到头都缠着。奶母惊怕地走出房外，再看廊柱底下看守灯火的使女，都是些小蛇，灯火乃是蛇的眼睛。

23　放　龟

东晋咸康年间（335—341），豫州刺史毛宝驻守邾城。有一个军人，在武昌的市场上看见有人在卖一只小的白龟。小白龟长四五寸，洁白可爱。他就买了带回来，放在瓮里养着它。七天以后，小白龟渐渐长大，将近有一尺来长。那个军人可怜它，把它带到江边，放在江水里，看着它游去。

后来，邾城被石季龙的军队攻破，毛宝放弃豫州城逃走。跳到江水里去的将士们，没有一个不淹死的。当时养小白龟的那个军人，身上顶盔贯甲，手里拿着刀，也同大家一样跳进了江水。

他跳进江水以后，觉得好像是踩在一块石头上，江水才没到腰部。不一会，他游到江边，向江中心一看，原来是当初放走了的那只白龟，背上的甲壳已经有六七尺长了。白龟游到了东岸，伸出头来看看他，就慢慢地游走了。到了江中心，还回过头来看望那个军人，随后就隐身到江水里去了。

佚 文

1 钩鸲

钩鸲落在谯国郡王无忌的儿媳屋上鸣叫。谢允画了一道符箓挂在钩鸲落脚的地方。

2 龟倒悬

司徒蔡谟有个亲友名叫王蒙，孤单一人，无依无靠，蔡公时常同情怜悯他。王蒙身高才三尺，又软弱无骨，就连上床入座也常要人抱上去。

蔡公叫他日常去捕鱼，他曾捕到一只大龟如同车轮一般。蔡公叫把它交到厨房去，手下人就把乌龟倒挂在厨屋里。

王蒙当晚刚睡下就说梦话，这样连续闹腾了几夜。蔡公听人说了，就询问王蒙："为什么夜里你会说梦话呢？"王蒙回答说："我一睡下，就梦见有人把我倒悬起来。"蔡公听了，就联想到那只乌龟。就叫人去挂乌龟的地方看看，果然那龟被倒挂在那儿。蔡公感叹说："果然不出所料呀！"就命令把乌龟取下来放在地上。

从此，王蒙晚上就能安稳睡觉了。大龟也随即离去。

3 宗渊

宗渊，字叔林，是南阳郡人。他在东晋孝武帝太元年间（376—396），做寻阳郡太守。他把十只龟交给了厨房，说明天早上先用两只做肉羹吃。先用淘米水，放在瓮里养着。

这天晚上，宗渊梦见有十个大男人，都穿着黑布的裤褂，自己反绑着手，向宗渊磕头，像是在请求哀怜。第二天早晨，厨师宰杀了两只龟。这天晚上,他又梦见八个人来请求哀怜,像昨晚上似的。宗渊这才明白过来,叫不要再杀龟了。次日夜里,他又梦见八个人来,跪下答谢恩情。宗渊从梦中惊醒后,一大早就亲自进庐山把龟放掉,并从此不再吃龟。

4 熊无穴

熊是没有窝的,居住在大树的树洞里。东土把熊叫作"子路"。猎人们用东西去敲击树洞,喊着:"子路可以起来啦。"于是它就下树了。不喊它,它是不会动的。

5 黄赭

鄱阳县有个百姓叫黄赭,进山采荆杨子,迷了路。他在山里好几天,肚子饿了,忽然看见一只大乌龟。黄赭就向乌龟祝告:"你是神灵之物。我迷了路,现在骑在你的背上,你给我指路吧。"乌龟就回过头去向右转,黄赭就跟着它走去。

走了十几里路,就到一条河边,看见商人的船。黄赭就走过去讨吃的,便告诉船上的人说:"我刚才在溪边看见一只乌龟,很大,可以一起去抓它来。"说完,黄赭的脸上就生出疮来。他们到了那里,也不再看见那乌龟了。

黄赭回到家中,过了几天就生疮死了。

6 史宗

(下缺)

全译《搜神秘览》

[宋]章炳文/撰
高 苏/译

目　录

卷　上

杨文公 ………………………… 371
回山人 ………………………… 373
段　化 ………………………… 374
龙女庙 ………………………… 375
石龙记 ………………………… 376
王相公 ………………………… 376
卖　变 ………………………… 377
道　术 ………………………… 378
顺济侯 ………………………… 381
雷　鬼 ………………………… 381
王无隐 ………………………… 382
化　蛇 ………………………… 384
刘　晞 ………………………… 385
王丞相 ………………………… 386
陈谏议 ………………………… 387
前定纪 ………………………… 389
梦　警 ………………………… 390
竺兰经 ………………………… 393
王　旻 ………………………… 394
油筒子 ………………………… 396
摸着较 ………………………… 398
猝患富 ………………………… 399
严常运 ………………………… 400

徐神翁 ………………………… 401

卷　中

麻衣道者 ……………………… 403
孔之翰 ………………………… 404
方　技 ………………………… 406
张都纲 ………………………… 409
王　仙 ………………………… 410
蓬　莱 ………………………… 411
张学究 ………………………… 413
船山藏 ………………………… 414
谣　谶 ………………………… 145
预　兆 ………………………… 416
灵平垾 ………………………… 418
陨　石 ………………………… 419
黄鹤楼 ………………………… 420
郇　公 ………………………… 421
傅大士 ………………………… 423
黄　鉴 ………………………… 424
高僧志 ………………………… 425
金龙砚 ………………………… 426
善　报 ………………………… 427
卜　祝 ………………………… 428
失　明 ………………………… 430
原　分 ………………………… 430

胡用琮	432	月禅师	456
叙敛	434	龙华上升	460
紫姑神	435	妖术	461

卷 下

奇疾	437	李磐	461
画录	439	姑苏妇	462
地里	441	杨氏	462
申先生	443	神祥	464
神怪	444	木怪	465
山阳妇	447	杨汉杰	465
疾疫	448	浮桥船	466
瑞应	449	蒋贡	467
应化	449	龙徒	468
燕华仙	450	刘之问	470
杨柔姬	453	盛文肃公	471
		王抱一	471
		现妖	472

卷　上

杨文公

　　吴待问是我的邻居。他很小的时候就成了孤儿，生活困顿。他到京城闯荡时，经人引荐拜见了杨文公。杨文公很喜欢他，就安排他到客馆住下了。这个时候，杨文公的门客郑戬、仲简、黄鉴及我的叔祖郇公，还都没有中第。想追随杨文公踏入仕途的，不下一二十人。

　　因为吴待问太贫寒，所需用项一概由文公提供，大家就都给吴待问派些低贱的事儿干。这样的事儿被杨文公察觉到了，他在吴待问外出时来到他们住的客馆，问大家："吴秀才在哪儿呢？"众人回复说他出去了。杨文公问："是不是你们净差使他啊？相法上对他这样的人，没说太多什么。听他说话，他做官大概会做到诸行侍郎。将来恐怕你们都不如他呀。"

　　杨文公从来都是用相法鼓励郇公。这时，郇公问杨文公："先生，那我和吴秀才相比，怎么样呢？"杨文公说："你的相虽然显示会大贵，但吴秀才会人丁兴旺。他的后人会相继拜相的。"

　　后来到了仁宗皇帝时，郇公果然入朝为相，吴待问官拜礼部侍郎，他的长子吴育官拜参知政事，父子同时在朝。到了今天，吴待问的小儿子吴充已官拜宰相。这果然应了杨文公的话。

　　杨文公在端拱（988—989）初年，以左谏议大夫的身份出任许州知州，此时胡则任许田县尉，常到州府报告公务，杨文公待他很好。这天，杨文公指着自己的座椅对他说："日后，你会坐到这个座位上的。"胡则走后，杨文公的随从探问这话的来由，杨文公说："他的官位和寿数，跟我差不多啊。"此后，胡则果然以右谏议大夫之职出任许州知州。所有人都感叹杨文公太神奇了！

　　此后，杨文公在八旬高寿上故去，他的最高官职是翰林侍读学士、兵部侍郎,而胡则后来也做到了兵部侍郎,终年八十三岁。

宰相张士逊,当初在许田县尉任上被罢官,他跑到京师要拜见杨文公,托我叔祖郎公代为引荐。当时,郎公尽管是杨文公的门客,却不打算为他疏通此事,就拿着张士逊的名帖托杨文公内弟张演代办。

最终,杨文公接见了张士逊,礼节郑重、周详。后来,和他一起饮酒长谈,就像老相识一样。杨文公问到他科考的情况。张士逊说:"为了个区区小官职,我已经考过太多次了。"杨文公马上就给当时的督考官写信,表达自己的举荐之意。张士逊走后,杨文公问张演:"你是怎么和他认识的?"张演就说出了郎公转托这件事。杨文公慨叹道:"这两个人都是值得交往的高才,我比不上他们呀。"

此后,郎公做了宰相,邓公做了次位。呀,文公的相人之术实在是出神入化呀!

原文

吴待问,予之里人也。少孤,贫贱。因游京师,谒杨文公亿。文公喜而馆之。时公门下客,如郑戬、仲简、黄鉴及予叔祖郎公,皆未第。与公之群从赴官待阙者,不下一二十人。

众以吴之贫,凡所供需,皆文公所与,多以贱事役焉。文公知之,伺吴之出,至宾馆问之曰:"吴秀才何在。"众对以出矣。公曰:"无乃尔辈役之乎?此人于相法,未说他事。只听其声,官亦当至诸行侍郎,诸君皆不及也。"

文公素以相法许郎公,至是,郎公问公曰:"某与吴相法如何?"公曰:"尔相虽大贵,然不若吴之相,有后,吴之有嗣子,当相继登相府。"

其后,仁宗皇帝时,郎公果至宰相,待问官至礼部侍郎,长子育参知政事,父子同时在朝廷,至今其季子充又为丞相,果若其言。

文公端拱初以左谏议大夫知许州,时胡则为许田尉,因入府白事,公待之甚厚,因指其座曰:"君他日亦当位此。"既去,子弟问其故,公曰:"此人官职寿考,与我不相上下。"其后,则以右谏议大夫亦知许州。人已神之。

既而，文公年八十，终于翰林侍读学士、兵部侍郎，而则后亦至兵部侍郎，年八十三卒。

昔张相士逊，初罢许田尉，入京师谒文公，托予叔祖郇公，先达其姓字。郇公虽馆于文公之门，不欲与通，以其刺托张演。演乃文公夫人之弟也。

公既出见，礼意极厚。已而与之饮酒，若素旧交。又问其考第几何，张相曰："区区贱吏，已九考矣。"公即发京西当路数书，以干其荐。张相既去，公问演曰："何以与张相尉识？"演具道郇公转托之意。文公太息曰："此二子乃一会之人，我所不及也。"

其后，郇公为首台，邓公为次焉。文公之相，一何神哉！

回山人

湖州秀才沈偕的父亲，晚年时自起雅号"东老"，喜欢宴请宾客，酿了很多美酒以保证饮宴之需。只要有客登门，老人不问出身贵贱全都接纳，保证来客欢饮而去。他还购置了许多史书、传记等，都是妥善收藏并以此为乐，在四里八乡广受赞誉。他的西邻，尽管是一个阔绰之家，却是猥琐鄙俗，自知没法与东老等量齐观。

一天，有个高士慕名来访，在与东老对饮时谈锋甚健，才思敏捷，语涉精微，经史子集、佛经道学皆侃侃而谈，情志纵放，溢于言表，从白日畅谈到天黑，酒壶多次喝干再续，高士愈发从容自得。东老几次探问他的名姓，他对此却始终不吐一字，只是顺手拿起石榴皮在墙上写道："西邻已富忧不足，东老虽贫乐有余。白酒酿来因好客，黄金散尽为收书。"落款是"回山人"。东老这次喝醉了，所以不知道高人最终的去向。

后人大多认为这高人就是吕洞宾，他特意用"回"字更换了自己的姓。他题写在墙壁上的字，刮去了还能重新显现出来。后来，东老安寝寿终。这件事也被记载在杂书异志上。

原文

　　湖州沈偕秀才父，以其晚年，自号曰"东老"。好延宾客，多酿美酒，以供肴馔。苟有至者，无问贵贱，悉皆纳之，尽欢而去。广置书史，百家传记无不韫藏，以此为乐，乡里素所推重。西邻虽巨富，鄙吝猥墨，窃比东老，固不足侔。

　　一日，有术者造谒，与东老对饮，高谈琅琅，洞达微妙，经史佛老，焜耀言表，夜以继日，酒屡竭壶。术者神色愈若自得，屡诘姓氏，终不答也。因以石榴皮书于壁，曰："西邻已富忧不足，东老虽贫乐有余。白酒酿来因好客，黄金散尽为收书。"又题曰"回山人"。东老大醉，遂失其去。

　　后人多以谓吕先生也，特以"回"字易其姓耳。所题之字，削去更生。后东老竟以寿终。此事亦具载于志文。

段　化

　　元丰二年（1079），相州安阳县人氏段化由于患病而双目失明，儿子段简多次求医问药，那病况一直不见好转。一天，段简梦到神人告诉他说："给你这个药，要就着人的骨髓服下，你老爹的眼睛马上就能见到光明。"段简醒悟时，也确实有药在手。

　　段简随即卸下自己的左腕，敲碎骨头寻取骨髓，跟药调和在一起，进奉父亲。段化的病眼果真马上就痊愈了。

　　相州州府把这件奇事上报了，说古代有卸下自己的手指为父母治病的，那手指还会再长出来。如果不是出自赤子诚心，怎能感天动地泣鬼惊神！段简所为，怎么会不是这一类呢？

原文

　　元丰二年，相州安阳县民段化以疾失明。其子简屡求医，不验。一夕，忽梦神人告之曰："与尔此药，可用人髓下之，则汝父之目立见光明。"既悟，手中果得药。

　　简乃卸左腕，捶骨取髓，调药以进。立愈。

相州具奏其事，如古之时有为父母卸指者，指复更生。自非至诚，安能动天地感鬼神哉？似段简者，安知不然也。

龙女庙

澶州的黄河堤坝上，有个龙女三娘子庙，祈福非常灵验。黄河每每有灾兆出现，官府必定前来祷告祈福。元丰（1078—1085）年间，有一次提举都大巡历，正赶上风雨大作，人们只好在大庙借宿。

到三更时分，雨过天晴，就听到庙中大殿有人的说话声隐隐传来。一会儿，有人说："黄河应该改道啊。"又有人说："它要是从北京西边流过去，会很近便。"一会儿，有一个女人的声音说："让黄河从北京东边走，会怎么样呢？"一人说："现在不能确定此事，更不能在不明晰时急于做出错误的决定。"停了停，他又说："北京现在有侍中文彦博在，我们必须避开他。等他离开之后再办这事不晚。"在大庙寄宿的人都听到了这些对话，后来就慢慢传开了。

四年后，文彦博迁掌西京，黄河果然决堤改道流经北京西面了。由此可知，世间万事，都不是人的意志能够掌控的，而朝堂之上的肱股重臣，连鬼神对他们也礼敬有加。

原文

澶州黄河堤，有龙女三娘子庙，极灵应。大河每有危，官府必祭祷。元丰中，有提举都大巡历，抵暮风雨，遂宿于庙。

漏及三鼓，雨稍霁，闻庙殿中似有人语声，遥聆之。良久，一人曰："黄河当迁。"又有一人曰："自北京之西过稍便。"徐，又有一妇人声，曰："黄河自东如何？"曰："不可。定矣，更不要疑误。"少顷，复曰："北京文侍中彦博在，须着回避他。候他移镇未迟。"从者悉皆闻此语，预已传播。

及四年，文相移镇西京，黄河果坼流自北京之西。固知万事皆非人力可为，而朝廷庙社之臣，为鬼神所钦重如此。

石龙记

在郑州州园的西角,有个水塘环绕在城角处。夜里常常可以见到水塘先是有光闪现,马上就有火球腾跃到水波之上。巡夜的守城士兵深感恐惧,不敢到这个方位巡视。后因冬季水枯,就势疏浚水塘,挖深丈余,发现了一尊石龙,头牙脚爪应有尽有,鳞甲鬃毛都是黛墨染成的,龙身五六尺高,有一丈多长。当地人就为它在水塘旁边建了一座庙,每有过失运化,求它告祷,无不照应。

这年年末,城南的秋庄稼到了该收割的时节了,却忽然间被一个看不清外形和色泽的怪兽吃了,糟蹋的庄稼足足有好几顷田地。每天的落日时分,怪兽必来,庄稼汉们聚集到一起攻击它,只听"当当"之声不绝于耳,怪兽头角足爪都被击碎了。人们走近细看,原来就是那尊石龙。后来,详察州署中那庙宇,内中的石龙果真走失了。众人把石龙的残身碎体收拢来,重新供奉在庙里,这才让怪兽绝了迹。至今时常致祭拜祀。

原文

郑州州园之西隅,有池迂绕城角。常于池中,夜先有光,须臾,数火球腾跃波际。守更卒怖惧,不敢自此经由。后因冬渺,浚池丈余,得一石龙。牙爪头角,无不具备,鳞鬣皆墨染成。高约五六尺,其长丈有奇。乃建庙池侧,每愆甘泽,祷之无不应。

岁余,城南秋稼将刈,忽有一兽,不辨形色,食之几及数顷。每至日暮必来,农者悉集众击之。铿然有声,首尾俱碎。视之,乃石龙也。后州署中果失之,因归焉。遂绝怪。至今系常典祀。

王相公

丞相王旦还是个平民的时候,即将入京赶考。他游览山川胜景,在晓光暮色中日夜兼程。这天,他看见一个牧童赶着几百只羊,就问他："这些羊干什么用啊？"牧童回答："都是王旦先生餐桌上的肉。"又一天，王公遇见一个男子赶着好几头牛，还有猪、鸡混杂其间。王公又问道："你放牛还兼养别的牲畜啊？"那人回答："都不是我的。都是王旦先生餐桌上的肉啊。"

后来，王公科举高中，最终官拜丞相。

原文

王旦丞相布衣时，将应诏，历山川之间。晓色未甚分，顷见一童牧羊数百口。公问曰："此羊安用耶？"曰："王旦相公食料。"他日，又逢一人牧牛数头，杂以猪雉。公复问曰："汝牧牛而又他牧耶？"曰："非我所有也，乃王旦相公食料耳。"

后公遂登第，果至丞相。

卖　变

京都新封丘门外有一户姓刘的农民，数口之家守着一块薄田，养活糊口、故人丧葬全都倚仗它了。

姓刘的有个老婆，性情乖戾，行为不端。夏天到了，该收割庄稼了，小姑子说："我要收割这些麦子，换些布帛衣衫，用以过冬。"这个老婆听说了，暗中诅咒小姑子，什么狠话都用上了，也一心要独占那些麦子。后来的一天晚上，狂风暴雨肆虐不休。次日，几顷麦田全都从麦穗抽苗，统统变为了杂草。这是熙宁八年（1075）的事情。

原文

京师新封丘门外，有农者姓刘，数口之家，藉南亩以为养生丧死之具。

农者有妇，素狼戾不轨。夏将获，其姑曰："吾欲得此麦，置少缯帛以备入处。"妇咒诅无所不至，必欲皆据然。后一夕，暴风雨，翌日，数顷之麦悉自穗头抽苗，皆变为草。时熙宁八年也。

道　术

　　侍禁官许懋一向喜欢烧炼丹药,凡是声称会这样的法术前来求见的,他无不迎入。

　　一天,有个道士来求见,许懋待他很好,那人却是始终不说自己的姓名。许懋陪他饮酒到很晚,再次问他:"先生的法术到底是什么样子?我实在想领教一番。"那道士便从怀里拿出一张画挂到墙上。画上是一个炼丹炉,有个童子手持一扇站在一旁。道士问许懋:"您要是有水银,可以拿来一点儿。我来表演一下。"许懋拿来水银给了他。

　　道士把水银倒在画上的炼丹炉上,等到析出一层黑墨洇透了炼丹炉,还铿然有声。一会儿,道士对着执扇童子说:"向西转。"童子就转向西面。"向东。"童子又马上转向东。道士又说:"下来,下来。"马上,那童子已经离开画幅站到了道士身旁。道士告诫童子说:"我只放了一点儿药,你要慎重不要惊动了它,频频扇风才行。"童子又回到画上去了。只见童子跪在丹炉前频频扇风,炉中火势旺盛。

　　许懋惊叹道:"先生太神奇了!今天有幸和您相识,还望您亲手传授,我不惜一切。"道士笑道:"这炼丹术,要合乎天地阴阳运势,不积累足够的功德善举是不行的。如果强求,或许会学得些许技艺,但它很快会给你带来祸端。所以我不敢轻易传授它啊。五十年以后,你我相约于茅山山麓,那时你就可以学得法术了。"道士又对执扇童子说:"停手吧。"道士取出炼丹炉中的原药,已成仙丹了,还闪现出五彩光芒。道士说:"这丹药幻化力无穷无尽,吞服后即可羽化成仙。"随手将丹药吞服了,又将那画取下收入怀中,飘然而去。

　　我的另一个熟人说,以前,嘉州有个王秀才,也喜欢炼丹术。有个人打算寄宿客馆,王秀才就留下了他,也是想到他会不会有异常的功力。王秀才备办了简单的菜肴和那人边喝边聊。那人说:"听说王秀才喜欢法术。您想见识一下吗?"他就取来胶泥做成银锭的样子，下面衬上绯红色的纸放到了庭院中，又用小盆把它们扣上。很快，有火焰从盆中蹿出。两人继续饮酒闲聊。一会儿，火焰气息渐弱，那人让人用水浇灭了它，对王秀才说："马上就好了。"

等到两人起身来看时，那些胶泥已经成为黄金了。

王秀才当即恳请那人教授法术。那人说："要诀并不难，只有有缘分的人才会得到。即便我勉强教你这法术，你也不会习得其法。你要修炼身心，常行善积德，那样，不必苦苦恳请，也会掌握法术的。"那人坚决不做传授，第二天就离开了。

还有一个道士，当时寄居越州一家客馆，身无分文，每天在酒馆赊账饮酒吃饭，都一个多月了。这天，他又去赊酒喝，店主人向他追讨欠款，道士说："明天就能还清了。"他就回到了客馆，大敞房门。有人趁机看到他取出水银放在一个吊子里，放入少量的青黑色和白色的药，用火来炙烤它，一会儿，又把它倒了出来。

第二天，道士带着几十千钱到市场上去。人们怀疑它的真伪，用手都能把那些钱弄碎了。道士说："还是欠一点儿火候。"就又带回去了。到了晚上，道士又回到市场来了，那些钱银愈发显得光亮润泽了。道士拿这些钱交付给酒店主人，遇到贫寒的人，就随手施舍一二十千钱。他在这里买了一只小船，顺流而去了。

有人评议此事说，贪利的物欲之心，谁都会有。不用正道来抑制它，甚至超越本分、丢失操守而孜孜以求，不是很令人不解吗？又怎能懂得好运是上天专门嘉奖君子的呢！

我之所以讲述这三段故事，就是想以此为戒的啊。

原文

许懋侍禁，素好黄白术，凡以此而欲见者，未尝不接之。

一日，有道人造谒，懋甚顾遇，终不言姓字。与之饮至晚，懋问曰："子有何术耶？愿一见教。"道人遂于怀中出一簇子，悬于壁间，唯画一药炉，童子执一扇而立。道人为懋曰："有水银略求少许，作一戏术。"懋因与之。

道人遂倾于所画药炉中，及出一墨药糁之，则铿然有声。须臾，顾执扇者曰"向西立",即西向,"向东立",即东向。又云:"下来,下来。"俄然,执扇者已离簌子,立于道人之傍。戒之曰:"吾为少药,慎不可以惊动,汝频扇之可矣。"复上簌子,跪于炉前,纸扇频动,而炉中之火连焰相烛。

懋惊异之,曰:"先生一何神耶!今日得遇于先生,愿无惜以相传。"道人笑而言曰:"夫黄白之术,促天地阴阳之数,非积功累行不可。苟求,设或得之,其速汝祸,非吾敢传,后五十年当相寻于茅山之下,子得之矣。"道人又呼执扇者曰:"住扇。"取炉中之药,已成丹矣,有五色光异。道人曰:"此丹点化无穷,服之则羽化。"遂自吞之,收簌子于怀中,翩然而去。

又一相识云:向在嘉州,王秀才者,亦好此术。忽有一人欲假馆,王遂留之,亦恐其有异也,薄具肴酒以延之。其人曰:"王秀才闻说好道术,还曾见否。"遂取胶泥,裁成铤银,以绯纸衬于庭中,用小盆合之。须臾,火焰四出。酒又数行,火气渐息。以沃之曰:"速成,速成。"

起而视之,已成白金矣。

王遂恳求其法,其人曰:"至道不难,有分者得之,吾虽欲强与人,亦不可得。子须修心,常积阴行,不求而至。"坚不传。翌日乃去。

又有一道人,在越州邸中,身衣芜叶,日于酒肆中贷酒及月余。日市酒,人督所逋金,道人曰:"来日可矣。"遂归邸中,扃户。人有乘间而窥者,见取出水银,置一铫中,掺少青白药,以火煅之,少顷,倾注。

翌日,于市中,质钱数十千。市人疑而试之,举手糜碎。道人曰:"尚少一火。"遂再挈归。至晚复来,锻炼愈光润矣。以钱酬市酒人。所遇贫者,辄施之,及一二十千。乃售小舟泛江而去。

评曰:"欲利之心,人谁无之,不以义制,而至于逾分失守以求之,不亦惑乎。"岂知命之君子哉。

予故叙此三者,聊以自戒。

顺济侯

朝廷要向广南路(大致相当于今广东省)发运货物,指示洪州差官要祭拜小龙王,以求顺风。船队有百余艘,每艘船上都供奉有一条盘曲的小蛇。平时要走两三个月的路程,七天就走完了。州府闻听后,马上命学士林希作文致谢小龙神。

先是斋戒一番,正式祭祀的那天,发现有一条小蛇躲在御封的香盒里,又发现在香烛后面有一条大蛇抬起了头,好像要享祭似的。后来,又发现有些蛇藏在各种礼器里面,不论器物的大小,都藏满了颜色不同的蛇。所有大小官吏都惊恐不安。

读罢祝文,那只大蛇再次抬起头向下面观望。于是,官吏们令人画下它的图形、写明原委,进奏朝廷。最终,大蛇被封为顺济王。

原文

朝廷发广南纲,令洪州差官祭奠小龙王,求便风。船凡百余只,各有一小蛇蟠屈,凡三两月之程,七日而达。本州具闻其事,遂命林学士希祭谢。

先祈斋戒,届祭之日,有一蛇在御封香盒中。顷,又有大蛇,自烛后举首,若歆飨之意。复有数蛇,各在笾豆俎簋之间,随其器之大小,无不盈满,颜色类殊。官吏震栗。

读祝之次,其大蛇复举首下视,遂图画形象奏闻,进封顺济王。

雷 鬼

有个姓毕的施主,随军垦荒路过长安。途中正赶上雷雨交加,无法继续前行。过了不久,天晴了,大队继续赶路。这时,见到足有百余人围在一个山坡上,人声喧闹嘈杂。叫人过去询问是什么事儿,回来报告说:"刚才风雨过后,有个东西从山的一侧掉下去了。人们在那儿围观呢。"

姓毕的就打马过去要看个究竟。只见那儿有个怪物，脸上长着四只眼睛，毛发是红色的，身后像是背负着一口钟，肤色通体是深蓝色的，手足像爪子，嘴像是鹰鸟的尖喙，有两三尺长，整个体形大而结实，身上的骨节多有凸起，手中握着两只铁锤，嘴里流出紫色的口水，腥臭冲天，恶气逼人。有人议论要杀了他，一个老人家说："这是真的雷鬼呀！杀了它可不太吉利。"过了一会儿，那怪物能够睁开眼睛打量人了。

又过了一阵，天上的风云又开始聚集起来，依稀有彩虹高悬天边。众人四散了，那怪物也不见了。

原文

有毕供奉者，从军辟过长安，道中值大雷雨，不能进。顷少霁，遂行。见百余人围一山坡，声甚喧杂。因询之，皆曰："适大风雨后，一物坠于山侧。众往观耳。"

毕亦鞭马而视，见一物，面有四眼，发若朱色，背如负钟，皮肤悉若蓝靛，手足有爪，而嘴类鹰鹘。长约三二尺，而形体恢宏，多有骨节起伏，手持两槌，口流紫涎，腥秽不可近。或者欲杀之，有父老曰："此真雷鬼也，杀之不祥。"少顷，始能开目视人。

移时，风云复集，若虹而下，而人四走，鬼亦灭矣。

王无隐

镇阳有个叫王无隐的秀才，关注佛学，生性喜欢清幽静谧、质朴自在的生活状态，平时，他大多隐居深山里。他曾在五台山修建了一处草庵，住在那儿有半年多了。

一天，他打开窗户，忽然觉得冷风拂面，有个陌生人急匆匆从大门直奔到院子里。他身高有一丈多，体形伟岸，枣红色的脸上，表现出想要藏匿的神情。王无隐非常害怕。那人慢腾腾地说："我被贼人追赶，情况紧急，打算借您的睡榻歇息一下。也请您不要对外说出我在您这里。"吓得王无隐连声儿都不敢出。

那人随手拔下自己的好几根胡须，直硬如铁。他拿着坚挺的胡须直刺面颊几十处，又用刺出的血涂抹面部及前胸，随后就躺下了。

一会儿，又有一个人过来了，身材更高大魁梧，浑身青黑色，须发血红，两眼冒光，挺剑而来。他看着王无隐说："看见贼人没有？"王无隐愈发不会应对了。那人把屋里上下左右看了个遍，什么也没发现，说："让他逃了。可惜。可惜！"便奔出了门，脚步急如闪电，向西而去。

这时，刚才那人才从床上起来，擦去身上的血痕，对王无隐说："太吵闹了，差点被贼人害了。"出了门就向东走了。

王无隐感到身体很不舒服，就下山了，一个多月之后才开始好转。后来，他多次拿这件事举例，劝告大家不要隐居深山。

原文

镇阳王无隐秀才者，留心释教，性喜幽静，朴直自任，多爱山居。向在五台山，葺一茅庵居，经半载余。

一日，扃户，忽觉冷风拂面，有一人謷然自门而来。身长丈余，形体恢宏，容色紫赤，如欲藏匿之状。无隐战栗极甚。徐言曰："为贼见迫甚急，且欲借秀才榻少憩。慎无言某在此也。"无隐惧，亦不能出声。

其人遂以手拔髭数条，紧直若铁，刺两腮数十处，取血涂染面及胸间而卧。

顷，又有一人，身品愈大，状貌青黑色，髭髪悉如血，双眸闪闪有光，仗剑而入，顾无隐曰："曾见贼否？"无隐愈不能对，遂顾左右上下，终不见也。复曰："走却可惜可惜。"乃出门，步骤若车电，从西而去。

始者一人方自榻上起，拭去血污，谓无隐曰："极喧聒，几为贼所害。"出门从东而去。

无隐乃病，遂下山，月余始安，多以此事劝人无山居。

化　蛇

　　杭州雷峰庵的广慈大师八十五岁了，持斋守戒、洁身自好，被人们敬重有加。

　　有个秀才叫孙来章，他的老婆一向张狂肆虐，恶及邻里，对孙秀才没有一天不鞭打惩罚。日出日落，家人每时每刻都担心有什么事情会引她发作。

　　这天，人们见到一条蛇有两道眉毛，有点儿像这个妇人。那蛇顺着椅子盘曲而上，好像要享受祭祀一样。人们都很惊异，就把它扔到别处去了。

　　这天夜里，孙秀才梦见老婆对他说："我因为不遵守妇道，已经化为蛇了。你怎么忍心就把我抛弃了呢？现在我被外人役使，所幸有人拿青铜赎了我，我仍在雷峰庵广慈大师那里仔细研修佛事。我如果能离开这里，就免除了那些苦恼。"

　　孙秀才醒后，见确如梦里老婆说的那样。佛事就要结束了，孙秀才把蛇放到了雷峰庵的路旁。后来的一天夜里，孙秀才梦中听到老婆告诉他："我已经转世托生了。"

　　这是元丰五年（1082）春天的事儿。

原文

　　杭州雷峰庵广慈大师，星霜八十有五，戒行清洁，时人所钦重。有孙来章秀才者，其妻素凌虐，积恶左右，鞭棰无虚日。一夕卒，家人旦夕如事生。

　　忽见一蛇，有双眉，类妇人。据椅盘屈，若有所歆飨之意。莫不惊惧，遂掷弃他所。

　　孙君因梦，其妻告曰："我以平生不能遵守妇德，已化为蛇矣，何忍遽见弃耶？今为歧人所役，幸以青铜赎我。仍于雷峰庵广慈大师处，精修佛事，则我可以离此，免诸苦恼。"

　　既醒，如所言。佛事将毕，遂放于雷峰道旁。一夕因梦，曰：

"我已往生矣。"

乃元丰五年之春也。

刘 晞

洪州有个秀才叫刘晞,性情淡漠,喜好羽化成仙之事。在京师的时候,每每遇见道士,他都悉心请教,从不放过一个。为此,他倾其所有也不后悔。刘秀才心地纯朴,没有杂念,所以,常常受到他人的诓骗,他倒也从不在意这些。

这天,在进奏院前,他看见有个道士用鱼钩钓一个盆里的木鱼。每次下钩后不一会儿,那木鱼就被钓上来了。道士举着钓上来的木鱼给围观的人看,借此机会推销他的药。

刘秀才一向敬奉道士,就站在那里仔细察看。后来,周围的人都散了,他仍站在那儿冥想不休。那道士问他:"别人都走了,你在这儿看什么呢?咱们一块儿喝点儿酒吧?"刘晞答应了。

两人到了街市上一家酒店里僻静的角落坐定,叫了一升瓦缶装的散酒来畅饮。喝来喝去,缶中酒不增不减,刘晞愈发感到奇妙不已。酒酣时分,道士对他说:"我会点儿小把戏,拿出来耍耍乐乐吧。"随即,从双手的每个指尖各抽出一把小剑,放到酒桌上。又从双手的腕部各抽出一把剑,又从眼鼻耳中各抽出一把剑,并随手把它们抛到半空。那些剑上下翻飞,铿然作响,光芒闪耀。一会儿,道士说:"停了吧,停了吧。长剑可以回去了。"这些剑才纷纷落下,道士重新把它们收藏起来。

刘晞再次含泪告白,表示愿意追随在道士左右。道士笑而不答,一甩衣袖要站起来。刘晞抓住他的衣袖,恳请之词更加迫切。道士说:"三十年后,咱们在御史台前相聚吧。"随后,就如一道如风的闪电,一下子就不见了。回家的路上。刘晞闷闷不乐。此时已经三更天了。

如今,刘晞的家依旧在洪州,只是生活更加困顿,半生忙碌,了无所得,也不知三十年之约结果会是什么样……

原文

洪州刘晞秀才，性淡漠，好神仙事，在京师每遇术人，无不求教，虽罄所有亦不悔恨。然纯朴无他肠，人亦乘此多诳之，晞亦未始挂怀也。

一日，在进奏院前，见一道人以钩钓盆中一木鱼，每下钩，不移时，而木鱼已复在钩矣，引之示人，因此以货药。

晞素钦信，乃伫而观。至晚，稠人皆散，晞由独立，道人因问曰："人散矣，秀才尚何观？可同饮少酒否？"晞从之。

至市肆中，甚僻静，以瓦缶置酒一升已来，终日饮之，不盈不减，晞愈异之。酒酣，谓晞曰："吾有少戏术以相娱乐。"因于两手每指中抽出一小剑，置于几案，又于两腕出两剑，于眼鼻耳中各出一剑，既而掷于空中，上下纷舞，铿铿然有声，色镏焕发。移时曰："住矣住矣，长铗可归。"乃复坠下，各纳而藏之。

晞因再拜，泣告且欲从事于左右。道人笑而不答，挈袂而起。晞因据其衣而告，声愈切。道人曰："后三十年于御史台前相寻。"行若风电，恍然不见。晞归，甚不乐，时已三鼓矣。

今家在洪州，极贫窭，终无所得，亦不知三十年之约果如何也。

王丞相

丞相王随，还是老百姓的时候从青州要去西京，夜宿客栈。时值盛夏，王随就睡在大门过道处，那里的穿堂风可以吹散暑气。半夜里客店后面的邻居有快要生小孩的，一时间，门外人生嘈杂，喧闹异常。王随起身看时，外面却寂静无人。王随往返四次都是这样。一会儿，又听到说："相公还在路上，怎么能离开呢？"另一个说："时间就要过去了。怎么办？怎么办呢？"

王公对此感到很奇怪，就起来了，静静地坐到了东墙角。这时，那个邻居已经生下一个孩子了。王公又听到门外有说话声传过来："生了就生了吧。两年后，将死于及鸡飞撞木凿之下。"王公就想到当初躺在过道睡觉的，除了自己没有别人，也就暗自窃喜。

第二天，王公就在客栈院子里的僻静之处的一个磨盘下，记下了这件事，并署上了年月日。

王公后来成功登科，经过此地时，便找人询问此事，因为他记住了陈年旧事。人家都说，这家的儿子两岁时，因为鸡在乱飞，碰到了木制凿子，凿子落下来时，正中小儿胸肋间。等到查看磨盘下面，那字迹依稀尚存。后来，王公果然官至宰相。

原文

王丞相随，布衣时，自青州将之西京，夜宿邸店。方当大夏，卧于门中，乘风以涤炎暑。夜漏将半，店后邻人有将产蓐者。顷刻间，忽闻门外声甚喧，及视之，则寂然无人。如是者数四。顷又闻云："相公在当路，安敢去耶？"其一曰："时将过矣，奈何奈何。"

王公颇疑之，遂起坐于东隅，则邻人已育一子矣。复又闻门外声曰："生则生矣，后二岁当死，鸡飞木凿下。"公因思，当门所卧者无他人，亦自暗喜跃。

翌日，于店之僻处磨扇下，书岁月日，以纪其事。

后公登科，再经由是店，因记往昔事，乃询之，云："其子二岁，忽因鸡飞，击下木凿，中胸臆而卒。"及视磨扇下，字尚存。公后果至丞相。

陈谏议

身为谏议的陈省华，年长无后，曾请蜀地的相士占卜。相士说："先生您不用占卜，今年七月十五日，木星将降临大慈寺。您可以到那里去求助他。"还告诉他对方穿衣的颜色，并说手持莲花的就是。

省华按照时间准时去了，果然见到了穿那样衣服的人，便拜师求技。那人问他："你是怎么知道我在这里的？"省华就把相士的话说了一遍。那人又问："你求我是为了什么事？"省华回答："我是为没有子嗣着急啊。"那人定定地看着省华，随后拿出三叶莲花让省华吃下去，并说："此后，你会生养三个高贵的孩子。"省华恭敬致拜，抬头看时，那人已不见了。

此后，尧叟、尧咨夺魁天下，尧佐登科高中。尧叟、尧佐相继荣登二府，尧咨也被封为节度使。

当初，省华礼葬父亲之后，求通晓阴阳占卜的高人占卜一下丧葬用地。有一人为他指示方位，仍告诉他下葬的时间，还强调什么"若破土后，遇到石头就要收手了"。说完，马上就走了。

就这样开始施工了，筑墓工都不知道这事。疏浚中发现一块石板，在它下面有一泓水，里面有三条大鲤鱼。工人告诉了省华。省华大惊，回想那高人的话，就去让人把石板继续盖上去，便算是安葬了它们。很快，那高人也来到这儿了，省华把这件事告诉了他。那高人长叹一声："唉！原本是让你家三世都有贵人，你见到了这事儿的底牌，只能一代出三个高士了。"说完就走了。

原文

陈省华谏议年长无子，尝就蜀中术者卜之。术者曰："君不须卜，今年七月十五日，木星下降在大慈寺，君可往告之。"乃为言其所服之色，并手执莲花者乃是也。

省华如期而往，果见有服是服者，遂拜而求焉。其人曰："汝何以知吾在此？"省华告以术者之言。又曰："汝何求于我？"省华曰："为未有子息耳。"其人熟视久之，乃取莲花三叶与之食，且曰："自此当生三贵子。"省华拜而谢，举首已不见矣。

其后，尧叟、尧咨魁天下，尧佐行间登第。尧叟、尧佐相继登二府，尧咨亦为节度使。

初，省华葬其父，求通阴阳者卜其地。有一人为之指示坐穴，仍告以葬之时日，且曰："若启土见石，即止。"言讫遂去。

既而圹工人不知之，愈浚得一石板，其下水一泓，中有大鲤鱼三尾。工人以闻省华。大惊，思其言，复命盖之，乃葬焉。未几，其人至，省华以告，太息曰："本令君家三世有贵人，今已见其事，止可一代出三人显者。"遂去。

前定纪

在浙江省中部地区有个李秀才,开了个小学馆,以保障日常生活开销,常常不足十个学生。

一天晚上,李秀才突然看到一个人,人形兽头。他紧紧跟定怪物,走了好几里地,看到近旁有个高大府邸,门楣位置高悬一金字牌匾,题写"粮料院"。有个狱卒抓着衣服就进来了,到了大殿旁边。李公见到有个人衣帽齐整地从台阶上走下来迎接。仔细看他,正是过去的两浙转运使段少连。

李公与段公一向有缘。段公对李公说:"这里是冥府。老友你什么原因到这儿来呀?"李公流泪诉说:"家有老母要照应,子女婚嫁之事还没有办完,平生知道我耿直、愚正品行的,只有你。如果不是老朋友暗中给我占地,我怎么会敢于活在世间?"段公向左右手下人看了一眼,很快,他就手持一份文簿来到李公面前,长久看着李公,表情凄楚地说:"我老友的寿数到此为止了。想到你积德已久,源远流长,后世的接续会昌盛、长久,所以,寿数可以增加五年,授课学生增加十人。"李公又是一番悲泣中的恳请。段公思忖了一会儿,又说:"寿数再增五年,学生再加十人。"随后,提高嗓门喊道:"不能停!但没有可送你做盘缠的,送你驴一头、金一笏吧。"又让狱卒们送还。忽地醒悟过来,李公感到很怪异。又一天,李公剖开学馆的墙壁,从中找到了一枚金块。

有个道士骑着一头驴来到李公的学馆求宿。第二天不知那道士去哪儿了,只留下了他骑来的那头驴。此后,李公的学馆人数常常达到三十人。最终,果真多享了十年的寿数。

鬼神间的道理,尽管平白质朴,却也公允有信。经历了这件事,我对此有特别突出的感受。

原文

浙中有李秀才者,开小学以赡日用,常不满十人。

一夕卒，见一人，兽首人形，若相追摄，行及数里。傍睹一大府，门悬金牌，题曰"粮料院"。狱卒抠衣而入，造于殿侧。李公见一人，冠服降阶，以相迎迓。孰阅（疑当为"睨"）之，乃昔两浙转运使段少连也。

李与段公素有契分，段为李曰："此乃冥司，吾友何故至此也？"李遂泣告以家有老母，婚嫁未毕，平生知我愚直者，唯公耳。非公阴与为地，则何故敢望生。段公目左右，顷持一文簿至，视久之，惨容报曰："吾友之寿止于此矣。念子积庆流远，世绪绵昌，薄可加五年，更增学生十人。"李又泣告，段公沉吟久之，又曰："更加五年，更增学生十人。"遂厉声曰："不可，止矣。然无以赆行，奉赠驴一头，金一笏。"复顾狱卒送还。忽然而觉，李甚异之。他日，辟学舍壁中得金一铤。

又有道人跨一卫，求宿于舍，翌日不知所在，独存所跨之卫。自后，学徒常及三十人，果终十年之寿。

鬼神之理，虽质之而无私，吾于此事，殊有所惑焉。

梦　警

人生在世，福祸寿数从来都是天定的。即便不能预知端详，但心若是至诚，能与梦境连通，而不仅仅是自己冥神苦想，事事大都能协调周全。当初，吕锜梦见弯弓射月堕入泥沼，声伯梦到自己渡洹水吃玫瑰而流泪。梦中吉凶有异的预兆在后来应验了，这现象并非古人独有，现在也很常见。

能协，是汴梁人，曾经叫敦复。从嘉祐（1056—1063）初年因推举参加科考，算下来已有十多年了，每每到了省试阶段，必定落选。熙宁五年（1072）的会试在京师开宝寺维摩院举行。四月间，他梦见在看榜的时候又没见到自己的姓名，正在迟疑逡巡间，旁边有个人揪着他的袖子问他："先生高中了吗？"能协回答又没有。那人说："您中榜了呀！"并手指着榜上"能协"二字说："这就是您啊！"能协醒来，就起身伏案把梦记了下来。后来，他曾把这个梦讲给同住一屋的通才张夫和一些亲朋听,大家觉得仅仅是他太沉溺于科考之事,日思夜想而已,都不以为意。

第二年正月间,省试试官要锁院准备三天后的殿试了。一天,能协从兴国寺回来,路过秀才梅植开的书店,看见店里面有几个士人打扮的,原来是卫州秀才宗贾等人。能协便走进去,大家相揖而坐。梅植对能协说:"刚才大家正想一起上交一份改名表章。以前就听说过您打算改名。您是真要以'协'字为名吗?"能协回答是啊。没有谈完这事,能协因为有事情不便在此多留,就委托梅植办理此事,告辞而去。

宗贾等人来到了京师,贡院主试官张参郎中要避嫌,就把宗贾提交的这份表章放置一旁,没有画押。梅植把能协的报表托一个吏官见机行事报了上去,结果,只有能协改名成功。

等到张榜公布时,其情其景,果然和能协的梦中情形一模一样。这个故事传开,就引发了后来兴起的士人改名热。

黄瑄是抚州人,久困科场,曾七次被提为殿前特奏,都没中选。他常常梦到自己来到一座宫殿中间,大殿前有一片空场,他站在空场一侧聆听音乐。醒来后,他心中不爽,自语道:"音乐的'乐'字就是'乐'(古时读'洛')啊!这大概就是我屡试落第的原因。"后来,科考完毕,果然像他说的那样。到了下次科考的时候,试期迫近时节,他又做了那个梦,心里很不舒服,再一次壮志未酬。等到叶祖洽中榜到集英殿廷试的时候,见到大殿下面有个空场,空场后面有用黄绢书写人名的座位排序。黄瑄细看,和梦中所见一样。这一年,黄瑄才跻身科甲之列。

能中复是汴梁人,是翰林医官副使。元丰六年(1083)晚春时节,能中复为家里买进了一个女奴张氏,他给她起名叫"来安"。这年深冬,鲁国大长公主得了重病,能中复奉旨医诊,白天值护,夜里守宿。十九日夜里,半梦半醒间,听到来安报告说:"四伯和都曹徒劳地争执了两天。"当时,中复的兄长都在泗水一带。他醒来后,也没搞明白是怎么回事。但过了四天,鲁国大长公主去世了。又过了两天,能中复被贬到滁阳履职。这天,他走到一个叫"来安"的地方，恍然领悟了那天的梦。从泗水到滁阳，仅两天的路程啊。

这个故事也是在说，神灵会事先有所警示，而人福祸得失的结局，不是人力能够转变安排的。

原文

人生于天地间，莫不阴骘分定。虽不能预察前审，然至诚而通于梦寐，非思虑所及者，事皆协焉。故吕锜梦射月，退入于泥；声伯梦涉洹食琼瑰而泣。吉凶虽殊，非独古也，于今亦有之。

能协者，汴人也，旧名敦复，自嘉祐初获荐，绵历十五年，凡至省即见黜焉。熙宁五年，会学于开宝寺维摩院。四月间，夜梦观省榜，不见姓名，意甚回皇。忽有一人攘袂在侧，而问曰："君得否？"协答以"又不得"。其人曰："足下得。"遂以手指榜上"能协"字曰："此乃足下也。"既觉，即记书于几案。尝与同舍张通才夫及亲旧具道其事，皆以谓心有所感而致之耳，亦不以为意。

至六年正月间省试，将锁院。一日自兴国寺回，过梅植秀才书铺，见铺中具襕鞾者数同人，乃卫州宗贾秀才辈，遂相揖而坐。梅曰："诸君在此，皆欲下状改名，向闻公亦欲改名，果只以'协'为名否？"协诺之而已，未竟，以事不能少留，一委于梅，投牒而去。

宗贾辈既亲入，会贡院主者张参郎中有避嫌者，却而不押。梅以协状委一吏，乘间投之，独得更焉。

及奏籍，果如梦中所见，遂预唱名之盛。

黄瑄者，抚州人也，遭回场屋，凡七举，殿前特奏名，至皆报罢。常夜梦至一官殿间，殿下一排场，瑄立于排场后侧，聆乐声。既寤，不喜，曰："乐[岳音]者乐[洛音]也，无乃见黜乎。"已而崇政毕试，果如其言。至次举俯迫试期，再得前梦，瑄又不乐，亦不遂志。逮叶祖洽榜中，移试集英殿。殿下有排场，排场后乃黄绢，书座位名次。瑄视之，乃两梦所见也。是岁始参科甲。

能中复者，汴都人也，为翰林医官副使。于元丰六年暮春，因置一女奴，姓曰张氏，立名曰来安。是岁季冬，鲁国大长公主被病，承旨宣医,晨直晚宿。十九日,夜寝半寤,闻来安报曰:"四伯都曹,徙(疑'徙'字当为'徒'字)争两日。"时中复之兄都纠泗水。既觉,竟未释然。越四日,鲁国薨。越二日,被责滁阳。行次来安县,始悟前日之梦,自泗至滁乃两日之程耳。

是亦神灵先有所警,而得失动静,非人力所可伪为也。

竺兰经

元丰元年(1078)的时候,陕西转运使度支郎中皮弼先生的儿子彦恭做了薛家的女婿,到那女方家里去。薛家儿子里有离家做官的,彦恭跟随一同前往,或酒筵笙歌,或不辞而别。皮公给他摆出道理指明他举止不端,斥责他的放纵随意不严谨,还请来巫师化解排遣,直至施以钉法,这才有所回转。皮公子回到家后,他小姨子又讲说一番,和他哥哥们一样。皮公子仔细听他的话,认为就是老朋友司农少卿薛仲孺的声音,萦绕耳边挥之不去。

一天,彦恭忽然说:"我被钉罚,是因为罪过太了,只有《竺兰经》可以救我。"皮公花费力气终于搞到了,就奉书请来僧人为儿子诵经。那小姨子又用薛仲孺的声音说:"他已经获救了。"

还有一次,皮公的小女儿忽然就病了,她自言自语说:"我是吴安序。"吴安序,是正肃公的七儿子。她又说:"我是十九寺丞,来到渭州做官,是皮夫人的侄子。"皮夫人不相信,就追问他的小字。她回答:"是召奴。我是暴病而亡的。因为我媳妇不愿恪守妇道,儿女尚小。我特来请姑姑出面劝我媳妇不要再嫁。"她又说:"看着妻哭子啼,横尸野地,活人悲戚难禁啊。"说着,慨叹抽泣不已。她讲到很多冥间的事,又说:"生死两界是不通的。您知道我一向不信佛,可我怎么会知道冥间那些事,还那么看重《竺兰经》?"

她走后,皮夫人记下了此事献给诸位。

原文

元丰元年,陕西转运使、度支郎中皮公弼,有子彦恭,为薛氏婿，如妇家。薛氏子有辞家赴官者，彦恭偕往，笑歌自若，不揖而去。即有物凭之，责其不恪，召巫解遣，至施钉法，乃愈。还舍，女弟又为物凭，与兄同。皮君聆其语，则故人司农少卿薛仲儒之声也，禳除不去。

一日忽曰："我被钉罪重，唯《竺兰经》可救。"皮君力求得之，遂传本召僧诵之。女为仲儒语谢曰："已获生矣。"

又，皮君幼女忽病，自言予吴安序也。安序，正肃公第七子，曰："十九寺丞之官渭州，乃皮夫人侄。"夫人不信，诘其小字，曰："是召奴。暴疾卒，以妇不欲守志，儿女痴幼，来告姑，令妇勿嫁。"又云："见妇子啼号，尸卧于地，悲甚，生人唏嘘，泣涕不已。言冥间事甚多，死生异路，不可泄。某性不信佛，岂知冥间大得力，尤重《竺兰经》。"

既去，皮氏写是经追荐之。

王旻

西川人费孝先擅长轨革，声名远播。有个外乡人王旻来到成都做买卖，想占卜问卦。费孝先对他说："让住不住，让洗不洗。一石谷捣出三斗米。遇明便生，逢暗则死。"并再三告诫，说牢记这几句话就够了。王旻领受了，告别而去。

王旻行商途中遇到暴雨，他就躲到一座大屋的房檐下避雨。一会儿，很多人路人都躲到这个屋檐下来，挤得满满的。王旻暗想："让住不住"，莫不就是指这事？随即走出屋檐，冒雨前行。很快，那座大屋倒塌，只有他自己幸免于难。

王旻的老婆和邻居私通，已经打算做半路夫妻了，只等王旻归来，就要对他下毒手。王旻回来了，他老婆约见那邻人说："今晚我家只要有沐浴的，那就是我男人。"傍晚时分，老婆招呼王旻洗浴，已经准备好了手巾、梳子等用具。王旻恍然悟道："让洗不洗"，莫不就是指这事？就怎么也不去洗。老婆愤恨不已，气晕了头，自己去洗浴了，夜里就被那人杀了。王旻惊恐四顾，迷惑不解，就自我捆缚到了官府。

郡守拷问事情原委，王旻无法证明无罪。郡守做完文件走了，王旻悲泣道："死就死了吧，可孝先的话，最终没有应验啊。"办事的人把王旻的话汇报给了郡守。第二天，郡守传令不得动刑，传唤王旻到庭，问："你的邻居是谁？"王旻说："康七。"郡守马上派人拘捕康七。郡守说："杀你老婆的必是这个康七！"

很快，这话被验证了。王旻问郡守怎么会认准了是康七。郡守说："'一石谷捣出三斗米'，不就是'糠七'吗？"

王旻能够辩白昭雪，实在是"遇明便生"的效应啊。

原文

西川费孝先，善轨革，世皆知名。有客人王旻，因售货至成都，求为卦。孝先曰："教住莫住，教洗莫洗，一石谷捣得三斗米，遇明即活，遇暗即死。"再三戒之，令诵此数言，足矣。旻受，乃行。

途中遇大雨，憩一屋下。路人盈塞，乃思曰："教住莫住"，得非此邪？遂冒雨行。未几，屋颠仆，独得免焉。

旻之妻已私谒邻比，欲讲终身之好。俟旋归，将致毒谋。旻既至，妻约其私人曰："今夕，但新沐者乃夫也。"日欲哺，果呼旻洗沐，重易巾栉。旻悟曰："教洗莫洗"，得非此邪？坚不从。妇怒，不省，自沐。夜半反被害。旻惊睨罔测（疑当为"恻"），遂独囚系官府。

拷讯狱就，不能自辨（疑当为"辩"）。郡守录伏牍，旻悲泣言曰："死即死矣，但孝先所言，终无验耳。"左右以是语上达。翌日，郡守命未得行法，呼旻问曰："汝邻比何人也？"曰："康七。"遂遣人捕之。"杀汝妻者，必此人也。"

已而果然。因谓寮佐曰："一石谷捣得三斗米，非康七乎？"

旻既辨雪，诚"遇明即活"之效欤。

油筒子

　　冯当有《油筒子传》传世，摘要如下：有个绰号叫"油筒子"的，不知是哪儿的人。成都的耄耋之人见到他已有四十多年了，那容貌没变过，没法推算他的年纪。又问他姓名籍贯的，他从不回答。他头顶破草帽腰上斜挂一只油筒，在市场上乞讨油，油筒盛满了就走。他行走如飞，专拣废庙荒观土窟野洞栖身，在人迹不到的地方点火取暖，有剩余的油，就用来照亮他的洞窟。市上人众常常见到他，一直不知道他是什么人，就都叫他"油筒子"。

　　油筒子曾经在市上卖老君卜谋生，每卦卖一钱，后来就伸手向人讨钱花，有所得很快就花光了。他也曾在一个布兜子里放些杂物，有向他索要的，他随手从布兜子里拿出食物、钱币等，有什么给什么。他说话没有拘束没有阻障，他的居处没有脏乱齐整之分，他待人不分富贵贫贱，没有冷热之分，同一个态度。他放诞无度，任意妄为，别人看不到他言行的限度，但他常常拿仁孝、忠信等告诫与他来往的人。与人饮酒时，他能朗朗然吟诵道家的修养格言，对那些经传典籍，他也能随口畅聊，举杯饮谈，笑闹自如，也不计较繁简多寡。告别归去时，他多是驾舟撑篙，出没江波。他落脚处的主人常看到，他几乎每天都是醉醺醺地返回，回来就蜗居陋室，再也没有声息。他用道家、佛家的几百卷典籍码布成一个床榻，自己安卧其上。他也会捧着书册彻夜通读，有时掩卷痛哭失声。他到底是什么样的心思，没人知道。

　　当时，有人嘲讽他脸上满布污垢，他回应说："我每天洗涤心灵，不去打理身体已经很久了。脸上干净与否，有什么关系呢？"人们知道他有自己定见，悄悄靠近他询问。他就不动声色地用手指指心，慢慢地回答几句。最初的话语，好像还条理明晰、逻辑周延，随后的言辞就古怪违拗、散乱无序，完全摸不到他是什么意思了。如果追问得太急切，他就干脆甩手离去，让人靠近不得。

　　熙宁九年（1076）九月十一日，油筒子大醉而归，但举止毫无错乱之感。次日天亮时分再看他,已经死了。他曾对一个叫严九的说:"我明天就要走了。你能来看看我吗?"等到严九来看他时,已经来不及了。

在油筒子死后的第二天,传说有人看到油筒子在汉州街市上疾走高歌。那人以为是他随意云游至此,不便探问;回来进入外城北门时,才知道油筒子已经死去三天了。

原文

冯当世有《油筒子传》,着其要曰:油筒子者,不知何许人也。成都耆老见之四十余年,容貌若一,人莫究其甲子,有问其姓名里居者,未尝对。背破席帽,腰负一筒,丐油于廛肆间,满辄持去。其行如飞,择荒祠晦洞人所不顾者,则燃之,有余即自照其室。市人既见之,习久不知为何人,故号"油筒子"云。

油筒子始卖老君卜于市,卦售一钱,其后唯舒手丐钱于人,所得寻以散施。复贮物于布囊,有求取者,探囊中食物、钱帛,随所有与之。其语无拘碍,其居处无净秽,其遇人贵贱贫富无异心,猖狂妄行,莫窥津涯。而时以仁孝忠信教戒于常所往来者。饮之酒,则诵道家修养之辞,若诸经传,唯口所欲言,然后举杯嬉笑自如,亦不以多少为谢。暮归鱼槁所止,主人视之,盖无日不醉也。归即闭关阒然,以道佛书数百卷,布所居榻,坐卧其上。中夜取读良久,或时掩卷大恸,其意莫测何如。

时有讥其面多垢秽者,应之曰:"吾尝日洗吾心而已,吾身不自管久矣,面何有哉。"既知其有道,稍稍就问之,默然以手指心,徐酬以言,初若可寻绎,已而乖睽散乱,旨意离绝,又叩之急,翩然而去,不可得而亲也。

熙宁九年九月十一日,大醉以归,举止不乱。明旦视之,已死矣。尝语府民严九者曰:"吾明旦遂行,尔能一顾我乎?"及前视之,则无及矣。

既死之明日,或传有见于汉州之市者,行歌疾走,人窃疑其轻出而不敢问。还入郭北门,乃知死已三日矣。

摸着较

摸着较,不知姓甚名谁,不知他是哪里人。熙宁(1068—1077)年间,他在京师街市上疾走如飞,常带起一路杂尘,逢事张嘴就说,口无遮拦。他手里常提一个小竹箩,穿着纸做的衣服,赤着脚光着腿。但凡那些有手足蜷曲、掌腕伛偻病患的人,不论病了多久,只要他用手抚摸一番,就不再痛苦了。人们都叫他"摸着较"。

治病应得的酬金,他不在意多与少,但一定要向病人收取,出了门就抛掷到街道上。他召集一群小孩子嬉戏打闹。偶尔他会说祸福之事,如果有人呼应,他会说那取决于人是否存有善心;再追问,他就默然而去了。他有时会疾驰出关,连日不见踪影。有时他又一头扎在穷人堆里,人们无法搞清楚他要做什么。

一天,他对那些小孩子说:"明天我就要走了。"后来,有看到他的人说,他果然死在城中某处。有参与埋葬他的人也证实了此事。

后来,相州安阳县魏助教曾和摸着较在路上相遇。魏助教问他从哪儿来。他笑着拍拍手就离开了。现在,时常听到摸着较在别的州府出现的消息。

原文

摸着较,不知其姓氏,亦不审何许人。熙宁中,在京师市场疾走,常扬埃尘,恣口欲言者,无所忌惮。提一小竹箩,衣纸衣,跣足赤胫。凡病局局拳腕者,不问岁月,以手扪摸,即不复有苦矣。俗皆曰"摸着较"。

所得金,不拘计多少,然必丐于患人。出门即抛掷街衢中,聚群儿为嬉戏。间自言人祸福若应影响,及道人存心善否。叩之,则不对而去。或疾驶出关,连日不见,或在贫穷中,人莫测其为何如也。

一日,告群儿曰:"我明日往矣。"有视之者,果死于城隅,亦有为瘗之者。

后相州安阳县助教魏某，相遇于道，问其所从来，拊掌而去。今往往他州间出焉。

猝患富

殿中丞郑公调任京师后，在一次上朝的路上，遇到一个有着轻狂模样的云游僧。那僧人指着郑公说："你这官人猝患富去里。"另一天，又遇上了他，他还是说："猝患富去里。"郑公就派人邀请僧人来到了自己的居所，一再追问他那话是什么意思。僧人只是说："猝患富去里。"始终不能明了。

不久，郑公带全家游览金明池，设置了一个小凉棚，为了可以洒脱、随意地休憩。薄帘子外面，有一只黄蜂和一只土蜂相搏，一会儿就飞到了小棚里环绕着飞。过了一会儿，双双坠地。郑公找了个瓦缶盖住了它们。第二天，郑公又来到小棚，开始有所醒悟。他揭开瓦缶，见到有一个碧绿色的宝珠，很是觉得不同寻常。他把宝珠系在衣带上，就回去了。

过了一段时间，有十多个胡人来拜访郑公，说有宝气氤氲在府上。郑公没明白是怎么回事儿。家里人提醒他："宝气，是不是因为那个碧绿宝珠啊？"郑公就叫人把宝珠取来给胡人看。胡人们见了，一起叩拜致礼，说："就是这个宝物呀！"郑公询问它的名称和用途，胡人回答说："它被称作'碧霞珠'。当人置身苍茫大海上暗无天日的时候，拿出这个宝珠看看，天很快就会放晴了。"胡人说情愿花钱几万缗购买它。

郑公同意卖出碧霞珠，并很快挂冠辞官，归隐林泉。

原文

殿中丞郑某者，调官京师。尝趋朝，道见一贫僧，若佯狂者，指云："你官人猝患富去里。"他日，再逢之，又言："猝患富去里。"郑君乃令人邀至所居，再三叩之，但言"猝患富去里"，竟不能晓。

已而，挈家游金明池，张小次，岸帻少憩焉。帘箔外见一黄蜂一土蜂相搏，顷飞入次中匝绕。移时坠地，因以瓦缶覆之。翌日再至，始悟焉。开见一珠碧色，颇疑其有异，系于衣裾间而归。

愈时，有胡人十余辈造门，言有宝气。郑君亦不省，家人曰："岂非所得碧珠耶？"遣持视之，皆叩礼曰："此宝也。"诘其名及所用处，乃曰："碧霞珠，当大海间，天地晦暝，视此珠则晴霁矣。"愿以数万缗售云。

郑君许之，遽挂冠退休于嵩岳之下焉。

严常运

元丰四年（1081）九月，杭州仁和县汤村镇百姓严常运，在修整居所边上的空地。他把闲地除高填低，修治平整，丈量好了，忽然，地面拱起一大片，像个小丘一样。严常运很担心有异常，把土堆挖开后，发现了个地窖，里面有几百件白金制成的各式器物，在一件器物上，有一行铭文："得到我宝物的人，就是我的后人。严子陵记。"

为这事儿，严常运和邻居起了争执。闹到衙门公断，判给了严常运。从此，严家富足起来了。只是不知道严常运真是严子陵的后人吗？

现在的苏州灵岩山，传说是有宝藏的，但也没有人闻风而动去挖宝；也许有人见到过那些东西，觉得很怪异就远远离开了；也许就是些钱币，有人偶得后带着它随走随掉，遇上人就一哄抢散了。至于宝物的由来，谁还在意它呢。

原文

元丰四年九月，杭州仁和县汤村镇百姓严常运，葺所居之隙地，治平屡矣，顷方丈尺忽坟起，若小丘垤，疑其有变怪。浚，探得一藏，皆白金所成器物数百件，有雕镌字一行，云："拾得我藏者是我后身，严子陵记。"

因与邻比竞，经官司许归严氏，家遂富有矣。不知常运，果后身耶。

今苏州灵岩山有藏，人莫从而得，或为人物他怪，见之则驰去，或为钱镈，曳数百步，遇人则散飞，绝所由来，将谁待也。

徐神翁

泰州天庆观有个用人徐翁，常常手持筘帚、簸箕打扫殿堂庭院，随口诵读《度人经》，穿着破衣衫，有时光着脚，有时穿着麻绳编制的鞋。他对住处不在乎脏净与否，只要能容他坐卧就行。时间久了，慢慢地有些怪事儿发生，人们渐渐把他看成神翁了。

天庆观里并没有什么积蓄，徐翁对徒子们说："我给你们求化吧。"就在大殿里睡下了，一会儿又说："再稍等一会儿就来了。"没多久，只见村里的小伙子一个接一个地背着米袋子送到观里来。所有人无不惊奇。

常有人布施白金，徐翁就把它放到床边上。有的歹人就躲在暗处窥望，待徐翁出门后，他开门进入屋内，却看到徐翁正色堂堂地端坐在那里。歹人惶恐得不敢下手了。歹人快步去大殿，见到徐翁已经在大殿里了。

人们常扎束香炷，写上姓名、生辰八字等，求卜福祸，徐翁说多多抄录《度人经》一言、二言至三言，开始时不知其意，长时间做下去，就通晓要旨了。有来拜问徐翁的，他也会答复一二，也有不理会徐翁木然而去的，徐翁也会去就教他人。徐翁与人交谈，常常旁征博引，侃侃而谈，也会按照事理回应对方，有时会言辞激烈，一吐为快，从来不在意对方的富贵贫贱，嬉笑怒骂，畅所欲言。

元丰（1078—1085）末年，有个士子要参加科考，来求签问卜。徐翁写出的字大致都有"火"字旁，随后，果真就发生了科考舞弊案。由此一来，四面八方的民众仰慕不已，无论远近纷纷前来问卜，对徐翁态度变化之大、人众之多，不胜枚举。很多人都请人绘制了徐翁的画像，殷勤地供奉着他。谁都不知道徐翁到底是个什么人。

原文

泰州天庆观有用人徐翁者,常持箕帚,扫诸殿庭间,口诵《度人经》。衣破布衣,或跣足,或穿绳屦。夜庐宿,不择秽净,苟能容身而已。既久,稍稍有异事,故目之为神翁焉。

观中无储蓄,翁语其徒曰:"当为汝求化。"即寝于殿中。既觉,曰:"晚即来矣。"已而,村民累累负米而至,人莫不异之。

常有施白金者,置于床笫。盗阚翁之出,即发关而入,复见毅然而坐,悚惧不敢摇手为非,疾往视之,复在殿中矣。

人常缄香,及以姓名年月生时询求灾福,然多书《度人经》,一言至二言三言,始莫能晓,久而遂通。有拜者,或答之,有弃之而走者,或自拜于人,接引话论,或循理而应,或抵罟毁叱,不问贵贱。

元丰末,士子应诏,诣求谶焉。翁书字大抵皆从火,既而有文闱之灾。四方企慕,无问远迩,皆来讯卜。变异悉多,不可具载。人多绘画其像,勤以供事,亦不知其终果何人也。

卷 中

麻衣道者

有个穿着便衣的道人,他的姓名、家世、籍贯等,谁也不知道。他常常穿着麻绳布衣,头发蓬乱,满面尘垢,但他面皮细腻如童子,眼眸晶莹透亮。他常在定州、真定、保塞一带活动,人们见到他已经很久了,大都没跟他说过话,都是缄默不语罢了。

麻衣道人见到有酒就高兴得鼓掌,从不酗酒滥饮。有人向他求占自己的寿数远近或卜问前生轮回,他从来都是在纸上书写绘画一番。他的话多是世俗常谈、谈议本性,劝人向善、戒害去恶,但话语很快也会怪拗杂错,不知所云。只要有人谈话涉及污秽狎邪等乱语,他马上用水把纸上墨迹洇浸除迹,目不斜视地离开。

麻衣道人喜欢画禽鸟一类,有时画完一幅后,又把它撕毁了,那是因为他自信能够用笔墨自如地绘其形传其神啊。

也常有赞颂他的文字流传民间,现得到了一则:"这里有情忘我,诸佛大恩增长,地狱时时转多,不忍见,不忍见。三转净行,不及愚夫五欲乐。不忍见,不忍见。"也不知他最后到哪儿去了。

原文

麻衣道者,不知其姓名、谁氏之子、乡里州县。常以麻辫为衣,蓬发,面积垢秽,然颜如童稚,双瞳凝碧,多在定州、真定、保塞。人识之,积久,未尝启口,惟缄默而已。

见酒即喜抃,亦不至耽滥。人问其甲子修短,及卜前因未来,皆书画于纸。其言为接引世俗,明了本性,大抵戒人归于为善杜恶而已。乖睽分错,不可探索。人有言及邪秽戏之者,即以水洒沃,指目而去。

好为禽鸟形状,溢满巾帨,复加毁裂,能自传其容,铸如也。

常有赞颂,得其一曰:"这里有情忘我,诸佛大恩增长,地狱时时转多。不忍见,不忍见。三转净行,不及愚夫五欲乐。不忍见,不忍见。"亦不知其果何归哉。

孔之翰

郓州平阴的孔之翰突然死了,一天后又苏醒过来,并说:开始时,有人带他过去,看见一座宫殿,一个红衣大王坐在殿堂之上,左右吏官拥着孔之翰来到大王面前。孔之翰料定自己必死无疑,惶恐得两腿直打战,嘴中不停地说自己没有犯罪。红衣大王说:"召你来,是要你对证王伦那件事儿。"孔之翰说:"时过境迁,已经记不起来了。当初我就是误被牵连追查的。"大王说:"王伦的种种肆虐强暴,现已查明,只是对在扬州山光寺前杀了一家七口之事,不服判决。现把相关文书移交事发地地神,说康秀才曾来探视,慨叹说:'怎么没有天道,怎么没有神明!'查遍所有死囚档案,并没有一个姓康的,再强查未结清的案子。那主官说今世托荫在一个姓孔的身上,人在郓州平阴。就是你。"大王意气洋洋指使吏官们问王伦在哪儿。

很快,吏官带着一个身负枷锁的人来到大殿,大王指着他说:"这就是康秀才。"这王伦垂下头,叹着气。大王叱令把王伦捆锁在堂侧的廊屋里,把烧化的洋铜汁灌到王伦嘴里。王伦鬼哭狼嚎,不忍听闻。孔之翰这才慢慢陈说家中贫寒,老人尚在,希望返回阳间,为父母养老送终。大王说:"你的寿数未尽,今天的事情清楚了,你可以回去了。"他让吏官送孔之翰出了府门。

孔之翰见到一个审查核定的人,便问他是谁。那人说:"我是胡判官。"两人聊来聊去才发现这胡判官是孔之翰的舅舅。两人悲戚连连,互问家事,相互搀扶着前行。胡判官说:"地府有六道关口,在阳界虽然屡屡听说,但见不到。今天可以好好看看了。"又过了一道门,只见牛羊猪马遍布。胡判官指着它们说:"六畜业报为牛和狗,和人最亲近。业缘将近的时候,还会复现人形。这些牛和狗,它们的肉万不可食用。曾经见过许多无知的世人，纷杂丛生出不少嗜好乐趣。其他的鱼鳖猪羊之类，都能做人的食料，充腹果腹，不算犯禁，即便算也是小错啊。"胡判官给了孔之翰一块符牌，让两个吏官引领他巡视那些狱室，再三告诫他："看到这符牌，门就会开，但不可久留，要马上出来才行。"

一会儿，孔之翰看到狱室一个挨着一个，每个狱室都有小吏守卫，怪异阴森，令人恐惧。孔之翰出示手里的符牌，狱室门就开启，里面的人仿佛受尽了诸多苦痛的折磨，惨不忍睹。看了十多个狱室，孔之翰四窍忽然迸出鲜血，吏官急忙用水喷他，很快就恢复了。继续前行，见到一狱室，阴暗深广，听不见任何声响。孔之翰问是什么地方。吏官说："这就是无间地狱。即便你有符牌，也不能开启门禁，进去就出不来了。"孔之翰吟诵《金刚经》，那些守卫小吏都双手合十，胡乱跪在地上听他诵经。

诵经完毕，吏官带孔之翰原路返回，到了胡判官面前告别。胡判官对孔之翰说："所谓天堂、地狱，世间有人信，有人不信。信的人，虽信但并不明白；不信的人，妄加猜测，报就越重，业就越深。你今天统统看到了，应该自加勉励，远恶从善。"等到祝祷、托付了家事，胡判官让吏官带孔之翰马上走。

路远难行，孔之翰疲惫不堪，遇到一条小河，河上有一道小桥，看上去岌岌可危。孔之翰打算蹚水过河，两个吏官制止了他，说："不能蹚水，那样就回不来了。"过了桥以后，继续前行，直到掉入深井才醒过来。

原文

郓州平阴孔之翰，暴卒，历日而觉。因言始有人引去，见一官殿，朱衣王者坐其上，左右遮拥而出。之翰自省其死，恐悚股战，口称无罪。王曰："召汝证对王伦耳。"之翰复曰："时异，岂得而知，误见追摄。"王曰："王伦肆暴，今皆明白，唯在扬州山光寺前杀一家七人，不伏此辜，移檄会证当处地神，称康秀才尝过，嗟叹曰：'岂无天道，岂无神明。'死案遍检，并无姓康者，再勒生案。

主者云:"今世托荫孔氏,在郓州平阴,乃卿也。"遂盛气呼指诸吏,问伦所在。

须臾,引一枷械囚人至,王指曰:"此乃康秀才也。"伦低首下气,叱令持系廊庑,火洋铜汁灌溉其口,号声苦抑,意不忍闻。之翰徐白以家贫亲老,愿得还生,以卒侍养。王曰:"汝天数未尽,今事晓然,可得脱矣。"令吏送行,出府门。

见有鞫勘者,之翰问:"此何人?"曰:"胡判官。"迤逦相近,乃之翰之舅也。相见悲泣,间问家事,因相引行曰:"地府六道,生虽熟闻,不得而见,今可一阅之。"复过一门,见牛羊犬马之类盈满。胡生指曰:"六畜业报为牛与犬,为最近于人。业缘将尽,还复人身。乃为牛犬,此肉切不可食。尝见世人无知,横多嗜乐,其他鱼鳖猪羊之类皆为人食料,充口腹阻饥而已。不加非理,即罪稀矣。"又与之翰符牒一道,命二使者引视诸狱,再三戒曰:"视此符,即门开,然不可久停止,速出可也。"

已而门户相次,各有守卫人物,怪变森惧。示以所持文牒,即启关,所见仿佛受诸苦毒。经历十余狱,之翰四窍忽迸鲜血,使者急以水噀之,即如故。复见一狱,阴暗广漠,不闻音声。问曰:"此无间地狱,虽有文牒,不可开也,入则不复出矣。"之翰诵《金刚经》,诸守卫狱吏皆合掌,胡跪而听。

既终秩,乃由旧路,至胡判官前,言别。胡生因告曰:"天堂地狱,世人有信之者,有不信之者。信之者虽信而不明,不信者妄生端倪,其报愈重,其业愈深。汝今皆目击之矣,当自勉励,去恶积善。"及祝托家事,即令二人遣行。

道远疲倦,逢一河流,上有小桥,其势危殆。之翰欲涉,二人止之曰:"不可涉,涉之即不还矣。"渡桥复行,堕井而苏。

方　技

皇甫道人讲过一个故事:过去,长安有个黄翁,虽不是什么富贵之家,日子还过得下去。黄翁凭借自己卖药的本事,向东闯荡京师。流离漂泊，岁月飞逝，他的银两细软几乎消耗殆尽了。想返回故里，夫妇挑担提篮，相互搀携，身心俱疲。

这天，看到路边有个穷汉，倚靠大树坐在那儿，好像是在等买主儿贩卖自己。黄翁对他说："给我挑着担子走个几十里，我给你报酬。"那穷汉答应了，随黄翁挑担而行。晚上，到了一家客栈住下后，那汉子勤勉肯干，办事照应，有条有理，夫妇二人很是喜欢，就决定买下他来。

后来，回到了长安，汉子就一直留在黄翁家里。每天他背着药袋子，跟随黄翁进进出出，这样过了一两年。黄翁家境日渐窘迫，夫妻俩叹气连连："钱袋子里所剩无几。用光这些，全家就要饿死了。"这个仆人在旁边听到了，就走上前去说："主人忧愁钱银，解燃眉之急的需要多少？"黄翁说："有五百千就够了。"仆人说："这也不算多。小人也许会帮助你解困。"

黄翁问："你怎么得到这些钱呢？"仆人说："我没什么本事，会点儿小把戏，可以办得到。希望您先在街市上租一处棚屋，买上两千好纸和笔砚、剪刀、瓦缶还有刍草等。"黄翁都给他备办好了。

第二天上午，仆人和主人一起来来到市上，坐进棚子里。那仆人只是用刀裁割那些纸。将近中午了，并没有一个人来围观。有一两个浪荡子过来看看，对仆人嗤之以鼻。仆人便用纸剪出一个人形，吹着气让纸人行走，还一边嘱咐着他："你到州府前的招提寺里上刹竿坐。"纸人随即腾空而去，高出路人一丈多。浪荡子追随纸人过去看，见纸人果真按照仆人说的那样做了。街市上的人无不惊骇。

一会儿工夫，街市上的人们都围拢过来，人挤人人挨人，摩肩接踵。仆人又剪了一个人形，对他说："你去刹竿上，叫刚才去的那个一起回来。"还是吹了一口气。纸人在空中缓缓而行，人群又追随他去了。一会儿，两个纸人果然携手而归。

这时，仆人叠撂起几百张纸，重新拿起笔来，对围在眼前的众人说："现在我在纸上画一道符，让笔意力透纸背。明年长安会闹瘟疫，拿着这道符，就能消灾祛病。请一道符只需五十金。不愿意的，就不要围观了啊。按照我说的把符浸到水里，不要做别的。"黄翁夫妇收受人们请符的钱币，忙得应接不暇。一会儿，仆人告诉黄翁："已经五百千了。"随后，仆人吹草，草里生出火来，光焰四射。仆人用瓦缶盖住火头，自己坐到火里去。此后，就不知道他去哪儿了。

第二年，长安果然闹起了瘟疫，只有拿着那道符的人避免了灾祸。

原文

皇甫道人言，昔长安有黄翁者，家粗赡足，自持药术，东走京师，流离岁月，扫荡几尽，复还故里。夫妇携持，不胜其劳。

道旁有一贫人，倚树而坐，似欲售者。翁曰："为我负檐数舍，即当报汝。"是人唯之，乃与俱行。晚泊抵店，勤渠整办，甚确法度。翁极喜之，乃售。

至长安，因而留焉，日使从携药囊。几一二岁，翁家计贫窘，夫妇悲叹曰："囊中所留无几，尽此阖门皆为饿莩。"其仆聆之，前进曰："主人忧中若是，所须几何？"翁曰："得五百千足矣。"言："此亦不多，当为主人求之。"

翁曰："尔安得也？"仆言："某无他能，有小术可以致之。愿于市场中，僦一棚栏，市好纸二千，笔砚、剪刀、瓦缶、刍茭各一。"乃为置之。

明辰，与主翁妇俱往，坐棚栏中。仆但以刀裂割纸幅，日将千（疑"千"当为"午"），寂无观者。一二浮薄辈而来嗤之。仆乃剪一纸人，以气吹行，且戒之曰："尔于州首招提中，上刹竿坐。"纸人即腾空而往，高人丈尺间耳，嗤者随去。果如其言，莫不惊骇。

须臾，人环合，肩摩足踵。仆复剪一纸人，又戒之曰："尔往刹竿上，叫前去者同来。"再以气吹行空中，冉冉而进。人复随之，果尔纸人相系而回。

仆悉迭纸数百重，持笔谓稠人曰："今书一符在纸面，使皆津透，来年长安疫疾，此符即能却除之。每道当丐五十金，不然幸勿顾也。洎符就所言，无复妄为。"主翁妇应接左右不暇给。仆乃告曰："已五百千矣。"遂以气嘘草，而草生火，光焰相烛，以瓦缶覆其首,入坐于火中,乃不知所在。

来年,长安果疫,唯有是符者免焉。

张都纲

柳州人张都纲曾经随船出海,风大浪险船沉没了。张都纲及数十人扶抱着船体的残木,漂流到一个海中之国。这里都是妇女,样貌装束很怪异。她们人多拥挤,粗蛮地打人致死,竞相大吃人肉,张都纲一直在祷告而幸免。女人们拥搡着他来到一间屋里,房屋的主人也是个妇女。这个女人关闭了门窗不许他出去。这样过了一年多。

一天,有人来报:"明天柳州张都纲府上要做天地冥阳大道场。特请女士们前往。"那女人应道:"尊期必达。"张都纲思念家乡亲人,向那女人诚恳地表达了回乡看看的热望,并答应还随她们回来。他再三恳请,终被允许了。张都纲被装到一个大布袋子里,一个女人揽着他的头扛在背上。一行人相继腾空而去。

过了一段时间就到了张府。她们落在屋顶上,张都纲悄悄窥视,确实是自己的家。只见家人聚集在一起,牵拽拥抚着悲泣不止。半夜里,法师要咏颂《净天地咒》。那些女人都避开了,张都纲在布袋中也随之轻声吟诵。最后,女人们留下张都纲就离开了。

张都纲在屋顶上呼喊不停,家人惊恐着辨别声音、细细打量,又怀疑他是鬼魂。过了一会儿,都认定是他。他来到庭院中,问是怎么回事儿。家人回答:"刚听说你的船沉没了,都认为你已经葬身大海,就给你献上了这么个庄重的道场。"

原文

柳州张都纲尝泛大海,风变弊舟,与数十人扶援顶盖,飘荡至一国。人皆妇女,形貌装束特异,稠杂争竞,抬裂人而啖之,独都纲哀祷而免。相与驱,遂别至一屋室中,见其主,亦妇女也,遂扃闭不使他出。经历岁时。

一日，忽有人来报曰："来日柳州张都纲宅，设天地冥阳大醮拜请诸女。"应之曰："俯期赴矣。"都纲自念必其家，乃陈悃愊，愿暂随往即还。至再三，方喏焉。遂贮以布囊，使一女揽其首而背之，相与腾空而去。

有顷，既至，皆伫立于屋颠。都纲暗窥之，果其家也。见家人环匝，一摄而哭。夜半，将召呼诵《净天地咒》，诸女皆走避。都纲亦于布囊中诵焉，女遂弃之而去。

乃自屋极呼叫。家人惊眈，孰聆声音，又疑其为鬼物也。久而辨释，询其家，曰："近传破舟，为死矣，为此荐严故也。"

王　仙

元祐二年（1087）十一月，在太平州芜湖县东门外做小买卖的王仙，因为去歙州很久了不见回来，他家人很担心。江淮一带，民间都很信奉巫术，大家就去求神明指点。那巫师明确说王仙已经死了，说他衣服不干净、棺材太狭小，让家属多做些对他有好福报的事，以便超度他。所有家人听了，没有不慨叹的，就开始筹备选择、进奉相关物品。第二天，王仙回家了，没有任何病痛的样子。

由此可知，邪巫歪术常常用灾祸吓唬、迷惑蠢笨的人，到处都是这样。这样的伎俩，怎么会干扰到聪明人呢？

原文

元祐二年十一月，太平州芜湖县东门小贾王仙，因往歙州，久而不还，其家忧焉。江淮间，民多敬信巫者，即往求之，其神具言已卒矣。叹其衣服不洁，棺椁狭小，令其家多为因果，以求超升之地。闻者不莫（疑"不莫"为"莫不"）叹异，方图荐拔。翌日，仙乃归，本无疾苦。

故知邪巫多以灾厄蛊惑愚下，比比皆然。岂预聪明正直之列耶。

蓬 莱

熙宁（1068—1077）年间，李秀才因屡试不第，就驾船出海，与靠海为生的人做生意了。

一天，在海上遇到风暴，他漂流到一座高山下，依稀听到钟磬之声清脆悦耳，不知道这是哪儿。他登山而行，山路蜿蜒，有石栏在两旁护佑，树林苍翠，浓荫满目。山路左边渐渐显现出一座寺庙，房屋殿宇都是玉石砌成，像是鬼斧神工。李秀才就来到庙门前，走过廊屋准备登上堂前台阶时，只见大堂中间有个僧人双足交叠在大腿上端坐着，在讲解秘法，身旁都是金带紫袍之人，好似翰林院、将相府的贵人。看见李秀才来到，那僧人说："本僧来了。"就请李秀才坐到了末席。

一会儿，讲经结束，那些贵人中的一个请李秀才来到另一处馆室。室内陈设颇有风致，那人的谈吐态度雍容娴雅，两人都感到有佳趣横生。李秀才问他世间诸事，贵人只是摇头而已。贵人把李秀才安顿到一间偏室中住下，就走了。李秀才问侍人："这是什么地方？"侍人说："这里是蓬莱第三岛。""刚才那个紫袍贵人是谁？"侍人说："是唐人裴度。凡人在世上，做到了功德圆满，姓名就在仙人这里入册了。他告别尘世后，就会来到这里。"随后，他数了几十个人的名字，都是古代的名士，近来的都忘了，没记住。李秀才又问："那个僧人是谁啊？"侍人没回答就走了。

李秀才就这样住下去了。一天，那僧人对他说："先生来到这里，我们实在是有缘啊，不能不让你看看。"就让侍人准备吃食，叫了两三个人同行，来到一断崖绝壁前。

这里是高峻大山的边侧，远处云雾茫茫，遮蔽了光照。沉沉暮霭中，有三座雄峰鼎峙，依稀可见有楼阁亭台耸立其间，隐约听到钟磬丝竹的悠扬之声。僧人带李秀才穿过宽广的圃园，品尝不同的药蔬，完全像是人间的样子，只是这里瓜果树木交错纷杂，都叫不上名字。

该回去了,僧人对李秀才说:"这里不适合先生久居。贫僧会助先生一夜清风。"李秀才请赐一些药草种子,僧人说:"不是我吝惜这些东西。只是如果人没有行德可报知,就算神明帮助你,恐怕也会由此种下祸根。"

李秀才便沿着来时路下山登船,果然得到希望的风助,一路扬帆归去。

原文

熙宁中,李秀才者,邅迍场屋,乃泛大海,与舶主交易。

夕遇暴风,飘至一山下,渐闻钟磬声清澈,不省何所。沿山行访,迤逦有石栏双引,林木青阴,道左现一寺舍,屋宇皆玉石镌刻,若化成者。遂造门庑,将登堂阶,见一僧居中,跏趺而座,讲解秘密。左右尽皆金带紫袍,如翰苑相府之贵。遥见李至,僧呼曰:"某来矣。"延之坐末。

有顷,会散,中一金紫人延于别馆,风韵雅丽,言论雍容,各有深趣。问世间事,摇颔而已,遂安处门侧一室中而去。李询侍人:"此何所也?"曰:"蓬莱第三岛也。""适紫袍何人也?"曰:"此唐之裴度也。凡人处世功行超具,名系仙籍,终还于此。"历数数十人,皆古昔名士,比忘不记。又问:"此僧何人也?"竟不对而去。

信宿,僧谓曰:"秀才至此,诚亦夙缘然,不可不观。"遂令赍粮三二人,与俱行,至一断崖悬壁。

竣立山之垠,云雾晦蔽。遥于昏霭中,有三峰鼎峙,依约楼台出耸。隐隐闻音乐声,穿道广阔,异品药食,悉肖人(疑"人"下脱"间"字)形状,果木扶合,名不可辨。

暨还,僧谓曰:"此非秀才久居,当奉助清风。"一夕,李丐药种数本,僧曰:"非惜也,但人无行德,可致海神固侍,恐因而为祸耳。"

乃寻旧路,登舟,果得便风,流帆而归。

张学究

相州安阳县村夫张学究,小时候就放牧或砍柴,早出晚归。他曾在山中一岩坳处,见到两个人在下棋,边上堆着一些银钱。张后生从早上就观棋,不觉已经快天黑了。那两人对他说:"脱下你的裤裆,装满三岁银钱,扛回家吧。"又告诫他:"不要说是从哪儿搞到的。明天,还到这儿来。"

等他回到家,父母疑惑这事儿。他随口一说,糊弄过去了。次日天一亮,这后生就直奔那山岩坳角处,那两个人已经在那儿了。他们给了后生两颗枣子让他吃。由此开始,后生就厌恶起荤腥,不喜欢闻异味。

又让后生核定闭门时间,后生也半夜就过去,家人阻止不了他。那两人高兴地夸他:"这孩子真讲信义。愿不愿意随我们云游啊?"后生答应了。这样,三人一同驾云升天,落在山峰最高处,没有人迹的地方。

住了几天,后生想念父母亲了,嘴上却不敢说。那两人看出他的心思了,说:"留不住他了,打发他走吧。"很快,后生感到脚下云彩在飘动,最后落在一个山坡上,已经是夜里三鼓时分了。天亮后,后生回到了家里。

从这天开始,后生只喝水,却能说出别人的悲喜祸福,身体奶香飘溢。有人恳请就拿手抚摩,随其所欲。人们都认为他是神明下凡。

两年以后,他身上的香气没有了,一下变得荤素不忌、酒肉如常。人们问他当初的情况,他茫然无所知。现在,张学究还活着呢,傻子一个。

原文

相州安阳县村氓张学究者,幼年童牧,间或樵采,自晨出暮还。尝于山之岩陬,见二人相对博戏,际积金帛。生自晨傍观,不觉日暮，二人顾谓曰："脱汝襦裤。"满填散金，使负还舍，戒之曰："勿言所得之处，翌日当复来此。"

逮归，父母疑难，生言其略而已。晨兴径往，二人果复在焉。因增枣子二枚，使食之。自是厌荤茹，不喜闻气味。

又勘合并县门，使无达明，生亦夜半往家，人不能禁。二人喜曰："孺子信矣，可能随吾游乎？"生唯之。乃同驾云而上，处山之巅，人迹所不到。

居数日，生中感父母，口不敢发。二人相谓曰："复不可留，遣之便。"须臾，足拇冉冉云动，坠于一坡上，夜约三鼓矣。迟明达家。

自是日，唯饮水，能道人灾祥，四体出乳香。人丐之者以手抚摸，随意而足。人皆神之。

后二年，香亦绝，忽荤茹饮酒。人问其始，憗然有所不知。今在焉，愚人也。

船山藏

五代时期，兵荒马乱，那些富商大户常常把家中珍宝扔到深山大泽中，免得为此遭受灾祸。那些金银珠宝太多了，久经岁月风雨，都变成离奇怪事儿了。现在建州浦城县的"船山之藏"就是一例。

船山上有红人、红马、白人、白马及牛、羊之类，前后左右，到处都是，动不动就能看到千八百头。金宝胡乱丢弃在那儿，稀稀拉拉铺撒着能长达几百步，而人却从没能从那儿获得过什么。山尽头处常有字迹隐隐出现在石壁上，山野村夫不认得的字有很多。后来有人捡到并记下了这件事："船山有一藏，或在南，或在北。有人拾得，富得一国。"

至今还留在那儿呢。异族胡人路过此山，都要先拜山再过去。

原文

五代离乱，兵革纷扰，豪商大贾往往以珍宝委弃深山大泽中，免罹丧乱，不可胜数。绵历岁月，乃成变怪。今建州浦城县之船山一藏是也。

山有赤人、赤马、白人、白马、牛羊之类，左右罗列，动以千百数，杂陈金宝，长曳数百步，而人未有得之者。山之垠，常有字隐隐出于石间，村氓不能辨书者多见之。后有人见而记曰："船山有一藏，或在南，或在北，有人拾得，富得一国。"

至今存焉。胡人过是山，必拜而去。

谣谶

人受制于福气，命运有泰达与违拗之分，遭遇有顺通与困顿之别，事体有吉祥与凶险之异，所以，即便有山川的福佑，也会把人生的憋屈与顺达、时运的志得与失意，通过某些征兆预示将出现灾祸或吉祥，这是能够总结归纳出来的。

徐铎是个兴化军人，住在朝京门外。在他没有中第的时候，曾有谶语流传："拆着屋，烂着椽，朝京门外出状元。"他马上就要高中了，那间果然坏了。

黄裳是南剑州人，家住龙沟。他没中第前，也流传着谶语："掘龙沟，出龙头。"黄裳中第后，那沟果然被疏浚了。此前，有夜降五彩天花的，天亮时仍看得见。

兴化军有壶公山，古有谶语道："水绕壶公山，此时方好看。壶公山欲断，莆田朱紫半。"蔡君谟在此兴修水利灌溉农田，引水绕壶公山，此后，中第的比以前还多。继续凿山疏河为民兴利，后来在朝中做豪官重臣的，有好几位。

原文

人役于造化之中，于命则有穷通，遇时则有否泰，在物则有灾祥。故虽山川之镇流，亦有因人之穷通、时之否泰以兆于灾祥者，可得而考矣。

徐铎，兴化军人也，家居朝京门外，未第时，有谶曰："拆着屋,烂着椽,朝京门外出状元。"铎将第,而门果坏。

黄裳,南剑州人也,家居于龙沟,未第间亦有谶曰:"掘龙沟,出龙头。"裳将第,而沟果修竣。前此有天花五色夜降,至晓犹存焉。

兴化军有壶公山,古谶曰:"水绕壶公山,此时方好看。壶公山欲断,莆田朱紫半。"蔡君谟兴水利,灌民田,引水绕壶公山,而登第者于前为多。继兴利者,凿山而浚通,遂于朝廷间朱紫者数人矣。

预 兆

本家府中的宝文没考中时,遭逢家中丧事,自吴地护送先祖回闽中,要在浦城昭文乡占卜相地用来埋葬先祖。后来,虔州一个擅长看风水形势的阴阳术士叹道:"此地三五年之后,会出一个状元公卿。现在龙首山已经看见了。"

在这山口上,有一条大河,村妇张氏用许多石头垒了一座堤坝,横卧在河流与山野之间,河水在堤坝内澎湃汪洋。人们都说河堤有如磐石一般牢不可破,即便洪水滔天,大堤也绝不会崩塌。这个术士又说了:"张堤崩突,状元方出。"人们没有不嘲笑他的。

过了一年,宝文在府中得到高中的喜讯,张氏堤也溃塌了。众人才认为那术士的预言很合乎实情。

徐县前山里出现了五彩云气,一个月也没散去,随后,是狂风大作,飞沙走石,树木被连根拔起。占卜者认为是吉兆。第二年,宝文科考夺魁了。

嘉祐(1056—1063)年间,宝文寄居苏州外祖张家的园斋思古堂,垂下红色的堂幕,与一些学子辩论文章义理。一天,他要返乡看望父母了,天上惊雷闪电响作一团,暴雨冰雹倾天而下,所有人都惊骇不已。忽然,一声霹雳从大堂屋脊传来,很快,天就放晴了。回来开启窗户望去,寝房前壁的大柱上,天龙缠斗时锋牙利爪留下的痕迹还在呢。

宝文年轻的时候喜欢写大个儿的字,研习古法深入扎实,常常有很大的笔放在书案上，心中酝酿好了笔意，便挥起如椽巨笔，墨舞飞逸，出神入化。盛夏时节，他常与表弟黄磻叟一同到阊闾山的古寺里休憩，运笔写字之心有了灵芝瑞草的精韵，再写出的字，舒卷如花，秀美芬芳，也氤氲着先前灵符所赋予的祥瑞之气。

宝文到州府参加科考，列于西廊屋。御药李舜举那时刚刚到职做内省巡案官，从来没见过。两人见面揖礼，侃侃而谈，态度雍容和雅，契合程度超越常人。后来，宝文到省里参加乡试，又赶上李舜举是巡案官。李舜举非常高兴道："章家的后人又在这个位置，今年的大好事不是你的是谁的呢？"

来年春天，廷试考罢，宝文果然高中状元！有人就这事儿问李舜举时，他回答道："我没有做什么勾当。此前我在梦里听说，有黑龙坐在西廊屋某间某位。我默默推想，那就是宝文先生啊。省试、殿试都是这样。所以，我知道今年的状元非他莫属。"

宝文殿试考罢，常常会有一个梦，梦到天门大开，一只飞龙降落。宝文奋力跨上龙身，直至龙头之侧。有人喊："龙项之下有龙鳞万不可触。赶快攀扳龙角坐稳。"宝文听从了，随即飞龙腾空。宝文这才醒了。

原文

家府宝文未第时，丁内艰。自吴门扶护先祖归闽中，于浦城昭文乡上相里，卜地以葬。后有虔州阴阳流，善观山水之形势，乃叹曰："此地过三五年当出状元公。"即今龙首山，已现矣。

山之口有大溪焉，村人张氏用石为堤，横亘弥漫，咸谓若磐石之固，虽洪水浩荡亦不可坏。时阴阳者又曰："张家堤坏，方出状元。"人莫不笑之。

后逾岁，宝文府中荐名，张氏之堤已坏，众以其言渐合符节。

徐县前山中现五色气，逾月不散，大风鼓荡，走石拔木，占者以谓吉兆。再岁，宝文遂魁多士矣。

嘉祐中，宝文寓姑苏外族张氏之园斋思古堂，垂绛幕，与诸生辩论。一夕归宁，大雷电雨雹，咸皆惊惕。忽闻霹雳声起自堂之颠，少顷即晴霁。暨还启户,乃于寝室前壁柱间追龙耳,爪牙之迹存焉。

宝文少好书大字,深探古法,常有椽笔极大,置于几案,寓有意,则挥洒飞逸,造极神理。盛暑中,常与表弟黄磻叟同憩阖庐山寺。于笔之心,有芝草生焉,盘屈若花,亦先符之瑞也。

宝文赴府试,列于西庑。御药李舜举,时方茌内省为巡案官,素未之识也。忽至,相揖,雍容而语,厚加异待。暨至省中,舜举复为巡案官,尤大喜曰:"章先辈复在此位,今岁大事,非公而谁?"

来年春,廷试罢,果登魁甲。因诘讯之,舜举曰:"某非为佞也。前得梦西庑,某间某位有黑龙坐其上,默数之,乃公也。省殿皆然,故知大事属于公耳。"

宝文殿试罢,常得一梦,梦天门开,一龙降焉,奋身跨之及项。傍有人曰:"项下有逆鳞,何不攀角而坐。"遂从之,乃腾踏而起,始寤。

灵平埽

熙宁十年(1077)秋,黄河从曹村下游的埽工决口。皇上哀怜百姓,宵衣旰食,食不甘味。次年,改年号为"元丰",带足六畜、金玉等物品,到黄河边祭祀,这样的景况是第一次。参加筑堤的挑夫劳役者不下十万人。堤坝修成,纵贯十四里,皇上为河坝赐名"灵平",为其立庙称"灵津",感谢神灵的祐助。堤坝合龙之前,皇上忧心忡忡,主持工程的大臣频频往通急报,临时急征民夫,调集境内各处的护堤兵卒,还请临郡增援。谕旨言辞恳切,民夫吏卒竭尽全力修堤筑坝,做了多重梢料、苇秸和土石与多层丝网粗布捆束结实,投放到堤坝加固筑牢。

四月三日,堤坝合龙,水势稍稍退去,堤坝下方仍有潜流暗涌,大堤就像浮漾在水波之上。所有人放眼四望,都不知道是怎么回事儿,皇上为此焦虑不安。一会儿,有一条红色的蛇又到了一处埽工之上。有护河官吏把它放到盘子里,做了一番祝祷就把他放了。蛇去后,壅塞的河水渐渐开淤了。

原文

熙宁十年秋,黄河大决于曹村下埽,上哀悯元元,为之旰食。明年,改号元丰,以牲玉告祭于河,乃首事焉。楗作者无虑十万人,堤成,亘十有四里,诏命埽曰"灵平",立庙曰"灵津",推功于神也。方天子忧埽未合,主者数以疾置闻,请调急夫。尽彻诸埽之卒,又调旁郡,诏旨切责,吏卒毕力。又为重埽九绊而夹下之。

四月丙寅,河槽合,水势颇却,而埽下伏流尚浸溃,堤若浮寓波上。万众环视,莫知所为。天子以为忧,俄有赤蛇游于埽上,吏置于盘,祝而放之。蛇亡而河塞(疑漏"解"或其他字)焉。

陨 石

治平三年(1066)正月十九日,常州有人听到天上有打雷一样的隆隆声,有人说不是打雷。太阳升起很高了,天空澄澈如洗,忽见有个火炬一样的巨星,伴随着声音从东南向西北飞去。很快,声音没了,光也不见了。它消失的地方什么也没有,只有很少的云烟正悄悄散去,也没有打雷。

十天后,有个宜兴百姓拿着一块小石头来见太守,说:"那天,有陨石从高空坠落到小人村里许公门外,声音震人心魄,一两里外都能听到。小人和村里人惊惶地跑过去看,那地面上似乎还有光亮。大家挖地三尺才挖出了这块石头。拿在手里时,还微微有些热度呢。"

太守把石头拿过来细看,有十两重,歪斜不正,似乎有金铁之质杂于其间,并没什么特殊之处。

类似这样的东西,颍川郡的落星观里收藏有大小好几块,像石头又好似不是石头。据说,这些东西当初坠落的时候,也是有声且震动不小、光芒四射。现在还在那观里存着呢。

原文

治平三年正月十九日,常州人闻天上有声如雷,或者曰非雷也。

日出已高，天色澄净，忽有星如火炬，自东南飞流西北，有声，少顷而止，光亦随灭。灭处不见有物，但少烟气稍稍散去，非雷也。

居十日，宜兴人有持一小石来献太守者，云："是日，有石陨县之仆村许公门外，其声魄然，闻一二里。某与里人惊走，而视地上，犹仿佛有光。相与掘地，深至三尺，乃得此石，而置之手中，尚觉微热也。"

太守取石以视，可重十两许，欹斜不圆，微杂金铁，无绝异者。

颖川有落星，观大小数块，大概若石而非石。传闻始坠时，亦有声震动，光芒辉赫，今尚在焉。

黄鹤楼

鄂州的黄鹤楼，高耸在大江之畔青山之巅，饱览山水之盛景，实在清雅绝伦。前两年，一个守关老卒夜里失眠，起身来到黄鹤楼前。此时，风静天青，明月澄澈。他忽然看见有两三个人走在寂静的山里，他们的木屐发出分外清脆的声响。老卒疑心遇到了鬼，看久了，又觉得就是人。那几人谈笑自若，敲打山石，铿然作响。叩打多次后，忽然有门打开了，他们就进去了。

山中云霭飘拂，夜色晦暗，报时的滴漏将尽，已听到了几声雄鸡的鸣啼。那几个人从石门中出来了，老卒上前叩拜，表示愿意追随左右。那几人笑而不应。有一个说："你是肉骨凡胎，没法跟我们在一起。"老卒就说因贫苦绵延无尽，想得到资财以平安度日。那几人就指着不远处一个高而突出的地方，那里有块闪着金光的石块，说："给你那个，足够你供养家小了。"老卒惊喜地奔过去。那金光石块重到他没法扛到肩上。

老卒把金光石块运回家里，只见它奇彩四射，满室生辉。邻里争相来看。有人把老卒告官了。在衙门里，官老爷看那金光石块，似石非石，似铅非铅。

不认得的就是仙物吗？当真不是仙物吗？老卒的奇遇，实在是遇上就如同没遇上啊！

原文

　　鄂州黄鹤楼，览山水之胜，诚为清绝。顷年有抱关老卒，夜偶不眠，起视楼前，天净风寂，明月澄淡。见三二人着屐，声响空山中。疑其为鬼物，熟睨之，又疑其为人也。语笑自若，叩山之石，其声铿锵然。三叩而门忽开，二三人者自门而入。

　　烟霭冥晦，漏尽鸡数鸣，复自石户而出。老卒再拜，且愿执事焉。皆笑而不答，其中有答者曰："汝骨凡俗，不可茬吾趋属。"因告贫困，欲得资赇济世，遂为之指山石崭嵬中一金曰："与尔，此可以赡足。"老卒惊喜，重不可肩。

　　得之归室，光彩贯焉，人争窥视。诉讼入公庭，视其金，似石非石，若铅非铅。

　　不识果仙耶？果非仙耶？老卒之遇，真所谓遇而不遇耳。

郁　公

　　我家九世祖为躲避黄巢造反之乱，从洪州武宁迁徙到建安蒲城。七世祖时，是王审知、王闽中的属下，任高州刺史、检校太尉。伪唐李氏兴兵杀伐之际，太傅率兵抵抗，同时派遣两个小校去向王审知大人求援。二小校耽误了救援之事，太傅打算处死他俩。太傅夫人练氏为两人说情，道："乱世之中，人不可能什么都了解并做到周全。还是责令他们到时候戴罪立功吧。"那二人得以保命。后来，他俩一同投奔了伪唐李氏。

　　稍后，其中一个叫王建封的，率伪唐兵打算屠城建安。当时，太傅已经殉国，夫人尚在建安城里。她暗中送出一封密信给王建封。那王建封感念夫人当初的恩德，攻下建安后，保全了百姓。人们都认为我章氏家族要慢慢兴旺起来了。章家历代世族接续绵延，到了我叔祖郁公时开始兴盛，真像人们预期的那样。

　　郁公没出生的时候，邓国的太夫人梦到自己登上山峰，被神人尊礼相待，贵宾满座。神人授予她玉质雕像一座。她一高兴，梦醒了。郧公生下来之后,太师密公梦到相士向他叩拜时,旁边有人说:"相者在拜高官啊。"二老曾作诗勉励郧公:"吾家累世多阴施,今日青云岂假梯。"后来,果然如此。

闽江南台古传沙合主掌相州,郧公入主西枢时,沙合已升为州,做宰执高位已是必定的了。郧公刚做省郎的时候,杨文公为其筹划拓展前程,对郧公说:"少说话,是当官的要诀。"举荐郧公辅佐仁宗皇帝治理天下。郧公清正、忠厚、恭谨、廉洁,柔和对待一切,人人钦敬。文公所说的他全都做到了。

原文

吾族九代祖,避黄巢之乱,自洪州武宁徙于建州安浦城。七代祖事王审知王闽中,为高州刺史、检校太傅。伪唐李氏举兵来伐,太傅将兵御之,遣二校求救于审知。失期将戮以徇,夫人练氏请赦二校,曰:"世方乱,人未易知,当责以后功。"二校得以脱去,而仕伪唐。

后时一校王建封者,为李氏将兵,议屠建安城。太傅已捐馆,夫人犹家城中,潜谕一言,建封怀旧德,降其城而完其民。人知吾族之必大也,历世衣冠,遂相推绍,至叔祖郧公而始盛,如人之所期矣。

郧公之未生,邓国太夫人梦陟山巅,礼高广坐,授玉像一,既喜寤。郧公之始生,太师密公梦相拜者(疑"相拜者"应为"相者拜")于前,傍有人曰:"相而拜,台辅也。"二尊尝为诗以励之,曰:"吾家累世多阴施,今日青云岂假梯。"已而果然。

闽江南台,古传沙合者出相,郧公之入西枢,而沙已愤(疑"愤"应为"坟"字)为州矣。既正宰席,乃大固焉。公方为省郎时,杨文公亿属广坐,谓公曰:"希言当为贤宰相,推公之辅。"仁宗皇帝妥安天下,清忠肃艾,万邦以揉,而人克服,则文公之言至矣。

傅大士

钱塘龙山伽蓝寺里,供奉有傅大士真身,由于我目睹了大士的遗物,所以应该记下来。

藕丝般的丝线织成的弥勒内院图一幅。那种精妙的技法完全出于自然本性。可惜年代久远,有所破损,看它时如同在云雾缥缈间。王补之认为作图之功非鬼非人。依我看来,毕竟不是人力能做到的。叩门槌一只。所谓能叩开九天之门的,就是这个槌子。槌子并不硕大,也没什么特异之处。铜钟一口,击打它时,它的声音回环缭绕却并无清越之感。音质似铜非铜,像铁又不是铁;妙光檀香枕一只。人若是有疾病,从它上面削下一小片煮水饮用,那病没有不转好的;笔架两具、砚瓶一只,都是陶器,工匠制作的。还有,大士曾在此吃斋,所剩的饭食、菜蔬丢弃在山上,都成了化石。如今有两种,白色的,是饭化石;青色的,是菜化石。至今都能辨识出当年的样子,可以考证的。

圣人用真身显化,或出现,或隐没,是随世人的缘分深浅,何况物品呢?对于这种情况,人往往不去推究本心,只是拿蕴有异常之义来看待,实在是物界运化的啊。

原文

钱塘龙山伽蓝中,有傅大士真身在焉,因观大士之遗物,可得而纪矣。

藕丝织成弥勒,内院一,其巧妙法度,出于自然,惜其历年,如在仿佛之间耳。王补之以谓其功非鬼非人,以予观之,故非人力之所能为也。叩门槌一,云:叩九重门者,乃此槌也。不甚昂大,亦无特异者。铜钟一,叩之其声杂沓,然无清越声,似铜而非铜,若铁而非铁。妙光檀香枕一,人之有疾病者,剽其香煮汤饮之,其患未始有不差者。笔架二,砚瓶一,皆陶器,木朴之所为。又大士尝斋,余遗饭及蔬茹于山,皆化为石。今有二焉,白者饭石也,青者菜石也，尚能辨其形迹，可考证之。

圣人以身显化，或出或没，随世之缘，又况于物耶？人之于此，不原其心，特有异以待焉耳，诚物之所化也。

黄　鉴

黄鉴学士七岁时仍没有开口说话，他的爷爷很疼他，就说这孩子不开口是种风骨之美，将来他终会光耀门庭，对他现在的不开言不应该有疑虑。爷爷带黄鉴出行，每每遇上风物奇景，都要述说名目，将其事理，亲手指点教导，但黄鉴始终不能说话。

一天，爷爷又对他说："杨文公小时候也是不讲话，他父亲就说：'后院梨落篱，神童知不知？'那文公突然出口成章：'不是风摇树，便是鹊惊枝。'孩子你如果也是杨文公那样的风华情致，为什么不说话呢？"黄鉴依然没出声。又一天，爷爷带着黄鉴到了河边亭子里，放眼四望，吟道："水马池中走。"重复了多次。黄鉴忽然答对："潜龙梦里惊。"爷爷大喜道："我知道这孩子不一般哪！"黄鉴从此就说话了。

后来，黄鉴的才能渐渐外露，只是因为不能屈身在低僚小吏之中，便云游四方去了。

原文

黄鉴学士，生七岁而不言，其祖爱之，以谓风骨之美，当大吾门，不宜有是也。每遇景物，必道其名，达其理以指教之，然终不言。

一日，又谓之曰："杨文公幼不言，文公之父因告之曰：'后园梨落篱，神童知不知？'文公忽发声对曰：'不是风摇树，便是鹊惊枝。'汝风骨若是，何为不言？"鉴竟不对。他日，又携于河亭之上，顾谓之曰："水马池中走。"凡三告之，鉴忽对曰："潜龙梦里惊。"其祖大喜曰："我知此儿不同矣。"自是而言。

后，鉴历清显，然惜乎不能致身于禁掖侍从之间而亡命矣夫。

高僧志

普照寺的归诠大法师,生于真定府永安郡,十八岁时,从金牛怀忠禅师,成人后世情练达,理畅情通,河朔一带的百姓对他礼敬有加,奉若神明。但凡归诠法师外出,士人百姓一定壅塞道路,拦路要求他接受谢忱的,动辄数百人。

元丰二年(1079)十二月十九日,归诠法师盥洗右肋时辞世。七天后,郡中为法师办斋礼,用膳没有完,定武郡丞派遣副丞燃着香烛来拜。仰卧的法师忽然坐了起来,双足搭在大腿上跏趺而坐,神态安详,就像平时一样。

法师小时候,有个僧人向他母亲化缘,母亲给了他一些粥食。僧人指着法师对他母亲说:"这孩子若是出家,可以成大法师。"母亲随即叩首致礼。忽然间,那僧人就不见了。后来,归诠法师曾到栾城讲经,有人见到法师室中有神光闪耀,如五彩祥云,笼罩法室久久不散,最终神光落下,归到法师怀里。如今,法师灭度,远近百姓徒子都来瞻仰,大都是想看看五色舍利而已。

还有,衢州有个"猪头和尚",常像风一样在街上狂走不停,喜欢吃猪头肉,屡屡在街市上向人们讨要。人们一开始笑话他,后来就习惯了,时间越久,就越不觉得怪异了。

一天,猪头和尚安然地探访一座寺庙,要求升法座,便跏趺而坐化。他留下一首颂文:"顶门一只眼,照破四天下。除却涅槃时,其余惣是假。"又写道:"猪头千片,不尝一个。"州中百姓聚集到一起为他颂祷。

几天后,有个一向给他打理衣袍的老尼姑来到大殿前痛哭。猪头和尚忽然睁开了眼睛大笑,众人都惊异不已。有个与和尚交往最深的官吏,听说和尚曾经复生,便建造了一座寺庙,还抱怨他不能托生再返人间。和尚说:"不应该这样啊。"便闭上眼睛仙逝了。而今,重塑他的真身还在呢。

原文

普照大师归诠，生于真定永安，年十八，师事金牛怀忠禅师，骨骼成而通理达性，河朔归之。凡将有所适，士人踊跃，塞道横经，受供者常数百人。

元丰二年十二月十九日，盥洗右胁而逝。后七日，郡中为师致斋饭，食未讫，定武有遣介燃香来者，师忽从卧起，跏趺而坐，形色安静如平生。

师孩童时，有僧丐饭于师母，母取浆以馈。僧指师谓母曰："此儿应出家，为大法器。"母拜稽首，忽失僧所在。尝讲于栾城，人或见师室中有神光，如宝色灯云，环室三匝，卒堕师怀。师之灭度，远近纵观，皆即肉得五色舍利焉。

又，衢州猪头和尚，尝若风狂，走街衢中，性嗜猪头肉，多丐于市人。人始嗤之，既见习之，久亦不以为怪，莫知其异也。

他日，辄过僧寺，求升法座，乃跏趺而逝。留一颂曰："顶门一只眼，照破四天下。除却涅槃时，其余总是假。"又曰："猪头千片，不尝一个。"州人环集归礼。

后数日，有老尼者，素与师为袍服，乃至座前大恸。师忽开目大笑，人皆惊异。时有官吏，与师最相知遇，闻其服来，遂造寺，且责其不能颖脱。师曰："不当若是耶。"遂瞑目而终，今塑其真身在焉。

金龙砚

在歙州有一户姓汪的，早年家中贫困，生计艰难，父子经常到山里去做工，与满眼的山岩为伴，编制草鞋，贩卖为生。白日里常常看见一块巨石上有红光冲天，夜间则黄气弥漫蒸腾，大家都慨叹不已，也不知道是怎么回事。

有人梦到一个白衣老人对他们说："我替你们守护这宝贝很久了。你们可要尽早发掘它呀！"第二天，做梦的人讲了这件事。大家商量好，就立即凿碎了巨石并向下挖掘，最终挖出了一个匣子，匣子里面有一颗石头蛋蛋。大家把石头蛋蛋揣在怀里带回了家。

家人把这颗石头蛋蛋放到屋里,到了夜里,它就会光芒四射。大家都很喜欢它那温润的质感和光泽,希望找到出色的石匠把它琢磨成一方上好的砚台。第二天一早,刚好有个老人家登门请求为这家人制砚台。砚台做成了,内中有一条金色的蟠龙,首尾虬曲,栩栩如生,精美异常。

从此,汪家的家势运道日益好转,令人艳羡,后来还有不少人入朝为官呢。

原文

歙州汪氏,家始贫乏,不能自给,父子多入山陬,坐磐石结草履以为业。常见石上有红光亘日,夜则黄色充塞,深相疑叹。

乃梦一白衣老人告曰:"我为汝守此宝弥久,可早发之。"他日议定,即碎石,深探得一匦,匦中有石卵一枚。因怀而归。

置所居室中,夜则光芒交射。爱其润泽,欲求善匠治具为砚。翌早即有一老人造门求为之,中有化成金龙,盘屈宛美。

自是,家业日益增羡,间有衣冠出焉。

善 报

内殿的崇班毕周臣,曾经对我说过万事有福报的事。过去,他在陕西水西石壁寺里,闲暇的时候常和同伴下棋。一天,山里忽然传来隆隆雷声,声音足以震撼到几里之外,人们都惊恐不已,不知道这雷声是来自哪里。很快,发现山中有个地方开裂了好几丈宽,深坑里面有块大石头,有个僧人神情自若地在那里安然坐禅。这个巨大的天坑,奇香弥漫,引来十里八乡的人们争相围观,一睹奇景。那个僧人披的袈裟,看上去十成新,很快就化作微尘,随风飘散了,那僧人的四肢依稀有裂纹,仔细看,从头到脚的皮肤下面,全都没有骨头没有肉,都是五次斑斓的舍利。

宝书上说:在河东时,遇见过两件很蹊跷的事儿。在太原府的时候，城中有一匹白马，绕着城墙走了三天，没人能够牵住它，忽然就死在当街上了。官府按常规剥了它的皮，有不少舍利。就赐予了几十颗，大小不等，像卵石那样；还有一个小卒，一心向佛，天天持经诵读。有一天他死了，火化他的时候，发现他的颈骨有十六节，像罗汉的样子，眼睛眉毛都不缺。

原文

　　内殿崇班毕周臣，尝谓予言感应之事。向在陕西水西石壁寺中，乘间与同僚为茶会。一日，西山忽然有声若雷震，响数里，人皆惊扰，不知所之。因见山裂数丈，现出一石坎，内有一僧，若禅定者，异香馥郁。观者如睹，所披之服，宛然若新。顷皆化为轻尘，四肢微微有坼文，细睨之，头足皮肤中悉无骨与肉，皆五色舍利。

　　先宝文云，在河东时，亦睹三事（据文意当为"二事"）甚异。在太原府日，城中有白马绕城走，及三日不可拘系，忽死于正街中。官吏依常剥纳，皆有舍利，因赠予数十颗，大小不等，如石卵状。又有一卒，素好善，日夜常持诵经。一夕卒，火化之，视其项骨有十六节，若罗汉状，眉目悉皆完具。

卜　祝

　　元丰（1078—1085）年间，中书省一个小官吏袖子里藏了一枚黄牒出了城，很快就消失了。念及严重违反条律，中书省派出调查人员四处寻找，但凡遇到那些会占卜算卦的，都会上前打探一番。有人说："那李翼精通术数，会仔细讲说福祸，实在值得去拜望。"这官吏就去寻访李翼。

　　这个官吏向李翼仔细讲了事情的原委，李翼排布内外象好一阵子，对他说："明天，他会从西门出去，走上三里，就向东转，再大约走上一里，一定高声大哭，并继续向前走，看到一个正在杀戮的家庭，可以问问邻居有没有算卦的人，就会找到的。"并教给他掐算秘诀。

第二天，这官吏就出发了。从西门出，继而向东，果然走了一里多。官吏心生惶惑，再看四周，荒坟遍地，不觉悲从中来，凄然泪下。曲曲折折走着走着，看到有一两户人家，确实是屠户。他就问附近的邻居，打听到有个王翁，在周遭左近能够画占卜卦，但他得风湿病已经很久，不能再像从前那样卜卦了。那官吏很疑心他并非如此，再三叩请，让这邻人转达自己恳请拜见之意。

见了面，王翁笑着问："您是怎么知道我在这儿的？"官吏奉上几十千大钱，王翁这才说："前几天，我的老伴去曹门街，见到一个挥着袖子走在街上的人，混在人群中，在怀里揣着一块黄牒。她就回来了。我正要进城派人买那黄牒回来呢。"

那李翼大师占卜之精准，竟能到这种程度。

原文

元丰中，有中书吏人袖黄牒而出，辄失之。虑蹈州宪之重，无所不加求探，凡卜祝之有符应者，未尝不询考焉。或者曰："李翼精于六壬，详味灾福，深不可尚也。"吏遂访之。

具道其事。翼分布内外象，有顷，告之曰："来日当自西门而出，行及三里，即转东去，又约至一里，必发声大哭，更当前去，见屠杀之家，可访邻比，有书算者，必得之。"遂受其指决。

翌旦往焉。自西门出，即之东方，果及里余。吏忧中惶惑，复视荒冢累累然，不觉哭泣。迤逦见有一二家，诚屠解者也。询其左右，得一王翁焉，于乡社间能书画操算，但久年风疾，不能覆耳。吏愈疑其非，再叩之，令转达是意。

王翁者笑曰："何以知在此耶？"丐之数十千而得之，且曰："日前老妻至曹门街，有挥袖而行者，于稠人中委一黄牒于怀间，因得而归。方欲入城，使人购之。"

其卜祝之精，有如此者。

失 明

太平州芜湖县吉祥寺有个楚暹和尚,出家前俗姓石。嘉祐二年(1057)清明节,一下子就双目失明了。从此,他诚心发誓,每天在斋粥前默诵《金刚经》十卷,习惯成自然。到熙宁六年至日后的第二天,右眼忽然就看得清清楚楚了。现在还在世,七十二岁了。

还有个老太太,也是眼睛瞎了。有人给她诵读《观音经》并教会了她,说:"观世音,南无佛。与佛有因,与佛有缘。佛法相缘,常乐我净。朝念观世音,暮念观世音。念念从心起,念佛不离心。"老太太恭恭敬敬地诵读,从没有一天停止。很久以后,双眼复明如前。

原文

太平州芜湖县吉祥寺僧楚暹,俗姓石氏。嘉祐二年清明节,辄双目失明。乃发诚心,日于斋粥前默诵《金刚经》十卷,率以为常。至熙宁六年冬至后二日,右眼忽然明澈,今尚在,甲子七十二矣。

有老媪亦患瞖疾,或者诵《观音经》以授之,曰:"观世音南无佛,与佛有因,与佛有缘。佛法相缘,常乐我净。朝念观世音,暮念观世音,念念从心起,念佛不离心。"媪敬诵,未始一日废。弥久,目亦复故焉。

原 分

代州大石寨的兵卒杜庆,是要到州府报告。路上,他看见山头上有两个红色的东西在纠缠搏斗,形状是圆形的而且有光芒,他就驻足观望。一会儿,其中一个好像斗不过了,坠落在山下的一条小湖里,那光芒两次腾空而起。杜庆心有不解走近察看,见只有两三只小蝌蚪在水里游弋。他就捞起它们来,用衣角捧着,回到寨子里。再看时,变成了一块金子。

杜庆原本喜欢博弈赊当，就到街市上去给那块金子作价。市上的人们给那块金子称重时，有的显示重，有的显示轻，分量不一，也不知它到底分量几何。玉石，杜庆就当给了一个俗姓邢的僧人。

没两天，这僧人把它搞丢了，那块金子飞到了义兴寨一间仓库壁上的小洞洞里。守库的小吏士卒都很好奇，竞相传看，细细把玩。上面刻有一行字："大石寨出军兵士杜庆金。"

这时，金子虽然到了库房里，但人人都在说这件奇异的事。杜庆听说了，就找到义兴寨，对守库小吏说了事情的原委。小吏就把金子还给杜庆了。

侍禁官吴敦礼，曾担任德州平原郡的榷酤。一天，他的家人看见天上有一个青绿色的东西，像一匹布帛展开了好几张长，要坠落到庭院中。大家担心它是不祥之物，都向它呵斥喊叫。那东西就又升腾而去，依稀好像有头有脚似的。有个孩童在游戏，投掷、跳跃，玩得正欢，他朝空中扬手一挥，像是要把那东西抓下来，结果得到了二十五金。那青绿色的东西又到堂屋偏房边上，围着一棵大树一连盘旋了好几圈，发出一通声响，腾空而去了。三天后，这棵大树下，依稀听到有人搬弄钱币的声音。

有个坐月子的女人听说了这件事说："市上有个姓赵的家里有条金龙走失了，就是这个吧。"

安素军中有个姓朱的，家中一向拮据。一天，一个巡警小卒对他说："长官发现什么预兆了吗？前几天我看见有大车载着财宝进入长官家中，东西数不胜数。我觉得此前一定有祥瑞的征兆显示。"姓朱的起先百般推说断无此事，后来又谢那小卒说："还真的是确有此事。这几天，我真的看到金银玉帛堆得满屋满堂到处都是。"他打算拿出几万金给那小卒做封口费。那小卒推辞说："我要是有福报，福报自会到我家，几万金算什么呢？我要是没有福报，即便接受了你的赂金，又怎么会安心享用它？"就这样辞谢而去。

从此后，这个小卒家里逐渐兴旺发达起来。粗兵鄙卒之中，也有这样的明白人啊。

原文

代州大石寨卒杜庆,缘应报入州,道中见山之巅有二红物相搏击,其状圆而有光芒,因竚而观。有顷,一物如势不胜,坠于野水中,光彩两腾贯。庆疑而视之,唯有二三科斗中焉,遂取之,系于衣裾间而回。至寨中,乃金一块耳。

庆素好博易,遍往酤价。市人秤之,或重或轻,多少不能一辨,遂质钱于僧邢氏。

他日,是僧失之,飞往义兴寨仓壁间一龛中。官吏异其事,细相传玩,上有镌字一行,云:"大石寨出军兵士杜庆金。"

时虽入官库中,人皆传播。庆闻乃自陈,即给还焉。吴敦礼侍禁,尝任德州平原榷酤。一日中,家人见自天有一物青绿色,若曳数丈缯帛,将坠于廨庭中,疑为不详,皆叱唾。其物即复腾去,仿佛有头角状。一见童掷跃,以手空中探取之,得二十五金焉。又于廨舍后庙侧,绕一大木三匝,戛搏有声而起。三日中,是木下闻若人般挈钱声。

有收产蓐妇云:"市中赵氏家失一钱龙,极忧之。此是也。"

安肃军朱氏,家素贫乏。他日,巡警卒为之曰:"长史有何警兆?某数日为见大车中般载财宝,入长史宅中,不知其数,疑必有以先为祥报者。"朱氏始极拒其说,后祝之曰:"诚有之。近日为见金帛积满廊庑及堂阶间。"欲遗之数万,使其息言于人。其卒谢曰:"某果有福,即入某家,数万何为哉?某苟无福,虽受此赂,亦何由安。"竟不受而去。

自是,其家兴进。卒伍中有知分如此者。

胡用琮

江州太平观胡用琮双目失明了,就不再担任道正职务。他就在别人的搀扶下慢慢步行。经过了一个多月,按时服药,但也没见好转。

一天,下起了雨夹雪。有人说有个穷人嘴里叼着一根筷子,坐在道观门前台阶上卖墨，一寸墨售价一金，很少有人买。胡用琮叫人带他来到观门前，他就问那穷人说："你在这，怎么养家糊口啊？"那人说："我没有别的本事，每天卖墨的二三十金为生。今天赶上了雨夹雪，没法进城，就只好借贵观一寸宝地，可光顾的人太少了。"胡用琮很怜惜他，送给他五十金。从此以后，这样的情况成了常态，这个穷人再也不到城里去卖墨了。

有一天，天还没亮，这穷人忽然叩门告辞。门闩未开，双方隔着门对话，穷人也不对胡用琮赠送给他几十金的事表示感谢，只是说："我送给您一寸墨，请好好保存，随您的意愿想用就用。您的眼病若是发作，磨墨饮汁，就不再有苦痛了。"胡用琮问："您要上哪儿去啊？"那人不回答。胡用琮又问："您贵姓啊？"那人回答："我卖墨的牌子上就有我的姓氏啊。"说完，胡用琮还要问什么，发现门外的声音渐渐远去，不知道那人去哪儿了。开门一看，四下没有任何痕迹，仍然不知道他为什么如此奇异。

胡用琮心有疑惑，又担心那穷人不是一般人，便把那人留下的墨研磨了一分下去，把墨汁喝了，随即，眼睛明澈起来，能看到很远处的东西。

太守听到了这件事，感到不可思议，向胡用琮讨要剩余的那块墨。胡用琮很珍惜那块墨，就对太守谎称已经全部用光了。

也有别人得到那穷人所赠奇墨的，有病患的人喝了那墨汁都见效了。胡用琮研墨饮汁，不再求医问药了。

后人说，把筷子叼在嘴里，就是"吕"字（"吕"字，古时写作"呂"）啊。很多人都认可这个说法，推想那人就是吕洞宾。

原文

江州太平观道正胡用琮，双目偶失明，乃罢职事。尝令人引援而行，经历时月，勤服药饵，未有退证。

一日，天大雨雪，人言有贫者口衔一箸，坐观门阶砌上货墨，一金一寸，人亦稀售之。用琮因令人引行至观门，问之曰："尔在此，何以为养生耶？"贫者曰："我无他能为，日货墨，得三二十金为生耳。今日适当大雨雪,不能入城,遂憩此,而人少顾者。"用琮悯之,丐之五十金,自此日以为常,贫者不复市墨矣。

他日,未达明,忽叩门告辞。关键不开,相隔而语,一不以惠金为谢,但曰:"我遗君此墨一寸,请自保之,随意所欲用即用之,苟有所患,磨饮之,不复有苦矣。"用琮询之曰:"尔何往也?"贫者不对。又询之曰:"尔何姓氏也?"乃对曰:"我卖墨牌牓即姓氏也。"语讫,尚欲审问,渐闻声音远,即不知所在。启关无及矣,尤不知其异也。

用琮疑惑,又虑其非常人,乃磨墨一分许,饮之,目即觉明澈远视。

太守闻而异之,求其余墨,用琮内惜为宝,绐以尽饮之。

人亦有得其墨者,有患苦皆效用琮磨饮之,悉无凭焉。

后人曰:"以箸界口,乃'吕'字耳。"众多伏其说,悟以为洞宾矣。

叙　剑

代州大石寨外的湖里,常见有道光从水下上映,明亮通澈,人们都感到很奇特。后来,有人用丝线钓鱼时,钓到了一柄宝剑,他也没觉得有什么新奇之处,并把这宝剑当给了俗姓邢的僧人。

邢僧人用水淋在宝剑上,看清了上面有字:

>　　龙蛇神形,金石坚盟。
>　　劈风斩雨,利刃凌空。
>　　魑魅魍魉,何愁不清。

不知道这柄宝剑后来流落到什么地方去了。

京师襄邑县郊外有龙陈氏要装修宅邸,挖土时发现了一处坚实的地下建筑,那是一座古墓。挖开墓室探察,看到里面有一尊鼎,鼎里面有药,是红颜色的。鼎的旁边有铜瓶,瓶中有水,瓶旁边有一石匣,匣中有一柄宝剑,剑上有诗,写道:

>　　斩铁光刺天,杀马血飞溅。
>　　将军擎龙泉,横扫尽海晏。

后来，他因为把剑给人看了，还带出了一桩案子。

南剑州，五代时，天下大乱，盗贼四起，曾经有人用寺庙里的钟烹制肉食，并扔到寺外的小河里。后来，有人带着两柄宝剑渡过这条河，忽然，两只宝剑出离剑鞘，双双跃入河中。那人随即入水，但也没有找到。有人说，那钟与剑已经合为一体，出入相随，就到寺庙里去看。见到那两柄宝剑就立在钟耳边上呢。出来告诉别人，又招呼大家前来观看，只见有两条苍龙环抱着那口钟，众人惊恐，不敢近前。

直到如今，但凡刮风下雨或天气阴晦的时候，常常可以听到河里传出钟鸣之声。现在的"剑溪"，就是那道河。

原文

代州大石寨城外水中，常有光澈明，人颇异之。后有人以网筌取鱼者，得一剑焉，未之奇也，质钱于邢氏释。

释以水濯沃其上，得字云："龙蛇之形，金石之精。劈开风雨，利刃坚贞。魍魉魑魅，无难不平。"后不审流落何所。

京畿襄邑县郊龙陈氏家，修所居第，掘土坚构，得一古冢。发冢而视之，中有一鼎，鼎中有药，其色红，鼎侧有铜瓶，瓶中有水，旁有一石匣，匣中有一剑，剑上有诗曰："断精光未散，斩马血才干。执在将军手，烟尘扫不难。"后因视人，乃致讼焉。

南剑州，五代离乱，盗贼蜂起，尝以寺钟烹肉，弃于溪水中。后有人携两剑渡是溪，剑忽双跃入波中，求之不得。或者善与水俱入俱出，因往观焉，见二剑附一钟耳而立。出以告人，再呼同艺者下视，复见二龙抱钟，惊惧不敢近。

至今风雨晦暝，常闻钟声起自波间，今剑溪是也。

紫姑神

紫姑神，世人有的称其为"紫仙"。南方人在仲春之际，常常邀请紫姑神帮助决定一些事情，但在利害攸关的重大事情上，紫姑神往往不开口。她擅长书法绘画、吟诗填词，是个风雅之士，尤其喜欢清丽之作。

福建的张叔通曾得到过她《赋游武夷山》诗：

绵绵春雨情自伤，晓看苍天迎曙光。
叠翠千山藏神仙，葱茏万木隐豺狼。
樵径逶迤访客倦，溪流湍急行人慌。
缘根有自无缘返，仙丹熠熠在仙堂。

还有《赠客诗》一首：

苦心修仙神自留，君子骚客且莫愁。
白云古观收杀意，笑看华盖遍地游。

这些诗作，大多随一些物品化作灰烬了。有人求其墨字保佑的，紫姑神就写到纸上，是"礼节永平弟恭福禄勉励龙虎"十二个字，凡是写"龙"字，大多不会相同。有人问这是为什么，她回答说："龙这样的神物，变化无穷，怎能让一种写法拘束住呢？"若是有人请其做件礼物馈赠他人，她常常会画一幅仕女图。江南一带，几乎人人都能得到她的恩赐。

可是，近来逐渐不再时兴收藏紫姑神的墨宝了。

原文

紫姑神，世或称之曰"紫仙"。南方人孟春之月，即请之以决事，然至利害大者不能言。善书画吟咏，骚雅之才，尤多清丽。

闽中张叔通者，尝得《赋游武夷山》诗，曰："春雨连宵心惨伤，晓来还喜见天旸。千岩积翠神仙隐，万木交阴虎豹藏。樵径也通人上下，溪流不许客相将。随缘到此随缘返，一粒还丹在眼旁。"又《赠客》诗，曰："明时抱道不淹留，文艺君须在远修。万古白云藏剑气，愿乘车马出神州。"

多假物书于灰烬中，人有求其椽笔者，即书于纸，得"礼节永平，弟恭福禄，勉励龙虎"十二字。凡书龙字，类多不相同。或者问之，答曰："龙之为物，变化无穷，岂可拘耶？"若其请致之礼，多绘画妇人。

江乡之间，人人能之，比寔不录。

卷　下

奇　疾

　　人生于天地之间，一遇到横生的凶戾之气，就会感应到而生出病来。善于治病的人，都是神工圣匠啊。病如果是在阳，就要调理阴；若是沉溺于阴，则会阳亢。病若在表皮肌肤上，可用砭石类的方法；若是积蓄在表里之间，则应促进出泄让它通达。病症在上面，就应让病人发呕吐出，病症若是在下面，则应用催泄的办法。疾病若是相互感染，应治理最初生病的脏器，以考察虚实的变异。如果认为容易治愈，常会给病人服用汤药；如果觉得难于疏化，就要割开肌肤直取病灶。仓公淳于意、神医扁鹊，都是不会再生的圣人，只要能够通晓了他们的学说，也足可以称得上良工巧匠了。但有些奇异的怪病，又必须依靠具有出色技艺的医家来诊治。

　　不久前，有个人鼻孔里长出长毛来，好多根毛毛一起出来，根根都像钗股儿那样，超过一尺长，剪掉还会再长出来，那种痛苦难以忍受。有人说："这是肺部有毛病。调理肺治疗脾，除去皮毛间的邪气，就安妥了。"一试，果然应验了。

　　有个人遭到最烦心的病痛折磨，其他部位没有什么不适，唯独脑子里有回声，如影随形，挥之不去。这个人若说："要去谁谁家。"脑中就有个声音也说："要去谁谁家。"这个人若说："我担心不能痊愈。"脑中那个声音也说："我担心不能痊愈。"这个人四方奔走，求医问药一年多，就没遇上一个见识过这种病的医者。有人说："你可以试着诵读《本草》，脑中若没有回声，就是自愈了。"最终竟真的用此法治好了。

　　有个人早上渡河，一个像蚌壳样的东西附着在了他的肩臂处，各种方法都试过了，无法去除，天长日久，结成了一个黄色的痈疽，到处求医，没能治愈。有人告诉他："拿酱涂抹这东西就不会祸害你了。"一试，果然那东西就掉下来了。那蚌壳有许许多多小口，没人认出是什么东西。

有个人眼前常常看到大鱼，鱼鳍鳞片熠熠生辉，他非常痛苦，始终不知道是怎么得上这样的怪病。有人告诉他："这没什么，不过是因为你吃鱼的时候，连鱼鳞一块吃了。那津液壅在中膜，导致病从肝部生发出来。应该用药物除去裹在肝外面的鳞片筋膜，这样就行了。"还给了他一些药。用后就好了。

有个人非常能喝酒，即便是满壶满罐的酒，他喝个罄尽也不会醉。有人告诉他："你是有病虫生在你的脏腑之间，在用药把它打下来吧。否则，会慢慢积成大病。"这人就接受了他的办法，服药治疗。果然打下了一个虫子。这虫子有铜钱那么大，形状像乌龟，有嘴没眼。把它放到一个盘子里，陆陆续续倒进去好几斗酒，很快，都被它吸干了。这个人就把这个虫拿起来，收藏到怀里走了，说："它在腑脏之间是病灶，放到法器上就是宝贝呀。"从此后，这个人就不在为喝酒无度而愁苦不堪了。

原文

人流通于阴阳之内，一有勃戾，则感而为疾。善医者，神圣工巧而已。病于阳者，调于阴；溺于阴者，亢于阳。病在皮毛之肤者，砭石治之；造于内外之间者，发泄而通之。病之在上者，呕之吐之；病之在下者，泻之补之。病之相传者，治其始受之脏，测虚实之变。欲其易疗，则受之以汤；欲其难化，则受之以剂。仓公扁鹊，世不间出，苟能通是说，亦足为良工矣。然疾之有奇者，又必俟夫出类拔萃之技艺焉。

顷，有人鼻中生毛，丛聚而出，若钗股，形长逾尺，去之辄生，然痛楚极不可忍。或者曰："肺之病也，调肺而治脾，去皮毛之间邪气，可以安矣。"已而果然。

有人受心腑之疾者，余皆无所苦，唯中有声相应若影响。是人曰："将之某家。"其中亦曰："将之某家。"是人曰："吾患未差。"其中亦曰："吾患未差。"奔走求医，累年无识治者。或有人曰：

"子可将《本草》诵之,中不应者,试以自治。"竟得疗焉。

有人朝涉水,有一物若蚌壳然,着于肩膊间,杂疗之不能去。经岁月,为觉黄瘁,遍走求医。或有人告之曰:"以酱涂之,斯无害矣。"既而坠焉,壳中有口千百,不识果何物也。

有人目前常睹大鱼,鳞鬣灿烂,极苦之,莫知缘由所致。或有人告之曰:"此无他,但食鱼,夹鳞啖之,涎壅于中,膜生于肝,乃至是痰(疑"痰"为"疾"字)。当以药洗肝,去其鳞膜,斯可矣。"乃遗之药而安。

有人善饮酒,虽罄釜斛,未尝醉也。或者告之曰:"子有虫在脏腑之间,以药下之,不尔,成大疾矣。"乃受所教而治,果得一虫焉。其大若钱,其形如龟,无眼而有口。置于一盘中,以酒数斗沃之,有顷,尽矣,乃怀之而去,曰怀之而去。曰:"置于脏腑,则疾也,置于法用,则宝也。"自此,是人乃不复苦饮矣。

画　录

梁武帝说:"鬼神易描,犬马难绘。"难道这个道理只有聪明人懂得,懵懂愚昧的人就不知道吗?

古代善画犬马的,有韩干;善画人物的,有吴道子;善画翎羽花草竹木的,有徐熙;善画山水的有李成。这些都是非常杰出的画家,此外其余的画师,我不可能记全了。

现在,这样的画师也有不少,但他们的作品与古人相比,就显得逊色一些了。许道宁画的山水,颇有高古之气却笔力粗浅;老高画龙,有升腾之变幻,而在表现骨节结构上却显得不得要领。但他们都是近一个时期以来的大师。

赵昌画的花木果蔬,独得造化神工,深达静物妙韵。每每遇上他喜欢的人,不论富贵贫贱,只管赠送自己的画作;对于自己不喜欢的人,即便位高权重,就算送金收买,哪怕上刑毒打,也不会得到他的馈赠。如今的士大夫多藏有赵昌的画,唯独学士林端父所藏的《八枝》和我家收藏的《十六枝》最为出色。

庆历（1041—1048）年间，林端父出任怀安军，与赴任广汉太守、尚书屯田员外郎的陇西李硕（字伟之）同行。林端父曾戏言说："广汉是卿大夫的祭田，每年收入多多；赵昌是你郡里人。我怀安军地产贫瘠，没有上述两种情况。将来，您可不可以把您富裕的赐给我呀？"李硕到达郡所，反说林端父先得到了，作诗调侃。林端父回赠一首：

妙笔赵昌满纸香，盈斗黄金岂堪量。

今借宝地三百亩，明日花魁坐东床。

后来，有人把这首诗传给赵昌看。赵昌大笑道："林公懂我啊。"等同于还赠，他把这幅画赠送给了林端父，这便是赵公的绝笔之作了。后来有王友学习赵公笔法，但其作无法与赵公相提并论。

很快，有做奇画的人。画幅上是有人放牧，牛群羊群漫山遍野。到了晚上去看那画：人在廊屋坐卧，牛羊安然回栏。等到天亮再看它：那人又在平川阔野上放牧了；还有画寒江图景的。一叶小舟浮荡在水波之上，一人坐在船头，垂钓四望，头顶斗笠，身披蓑衣。夜晚看画时，其人卧在小船里，鱼竿插在船篷外。到了天明再看它，渔夫又坐在船头上了。有人说："这是灵药的功效。把阴阳之药放在那里，白天看到的，是用阳药涂抹的。夜里见到的，是阴药涂抹的。"有人认为是这样的，却不能与善于作画的人等量齐观，只是奇行异举而已。

原文

梁元帝云："鬼神易状，犬马难图。"岂以其明明者可识，而幽昧者难知乎？

古之善画犬马者，有若韩干；善画人物者，有若吴道子；善画翎毛花竹者，有若徐熙；善画山水者，有若李成。此其尤著者，余不可悉纪。

今亦有之，但比古为劣，许道宁于山水，有古气而笔力粗；凡老高画龙，有升腾之变，而骨节不分要理，然皆为近时之宗师也。

赵昌画花木果实，独夺天地造化之工、探物之妙。遇其意所喜者，不择贫富贵贱辄予之；其所不喜者，虽势位所加，贿赂所及，被刑蒙毒，亦莫缘而得。今士大夫多有之，独学士林端父所藏《八枝》与予家《十六枝》为最胜。

庆历中，端父尝出知怀安军，道与新广汉守尚书屯田员外郎、陇西李硕伟之同行，尝戏云："广汉圭田岁入甚厚，昌为郡人，吾军贫陋，独无此二者。他日，幸以其余及我。"伟之至郡，反谓端父先得之，以诗虐焉。端父答之曰："赵昌下笔敌韶光，一翩黄金满斗量。借我圭田三百亩，直须买取作花王。"

有传此诗示昌者，昌大笑曰："林君知我哉。"暨代还，以是本遗之，乃为绝笔。后有王友继之，然与昌固不相侔矣。

顷，有为奇画者缣素间，为人以牧，群牛盈满川泽。夜视之，则人卧于庑下，牛于圈棚中。及旦而视之，复在川泽矣。又为寒江景，渔舟荡其上，一人坐于艋首，垂钓而望，顶台笠，挂蓬衣。夜视之，则人卧于舟中，置竿于蓬。及旦而视之，复在艋首矣。或者曰："此药术之功也，致阴阳药焉，日之所见者，阳药涂之也；夜之所见者，阴药涂之也。"人或然之，且不可与善绘者等为奇之一端耳。

地　里

高山大河的锦绣样貌，是自然天成，不是谁有意制成的景象。山水之间多有凤凰起舞、彩鸾翱翔、蛟龙腾飞、猛虎跳跃、羊跑鹿驰以及水帘高悬、银珠四溅、晶玉凝碧等，均是偶然的相似而已。山没有水为伴，显得孤立昏沉；水没有山可依傍，显得清浅呆滞。人们叩问阴阳之道，探究天地妙趣，拿古代经籍考量它，以人的智慧判定它，选择符合风水佳义处作为送终之所或建宅之地，对今生是有佳处为居所，对来世则是得妙地安幽魂，这都是要思虑周全的。至于那富贵贫贱由天定而显现于变幻之间，却恰恰能够与人的期许相契合的情况，是有的。假如一味地想要获得权势、尽享荣华，孜孜以求地非要以山水的最佳、最胜之地作为自己和亲人最终的归所，不是很令人不解吗？

吴待问侍郎爷爷，当年安葬他的亲人的时候，穷得没有多余的土地。邻人张氏送给了他一小块山间闲地，他也就说不上挑不挑的了，就安置了那几位亲人。

有一个懂风水的术士说："好啊，这是块宝地呀！前面有山，在山与山的空地，样貌真的就像个乌龟。山前，有一条大河穿过。河流与乌龟相近，这是有卿相重臣要从这里出来啊！"直至吴待问做了高官，应了术士那河流靠近乌龟之说；做到宰台高位时，河流就是在俯瞰乌龟了。

这都是没有刻意选什么而出人头地的例子。

福建中部有户姓张的人家，要安葬亲人，走遍了周围的山山水水，多次邀请一些术士四方勘验，就是为了选择到一块十全十美的墓地，尚且最终仍留有一些未尽人意之处，这是主人还没开始勘验择地的时候就连带在一起的。

经过多次、反复的挑选，人们都希望选到具有龙威虎势的宝地，能够有灵芝、兰花的馨芳香气弥散周遭。久而久之，有的人为此空耗资财，日渐贫困，有的人甚至触了犯条律，被判刑治罪。这样的情形，就是择虽择了，却没有达到光耀宗室、荫庇子孙的目的。

这类情况非常多，随手记下两则而已。

原文

山水之形，胜生于自然，非有意于成象也，间若凤舞鸾翔、龙蹲虎视、羊奔鹿骇、连珠贯玉者，亦出于偶同焉耳。山无水则孤而不清，水无山则清而不秀。人测阴阳之理，明天地之幽，考之以经，裁之以智，选奇择胜以尽送终。卜宅之要，内则神安其舍，外则人宁其生，斯亦尽矣。若夫富贵贫贱，系乎天而显乎应变之间，适与物期会者有之。苟欲利势荣，用心以求山水之最，而为吾亲之归藏，不亦惑乎？

吴待问侍郎之祖，昔葬其亲，贫而无地。同里张氏遗其山圃之闲隙，未尝择也。既纳诸圹。

有通阴阳流曰："善哉是地也。前有山，山之间其形生如龟，山之前大溪流注。水近龟，而卿相出矣。"至育参大政，而溪流近龟，充宰台席，而溪阙龟首。

此不择而贵者。

闽中编民张氓葬其亲，遍历山川之形势，多邀致术士，求全成之地。苟有少遗玷，未始琐就也。

经时得焉，皆期腾龙虎之变，发芝兰之香。久而弥贫，有至于犯刑蒙宪，此择之而不贵者。

此类悉多，聊书二事，以纪之云。

申先生

有个申先生，游走于江浙一带。他自称姓申，人们也没有感到有什么不妥。酷暑严冬里的穿衣行迹，他统统有悖于常人，一般人都做不到他那样子。遇到有人生病，他就写在纸上，用来表示多种阳气汇聚，就会有出人意料的结果。

最近在润州，申先生对一户土豪说："你性情平和、心地善良，可以研修道学。"他让土豪准备好了一杯面粉，他自己慢慢地像面粉吹气儿，那面粉都被土豪吃了。申先生又说："你家大娘子也是个好人啊。"他就隔着屏风，再次向面粉轻轻吹气儿，也让大娘子都吃进去了。这两个人从此再也不喜欢吃粮食了。

申先生曾在扬州的街道集市卖一对儿耕牛。他对人家说："我只卖一百二十金。"没有人多看他一眼。到了傍晚，一个市场管理员打算收市回去，申先生含了一口乳香酒，像这一对儿耕牛斜着喷淋过去。这两头牛马上开始抵角相斗。一直闹到了半夜，这个管理员按照申先生教给他的办法做了，两头牛才绕着圈奔跑起来，它们伤口流淌的血好像也止住了。不知道申先生施了什么法术搞成这样。

现在，偶尔还能遇见他。

原文

申先生者，来往淮浙间，自言姓申，人未始奇之也。盛暑烈寒，倒行逆施，为难履之行。有遇疾病，乃书纸以印诸阳之会，即有差者。

顷，在润州，谓一豪旷言："汝心平善，可以奉道。"令置面一杯，徐为气嘘之，使尽啖焉。复曰："汝妇亦吉人。"隔屏幛嘘气，再令悉食之。二人者遂不嗜穀矣。

尝在扬州府门市肆中，货双泥牛，谓人曰："只丐百二十金。"无有回盼者。抵暮，一典吏售归，申公使夕噀以乳香酒，即相角抵矣。暨夜半，吏依所受教，二牛乃奔逸环绕，若伤渍而止，未省何术致也。

今问或见之。

神 怪

建州的浦城有个姓夏的，在天禧年间（1017—1021），他家曾经被鬼所困扰，以致不论是起火做饭、烹制菜食，还是做少量的祭祀贡品，都会在锅里、盆里一下子变得又脏又臭。到了夜里，各种器皿杂物就会归拢放在一起，堆满了廊屋偏房。群鬼聚在一起说说笑笑，接人的话茬儿，为所欲为，无所顾忌。

为了避开鬼的骚扰，夏家就悄悄地搬迁了。没几天，忽然，群鬼在半空中一起拍掌笑道："到处找你们，原来在这儿啊！"又像原来那样怪异放肆。

杨国辅是夏家的女婿。每次他来与群鬼问话前，鬼们就会相互告知："好人来了。"都尽数散去，夏家这才稍稍消停下来。等到杨国辅离开后，群鬼又逐一回来了。夏家人不论是衣帽杂物忘记放在哪儿了，鬼都会说出在哪里。按照鬼说的去找还真能找到。

夏家有个七岁的小孩儿，有一天突然不见了。鬼又说出在哪里。去看，果然在那儿，但孩子已被剖腹而亡了。

听说松溪县有个巫师可消邪驱怪，夏家就把这巫师请来了。巫师还没到，就听见鬼们议论纷纷："这回是恶人来了。"随即就是一片悲愁的长叹。巫师到了夏家，把夏家的屋里屋外仔仔细细看了一遍，然后，指着新建成的仓廪库房："那就是有毛病的地方。"夏家就请来佣工拆仓破廪，挖地三尺，地基下发掘出一座古代的石砌坟冢。坟里面两层的棺椁已经腐烂，只是四周有几十具陪葬的木俑，木俑上的彩绘就像新的一样，用火一烧就都没有了。

朝散大夫赵君奭住在京都的商税院，这栋宅子的西部，一向有怪事发生，人不敢住在那边，就在那里供奉了一尊佛像，金光灿灿的，成为家里的拜佛之地。一天，一个云游僧说应该办一场法事，家里就安排开了。夜半时分，有一些小孩子见到陈设华美、色彩艳丽，就在这里嬉戏跑闹。不一会儿，就纷纷跑过来对大人说："后面的帷幕下面落出了一只大毛脚丫子！"赵君奭听说后，推断孩子不会在这种事儿上说谎，就赶忙跑去查看，果然有一只大毛脚。赵君奭扑上去用手使劲摁住大毛脚，喊孩子们快去拿刀。周围的人都吓坏了，不敢靠近。一会儿，大毛脚渐渐缩小，直至无影无踪。

王仲元因为过错被放逐，回到了蕲州蕲水县。他的家境非常窘迫，就想寻找个蜗居处。有人对他说："我有一处宅子，也不收你租金了，你能住就去住吧。"王仲元没听懂他的意思。那人又说："这儿啊，过去是一处凶宅。"王仲元不以为然。

当天晚上，王仲元就点上了几支巨大的烛火，手提大刀，端坐中庭，厉声叫骂："鬼有什么呀?! 你有胆量到我面前来吗？"半夜里，四周的房屋一片巨响，像是要倒塌一样。王仲元又说："我知道你也只会干这个。"当即一手提刀，一手持烛，来到一间堂屋。那门缓缓开开，忽然有一只手从门里伸出来，要接那烛火。那火苗，就随即熄灭了。王仲元害怕起来，刀也掉在地上，急步逃了回来。

王仲元来到厅堂门边，昏黑中没能开门。他听到身后有东西敲击大门。那声音越大，他的身体越是发抖。他终于出来了，叫大家一起来看看，原来是他掉在地上的那把刀，插在木门上有几寸深。

衢州开化县姓程的郎中，打算在家里描述婚亲之事，找来工匠作画。夜里，有个十七八岁的小女子来向工匠求告讨画，一连好几天都这样。工匠有些胆怯了,怀疑她有别的企图。

天亮以后,工匠把这事报告了程先生。程先生很气愤,查问家人,没有谁承认干过这事儿。有人告诉程先生说:"从前,有一个女孩子在外阁悬梁自尽。会不会是她呀?"程先生出来把这件事告诉了工匠。工匠记住了。

当天晚上,那个小女子又来了。工匠对她说:"你不是程先生的家人,你是在外阁自缢的那个鬼!你几次来这儿,要干什么?"小女子非常惊讶,张开嘴,吐出舌头。那舌头有盘子那么大。她叽里咕噜胡乱说个不停,随后就无影无踪了。

原文

建州浦城夏氏者,天禧中,其家尝为鬼物所扰。已至炮爨饮食几可供羞,忽致秽壤于甑釜中。夜则罗列器用什物,盈满廊庑之下。尝群居语笑,与人相应答,无所忌惮。

遂密徙居以避焉。不数日,忽空中拊掌群笑曰:"遍寻汝等,乃只在此。"复肆怪变。

杨国辅者,夏氏姑之夫也,每来讯问,群鬼相谓曰:"福人来矣。"悉皆遁去,少获安息。及国辅去,则复至。凡衣冠器用忘所寘,鬼则曰在某处,如其言而获。

夏氏一子,七岁,一日不见,鬼又曰在某处,果在焉,然为之剖腹而死矣。

闻松溪县师巫即善祛邪怪,乃招致之。巫将及境,闻其鬼相告曰:"恶人来矣。"皆有悲愁浩叹之声。巫既至,周视其家,指新造仓廪曰:"祸生于此。"遽命工具援启仓之基,探土得一古石冢,二棺椁已糜废,唯四维有木偶数十人,彩绘若新,焚之乃绝。

朝散赵君奭监,在京都商税院所居宅之西位,素凶怪,人不敢寓处,设释老星耀像,以为供事之所。一日,饭僧荐佛事,夜漏半,诸孩童见其陈设绮丽,皆奔竞嬉。有顷,尽驰走曰:"帘幕下有一大毛脚出焉。"君奭闻之,审知其真,即趋入,果有之,乃以手束勒,呼诸儿取刀。左右惊惕,悉不敢近。须臾,毛脚渐小而亡矣。

王湛阁使，指使王仲元以过逐还蕲州蕲水县，家极贫窘，因求居第。或人谓之曰："我有一宅，亦不求僦资，能居即自便居耳。"仲元不达其意，人曰："此第素凶故也。"仲元不然是说。

晚即独秉数烛，仗刀坐于庭中，大骂曰："鬼何有哉，安能近人？"夜半，四围若众屋颠仆，仲元又曰："我知其无能为也。"即秉烛仗刀而起，入堂奥中。门欲开，忽有物自手掣取烛，而烛继灭。仲元惧，刀坠地，奔走而出。

至厅门，昏黑未能启关，闻自后有物击门，声喧大，愈战栗。得出，呼人共视之，乃坠地之刀也，入木数寸许矣。

衢州开化县程郎中宅，欲讲姻亲之好，呼匠者为花。夜尝有小女童，年十七八许，问匠者求之。经数日皆然。匠者内惧，疑其有他意。

翌旦，即告焉。程公怒询其家人，未尝有也。或者曰："昔年有一女童缢亡于外阁中，疑此是也。"程公出以报匠者知之。

是夜复至，匠者询之曰："尔非郎中宅左右，乃是外阁所自缢鬼耳。数来此，何有哉？"女童即惊惕，张口吐舌，舌大若盘，其人嗢呼，遂灭。

山阳妇

在山南这个地方的百姓，大多以打鱼捉鳖为生。有一户人家一天捉到七只老鳖，里面有一只个头儿很大的。婆婆让媳妇把它们做熟了，打算卖个好价钱。

很快，大鳖找不到了。婆婆和丈夫都疑心是媳妇私藏了，对她呵斥责骂、鞭棍交加一整天。媳妇捶胸顿足、哭号叫屈，无法证明自己清白。有一天，媳妇在一些竹编物件下面发现了那只大鳖。她对大鳖说道："因为你的藏匿，我遭受婆婆的猜疑，蒙冤受罚。今天把你交给她，你还是难免一死。不如我把你放生江湖，你可不要再被人捉到了啊！"就把大鳖重新放归到河里了。

当天夜里，媳妇梦到大鳖用前面的两只脚轻拂自己的前胸和鞭棍打过的地方,又用水边的青色淤泥涂抹上。醒来后,媳妇就不再有痛感了。这很像是毛宝白龟显灵啊!

原文

　　山阳有居民,以取鱼鳖为业。一日,获鳖七枚,中有一大者,姑命妇庖,将货焉。

　　既而,失其大者,姑与良人皆疑其妇私攘之,抵罾鞭箠经日。妇抚胸号叫,衔冤不能自明。他日,忽于箸盖下得之。妇祝曰:"我以尔故致姑之猜嫌,今再以进,亦不免乎死,不若舍尔洋洋江湖之间,无使网罟再得之也。"遂释于水中。

　　是夜,梦其鳖以前脚抚妇胸及诸鞭箠处,又以青泥涂之。既觉,不复有痛楚患,亦几于毛宝白龟之灵也。

疾　疫

　　颍州,如今被叫作颍川府了,曾经一年到头闹瘟疫。

　　有一年的一天,城南某个地方,天降草药有几寸厚,黄白颜色,没有什么特殊的气味,都是梧桐子那么大。人们都不敢服用。有个老太太说:"就着米汤吞服这些草果三十粒,会治好时下的病患。"人们听了照着做,果然见效。这个办法救治了很多人,但谁也不知道这老太太是哪儿的人。

　　如今,在宿州一户百姓的菜园子里和濮州军营里,各有一口井。人们若是得了病,从这井里打来水服下药去,没有治不好的。这两件事情有些相似,所以附在后面。

原文

　　颍州,今建作颍川府是也。顷年,疾疫殊甚。

　　一日,州之城南隅,天雨药,厚数寸,色黄白,不辨气味,若梧桐子大。皆不敢服食。有一老媪曰:"此药可用米汤下,三十丸大疗。时温。"人服之,皆效,所济不少,而亦不知此媪果何人也。

今宿州一百姓菜园中、濮州军营中，各有一井，人疾病，汲水服药，无不应者。此二事颇相类，因附之于后。

瑞 应

苍天护佑中原，出现圣主明君，平定四海，保卫宗庙社稷，一定有名冠一世的奇才、纵横无拘的杰士在前佐后弼，帮助圣主安抚万民。五代时就是这样，英主身旁肱骨贤臣的奇功伟业，赫然于世，如果不是天降神人，怎么会是这样的一番壮阔景象？所以，良臣的诞生与辞世，都是有异象作表征的。

大宋名臣王沂公王曾辞世时，有巨星坠落到寝地；大宋贤相魏国公韩琦辞世时，有巨星陨落到他的后花园，马厩里的马匹嘶鸣连连；大宋左丞张公张若谷的出生，是郡太罗氏梦见巨星坠落到自己怀里而怀孕的。这些人都是忠君高义、安邦立国之士。

联想到这些人及更多的名臣贤士，就会知晓我的话并非虚妄荒谬之说了。

原文

天佑中原，诞生圣主，妥定四海，安固宗社，必有命世之才，不羁之器，左右前后以绥兆民。我五代是也，辅弼大臣，功业显赫，苟非降神，安若是耶？故其诞生与夫薨谢，皆有异以表焉。

王沂公曾之薨也，有巨星陨于寝；韩魏公琦之薨也，有巨星陨于后圃，枥马皆鸣；左丞张公若谷之生也，郡太罗氏梦巨星堕于怀而孕，皆忠公亮节翊戴安危之士。

然后知吾言之非诞也。

应 化

宫保晁公迥，悉心修法，可以达到与本经高义相契合的程度，修得善根，看淡尘俗。他曾在诵经过程中即可顿悟，能够通晓法门要义。到了晚年,他眼前时常出现五色斑斓的花朵及其他多种妙不可言的景象,耳中可以听到铃铎丝竹之声,但他都无视无闻,在无象之境自由穿越。

睦州一个姓何的进士求见晁公逈,此人本性非凡超乎常人,却很久不能通达法意,就夜以继日地焚香,虔诚敬祈观音菩萨,甚至悲从中来低泣不止难于自持。

一天,何进士看到画轴间有一只修长的金手伸出,抚弄他的阳具,力道颇重,而痛楚更甚,此后,何进士稍稍开窍了一些。

原文

宫保晁公逈,积修心法,能贯通祖印,得慈忍力。尝诵经,即悟解法门,不失直指见性之要。晚年,目前每现五色花,种种诸妙相,耳多闻铃铎音乐,希夷自然,出于罔象之间。

睦州进士何某者求见,性超达,久未通彻。日夜焚香,虔祷观世音菩萨,至于悲泣不自胜处。

一日,见自画轴间,一金手修长,抚何之阳会,重不可支而痛楚过之。自此,稍稍利钝矣。

燕华仙

黄裳作《燕华仙传》,依照它的内容,大致可以概括为:燕华仙人,是个得道的女子。

后来做了太子中允的王纶,当初在海陵做官时,带着一个小女孩。一天,小女孩梦到自己在山里游走。这里山峦秀美,烟云飘荡,万仞峭壁,直插云天。抬眼望去,山上有个精致的亭子,有两个仙人围着石桌对坐。两人衣袍飞扬,色彩绚烂,就像世间画中的仙人一样。看着看着,小女孩已经来到了仙人近旁。一个仙人对小女孩说:"你见过我一笔画成塔吗?"说着,仙人就拿出来给她看。小女孩就醒了。她惦记着再看一看,便念念不忘这个一笔塔,平时常常静思自守,希望能够实现这个愿望。

过了两天，小女孩又做了这个梦，和前一次梦中见到的没什么不一样。那仙人再次拿出塔来，看着小女孩说："你如果能保存好这个一笔塔，我就和你深交。"就讲明了画一笔塔的奥秘。小女孩看到并领悟了，又经过深思熟虑，一下笔，这一笔塔就画成了，而且出类拔萃，气象万千。当时的不少画师都前来观摩，想学得这高妙的技法。但他们都看不出小女孩是怎么做到的；打算盗走它，那时也当真做不到！

这天，燕华仙子驾临海陵县官衙，王纶急忙命人把客馆打理干净，接待仙子。仙子和王纶谈笑风生，就像尘世间的两个凡人一样。但仙子说到的一些人间见闻，王纶和一应衙役们却听得懵懵懂懂，不知所以。王纶请仙子给自己取一个仙界的名字。仙子给他取名"清非"，字"道明"，并说自己今天来到海陵县，是和王纶事前有约的。王纶问仙子是怎么回事。仙子拿出一些文册典籍，答复的内容都出自这里：经典八十四部，著名的散曲四十八部，书信三十六篇，答两篇，诰十篇，赋、歌行、讽、吟、词、曲、铭、诰、戒、谕、书、颂诸体有一百二十八篇，送给王纶，勉励他学习长进，其中的诗，有许多是专门写给王纶的。

仙子还暗中教导王纶书法、篆刻的妙法诀窍。仙子在纸上写字，所用的笔墨纸砚和凡人们用的一样，但那字里行间的法度气韵，却是充满了险绝之气、怪异之风，不是凡人弄巧可以达成的。

王纶拿出了许多字画珍品奉献给仙子，还有一些留在了家里。小女孩向仙子求有铭文风格的篆书作品。仙子说："小姑娘稍等，马上就到。"不一会儿，果然有人送来了赠王纶的十件卷轴，仙子打开其中的两件，都是鸟虫书体，字的笔锋起势收束，都是铭文之风。这里的字，不论字的大小、笔画的粗细，都是一笔写下来的，没有描画的痕迹。有人壮着胆子向仙子求字，以保平安。仙子一概默不作答。

晋公丁之行也有事相请，仙子也只是回复了一句而已。小女孩问："仙姑今年几千岁了呀？"仙子也反问小女孩。王纶问仙子："这小丫头，能追随仙子而去呢，还是留在这里呢？"仙子也反问王纶，始终没有帮他拿这个主意。

等到小女孩到了婚嫁之年，她就升仙而去了，往昔的尘世记忆，全都不在了。她在回归王纶府第之前，梦到自己沿着燕华山麓一直来到了大海边，光秃秃的荒石野岩连绵不绝。她要渡海，却不知要去哪里。有一个声音对姑娘说："应该在世间寻找碧仙洞，那里藏着一部《玉霞经》，可以取来诵读。"话一说完，小女孩的梦就醒了。

燕华仙姑降临此地已经十多年了，小女孩最终还是归向了道观，最终被封为"万年县君"。她一直奉道了六十四年。前不久，又听说有音乐之声隐隐传来。最终我也无缘得遇。

原文

黄裳为《燕华仙传》，因书其大略曰：燕华仙人，女子之得道者也。太子中允王纶，昔为海陵时，有处子为及笄。一日，梦为山中游。其山秀特，插立万仞。烟云缥缈之间，有华亭在其上，仰见二仙围棋对坐，冠服靡丽粲烂，如世之画女仙者。相望之际，恍然已造其坐侧，一仙顾谓之曰：'汝见吾一笔塔乎？'遂出而示之，观塔而寤。思复得见，且传其塔，斋戒以自致焉。

后两日，再遇于梦中，与顷所见无以异也。仙复出塔，顾谓之曰：'汝能传吾塔，则将与尔会矣。'乃谕处子以发笔处。及觉而思之，一笔而塔就，大功万象。世之画工细窥其妙，不知其所以然而然，欲摸而去，不可得也。

一日，燕华降于海陵之公宇，纶净其室以待之，与处子语笑，居处如人间世，然独处子闻见之耳，纶等不得其仿佛。纶求名字于仙，仙以"清非"命其名，以"道明"命其字。尝言"与纶有契，故来此尔。"纶问而答，出其文篆，皆寓于处子而见焉。名篆八十四，名曲四十八，名书三十六七，答二、告十，赋、歌行、讽、吟、词、曲、铭、诰、戒、谕、书、颂，一百二十有八，寄赠招勉。其诗在纶尤多。

处子阴受其书篆，发于纸笔，如素所习者，奇怪险绝，皆非人巧所至。

纶出百轴进上，余藏其家，处子求笛金篆。仙曰：'姑俟笔至。'少顷，果有赠纶十笔者，发二笔为虫食，其锋正笛金所用尔。字无大小巨细，例以一笔写之，未尝易也。或以祸福求之，皆默而不应。

丁晋公之行，因有所请，仙言复还而已。处子问："仙今几千岁矣？"仙亦举其问而应之。纶问仙处子："可以归乎，可以不归乎？"仙亦举其问而应之，终不为之决。

及其许嫁，而仙往矣，凡昔之所传，遂不复记。临归第，梦燕华相导至大海边，白石漫然，不可胜计。欲其渡海，处子不如其命，顾谓处子曰："可于人世求碧仙洞《玉霞经》而读之。"语已而觉。

燕华之降至此十年矣。处子之归吕氏，后封万年县。君行六十四年而卒。前此时，复闻有音乐之声，若相将者然，卒不得而遇也。

杨柔姬

我从真定回都下，途经邯郸，顺便看到了柔姬题在墙上的字，上面说："我家有良田园圃，是世家大族。门院幽深，终日寂静。那时与玩伴只知道整日嬉笑玩闹，不懂得岁月催人。等到长成人，那种无忧无虑的生活日渐稀少，最终嫁为人妇，来到真定。背井离乡的忧愁，长挂心怀。镇阳这边的风光景致与我的故园非常相像，春天到来时，可以在花丛、园圃中尽情玩乐；盛夏时分，可以在山洞、竹林间纳凉避暑。数不尽的稻谷鱼虾、瓜果梨桃及美酒佳醪，足以供给行乐饮宴之需、谈笑悠游之乐。谁想到，不到半年，我那丈夫撒手尘寰。家族中没有什么亲人。我这漂泊之人将托身何处啊！此次，孤身南归。每每路经当年游乐、欢宴的留宿之处，逝去的记忆又一次次复苏，常萦心头，袅袅不绝。乡关遥遥，天高水长。我既无法向父母交代，又不能尽夫妻之情告慰夫君。沉痛之心，无以言表。"

遍览左近寺庙道观里的题写留文，此文之真切感人应高出一筹。即便此文是用平白文句写成，也没有直接显露姓名，而是含蓄地娓娓道来。有诗说：

燕尔两初欢，舍家征于阗。
银镫宝骢腾，金鞭玉梢悬。
月下频私语，花间常开颜。
欢情未盈载，恩爱胜长年。
半途风沙起，烛帐春梦寒。
长叹运势浅，拭泪思情缘。
独骑横大漠，孤雁迷长天。
再蹈昔游处，蘸泪怎成篇。

杜观杜俨仲为杨柔姬作了一首歌，道：
君知邯郸丛台驿，囿田柔姬曾题壁。
柔姬杨门族堪豪，金碧辉煌门庭熠。
女伴早春聚绣楼，文章锦绣更无愁。
胭脂薄施乌云拢，兰香幽幽春心萌。
一朝嫁得帅儿郎，丽质天香动镇阳。
镇阳赫赫门庭旺，满目佳景似故乡。
桃李芬芳满亭廊，竹棚盛夏自风凉。
风光旖旎爽心神，屏风犹遮鸳鸯枕。
酒入香腮一抹红，银烛良宵照帷宫。
烛帐夜夜映朝霞，五年消磨欢情寡。
丈夫投身仙道观，空帐无绪心愁烦。
同心宝鉴难同看，前欢不再仙踪远。
丈夫孤枝根无追，举目无告唯南归。
曾与丈夫寓此馆，再来此馆肠宛转。
昔时款步踏青苔，碧桐华冠翳井台。
月下独立空阶边，鸳鸯绣鞋露中寒。
日日修妆展华颜，无奈双眼泪如泉。
父母之命未得遵，黄泉路上再追寻。
您没见那三乡寺，升仙弄玉曾题字。
柔姬今日返乡来，亦是悲凉满心怀。
此来已失妇人貌，题诗不忍留名号。

忍痛赋诗哀复哀，重读更觉风侵怀。
丈夫题诗眉微蹙，玉指捏管纸上舞。
云来云往有反复，良人一去绝回路。
唉唉唉，杨柔姬，孤寡之人何须归。
一世多情皆此境，芳华再生亦成空。
如若节妇良人同穴寝，
胜似弄玉萧史御仙风。

原文

予自真定还都下，道由邯郸，因得柔姬所题壁，曰："妾家圃田，世族豪贵，门馆幽邃，竟日阗然，时与伴侣有追随调笑之惧，不知寒暑之催人。年始及笄，闲情渐生，遂托身于良人，因此远适真定，离亲去国之意，怅恋不已。而镇阳风景酷似吾乡，有佳花幽圃，可以行乐于春时，有修竹小洞，可以迎凉于朱夏。鱼稻果实，与夫醪酒之美，又足以供膳饮之具，而资燕笑之娱。不幸居未半纪，而良人倾亡，家宗无亲，身将安托？由是飘然南归，每临当时留食寓宵之地，逝而复苏者数矣。乡关千里，欲到未能，上无以副父母之望，中不得尽良人之情。哀衷此心，非可述矣。"

反视三乡佛寺所题，此有甚于彼者。因以拙句书之，亦不欲直见名氏，隐语以道焉。箕子狂宽，夫性腹长空，《麟之定》诗曰："忆昔鬢初合，离家千里征。凤鞋金镫稳，罗袖玉鞭轻。月下并肩语，花间把手行。欢娱将半纪，恩爱卜平生。岂谓中途误，翻为一梦惊。抚心嗟薄命，饮泪想当情。匹马溪边影，哀鸿枕上声。重经旧游处，幽恨写难成。"

杜俨仲观为之作歌曰："君不见丛台驿，圃田柔姬自题壁。柔姬姓杨族绪豪，朱碧辉空门馆阒。春风女伴戏青楼，窈窕文章语笑柔。云鬓初拢钗梁重，脉脉兰心春思动。一朝选配少年郎，粉质飘流入镇阳。镇阳严严甲第好，风景仿佛同吾乡。三春桃李照亭榭，六月竹洞熏风凉。四时佳景供清赏，翡翠屏风鸳枕两。酒阑拂镜勺桃花，良宵蜡烛烧红纱。红纱荧荧夜复晓，五岁歌吹时节少。良人一旦捐仙居，罗幌无光愁悄悄。宝鉴同心不忍看，回看前欢仙梦杳。良人之家无宗戚，千里乡城独南适。与郎曾宿此传舍，门掩回廊宛如昔。并肩行处长莓苔，井上梧桐空自碧。无言看月立空阶，镂金沾露鸳鸯鞋。铅华不御见天质，珠泪淹浥芙蓉腮。一身有违父母托，九泉无路追多才。君不见，三乡寺，昔时弄玉尝题字。今日柔姬归故乡，悲愁更过当时事。妇人无非亦无仪，赋笔虽留隐名氏。卒章饮恨令人哀，吟诵拂拂悲风来。想君题时翠眉促，彤管纤纤指如玉。行云往矣无复寻，寂寂洞天三十六。噫嘘嚱，杨柔姬，未亡人，何用归。多情既如此，有色将安施。倘能节死同邃穴，犹胜风月长相思。"

月禅师

信州的古寺白华岩，住持方丈法号宝月，自净空。法师年轻时喜欢佛家学说，有自己的心得，就出家来到白华岩大山深处的禅寺，修法持戒二十多年。长夜里，法师讲经说法，虎豹山魈等兽类静默一旁，肃然聆听。有客人往来，便都悄然散去。这种人兽相谐的景况，在白华岩禅寺已经是一种常态了。

信州有个名刹失于管控，刺史焦虑不安，一班僚吏也都认为非净空法师前往修治不可。当地山野村民闻听此讯，也向刺史恳请，大路上的人们扶老携幼，络绎不绝，向刺史叩头跪请，都说："唯望大法师念及草民，屈从俗世的恳请，慈悲为怀，普度众生，以成全今世之缘。"法师深感其势汹汹，民心难违，便应允出山。

法师来到这个古刹，很快，几乎座席未暖，周边民众施金奉资就多达数百万钱。古刹重张之后，寺里有个和尚问法师："释迦牟尼佛出世的时候，黄金遍地；如今大法师重振古刹，有什么祥瑞的征兆呢？"法师回答说："老僧来此，灵龟也跟来了。"果然，在法师座席前面不远处，真的找到了一只金线绿毛龟！

一年过去了，整个古寺修葺一新，殿阁廊庑，光彩交映，一派壮丽。法师说："刺史大人交付给我的使命，就是重振古刹。如今，我可以复命回山了。"此后的一个晚上，法师就销声匿迹了。

众人寻访到贵溪县仙岩山，当地山民说："前几天看到大和尚手捧一尊小香炉，踏石攀岩，动作迅捷，就像一阵风。"

众人善念顿开，一时间雄心万丈，浩浩荡荡，披荆斩棘，穿岩凿壁，开山破石，声震山谷，最终，一条几十里长的山道，曲折回旋、跨壑越涧，通达山顶。法师闭目凝神，安坐不动。由此，相约建造殿宇馆阁，此后，法师就顺应众人的恳请，在这仙岩寺住下来了。

朝廷曾经派使者来此，请法师上京进宫。法师以老病为由婉拒了，始终没有下山，这也是他率真性情的表现吧。官为仆射的王安石，也曾多次派人请法师去南京的蒋山。王安石曾在信中写道："我心向佛法，时间很久了，但尘世俗务缠身，自修的法术深感乏力。佛祖静观天下，明察秋毫。人求偈言妙语，以救治自身于水火。从前身怀高德之人，并不以悠游天下、洁身自好为乐事，而以不辞辛劳、帮助他人为本责。法师能否移驾，云游天下以普度众生啊！今日请曾师傅前往拜谒，期盼法师早日下山，造福民间。"法师也仅仅是用偈语作答而已。

法师一直喜欢吃糍粑与山芋，每天的一顿斋饭，不让他人服侍，自己亲手烹制。一天，有人恭恭敬敬奉上一餐山芋，法师用手杖敲打他的小腿，绝不收受，说："你有老母你不供养，怎么反倒来服侍我？"

这个人哭着说："小人是初来拜望法师。我老娘不知此事，打算吃了它。小人告诉老娘：'这是要敬献法师的啊。'"俗务杂事先说清楚，大概就是这样，不必细说。

如今，在这仙岩山前后方圆二三十里的范围内，再也没有杀生者了。从前的一些盗贼强人，全都洗心革面，尽断前非，一门心思朝向佛祖。曾有一个强人，粗蛮顽劣，人们都害怕他。他也慕法师大名前来拜谒。法师礼敬让座，温语讲说冤报偿债的轮回。这家伙茅塞顿开，发誓改过自新，倾全力捐资建寺，断然落发，追从法师。法师告诉他："你可要用此后半生抵偿此前的罪孽，即便是面对严整难犯的科律，也要一概遵守，不可逃避，这样，你的来世一定会得到超度。用心修法吧,佛的报偿不会有误差。"这家伙号哭着离开了禅寺,下山走到一半时,靠在一棵松树上,死了。

法师端坐席上,鸣钟说法,对大家讲:"有个强人,今天在山下托生了。"过了一段时间,这家来人要投到法师门下,以便侍奉左右。这人与那个强人样貌上看不出差别。

有个秀才叫李无咎,仰慕法师盛名,决定放弃学业,皈依佛门,从京师徒步来此拜师求法。待制王霁作诗送给他,说:"白华岩下水憧憧,万壑千林一草堂。已脱衣冠辞苦海,好将香火事空王。闻君已悟如来教,嗟我由随世路忙。还听夜猿相忆否,古擎明月照经窗。"另一首诗又说:"白华岩主是金仙,假作山僧学坐禅。珍重此行吾不及,为传消息结因缘。"

很多人绘制了法师的画像,都求法师自己题词。法师题写了大概有千余首诗吧,没有言辞、意境重复的。这些诗语句朴拙自然、浑一天成,无人能及。法师慧眼洞彻人心,目光灿烂,齿如雪贝,发色青黑,细软如霖。法师每每行走坐卧,都可见到五色舍利的光芒。

法师在仙岩寺又住了三十几年,后来,又去了建州浦城县南风禅院的祥云庵。又过了六七年,一天,沐浴已毕,法师端坐绳床上,留下最后一篇颂词:"吾以不动为动尊,利与人间识妙玄。我此定成真如处,天龙恭敬至光新。"法师享年九十九岁。其余偈语颂词,信州府志自有记载,不再赘录了。

原文

信州白华岩,法号宝月,字净空。禅师幼年乐浮屠氏,即有见解,因而出家,隐于白华岩之绝顶,修行持戒,几二十余载。夜常讲解经论,则有虎豹山魈异类,俛仰而听,过有宾客,则遣去,率以为常。

信州刺史以祥符之名刹,不治也,深患之。皆以谓非净空不可,四众坚恳,道路携持,以至童稚,悉叩礼俯伏曰:"愿师以大慈心,俯从众请,广度生齿之缘。"师度势不可屈,遂乃下山。

席未及暖，人所施之资已至数百万。开堂之次，有僧问曰："释迦出世，黄金布地，今师出世，有何祥瑞？"师应曰："老僧出世，灵龟自至。"果于座前得一绿毛金线龟。

易岁月，一寺悉皆完葺，殿阁廊庑，光耀相射。师曰："刺史所命者，兴此寺耳，我将复还山矣。"一日晚，即不知所在。

众共访迹，至贵溪县仙严乡，民相语曰："和尚数日前执一香炉，步履险阻，冉冉而上，疾若风雨。"众皆发大善心，竭力开径，斧斤运风，声振山谷，回环曲折，峭壁深扃，湍溪注流，几十余里，始达绝顶。师方瞑目晏坐，如如不动。相与兴建庵宇，始遂众请而居焉。

朝廷常遣使者召之，辞以老病，终不下山，亦遂其性也。王仆射安石，亦常遣人请归金陵之蒋山，其书曰："祈向妙法不为不久，以尘牢自障，道力甚少。神耀观之，无所不知，辄求志言，以自救药。自昔有道者不以幽闲独处为乐，而以忘疲利他为行。师能无辞游人间，广度众生之缘乎。今令曾道人去，望早下山。"师但以偈答之而已。

师尝好食糍与山芋，日一斋粥，不置侍者，唯自庖爨。一日，有人献糍甚钦，师以杖叩胫，终不受，曰："汝生佛不养，何必供我？"

其人泣曰："某始造此，母不知，将欲食。某止之曰：'欲来献耳。'"凡事先达，大率如此，不可具载。

山之前后三二十里，无有杀生者，强窃盗贼，莫不易心从善，悔过自新。常有一盗，性本顽恶，人素畏慑，慕望风声而来礼谒。师延之座，语以冤债未偿。盗因发大愿，尽以力产建寺，削发从师。师曰："汝当以此生毕还冤对，虽弥勒内院，亦不可避。来世当度脱尔。努力善道，报无迷误。"盗号泣而出，行至山半，倚松而逝。

师升座鸣钟，谓大众曰："某盗今在山下托世。"既逾岁月，其家乃请归于师，以备侍奉，形肖无二焉。

李无咎秀才者，自京师慕师高名，弃儒从释，徒步而来。王侍制雱有诗送之曰："白华岩下水潼潼，万壑千林一草堂。已脱衣冠辞苦海，好将香火事空王。闻君已悟如来教，嗟我由随世路忙。还听夜猿相忆否，古擎明月照经窗。"又曰："白华岩主是金仙，假作山僧学坐禅。珍重此行吾不及，为传消息结因缘。"

人多绘师形象，必求师自赞，凡千余首，皆无重意，句语朴混，不可企及。师正慧眼通他心，目若耀睛，齿如编贝，发常绀色，细软如濛，每行住坐卧，有五色舍利。

在仙岩又几三十余年，后归建州浦城县南峰禅院之祥云庵，复六七载。一夕沐浴，据绳床端然而座。因留颂曰："吾以不动为动尊，利与人间识妙玄。我此定成真如处，天龙恭敬至光新。"享年九十有九。其余偈颂之类，信州自有文集，此更不录。

龙华上升

元丰六年（1083）的二月十六，在吉州的隆庆禅院开设的龙华会上，一个神清骨俊的无名道士，忽然从座席上升腾起来，直上重霄。此时，彩云横空，遮阳蔽日，且风疾云动，快如闪电。在道场的桌案上，人们见到了一纸颂词，上面写着：

长生自有长生路，踪迹冥冥在何处。
俗世若问实无价，持奉乾离自得悟。
燃铅烧汞亦无助，内外双龙天然护。
云端玉鼎红莲上，丹砂一粒世堪妒。
功满三千升天去，一十二年何人顾。

人们恭恭敬敬地把这颂词供奉在天庆观里了。

原文

元丰六年二月十六日，吉州隆庆禅院设隆华会，中有一道士，不知姓氏，风韵潇洒，忽从座中上升霄汉，霞彩贯日，速若雷电。几案之间，有一颂曰："长生门，长生路，冥冥踪迹无觅处。金池欲认无价珍，直待乾离方肯住。莫点铅，莫烧汞，内外赤龙自然拥。云飞鼎上见红莲，一粒丹砂谁得共。三千功满却升天，一十二年谁继踵。"

州人相与奉,安于天庆观焉。

妖　术

洪州的靖安县有一棵大树,树粗九尺,高有十寻半(笔者注:古时一寻为八尺),枝繁叶茂,荫翳蔽日,在它的树荫下,可以有千百头牛羊乘凉。好像有什么神物藏在树上,时常传来他的声音,说"我就要去谁谁谁家里了"。如果谁不虔诚敬拜,谁家里就要出人命了。当地人心生畏惧,无不奉若神明。

朝中的大夫石禹勤此时主政此地,他命令民夫砍伐了这株奇树。此后,再也没有祸害发生。

原文

洪州靖安县,县有大木焉,其围有九,其高十寻有半,枝蔓扶茂荫翳,可庇者千百牛。有神物冯之,常于中发声曰,"我将往某家矣"。苟不祭敬,则其家往往有死者。土人畏慑,莫不神异之。

朝请大夫石禹勤,时为是邑宰,命工翦伐,自是绝怪,乃无尤害。

李　磐

吴地的秀才李磐,有一次和张姓舅舅到路边解手。他见到茅房墙上的缝隙处有东西堵塞着,就伸手拿掉了它。马上,有千百个极细小的小人儿从这缝隙里鱼贯而出。李磐一向果敢,伸手去抓,抓到了两三个小人儿,其余的见状就都又逃回到那缝隙里了。李磐手心儿里传来一些声音,刺痛一般地啸叫,好像要求李磐撒手释放。李磐攥得更紧实了。

回到家里,李磐一看,只是一些小沙木,就把它们一把火烧了。

原文

三吴李磐秀才者，尝同舅氏张正之道旁如厕。厕之壁隙间有绵块窒焉，因以手去之。须臾，人物千百自穴而出，极为微小。磐素刚决自任，以手乘之，得二三人，余皆复归故焉。掌握中微微有声，啖裂极痛楚之意，欲释之。磐持念愈确。

归家视之，乃小沙木耳，遂焚之。

姑苏妇

嘉庆年间（1760—1820），苏州南园居民沈家的老婆，曾经梦到几百个身穿青色衣衫、头上插着梳子的妇人，向她讨饶。醒来之后，沈妻怎么也想不通，暗暗思忖："难不成是我存储的那些螺蛳吗？"她就去看那些螺蛳。浸泡时间久了，这些螺蛳壳果真都是青色的，两角凸出者。当晚，沈妻就把它们放生到河里了，螺蛳们拜谢后就都离开了。

近年，也有一个相似的故事。临江军推官萧辟之，一向喜欢吃烧烤仔鸡。有一天梦见两个白衣妇人伫立在他面前，哭着请他放生。他醒悟之后，果真发现桌案下面拴着两只小鸡。从此之后，他就不再有吃仔鸡的嗜好了。

原文

嘉祐中，苏州南园居民沈氏妻，尝梦数百人青衣巾栉，哀求乞命。既觉，疑虑不决，顷思曰："得非所贮螺蛳乎？"遂视之。浸泽积久，果皆青色，两角凸出，乃弃于长流中。是夕，复见谢而去。

近岁亦有之。临江军推官萧辟之，性嗜火煨鸡子，忽梦二妇人白衣巍立，泣拜求生。逮悟，几案间有二鸡子存焉。自后不复食矣。

杨　氏

润州的江阴县主簿潘晴基的弟弟，忽然变得不同以往了，他像是被什么怪物侵害了，耳眼口鼻都被血污堵塞着，快要没命了，谁也不知道是怎么回事儿。

潘主簿身边的僚吏们有的说：从前有个王主簿，他的夫人杨氏病中产子后，死了。此后常变为怪物作乱。历任主簿大都实施钉法治它，似乎有所控制，可一年后会再出来闹腾。不过，这个说法也未必确实。

随后，潘主簿便招请法师来府上写画符箓，安置在卧室里的四面墙上。潘主簿时常能见到一个妇人，在卧室外往来游走，有时坐着，有时倒卧，可就是没有办法靠近她。

后来，潘主簿梦见了白天见到的那个妇人，她说："我在生孩子的时候难产，却没人救我，以致我白白丧命。"又擦了一下鼻子说："我身死已久，依然感到浑身腥臭难闻。我隐身在此，时不时出来走走。当年我生的儿子，叫沴之，现在秀州做法曹。如果您能把这事告诉他，让他做个法事超度我。我对您将不胜感激。"

潘主簿醒来后，深深感喟，便马上飞报秀州王掾。王掾也是第一次得知生母亡魂在这个地方游荡，马上准备了金银资财，请大法师做法事，超度生母亡灵。

后来，潘主簿又梦见了杨氏，她说："蒙您传送讯息，我得到超度了。"拜谢后就走了。此后，潘主簿这边就没再有怪事发生。

原文

润州江阴县主簿潘庆基弟忽违裕，似有物乘之，耳眼口鼻，血污塞室（疑"室"盖为"窒"），几迫于死，莫知端由。

左右因曰："昔有王主簿者，县君杨氏产蓐得一子，不幸而逝。尔后常为变怪，历任多施钉法，苟可遣免，岁余复出。亦未之信也。"

既而庆基室人将俯月，而召持天心正法者，书符箓置于卧室四维。遣免乳，常见一妇人，在室外往来，或坐或卧，但不得而亲耳。

后乃梦所见者相告曰："我因产难中，遂至不救。"复拥鼻曰："死已久矣，但觉腥臭不可闻，幽囚于此，无时出期。妾有是时所生子,名洑之,今在秀州作法曹,能为告之,使作因果济拔,不胜感荷。"言讫,悲泣不止。

既觉,甚痛之缘,便驰报王掾。王掾亦不知其母之亡于是邑也,乃遣人赍资,赒来饭僧,广荐佛事。

已而,复见梦曰:"幸蒙恩怜,遂得超拔往生矣。"拜谢而去。自后,乃无怪诞。

神　祥

苏州有个姓龚的人,一向以刚正闻名。他有三个儿子一个孙子,家境宽裕,和和美美。龚先生曾经梦到过一个神怪之人,说:"我想要你住房后面的那块空地,盖个庙,好住在里面。"龚先生呵斥他,神怪说:"我会带走你的长子。"三天后,龚先生的长子果然死了。后来,龚先生又梦到神怪。神怪说:"我说的事儿,能成吗?你如果还不答应,我就再把你的二儿子带走。"龚先生依然没有屈从。

三天后,二儿子也死了。龚先生又梦到他了,神怪说:"三个儿子都死了呀,你只有一个孙子。我希望你把我要的地给我,不然我就带走你孙子,你可就绝后了!"龚先生更加坚定了,绝不让步。

这时候,神怪从高台上下来,对龚先生施礼,到:"三个儿子的殒命,是天数既定的,并非人力所为。先生的刚正不阿,实在是值得推重、弘扬啊!"说完就走了。

原文

苏州百姓龚某者,素以正直自任,有三子一孙,家亦从容,怡怡自若。尝梦一神人谓曰:"欲求尔所居后空地一段,启建庙宇,以为安存之所。"龚叱之,神曰:"当取尔长子矣。"后三日,长子卒。复见梦曰:"所求如何?若不从,再取尔次子矣。"龚亦不允。后三日,少子卒。(此下或有轶文)复见梦曰:"三子皆卒矣,尔唯有一孙,愿以土地与我,不然,当取尔孙,绝尔后嗣。"龚持意愈确,竟不许之。

神乃降阶拜曰："三子之卒，天数也，岂其所能为。君之正直，诚可尚也。"乃去。

木　怪

建州浦城县有个叫西溪的地方，在离河百十来步有一道高垄坡地，这里林木茂密、枝叶繁盛，但时常有鬼怪出没，黄昏时分，会有鬼怪背着人一起沉到河里的事发生，所以，就没有敢孤身一人独自往来的。

过了一年，有个不信邪的人专程来到这片林地，要一探究竟。果然，他见到有一两个青白面色的怪人朝他跑过来，想把他背走。双方就地搏斗，最后，不信邪的人反倒背起了怪人直奔村里走去。怪人变幻多种丑恶面孔，招他回头吓唬他。他就呼喊街坊邻居出来帮忙。没多一会儿，邻人越聚越多，七手八脚拿住了怪人。再看时，就是两片沙木而已。砸碎沙木后，仅仅是有血窜出来。乡人们齐心合力把那片林子砍伐殆尽，平整了坡地，此后就再也没有怪物闹腾了。

原文

建州浦城县之西溪，去溪百许步有一坡垄，林窦荫翳，常有鬼怪出焉。日向晚，多负人置溪水中，无敢独往来。

顷年，有不信者特往伺之。果有一二人，面色青白，奔竞前来，欲负而趋。两相较力，反为人负而行。将达所居，频令回首。往往变怪万状，惊警于人，终不盼顾，呼邻比救援。须臾，稠众交集。乃沙木两片耳。碎之，有血贯焉。乡人乃相与斫伐林木，平坦坡垄，自是绝怪。

杨汉杰

杨筹，字汉杰，他小时候，因为在水部做官的叔父病重，他要到外地找大夫，在夜晚的归途中走迷了路，正赶上风雨大作，行走困难，就在路边找了个地方姑且安身。

这时，乡里正在搞大集会，杨筹看见几百个怪物，有的有翅膀，有的有犄角，还有兽面人身的，千奇百怪。怪物们都拿着火把，叫喊声有的如钟磬鸣响一般洪大，有的就是蚊蝇的嘤咛呢哝，吆喝着蜂拥而过，看样子是要去参与其中，越走越远了。忽然，听到有一个高喊："知郡大人在这儿，咱们得回避一下。"马上，怪物就都就近拐到别的路径上离开了。

杨筹是当时的青年才俊，四次在礼部就职，三次止步于廷试。后来，他沾了伯父文庄公的光，官至比部员外郎。此后出任光化军及眉州、棣州、南剑等多州的知州，享年八十四岁。

原文

杨筹，字汉杰，少时以其叔父水部君感疾危笃，去他州求医。夜归，将至其家，奔走失道，会天大风雨，不可进，权息于路旁。

适遇乡人设无遮大会，筹见鬼物数百，或翼而角，兽首而人身，千态万状，各执一火炬。声若钟磬者，有若蚊蚋者，相呼而过，意若将赴其会，相去甚迩。忽有一人大呼曰："知郡在此，汝辈宜避之。"由是，鬼物远取他道而去。

筹有俊才，四贡礼部，三黜于廷试。后从其伯父文庄公荫，官至比部员外郎。历知光化军，眉、棣、南剑数州，年八十四卒。

浮桥船

澶周黄河，有一种做浮桥的脚船，七十多只船，首尾相连，都是用一千多条江藤作为大小缆绳，系在多个铸铁大牛身上，用来安顿渡河的车马人口。面对河中央水流湍急、汹涌咆哮之处的船，叫"大将军船"，制作年代久远。有一天它被水流冲走，十来天后，它自己逆流而上，回到原位！负责此事的官吏报告了此事，受了二十杖的责罚，奉命重新把它系牢扎稳。此后，再也没有这类怪事发生。

原文

澶州黄河浮桥，脚船七十余只作首尾，皆以江藤千余条为大小缆，系数大牛以安济车马。

当大河之中，湍流号叫者，谓之"大将军船"，造创年深，一日辄失之。旬余，复自下流逆水而上。官吏陈其事，杖二十而复系焉。自后亦无他怪。

蒋 贲

进士陈升从京都返乡，顺路去楚州涟水县看望老友蒋贲。蒋贲一向与陈升交好，当然一见如故，相谈甚欢。

蒋贲家境贫寒，只养了一只羊。蒋贲对妻子说："明天，杀了它招待老陈吧。"蒋妻说了这只羊已经怀孕了，生下小羊之后再杀它吧。蒋贲不以为然，说："没别的办法。不这样不足以表现我们的盛情啊！"

当天晚上，蒋贲把陈升请到客馆就寝。陈升就寝后，梦到一个妇人，满脸忧伤，敬拜多次后向陈升恳请说："妾身马上就要临盆。深知君子抱有仁人之心，请大人能容我母子相见，那时妾身赴死，死而无憾了。"说的时候，涕泗交流，哀婉至极。陈升醒来后，觉得这个梦颇有妖媚之气。

早上，陈升忽然见到一个家仆正拉着一只羊走过来，便问他这是要干什么。家仆回话说蒋先生要杀它做菜。陈升看那羊，果然有孕在身，就找到蒋贲，竭力请他放弃杀羊的念头，并仔细给他讲了梦里的事。

最终，蒋贲把这只羊送到了一座寺庙里。现在，它是那里年龄最大的羊了。

原文

进士陈升自京师还，因过楚州涟水县，访友人蒋贲。贲素与升善，相造甚喜。

贲家贫,唯有一羫,语其妻曰:"来日当庖此以进。"妻诉以羫将育子,后期乃可。贲不然曰:"无此不足以延厚遇之意。"

是夜,留升寝于别馆。既就枕,梦一妇人,颜色忧戚,再拜而告升曰:"不幸妾将俯及蓐月。君子存仁人之心,容妾子母相见,虽死不避。"言讫,泣涕交颐。升觉,疑其妖媚不祥。

及旦,忽见仆者拽一羊入,询之,云贲将庖。果有孕者也。乃见贲而坚勉之,具其事以道焉。

贲舍于佛寺,至今为长生羊。

龙　徒

元祐元年(1086),湖州武康县的县尉周古的婢女,梦到有个黑黢黢的东西贴附在自己胸间,随后就觉得怀孕了。

几个月后,周古有所察觉,鞭挞、喝问了婢女一整天。这婢女竟然说不清楚,即便是说出一二,也很不可信。婢女时常哭泣,埋怨自己,忽然她肚子里传出了声音:"我本想十个月后再出世,现在,母亲竟如此煎熬,那我七天后就出来吧。"周古妻听说了此事,想到大概是有神怪附体了,就把这事儿告诉了周古。

七天后,婢女肚子里传出话来:"再等七天,三更时分我自出世。"到了那个日子,天无游云,明月高悬。忽而,雷雨大作,狂风号啸,彤云翻卷,光影动荡。一会儿,又平复如初。婢女死了,又慢慢苏醒过来,喘息着说:"刚才有一个东西,长着人脸,身子黑黑的,蜷曲着从我的左肋部爬了出来。有一群仙女围在四周,手捧金银礼器,和那个黑人一起腾云驾雾而去了。可我这儿,疼痛万分,受不了啊!"周古看看这间屋的房顶,确实可以望见天空,其他的没什么两样。

三天后,忽然有一个头发蓬松、身穿紫色衣服的小孩儿,叩门进院,叫那婢女"妈妈",叫周古"爷爷"。此后,这孩子常常在婢女房中吃奶,但他的手上有金属光泽,胳膊上长满了黑色的鳞片,自语道:"我三天来一次。"过了好一会儿又说:"我七天来一次。"

又过了一会儿说:"我半个月来一次。"最后,他说:"我一个月来一次。"出尔反尔,轻率得不以为然。

周古问他:"孩子,你来我家,是为了生祸端呢还是给我造福啊?"这孩子怒气冲天道:"我怎么是孩子呢?!你叫我'龙的徒儿'吧。我会给你横生忧患吗?"这孩子能写出偏方药物以及医书上所载的汤剂,按照他写的药方给病人拿药,药到病除。

这龙徒经常对母亲说:"我每天给你两个金环,但你不要让爷爷知道。"后来,家中人渐渐暗中怀疑婢女,就苦苦追问她。婢女不得已,就全说了。龙徒来了,见到事情没有瞒住,一脸的失望,气色惨淡,慢慢说道:"我叫你不要说的嘛。"从此,就不再给婢女金环了。终于有一天,龙徒前来告辞,说:"我有三十六个好兄弟呢,不久都会过来。"便一去不返了。

原文

元祐元年,湖州武康县尉周古婢,忽梦黑物俯胸臆,觉而有孕。

经数月,古疑之,鞭棰累日,竟不自辨,虽告之,不及信也。婢涕泣,居常自讼,腹中忽语曰:"本欲十月而出,今使母如此,当七日而出矣。"古妻闻之,疑有神物相负,因以告古。

至七日,复腹中语曰:"更俟七日,三更出矣。"俯期天无凝云,明月洞照。雷雨暴作,飘风号震,烟雾冥合,顷复晴霁现,其婢已死。徐救苏息,乃言曰:"适有一物,人首黑身,盘屈自左胁而出,众女仙阒匝捧以金器,腾踏升去。然痛楚不可忍。"古视屋极,可以窥天,他如故焉。

经三日,忽有童孩蓬发紫衣,叩门而入,呼其婢曰"母",呼古曰"翁翁"。常居帷帐中哺乳,但手出金距,臂皴黑鳞,自言"我三日一至"。久之,又曰:"我七日一至。"愈时又言:"我半月一至。"卒曰:"我一月一至。"率以为常。

古告之曰:"孩儿来我家为祸邪?为福邪?"怒曰:"我岂孩儿邪,且呼作'龙徒',岂有致忧患乎?"能书方药及道筒中汤剂,使病人服之,旋踵即效。

常告其母曰："我日给二环，但不可使翁知。"家人阴疑，苦相诘讯婢，因言之。龙徒至，颜色愁惨，徐曰："教你勿得言。"自是不复给。他日辞去，云："我有三十六兄弟，非久皆下来。"遂杳然绝迹。

刘之问

淮阳军的刘之问曾经梦到自己游览九华山。山中崎岖难行，树林茂密。走着走着，逶迤的山道旁边，出现了两排刷着大红漆的木质栏杆，顺着山路向前延伸。再往前走，远远看到了一座简陋的草庵，草庵下面就是湍急的溪流，水流撞在山石上，溅起的水花在阳光的映照下，就像是宝玉的光芒，光华四射。这让刘之问一时间恍如身在仙境。

草庵里面，一个妇人端坐在几案前，案上铺开纸张，她手持毛笔，像是在推敲诗句。妇人叫刘之问坐到自己身旁，说："近年来，每到重阳日，就会有一首绝句出现在脑海里。我说给你听。"然后，她就用一种怪异的声音诵道："青山深处是吾乡，把酒堪惊岁月忙。忆得去年秋色晚，画桥无菊过重阳。"她又说："咱们来联句作对子，怎么样？"说罢，就说了上句："小路水云远。"刘之问对道："人间富贵长。"妇人闻听，倏地变了脸色："你不是我的弟子，怎么会到这儿来？"逼着刘之问快快离开。

刘之问莫名其妙，一时间摸不到头脑，怏怏不乐地沿着来时的路走了。他是在恍惚中醒来的。

原文

淮阳军刘之问尝梦游九华山，山转道险，林荫深窔，渐见朱栏左右映带，徐有草庵，下临湍流，奇玉灿列，心疑其非世间也。

内一妇人据案而坐，手操毫管，若吟咏之状。因命之问坐其旁，乃言："近岁重阳，辄有一绝，举以鉴子。"戾声曰："青山深处是吾乡，把酒堪惊岁月忙。忆得去年秋色晚，画桥无菊过重阳。"又言："与君联句可乎？"乃曰："小路水云远。"之问答之云："人间富贵长。"妇人勃然变色:"汝非吾徒,岂得造此。"指令速去。

之问怏怏不乐,返旧路而行,恍然而苏。

盛文肃公

文肃公盛度先生才生下来没几岁,就随做度支郎的父亲到蜀地生活。他在学习《秋夜诗》时,想出了"绕街蛩韵秋"这句,但他搞不懂这个"蛩"字,写不下去了,就假装睡觉。好像有人把一个写满金字的牌子靠在东边的石阶上了,看着他念念有词:"这就是'蛩'字的含义呀。"盛先生当即就醒了,很快写完全篇,交给了父亲,并告诉了他整个过程。父亲很高兴,轻轻拍着他的脑袋说:"好像日后你会博得文学大名光宗耀祖啊!"

从此以后,盛先生学文究字,课业精进。年龄渐长后,常与一些才俊交集过从,名声日盛,在读书人中颇有影响。

原文

文肃盛公度,生数岁,随父度支守官于蜀。课《秋夜诗》得"绕阶蛩韵秋"之句,悟不省"蛩"字,因假寐。若有人以金字牌倚东阶。视之,曰:"此'蛩'字也。"既寤,成篇以献,因告焉。度支喜,抚(下有空缺,据文意谨补"其"字)其首曰:"若异日,当有文学大名以兴吾门。"

自是,辞学日益,富龄游俊造间,声动场屋矣。

王抱一

嵩山有一个道士,叫王抱一,长于给人看相。吕文穆公曾经和王文惠公、枢密钱若水、龙图阁大学士刘葵一同去拜见他,当时这几位先生还没参加科举呢。王道士见了这几位,惊叹道:"我云游天下几万里,四处求见贵人却见不到。如今却都来到我眼前了!"随即逐一指明:你会做丞相,你也要做丞相,你是接近丞相,你是准丞相。

最终，这几位的仕途竟真如王道士所言。吕先生在《赠王文惠之仲子皇城》诗中说："乃翁献赋闻场屋，吾祖知名并弟兄。见说嵩山王道士，座中曾识四公卿。"

原文

嵩山道士王抱一，善相人。吕文穆公尝与王文惠公、钱枢密若水、刘龙图夔往谒之，时皆未仕也。道士见而惊曰："吾常走天下数万里，求见贵人而不可得，今皆在是矣。"因指曰，某丞相，某丞相也，某近丞相也，某下丞相也。

卒，如其言。吕穆仲《赠王文惠之仲子皇城诗》曰："乃翁献赋闻场屋，吾祖知名并弟兄。见说嵩山王道士，座中曾识四公卿"。

现　妖

元丰八年的时候，有个学国学的学生赵先生夜里去上茅房，见有两个鬼已经在那里了。一个身高不过两尺，头发蓬乱，脸色发青，衣服也是青黑色的；另一个身材伟岸，一丈多高，也是头发蓬乱，脸色发白，衣服也是白色的。青衣鬼对赵先生说："我给你把灯拨亮一些。"就到灯龛里拿手杖去挑拨灯芯。白衣鬼拍了青衣鬼一下说："小鬼，别动。"

不一会儿，同住的学子陆续来了几十个人。这时候，两个鬼就消失了，赵先生这才和大家一起回去。

原文

元丰八年，国学生员赵某者，夜如厕，见二人焉。一人长不逾一二尺，蓬发而色青，服亦青也；一人魁大，长逾丈，蓬发而色白，服亦白也。其青服者谓赵某曰："我为汝挑灯。"遂于灯龛中，以杖挑之。白服者举手击青服者首曰："小鬼不要动。"

移时，同舍人及有相继至者数十，而二鬼灭矣，乃得归焉。

图书在版编目（CIP）数据

全译搜神记五种/柳罡主编. --北京：华夏出版社有限公司，2021.10

ISBN 978-7-5080-9956-9

Ⅰ．①全… Ⅱ．①柳… Ⅲ．①笔记小说－中国－东晋时代②《搜神记》－译文　Ⅳ．①I242.1

中国版本图书馆 CIP 数据核字(2020)第 098084 号

全译搜神记五种

编　　者	柳罡
责任编辑	高苏
出版发行	华夏出版社有限公司
经　　销	新华书店
印　　刷	天津海德伟业印务有限公司
装　　订	天津海德伟业印务有限公司
版　　次	2021 年 10 月北京第 1 版 2021 年 10 月北京第 1 次印刷
开　　本	880×1230　1/32 开
印　　张	15.125
字　　数	415 千字
定　　价	68.00 元

华夏出版社有限公司　地址：北京市东直门外香河园北里 4 号
邮编：100028　网址：www.hxph.com.cn
电话：(010) 64663331（转）

若发现本版图书有印装质量问题，请与我社营销中心联系调换。